ΓΙΑΝΝΗΣ ΠΑΡΘΕΝΙΟΣ

CIA: Επιχείρηση Παράκελσος

ΑΘΗΝΑ

COPYRIGHT

Συγγραφέας: Γιάννης Παρθένιος
Γλωσσική επιμέλεια: Όλγα Παπακώστα
Δημιουργία Εξωφύλλου: Παναγιώτης Μιαούλης
Ηλεκτρονική Σελιδοποίηση: Παναγιώτης Μιαούλης

© Εκδόσεις: Webrother, LLC/Γιάννης Παρθένιος
© Φωτογραφίες: Shutterstock.com

Πρώτη έκδοση: Νοέμβριος 2014

ISBN 978-618-81567-0-8

www.ciaoperationparacelsus.com

Έδρα: Πέλλης 27,
15234 Χαλάνδρι
Τηλ.: 210-6896523
Telefax: 210-6896523
e-mail:ciaoperationparacelcus@gmail.com

Head office: 27, Pellis Street
15234 Halandri, Greece
Tel.: +030-210-6896523
Telefax: +030-210-6896523
pacific1@otenet.gr

Σ' έναν φίλο, πραγματικό φίλο, που δεν γνώρισα ποτέ
λόγω απόστασης, αλλά μου έμαθε
όσα κανένας άλλος στη ζωή μου.
Σε αυτόν, που με τη δύναμη της πένας του,
θυμούμενος και εμπνεόμενος από τον τρόπο σκέψης του
κατόρθωσα κάποτε που κινδύνευσε η ζωή μου
να βγω αλώβητος απ' το νοσοκομείο.
Σε αυτόν, που πολλοί διάλογοι μέσα στο βιβλίο
βασίζονται σε δικές του ατάκες.
Σε αυτόν από το Νέο Μεξικό που κάποτε, κάπου
(στο ομορφότερο Blog της ζωής μου)
έγραψε κάτι που μου έδωσε τη δύναμη
να ολοκληρώσω αυτό το βιβλίο:
"we can do it from here to there..."

Στον Eric!

Ο Γιάννης Παρθένιος γεννήθηκε στην Αθήνα και σπούδασε Επικοινωνίες, με ειδίκευση στη Δημοσιογραφία και το Graphics Design στο The American University of Athens. Οι σπουδές του περιλαμβάνουν επίσης μαθήματα και ειδικεύσεις σε διάφορους τομείς από πανεπιστήμια όπως το Wharton της Πενσυλβάνια, το Case Western Reserve, το University of California στο Irvine, το University of California στο San Diego, το University of Maryland, το Emory και άλλα.

Για παραπάνω από 15 χρόνια εργάστηκε ως ξένος ανταποκριτής για διάφορα ΜΜΕ, ενώ επί δύο δεκαετίες παρουσίασε εκπομπές στο ραδιόφωνο και την τηλεόραση.

Το 2003 εξέδωσε το πρώτο του μυθιστόρημα με τίτλο *Απαγορεύεται η είσοδος στους κάτω των 17* το οποίο κυκλοφορεί ακόμα από τις εκδόσεις Κοχλίας – το «φιλολογικό κομμάτι» των εκδόσεων Σαββάλας. Τα συγγραφικά δικαιώματα του τίτλου έχουν δωρηθεί εφ' όρου ζωής από τον συγγραφέα στο «Χαμόγελο του Παιδιού».

Το 1986 του απονεμήθηκε το 1ο βραβείο στον 4ο Πανελλήνιο Λογοτεχνικό Διαγωνισμό του Δημοσιογραφικού Οργανισμού Λαμπράκη.

Το 1987 του απονεμήθηκε το 1ο βραβείο στον Διαγωνισμό Διηγήματος της ελληνο-αμερικανικής εφημερίδας *Εθνικό Βήμα*.

ΕΥΧΑΡΙΣΤΙΕΣ

Θα ήθελα να εκφράσω τις ιδιαίτερες ευχαριστίες μου στον αγαπημένο μου φίλο Παναγιώτη Μιαούλη, με τον οποίο είχα την τύχη να συνεργαστούμε για την παραγωγή αυτού του βιβλίου. Θεωρώ ότι ανήκει στην elite των γραφιστών και Καθηγητών Πανεπιστημίου της Ευρώπης. Και φυσικά τη σύζυγό του και «μαμά» Άννα που μας ανέχτηκε να δουλεύουμε... φωνάζοντας δίπλα της.

Ευχαριστώ επίσης τη Νίκη Β (Μπινιάρη) –και την «Ακαδημία»– διότι με τον εξαιρετικά θετικό τρόπο της «έσπρωξε» μοναδικά την έκδοση επιμένοντας –και όχι μόνο– ότι πρέπει να την κάνω. Εύχομαι σύντομα και εκείνη... «σε χαρτί».

Εξαιρετική ήταν και η βοήθεια του φίλου μου Βασίλη Σούκη. Με ανέχτηκε να του περιγράφω, να του περιγράφω και να του περιγράφω...

Τέλος, ένα μοναδικό ευχαριστώ στον Ίβο Κριτικό και τη γλυκύτατη Βρετανίδα σύζυγό του Γκλάντις. Ο Ίβο ήταν ο πρώτος που το διάβασε σελίδα σελίδα, παράγραφο παράγραφο, δαπανώντας προσωπικό χρόνο. Έκανε πολύ σημαντικές παρατηρήσεις και πίστεψε περισσότερο κι από μένα στην έκδοση αυτή.

ΚΕΦΑΛΑΙΟ 1

Σιχότε-Άλιν, Πριμόριε, ΕΣΣΔ,
Βουνά Ανατολικής Σιβηρίας,
12 Μαρτίου 1967

Ο ήχος απ' το ντιστριμπιτέρ του ψυγείου τρύπησε την παγωμένη σιωπή του τοπίου. Ουσιαστικά την έξυσε. Έτσι ακούστηκε. Σαν το μαχαίρι να μαλώνει με τον πάγο και να τον προκαλεί, αφήνοντας πάνω του σημάδια βέβηλα και ανατριχιαστικά. Το ίδιο μ' αυτό που έκανε τώρα η ανθρώπινη παρουσία στο νεκρό τοπίο, που εδώ και 20 χρόνια προσπαθούσε να ξεπεράσει τη μοναχική του θλίψη, σκεπασμένο με ησυχία, ψύχος και πάνω απ' όλα απουσία ζωής.

Αν και το πρώτο δεκαήμερο του Μάρτη είχε αρχίσει να καλμάρει με τις πατημασιές του το χιόνι, ο πάγος ακόμη ήταν πολύς. Πάγος, άπνοια και κρύο.

Οι -6°C που θα έδειχνε σήμερα το θερμόμετρο ήταν παρηγοριά σε σχέση με τους -20 ή -25, καμιά 25αριά μέρες πριν, στην καρδιά του Φλεβάρη. Δεν υπήρχε όμως θερμόμετρο.

Κι απ' την άλλη, η υγρασία που εξαπατούσε την αίσθηση και σου τρυπούσε τη σάρκα, σε συνδυασμό με το αδύναμο, ξεγυμνωμένο τοπίο της φύσης και την παντελή έλλειψη κάθε μορφής ζωής, χρωμάτιζαν τον εφιαλτικό, σχεδόν διαστημικά μοναχικό καμβά του τοπίου.

11

Γιάννης Παρθένιος

Το ΖΑΖ 965 του 1962 άφησε τα ίχνη απ' τα ταλαιπωρημένα πέλματα των ελαστικών του στη χιονάτη ταλκ του φρεναρίσματος. Το όχημα σύρθηκε για κάνα δυο μέτρα ακόμα, αγκομαχώντας να τιθασεύσει το γκουπ που ακούστηκε απ' το άξεστο σύστημα πέδησης που ακινητοποιήθηκε νευρικά.

Κι ευτυχώς που τα Zaporozhets ήταν αερόψυκτα, γιατί αλλιώς θα θύμιζαν καταψύκτη με σκουριασμένες ρόδες. Όχι ότι και τώρα δεν πάγωναν. Και άναβαν και πάγωναν.

Οι Ρώσοι, βέβαια, προσπαθούσαν επί δεκαετίες να τους δώσουν μια δήθεν ταυτότητα, διαδίδοντας ότι είναι «σκυλιά» κι ότι κινούνται ακόμη και στις πιο δύσκολες συνθήκες. Μάταια όμως. Αν δεν είχες οδηγήσει αυτά τα ρημάδια, δεν μπορούσες να νιώσεις τη ματαιότητα του να θες να λες ότι έχεις αυτοκινητοβιομηχανία, χωρίς πραγματικά να μπορείς.

Άλλωστε ποτέ οι Σοβιετικοί δεν κατάφεραν να φτιάξουν ένα αξιοπρεπές αυτοκίνητο, όπως εξάλλου και κανένα, μα απολύτως κανένα καταναλωτικό προϊόν με ταυτότητα, ποιότητα και λαϊκή αποδοχή.

Τι παράξενο, λες και η ίδια η Αγορά τούς τιμωρούσε για πάντα ως προς τις ουτοπικές πολιτικές τους επιλογές.

«Σκατά», σκέφτηκε ο νεαρός στο τιμόνι βλέποντας πάλι το κόκκινο λαμπάκι της θερμοκρασίας στο ταμπλό να του κάνει νοήματα και σήματα μορς. «Το μπουρδέλο ξανάναψε», είπε μέσα του. «Ευτυχώς που πρόλαβα να φτάσω, αλλιώς θα 'χαμε πάλι στάση».

Και είχε κάνει ήδη τρεις στα τελευταία 450 χιλιόμετρα που είχε κινηθεί βορειοανατολικά του Βλαδιβοστόκ, για να φτάσει λίγο έξω από το Λουτσεγκόρσκ. Τι περίμενες από ένα αυτοκινητάκι 750 κ.ε.;

Ο ψηλός, λιγνός σαν ασκητής, ξανθός 25άρης με τα γαλαζοπράσινα μάτια της θλίψης, που καθρέφτιζαν παράνοια, χτύπησε νευρικά τα χέρια του στο τιμόνι με τη φτηνή προστατευτική επίστρωση, που ενστικτωδώς κρατούσε το φτηνό μέταλλο του εσωτερικού σε σχήμα κύκλου.

«Μαλάκες Ουκρανοί», μονολόγησε. «Ένα μάτσο άχρηστοι κομπάρσοι του τίποτα, ανίκανοι να φτιάξετε ένα αξιοπρεπές αυτοκίνητο. Αφήνετε τους Δυτικούς να μας κάνουν φιγούρα και ρε-

12

CIA: Επιχείρηση Παράκελσος

ζίλι με τις γκλαμουράτες, πολυτελείς, καπιταλιστικές τους κούρσες...»

Ξεχνούσε, βέβαια, ότι τα αμαξώματα και η συναρμολόγηση γίνονταν στην Ουκρανία, αλλά τα μοτέρ και όλα τα μηχανικά μέρη, δηλαδή ο καρκίνος του οχήματος, ήταν καθαρά ρωσικής σχεδίασης.

Εύκολα μεν στις επιδιορθώσεις, αλλά τις ήθελαν συνέχεια... Κι αυτό γιατί, τόσο τα ΖΑΖ όσο και όλα τα τετράτροχα του «προλεταριάτου», δεν έπασχαν στο εξωτερικό, αλλά στην ψυχή του αυτοκινήτου: τις μηχανές και την τεχνολογία.

Κι όταν δεν υπάρχει ψυχή, δεν μπορεί να υπάρξει και έμπνευση. Αυτό έλειπε από τη βιομηχανία του Σοβιέτ: έμπνευση και ψυχή, δηλαδή όραμα.

Τι παράξενες αλήθειες; Έχει μείνει για πάντα στην ιστορία εκείνη η ταινία του Χόλυγουντ που το αμερικάνικο αυτοκίνητο είχε ψυχή κι ο ιδιοκτήτης του ήταν ερωτευμένος μαζί του. Μια ακόμη ταινία που δεν θα μπορούσε να είναι ρώσικη.

Και τι παράξενα παιγνίδια της μοίρας; Η Σοβιετική Ένωση που δήθεν στηριζόταν στον εργάτη δεν μπορούσε ποτέ –ούτε και σήμερα σαν Ρωσία– να παράγει τίποτα περισσότερο από φυσικό αέριο, ενώ ο «κακός καπιταλιστικός θείος Σαμ» είχε πάντοτε «τους καλύτερους εργάτες στον κόσμο».

Κάτι σαν εκδίκηση του εργάτη;

Βέβαια ο νεαρός φοιτητής απέφευγε να τα σκεφτεί όλα αυτά. Δεν συνέφερε τη βολεμένη του λογική να αξιολογήσει τις συνθήκες αυτής της παραμετροποίησης. Και μόνο που στα 25 του το Κόμμα τού είχε δώσει το δικαίωμα να κατέχει ένα αυτοκίνητο, ως ένδειξη ανταμοιβής για το επιστημονικό του πολλά υποσχόμενο μέλλον, σήμαινε πολλά.

Πολλά που μπορούσε να ρευστοποιήσει, προβάλλοντας ένα εξαιρετικά επιτυχημένο προς τα έξω προφίλ, κάνοντας «ζωή», «τραβώντας» τις καλύτερες γκόμενες και σίγουρα υπογραμμίζοντας την παρουσία του στην κομματική ελίτ των λίγων, που του άνοιγε κάθε πόρτα στο κομμουνιστικό λόμπι.

Δεν μπορείς να φανταστείς τι σήμαινε εκείνα τα χρόνια το να έχεις αυτοκίνητο. Και μόνο η απόδειξη ότι ανήκες στην ολιγαρχία των ισχυρών του Σοβιέτ που σου έδινε τέτοια προνόμια, σε έκανε να λαμπυρίζεις όπως τα φο γαλόνια στους ώμους των στρατηγών μιας μεταμφιεσμένης χούντας.

Αν μπορούσες να πετύχεις τα πάντα με ένα τζιν, μια κόκα κόλα, μια οδοντόπαστα ή ένα αμερικάνικο δολάριο, σκέψου την παραπανίσια δύναμη που είχες οδηγώντας ένα απ' τα λιγοστά ΖΑΖ του κόμματος των ολιγαρχών.

Ο νεαρός γνώριζε αυτή του τη δύναμη και σαν από αυτοματισμό είχε διαμορφώσει ένα υπεροπτικό, σνομπίστικο, γυαλιστερό περιτύλιγμα, που πιο πολύ θα ταίριαζε σε αριστοκράτη της Κεντρικής Ευρώπης, παρά σε έναν εργάτη της δήθεν Μαρξιστικής Δημοκρατίας των πολλών.

Ακόμα και η γαμψή του μύτη συνηγορούσε σε αυτή την ψευτιά, έχοντας αποδώσει ή σχεδόν ζωγραφίσει στο πρόσωπό του αυτόν τον αρρωστημένο εγωκεντρισμό, που δυστροπώντας με τα κοκαλένια γυαλιά οράσεως που φορούσε, νόμιζες ότι θα πάρουν την κατηφόρα προς το μυτερό πιγούνι του με το νεανικό μουσάκι.

Αν και το ζεματισμένο αμάξι είχε το πάνω χέρι στις αποφάσεις, ο νεαρός νάρκισσος έκανε δήθεν ότι αποφάσισε μόνος του να παρκάρει για σιγουριά εκεί κοντά στο ίσιωμα και όχι σε κατηφόρα, μη δίνοντας δικαιώματα στο ταλαιπωρημένο χειρόφρενο που αντιδρούσε.

Κοίταξε το ρολόι του, ένα παλιό POLJOT STURMANSKIE απ' τα φτηνά του '53 που του είχε χαρίσει ο πατέρας του και έδειχνε ήδη 9:20. Αμέσως βιάστηκε.

Θα είχε μπροστά του καμιά ώρα περπάτημα για να φτάσει περίπου στην καρδιά της έκρηξης και να νιώσει τη συγκίνηση του παρελθόντος.

Φανταστικά βέβαια, γιατί κανένα ρολόι δεν μπορούσε να γυρίσει 20 χρόνια πίσω, αλλά ακόμα κι αν η αλχημεία των δεικτών συνηγορούσε στο να γητευτεί αυτό το ταξίδι στο χρόνο, τότε σίγουρα εκείνος δεν θα ήθελε να είναι εκεί.

Κατευθύνθηκε στο πορτμπαγκάζ και έβγαλε από μέσα ακόμη ένα μπουφάν, κάτι σαν μαύρη κάπα ή επενδύτη. Το φόρεσε κι αυτό πάνω από τα υπάρχοντα χοντρά του ρούχα από νάιλον κι άρχισε να μοιάζει με αρκούδα στο φυσικό της περιβάλλον.

Φόρεσε και μια γυάλινη μάσκα ματιών, σαν αυτές που σήμερα έχουν οι χιονοδρόμοι για την ακτινοβολία από το χιόνι, αλλά

14

CIA: Επιχείρηση Παράκελσος

μάλλον έμοιαζε με υποβρύχια κάσκα ψαρέματος και μέσα της έμοιαζε αστείος. Μόνο ο αναπνευστήρας έλειπε, αλλά ήταν το «ντιζάιν» της εποχής. Γάντια φορούσε ήδη απ' την οδήγηση.

Τώρα έμενε να φορέσει και τα χιονοπέδιλα για το περπάτημα που θύμιζαν ξύλινες ρακέτες του τένις, αλλά αυτά αρκέστηκε να τα κρεμάσει σε έναν εξωτερικό γάντζο του σακιδίου που έβγαλε από το αυτοκίνητο και τον πέρασε στον αριστερό του ώμο. Αρχικά θα περπατούσε με τα μποτάκια.

Επιτέλους σήκωσε το κεφάλι απ' το πορτμπαγκάζ και έριξε μια εξερευνητική ματιά στον γύρω χώρο, έτσι, χωρίς να ψάχνει τίποτα το ιδιαίτερο. Άλλωστε είχε άδεια για την κυνηγετική καραμπίνα με διόπτρα, που άφησε τελευταία απ' όλα να κυλήσει απαλά στον δεξί του ώμο.

Σ' αυτά τα μέρη ήταν απαραίτητη, εκτός κι αν ήθελε να γίνει το κουβέρ κάποιας αρκούδας, που μπορεί να είχε αψηφήσει το ηφαιστειακό τοπίο καραδοκώντας για κάποιον ανυποψίαστο επισκέπτη. Ποτέ δεν μπορούσες να είσαι σίγουρος με τις αρκούδες και τα αιλουροειδή, ακόμα και σ' ένα τερέν αφιλόξενα γεμάτο με στάχτη και χιόνι.

Τελευταίο εργαλείο για το επιστημονικό του ταξίδι, η τσάντα με τα σύνεργα, που με το ζόρι χωρούσε στο καμπυλωτό πορτμπαγκάζ του αυτοκινήτου που έμοιαζε με «σαπουνοθήκη», όπως πολλοί Ρώσοι αποκαλούσαν χαϊδευτικά το γραφικό ΖΑΖ. Πάντως, ο νεαρός προτιμούσε να το λέει «horary», δηλαδή χάντσμπακ, προσδίδοντας έτσι μια αυτόκλητη αίγλη στο απόκτημά του.

Η τσάντα με τα όργανα παρατήρησης και τα βοηθήματα συλλογής υλικών και πληροφοριών έμοιαζε με αυτές τις καφέ δερμάτινες τσάντες με τα γιατροσόφια, που κουβαλούσαν οι τυχοδιώκτες οδοντίατροι στις καουμπόικες ταινίες.

Εδώ, όμως, ήταν μαύρη και σαφώς πιο κακόγουστη ακόμη κι από κείνες, έστω και τόσες δεκαετίες μπροστά από το Φαρ Ουέστ. Βέβαια δεν μπορούσες να ζητάς και πολλά από μια Λαϊκή Δημοκρατία που δεν έμελλε ποτέ να αποκτήσει κουλτούρα Λουί Βιτόν. Ούτε βέβαια και αισθητική.

Το χειρότερο όμως με αυτές τις τσάντες που είχαν οι περισσότεροι Σοβιετικοί επιστήμονες, γιατροί και όσοι έπρεπε να κουβαλούν μαζί τους λεπτεπίλεπτα όργανα, εργαλεία ή οτιδήποτε άλλο, ήταν ότι τις σημάδευε μια ανάγλυφη σφραγίδα βαναυσότητας, μια φήμη που μάλλον ήταν κυνικά εφιαλτική και το χειρότερο, πιθανότατα αληθινή.

Ενώ πολλοί νόμιζαν ότι κατασκευάζονταν στο Τατζικιστάν, από δέρμα κατσικιών και προβάτων, λίγοι γνώριζαν ότι το πραγματικό υλικό ήταν δέρμα σκύλων που εκτρέφονταν αποκλειστικά γι' αυτόν το σκοπό.

Μια φήμη που καλύτερα να παραμείνει... φήμη.

Ο νεαρός φυσικός με ειδίκευση στη χρήση υλικών για πυρηνικούς σκοπούς, που σύντομα θα έπαιρνε και τυπικά το διδακτορικό του, έκλεισε με δύναμη το καπό και άρχισε να περπατάει.

Ήταν η πρώτη του επίσημη αποστολή, αφού είχε οριστεί ότι σε δύο μήνες από σήμερα θα αναλάμβανε και τυπικά το παρθενικό του πόστο, ως διευθυντής ειδικής μονάδας ερευνών στο Επιστημονικό Κέντρο του Ντουλάχεβ.

Ήθελε πολύ να κάνει αυτό το ταξίδι και θεωρούσε τιμή του ότι ήταν μόλις ο τρίτος, μετά από 20 χρόνια, που μυστικά πήρε την άδεια απ' την κυβέρνηση για να εξετάσει το χώρο. Και είχε τόσο εμπιστοσύνη στις γνώσεις του και στον εαυτό του, που πίστευε ότι δεν χρειαζόταν ομάδα υποστήριξης.

Ο νεαρός γνώριζε βέβαια ότι οι πρώτες επιτόπιες μετρήσεις είχαν γίνει νωρίς, αμέσως μετά την πτώση του μετεωρίτη και μέχρι το τέλος του Φλεβάρη του 1947.

Τότε, πρώτος απ' όλους, ο Φέδορ Σιπούλιν και τρεις άλλοι επιστήμονες της Γεωλογικής Υπηρεσίας είχαν περάσει τρεις ημέρες στην τοποθεσία ταυτοποιώντας περισσότερους από 30 κρατήρες μεγαλύτερους του ενός μέτρου, ενώ είχαν βρεθεί και μετεωριτικά θραύσματα καρφωμένα σε δέντρα, καθώς η περιοχή είναι δασώδης.

Η αναφορά του Σιπούλιν έπεισε την επιτροπή μετεωριτών της Σοβιετικής Ακαδημίας Επιστημών (ΣΑΕ) να οργανώσει και μια δεύτερη, πιο οργανωμένη εξερευνητική αποστολή, μόλις δύο μήνες αργότερα, υπό κάποιον Φεσένκοφ.

Οι έξι ερευνητές της νέας αποστολής, μεταξύ των οποίων ήταν και ο αστρονόμος Νικολάι Ντιβάρι, συνέλεξαν τις μαρτυρίες σχεδόν 250 κατοίκων από 50 χωριά και κωμοπόλεις της περιοχής, μέχρι και 200 χιλιόμετρα μακριά από το μετεωρικό πεδίο.

CIA: Επιχείρηση Παράκελσος

Καμιά όμως ομάδα και κανένας επιστήμονας –ακόμα κι απ' αυτούς που πήγαν στον τόπο χωρίς επίσημη άδεια– δεν είχε βρει μέχρι τότε τίποτα το εξαιρετικό ή κάτι που θα μπορούσε να αξιοποιηθεί επιστημονικά. Γεγονός που το έκανε ιδιαίτερα δελεαστικό για τον διψασμένο για δόξα νεαρό.

Έτσι όπως ο «μικρός» περπατούσε τώρα στο ερευνητικό πεδίο συνδύαζε όλα αυτά που έβλεπε με αυτά που είχε διαβάσει, τόσο στην απόρρητη έκθεση της Γεωλογικής Υπηρεσίας Άπω Ανατολής όσο και στα απόρρητα στοιχεία της επιτροπής μετεωριτών της ΣΑΕ.

Επιτέλους έβλεπε από κοντά την ελλειψοειδή έκταση των περίπου 1.300 στρεμμάτων, όπου είχε γίνει η πτώση και η πρόσκρουση και άλλοτε ήταν καταπράσινα.

Βέβαια δεν μπορούσε να ζήσει την ισχυρή λάμψη και τον εκκωφαντικό ήχο της πτώσεως που έγιναν αισθητά μέχρι και 300 χιλιόμετρα γύρω από την τοποθεσία που έπεσαν τα περισσότερα θραύσματα.

Αλλά ούτως ή άλλως δεν θα μπορούσε, ακόμη κι αν το 1947 στεκόταν στο σημείο όπου βρισκόταν σήμερα, γιατί απλά θα είχε γίνει κι αυτός εκατοντάδες μικρά κομματάκια ενός απρόσκλητου συμπαντικού ραντεβού.

Η ώρα περνούσε και πλησίαζε 10:30, δηλαδή περίπου η ώρα της «έκρηξης», ακριβώς «σαν σήμερα»... 20 χρόνια και 1 μήνα πριν.

Αν και ο νεαρός είχε σχεδιάσει στο μυαλό του αυτή την επίσκεψη ακριβώς την ημέρα της επετείου, στις 12 Φλεβάρη, οι κακές καιρικές συνθήκες δεν του είχαν επιτρέψει αυτή την εξόρμηση, που ευτυχώς γι' αυτόν γινόταν σήμερα, έστω και με έναν μήνα καθυστέρηση.

«Το συμβάν πρέπει να ήταν απερίγραπτο», σκέφτηκε. Ο μετεωροειδής, που υπολογίσθηκε ότι εισήλθε στη γήινη ατμόσφαιρα κινούμενος με ταχύτητα περίπου 14 χιλιόμετρα ανά δευτερόλεπτο, άρχισε να διασπάται από την τριβή με τα πυκνότερα ατμοσφαιρικά στρώματα και τα θραύσματά του έπεσαν ταυτόχρονα.

Σταμάτησε να περπατάει και ενστικτωδώς ο νεαρός κοίταξε ψηλά προς τον ουρανό. Εμπνευσμένος απ' την ενέργεια του χώρου, ζωγράφισε στο μυαλό του έναν μεγάλο σιδηρομετεωρίτη – τον μεγαλύτερο που είχε ποτέ καταγραφεί να πέφτει στη Γη.

Έτσι όπως σουρεαλιστικά τον ένιωθε να έρχεται από βόρεια κατεύθυνση και υπό γωνία 42 μοιρών, ήταν φωτεινότερος απ' τον ήλιο και πολύχρωμος σαν μια ενιαία μάζα, πριν τελικά διαλυθεί με μια βροντερή έκρηξη σε παραπάνω από 70 τόνους θραυσμάτων.

Μάλιστα, οι μαρτυρίες στην επιστημονική έκθεση ανέφεραν ότι επί πολλές ώρες παρέμειναν στον ουρανό ίχνη καπνού και νέφους που κάλυψαν έκταση περίπου 32 χιλιομέτρων.

«Όντως πρέπει να ήταν φαντασμαγορικό», είπε ξανά μέσα του κι άρχισε πάλι να περπατάει κοιτώντας δεξιά κι αριστερά σαν να σκανάρει το τοπίο και να διψάει για ακόμη περισσότερο.

Ανά τακτά διαστήματα, ουσιαστικά όταν κάτι του έκανε εντύπωση ή ξεχώριζε απ' το χιόνι που κάλυπτε σχεδόν τα πάντα, σταματούσε, έπαιρνε δείγμα στα χέρια του και το μελετούσε πρώτα διά της αφής και αμέσως μετά διά οράσεως.

Πολλές φορές μάλιστα, το σήκωνε και ψηλά σαν να θέλει να φιλτράρει τον ουρανό ή να τον αφήσει με το μαγικό του γαλάζιο να τρυπήσει το εύρημα που είχε επιλέξει. Αναμφισβήτητα είχε και πείρα και γνώσεις.

Δεν ήταν άλλωστε τυχαίο ότι κατά τη διάρκεια του πρώτου του πτυχίου στη Φυσική, παράλληλα, είχε σπουδάσει και Γεωλογία.

Πάντως μέχρι στιγμής δεν είχε χρειαστεί να βγάλει κάποιο όργανο από το σακίδιο, ούτε καν κάποιον μεγεθυντικό φακό. Προφανώς όλα του τα ευρήματα ήταν απλά «σιδερένιες» πέτρες, χωρίς ιδιαίτερη σημασία, που το διάστημα είχε στείλει στον πλανήτη μας συστημένες και χωρίς ταχυδρόμο, ολοφάνερα με διαδικασία express...

Ο ήλιος είχε ανέβει πια αρκετά και σε συνδυασμό με τον καθαρό καιρό που πρόσφερε ορατότητα, όπως κι εκείνη τη μέρα του '47, έφερνε απ' τα ανατολικά ένα διαυγές φως που λαμπύριζε στο χιόνι και φώτιζε τον πάγο, όπως οι θεατρικοί προβολείς μια συναυλία μπαλέτου.

Μόνη παρατονία, η παντελής έλλειψη ζωικής παρουσίας και ήχων. Η απόλυτη σιωπή να ποτίζει με γκρι το άλλοτε χακί της πλούσιας βλάστησης.

Άλλωστε γι' αυτό και δεν υπήρχαν πουθενά ίχνη ή πατημασιές. Και σίγουρα δεν πετούσαν πουλιά πάνω από το λευκό σεληνιακό τοπίο.

Ήταν κάτι σαν το απόλυτο κενό. Σαν συνθήκες εργαστηρίου.

Χρόνια πριν, τα πράγματα θα ήταν σίγουρα χειρότερα, αφού μετά την πτώση του σιδηρομετεωρίτη και την ταυτόχρονη βροχή χιλιάδων μεταλλικών θραυσμάτων, τα δέντρα, οι θάμνοι και τα φυτά της περιοχής είχαν καεί ολοκληρωτικά. Σιγά σιγά όμως έπαιρναν πάλι απάνω τους.

Ο νεαρός παρατηρούσε τώρα ότι μερικά από αυτά τα θραύσματα ήταν «πρωτογενή», με επιφάνεια από σχετικώς λεία τμήματα, που υποδείκνυαν επιφανειακή τήξη και άλλα ίχνη ατμοσφαιρικής διαφοροποίησης.

Διάσπαρτα υπήρχαν και «τεθραυσμένα» ή «σράπνελ», όπως τα αποκαλούν οι επιστήμονες, δηλαδή τεμάχια με κοφτερές άκρες σχισμένου μετάλλου που υποδεικνύουν βίαιη δημιουργία.

Ευτυχώς 20 χρόνια μετά, η υπομονή και η γενναιοδωρία της γήινης φύσης είχε ήδη αρχίσει να παίρνει τη ρεβάνς από την ενεργειακή μανία του σύμπαντος, με αποτέλεσμα δειλά δειλά μια βρεφική βλάστηση να καλύπτει τα τοιχώματα και τους πυθμένες των κρατήρων.

Σε έναν τέτοιο κρατήρα είχε φτάσει τώρα ο νεαρός Ρώσος. Είχε διάμετρο περίπου 15 μέτρων και βάθος γύρω στα 3, αλλά δεν δυσκολεύτηκε καθόλου να κατέβει στον πυθμένα χρησιμοποιώντας τρία φυσικά σκαλοπατάκια που είχε δημιουργήσει η ατμόσφαιρα με τον καιρό και τους ανέμους.

Με το μικρό του ειδικό τσουγκρανάκι που έβγαλε από το σακίδιο, τσάπισε λίγο το χιόνι και πήρε μια μικρή ποσότητα χώματος που την έβαλε μέσα σ' έναν πειραματικό σωλήνα, περίπου στο μέγεθος μιας μπαταρίας.

Πήρε και κάνα δυο θραύσματα που του έκαναν εντύπωση. Ήταν λίγο μεγαλύτερα από καμιά 30αριά γραμμάρια το καθένα. Όχι πάντως τίποτα σπουδαίο, γι' αυτό και γρήγορα τα έβαλε στο σάκο.

Κι ενώ ήταν έτοιμος να ξανανέβει το «λάκκο» και να συνεχίσει τη «σεληνιακή» πορεία του, η ματιά του έπεσε σε μια λάμψη περίπου 6-7 μέτρα μακριά του.

Δεν ήταν ακριβώς λάμψη, αλλά μια δέσμη φωτός με περίεργα

χαρακτηριστικά. Κάτι σαν μια δέσμη ουράνιου τόξου που δεν ερχόταν όμως απ' τον ουρανό, αλλά από το έδαφος.

Τα 'χασε! «Τι είναι αυτό;», σκέφτηκε. Δεν είχε ξαναδεί κάτι παρόμοιο και δεν μπορούσε στα δέκατα του δευτερολέπτου της ξαφνικής παρατήρησης να προσδιορίσει τι ήταν.

«Κι όμως νάτο», φώναξε δυνατά μέσα στη σιωπή κι ο αντίλαλος επιτέθηκε σε κάνα δυο κομμάτια χιονιού που βρήκαν αφορμή να ξεκολλήσουν απ' τα γλιστερά τοιχώματα του κρατήρα.

Αυτό που έβλεπε, συνέχιζε να εκπέμπει ένα φάσμα χρωμάτων σαν φακός, που αντί να στέλνει φως, λειτουργούσε σαν προβολέας φασματογράφησης κάποιας δέσμης ακτίνων.

Γρήγορα κινήθηκε προς τα εκεί, αλλά δεν άγγιξε τίποτα. Οι κινήσεις του έγιναν εξαιρετικά προσεκτικές σαν των χειρουργών. Έμεινε ακίνητος, όπως τα αιλουροειδή παραμονεύουν το θήραμα. Άλλωστε κι αυτός τώρα κυνηγούσε: την ανακάλυψη του αγνώστου.

Γονάτισε ακριβώς από πάνω, αλλά πλέον δεν μπορούσε να δει τη δέσμη. Μπορούσε όμως να δει ότι επρόκειτο για έναν μισοθαμμένο λίθο που θύμιζε διαμάντι.

Δεν ήταν όμως διαμάντι. Αυτό το κατάλαβε αμέσως. Σίγουρα όμως έμοιαζε με πολύτιμο ή ημιπολύτιμο λίθο.

Έμεινε σχεδόν ακίνητος για μερικά λεπτά και, κουνώντας μόνο το βλέμμα του για να αλλάζει γωνία παρατήρησης, εξακολουθούσε να ψάχνει για τη δέσμη φωτός, αλλά λες και κάτι είχε αλλάξει στο «δείκτη διαθλάσεως» με αποτέλεσμα να μη φαίνεται πια.

Σκέφτηκε το Νόμο της Διαθλάσεως για τους πολύτιμους λίθους: «όταν μια ακτίνα φωτός εισέρχεται από ένα αραιό περιβάλλον (αέρας) σε ένα πυκνότερο περιβάλλον (κρύσταλλος), υπό συγκεκριμένη γωνία (γωνία προσπτώσεως), τότε αυτή διαθλάται (κάμπτεται). Εάν δε η ακτίνα πέφτει κάθετα στην επιφάνεια, τότε δεν υπάρχει διάθλαση».

«Αυτό είναι», σκέφτηκε, «άλλαξε η γωνία απ' όπου το κοιτάω ή άλλαξε θέση η πηγή που το φώτιζε».

Κατάλαβε ότι θα έπρεπε να το ξεθάψει και να το περιεργαστεί στο φως του ήλιου, ώστε να δει την «πολυθλαστικότητα» του ευρήματος, δηλαδή τις οπτικές ιδιότητες και διαφορετικές διευθύνσεις που διέρχεται η ακτίνα του φωτός, αφού κάποιοι λίθοι ανακλούν το φως με διαφορετικό τρόπο.

«Μερικές φορές, μάλιστα, η ακτίνα διαθλάται σε δύο διαφορετικές πολωμένες ακτίνες», θυμήθηκε. «Εδώ όμως είχαμε φάσμα», σκέφτηκε... «δηλαδή άπειρες ακτίνες».

Έβγαλε από την τσάντα ένα πινέλο με χοντρές τρίχες και άρχισε να χαϊδεύει την επιφάνεια περιμετρικά του λίθου, ώστε να το ξεθάψει εντελώς.

Γρήγορα όμως διαπίστωσε ότι το «πέτρωμα» ήταν μέρος ενός ευρύτερου θραύσματος. Ήταν σφηνωμένο σαν ένα σώμα σε ένα κομμάτι «σράπνελ» που προφανώς κατά τη βίαιη έκρηξή του στην ατμόσφαιρα ενώθηκε με το λίθο που συνταξίδευε από το διάστημα.

Τώρα πια, έχοντας ελευθερώσει το «τεθραυσμένο», μπορούσε να βγάλει το εύρημά του από το χώμα. Το τράβηξε προσεκτικά και το διαστημικό «σκουπίδι» ξάπλωσε αναπαυτικά στη δεξιά παλάμη του.

Είχε το μέγεθος ενός τούβλου και ο πολύτιμος σφηνωμένος λίθος τη μάζα ενός λεμονιού. Είχε και περίεργο σχήμα. Κάτι σαν βότσαλο σε μέγεθος λεμονιού ή μικρού πορτοκαλιού.

Όπως κοιτούσε τώρα από πιο κοντά το εσωτερικό του λίθου, διέκρινε κάτι σαν πυρήνα, αλλά δεν μπορούσε με τίποτα να προσδιορίσει τι ήταν. Χρυσάφιζε κιόλας, και ο πυρήνας είχε το μέγεθος της κεφαλής μίας καρφίτσας.

Δεν μπορούσε όμως να βγάλει συμπέρασμα, ούτε από τι υλικό ήταν, ούτε τι ρόλο έπαιζε και παρά το γεγονός ότι υπήρχε αυτό το «σημάδι» στο εσωτερικό, το χρώμα του λίθου και η διαφάνειά του ήταν μοναδική.

«Πρέπει να έχει ιδανικό κρυσταλλικό κόκκο», σκέφτηκε. Όντως είχε! Θα έλεγες καλύτερο και από το καθαρότερο διαμάντι της γης.

Όμως δεν ήταν στα σίγουρα διαμάντι και, τώρα που το κοίταζε απ' όλες τις πλευρές, δεν ήταν σίγουρα κάποιος άλλος πολύτιμος ή ημιπολύτιμος λίθος.

Ήταν κάτι μοναδικό, που για πρώτη φορά εμφανιζόταν στη Γη. Ένας διαστημικός λίθος αγνώστου ταυτότητας, προέλευσης και χαρακτηριστικών.

Γιάννης Παρθένιος

Μάταια προσπάθησε να το ξεκολλήσει από το υπόλοιπο μεταλλικό θραύσμα. Θα χρειαζόταν σίγουρα εργαστήριο και ειδικά εργαλεία, με πολύ υψηλές θερμοκρασίες αποκόλλησης.

Ίσως μάλιστα να 'πρεπε και να κοπεί ο λίθος, αφήνοντας ένα κομμάτι του για πάντα στην «αγκαλιά» του μετεωρίτη.

Σίγουρα, όμως, τίποτα απ' όλα αυτά δεν μπορούσε να γίνει εδώ...

«Πως άντεξε τέτοια έκρηξη;», σκέφτηκε.

Πράγματι, με τέτοιες θερμοκρασίες και τόση δύναμη πρόσκρουσης, η σκληρότητα αυτού του λίθου έπρεπε να τινάζει τη σκάλα του Mohs στον αέρα. Μπροστά του το διαμάντι θα θύμιζε σε σκληρότητα ελαφρόπετρα για πεντικιούρ.

Σήκωσε το εύρημα προς τον ήλιο και άρχισε να το περιεργάζεται, εξερευνώντας αν μπορούσε να βγάλει κάποια συμπεράσματα για τη δέσμη που νωρίτερα είχε εκπέμψει.

Δεν γινόταν τίποτα, αλλά ο νεαρός είχε πείσμα και υπομονή και συνεχίζοντας με χειρουργικές κινήσεις προσπαθούσε να «πιάσει» την ακτίνα φωτός που θα το έκανε πάλι να λάμψει. Θύμιζε σε μανία τους σέρφερς που κυνηγούν τα «μάβερικ».

Το γυρνούσε αργά και βασανιστικά πάνω από 5 λεπτά, ώσπου ξαφνικά «έπιασε το κύμα».

Τα μάτια του νεαρού φοιτητή διπλασιάστηκαν σε μέγεθος, η καρδιά του χτυπούσε με τους διπλούς σφυγμούς και ένα είδος συμπαντικού εκστασιασμού ζωγράφισε με φωτεινότητα το πρόσωπό του.

Αισθάνθηκε κι ένα ρίγος να τον διαπερνά. Κάτι σαν υπερκόσμιο ή μεταφυσικό, αλλά γρήγορα το ξεπέρασε γνωρίζοντας καλά ότι όλα εδώ ήταν απλή φυσική. Παρθένα, αλλά σίγουρη.

Κοιτούσε τώρα μια ακτίνα φωτός να εκπέμπεται από το λίθο και να αποτελείται από όλα τα χρώματα του ουράνιου τόξου.

Όλα τα χρώματα και τις συχνότητές του.

Αυτό όμως που τον τρέλανε τελείως ήταν ότι μια δεύτερη δέσμη φωτός, που δεν είχε δει πριν, έβγαινε και εκείνη από το λίθο σε 45 μοίρες γωνία σε σχέση με την άλλη.

Και το ακόμη πιο περίεργο; Ήταν μαύρη. Δηλαδή όλα τα χρώματα μαζί.

Δεν είχε ξαναδεί μαύρη δέσμη. Λογικά δεν έπρεπε να υπάρχει. Θεωρητικά δεν μπορούσε να δημιουργηθεί.

Γνώριζε καλά ότι φωταύγεια είναι η ικανότητα ενός λίθου να εκπέμπει δευτερογενή ακτινοβολία. Γνώριζε επίσης ότι καθοδο-φωταύγεια είναι η εκπομπή φωτο-ακτινοβολίας ύστερα από την έκθεση ενός σώματος σε ενεργές καθοδικές ακτίνες. Αυτό όμως που έβλεπε δεν ήταν το ίδιο.

Ήξερε ακόμη και για τον περιβόητο πλεοχροϊσμό, ότι δηλα-δή σε μερικούς λίθους συμβαίνει να παρατηρούνται διαφορετικά χρώματα στον οπτικό τους άξονα, ανάλογα με τη διεύθυνση από την οποία απορροφούν το φως.

Όταν παρουσιάζουν δύο χρώματα, τότε το φαινόμενο καλεί-ται διχροϊσμός, με τρία χρώματα τριχροϊσμός, με τέσσερα χρώ-ματα τετραχροϊσμός κ.ο.κ. «Εδώ όμως έχουμε να κάνουμε με παν-χροϊσμό», σκέφτηκε.

Είχε μείνει χωρίς ανάσα και δεν μπορούσε πια ούτε να σκε-φτεί. Απλά ακολουθούσε το φάσμα σαν σε ένα ταξίδι στο άγνω-στο, χωρίς φόβο, αλλά με άπλετο εκστασιασμό και συγκίνηση για το καινούργιο.

Κάτι καινούργιο είχε ταξιδέψει από μακρινούς ή κοντινούς γαλαξίες —εδώ κυριολεκτικά ο χρόνος είναι σχετικός— και για πρώτη φορά έκανε γνωστή την παρουσία του.

«Και μάλιστα πολλά υποσχόμενο», σκέφτηκε ο νεαρός. «Αυ-τός ο λίθος πρέπει να έχει μοναδικές ιδιότητες και ποιος ξέρει τι εφαρμογές...»

Πολλές φορές η θεοποίηση δεν έχει να κάνει με την αναζήτη-ση του Θείου, αλλά με την αναζήτηση μιας αλήθειας άγνωστης μέχρι εκείνη τη στιγμή.

Έτσι ακριβώς αισθανόταν τώρα. Θεός!

Τον έπιασε όμως και πανικός. Μια περίεργη κρίση πανικού, για την ανακάλυψη του καινούργιου.

Άρχισε να μαζεύει γρήγορα ό,τι εργαλεία είχε βγάλει απ' την τσάντα και τοποθέτησε το εύρημα σε μια προστατευτική σακου-λοθήκη πάνω απ' όλα τ' άλλα, κλείνοντας το φερμουάρ.

Χωρίς λόγο, αισθάνθηκε σαν να τον παρακολουθούν και σύ-ντομα να τον κυνηγούν. Άρχισε να ιδρώνει και νόμιζε πως έτρε-με, ενώ η καρδιά του είχε αρχίσει να στραβώνει σαν ακτίνες πο-δηλάτου έτοιμες να σπάσουν.

Προσπαθούσε να φτάσει στο αυτοκίνητο, αλλά αισθανόταν

ότι περπατούσε, ενώ στην πράξη έτρεχε. Σαν όλα να πήγαιναν σε αργή κίνηση.

Ξαφνικά του κόπηκε και η αναπνοή. Έτσι νόμιζε, γιατί κατά τ' άλλα μια χαρά ανέπνεε.

Τώρα έβλεπε και το ΖΑΖ από μακριά, αλλά νόμιζε ότι δεν μπορούσε να το φτάσει, ότι δεν άντεχε να φτάσει μέχρι εκεί, λες και μια μυστηριώδης ακτινοβολία τον εμπόδιζε σπρώχνοντάς τον αντίθετα και κάνοντας το περπάτημά του δύσκολο έως αδύνατο.

Ήταν ο πανικός, που ταυτόχρονα με το σώμα πλημμύρισε και το μυαλό του, σαν μια χημική αντλία να του διοχέτευε κάποια ουσία που δυσχέραινε τη νηφάλια σκέψη.

«Δεν πρέπει να το πω πουθενά, ούτε στην Ακαδημία, ούτε στο κόμμα, ούτε στο διευθυντή μου», σκέφτηκε. «Πρέπει να το κρατήσω για μένα και να το ερευνήσω. Πρέπει να έχει θεϊκές εφαρμογές...»

Επιτέλους πήρε μια ανάσα.

– Ανήκει μόνο σ' εμένα. Μου ανήκει, φώναξε κι η κραυγή ταξίδεψε στα άδυτα της σιβηρικής αβύσσου...

Αμπελόκηποι, Αθήνα, Ελλάδα,
Ξενοδοχείο Resident,
Οκτώβριος 1998

Ο 26χρονος Κάιζερ βγήκε από το ασανσέρ του τελευταίου ορόφου όπου βρισκόταν η αυτοκρατορική σουίτα του σεΐχη.

Απ' τον ψηλότερο όροφο του ξενοδοχείου η θέα της Αθήνας σου έκοβε κυριολεκτικά την ανάσα, αφού το μάτι μπορούσε να ταξιδέψει προς όλες τις διευθύνσεις και να σαρώσει το αγκαλιασμένο από βουνά λεκανοπέδιο.

Ακόμη κι απ' το σαλονάκι υποδοχής στο οποίο έβγαζε το ιδιωτικό ασανσέρ του ορόφου, ο Ολλανδός μπορούσε τώρα να χαζέψει την Ακρόπολη και ν' αφήσει το μάτι του να πετάξει μακριά μέχρι τη θάλασσα, την Αίγινα κι ακόμη μακρύτερα.

Ύστερα από το κυνηγητό των τελευταίων ημερών στα παγωμένα, μουντά βουνά της Κεντρικής Ευρώπης και το ατελείωτο, βιαστικό οδήγημα μέχρι να μπει στο φέρι απ' το Μπάρι, με προορισμό την Πάτρα, ο καταγάλανος ουρανός της Αθήνας με τον φιλόξενο ήλιο να μπαίνει από τα φιμέ παράθυρα του κτιρίου αποτελούσε τώρα γι' αυτόν μια ανάσα ηρεμίας.

Αν και Έλληνας στην καταγωγή, από μητέρα Ηπειρώτισσα, που είχε παντρευτεί έναν Ολλανδό στο Βέλγιο, ήταν η πρώτη φορά που κατάφερνε –έστω και κυνηγημένος– να φτάσει στην Αθήνα. Τώρα μέσα του έλεγε ότι ίσως έπρεπε να το είχε κάνει αρκετά χρόνια πριν.

Βέβαια, και αυτή τη στιγμή, κατά τύχη βρισκόταν εδώ. Κι αυτό χάρη στον Ίαρ Άντενς, το λαμόγιο λαθρέμπορο και κλεπταποδόχο διαμαντιών, που με αμοιβή κάτι παραπάνω από 50.000 δολάρια σε πολύτιμες πέτρες, βρήκε αυτόν το σύνδεσμο, ώστε ο Κάιζερ να γλιτώσει προσωρινά απ' το κυνηγητό και να πλασάρει τη λεία του.

Βέβαια ο μικρός δεν είχε καταλάβει ακόμη ότι, για να γλιτώσεις από τη μεγαλύτερη εταιρεία διαμαντιών στον κόσμο κι από την ασφαλιστική της εταιρεία, μάλλον θα έπρεπε να μεταναστεύσεις στο φεγγάρι.

Πάντως ο νεαρός, και όσο είχε ακόμα έστω και τα μικρά κλεμμένα διαμάντια στην κατοχή του, αισθανόταν μια λανθάνουσα γεύση δύναμης, ειδικά περιμένοντας τον σεΐχη.

Βέβαια, τα πράγματα γι' αυτόν θα ήταν πολύ καλύτερα, αν οι άνθρωποι της εταιρείας διαμαντιών τον είχαν πάρει χαμπάρι λίγο αργότερα και αφού έφευγε με το «Λεσόθο Μπράουν Σταρ».

Έστω όμως και τώρα, με τα απομεινάρια του 1 εκατομμυρίου δολαρίων, θεωρούσε ότι άνετα θα μπορούσε να διαφύγει και να εξαφανιστεί. Μπορεί εκείνοι να είχαν σώσει το διαμάντι, έστω και την τελευταία στιγμή, αλλά εκείνος είχε ακόμη τα διαμαντάκια.

Τουλάχιστον έτσι νόμιζε.

Δύο τεράστιοι όγκοι από κρέας, μπράτσα και μυϊκή μάζα εμφανίστηκαν μπροστά του. Ήταν δύο από τους μουστακαλήδες Άραβες που αποτελούσαν μέρος της ασφάλειας του σεΐχη.

Οι δύο μαυροκοστουμαρισμένοι μπράβοι, με το σχεδόν δολοφονικό βλέμμα, τον κοίταξαν ψυχρά και χωρίς καθόλου να επηρεάζονται από την ύπαρξη του ούζι που ο ένας τους κρατούσε φυσικά στο χέρι σαν απλό κομπολόι. Αμέσως, συγχρονισμένοι σαν βεντάλια, μπήκαν μπροστά από τον Ολλανδό και του έκλεισαν τη θέα προς τα ενδότερα της σουίτας.

Εκείνος βέβαια δυσανασχέτησε στη θέα του υποπολυβόλου

και μάλλον άρχισε να καταλαβαίνει ότι δεν επρόκειτο ακριβώς για μια τυπική επίσκεψη για γλυκό και καφέ.

Με τον τρόπο τους, του έδωσαν να καταλάβει ότι το εθιμοτυπικό της «φιλοξενίας» απαιτούσε να τους πει τι θέλει, αν και ήδη είχαν ειδοποιηθεί από τη φρουρά του ισογείου στην πίσω έξοδο του ξενοδοχείου, που τον είχε βάλει στο ιδιωτικό ασανσέρ του πάρκιγκ.

Οι εκπαιδευμένοι μπράβοι γνώριζαν καλά ότι αυτό επέβαλλε το «πρωτόκολλο» της αποτρεπτικής ψυχολογικής βίας, που ήδη είχε αρχίσει να λειτουργεί στον Ολλανδό.

– Έρχομαι για τον κύριο σεΐχη, κατόρθωσε να ψελλίσει, προβληματισμένος μέσα του για τον αν αποκαλείς έναν σεΐχη και... κύριο.

Σοφό ερώτημα, με αμφίβολες απαντήσεις!

– Κάτσε στον καναπέ και περίμενε, του είπε βαριά η μία από τις δύο «αρκούδες».

Ο Κάιζερ ξεκίνησε να πάει προς τον καναπέ της εισόδου, αλλά μάλλον δεν πρόλαβε. Μια πόρτα στο βάθος άνοιξε κι ένα χέρι, πριν καν προλάβει να εμφανιστεί το σώμα, έγνεψε προς τους δύο σωματοφύλακες να τον αφήσουν να περάσει.

Οι δύο άντρες έκαναν στην άκρη κι ο Ολλανδός κατάλαβε ότι μπορούσε πλέον να προχωρήσει και να πάει προς τα εκεί.

Πέρασε μέσα και ο άντρας που τον περίμενε από πίσω έκλεισε την πόρτα, χωρίς ίχνος ευγένειας, αφήνοντας τη γλώσσα της κλειδαριάς να μαλώσει με την κάσα, κάνοντάς την ν' ακουστεί δυνατά.

Μπαίνοντας ο νεαρός αντίκρισε μπροστά του έναν χοντρομπαλά, μετρίου αναστήματος, καραφλό μεσήλικα, γύρω στα 40, άντε το πολύ 42, ντυμένο ακριβά, αλλά και κακόγουστα.

Ήταν στριμωγμένος μέσα σε ένα πανάκριβο κοστούμι και στερεωμένος σε αστεία, σχεδόν γύφτικα παπούτσια με υπερφίαλα τακούνια.

Φορούσε άσπρο πουκάμισο και μαύρη γραβάτα, αλλά έτσι όπως ήταν χαλαρωμένος ο γιακάς κι ο κόμπος της, μάλλον το θέαμα ήταν «ιδρωμένα» φτηνό, απ' την μπόχα που ανέδιδε το μουσκεμένο απ' τη «χοληστερίνη» κολάρο.

Εντυπωσιακό, μεταξύ καλτ, κακογουστιάς και σουρεαλισμού ήταν και το χρυσό, φανταχτερό ρολόι του, που μπερδεμένο με τις τρίχες του καρπού, λαμπύριζε σαν ψεύτικο, κάνοντάς σε να χρειάζεσαι γυαλιά ηλίου.

– Γεια σας, προσπάθησε να πει ο στρεσαρισμένος νεαρός.

– Κάτσε εκεί, τον έκοψε ο άλλος, δείχνοντάς του με το χέρι τον τριθέσιο καναπέ με τα χρυσοκέντητα μαξιλάρια και τα δύο μικρά ξύλινα τραπεζάκια δεξιά και αριστερά, που φιλοξενούσαν πάνω τους δυο πορσελάνινα λαμπατέρ γεμάτα γιρλάντες και κρόσσια.

Ακριβώς μπροστά υπήρχε κι ένα μεγαλύτερο σκαλιστό, μαρμάρινο τραπέζι που πάνω του είχαν ακουμπήσει ένα ακριβό βάζο, χωρίς όμως λουλούδια.

Γενικά το κεντρικό σαλόνι της σουίτας είχε τα χάλια του, αν και ο διακοσμητής δεν είχε ευθύνη για την αισθητική, που ήταν επιλεγμένη σύμφωνα με τα γούστα των πάμπλουτων Αράβων που είχαν «υιοθετήσει» αυτό το ξενοδοχείο.

Κάθε φορά που ταξίδευαν στην Αθήνα, επέλεγαν αυτό το ξενοδοχείο για διαμονή. Αν τα δωμάτια είχαν φωνή, σίγουρα θα μιλούσαν για τις περίεργες, κίνκι συνευρέσεις τους με νεαρές ξανθούλες, αλλά όχι σπάνια και ξανθομάλληδες νεαρούς, που κουβαλιόντουσαν από χώρες της Κεντρικής και Ανατολικής Ευρώπης. Φυσικά επ' αμοιβή και όχι για τα κάλλη του σείχη.

Και του νεαρού τού έκανε εντύπωση αυτή η διακόσμηση και η δυσοσμία άπω, μέσης και «άντε ψάξε» Ανατολής, αλλά τέτοια ώρα τέτοια λόγια.

Άλλωστε αυτός τους είχε ανάγκη. Θα τους πουλούσε το πουγκί με τα διαμάντια και μετά... «άντε βρες τον», πίστευε μέσα του ακόμα.

– Εσύ πρέπει να είσαι ο περιβόητος Κάιζερ για τον οποίο γράφουν αυτές τις μέρες όλες οι εφημερίδες, του είπε ο «οικοδεσπότης».

– Εσείς; Εσείς είσαστε ο κύριος σείχης; προσπάθησε ο Ολλανδός να ρωτήσει ευγενικά.

– Παιδί μου, είσαι ηλίθιος; Σου μοιάζω για σείχης; απάντησε άγαρμπα ο άλλος. Εγώ είμαι ο Αμπού Αμπάσι, ο γενικός γραμματέας του σείχη και διαμεσολαβητής όλων των υποθέσεών του. Με μένα θα μιλήσεις.

– Συγγνώμη, αλλά νόμιζα ότι θα συναντιόμουν με τον σείχη,

τόλμησε να πει ο μικρός, δυσαρεστημένος με την εξέλιξη του ραντεβού.

– Γιατί εγώ δεν σου κάνω; Αν δεν σου κάνω, φύγε. Ο σεΐχης δεν βλέπει κανέναν και δεν τον βλέπει κανένας. Ειδικά τώρα που σου πήραν οι Ολλανδοί και το «καφέ Άστρο». Καλά, τόσο ηλίθιος είσαι και το είχες κρύψει σε θυρίδα σιδηροδρομικού σταθμού; Δεν καταλάβαινες ότι θα έψαχναν κάμερες, σταθμούς, τα πάντα και θα σε εντόπιζαν; Απορώ πώς ζεις ακόμα.

– Χάρη στον Άντενς. Αυτός μου είπε πώς να διαφύγω και πώς να βρω εσάς. Δεν έκλεψα το «Λεσόθο» πάντως... προσπάθησε να πει, αλλά τον διέκοψε πάλι ο Αμπάσι.

– Σιγά τον γλίτσα. Απατεωνίσκος του κώλου είναι κι αυτός σαν κι εσένα. Και τη μάνα του θα πουλούσε. Απορώ πώς δεν σ' «έδωσε» αυτός στην εταιρεία κι είσαι σήμερα εδώ.

– Μα τον πλήρωσα. Του έδωσα 50 χιλιάρικα, παραπονέθηκε ο μικρός, λες και θα έβρισκε το δίκιο του μ' αυτό το σκυλολόι.

– Τέλος πάντων. Προφανώς δεν πρόλαβε να τα πάρει κι από εκείνους, αλλιώς τώρα θα 'σουν ήδη δόλωμα για τα ψάρια στην Αμβέρσα. Όχι ότι τώρα τη γλίτωσες, αλλά αυτά θα τα πούμε μετά. Πάμε τώρα στα δικά μας να τελειώνουμε.

Ο Κάιζερ ανησύχησε με αυτό που άκουσε και δεν μπορούσε να καταλάβει τι ακριβώς εννοούσε ο Αμπάσι με το ότι «δεν την είχε γλιτώσει». Αποφάσισε όμως να περιμένει.

– Πού είναι τα διαμάντια; Πιστεύω αυτά να τα έχεις μαζί σου, έτσι; ρώτησε ο Πέρσης.

– Ναι, ναι, εδώ τα έχω, απάντησε ο μικρός που ήδη ένιωθε πια ένα νέφος ανησυχίας να τον κυριεύει. Αμέσως έβγαλε από την τσέπη του ένα μικρό πουγκί και το άφησε στο μεγάλο τραπέζι μπροστά του. Πάντως να ξέρεις ότι το μεγάλο διαμάντι, το «Άστρο», δεν το έκλεψα. Μην ακούς αυτά που γράφουν οι εφημερίδες. Πήγα να το κλέψω, αλλά με βούτηξαν και τώρα κάνει φιγούρα η ασφαλιστική τους. Το διαμάντι δεν βγήκε ποτέ απ' το κτίριο. Τώρα με «φωτογραφίζουν» για να με «επικηρύξουν».

Ο Αμπάσι άρπαξε με τη μία το πουγκί και, αφού το άνοιξε, άδειασε το περιεχόμενο στο τραπέζι. Δεν έδωσε σημασία στα άλλα. Ένα μικρό βουναλάκι από διαμάντια ομολογουμένως φώτισαν το δωμάτιο. Ήταν περισσότερο η ενέργεια που εξέπεμπαν παρά η λάμψη τους. Η αίσθηση, όμως, ήταν σίγουρα μαγική.

Ο φαλακρός «επιτετραμμένος» περιεργάστηκε απαλά με το δείκτη του τη μάζα με το όνειρο κάθε γυναίκας και έπειτα γύρισε προς τον μικρό λέγοντάς του:

– Δεν είναι και τίποτα το σπουδαίο. Απλά διαμαντάκια για αρραβώνες στη Νέα Υόρκη, ειρωνεύτηκε.

– Μα τι λέτε τώρα; παραπονέθηκε ο Κάιζερ. Αυτά είναι μοναδικής κοπής. Εγώ με τα χεράκια μου τα έκοψα. Κάνουν πάνω από 1 εκατομμύριο δολάρια, ίσως και 1,5 και 2...

– Σιγά μην κάνουν και 1 δις, τον έκοψε ο Αμπάσι. Θα τα βρούμε αυτά. Σε λίγο θα καταλάβεις ότι κάνουν πολύ λιγότερο στο χρηματιστήριο του «δρόμου». Και για πες μου τώρα, πώς τα έβγαλες έξω απ' την εταιρεία αυτά; Στο μεγάλο σε κατάλαβαν. Αυτά πώς και τα ξετρύπωσες; Από εκεί μέσα δεν βγαίνει ούτε κόκκος χωρίς να το καταλάβουν τα «σκυλιά» τους.

– Τώρα αυτό χρειάζεται να το πω; Τι σημασία έχει; Άσ' το...

– Εγώ κρίνω τι χρειάζεται εδώ. Αλλιώς μάζεψέ τα και δίνε του. Σίγουρα στο λόμπι σε περιμένουν οι άνθρωποι των Ολλανδών για «ξενάγηση». Νομίζεις ότι θα 'φτανες εδώ αν δεν το ήθελα; Αν δεν σε παίρναμε απ' την Ομόνοια με τη λίμο και δεν σ' ανεβάζαμε απ' το μυστικό ασανσέρ; Σε ψάχνουν σε όλες τις πρωτεύουσες του κόσμου. Σε έχουν επικηρύξει για 500 χιλιάρικα, ανόητε. Για μισό εκατομμύριο, οι «κυνηγοί» εκεί έξω θα σε κάνουν βούτυρο. Μόνο εγώ μπορώ να σε σώσω πια, γι' αυτό λέγε και μη με κουράζεις γιατί έχω και δουλειές.

Ο μικρός Ολλανδός άρχισε να νιώθει τον τρόμο να τον κυριεύει και πλέον καταλάβαινε ότι μάλλον είχε μπλέξει άσχημα. Πολύ πιο άσχημα απ' ό,τι το νεανικό, ανώριμο μυαλουδάκι του τον είχε κάνει αρχικά να πιστεύει.

Ίσως η πρόθεσή του να κλέψει τη «Βαν ντε Σταρ» και το μεγάλο της «Λεσόθο» να μην ήταν και τόσο σοφή ιδέα. Η εταιρεία και οι άνθρωποί της δεν θα τον συγχωρούσαν ακόμη και τώρα που η «κοτρόνα» ήταν ασφαλής.

– Εντάξει, θα σου πω, προσπάθησε να ηρεμήσει τον Αμπάσι. Η ιδέα ήταν απλή, αλλά μου πήρε πάνω από δύο χρόνια να την υλοποιήσω. Μπορεί να είμαι μικρός, αλλά δουλεύω εκεί από τα

22 μου και η εταιρεία μέχρι «χθες» με θεωρούσε το μεγαλύτερο παγκοσμίως ανερχόμενο ταλέντο στην κοπή. Είχα πλήρη πρόσβαση σε όλα και με εμπιστεύονταν απόλυτα.

– Γι' αυτό τώρα θα σε γαμήσουν. Συνέχισε, συνέχισε...

Ο Αμπάσι πηγαίνοντας μέχρι το μίνι μπαρ γέμισε με ουίσκι ένα κρυστάλλινο ποτήρι. Έβαλε μόνο για τον εαυτό του και άρχισε να πίνει ακούγοντας με προσοχή τον Κάιζερ.

Ο μικρός συνέχισε...

– Κάποια στιγμή σκέφτηκα το πώς μπορώ να βγάλω έξω πολλά διαμάντια, χωρίς να με καταλάβουν, τουλάχιστον για αρκετό καιρό. Κάθε απόγευμα που σχολάμε –σχολάγαμε τώρα πια– οι άνθρωποι της ασφάλειάς μας ψάχνουν με τα χέρια, με ειδικά μηχανήματα, με ειδικές ακτίνες, με ό,τι μπορείς να φανταστείς. Είναι αδύνατο να βγάλεις έξω διαμάντι.

– Ναι, αυτό λέμε τόση ώρα. Εσύ πώς στο διάολο τα έβγαλες; Και είναι και πολλά, πάνω από 200.

– Θα σου πω. Για χρόνια, χωρίς να το έχω συνειδητοποιήσει, κάθε πρωί που πήγαινα στη δουλειά φορούσα ένα δαχτυλίδι με ένα διαμαντάκι. Να, αυτό εδώ...

Ο Κάιζερ πρόβαλε στον Αμπάσι το χέρι του κι αυτός το κοίταξε.

– Το δαχτυλίδι αυτό είχε καταγραφεί και μπορούσα φορώντας το να μπαίνω και να βγαίνω. Κάποια μέρα μού ήρθε η ιδέα. Σκέφτηκα να κόψω μυστικά μερικές πέτρες χωρίς αξία, που να μοιάζουν με αυτό το διαμάντι, στο μέγεθος της πέτρας του δαχτυλιδιού μου. Αυτό το έκανα σε έναν κοσμηματοπώλη απ' έξω, λέγοντάς του ότι φτιάχνω ψεύτικα κοσμήματα. Χρησιμοποιήσαμε πέτρες της πλάκας και δεν πονηρεύτηκε καθόλου. Αφού λοιπόν μετέτρεψε το δαχτυλίδι έτσι ώστε να μπορείς εύκολα να βάζεις και να βγάζεις την πέτρα, κάθε πρωί έμπαινα με μια ψεύτικη πέτρα και κάθε απόγευμα έβγαινα έχοντας φορέσει μια ίδιου μεγέθους, αλλά από κανονικό διαμάντι που έκοβα εγώ μέσα.

Ο Αμπάσι πετάχτηκε:

– Και τι έκανες τόσες ψεύτικες πέτρες που άφηνες μέσα. Δεν τις έβρισκαν; Πώς δικαιολογούνταν τόσα διαμάντια που σε λίγο καιρό έλειπαν; Αυτοί μετράνε τα πάντα.

– Περίμενε. Δεν την ξέρεις τη δουλειά. Άκου! Τις άχρηστες,

ψεύτικες πέτρες με τις οποίες πήγαινα τα πρωινά, τις έκανα σκόνη. Τις έτριβα κανονικά εκεί που φτιάχνουμε διαμαντόσκονη και έπειτα τις άφηνα να εξαφανιστούν, να τις ρουφήξει ο εξαερισμός της τουαλέτας. Παιγνιδάκι! Τοποθετούσα στο δαχτυλίδι ένα διαμαντάκι ίδιου μεγέθους, σχήματος και χρώματος, που το έκοβα εγώ στα ίδια μέτρα κι έτσι απόγευμα απόγευμα, μετά από δύο χρόνια είχα βγάλει έξω όλα αυτά που βλέπεις μπροστά σου. Αυτά που βλέπεις μπροστά σου δεν είναι αστεία. Είναι μεν διαμάντια αρραβώνων, όπως τα λες εσύ, αλλά το καθένα αξίζει από 5 έως 15 χιλιάδες δολάρια, ανάλογα το κοσμηματοπωλείο. Άρα εγώ κάθε μέρα για δύο χρόνια έβγαζα 5-15 χιλιάρικα τη μέρα. Όχι βέβαια και κάθε μέρα. Μπορείς να αφαιρέσεις τις αργίες, έκανε χιούμορ ο νεαρός που περιγράφοντας είχε αποκτήσει και πάλι έπαρση.

– Καλά –σε ξαναρώτησα–, πώς δεν το πήραν χαμπάρι; Αυτοί μετράνε τα πάντα!

– Δεν είναι τόσο μετρήσιμο όταν είσαι στη θέση που ήμουν εγώ. Στη θέση τη δικιά μου, απλώς σε ξεψαχνίζουν σωματικά να μη βγάλεις τίποτα προς τα έξω. Αν δεν βρουν κάτι πάνω σου –και εμένα δεν με κατάλαβαν ποτέ, ούτε καν τώρα– είσαι καθαρός. Καλά τώρα, βέβαια, που θα ξαναψάξουν από την αρχή με την ιστορία που έγινε –γιατί με ψυλλιάστηκαν με το «μεγάλο»– τώρα, μπορεί και να το καταλάβουν.

– Δηλαδή 200 διαμάντια, όσα τέλος πάντων είναι εδώ πάνω, και δεν το κατάλαβαν; ρώτησε πάλι με απορία ο Αμπάσι.

Ο μικρός πήρε μια ανάσα και χαμογέλασε πονηρά σαν να τον είχαν επιβραβεύσει.

– Όταν κάθε μέρα κόβεις δεκάδες ή επιβλέπεις την κοπή εκατοντάδων διαμαντιών αυτού του μεγέθους, η ποσότητα που αναλογεί σε ένα διαμαντάκι αυτού του όγκου, όπως στο τραπέζι μπροστά σου, είναι αμελητέα. Θεωρείται «σκόνη τριβής». Δεν υπολογίζεται παρά μόνο αν περάσουν μερικά χρόνια και η ποσότητα πια αρχίσει να φαίνεται δυσανάλογη με τη συνολική μακροπρόθεσμη ποσότητα. Εγώ όπως βλέπεις στα δύο χρόνια έφυγα. Αλλά και να είχα μείνει, θα σταματούσα για να μην υπερβώ την ποσότητα που πλέον θα με καταλάβαιναν.

– Είσαι γάτα εν μέρει, του είπε ο Πέρσης.

– Γενικά είμαι γάτα... τόλμησε να πει ο Κάιζερ.

– Μπα! Γενικά είσαι ποντίκι που κρύβεται πλέον και σε λίγο νεκρό ποντίκι, αν δεν αποφασίσεις συνετά.

Τώρα ο Αμπάσι πήγε πάλι προς το μπαράκι και έβαλε ένα ουίσκι και του Ολλανδού. Το άφησε άκομψα μπροστά του.

– Μπίρα δεν έχει; ρώτησε αφελώς ο Κάιζερ.

– Πού νομίζεις ότι είσαι, σε κάνα μπαράκι του Βελγίου; Αν θες πιες το, αν δεν θες... άντε μη σου πω τώρα. Λοιπόν, πόσα θέλεις γι' αυτά;

Ο μικρός προσπάθησε να το παίξει άνετος και ανασκουμπώθηκε στον καναπέ για να δείξει κύρος. Έκανε ότι πίνει, αλλά τα μάτια του είχαν στραβώσει πονηρά και απλά κέρδιζε χρόνο για να σκεφτεί τι να πει.

– Είπαμε πόσο κάνουν. Εγώ με 1 εκατομμύριο είμαι καλά, είπε βάζοντας τα δυνατά του να φανεί πιστευτός και αδιάλλακτος.

Ο Αμπάσι έκανε ότι αγριεύει και ακούμπησε το ποτήρι του στο τραπέζι για να δείξει ότι είχαν τελειώσει.

– Μάζεψέ τα και φύγε. Αρκετή ώρα έχασα μαζί σου...

Μεμιάς κινήθηκε προς τα μέσα, δείχνοντας ότι φεύγει, αν και δεν είχε τέτοιο σκοπό.

– Περίμενε, ρε αφεντικό. Περίμενε, φώναξε ο μικρός. Εσύ πόσα δίνεις;

– 100.000 δολάρια. Ούτε σεντ παραπάνω... 100.000 δολάρια και την ευκαιρία να ζήσεις.

Ο μικρός τα 'χασε ακούγοντας το ποσό. Δεν ήταν ούτε το 1/10 απ' ό,τι υπολόγιζε. Ούτε το 1/10 της χαμηλότερης εμπορικής τιμής. Ήταν ολοφάνερο ότι ο τύπος πήγαινε να του τα φάει μισοτιμής. Τι μισοτιμής δηλαδή; Σ' αυτή όμως τη φάση τον απασχολούσε πιο πολύ το άλλο...

– Τι εννοείς να ζήσω; Αλλιώς θα με σκοτώσεις; ρώτησε με αφέλεια.

– Εμείς δεν σκοτώνουμε για μερικά ψωροχιλιάρικα. Αυτοί που σε κυνηγάνε θα το κάνουν. Εσύ μάλλον δεν έχεις καταλάβει ακόμα πού έμπλεξες. Είσαι ήδη νεκρός. Αυτοί δεν ξεχνάνε. Έχει βγει συμβόλαιο για σένα και αυτά τα συμβόλαια δεν λήγουν ποτέ. Μιλάς και αναπνέεις επειδή είσαι ακόμα εδώ.

Ο μικρός κατσούφιασε, αλλά είχε αρχίσει να καταλαβαίνει.

Είχε δαγκώσει πολύ περισσότερο απ' ό,τι άντεχαν τα σαγόνια του.
– Με 100.000 δεν μπορώ να διαφύγω. Σε έναν χρόνο θα είμαι ταπί, προσπάθησε να του πει για να τον λυπηθεί.
Μάταια.
– Σε έναν χρόνο δεν θα είσαι ταπί, γιατί πολύ πιο γρήγορα θα είσαι ήδη νεκρός. Οι τύποι έχουν αυτιά και μάτια παντού.
– Ακόμα και στη Ν. Αμερική; απόρησε ειλικρινά ο Κάιζερ.
– Πλάκα μού κάνεις; Κάνεις κι ότι ξέρεις από διαμάντια... Ρωσία, Κίνα, Ινδία, Βραζιλία, Αυστραλία, παντού. Όλος ο πλανήτης είναι δικός τους. Είναι σαν τους μασόνους. Δεν τα βάζεις μ' αυτούς.
– Και ποια είναι η λύση; ρώτησε αγχωμένος ο νεαρός.
Τώρα πια ο Κάιζερ κρεμόταν ψυχολογικά επάνω του. Ο Αμπάσι «τον είχε». Το ύφος και η δύναμη που εξέπεμπε, μέσα από αυτή την ανατολίτικη δήθεν εξουσία που του έδινε ο μαύρος χρυσός του σεΐχη, έπιαναν τόπο.
– Λύση υπάρχει, αλλά είναι μία και μόνη. Ή την παίρνεις, ή πεθαίνεις.
– Πες μου λοιπόν...
– Σε τι πιστεύεις;
– Τι εννοείς σε τι πιστεύω; απόρησε ο Ολλανδός.
– Σε τι θρησκεία πιστεύεις;
– Σε προειδοποιώ ότι μουσουλμάνος δεν γίνομαι...
Ο Αμπάσι αγρίεψε. Γούρλωσε τα μάτια και έκανε πάλι ότι νευριάζει. Βέβαια το μυαλό του το είχε στα διαμάντια κι όχι στον προσηλυτισμό.
– Γιατί, θα σε χάλαγε, ρε άπιστε; Σιγά να μη σε κάνουμε μουσουλμάνο. Εμείς δεν κάνουμε μουσουλμάνους τους κλέφτες. Τους κόβουμε τα χέρια. Έχουμε ηθική εμείς. Λέγε σε τι πιστεύεις; Μήπως είσαι άθεος; Όλοι προς τα εκεί κοντά, στην Κεντρική Ευρώπη και στη Βόρεια Θάλασσα, άθεοι είστε.
– Χριστιανός είμαι. Ορθόδοξος χριστιανός.
– Χριστιανός και Ολλανδός που δουλεύει στο Βέλγιο; ρώτησε με αμφιβολία ο Αμπάσι.
– Η μητέρα μου ήταν Ελληνίδα, αλλά μη φαντάζεσαι ότι είμαι και φανατικός. Απ' τα βαφτίσια μου έχω να πάω στην εκκλησία.
Ο Αμπάσι χαμογέλασε ειρωνικά.

– Σε βλέπω να αναπληρώνεις τις χαμένες ώρες.

– Τι εννοείς;

– Ο μόνος τρόπος να σωθείς, είναι να εξαφανιστείς. Να κρυφτείς για αρκετά χρόνια μέχρι να ξεχαστεί. Αν και αυτοί δεν ξεχνάνε. Έχω έναν φίλο...

Ο Κάιζερ πετάχτηκε και τον διέκοψε.

– Πού να εξαφανιστώ; Πού να κρυφτώ; Εσύ δεν είπες ότι...

– Σκάσε και άκου. Σκάσε επιτέλους. Έχω έναν φίλο με μεγάλη δύναμη. Ονομάζεται Αλ Χασάν Αλ Αλαμί και είναι το μεγαλύτερο «κεφάλι» στη Δυτική Αφρική. Ξέρει και τις πέτρες. Από τρομοκράτες μέχρι αντάρτες κι από στρατηγούς μέχρι πατριάρχες. Χωρίς αυτόν δεν κινείται τίποτα στην Κεντρική και Δυτική Αφρική.

– Εκεί θα πάω; Στις μαϊμούδες; αγχώθηκε ο μικρός.

– Ή εκεί ή λίγο πιο κάτω... Στην Κόλαση. Διάλεξε.

– Για λέγε, είπε ο μικρός ξεφυσώντας.

– Ναι, αλλά σταμάτα να με διακόπτεις γιατί θα σε στείλω στο διάολο. Λοιπόν –τώρα ξεφύσηξε ο Αμπάσι– αυτός ο Αλ Αλαμί, αν και καλός μουσουλμάνος αδελφός, έχει κάποιες σχέσεις με ένα πολύ υψηλό στέλεχος των Ορθοδόξων στη Δυτική Αφρική. Με έναν κάτι σαν πατριάρχη Δυτικής Αφρικής. Συνεργάζονται γιατί ο άλλος –που είναι και λίγο αδελφή– θέλει να επεκταθεί προς τα εκεί. Και στην Αφρική χωρίς κάλυψη δεν πας πουθενά. Αν δεν θέλει ο Αλ Αλαμί και δεν τα «πιάσει» κιόλας, φορτηγό εκκλησίας –οποιασδήποτε– δεν φτάνει στον προορισμό του. Κι όπως ξέρεις, αν ξέρεις, προσηλυτισμός χωρίς μπικικίνια δεν γίνεται. Αν ο παπάς δεν περάσει κονσέρβες και μπισκότα προς τα κάτω, σιγά μην πείσει κανέναν να γίνει χριστιανός. Οι «μαϊμούδες» θα συνεχίσουν να πιστεύουν στα πνεύματα. Αυτός λοιπόν ο μεγαλοπαπάς, του χρωστάει.

– Και πού το πας; ρώτησε χωρίς να καταλαβαίνει ο Κάιζερ.

– Ο μόνος τρόπος να επιζήσεις, είναι να κλειστείς σε κάποιο μοναστήρι εκεί κάτω.

– Ρε τρελάθηκες;

– Αντιπαρέρχομαι τη βλακεία σου λόγω της ευρύτερης ηλιθιότητάς σου. Η προσφορά μου είναι αυτή: σε παίρνουμε από εδώ με τη θωρακισμένη λιμουζίνα με τα φιμέ τζάμια, μην πάθεις και εγκαύματα. Εννοώ για να μη σε δει κανείς. Στο «Ελληνικό» σε περιμένει...

– Τι είναι πάλι αυτό το Ελληνικό;

– Το αεροδρόμιο της Αθήνας, πανίβλακα... Τέλος πάντων, μπορεί να φταίει κι η φούντα... Στο αεροδρόμιο σε περιμένει με ανοιχτές μηχανές το ιδιωτικό τζετ του σεΐχη. Φεύγεις και δεν κοιτάς πίσω σου. Κάπου στην Αφρική, όπου μας πει ο αδελφός Αλ Αλαμί, σε παραλαμβάνει και σε στέλνει συστημένο σε μοναστήρι που θα σου έχει βρει ο τραγόπαπας. Έχεις 5 λεπτά να το σκεφτείς. Ξεκινάνε τώρα...

Ο μικρός κατέβασε πάλι το κεφάλι του και άρχισε να σκέφτεται τη σοβαρότητα της κατάστασης.

Ήξερε ότι όντως είχε λίγο χρόνο να σκεφτεί. Αν αρνείτο, ο Πέρσης –έτσι του φαινόταν– θα τον πέταγε έξω και ο Ολλανδός θα βρισκόταν μόνος του στην άγνωστη Αθήνα, αν ποτέ έβγαινε ζωντανός απ' το ξενοδοχείο, απένταρος, με μια χούφτα διαμάντια που δεν θα ήξερε τι να τα κάνει.

Και το κυριότερο, δεν θα είχε και την άνεση να ψάξει το τι θα τα κάνει.

Άρα τα διαμάντια μάλλον του ήταν άχρηστα. «Αλλά από την άλλη, είναι βαριά η καλογερική», σκέφτηκε. Αποφάσισε να ζητήσει βοήθεια.

– Δεν ξέρω αν θ' αντέξω σε μοναστήρι. Δεν έχω ιδέα από αυτά.

– Καλά, μη φαντάζεσαι ότι πρέπει και να σπουδάσεις. Θα σ' τα μάθουν αυτοί εκεί μέσα. Σιγά τη δυσκολία. Απλά θα κάνεις ότι είσαι «καλός», ειρωνεύτηκε και χαμογέλασε ο Αμπάσι.

Ο μικρός το ξανασκέφτηκε, αλλά υπό το καθεστώς του πανικού που πλέον τον καθοδηγούσε, δεν άργησε να πει το «Ναι».

– Ωραία, δώσε μου τα 100 χιλιάρικα και ξεκίνα το, του είπε αποφασιστικά σαν να είχε πειστεί, αν και το μυαλό του ήταν στα λεφτά.

«Ας πάω εκεί τώρα», είπε μέσα του, «και μετά από ένα μικρό διάστημα, έστω και με αυτά τα 100, την κάνω...»

– Μάλλον δεν με κατάλαβες εντελώς. Είσαι κοντά, αλλά δεν έφτασες κιόλας. Τα διαμάντια είναι το «εισιτήριό» σου για να ζήσεις. Ο Αλ Αλαμί, όσο και καλός φίλος να είναι, θα ζητήσει σίγουρα καμιά 50αριά χιλιάδες για τα έξοδα. Κάτι θα πάρει κι ο παπάς... Καταλαβαίνεις τώρα. Μετά βάλε τις βενζίνες του αεροσκάφους, μερικούς που πρέπει να πληρώσουμε στα διαβατήρια για να μη γίνει έλεγχος και να φύγεις από τη VIP... Τι είναι ο κάβουρας, τι είναι το ζουμί του; Μέσα θα μπω, μη νομίζεις...

– Τι μέσα, ρε αλήτη; τρελάθηκε ο μικρός. Τα διαμάντια κάνουν πάνω από εκατομμύριο.

Ο Αμπάσι δεν πτοήθηκε, γιατί αυτή η αμετροέπεια ταίριαζε τέλεια με τα σχέδιά του.

– Τι είπες; Με είπες αλήτη; Μοχάμεντ, φώναξε ο Αμπάσι κι αμέσως η πόρτα άνοιξε κι ο ένας απ' τους φουσκωτούς εμφανίστηκε με άσχημες διαθέσεις.

Ο Κάιζερ τα 'χασε εντελώς. Τώρα πια έβλεπε την παγίδα στην οποία είχε πέσει. Ακόμα και τώρα όμως ήθελε να σωθεί.

– Συγγνώμη. Συγγνώμη, φώναξε πέφτοντας στα γόνατα εκλιπαρώντας. Θα κάνω ό,τι πεις...

Ο Αμπάσι το καταχάρηκε. Πέρα από τη συμφωνία, ένιωθε να δικαιώνεται και το εγώ του. «Πέθαινε» να βλέπει Δυτικούς να πέφτουν στα γόνατα και να τον παρακαλάνε.

– Σ' τη χαρίζω τελευταία φορά. Μοχάμεντ, άσε μας πάλι μόνους, είπε στο «σωματοφύλακα».

Ο κρεμανταλάς εξαφανίστηκε αμέσως.

– Άκου, Κάιζερ, να ξέρεις ότι έστω κι έτσι όπως έρχονται τα πράγματα και πάλι θα μου χρωστάς. Για πάντα.

– Εντάξει, εντάξει, είπε άψυχα ο μικρός. Κάνε ό,τι είναι να κάνεις.

Ο Αμπάσι κινήθηκε προς την εσωτερική πόρτα που οδηγούσε προς τα διαμερίσματα. Προτού βγει από το δωμάτιο γύρισε προς τον νεαρό και, βγάζοντας όλη του την κακία, του είπε:

– Άντε βρε, σου εύχομαι και ηγούμενος. Πού ξέρεις, μπορεί να σ' αρέσει εκεί...

ΚΕΦΑΛΑΙΟ 2

ΣΗΜΕΡΑ

Τεχνολογικό Ινστιτούτο Μασαχουσέτης,
Τμήμα Ερευνών Εφαρμοσμένου Λογισμικού,
Γραφείο Συντονιστή Προγραμμάτων

Είχε αρχίσει να σουρουπώνει στη Βοστόνη και απ' το ανοιχτό παράθυρο του δρ. Σμιθ μπορούσες να δεις αρκετά απ' τα χριστουγεννιάτικα φώτα της πόλης να τρεμοπαίζουν, ανταλλάσοντας σπρωξιές με τις ψιλές σταγόνες της βροχής και τα μικρά κομμάτια παγωμένου νερού που έσταζε ο ουρανός. Είχαν στολίσει εδώ και καιρό, αν και οι γιορτές απείχαν ακόμη μερικές μέρες.

Βαθιά στον ορίζοντα ένα πανσέληνο φεγγάρι χρωμάτιζε τον ουρανό στην «πόλη της γνώσης», προσπαθώντας με την ανάσα του ν' αποτρέψει τα θερμόμετρα να πέσουν κάτω απ' το 0. Μοναδικό εμπόδιο η πυκνή συννεφιά, που διατηρούσε την υγρασία στο 35%, αλλά όπως πάντοτε σκέπαζε και κρατούσε την παγκόσμια διανόηση σε πολύ θερμά επίπεδα.

Ο καθηγητής Σμιθ είχε ανοίξει για λίγο το παράθυρο του γραφείου, πιστεύοντας πάντα ότι ακόμη και τα πιο προσγειωμένα στη λογική μυαλά έπρεπε ανά τακτά διαστήματα να «παίρνουν λίγο αέρα».

Όχι ότι το δωμάτιο το χρειαζόταν. Άλλωστε ο καθηγητής ήταν

μη καπνιστής, όπως και λάτρης του ευρύτερου τρόπου υγιεινής ζωής. Απλά του άρεσε, ειδικά τις κρύες μέρες που το γραφείο πυράκτωνε απ' τη φιλοξενία της κεντρικής θέρμανσης του πανεπιστημίου, να το αερίζει λίγο, ώστε το εσωτερικό κλίμα να μην ξηραίνει την ατμόσφαιρα.

Δεν ήταν μυγιάγγιχτος, μικροβιοφοβικός ή κάτι παρόμοιο. Το αντίθετο μάλιστα, αφού νεαρός, λίγο μετά το πτυχίο του στη Φυσική με ειδίκευση στα Ηλεκτρονικά, είχε επιλεγεί και ακολούθησε σχεδόν όλη την εκπαίδευση της NASA, με σκοπό κάποτε να γινόταν κι αυτός ένας απ' τους ελάχιστους ανθρώπους που έχουν καταφέρει να βρεθούν στη δίνη του διαστήματος.

Ατυχώς, μια μικρή ανωμαλία στην αρτηριακή του πίεση –όχι κάτι σοβαρό– του έκοψε τα φτερά της συμπαντικής αναζήτησης, αλλά κάθε άλλο παρά προσγειώνοντάς τον στη Γη.

Σε πολύ νεαρή ηλικία, μόλις στα 26 του, βρέθηκε με δική του έδρα στο MIT, του οποίου άλλωστε ήταν και απόφοιτος, και η διατριβή του περί εναλλακτικών μορφών ψηφιακής διαχείρισης data αποτελεί μέχρι και σήμερα τη «Μαύρη Βίβλο» των μηχανικών ηλεκτρονικών υπολογιστών που ειδικεύονται στην έρευνα.

Άλλωστε και η ομάδα φοιτητών, του 60χρονου σήμερα Σμιθ, είχε ακριβώς αυτό το αντικείμενο έρευνας.

Γι' αυτούς είχε μείνει σήμερα στο γραφείο μέχρι αργά. Όχι ότι τις άλλες μέρες γύριζε νωρίς στο σπίτι. Απλά συνήθως πού τον έβρισκες πού τον έχανες, στο εργαστήριο. Σήμερα όμως τους βοηθούσε στην τελική παρουσίαση ενός νέου πρότζεκτ.

Έπρεπε να ελέγξει την τελική παρουσίαση που θα έβγαινε στα media για τις ανακαλύψεις του ίδιου και της επιστημονικής του ομάδας, σχετικά με το νέο αντικείμενο ερευνών του media lab και την ανάπτυξη των interfaces του αύριο.

Ο καθηγητής μόλις είχε τελειώσει με το κείμενο που συνόδευε την παρουσίαση και αύριο θα βρισκόταν σε όλες τις εφημερίδες και τα voice over των τηλεοπτικών εκπομπών σε όλο τον κόσμο.

Ήταν γραμμένο στην καθημερομιλούμενη, έκανε τα «χοντρά ψιλά» χωρίς να χρησιμοποιεί υπερφίαλους τεχνολογικούς όρους, ώστε να είναι κατανοητό από τον μέσο πολίτη και τον έκανε να νιώθει απολύτως ευχαριστημένο με το δημοσιοσχετίστικο κομμάτι της διαχείρισης της είδησης.

Τώρα κοιτούσε στον υπολογιστή του ένα μικρό βιντεάκι που είχαν ετοιμάσει οι φοιτητές του και συνόδευε το υλικό. Το όλο εγχείρημα, που μπορεί ακόμη σήμερα να ακούγεται προχωρημένο, είχε να κάνει με την αντικατάσταση ή καλύτερα την προσθήκη μιας διάστασης στην αλληλεπίδραση μεταξύ υπολογιστών και ανθρώπου. Η βελτιστοποίηση των interfaces του αύριο.

Το πρόγραμμα in@FORM, όπως το είχαν ονομάσει, δεν ήταν τίποτα περισσότερο από μια «ζωντανή μάζα» τοποθετημένη σε μια επιφάνεια εργασίας. Αυτή η μάζα είχε τη δυνατότητα να αλλάζει τρισδιάστατα μορφές και σχήματα ανάλογα με τις εντολές που δεχόταν πλέον από την ίδια την ανθρώπινη επαφή κι όχι από έναν ηλεκτρονικό υπολογιστή.

Η ιδέα της ομάδας ήταν σχετικά απλή. Χρησιμοποιώντας μια επιφάνεια από ακίδες, όπως αυτές με τις οποίες σήμερα φτιάχνεις ένα απλό τρισδιάστατο μοντέλο, δημιούργησαν την επιφάνεια εργασίας του μέλλοντος. Συνδέοντας τις ακίδες με μοτεράκια, που αναλαμβάνουν την ευρύτερη κίνηση, δημιούργησαν μια σειρά από εξισώσεις που αντικαθιστούν τα καρέ της ανθρώπινης κίνησης με μαθηματικές εντολές που αντιλαμβάνεται μια μηχανή. Ουσιαστικά, δηλαδή, είχαν μετατρέψει την ανθρώπινη σκέψη σε μηχανική εντολή.

Ο καθηγητής το είχε εκλαϊκεύσει στο κείμενο: «Φανταστείτε ένα μάτι που μπορεί να είναι κλειστό ή ανοιχτό. Αν το ανοιχτό μάτι είναι στα μαθηματικά Ζ, το να το κάνουμε να ανοίξει ουσιαστικά είναι μια μορφή δύναμης του Ζ εις τη νιοστή. Όσο η δύναμη αυξάνει, τόσο το μάτι ανοίγει.

Έτσι στο μέλλον, αντί να γράφεις "Γεια σου" σε κάποιον συνάδελφο με τον οποίο θα μιλάς και θα βρίσκεται χιλιάδες μίλια μακριά, απλά θα του σφίγγεις κυριολεκτικά το χέρι χρησιμοποιώντας και οι δύο από ένα εξελιγμένο interface αφής. Οι ακίδες θα αποκτούν τη μορφή της κάθε παλάμης και απλά ενώνοντας τις δύο παλάμες θα πραγματοποιείται κυριολεκτικά μια ανθρώπινη χειρονομία.

Ταξιδεύει στα όρια της φαντασίας, αλλά πλέον ακούγεται πραγματικό το ότι κάποτε, ίσως με τις κατάλληλες συνδέσεις – human interface– θα μπορούμε να αισθανθούμε και τη θερμοκρασία της παλάμης ή την ένταση στο σφίξιμο των χεριών, ουσιαστικά γινόμενοι μια προέκταση της μηχανής ή η μηχανή του εαυτού μας.

Και οι εφαρμογές θα είναι άπειρες. Φανταστείτε απλά και μόνο την επανάσταση στο σχεδιασμό. Αν σήμερα οι μηχανικοί, για παράδειγμα, χρησιμοποιούν ένα απλό AutoCAD και απλά δουλεύουν με το ποντίκι, σε λίγα χρόνια αντί να βλέπουν το κτίριο δισδιάστατο στην οθόνη, θα το έχουν τρισδιάστατο μπροστά τους –σε μικρογραφία– και για να αλλάξουν θέση σε έναν τοίχο απλά... θα τον μετακινούν με το χέρι».

Ο καθηγητής ήξερε ότι σε πολλούς θα φαινόταν σαν σενάριο επιστημονικής φαντασίας, αλλά πάντα ο μέσος άνθρωπος ήταν δύσπιστος και διστακτικός στο να αφήσει τη νηνεμία τού «ήδη» και να κολυμπήσει στα βαθιά νερά του «μέλλοντος» που πάντοτε είναι ραντισμένο με μεγάλη ποσότητα φόβου για το άγνωστο.

«Πάντα έτσι ήταν. Στα κομπιούτερ ξεκινήσαμε με τις διάτρητες κάρτες. Πήγαμε στο πληκτρολόγιο, αρχικά είχαμε ένα απλό joystick που δειλά δειλά πήγαινε αριστερά δεξιά, και μετά πάνω κάτω. Έπειτα ήρθε το ποντίκι, μετά το αφής και πάει λέγοντας. Μήπως ήρθε πια η εποχή να πάμε σε interfaces 3 διαστάσεων;», ρώτησε ρητορικά μέσα του ο καθηγητής. «Όντως το φέραμε κι αυτό», σκέφτηκε με ικανοποίηση!

«Όταν γεννήθηκε η πρώτη ασπρόμαυρη τηλεόραση –στρογγυλή και χοντρή, αστεία σήμερα– κανείς δεν πίστευε ότι θα φτάσουμε στην έγχρωμη, αργότερα στην τετράγωνη, την επίπεδη, την TFT, τη LED και σήμερα πια τη 3D. Και ποιος ξέρει αν μια μέρα θα μπαίνουμε πια και μέσα της και θα περιηγούμαστε κανονικά στο σκηνικό μιας ταινίας, λες και βρισκόμαστε στο εσωτερικό του σκηνικού ή ακόμα και αγγίζοντας τους πρωταγωνιστές;», διερωτήθηκε ο δρ. Σμιθ, καθώς έσβηνε με ικανοποίηση το μόνιτορ του υπολογιστή του.

«Όλα τα μυαλά στη Νέα Γη δεν φοβηθήκαμε ποτέ το μέλλον», συνέχισε τις σκέψεις του. «Γι' αυτό και πάντα είμαστε μπροστά από όλους τους άλλους», ολοκλήρωσε μέσα του, καθώς έκλεινε την πόρτα του γραφείου για να πάει επιτέλους για ξεκούραση.

Αύριο θα ήταν μια πολύ δύσκολη μέρα. Ήταν από εκείνες τις δεύτερες Τετάρτες του μήνα που έπρεπε αυθημερόν να ταξιδέψει αεροπορικώς μέχρι το Λάνγκλεϊ, για το καθιερωμένο μηνιαίο

CIA: Επιχείρηση Παράκελσος

brief περί των «νέων της τεχνολογίας», του Τμήματος των «φρικιών», όπως χαϊδευτικά τους έλεγαν στη CIA.

Ως ειδικός, μυστικός σύμβουλος, μια φορά το μήνα έπρεπε να διανύει όλη αυτή την απόσταση.

Το καλό, όμως, ήταν ότι μάζευε τα «μίλια». Είχε μανία με αυτή τη «συλλογή» και κάθε καλοκαίρι αξιοποιούσε το αεροπορικό bonus ταξιδεύοντας σε θερμές θάλασσες ανά τον κόσμο, έχοντας στο διπλανό κάθισμα την Ευγενία, την εδώ και 30 χρόνια πολυαγαπημένη του σύζυγο.

Είχαν ταξιδέψει σε όλο τον κόσμο, αλλά συχνά πήγαιναν και μέχρι τη Χαβάη, όπου ο μονάκριβος υιός Σμιθ δούλευε ως ωκεανογράφος στο Ομοσπονδιακό Κέντρο Ερευνών. Ειδικά όταν ο Λάρι έριχνε μαύρη πέτρα πίσω του, λόγω δουλειάς, κι έκανε να επισκεφτεί τη Βοστόνη για πολλούς, πολλούς μήνες.

Το κακό όμως ήταν ότι όπως κάθε Τετάρτη ο δρ. Σμιθ έπρεπε να επιστρέψει πίσω στη Βοστόνη το ίδιο βράδυ, γεγονός που είχε αρχίσει πια να τον κουράζει. Το πρωί της Πέμπτης, στις 09:00, είχε μάθημα στο πανεπιστήμιο και έπρεπε να είναι εδώ.

«Και τα πιο μεγάλα μαθηματικά μυαλά κάνουν λάθη στα απλά», σκέφτηκε μπαίνοντας στο αυτοκίνητο. «Πρέπει κάποια στιγμή να δω τον κοσμήτορα και να αλλάξουμε επιτέλους τις ώρες...»

Λιμάνι Λαυρίου,
Γραφείο Interpol/Κλιμάκιο FBI

Δίπλα στον περιφερειακό του νέου λιμανιού, την προέκταση της Αττικής οδού και με θέα από τον τρίτο και ψηλότερο όροφο του κτιρίου όλη την ανατολική είσοδο του περάσματος εσωτερικά της Μακρονήσου, υπήρχε ένα Κλιμάκιο της Interpol.

Μικρό, αφού 150 τετραγωνικά όλα κι όλα στέγαζαν το σεμνό, αλλά πανέμορφο γραφειάκι που είχε επέλθει στην κατοχή των διεθνών «Ομοσπονδιακών» Υπηρεσιών κάπως παράξενα.

Ένας περίεργος τύπος, χωρίς οικογένεια, είχε κάποια στιγμή –μετά θάνατον– δωρίσει στην αμερικάνικη πρεσβεία αυτό το οικοπεδάκι που βρισκόταν σε μια φτωχική γειτονιά του Λαυρίου, με την υποσημείωση στη διαθήκη του «να χρησιμοποιηθεί για τις ανάγκες της CIA».

Έτσι γενικά και χωρίς άλλες εξηγήσεις.

Βέβαια για την «Εταιρεία» θα ήταν άχρηστο ένα τέτοιο ακί-
νητο, αλλά οι άνθρωποι της πρεσβείας αξιολόγησαν ότι θα ήταν
δίκαιο να το δωρίσουν για τη δημιουργία ενός μικτού Κλιμακίου
της Interpol, τιμώντας τη δωρεά και φυσικά την ουσιαστική θέ-
ληση του δωρητή.

Κι αν κάποιος είχε πρόβλημα με τον όρο στη διαθήκη... ας
ερχόταν να την «προσβάλει».

Μάλιστα, η «Εταιρεία» ήξερε πώς να τηρήσει ακόμη και τη
συναισθηματική παράμετρο του όρου της διαθήκης, χωρίς να
το καταλάβει κανείς, αφού το συγκεκριμένο λιμάνι αποτελούσε
έναν απ' τους μεγαλύτερους μεσολαβητικούς σταθμούς ναρκωτι-
κών στη Μεσόγειο. Και μ' αυτά, η CIA είχε αντιρρήσεις. Με τα
ναρκωτικά, τόσο η «Εταιρεία» όσο και το κράτος της είχαν εδώ
και δεκαετίες ανοιχτό πόλεμο.

Γι' αυτό και το DEA –κατ' επέκταση και το FBI– συνεργαζό-
ταν στενά με την Interpol.

Έτσι, το οικόπεδο εδόθη στην Ε.Ε., άρα και... οι όροι τηρήθη-
καν με τον τρόπο τους. Τα κονδύλια της Ευρωπαϊκής Αστυνομίας
δημιούργησαν ένα μικτό Κλιμάκιο, έχτισαν ένα πανέμορφο νεο-
κλασικό στα οικολογικά χρώματα της φωτιάς, που σέβονταν το
περιβάλλον και όλη η γειτονιά αγαπούσε τα τρία παιδιά που δού-
λευαν στο κτίριο: μια κοπέλα της Ελληνικής Αστυνομίας, έναν
άντρα της Interpol και έναν αποσπασμένο πράκτορα του FBI,
τον Δημήτρη Λυκούδη, τρίτης γενιάς Ελληνο-Αμερικάνο από τη
Φλόριντα.

Ο Δημήτρης κάλεσε στο 26859 και, αφού άκουσε τον αυτόμα-
το τηλεφωνητή στην άλλη άκρη της τηλεφωνικής γραμμής, πλη-
κτρολόγησε τον τριψήφιο κωδικό για να συνδεθεί με το φίλο του
Παύλο Ασημακόπουλο, υπολιμενάρχη Λαυρίου.

– Ασημακόπουλος, παρακαλώ, ακούστηκε.

– Γεια σου, ρε Παύλο, του είπε ζεστά ο Δημήτρης. Αν είναι
κάθε φορά που χάνεις στο τάβλι να κάνουμε να σε δούμε κάνα
μήνα, να το κόψουμε, ρε φίλε, του είπε.

– Δημήτρη μου... τι κάνεις, ρε αδελφέ; Έμπλεξα ρε με κάτι
κατασκευές στον κήπο. Με τρέχει η σύζυγος, γι' αυτό και η εξα-
φάνιση. Πώς τα πας;

– Μια χαρά, αδελφέ, όλα καλά. Ήθελα μια χάρη, γι' αυτό και σε πήρα, μπήκε κατευθείαν στο νόημα.

– Ό,τι θες, Δημήτρη μου, πες μου...

– Τι λες να τα πούμε το απογευματάκι από κοντά, να πιούμε και κάνα ουζάκι στον κυρ Ηλία; Μπορείς, ή σου βάζω δύσκολα; τον πρόλαβε ο Δημήτρης.

– Άνετα, φίλε. Θετικόν! του απάντησε σε κώδικα ασυρμάτου.

– Χίλια ευχαριστώ, «συνάδελφε», τα λέμε στις επτά. Χαιρετισμούς στην Ειρήνη.

– Φιλιά, φίλε!

CIA,
Λάνγκλεϊ, Βιρτζίνια,
Διευθυντής Τμήματος Εμπορικού Ναυτικού,
Παράνομες Μεταφορές Εμπορευμάτων

Η Μάρθα άφησε τον καφέ στο γραφείο του Πάτρικ όσο πιο αθόρυβα μπορούσε, σχεδόν προχωρώντας στις μύτες. Έπειτα γλίστρησε εξίσου διακριτικά κι έκλεισε την πόρτα του γραφείου, αφήνοντάς τον να μελετάει έναν φάκελο.

– Ευχαριστώ πολύ, Μάρθα μου, ακούστηκε ο Πάτρικ, λίγο πριν η πόρτα σφραγίσει.

– Παρακαλώ, κύριε Ντέναχιου, απάντησε εκείνη.

Ο Πάτρικ, προβληματισμένος, ακούμπησε ανοιχτό το φάκελο πάνω σ' έναν άλλο με την ένδειξη «A1-Φορτηγό Πλοίο Yelizaveta» και ήπιε λίγο απ' τον καφέ του.

Έπειτα, τον πήρε πάλι στα χέρια του και συγκεντρώνοντας το βλέμμα του στα στοιχεία του φακέλου, με κατεβασμένα τα γυαλιά του, σάρωσε και πάλι τα έγγραφα, έναν χάρτη και μετά διάφορα άλλα στοιχεία.

Δεν μπορούσε να κατασταλάξει. Έπιασε το ακουστικό, σχημάτισε τον αριθμό και καθώς περίμενε την απάντηση, με το άλλο χέρι δοκίμασε και πάλι λίγο απ' τον καφέ.

Έκανε μια περίεργη γκριμάτσα.

– Τμήμα Δορυφορικού Σχεδιασμού/Εμπορικό Ναυτικό, Λίσα Γουέλς, ακούστηκε απ' την άλλη άκρη της γραμμής.

– Καλημέρα, Λίσα, Ντέναχιου, της είπε ο Πάτρικ.

– Καλημέρα σας, κύριε Ντέναχιου, τι κάνετε; Πώς μπορώ να βοηθήσω;

– Μια χαρά, κορίτσι μου. Κοίτα... μελετούσα εδώ το φάκελο R304, ξέρεις, με το κολομβιάνικο πλοίο, και έχω μπερδευτεί λιγάκι. Αυτό δεν πέρασε το Γιβραλτάρ πριν από δύο μέρες;

– Μάλιστα, κύριε!

– Και γιατί, ρε παιδιά, συνεχίζουμε να το χειριζόμαστε ακόμα εμείς; Αυτό έχει περάσει στο Κλιμάκιο της Μεσογείου και σε συνεργασία με ιταλικές, ισπανικές και ελληνικές Αρχές που έχουν ενημερωθεί, πρέπει να το χειριστούν σαν ποινικό συμβάν. Υπάρχει λόγος το Λάνγκλεϊ να συνεχίζει την παρακολούθηση; Εμείς το εντοπίσαμε και τους το δώσαμε. Πλέον είναι θέμα ναρκωτικών, ας το χειριστούν σε τοπικό επίπεδο μαζί με το Κλιμάκιο DEA της Μεσογείου.

– Έχετε δίκιο, κύριε Ντέναχιου. Δεν ξέρω γιατί πήρατε ενημέρωση. Μάλλον θα παράπεσε το παραπεμπτικό και οι Υπηρεσίες συνέχισαν να «κοιτάνε το ψάρι».

– Καλά! Βεβαιωθείτε πάντως ότι όλα γίνονται κανονικά κι όταν πάρετε σήμα από τη Ρώμη ότι «πήρε τη σκυτάλη», κλείστε το δορυφόρο. Έχουμε χίλια άλλα να «δούμε». Τώρα τι κάνουμε; συνεχίζουμε να κοιτάμε την επιτυχία μας; Πάμε γι' άλλα, είπε ευγενικά ο Πάτρικ.

– Μάλιστα, κύριε Ντέναχιου. Α! πετάχτηκε η Λίσα. Κύριε διευθυντά, προχθές το βράδυ βρήκαμε και το όνομα του πλοίου της περίπτωσης του Α1, του είπε. Μας το έδωσαν από τα «διόδια» στα Δαρδανέλια. Πάλι κινείται με το ίδιο νηολόγιο, ίδιο εμπόρευμα και ίδιο πλήρωμα.

– Ναι, αυτό κοιτούσα πριν από λίγο στο φάκελο. «Πήρε όνομα», ε; Και μάλιστα το δικό σου. Άντε και νονά, είπε ο Πάτρικ δείχνοντας ότι η ιστορία βρομάει –χρησιμοποιώντας το «Νονός»– και αστειευόμενος λίγο.

– Δεν το έδωσα εγώ, κύριε Ντέναχιου. Yelizaveta λεγόταν εξαρχής το πλοίο, χαμογέλασε η Λίσα.

– Καλημέρα, Λίσα μου, και συγχαρητήρια για την καλή δουλειά. «Τους βούτηξες» τους Κολομβιάνους. Τα λέμε, είπε πολύ ήρεμα ο Πάτρικ, κλείνοντας τη γραμμή.

Η Λίσα Γουέλς είχε στρατολογηθεί ανεπίσημως στη CIA από

CIA: Επιχείρηση Παράκελσος

τα χρόνια της στο πανεπιστήμιο. Γεννημένη στη Νέα Υόρκη, παρέμενε ακόμη ελεύθερη, είχε PhD στις Δορυφορικές Επικοινωνίες από το MIT και για τρία χρόνια μετά το διδακτορικό της –ήταν παιδί θαύμα στις σπουδές της– είχε εργαστεί ως ειδικός σύμβουλος για το FBI.

Επισήμως στην «Εταιρεία» μπήκε στα 28 της, ύστερα από μια τεράστια επιτυχία σε ομοσπονδιακό επίπεδο με το FBI, που μέχρι σήμερα παραμένει ΑΠΟΡΡΗΤΗ.

Αρχικά, δούλεψε ως field agent και για τρία χρόνια ήταν αποσπασμένη στο Κλιμάκιο της πρεσβείας στη Φιλανδία, όταν τα πράγματα ακόμα στη Βαλτική ήταν σκούρα και τα πάντα «μπαινοβγαίνανε» στη Ρωσία από κει.

Η Λίσα ήταν μια πραγματική θεά! Πανέμορφη 37άρα ξανθιά σήμερα, γύρω στο 1,73, που της άρεσε συχνά να κάνει τα μαλλιά της κότσο.

Είχε καταπράσινα μάτια και τα σουηδικά χαρακτηριστικά της μαμάς της που της πρόσδιδαν έναν αριστοκρατικό αέρα, αν και κόρη μεταναστών πρώτης γενιάς, με μπαμπά έναν Ιρλανδό που όμως είχε γράψει κι αυτός τη δικιά του ιστορία στο πυροσβεστικό σώμα της Νέας Υόρκης.

Και ο 50άρης Πάτρικ Ντέναχιου είχε μπει στην «Εταιρεία» πριν απ' τα 30 του. Αυτός με πρόσληψη μέσω αίτησης, ήδη από τα 25 του. Γέννημα θρέμμα της Βιρτζίνια, αφού ο πατέρας του είχε διατελέσει στρατιωτικός αναλυτής στη ναυτική βάση της περιοχής για πάνω από 20 χρόνια.

Θυμόταν ακόμα τα λόγια του μετά το Βιετνάμ: «Εμείς τα όπλα τα είχαμε στην καρδιά. Φροντίστε οι νέοι να ακονίσετε το μυαλό σας. Κάντε το μυαλό σας όπλο».

Ο Πάτρικ ήταν γέννημα θρέμμα και της «Εταιρείας». Κλασικός θεωρητικός, που άρχισε να αναρριχείται από νωρίς στις υψηλές θέσεις, αμέσως μόλις τέλειωσε το μεταπτυχιακό του στα Ναυτιλιακά, στο Virginia University, λίγο μετά τις σπουδές του στο Διεθνές Δίκαιο.

Βέβαια η ακαδημαϊκή του επάρκεια περιελάμβανε και εκατοντάδες σεμινάρια και «σχολεία» που είχε παρακολουθήσει στην «Εταιρεία», αν και το σημαντικότερό του προσόν, όπως σ' όλους μέσα στη CIA, ήταν το όραμα.

Αυτό το όραμα που τους όπλιζε να αρνιούνται οποιαδήποτε

45

θέση με 6ψήφιες αποδοχές ετησίως, που εύκολα θα έβρισκαν με τα προσόντα τους σε μια πολυεθνική εταιρεία, και να προτιμούν την ενασχόληση με αυτό που πίστευαν κι αυτό που αγαπούσαν.

Ο Πάτρικ Ντέναχιου ήταν η προσωποποίηση του ευτυχισμένου οικογενειάρχη. Παντρεμένος εδώ και 15 χρόνια με την Αλίσια, ερωτευμένος ακόμη μαζί της, με δύο παιδάκια 8 και 5 ετών, την Κάθι και τον Τζον.

Το μοναδικό «οικογενειακό πρόβλημα» ήταν όταν συχνά ο Τζον αρνείτο να πάει στο «νήπιο», αν δεν του υπόσχονταν μια απογευματινή βόλτα στο κοντινό λούνα παρκ, κοντά στο σπίτι που μέναν, 30 μίλια μακριά απ' το Λάνγκλεϊ.

Ο Πάτρικ κλείνοντας το φάκελο με το γυπαετό στο εξώφυλλο υπέγραψε στο τετραγωνάκι για προώθηση, σημειώνοντας τη φράση: ΠΑΡΑΠΕΜΦΘΕΙ ΣΕ ΚΛΙΜΑΚΙΟ.

Τον ακούμπησε στο δίσκο με τα εξερχόμενα και έπιασε τον καφέ του.

Ήπιε μια γουλιά και ξεροκατάπιε.

Σήκωσε το τηλέφωνο και κάλεσε τη Μάρθα.

– Μάλιστα, ακούστηκε εκείνη.

– Μάρθα, τι έχεις βάλει μέσα στον καφέ πάλι; ρώτησε.

– Όπως πάντα, κύριε Ντέναχιου, δύο κύβους μαύρη ζάχαρη και μια στάλα γάλα. Μην αρχίσετε ξανά την γκρίνια για τη ζάχαρη... Δεν έχετε ζάχαρο κα το έδειξαν και οι εξετάσεις σας. Και βάζω μαύρη ζάχαρη γιατί είμαι έγχρωμη, του έκανε πλάκα.

– Δεν λέω για τη ζάχαρη, Μάρθα μου, για τον καφέ λέω. Και ξέρεις πολύ καλά ότι δεν έχω κανένα πρόβλημα με το χρώμα σου. Όλοι Αμερικανοί είμαστε. Αλλά όσο πάει, τον χαλάνε τον καφέ εδώ μέσα.

Η Μάρθα χαμογέλασε και παίρνοντας το πιο γλυκό και κηδεμονικό ύφος στον κόσμο τού ψιθύρισε γλυκά, αλλά σοβαρά, γιατί τον λάτρευε:

– Κύριε διευθυντά, με όλο το σεβασμό που σας έχω και ύστερα από επτά χρόνια ως ιδιαιτέρα σας, επιτρέψτε μου να παρατηρήσω ότι το ίδιο λέτε... εδώ και δύο χρόνια. Τρέμω τη στιγμή που θα στείλετε memo στον αρχηγό.

– Με ειρωνεύεσαι, Μάρθα; Νομίζεις ότι δεν θα το κάνω; χαμογέλασε ο Πάτρικ.

CIA: Επιχείρηση Παράκελσος

– Δεν παίρνω όρκο, κύριε, αλλά να ξέρετε ότι θα το εκτιμήσει δεόντως, είπε με ειρωνεία η Μάρθα.
– Καλά κάνεις, μην παίρνεις όρκο, είπε ευχάριστα ο Πάτρικ. Κλείνοντας το τηλέφωνο χαλάρωσε και ήπιε μια ακόμη τζούρα καφέ. Αυτή τη φορά δεν έκανε μορφασμό.
«Δουλεύω στη μεγαλύτερη Υπηρεσία του κόσμου», σκέφτηκε. «Όλα εδώ είναι ιδανικά: το φαγητό στα lunch breaks, η ασφάλιση, η ηθική και η αποστολή, ακόμη και το όραμα –όσων μπορούν να καταλάβουν την αλήθεια– το να προστατεύεις ουσιαστικά τον πλανήτη. Κι όμως, είμαι σίγουρος ότι ο ρημάδης ο καφές χαλάει μέρα με τη μέρα...
Εκτός αν έχει δίκιο η Μάρθα και απλά μου φαίνεται».
Ξανάπιε...
Η Μάρθα κάλεσε αμέσως την Κάλια, γραμματέα του υπαρχηγού κι εκείνη το σήκωσε αμέσως:
– Γραφείο υπαρχηγού, παρακαλώ, ακούστηκε.
– Έλα, γλυκιά μου, η Μάρθα είμαι. Σ' τα λέω εν τάχει. Σχετικά με τον καφέ, μάλλον θα πρέπει να το σταματήσουμε για λίγο. Ο δικός μου έχει αρχίσει και καταλαβαίνει. Αν αντιληφθούν ότι είναι ντι-καφ, δεν θα σταματάνε ούτε στα δέκα φλιτζάνια.
– Μα για το καλό τους το κάνουμε...
– Αφού τους ξέρεις τώρα. Άντρες! Βγάζεις άκρη;
– Καλά, ας το κόψουμε για 5-6 μέρες και ξεκινάμε πάλι από Δευτέρα. Δεν μπορεί, θα συνηθίσουν.
– Δεν ξέρω, ελπίζω... Πάρε και την Κάθριν στου αρχηγού, να είμαστε σε κοινή γραμμή...
– Έγινε, φιλιά!

Τεχεράνη, Ιράν,
ΥΠΕΞ,
Γραφείο υφυπουργού
Το ερκοντίσιον στο γραφείο του υφυπουργού έκανε έναν ανατριχιαστικό, γλοιώδη θόρυβο, αλλά δεν έμοιαζε να τον ενοχλεί. Αυτό που τον πείραζε ήταν η απραγία του φρέον που τον είχε κάνει ήδη πρωινιάτικα να ιδρώνει και να ξεφουσκώνει.
Έξω δεν πρέπει να είχε πάνω από 23°C. Ήταν Νοέμβρης, χω-

47

ρίς πολλή ζέστη, αλλά ο παχύσαρκος πολιτικός είχε μια εμμονή με το κλιματιστικό. Είχε μια μανία να το βάζει στους 16. Άτυχο γι' αυτόν νούμερο, αν ήξερε...

Βοηθούσε βέβαια και η κακή φυσική του κατάσταση, στην οποία συνεργούσε ο τακτικός ναργιλές, το αφγανικό όπιο και η ασωτία.

Και η κοιλάρα συνεργούσε, καλά κρυμμένη στο τεράστιο πανάκριβο μαύρο παντελόνι με τη χρυσαφί αγκράφα και τη φαιδρή ζώνη. Το λίπος και η έλλειψη σεβασμού για το σώμα του και τον εαυτό του τον έκαναν να ζέει και να ασφυκτιά.

Πήρε το φάκελο στα χέρια του και παρατήρησε ξανά το γραμματόσημο. Ήταν πάντα το ίδιο. Απορούσε πού τα έβρισκε ο αποστολέας, γιατί έβαζε γραμματόσημα σε ιδιωτικό ταχυδρομείο και σίγουρα δεν μπορούσε να καταλάβει τι απεικόνιζε. Ήταν κάτι σαν ζωγραφιά.

Κι όμως, αν είχε διαβάσει λίγο ιστορία ή ήταν πιο παρατηρητικός, ώστε να προσέξει την ημερομηνία ή το έψαχνε λιγάκι παραπάνω, θα καταλάβαινε ότι το γραμματόσημο ήταν σπάνιο, παλιό, αλλά και με μεγάλη σημασία.

Το Νοέμβρη του 1957 η Σοβιετική Ένωση εξέδωσε ένα γραμματόσημο, δέκα χρόνια μετά την πτώση του περιβόητου μετεωρίτη Σιχότε-Άλιν. Καθώς δεν υπάρχουν φωτογραφικές αποτυπώσεις του συμβάντος, το γραμματόσημο αυτό αναπαράγει μια ζωγραφιά από έναν αυτόπτη μάρτυρα και ζωγράφο, τον Π. Μεντβέντεφ.

Ο καλλιτέχνης καθισμένος στο παράθυρο του σπιτιού του, κάπου στα βουνά κοντά στο Πριμόριε, είχε αρχίσει να σχεδιάζει κάτι, όταν εμφανίσθηκε το μετέωρο. Αμέσως άλλαξε πλάνα και σχεδίασε τη μετέπειτα εικόνα του γραμματοσήμου που αποτελεί και τη μοναδική οπτική απεικόνιση του φαινομένου.

Ο υφυπουργός έσκισε άτσαλα το φάκελο Express του ιδιωτικού ταχυδρομείου με χώρα αποστολής τη Μολδαβία, αδιαφορώντας για το γραμματόσημο που δεν είχε σφραγίδα και έβγαλε από μέσα μια κάρτα στο μέγεθος καρτ ποστάλ.

Με ενδιαφέρον εστίασε στο μήνυμα:

«Φροντίστε αύριο τα χρήματα να είναι στην Ελβετία, ώστε να σας στείλω στην Οδησσό και το τελευταίο κουτί με τα σοκολατάκια».

Τα χοντρά σχεδόν πρησμένα μάγουλα του υφυπουργού σχημάτισαν μια γκριμάτσα και χωρίς να δώσει σημασία έσκισε το χαρτί στα τέσσερα και το πέταξε με μια κίνηση σνομπισμού στα σκουπίδια.

«Θα πάρεις τ' αρχίδια μου», σκέφτηκε μέσα του.

– Γιασμίν, φώναξε στη γραμματέα του, Γιασμίν, δεν ακούς;

– Μάλιστα, κύριε υφυπουργέ, απάντησε η 44χρονη, αλλά καλλίγραμμη ιδιαιτέρα του τρέχοντας προς τα μέσα.

– Έλα, ρε παιδάκι μου. Τι μαλακίες είναι αυτές; Κοιμούνται όλοι σε αυτό το υπουργείο; Από την προηγούμενη εβδομάδα σάς έχω πει γι' αυτό το γαμημένο το ερκοντίσιον. Τι θα γίνει, πρέπει να διώξω πέντε έξι για να το φτιάξουν; Νόμιζα ότι είσαι αξιόπιστη.

– Το έχω αναφέρει, υπουργέ μου, προσπάθησε να τον καθησυχάσει και να τον ηρεμήσει εκείνη, σκύβοντας το κεφάλι μέχρι το πάτωμα, σχεδόν υποκλινόμενη. Δεν κάνει πάντως και ζέστη, τόλμησε να του πει...

Εκείνος αγρίεψε ακόμη περισσότερο...

– Τσακίσου πήγαινε μέσα και πάρε μου τον Νταλίρ στη Κρατική Ασφάλεια.

– Μάλιστα!

– Άσε τα μάλιστα και κάνε επιτέλους τη δουλειά σου.

Η Γιασμίν δεν στενοχωρήθηκε κλείνοντας την πόρτα. Κάποιος θα έλεγε ότι οπλίστηκε με ακόμη μεγαλύτερη υπομονή για το σκοπό της. Ούτως ή άλλως τον είχε συνηθίσει. Είχε όμως κι άλλους, ακόμη καλύτερους λόγους για τους οποίους έπρεπε να συνεχίσει να τον ανέχεται...

Κάλεσε απ' το κόκκινο τηλέφωνο, στην Υπηρεσία Πληροφοριών, το γραφείο του Σασάν.

– Ναι, ακούστηκε επιτηδείως άγρια απ' την άλλη άκρη.

– Καλημέρα, κύριε Σασάν, απάντησε η Γιασμίν.

Αμέσως ο τόνος του άλλαξε.

– Μωρό μου, Γιασμίν, πού είσαι; της είπε με γλοιώδες ύφος εραστή. Γιατί έχουμε χαθεί; Γιατί με ξεχνάς;

Της την έπεφτε καιρό τώρα...

Σε μερικά δευτερόλεπτα, αφού η Γιασμίν τον απέφυγε για πολλοστή φορά, το τηλέφωνο του υφυπουργού χτυπούσε.

Η Γιασμίν κοφτά και σοβαρά του είπε:
– Κύριε υπουργέ, ο κύριος Σασάν στη «γραμμή επειγόντων».

Ο υφυπουργός τής έκλεισε το τηλέφωνο στα μούτρα και αμέσως πάτησε το κουμπί για να πάρει την κλήση από την άλλη συσκευή.

– Νταλίρ, αδελφέ μου... ήταν υπέροχα τα κοριτσάκια χθες το βράδυ, είπε με τη μία. Μάλιστα η μια απ' τις δύο ήταν κάτω των 13. Πώς τα κατάφερες; Είσαι πραγματικός υπηρέτης σε ό,τι ζητήσω. Μικρός Θεός!

– Υπουργέ μου, είχες ζητήσει κάτι εξαιρετικό και έχουμε τις καλύτερες Υπηρεσίες. Φυσικά μυστικές απ' τους Δυτικούς. Πάντα με τους Ρώσους δεν ήμασταν; Είναι και πιο κοντά μας... Από εκεί τις έφερα. Και πού να δεις τι περιμένω από Λευκορωσία... 11χρονα σου ετοιμάζω.

– Ο Αλάχ να σ' έχει καλά, Νταλίρ. Σου είμαι υπόχρεος. Με το θέμα μας όμως τι γίνεται;

– Με ποιο θέμα; Σου λέω έρχονται καινούργια κοριτσάκια, απ' τη Λευκορωσία.

Ο «υπουργός» έκανε ότι σοβαρεύει.

– Τι γίνεται με το «κοντέινερ»; Με έχει πρήξει ο «καθοδηγητής».

– Ολοκληρώνεται, άρχοντά μου. Ένα κομμάτι λείπει μόνο.

– Αυτό λέω κι εγώ. Πού είναι το τελευταίο κομμάτι; Πήρα γράμμα και λέει ότι έρχεται. Θέλει και τα λεφτά ο μαλάκας. Μάλλον ήρθε η ώρα...

– Έρχεται, υπουργέ μου, τον διέκοψε ο Σασάν. Τα έχω όλα υπό έλεγχο. Θα σου πω από κοντά αύριο. Κι εσύ δεν θα πας στη Μασάντ για τα εγκαίνια του νέου κτιρίου της αστυνομίας;

– Ναι, φυσικά, εκεί θα είμαι το πρωί.

– Οπότε τα λέμε κατά τις 12 στο Mall...

– Καλώς τότε. Τα λέμε αύριο.

Οντέσκα, Οδησσός,
Ουκρανία,
Εταιρεία ανεφοδιασμού πλοίων
Το παράνομο ναυτιλιακό γραφείο με τα πολλά τετραγωνικά,

πάνω στον κεντρικό δρόμο του λιμανιού της Οντέσκα, δίπλα στη μικρή BSM που διατηρούσε μόλις το 1/10 του ορόφου στο «Ναυτιλιακό Μέγαρο», όπως ήταν το όνομα του κτιρίου, ανήκε στον Βασίλη Τιμοφέι.

Αν και τα χαρτιά της ίδρυσής του ήταν μια χαρά και οι ισολογισμοί έδειχναν πλούτο, το γραφείο του ήταν παράνομο ως προς τις ενασχολήσεις του και το μαύρο χρήμα δεν δικαιολογείτο με τίποτα.

Ο Τιμοφέι, δουλεύοντας παλαιότερα για το Δημόσιο –στην πράξη για την KGB– την εποχή του «παραπετάσματος», είχε μάθει τέλεια τους ανθρώπους της πιάτσας, το λιμάνι και βέβαια τα κόλπα. Και όλοι αυτοί υπήρχαν και σήμερα. Οι ίδιοι δημόσιοι υπάλληλοι που εύκολα μπορούσαν να δουλέψουν και σαν «εξωτερικοί σύμβουλοι» διαφόρων ύποπτων εταιρειών.

Όταν η ιστορία έκλεισε τα παραθυρόφυλλα της προσδοκίας κάποιων για ολιγαρχία, η υπεροψία τους παρέμεινε. Και έχοντας τις «γνώσεις», θεώρησαν ότι μπορούσαν να τη συνεχίσουν. Και την προσδοκία και... την «ιστορία», πολύ δε περισσότερο την υπεροψία.

Η ταμπέλα στην είσοδο του διπλανού γραφείου έγραφε Black Sea Co. & Med Affiliates με διακριτικό τίτλο BSM Odessa. Μια εταιρεία που ο ετήσιος ισολογισμός της ήταν καθαρός, υγιής, αλλά μέτριος ως προς τα μεγέθη.

Η τοπική μαφία του λιμανιού μπορεί να μην άφηνε τη BSM να παίρνει πολλές δουλειές, αλλά όλο και κάτι περίσσευε από αυτά με τα οποία το «νεο-παλαιολιθικό» καθεστώς της προβλήτας δεν προλάβαινε να ασχοληθεί. Δηλαδή με καθαρές δουλειές.

Οι άνθρωποι του Τιμοφέι προτιμούσαν να αναλώνονται σε βρομιές, στημένες πλειοδοσίες, λαθραία τσιγάρα και αλκοόλ, λαθρεμπόριο ναρκωτικών και ανεφοδιασμό πλοίων με ληγμένα τρόφιμα και ποτά.

Έτσι, όλο και κάποια έσοδα έμεναν και για τη Νατάσα Λόιντ, τη γλυκιά 28χρονη, δυναμική Αγγλο-Πολωνέζα που είχε κι αυτή το γραφείο της στη λεωφόρο Κολέβσκι, ακριβώς μπροστά στο λιμάνι και δίπλα στα λαμόγια.

Και σαν συμπλήρωμα, παρά τις δυσκολίες, «σαν από θαύμα» έσκαγαν τακτικά και κάποιες δουλειές, που βοηθούσαν το γραφείο, χάρη σ' ένα άλλο γραφείο broking στο Άμστερνταμ, με την ιδιοκτήτρια του οποίου η Νατάσα είχε πλέον αναπτύξει φοβερά ανθρώπινες και φιλικές σχέσεις.

Έτσι παρέμενε εκεί, παρά το δυσμενές κλίμα και τις πιέσεις των κυκλωμάτων, ελπίζοντας ότι κάποια μέρα όλα θα άλλαζαν προς το καλύτερο.

Η νεαρή εβραία, που καταγόταν από Αγγλίδα καθολική μητέρα και μπαμπά εβραϊκής καταγωγής –αφού ο παππούς της είχε γυρίσει στην Οδησσό το 1952 μετά από διωγμούς εβραίων, που κράτησαν δεκαετίες– κυριολεκτικά λάτρευε αυτό το επάγγελμα, αλλά και την Οδησσό.

Άλλωστε το γραφείο –το οίκημα– είχε γι' αυτήν τεράστια συναισθηματική αξία, αφού της είχε μείνει από παλιά, κληρονομιά απ' τον μπαμπά της και τον παππού της κι έτσι παρά την οικονομική σφιχτότητα δεν ήθελε να το δώσει.

Η Οδησσός ήταν μια πόλη συνυφασμένη με το εβραϊκό στοιχείο και ταυτισμένη με την ιστορία της ρωσικής αυτοκρατορίας, αφού μέχρι τις αρχές του 20ού αιώνα ήταν η τέταρτη μεγαλύτερη πόλη της, μετά τη Μόσχα, τη Βαρσοβία και την Αγία Πετρούπολη, έχοντας το δεύτερο σε μέγεθος εβραϊκής θρησκείας πληθυσμό.

Μάλιστα το 1909 οι εβραίοι αποτελούσαν το 30% της πόλης, ενώ ακόμη και μετά από μια σειρά διωγμών, πιέσεων και δολοφονιών που άρχισαν το 1821, το 1939 έφταναν τους 180.000 ανθρώπους, όταν όλη η Οδησσός είχε 608.000 κατοίκους.

Ήδη, όμως, από πολύ παλαιότερα και επί σειρά δεκαετιών η επιτυχία των εβραίων στο εμπόριο και τις άλλες επιχειρηματικές δραστηριότητες έκανε τους Ουκρανούς και τους Ρώσους εμπόρους, όπως συμβαίνει από πολλούς «ντόπιους» και σε πολλά άλλα μέρη του πλανήτη, να διαμορφώνουν συνεχώς ένα αντιεβραϊκό κλίμα. Αποτέλεσμα αυτού, και ανάμεσα σε πολλά άλλα περιστατικά, ήταν και η αιματοκυλισμένη χρονιά του 1905, όταν 300 εβραίοι δολοφονήθηκαν μαζικά, ενώ χιλιάδες άλλοι τραυματίστηκαν στο λιμάνι.

Η Νατάσα είχε σημαδευτεί μέσα της με παραστάσεις από την Οδύσσεια του πατέρα της και του παππού της, που την έκαναν να αποστασιοποιείται ως προς την εθνική της ταυτότητα απ' τους πρώην Σοβιετικούς και τους Ουκρανούς, έχοντας αναπάντητο μέσα της ένα τεράστιο δίκαιο «γιατί», που η ιστορία είχε ξεχάσει να απαντήσει.

Είχε ακούσει από εξιστορήσεις των δικών της για τους διωγμούς, το θυσιασμένο αίμα απλών ανθρώπων, την εξ ανάγκης επιβληθείσα μετανάστευση και άλλα πολλά.

Το χειρότερο όμως ήταν ότι ακόμη και σήμερα είχε απέναντί της, στον ίδιο όροφο, έναν Ουκρανό, τον Βασίλη Τιμοφέι, που άνετα μπορούσε να διεκδικήσει μια θέση στη συνομοταξία των ερπετών.

Και το χειρότερο, την είχε «βάλει και στο μάτι».

Κεντρική Αφρική, Νότιο Σουδάν, Μοναστήρι του Αγίου Μάρκου

Και αυτό το πρωινό στο μοναστήρι ήταν ήσυχο. Ίσως από τα λίγα μέρη στο Νότιο Σουδάν που ήταν βαρετά ήσυχο και αφημένο απ' τη διαμάχη των διαφόρων ανταρτών και τις αντιπαραθέσεις των τοπικών φατριών.

Παντού η αφρικανική ήπειρος αιμορραγούσε από τουλάχιστον 40 πολέμους. Όχι κανονικούς. Όχι σαν τους γνωστούς πολέμους που τα περιβόητα forum και οι δήθεν αντιπολεμικές οργανώσεις διαφημίζουν στα πανό τους, ώστε να παραμένουν με πλανητικές παρωπίδες.

Εδώ οι πόλεμοι είναι άναρχοι, μεταξύ φατριών, φυλών και ομάδων. Εδώ οι πόλεμοι δεν έχουν εξήγηση. Δεν βασίζονται μόνο σε θρησκευτικές διαφορές, αλλά και αυτές παίζουν το ρόλο τους. Δεν βασίζονται μόνο σε εδαφικές διεκδικήσεις, αλλά κι αυτές υπάρχουν.

Εδώ οι πόλεμοι γίνονται καθαρά για να μπορούν κάποιοι τοπικοί «στρατηγοί» να έχουν την εξουσία και να καλοπερνάνε εις βάρος των πολλών.

Θα δεις χριστιανούς να αντιμάχονται χριστιανούς και μουσουλμάνους να «βαράνε» μουσουλμάνους. Χριστιανούς να συμπράττουν με μουσουλμάνους και άλλες θρησκείες που είναι τοπικές και άγνωστες στη Δύση, να θέλουν να γίνουν σε ισχύ ακόμη μεγαλύτερες και να «χτυπάνε» χριστιανούς και μουσουλμάνους. Και γενικά...

Εδώ τριγύρω βρέχει συχνά και ξαφνικά ανεξαρτήτου εποχής. Και το «τριγύρω» είναι χιλιάδες χιλιόμετρα μακριά, με τα σπίτια πλίθινα. Κι ακόμη πιο κάτω, δυο χώρες παρακάτω, τα φτιάχνουν ακόμα από ξύλο, χαρτί ή τενεκέδες. Εδώ τα παιδάκια μεγαλώνουν αντιπαθώντας αυτούς που έχουν φαβορίτες. Ο τοπικός «Βούδας» τούς μαθαίνει από μικρά ότι «δεν πρέπει». Μεγαλώνουν, γενιτσαρόνονται και «χτυπούν» όποιον έχει «φαβορίτα» ή θεωρούν ότι πρέπει να αφήνει μαλλιά. Γενικά τους μαθαίνουν τα «πρέπει» τους.

Το κομμωτήριο της Αφρικής έχει το όνομα «Φατρία». Όπως ακριβώς και το κοιμητήριο, που είναι πιο μεγάλο.

Εδώ στα μέρη του μοναστηριού, 150 χιλιόμετρα Ν.Δ. από τη Τζούμπα, την πρωτεύουσα του νεοσύστατου Νότιου Σουδάν, δίπλα στον ποταμό Λευκό Νείλο, οι πυξίδες δεν έχουν τη «Δύση». Είναι ζαλισμένες και τη βλέπουν περίπου όπως οι Δυτικοί τους πιθανούς εξωγήινους.

Εδώ επικρατεί ΧΑΟΣ!

Εδώ υπάρχει αναρχία και οι φωνές του βιασμού σβήνουν στην ηχομόνωση των πυκνών φυλλωμάτων κι ανακατεύονται με τη βρομιά τού «να μην το πεις».

Και πού να το πεις; Εδώ, δίπλα στο μοναστήρι δεν υπάρχει κράτος.

Δεν υπάρχει δικαιοσύνη.

Δεν υπάρχουν αξίες στη ζούγκλα.

Εδώ η κραυγή της μάνας, που της κλέβουν απ' τη σκηνή, απ' την καλύβα, ή απ' το χωράφι τον 5χρονο γιο της για να γίνει «μαχητής», δεν έχει ένταση.

Εδώ τα δήθεν forum δεν μπορούν να έρθουν.

Εδώ δεν έχει «παιδιά των λουλουδιών» παρά μόνο κατασκήνωση.

Εδώ είναι για «άντρες». Για αυτούς που έχουν δύναμη.

Μόνο αυτοί που έχουνε ψυχή είναι καλεσμένοι... στην κόλαση.

Εδώ οι πόλεμοι δεν βασίζονται σε ιστορικές διαφορές, αλλά η ιστορία έχει τη σημασία της. Ειδικά όταν οι τοπικοί ηγέτες τη χρησιμοποιούν για να γενιτσαροποιούν φυλετικά γκρουπ, ώστε να συγκροτούνται για την εξουσία.

CIA: Επιχείρηση Παράκελσος

Τα πάντα στην Αφρική έχουν τη σημασία τους και όλα μαζί τίποτα. Και είναι πολύ δύσκολο, απαιτεί ιδιοφυή προσέγγιση, ανοχές και υπομονή για να εξηγήσεις το άγνωστο.

Αν αυτή η ήπειρος, όπως κι άλλες περιοχές του πλανήτη, ήταν μια πλαστική σακούλα με αίμα μέσα στην οποία επιπλέουν όλα αυτά τα ρεύματα, οι ομάδες, οι φυλές, τα θρησκευτικά σύμβολα και οι φατρίες, και η σακούλα αυτή έσκαγε, ο πλανήτης θα πέθαινε από αιμορραγία.

Αιμορραγεί η Αφρική και πολλά άλλα μέρη. Αιμορραγεί ο Καύκασος. Αιμορραγεί η Σομαλία. Αιμορραγεί από φατρίες η Μέση Ανατολή κι ο Λίβανος. Και είναι εκπληκτικά δύσκολο να παρακολουθήσεις όλα τα τραύματα και, το χειρότερο, κάποιο από αυτά να μην κάνει μετάσταση.

Η κοιλάδα γης που φιλοξενούσε τους μοναχούς ήταν πολύ κοντά σε μια μυστική βάση των ανταρτών που αυτοονομάζονταν «Αντιστασιακοί Μαχητές του Θεού». Και ο όρος δεν είναι τυχαίος. Οι «αντάρτες» τον είχαν επιλέξει, έναντι των υπολοίπων «ανταρτών», σε αντίθεση με τον όρο «Στρατιώτες», για να απολαμβάνουν μια δήθεν θεϊκά εμπνευσμένη δύναμη που έδινε ιδεολογική ταυτότητα στην αναρχία τους.

Ούτως ή άλλως δεν ήταν στρατευμένοι από κάποια επίσημη αρχή, από ένα οργανωμένο κράτος ή μια μηχανή διοίκησης, αλλά από τα ολιγαρχικά, τοπικά συμφέροντα μιας γεωγραφικά περιορισμένης περιοχής που είχε τους δικούς της φυσιογνωμικούς, θρησκευτικούς και ουσιαστικά αναρχικούς κανόνες.

Τώρα το πώς ο Θεός «αγίαζε» μια τέτοια μηχανή που επιδιδόταν σε λεηλασίες, βιασμούς, βασανισμούς, καταναγκασμούς και δημιουργία γενίτσαρων, μέσω απαγωγών, είναι κάτι που ούτε οι μοναχοί θα μπορούσαν να εξηγήσουν.

Οι καλόγεροι είχαν ξυπνήσει απ' τα χαράματα και μετά την πρωινή λειτουργία, ο καθένας τους έκανε τις καθημερινές δουλειές.

Δύο τρεις απ' αυτούς πότιζαν το μικρό κηπάκι της ιεραποστολής. Δουλειά όχι και τόσο εύκολη, αν σκεφτεί κανείς ότι έπρεπε κάθε λίγο και λιγάκι να ανεφοδιάζουν τα ποτιστήρια τους, τους κουβάδες ουσιαστικά με τους οποίους γέμιζαν τα ποτιστήρια με νερό, από μια δεξαμενή βρόχινου νερού, που υπήρχε 300 μέτρα πιο ψηλά, στο αντικρινό λοφάκι, μέσα στις φυλλωσιές.

Αυτή η δεξαμενή άλλωστε χρησίμευε και για την ύδρευση όλου του μοναστηριού.

Λίγο παρά κει ένας μοναχός, καθισμένος κάτω από το μεγάλο δέντρο του κήπου, με φοβερή προσήλωση καθάριζε πατάτες για τη μεσημεριανή «λιχουδιά» της μονής. Σήμερα θα τις έκαναν στον ξυλόφουρνο.

Φορούσε μια τεράστια ποδιά που κάλυπτε το ράσο και ακριβώς μπροστά του υπήρχε ένας τεράστιος τσίγκινος κουβάς που καθρέπτιζε τις ακτίνες του ήλιου και τις έστελνε και πάλι ψηλά στις πυκνές φυλλωσιές του δέντρου.

Αυτό που έκανε εντύπωση ήταν ότι έκοβε τις πατάτες γρήγορα σε πλατιές φέτες, μαζί με την καφετιά φλούδα τους, χωρίς καλά καλά να τις καθαρίζει απ' το χώμα.

Οι φέτες θα έμπαιναν μέσα σε μεγάλα ταψιά, θα κολυμπούσαν σε «αγιορείτικο ελαιόλαδο» –από το μητροπολιτικό μοναστήρι, ουσιαστικά λάδια δωρεών από τη Σπάρτη, τη Μυτιλήνη και άλλα μέρη, που στο τέλος το έκαναν «αγιορείτικο», λόγω καταγωγής του μοναστηριού «μαμάς»– και θ' αναζητούσαν τη συντροφιά της ρίγανης.

Το πώς έφταναν μέχρι εδώ όλα αυτά τα υλικά ήταν ένα άλλο θέμα. Ειδικά σε μια χώρα που πεινούσε και τα πάντα, ειδικά τα τρόφιμα προς ιεραποστολές –όλων των εκκλησιών– λογικά θα «χάνονταν» στη διαδρομή.

Η συνταγή των μεταφορών ήταν απλή όπως και η νηστεία. Καμία, όμως, εκκλησιαστική αποστολή δεν θα παραδεχόταν ότι η λογική αυτής της απλότητας χρησιμοποιούσε και μαφιόζικους τρόπους μεταφοράς, που καμιά εκκλησία δεν θα ασπαζόταν ως θεμιτούς.

Αν οι «στρατηγοί» της περιοχής, οι «αφέντες», οι «φύλαρχοι», οι «θρησκευτικοί ηγέτες», ή όπως θες πες τους, δεν τα «έπιαναν» από τον εκκλησιαστικό αντιπρόσωπο, κανένα δέμα δεν θα έφτανε ποτέ και πουθενά.

Έτσι, στο όνομα αυτής της «ιεραποστολικής πορείας», πολλά προϊόντα μπορούσαν να διασχίσουν το χάος και να φτάσουν στον προορισμό τους ανέγγιχτα από την απόλυτη αναρχία, την κλεψιά, τη λεηλασία και την παντελή έλλειψη προστασίας, αν συμφωνούσε ο «σωστός άνθρωπος».

CIA: Επιχείρηση Παράκελσος

Όπως και να 'χε στη μέση της ζούγκλας, ένα ακόμη γαλήνιο πρωινό στο ρωσικό μοναστήρι του Αγίου Μάρκου είχε ξεκινήσει. Ήσυχο και πάνω απ' όλα πλήρες από κάθε είδους ηχητικούς οργασμούς. Εκατοντάδες φυσικές φωνές έκαναν το απόλυτο οδοιπορικό παντρεύοντας τη ροή του χρόνου με τη μουσική απόχρωση του περιβάλλοντος.

Δεκάδες διαφορετικά είδη πουλιών που κρατούσαν την ανωνυμία τους πίσω από το πυκνό πράσινο θύμιζαν ατμόσφαιρα ζωολογικού κήπου, αλλά στο αληθινό της. Ταυτόχρονα, μικρά τρωκτικά και άλλα σπάνια είδη πανίδας, γνωστά μόνο στους βιολόγους, προκαλούσαν ένα μοναδικό θρόισμα στα κλαδιά των δέντρων.

Σ' όλα αυτά προστίθετο και το ρυθμικό τσάπισμα του εδάφους. Καμιά δεκαριά μοναχοί, πιο κει, στα «κτήματα», σκαρφαλωμένοι σε σέτια, προσπαθούσαν να δαμάσουν τη γη, ποτίζοντας με τον ιδρώτα τους το σκάψιμο της ευδοκιμίας.

Αυτή η γη έδινε στο μοναστήρι λαχανικά, πατάτες, φασολάκια κι ό,τι άλλο μπορούσε να φυτρώσει στο κυριολεκτικά κατάμαυρο χώμα της αφρικανικής ηπείρου, που θύμιζε πλούσια κοπριά, χωρίς να απαιτεί μεγάλες ποσότητες νερού.

Η περιοχή της μονής ήταν άπληστη. Χωρίς να λυπάται το νερό, σε μάθαινε να το εκτιμάς. Κι αυτό γιατί αν και οι βροχές δεν ήταν σπάνιες σ' αυτό το τροπικό κλίμα, το έδαφος δεν ενέδιδε στο να συγκρατεί το νερό.

Έτσι, οι πολύ δυνατές βροχές, που όμως δεν φτουρούσαν, έπρεπε να τροφοδοτήσουν τις καλλιέργειες, να γεμίσουν τις δύο δεξαμενές με νερό και να διατηρήσουν τον τόπο στη ζωή.

Και στο εσωτερικό του μοναστηριού οι δουλειές ήταν καταμερισμένες.

Μερικοί καλόγεροι έκαναν καθαριότητα, ενώ μερικοί άλλοι ασχολούνταν μέσα στην κουζίνα. Οι γεροντότεροι κάθονταν στη βιβλιοθήκη και ξεφύλλιζαν υπομονετικά τους παμπάλαιους τόμους που είχαν καταλήξει εδώ από δωρεές άλλων εκκλησιών απ' όλο τον κόσμο.

Η ζωή στο μοναστήρι κυλούσε και σήμερα κανονικά, στους ρυθμούς του «κάθε μέρα».

Εκατόν είκοσι χιλιόμετρα δυτικότερα απ' το μοναστήρι, λίγο

Γιάννης Παρθένιος

μέσα στη Λαϊκή Δημοκρατία του Κονγκό, αλλά πιο βόρεια, σχεδόν πάνω στα σύνορα με το Νότιο Σουδάν –αν κι αυτά αλλάζουν κάθε εβδομάδα σε τέτοιες περιοχές– υπάρχει ένα μικρό, αυτοσχέδιο, χωμάτινο αεροδρόμιο.

Μη φανταστείτε τίποτα το επίσημο. Μια λωρίδα πατημένης απ᾽ τα χόρτα γης, χωρίς φωτισμό και ιδιαίτερες «ανέσεις», με ένα μικρό υπόστεγο από τσίγκο που πρόσφερε προστασία σ᾽ ένα παλιό τετραθέσιο Σέσνα, μοναδικό σημάδι τεχνολογίας και μηχανικής στην ευρύτερη περιοχή.

Ο Τζορτζ χρειάστηκε σχεδόν τρία χρόνια για να εντοπίσει ένα φτηνό τέτοιο αεροσκάφος σε μια γειτονική χώρα –στο Μπουρούντι– να το φέρει απ᾽ το πουθενά στο πουθενά, κάνοντας αμέτρητες στάσεις στη διαδρομή και με κίνδυνο να πέσει καμιά δεκαριά φορές. Από τότε βέβαια το λάτρευε.

Του πήρε παραπάνω από έξι μήνες καθημερινής δουλειάς για να διορθώσει τις μικροβλάβες του, να συντηρήσει τον κινητήρα, κάνοντάς τον κυριολεκτικά βίδες, και να του προσαρμόσει μια μικρή δεξαμενή, καθιστώντας το ικανό να κάνει και αεροψεκασμούς σε μια περιοχή που ακόμα και το φλιτ είναι πολυτέλεια μόνο των νοσοκομείων.

Αν κυκλοφορούσε σε κιτ, κάλλιστα ο Τζορτζ θα μπορούσε να το έχει φτιάξει απ᾽ το μηδέν. Απ᾽ τη στιγμή όμως που το επισκεύασε, το φρεσκοβαμμένο ασημί πρώην κουφάρι, με τα κίτρινα άστρα στα πλευρά για να του θυμίζει την αμερικάνικη σημαία, αποτελούσε τον μεγάλο του έρωτα κι ένα απ᾽ τα ελάχιστα υλικά πράγματα που μπορούσαν να τον συγκινήσουν πια.

Βέβαια τον πρώτο καιρό, που ο Τζορτζ είχε αποφασίσει πια να μείνει μόνιμα στην περιοχή, τα προβλήματά του κάθε άλλο παρά με το αεροσκάφος είχαν να κάνουν. Μπορεί απ᾽ τη μια η ησυχία της περιοχής Τσινόι να ήταν ιδανική για την ηρεμία ενός ανθρώπου που συνειδητά ήθελε να αποτραβηχτεί από τον σύγχρονο κόσμο, απ᾽ την άλλη όμως η δημιουργία ενός μικρού αεροδιαδρόμου, τα έξοδα και πάνω απ᾽ όλα η έλλειψη εσόδων αποδείχτηκαν –αρχικά τουλάχιστον– απερίσκεπτα και ρομαντικά.

Για ένα μεγάλο διάστημα ο Τζορτζ όχι μόνο δεν είχε δουλειά, αλλά μάλλον είχε φορτωθεί και το βάρος των καυσίμων και της συντήρησης, για τη μεταφορά κατοίκων των γειτονικών χωριών αλλά και της ευρύτερης περιοχής στην Καλόμε του Νότιου Σουδάν, την πλησιέστερη πόλη με γιατρό.

Το μόνο καλό μέσα σ' όλα αυτά ήταν ότι είχε το μοναδικό τηλέφωνο στην περιοχή, αλλά κι αυτό αποτελούσε κοινωνική προσφορά για τους δυστυχισμένους κατοίκους που συχνά περπατούσαν πολλά χιλιόμετρα μέχρι τον Τζορτζ, απλά και μόνο για να μιλήσουν μερικά δευτερόλεπτα με τους αγαπημένους τους συγγενείς σε μακρινές πόλεις ή και χώρες, χιλιάδες χιλιόμετρα μακριά. Τουλάχιστον όταν δούλευε.

Ο Τζορτζ πάντως δεν παραπονιόταν ποτέ για όλα αυτά. Λάτρευε κυριολεκτικά αυτούς τους ανθρώπους και θα έκανε τα πάντα για να τους βοηθήσει σε αυτό το ανελέητο παιγνίδι με την κακή τους μοίρα.

Τα έξοδα όμως τον έκαναν συχνά να σκέφτεται ότι ίσως να πρέπει να τα παρατήσει, πριν ο υποσιτισμός χτυπήσει και τη δική του πόρτα. Ή καλύτερα αυτή του υπόστεγου.

Σαν από θαύμα, όμως, τα προβλήματά του λύθηκαν κατά κάποιον τρόπο, όταν ένα περιφερειακό κλιμάκιο του νεοσύστατου υπουργείου Γεωργίας της νεογνού γειτονικής χώρας του Νότιου Σουδάν υπέγραψε με τον Τζορτζ μια πενταετή σύμβαση για αεροψεκασμούς και επείγουσες διακομιδές, ελεγχόμενη από τον Ο.Η.Ε. – διακινούσε κονδύλια του Οργανισμού.

Γνώριζε, βέβαια, ότι δεν θα πλούτιζε και σίγουρα το συμβόλαιο δεν τον διασφάλιζε σε περίπτωση ξαφνικής κρίσης στην περιοχή, που άλλωστε ήταν και το σύνηθες σε τέτοια μέρη.

Προσωρινά πάντως οι αεροψεκασμοί, οι μεταφορές εμπορευμάτων και οι διακομιδές ασθενών κάλυπταν έστω και στοιχειωδώς τα έξοδά του και αποτελούσαν για τον Τζορτζ μια παρηγοριά κι ένα μικρό άλλοθι για να παραμένει το μικρό «αεροδρόμιο» εκεί κι ο πιλότος στην ησυχία της ζούγκλας.

Ήταν απογευματάκι προς σούρουπο και ο Τζορτζ έλειπε ήδη δυο μέρες. Άφησε λίγο το πόδι από το γκάζι για να φτάσει πιο άνετα το μικρό ντουλαπάκι του συνοδηγού και να βγάλει το σιδερένιο κουτί με τα δυο τρία πούρα που του είχαν απομείνει.

Το γερασμένο 4x4 φορτηγάκι της Ford υπάκουσε αμέσως, κάνοντας ταυτόχρονα το σκληροτράχηλο σασί να υποκλιθεί σε κάνα δυο βαθιές λακκούβες που σίγουρα τις «άκουσε».

Το ραδιόφωνο έφερνε από τα μεσαία κύματα μια εκπομπή της «Φωνής της Αμερικής» με θέμα την αφρικανική μουσική. Ήταν ντόπια παραγωγή, αλλά το αποτέλεσμα δεν είχε να ζηλέψει σε τίποτα ακόμη και τους καλύτερους σταθμούς έθνικ στην αγαπημένη του πόλη, την πόλη που δεν κοιμάται ποτέ.

Με πραγματική λαγνεία έφερε το πούρο στο στόμα και η γλώσσα του το προσκύνησε απ' άκρη σ' άκρη. Ήταν λίγο ξερό, αλλά σε τέτοια μέρη περίμενες να έχει και υγραντήρα;

Καθώς ο Τζορτζ δυνάμωσε το μπιτάκι, αφήνοντάς το να απλωθεί στην άγρια φύση, από μακριά φάνηκαν οι καλαμωτοί φράχτες του αεροδιαδρόμου, σωστοί σεκιουριτάδες για τα άγρια ζώα που με επιμονή αρνούνταν να καταλάβουν ότι δεν έπρεπε ποτέ μα ποτέ να διακόπτουν τις προσγειώσεις και απογειώσεις του Τζορτζ.

Έτσι όπως τώρα έβλεπε απ' το παρμπρίζ, στο βάθος ξεχώριζε η ώχρα του τροπικού ουρανού και τα ψηλά βουνά της επαρχίας Ναντούρ να τρυπάνε με τις γκρίζες τους κορφές τ' απομεινάρια του γαλανού που πάλευε με τον ορίζοντα θρυμματίζοντας τον μαγικό καμβά.

Πιο κοντά του, στο μικρό υπόστεγο του «αεροδρομίου» που φιλοξενούσε το μικρό σκάφος, ανέβλυζαν οι κιτρινωπές σταγόνες φωτός που σκόρπαγε μια λάμπα πετρελαίου, κρεμασμένη από ένα δοκάρι και αφημένη στο χαλαρό λίκνισμα του απαλού αέρα που με το ζόρι ράντιζε μια στάλα δροσιάς.

Ο Τζορτζ μπορούσε πλέον να δει καθαρά μέχρι εκεί. Όλα φαίνονταν όπως τα είχε αφήσει κι ο μικρός Ντούντου τον περίμενε έξω απ' το υπόστεγο κοιτώντας προς το αυτοκίνητο που πλησίαζε.

Ο μικρός, ένα 14χρονο παιδάκι της περιοχής, που ο Τζορτζ είχε αναλάβει από τα 9 του, ήταν και ο μοναδικός του φίλος, αν και ο πιλότος τον είχε περισσότερο σαν γιο του.

Όταν ο Τζορτζ ήρθε στη Λαϊκή Δημοκρατία του Κονγκό, πριν από περίπου 6 χρόνια, βρήκε το μικρό παιδάκι να κοιμάται μόνο του σε μια καλύβα από χώμα και ρίζες φυτών, με τα κλαδιά των τροπικών δέντρων στην κορυφή της να τρυπούν τη στέγη και τις νύχτες, πλημμυρίζοντας με υγρασία την παιδική ψυχούλα του Ντούντου.

CIA: Επιχείρηση Παράκελσος

Κι οι δυο γονείς του είχαν πεθάνει κατά τη διάρκεια του «εμφυλίου», ουσιαστικά σε μια τοπική σύρραξη που κάποιοι της έδωσαν δήθεν πολιτική διάσταση και ποτέ δεν μάθαμε στη Δύση. Όπως άλλωστε και για τις περισσότερες εκεί γύρω.

Οι ανυποψίαστοι χωρικοί δεν περίμεναν την επιδρομή των αυτοαποκαλούμενων αστυνομικών της περιοχής, που ξαφνικά μια μέρα τύλιξαν στις φλόγες όλο το χωριό, με μοναδική «υποψία» το ότι οι λίγες αυτοσχέδιες παράγκες αποτελούσαν δήθεν κρησφύγετο των ανταρτών.

Από τότε, ο Τζορτζ και ο μικρός έγιναν αχώριστοι φίλοι. Απαραίτητη παρέα σε ένα τοπίο που η κινηματογραφική του ποικιλία βαδίζει χέρι χέρι με τη μοναξιά.

Ο Ντούντου κάθε άλλο παρά αποτελούσε φύρα για τον Αμερικάνο της περιοχής. Πολύ γρήγορα έμαθε τα πάντα για τα αεροπλάνα, μπορούσε πλέον να πιλοτάρει αλλά και να κατεβάσει τον κινητήρα, ώστε να του αλλάξει λάδια ή να συντηρήσει τις τσιμούχες, ανάμεσα σε άλλες δουλειές που μοιραζόταν με τον Τζορτζ στο τροπικό «αεροδρόμιο».

Ακόμα και 5 χρόνια πριν, που ο Ντούντου ήταν μικρό παιδάκι, οι γνώσεις του για την περιοχή και τις συνθήκες βοήθησαν πολύ τον πιλότο, που ακόμα ήταν έξω από τα νερά του ή καλύτερα από τον «αέρα» του.

Μόλις στα 9 του τότε, ο μικρός περπατούσε 15 χιλιόμετρα για να φέρει καθαρό, πόσιμο νερό από την κοντινότερη πηγή, έδειξε στον Τζορτζ πού μπορεί να βρει ξυλεία ή να κόψει καλαμιές μακριά απ' τα ύπουλα, δηλητηριώδη ερπετά της περιοχής και ειδικά του Ναγκίμπ, του πιο δηλητηριώδους φιδιού στην Κεντρική Αφρική.

Ο Τζορτζ όμως δεν τον είχε πάρει κοντά του γι' αυτό και φυσικά δεν τίθετο θέμα εκμετάλλευσης, αφού ο ένας για τον άλλον δεν αποτελούσαν μόνο παρέα, αλλά πραγματική οικογένεια.

Το τσαλακωμένο φορτηγάκι πέρασε την πρόχειρη πύλη του «αεροδρομίου» και κόβοντας δεξιά βρέθηκε έξω απ' το μικρό, ηλιοκαμένο απ' την ταλαιπωρία της μέρας υπόστεγο που ακτινοβολούσε θερμότητα.

Ο Τζορτζ έσβησε τη μηχανή που κι αυτή ήταν πια στο όριο να ανεβάσει θερμοκρασία, πήδηξε απ' το αυτοκίνητο και με μια γρήγορη κίνηση έσβησε δυνατά το πούρο του στο μαύρο, υγρό χώμα που θύμιζε φουσκί.

Ο μικρός δεν μπορούσε να κρατηθεί και πετάχτηκε:

– Πες μου, Τζορτζ, το έφερες;

– Ναι, αγόρι μου, εδώ είναι, απάντησε εκείνος, βαδίζοντας προς την καρότσα κι αρπάζοντας ένα μικρό κουτί με μέγεθος όχι μεγαλύτερο από ένα κουτί παπουτσιών.

Ήταν το ανταλλακτικό που περίμεναν δύο ολόκληρες εβδομάδες και τους είχε θέσει σε αεροπορική απραγία λόγω βλάβης.

Όλη αυτή η ταλαιπωρία την οποία είχε περάσει εδώ και δυο μέρες ο Τζορτζ οφειλόταν σ' ένα μικρό εξάρτημα σαν χταπόδι που ένωνε το πηδάλιο με τα πτερύγια των φτερών. Έμοιαζε με μικρό σφυκτηράκι.

Μάταια ο Τζορτζ προσπαθούσε να το μπαλώσει για πάνω από έναν μήνα.

Κάθε φορά που το έφτιαχνε, πετούσε για λίγο, εκείνο χαλάρωνε κι αυτός με τη σειρά του έπρεπε επειγόντως να προσγειωθεί όπου έβρισκε, προτού αυτό λασκάρει εντελώς και χάσει ολοκληρωτικά τον έλεγχο.

Πριν όμως από μια εβδομάδα, λίγο έλειψε να μην κατέβει ποτέ, ή μάλλον να κατέβει «μόνιμα». Τότε έφτασε η στιγμή που ο Τζορτζ και ο μικρός αποφάσισαν να σταματήσουν τα «επεισόδια» με τον Κύρο Γρανάζι και να παραγγείλουν τηλεφωνικά το ανταλλακτικό από την Κομπάσα στο Νότιο Σουδάν, άλλα 200 χιλιόμετρα από την Καλόμε, όπου υπήρχε και το μοναδικό συνεργείο με ανταλλακτικά για αυτοκίνητα, μηχανές, αεροπλάνα και... κάρα. Όλα σε ένα και περιέργως όχι στην πρωτεύουσα Τζούμπα.

Κάποιος, όμως, έπρεπε να το παραλάβει κι αυτός δεν ήταν άλλος απ' τον Τζορτζ, που σε τέτοιες περιπτώσεις άφηνε πίσω τον μικρό Ντούντου να προσέχει το «μαγαζί». Έπρεπε λοιπόν να ταξιδέψει – και οι «μικρές» για αλλού αποστάσεις, εδώ έπαιρναν μέρες λόγω των δρόμων.

Σήμερα το βράδυ θα έπρεπε να ξενυχτήσουν. Το επόμενο πρωί ο Τζορτζ θα πετούσε μέχρι την Κανκάμπα, όπου είχε κλείσει μια δουλειά για τον αεροψεκασμό μιας μεγάλης έκτασης καφέ, αυτή τη φορά εντός της Λαϊκής Δημοκρατίας του Κονγκό.

Σε δύο μέρες θα έβγαζε τα λεφτά για να επιβιώσει τρεις ολό-

CIA: Επιχείρηση Παράκελσος

κληρους μήνες. Ήταν καλά λεφτά και σίγουρα μια... γερή ανάσα. Έπρεπε όμως να φτιάξουν το αεροσκάφος και αυτός ο σφικτήρας που το έπαιζε εδώ και καιρό δύσκολος, επιτέλους, να πιάσει καλά!

Ολλανδία,
Global Nautilus,
Γραφείο της «Εταιρείας» με κάλυψη

Η Κριστιάνα κοίταξε το μηχάνημα του φαξ που είχε αρχίσει να λαμβάνει.

Η εταιρεία «καθρέφτης» έστελνε κάτι. Το ήξερε ήδη απ' το λογότυπο που είχε αρχίσει να ξεπροβάλλει: Atlantic Brokers & Port Responding S.A.

«Εταιρείες καθρέφτες» ήταν οι εταιρείες που λειτουργούσαν διαμεσολαβητικά ως προς τις επικοινωνίες, για να μη φαίνεται η τηλεφωνική ταυτότητα του Λάνγκλεϊ. Και φυσικά κανένας δεν μπορούσε να υποψιαστεί ότι αυτές οι «εταιρείες» δεν λειτουργούσαν κανονικά, σύμφωνα με το αντικείμενο των εργασιών τους, αφού έμοιαζαν σαν απλές εταιρείες της διπλανής πόρτας.

Αφού η λήψη ολοκληρώθηκε, η Κριστιάνα έπιασε στα χέρια της το χαρτί. Το επιστολόχαρτο της ναυτιλιακής εταιρείας, με έδρα το Πράσινο Ακρωτήριο της Μακαρονησίας στα βόρεια του Ατλαντικού Ωκεανού, έστελνε ένα «παράπονο» σχετικά με τον ελλιμενισμό ενός φορτηγού πλοίου.

Σαφέστατα και η εταιρεία του Άμστερνταμ δεν είχε καμιά σχέση με αυτό το πλοίο, αλλά ακόμη κι αν κάποιος έβρισκε ή υπέκλεπτε το φαξ, σίγουρα δεν θα μπορούσε να βγάλει άκρη.

Κανείς μέχρι σήμερα δεν ξέρει και το πιθανότερο είναι ότι δεν θα μαθευτεί ποτέ —γιατί αλλάζει και συνεχώς— πώς το Λάνγκλεϊ επικοινωνεί με τα Κλιμάκια των κατά τόπους πρεσβειών. Ούτε καν οι εργαζόμενοι σε αυτές.

Πέρα απ' αυτό το κομβικό σημείο, η διαδικασία προώθησης μηνυμάτων —αν και δαιδαλώδης— παραμένει στη σύλληψή της απλή.

Αφού το Κλιμάκιο στην ισπανική πρεσβεία λάμβανε ένα ακατανόητο —και για αυτούς ακόμη— μήνυμα το οποίο θα έπρεπε να προωθηθεί... απλά το προωθούσε, σύμφωνα με τη θεματολογία του. Τα ναυτιλιακά πήγαιναν στην Global Nautilus, τα αεροπορικά σε μια αντίστοιχη εταιρεία «βιτρίνα» στη Ρώμη που ασχολείτο με τον τουρισμό κ.ο.κ.

Το συγκεκριμένο μήνυμα είχε φτάσει στη Μαδρίτη ως εξής:

«Απαράδεκτη συμπεριφορά του πληρώματος του πλοίου Yelizaveta κατά την έξοδό τους στο λιμάνι του Πράσινου Ακρωτηρίου –καβγάδες, αδικήματα σε σχέση με παρενόχληση γυναικών σε μπαρ και άλλα– μας αναγκάζει να σας ζητήσουμε να βρείτε: 1) τον αριθμό νηολογίου από το λιμεναρχείο Οδησσού/Ουκρανίας και 2) τα ονόματα του πληρώματος, ώστε να ασκηθούν διώξεις».

Βέβαια το Yelizaveta δεν είχε πάει ποτέ στο Πράσινο Ακρωτήρι, αλλά αυτό δεν το ήξερε κανείς.

Ο άνθρωπος του Κλιμακίου στη Μαδρίτη ήξερε ότι έπρεπε να προωθήσει το μήνυμα στον πρώτο τόπο αναφοράς του κειμένου. Με απλό κινητό τηλέφωνο από τα μαγαζιά –που πουλούσαν κινητά τηλέφωνα χωρίς συμβόλαιο– ώστε να μην εντοπίζεται ο χρήστης, έστελνε με φαξ (από το κινητό) το ίδιο ακριβώς μήνυμα στο γραφείο του Πράσινου Ακρωτηρίου. Έπειτα το «Cape Verde» έστελνε στην Ολλανδία.

Το γραφείο του Άμστερνταμ ασχολείτο με τη «μετάφραση» μόνο τέτοιου τύπου ναυτιλιακών μηνυμάτων και η ενασχόλησή του αφορούσε στο να έχει και να δημιουργεί πηγές που θα μπορούσαν να δώσουν μόνο τέτοιου τύπου ναυτιλιακές πληροφορίες. Απλούστατες και αδύνατον να συνδυαστούν με γεγονότα.

Γι' αυτό και δημιουργούσε «δεσμούς» με ανθρώπους που ήταν καθαροί και διατηρούσαν ναυτιλιακές εταιρείες σε όλη τη Β. Ευρώπη, τη Μεσόγειο και τα λιμάνια της πρώην Σοβιετικής Ένωσης, χωρίς φυσικά να έχουν ιδέα για αυτή την «πανέξυπνη» συνεργασία.

Η «Εταιρεία» γνώριζε το προφίλ της Νατάσας Λόιντ και είχε επιλέξει την εταιρεία της σαν μια εταιρεία που αν μη τι άλλο δεν έπασχε από εθνικό σοβινισμό. Σημαντικός παράγοντας της επιλογής ήταν και το γεγονός ότι ήταν ένας καθαρός, εργατικός άνθρωπος που δεν είχε μπλεξίματα με τις τοπικές μαφίες.

Όλα αυτά συνηγορούσαν στο ότι ακόμα κι αν καταλάβαινε

ότι τη χρησιμοποιούσαν σαν πληροφοριοδότη, ο κίνδυνος διαρροών θα ήταν μικρός.

Η Κριστιάνα –αποσπασμένη πράκτορας καριέρας στην Ολλανδία– κάθισε αναπαυτικά στην καρέκλα της για να γράψει το φαξ προς τη Νατάσα.

Ήξερε ότι ουσιαστικά η «μετάφραση», δηλαδή το νόημα του μηνύματος, ήταν απλή κι όλα τα άλλα σάλτσες.

Άρχισε να πληκτρολογεί:

«Παρακαλούμε όπως βρείτε από το λιμεναρχείο Οδησσού/ Ουκρανίας το νηολόγιο και τα ονόματα του πληρώματος...»

ΚΕΦΑΛΑΙΟ 3

Ανατολικό Αιγαίο,
Ουκρανικό εμπορικό πλοίο με σημαία Εσθονίας

Κι αυτό το πρωινό, η αλμύρα του Αιγαίου τραγουδούσε Ελλάδα.

Αν και τέλη φθινοπώρου, ο καιρός ήταν ακόμη καταπληκτικός και επέτρεπε να βλέπεις μακριά και καθάρια τον ορίζοντα του ποιητικού γαλάζιου να λικνίζεται στο πορτοκαλί της αγαπημένης του συντροφιάς: του ήλιου.

Το μικρό κυματάκι των 4 μποφόρ ούτε καν ενοχλούσε το μικρό, γκρινιάρικο απ' την ηλικία, ουκρανικό σκάφος με το 6μελές πλήρωμα, στην πρύμνη του οποίου υπήρχε μια φιγούρα που χάζευε τη θάλασσα και άφηνε παχιά δαχτυλίδια άξεστου καπνού απ' τα φτηνά μαροκινά του άφιλτρα.

Κάθε φορά που ο μάγειρας έπαιρνε άδεια και γύρναγε στο Σάφι, το πονηρό λιμάνι στις όχθες του Ατλαντικού, αγόραζε αρκετές κούτες από δαύτα.

Ο φτηνός καπνός του Νασίρ Αλ Ντιν, όπως τον έφερνε απ' τα ΝΔ το δροσιστικό αεράκι και η ανάσα του αιγαιοπελαγίτικου πρωινού, ενοχλούσε τα καφετιά, σχεδόν μαύρα μάτια του, κάνοντάς τον να δυσανασχετεί.

Έφταιγε και το γεγονός ότι ο Μαροκινός δεν συμπαθούσε αυτές τις γλυκές θάλασσες.

CIA: Επιχείρηση Παράκελσος

«Σιγά να μην έχετε σαρδέλες εδώ», έλεγε μέσα του, χωρίς βέβαια να ξέρει και κάθε που έβλεπε κάνα βαρκάρη να μαζεύει ανέμελα τα δίχτυα του, όπως το φορτηγό διέσχιζε το πέλαγος, διερωτόταν «πώς επιζούν αυτοί οι άνθρωποι».

Δεν μπορούσε να καταλάβει την ανεμελιά της Μεσογείου και βέβαια νεύριαζε κάθε φορά που στα βράχια της ακτής ξεπρόβαλλε όλο και συχνότερα, στη μέση του πουθενά, κάνα ερημικό εκκλησάκι, αντανακλώντας τη λάμψη απ' τον ηλιοβρεγμένο του ασβέστη.

«Αν είναι δυνατόν», σκεφτόταν, «αυτοί οι άπιστοι Έλληνες κτίζουν στη μέση του πουθενά και παντού».

Ξαφνικά, απ' το ανοιχτό φινιστρίνι της κουκέτας που κοιτούσε η πλάτη του, ακούστηκε μια ένρινη φωνή:

– Νασίρ, έλα να σου πω, είπε ο Ανατόλι.

– Τι θες ρε; τον ρώτησε με αυθάδεια ο μάγειρας.

– Έλα εδώ, ρε μαλάκα, του φώναξε πάλι. Κοίμισες τον καπετάνιο και τους άλλους; Πλησιάζουμε στη «στροφή». Έλα στην καμπίνα.

Ο καπετάνιος δεν ήξερε τίποτα για την αλλαγή πορείας και τη βαλίτσα. Ήταν ένας μέθυσος 65άρης Γεωργιανός απ' το λιμάνι του Πότι και έμενε μόνιμα στην Ουκρανία δουλεύοντας αποκλειστικά για τον Βασίλη Τιμοφέι.

Παλαιότερα, είχε προκαλέσει ένα δυστύχημα με αποτέλεσμα κανείς πλέον να μην τον εμπιστεύεται. Όταν ρίχνεις μεθυσμένος ένα δεξαμενόπλοιο σε χαρτογραφημένη ξέρα και μολύνεις 2 τετραγωνικά μίλια θάλασσας, οι πιθανότητες να ξαναβρείς δουλειά είναι σαν να πετύχεις το τζόκερ χωρίς να παίξεις.

Ύστερα από το οικολογικό συμβάν είχε απογοητευτεί, αδιαφορούσε για όλα, κοιμόταν και έπινε, έχοντας αφήσει την απόλυτη διακυβέρνηση του πλοίου στον Ανατόλι Σπετσένκο.

Ήταν όμως απαραίτητος για τα χαρτιά, άρα και για τον Τιμοφέι και τις βρομιές του, αφού μόνο αυτός είχε το δίπλωμα του καπετάνιου και μάλιστα για ταξίδια σε όλη τη Μεσόγειο και τη Μαύρη Θάλασσα.

Συχνά τώρα τελευταία, το μικρό φορτηγό κατευθυνόταν προς το λιμάνι του Λαυρίου για να ξεφορτώσει τις κλωστοϋφαντουργικές πρώτες ύλες που είχε στην κοιλιά του, προερχόμενες από το Τιράσπολ της Μολδαβίας.

Η εταιρεία TextMoldav Exp. είχε κλείσει μόνιμη συνεργασία εξαγωγών προς την Κεντρική Ευρώπη, μέσω όμως ενός ελληνικού εργοστασίου που τις κατεργαζόταν και τις συσκεύαζε στο Κορωπί, αφού οι Μολδαβοί δεν είχαν τα κατάλληλα μηχανήματα, ενώ είχαν εξαιρετικά φθηνή πρωτογενή παραγωγή.

Μετά το Κορωπί έπαιρναν το δρόμο της νταλίκας για την Ιταλία, με τελικό προορισμό την αγορά της Αυστρίας.

Αυτό καθ' αυτό το κλωστοϋφαντουργικό εμπόρευμα ήταν «καθαρό» και το broking το έκανε ο Τιμοφέι. Έκανε όμως και το broking της «βαλίτσας».

Όταν ο Νασίρ άνοιξε την πόρτα του Ανατόλι, εκείνος κατάπινε το χάπι της μορφίνης για τους πόνους, πίνοντας βλάχικα και βιαστικά –λες και κάποιος θα του το έπαιρνε απ' τα χέρια– ένα ποτήρι νερό που η όψη του ήταν θολή.

Ήταν παλιό το καράβι, σχεδόν ερείπιο και οι σωλήνες ύδρευσης θύμιζαν σκουριασμένο απόστημα, διαβρωμένο απ' τον καιρό. Φοβόσουν ότι αν τους άγγιζες με το δάχτυλο, σίγουρα θα έσπαγαν.

Ο Ανατόλι ακούμπησε το θαμπό νεροπότηρο στο κατάμαυρο γεμάτο μάκα νεροχυτάκι, πάνω σε μια στοίβα από άπλυτα πιάτα κι ένα χρησιμοποιημένο μπρίκι. Η εικόνα των σκουριασμένων σωλήνων ταξίδεψε σαν φωτογραφικό φλας το μυαλό του στην οροφή του Αντιδραστήρα 4.

Θυμήθηκε τους «συναδέλφους» του καθαριστές που είχαν πάει εκεί με το ζόρι. Θυμήθηκε την εικόνα των βρεφών που γεννιόντουσαν χωρίς χέρια και πόδια, τα παιδάκια που υπέφεραν σαν κι αυτόν από θυρεοειδή καρκίνο και μεταστάσεις, που σε σάπιζαν με τον καιρό και πάνω απ' όλα σου έκαιγαν το μυαλό και την ψυχολογία. Σκέφτηκε κι όλους αυτούς που θα πέθαιναν στο μέλλον.

Γύρισε τη ματιά του σε ένα μικρό κάδρο που κρεμόταν στον τοίχο της καμπίνας. Είχε προσπαθήσει να τραβήξει μια φωτογραφία από την οροφή του Αντιδραστήρα 4 που καθάριζε, αλλά η Ζενίθ του, όταν μετά από μήνες προσπάθησε να εμφανίσει το φιλμ, δεν είχε καταγράψει τίποτα παρά μαύρο.

Είχε καεί. Το φιλμ δεν μπορούσε να τραβήξει σε τέτοιες συνθήκες. Είχε στουμπώσει κι αυτό από ραδιενέργεια: απ' την απανθρωπιά του συστήματος και την πρόχειρη, ζώδη διαχείριση ανθρώπινων ζωών.

Τη φωτογραφία όμως την κράτησε. Την είχε εκεί, κρεμασμένη, να περιτριγυρίζει με το γκρι των πλουτωνίων της την εκδίκηση που ζητούσε. Να τον κάνει να μην ξεχνάει.

Σε κάποιο ντουλαπάκι είχε και τη Ζενίθ, αλλά δεν τολμούσε να την πολυπλησιάσει γιατί μάλλον «έκαιγε» ακόμα.

«Μ' αρέσει που 'χουν και εδαφικές απαιτήσεις απ' την πατρίδα μου», σκέφτηκε. «Αυτοί που έκαψαν γη και ανθρώπους. Αυτοί που μας έστειλαν "πακέτο" στη Λευκορωσία το 60% της ραδιενέργειας και μετά μας ζήτησαν να καθαρίσουμε και τα σκουπίδια τους. Τα ρεμάλια οι Ουκρανοί...», εκτονώθηκε βρίζοντας.

«Γι' αυτό γουστάρω τους Ρώσους. Αυτοί ήταν πραγματικοί κύριοι. Μαζί θα ξαναφτιάξουμε την ακόμη μεγαλύτερη Σοβιετική Ένωση. Αυτή που θα διοικήσει τελικά τον κόσμο», είπε μέσα του.

Πήρε βαθιά ανάσα και έκανε μια κίνηση να χτυπήσει με δύναμη το χέρι στον βρομιάρη νεροχύτη για να εκτονώσει τον πόνο, αλλά το μετάνιωσε φοβούμενος ότι θα σπάσει και θα μαζεύει τα νερά.

Ήταν τόσο μπερδεμένη η σκέψη του και μειωμένη η ικανότητά του να διαχειριστεί τη λογική, που δεν μπορούσε να καταλάβει ότι για το συμβάν τότε ευθύνονταν οι Ρώσοι, κι ας είχε γίνει στην Ουκρανία. Το είχε πλέον «χάσει».

Ο Ανατόλι ήταν πια καρκινοπαθής. Η καταγωγή του ήταν απ' τη Λευκορωσία και το 1986, τη χρονιά της «έκρηξης», ζούσε στο Τσερνομπίλ εργαζόμενος ως ειδικός επιθεωρητής καθαρισμού των ραδιενεργών αποβλήτων και στενός συνεργάτης του Κ.Κ.Σ.Ε. και της KGB.

Όταν οι Ρώσοι χρειάστηκε να «βάλουν πλυντήριο», έφεραν κόσμο από όλες τις κοντινές περιοχές της Ουκρανίας, της Λευκορωσίας και της Ρωσίας. Άλλους τους πήραν με διάφορες πιέσεις απ' τα κτήματα που καλλιεργούσαν στις γύρω περιοχές και άλλους από πόλεις, κάνοντάς τους όλους «σκουπιδιάρηδες».

Το «από πού» δεν είχε ούτως ή άλλως απολύτως καμιά σημασία, αφού πλέον στα χωράφια τους μπορούσαν να καλλιεργήσουν μόνο «μπαταρίες» και οι πόλεις σε ακτίνα εκατοντάδων χιλιομέτρων έβγαζαν «καπνούς».

— Τι θες ρε, ρώτησε ο Νασίρ.

— Εντάξει; Κοιμήθηκε;

– Ναι ρε, τρία χάπια τού έριξα στο φαγητό και είχε πιει και μισό μπουκάλι βότκα. Αύριο θα ξυπνήσει. Αν και καμιά μέρα δεν τον βλέπω να ξυπνάει.

– Στ' αρχίδια μου, σιγά μη λείψει σε κανέναν.

– Και στα δικά μου.

– Οι άλλοι;

– Κι άλλοι, όλοι τέζα είναι. Κοιμούνται στις καμπίνες. Πάω τώρα ν' αλλάξω και τον μικρό στο τιμόνι να πάει να φάει και δαύτος. Σε κάνα δεκάλεπτο θα βλέπει όνειρα κι αυτός...

– Καλά, άντε πήγαινε τώρα στη γέφυρα και μόλις την πέσει κι ο μικρός, ετοιμάσου για τη «στροφή».

Άγιο Όρος,
Ρωσικό μοναστήρι πάνω στα βράχια της ακτής

Στο κέντρο πανύψηλων βράχων που έμοιαζαν να κρέμονται απ' τα κεραμίδια τ' ουρανού σχηματίζοντας ένα πέτρινο αμφιθέατρο, στο φρύδι μιας χαράδρας που δακρύζει στα γαλαζοπράσινα νερά της βοτσαλωτής ακτής, στέκει αιώνες τώρα ένα ρωσικό μοναστήρι αφιερωμένο στην Παναγία. Ιστορικό, αγιασμένο και φημισμένο, με την εφέστια εικόνα της δοξασμένη και για πολλούς θαυματουργή.

Αν και ποτέ δεν έγινε γνωστό στον πολύ κόσμο, στις 15 Αυγούστου του 1944 ένα γερμανικό υποβρύχιο είχε προσπαθήσει να βεβηλώσει ακόμη κι αυτά τα ιερά χώματα, αλλά ο πυρπολισμός του μοναστηριού κατέληξε σε πλήρη αποτυχία και σαν από θαύμα το φασιστικό σκάφος ανατινάχτηκε από ξαφνική βλάβη, ένα ναυτικό μίλι ανοιχτά από την ακτή.

Έτσι το μοναστήρι επέζησε στην απρόσιτη αετοφωλιά του, σ' αυτό το μακρινό και απομονωμένο σημείο του ποδιού της Χαλκιδικής, με μοναδικό σημάδι του ναζιστικού σαδισμού ένα βλήμα σφηνωμένο στα βράχια, καμιά εκατοστή μέτρα από τη βόρεια πλευρά του καθολικού.

Ο πλούτος των κειμηλίων, ο μεγάλος αριθμός εικόνων με τεράστια αξία, το αρχείο των χειρογράφων και των σιγιλίων και πάνω απ' όλα η βιβλιοθήκη των παλαιοτύπων δεν έμελλε να καταστραφούν.

Έτσι, με τα χρόνια, το μοναστήρι μετατράπηκε σε κατανυκτικό κέντρο λατρείας, τόπο ιερών συγκινήσεων, προσκυνηματικό πανηγύρι των όπου γης πιστών, αλλά και κέντρο φιλοξενίας και μελέτης πολλών μοναχών ή ερευνητών από τη Ρωσία, που το επέλεγαν ως επισκέψιμο χώρο, σαν μέρος για να απομονωθούν ή ακόμα και να «κρυφτούν», χωρίς λόγο να δώσουν εξηγήσεις.

Ο 45χρονος μοναχός, όπως καθόταν στο κρεβάτι του που έμοιαζε με ράντζο, γύρισε απότομα προς το κομοδίνο, που έπαιζε και ρόλο τραπεζιού και κοίταξε προς το κλειστό συρτάρι.

Ένας ξαφνικός ήχος τον περιτύλιξε με ένα συναίσθημα φόβου και αγωνίας. Καθώς συνοφρύωσε τα δασιά του φρύδια προσπαθώντας να συγκεντρωθεί στο τι συνέβαινε, τα γαλάζια του μάτια φάνηκαν ακόμη πιο μικρά.

Καθώς η «δόνηση» ξανακούστηκε ρυθμικά μέσα στην απόλυτη ησυχία του μοναστηριού, γρήγορα κατάλαβε ότι κάποιος τον καλούσε στο κινητό.

Βιάστηκε να φτάσει τη συσκευή, γνωρίζοντας ότι οι κανόνες του μοναστηριού ήταν αυστηροί και δεν έπρεπε κανείς να μάθει για την ύπαρξη αυτού του τηλεφώνου. Άλλωστε γι' αυτό και κρατούσε το ανώνυμο καρτοκινητό, τόσο στο «αθόρυβο» όσο και στο συρτάρι.

Ο Αλεξέι έγινε μοναχός τον Ιούλιο του 1991 μετά την κατάρρευση του «συστήματος», όταν αναγκάστηκε να φύγει από τη Λευκορωσία, όπου ήταν υπεύθυνος για τα κομπιούτερ του κεντρικού Κλιμακίου της KGB.

Κάθε δεκαπενταύγουστο στο Άγιο Όρος εκείνος ταξίδευε δέκα ημέρες μπροστά και θυμόταν την 25η Αυγούστου εκείνης της χρονιάς, όταν ο λαός βγήκε στους δρόμους. Στους «δρόμους της δημοκρατίας» που του στέρησαν ένα «κανονικό πληκτρολόγιο», αφού τώρα το μόνο που χειριζόταν ήταν αυτό του απαγορευμένου κινητού.

Δεν δίστασε άλλο. Το έπιασε στα χέρια και είδε στην οθόνη την ένδειξη ΝΕΟ ΜΗΝΥΜΑ.

Έκανε δύο βήματα προς το παράθυρο με το κινητό στο χέρι και πάτησε το πλήκτρο με την παύλα.

Το μήνυμα σχηματίστηκε στην οθόνη: «Το προτελευταίο καγκουρό θα είναι εκεί σε 45 λεπτά. Φρόντισε να το περιμένεις κοντά στο κύμα».

Γιάννης Παρθένιος

Ο Αλεξέι έπρεπε να φτιάξει ακόμη έναν «Δούρειο Ίππο». Πράγμα όχι και ιδιαίτερα δύσκολο για έναν πρώην τεχνικό-προγραμματιστή της KGB, παρά το γεγονός ότι από τότε μέχρι σήμερα η τεχνολογία είχε αλλάξει με διαστημική πρόοδο.

Βέβαια του έλειπαν μερικά εξαρτήματα ακόμα, αλλά κι αυτά θα του έρχονταν σε μερικές μέρες, πάλι με τον ίδιο τρόπο. Τότε πια θα μπορούσε να περάσει στην τελική συναρμολόγηση, που όμως θα γινόταν αρκετά χιλιάδες χιλιόμετρα μακριά.

Ευτυχώς γι' αυτόν, το προσφάτως αποκτηθέν ίντερνετ της βιβλιοθήκης του μοναστηριού, που είχε εγκατασταθεί με Κοινοτικά κονδύλια, του είχε δώσει πλέον τη δυνατότητα να «κλέβει» αρκετή ώρα από τη διαδικασία ηλεκτρονικής καταγραφής των σπάνιων και ανεκτίμητων βιβλίων και της τροφοδοσίας των ιστοσελίδων, «αξιοποιώντας» την στο να βλέπει τι συμβαίνει τεχνολογικά και δη κομπιουτερικά σε όλο τον κόσμο.

Ο Λευκορώσος είχε αρκετή ώρα μπροστά του μέχρι να κατέβει στην ακτή για την παραλαβή του «δέματος». Αποφάσισε να αξιοποιήσει λίγο απ' το χρόνο γιατί ούτως ή άλλως δεν θα ήταν και σοφό να κατέβει και να περιμένει, με ενδεχόμενο να γίνει αντιληπτός από κάποιον άλλο μοναχό.

Με μια τυφλή κίνηση τράβηξε απ' το κάτω μέρος του κρεβατιού κάτι σαν βαλίτσα τυλιγμένη σε κάποιο είδος υφάσματος για κάλυψη.

Σκύβοντας και προεκτείνοντας το αριστερό του χέρι έφερε από κάτω και μια «εργαλειοθήκη» που έμοιαζε με ένα μικρό τσαντάκι σαν αυτά τα «καγκουρό» που φορούν οι τουρίστες όταν κάνουν διακοπές.

Απ' αυτήν έβγαλε κάποια μικροεργαλεία, ένα κολλητήρι και κάποια εξαρτηματάκια που έμοιαζαν με μικρά λεντς ή κάτι σαν τρανζίστορ. Ίσως όμως να ήταν και κάτι άλλο γιατί λαμπύριζαν στο χώρο, αν και μικρά στο μέγεθος.

Ο Αλεξέι έλυσε την πλάτη του φορητού υπολογιστή και μπροστά του φάνηκε το εσωτερικό της μητρικής και τα υπόλοιπα κομμάτια.

Κοίταξε το χτύπημα της μάρκας στους μικροσκοπικούς αισθητήρες πάνω από τον κεντρικό επεξεργαστή: «Dallas Semiconductor DS18B2A21 temperature sensors».

Χαμογέλασε ειρωνικά.

«Θα σας κάνω Tex-Mex, γαμώ το Ντάλας σας», είπε μέσα του την ώρα που άρχισε να ξεβιδώνει κάποιες βίδες.

Λάνγκλεϊ, Βιρτζίνια,
Πλησίον οικίας Ντέναχιου

Ο Πάτρικ θέλησε να δείξει ξεκάθαρος. Όσο μπορούσε... Δεν ήταν και τόσο εύκολο με αυτά τα μαγικά ματάκια να σε κοιτούν.

– Τζον, σταμάτα επιτέλους τον εκβιασμό με το λούνα παρκ.

– Μπαμπά, του είπε ναζιάρικα ο μικρός, είμαι «ξεκάθαγος». Δεν μπορούσε ακόμη να πει καλά μερικές λέξεις. Δεν πάω σχολείο αν δεν κάνω μια βόλτα στα συγκρουόμενα. Εδώ που με 'φερες είναι οι κούνιες δίπλα στο σπίτι.

– Δεν έχει συγκρουόμενα και ειδικά εκβιαστικά, Τζον. Θα πρέπει να καταλάβεις ότι για να πας στο σχολείο δεν μπορείς να εκβιάζεις και πολύ περισσότερο να αμείβεσαι. Εκεί πας για να μάθεις.

– Εγώ εκεί πάω για τη Μαρία, απάντησε ναζιάρικα ο μικρός.

Ο Πάτρικ σκέφτηκε το κλασικό αμερικάνικο μότο: «In God we trust»... ειδικά με αυτό το παιδί.

Την ώρα που σκεφτόταν αν θα έπρεπε να ρωτήσει αυτό που καταλάβαινε, δηλαδή τι εννοεί λέγοντας «Μαρία», το μυαλό του γύρισε στη δικιά του Μαρία, που στο δημοτικό την έλεγαν Ελιάννα.

Ευτυχώς όμως «σώθηκε» απ' το πουλί.

Ένα κατάλευκο περιστέρι προσγειώθηκε λίγα βήματα μακριά από τον Τζον κι εκείνος μεμιάς σταμάτησε οποιαδήποτε κουβέντα και εκστασιασμένος προσπάθησε να το πιάσει, να το πλησιάσει, να το φτάσει – κανείς ενήλικος δεν θα καταλάβαινε τι ακριβώς ήθελε ο μικρός...

– Μπαμπά, φώναξε ο Τζον, θα του πιάσω την ουρά. Μ' αρέσει. Τώρα θα σε πιάσω, ξεφώνισε και κινήθηκε προς το περιστέρι σχετικά επιθετικά, αλλά με αγάπη μικρού παιδιού. Παλιόμπουμπο, ξεφώνισε με αγάπη, τώρα θα σε πιάσω.

Το πουλάκι τρόμαξε και πέταξε πιο κει, ρίχνοντας απ' τη νέα του θέση μια διερευνητική ματιά στον μικρό.

Ο Πάτρικ ήξερε πώς νιώθουν τα μικρά παιδιά με τα ζώα, αλλά έπρεπε να του περάσει το μήνυμα για να είναι σίγουρος ότι ο μικρός καταλάβαινε.

– Αυτό είναι, Τζον, τελειώσαμε εδώ, του είπε ο Πάτρικ χαμηλόφωνα. Σ' το έχω ξαναπεί ότι δεν πειράζουμε τα ζωάκια. Τα αγαπάμε, γιατί σε έναν εικονικό κόσμο θα μπορούσαμε κι εμείς να είμαστε αυτά.

Ο Τζον γύρισε προς τον μπαμπά του.

– Και τι είναι εικονικός «κόδμοθ», τον ρώτησε.

Ο Πάτρικ μετάνιωσε για τον αυθορμητισμό της αλήθειας του. «Τι ήθελα να το πω;», σκέφτηκε.

Τώρα ήξερε ότι δεν μπορούσε να κάνει πίσω. Θα έπρεπε να απαντήσει στον μικρό γιατί αλλιώς θα έχανε την αξιοπιστία του για πάντα.

Και το χειρότερο; Θα έπρεπε να του πει μια αλήθεια στο ερώτημά του, γιατί αν μη τι άλλο ήταν ο γιος του, κι αν το ένα ψέμα έφερνε το άλλο, μετά όλα θα γίνονταν μια μετριότητα.

Αμέσως σκέφτηκε ένα παράδειγμα για την ηλικία του Τζον.

– Θυμάσαι, του είπε, αγγίζοντάς του το κεφαλάκι σαν αναγνώριση ενός σπουδαίου μυαλού σε μικρή ηλικία, όταν η μαμά σε πάει στο σχολείο με το αυτοκίνητο;

– Ναι, απάντησε ο μικρός, ρίχνοντας μια κλεφτή ματιά προς το περιστέρι, που πλέον γι' αυτόν δεν είχε το ίδιο ενδιαφέρον. Ναι θυμάμαι, και πάντα κάθομαι πίσω.

– Για να μη χτυπήσεις σε περίπτωση ατυχήματος...

– Ναι, αλλά θα μου άρεσε να κάθομαι στο τιμόνι...

– Θα κάτσεις όταν μεγαλώσεις. Άλλο είναι το θέμα.

– Ποιο, απάντησε ο μικρός κοιτάζοντάς τον στα μάτια σαν θεό.

– Θυμάσαι που η μαμά σταματάει το αυτοκίνητο κάθε φορά που ο σηματοδότης είναι κόκκινος;

Ο μικρός σκέφτηκε για λίγο, ώστε να σιγουρευτεί.

– Πάντα σταματάει, εκτός από μία φορά που πέρασε με κίτρινο και μου είπε ότι δεν θα προλάβαινε να σταματήσει... αλλά μου είπε ότι και με κίτρινο σταματάμε πάντα, γιατί αλλιώς οι άνθρωποι χτυπάνε και τα παιδάκια μένουν χωρίς πατεράδες. Και είναι μόνα τους μετά και στεναχωριούνται...

Ο Τζον είχε πάρει καλή φόρα.

– Βλέπεις; Είχε δίκιο η μαμά. Πάντα με κίτρινο και με κόκκινο σταματάμε.

– Ναι!

CIA: Επιχείρηση Παράκελσος

– Μπράβο, Τζον... τώρα πες μου, θυμάσαι όταν εσύ πας στα συγκρουόμενα αν σταματάς σε κόκκινα, αν υπάρχουν φανάρια, ή αν όταν τρακάρεις πονάει το του-του κι αν αυτοί όλοι που κάνουν συγκρουόμενα παθαίνουν κάτι;

– Όχι, είναι ψεύτικο εκεί και φοράω και ζώνη ασφαλείας.

– Αυτό, Τζον, είναι εικονική πραγματικότητα, είπε ο Πάτρικ δίνοντάς του ένα φιλί. Όταν κάτι μοιάζει, αλλά δεν είναι.

Την ώρα της πιο τρυφερής στιγμής ακούστηκε το μπιπ του κινητού-δορυφορικού τηλεφώνου.

«Ξανασώθηκα», σκέφτηκε ο Πάτρικ, κοιτάζοντας την οθόνη και αναγνωρίζοντας αμέσως το νούμερο.

– Παρακαλώ, απάντησε αμέσως.

– Καλησπέρα, κύριε Ντέναχιου, Λίσα Γουέλς, ακούστηκε απ' την άλλη άκρη.

– Γεια σου, Λίσα, τι τρέχει; Γιατί είσαι τέτοια ώρα στα γραφεία; ρώτησε ο Πάτρικ.

– Κάποιες υποχρεώσεις που είχαν μείνει πίσω. Κύριε Ντέναχιου, σκέφτηκα να σας «καλέσω». Δεν φέρνετε τα παιδιά απ' το σπίτι να «παίξουνε όλα μαζί κρυφτό»; Θα είναι και ο σύζυγός μου, απάντησε η Λίσα.

– Α ωραία, είπε ο Πάτρικ, έχω να τον δω καιρό. Κάτσε να πάρω τη σύζυγό μου να δω τι έχει κανονίσει και θα σε πάρω πίσω, απάντησε και αμέσως η φωνή του είχε σοβαρέψει την ώρα που χωρίς άλλα λόγια έκλεινε το τηλέφωνο.

Ο Πάτρικ κατάλαβε ότι θα έπρεπε να την καλέσει από «ασφαλές» τηλέφωνο, γιατί απλά η Λίσα δεν είχε σύζυγο.

Όση ώρα μιλούσε ο Πάτρικ, ο Τζον τον είχε αγκαλιάσει τρυφερά και με το παιδικό μυαλό του παρακολουθούσε απλά τι συνέβαινε. Φυσικά και δεν καταλάβαινε, αλλά χάζευε τον μπαμπά του με υπερηφάνεια.

Όλοι οι υψηλόβαθμοι αξιωματούχοι της «Εταιρείας» είχαν στην κατοχή τους κινητά-δορυφορικά τηλέφωνα crypto, τα οποία επικοινωνούσαν σε όλα τα μήκη και πλάτη του πλανήτη με δύο τηλεπικοινωνιακούς δορυφόρους, σχεδιασμένα με τη «φιλοσοφία του διδύμου».

Δηλαδή, σε άλλον δορυφόρο εξέπεμπαν, αλλά από άλλον δορυφόρο λάμβαναν.

Έτσι, ακόμη κι αν κάποιος κοριός έπιανε –παρά το crypto– την αρχική συνομιλία του Πάτρικ, δεν θα είχε ποτέ τη συνομιλία του δεύτερου προσώπου, άρα και το περιεχόμενο. Στην πράξη, κάθε τέτοιο τηλέφωνο ήταν δύο διαφορετικά τηλέφωνα σε ένα.

Και το δυσκολότερο για τον πιθανό υποκλοπέα; Μετά την αρχική ενεργοποίηση του συστήματος τα δύο κανάλια λήψης και αποστολής εναλλάσσονταν σαν πομποδέκτες στα τηλέφωνα ανά 1/10 του δευτερολέπτου, κάνοντάς το και πάλι random, χωρίς να τηρούν αναλογικότητα. Οπότε στη χειρότερη περίπτωση μπορούσες να υποκλέψεις 1/10 του αρχικού δευτερολέπτου συνομιλίας του ενός. Δηλαδή ούτε το αρχικό «Γεια»!

Και μετά, ακόμα κι αν η υποκλοπή «τσίμπαγε» και τα δύο τηλέφωνα –πράγμα αδύνατο– το αποτέλεσμα της καταγραφής θα ήταν μια συνομιλία «σούπα» που κανείς δεν θα έβγαζε άκρη για το περιεχόμενό της.

Σύμφωνα με το πρωτόκολλο επικοινωνίας, όταν η συνδιάλεξη έπρεπε να είναι crypto (κρυπτογραφημένη), ποτέ η «Εταιρεία» δεν καλούσε τον αξιωματούχο, αλλά ο αξιωματούχος την «Εταιρεία».

Αυτό συνέβαινε για να βεβαιώνεται ότι ο υπάλληλος δεν βρίσκεται υπό καθεστώς ομηρίας ή με οποιαδήποτε μορφή το τηλέφωνό του καλωδιωμένο από τρίτα μέρη.

Σαφέστατα και όλες οι επικοινωνίες περνούσαν και μέσα από ένα πολύπλοκο σύστημα δορυφορικού φιλτραρίσματος που τις κωδικοποιούσε σαν εξίσωση 5ου βαθμού.

Κανένα σύστημα δεν είναι ασφαλές στις υποκλοπές, αλλά το συγκεκριμένο για να το κλέψεις είχες πιθανότητες όσο να βρεις καρφίτσα μέσα σε αλώνι. Μόνο που εδώ η καρφίτσα δεν είναι μεταλλική, αλλά από άχυρο. Μέσα σε ένα αλώνι... στο μέγεθος της Γης και του διαστήματος.

– Τζον, πρέπει να πάμε σπίτι, του είπε γλυκά ο Πάτρικ, που δεν ήθελε το παιδί να ακούει τέτοιες συνομιλίες.

Ο μικρός, που βεβαίως δεν καταλάβαινε το γιατί, σκέφτηκε ν' αντιδράσει.

– Μπα, γιατί; είπε με αυθόρμητη παιδική αθωότητα και νεύρα. Και τι θα γίνει με τα συγκρουόμενα;

Ο Τζον κινήθηκε απειλητικά προς το αλογάκι με το ελατήριο,

θέλοντας να δείξει ότι δεν πρόκειται να φύγει τουλάχιστον απ' το πάρκο.

– Τζον! και ο Πάτρικ τώρα έγινε ακόμη πιο γλυκός από ενοχές, θα σε πάω αύριο, του είπε, σ' το υπόσχομαι.

Μην τάξεις σε μικρό... και παίρνει αέρα.

– Εντάξει, μπαμπά, αν θέλεις μάλιστα δέχομαι να μην πάω ξανά στα συγκρουόμενα, αλλά θα μου πάρεις ένα σκυλάκι, είπε ο μικρός. Με ένα λαμπραντόρ θα είμαι μια «χαγά».

Ο Πάτρικ χαμογέλασε με το «γ». Σκέφτηκε μέσα του ότι αυτός ο μπόμπιρας, αν δεν γινόταν ο μεγαλύτερος εκβιαστής στη Γη, σίγουρα θα διέπρεπε στην «Εταιρεία» ως διαπραγματευτής ή ακόμα κι αν ακολουθούσε άλλη, πιο πολιτική καριέρα, θα έκανε φοβερή δουλειά στο risk management.

– Θα το συζητήσουμε, είπε ήρεμα ο Πάτρικ και τα μάτια του μικρού έλαμψαν από την εν μέρει επιτυχία, έστω κι αυτής της προσωρινής διαπραγμάτευσης και του αποτελέσματος.

Ο Τζον με το που μπήκε στο σπίτι κατευθύνθηκε με χαρά στη μαμά του που ήταν στην κουζίνα και ετοίμαζε το δείπνο, για να της πει τα καλά νέα για το σκύλο, δημιουργώντας το γενόμενο, ενώ ο Πάτρικ πήγε προς τον κήπο.

Δεν είχαν περάσει ούτε 5 λεπτά από το τηλεφώνημα της Λίσας.

Έκατσε στην κουνιστή πολυθρόνα και από το σταθερό τηλέφωνο του σπιτιού –προστατευμένο από την Υπηρεσία– σχημάτισε τον αριθμό.

Σε 3 δευτερόλεπτα ακούστηκε από την άλλη άκρη:

– Τμήμα Δορυφορικού Σχεδιασμού και Επιχειρήσεων/Εμπορικό Ναυτικό, Λίσα Γουέλς.

Η Λίσα ήξερε μεν ότι είναι «εταιρικό» τηλεφώνημα, αφού άλλα δεν μπορούσαν να περάσουν προς τα μέσα από αυτή τη γραμμή, αλλά φυσικά δεν ήξερε ποιος ήταν. Γι' αυτό και απάντησε σύμφωνα με το πρωτόκολλο.

– Καλησπέρα και πάλι, Λίσα, είπε ο Πάτρικ, σε παίρνω από «ασφαλές», τι τρέχει, γλυκιά μου;

– Καλησπέρα και «επισήμως», κύριε Ντέναχιου, σας θέλω σχετικά με την περίπτωση Α1, του πλοίου που έχει τ' όνομά μου στα Ζρώσικα, ειρωνεύτηκε η Λίσα βάζοντας το Ζ, αλλά με σοβαρό τόνο.

Ο Πάτρικ έχοντας διαβάσει το φάκελο και έχοντας κάνει χιούμορ νωρίτερα, ήξερε ότι η Λίσα έπαιζε με τη λέξη Yelizaveta που χαϊδευτικά οι Ρώσοι το έλεγαν και Λίζα, σε αντίθεση με τους Αμερικάνους που το «Λίζα» το προφέρουν πάντα Λίσα.

Η ανάλυση του φακέλου για το πλοίο έγραφε τα πάντα, ακόμη και ονοματολογία. Απ' την ώρα που σχηματιζόταν φάκελος και περνούσε σε κατηγορία επικινδυνότητας Α1, όλα αυτά τα στοιχεία αλλά και άλλα έβγαιναν αυτόματα από κομπιούτερ, ώστε να είναι εύκολα διαθέσιμα σε περίπτωση ανάγκης.

– Πάλι τα ίδια έχουμε; ρώτησε ο Ντέναχιου.

– Πάλι τα ίδια. Με το που βγαίνει στα διεθνή ύδατα του Αιγαίου, «την κόβει δεξιά» και για περίπου μισή ώρα αράζει έξω από το Άγιο Όρος σε απόσταση μισού μιλίου απ' τις ακτές.

– Ναι ξέρω, πρόλαβα και διάβασα την ενημέρωση.

– Υπάρχουν και χειρότερα, κύριε διευθυντά. Ήρθε η λίστα με τα ονόματα του πληρώματος και μέσα σε αυτά υπάρχουν δυο πρώην «τυπάκια».

– KGBίτες; ρώτησε με περιέργεια ο Πάτρικ.

– Ένας KGBίτης κι ένας πρώην τρομοκράτης, κύριε, απάντησε η Λίσα.

Επικράτησε σιγή 2-3 δευτερολέπτων, όσο ο Πάτρικ το επεξεργαζόταν στο μυαλό του.

– Λίσα, κορίτσι μου, της είπε ο Ντέναχιου, κανόνισε για αύριο το πρωί στις 09:00 σύσκεψη σε επίπεδο 3 και βάλε την παρακολούθηση του πλοίου σε δορυφορική Delta3. Μην το χάσουμε απ' τα μάτια μας.

– Μάλιστα, κύριε Ντέναχιου, τα λέμε αύριο. Σας εύχομαι καλό βράδυ.

– Καλό βράδυ και σ' εσένα και φεύγε σιγά σιγά γιατί αύριο θα έχουμε δουλειά από νωρίς. Να ξεκουράζεσαι και λίγο, της είπε πατρικά.

ΚΕΦΑΛΑΙΟ 4

Κισινάου, Μολδαβία,
Πρώην εργατική κατοικία

Η φιγούρα στο μουντό δωμάτιο πληκτρολόγησε το νούμερο του Βασίλη Τιμοφέι, πάτησε «ΑΠΟΣΤΟΛΗ» και το μήνυμα... ταξίδεψε:

«Ο υπερασπιστής της πραγματικής Ειρήνης και ο μοναδικός αξιόπιστος υπηρέτης του Θεού σε Ανατολή και Δύση είμαι έτοιμος να ανοίξω την πύλη της Οδύσσειας, ώστε επιτέλους να λάμψει η αλήθεια, και να αποκατασταθεί η Δημοκρατία ενός κόσμου που στηρίζεται στην αδικία των Γιάνκηδων. Το τελευταίο μισοφέγγαρο θα βγει σε τρεις ημέρες. Περιμένω όμως πρώτα να δω τον ήλιο απ' τις ελβετικές Άλπεις».

Αμέσως μετά, ο 72χρονος Ιβάν Αλεξέγιεφ σιγουρεύτηκε ότι η εξώπορτα ήταν κλειστή και για μεγαλύτερη σιγουριά έβαλε το σύρτη. Κατευθύνθηκε στον ξεφτισμένο διθέσιο καναπέ του καθιστικού και άφησε τα 130 κιλά του να τραυματίσουν κι άλλο τη μιζέρια του πρώην κρατικού διαμερίσματος.

Ήταν απαίσια η Μολδαβία στην οποία ήταν αναγκασμένος πλέον να κρύβεται. Στη φτωχότερη χώρα της Ευρώπης.

Ήταν απαίσια κι αυτά τα οικήματα.

Πέρα από την μπόχα των εργατικών κατοικιών, έβγαζαν και μια απαισιοδοξία, που σε συνδυασμό με τα ωχρά, ξεπλυμένα, νοσοκομειακά χρώματα των τοίχων, δεν άφηναν να ξεχαστεί η ιστορική μιζέρια του πρώην Ανατολικού Μπλοκ.

Κάτι που ο καθηγητής Αλεξέγιεφ δεν έλεγε να βγάλει από τη μνήμη του. Αναπολούσε συχνά –και σ' αυτό βοηθούσε η βότκα– την «καλή» πλευρά του εαυτού του, τις καλές εποχές του κόμματος, όταν ακόμα ήταν υπεύθυνος έρευνας στο Βιοτεχνολογικό Πυρηνικό Κέντρο του Ντουλάχεβ στην Ουκρανία, χιλιόμετρα μακριά απ' την τωρινή του κατοικία.

Και βέβαια δεν ξεχνούσε ποτέ τη βίλα που το κόμμα τού είχε δώσει για μόνιμη κατοικία στην Οδησσό.

Η μιζέρια τού θύμιζε τη βίλα και τώρα μέσα στη μιζέρια πονούσε.

«Από εκεί σας τη φέρνω. Απ' την Οδησσό, για να τη θυμάμαι», είπε μέσα στη ζαλάδα του. «Θα τα πούμε στις 24 Αυγούστου, τη μέρα της "γιορτής". Μου αντιγράφετε τώρα και την "4η Ιουλίου" των Γιάνκηδων», σκέφτηκε και νεύριασε κι άλλο. «Μου θέλετε και ημέρες ανεξαρτησίας...»

Η 24η Αυγούστου του 1991, Ημέρα Ανεξαρτησίας της Ουκρανίας, του είχε στιγματίσει το μυαλό. Ή μάλλον, τότε κατέρρευσε το μυαλό του.

«Και μόνο που περνάω την "εκδίκηση" απ' τα μέρη σας, θα σας γράψει η ιστορία. Είναι χειρότερο κι απ' το να διέλυα εσάς», σκέφτηκε και ικανοποιήθηκε.

Θεωρούσε ότι χρησιμοποιώντας το λιμάνι της Οδησσού για το σχέδιό του τιμωρούσε τους Ουκρανούς.

Στο μικρό τραπεζάκι μπροστά του υπήρχε ένα χρησιμοποιημένο γυάλινο νεροπότηρο και ένα μισογεμάτο μπουκάλι βότκα με μια πράσινη ετικέτα: «Μπομπόρεβα», έγραφε.

«Οι πούστηδες οι Ουκρανοί, μας πήραν και τη Στολίσναγια», σκέφτηκε ο Ιβάν, την ώρα που γέμιζε το νεροπότηρο μέχρι πάνω. «Τώρα αναγκάζομαι να πίνω Μπομπόρεβα».

Με δύο απανωτές προσπάθειες το έφερε στη μέση. Έπινε πολύ!

«Καλά τους έκανα», σκέφτηκε οπλίζοντας ξανά το λάρυγγα με φθηνό απόσταγμα. «Όχι μόνο καλά, αλλά και λίγα τους έκανα», πρόσθεσε στη σκέψη του, την ώρα που προσπαθούσε να σκύψει για να πιάσει κάτι δίπλα απ' τον καναπέ.

Μια κατσαρίδα πετάχτηκε και εκείνος την έλιωσε με τη μύτη του φθαρμένου παπουτσιού του.

Ούτε εσύ δεν επιζείς, μωρή, φώναξε στην κατσαρίδα, που σίγουρα δεν άκουγε πλέον. Σε καταγράψαμε. Κάηκες στην Πρίσνια. Τώρα θα δουν, όμως, αναφώνησε, πίνοντας και την υπόλοιπη βότκα. Τώρα θα δουν κι αυτοί και οι φίλοι τους οι Γιάνκηδες που έχουν κολλητιλίκια με τους Ισραηλίτες. Έχω ακόμη καλύτερη συνταγή από τότε – 46 ολόκληρα χρόνια την έκρυβα.

Κούνησε νευρικά το κεφάλι δεξιά αριστερά για να συνέλθει. Κίνηση ψυχοπαθούς.

Μπερδεύτηκε και θυμήθηκε πάλι τους Ουκρανούς. Τα έβαλε και με τους μουσουλμάνους...

«Νόμιζαν ότι θα πάνε να δουλέψουν από εκεί και θα πουλούσαν τα μυστικά της Ρωσίας. Τις γνώσεις του Σοβιέτ; Αυτά τα κρατήσαμε μόνο για εμάς. Εκείνους τους είχαμε για το σκούπισμα», προσπάθησε να πείσει τον εαυτό του.

Δεν μπορούσε να συνηθίσει την ιδέα ότι πολλοί πρώην Σοβιετικοί επιστήμονες, μετά τη διάλυση της Σοβιετικής Ένωσης, είχαν «φτιαχτεί» οικονομικά πουλώντας τις υπηρεσίες τους στο Ιράν, τη Συρία, τη Βόρεια Κορέα και αλλού.

– Σκουπίδια Ουκρανοί, ψιθύρισε. Εσείς κι οι μουσουλμάνοι της Μέσης και Άπω Ανατολής, που κάποτε σας είχα δούλους στο εργαστήριο και τώρα θέλετε να κάνετε και «πάρτι» με δικά μας «κοκτέιλ». Τώρα θα με πληρώσετε για να βγει σωστό το «ποτό». Μόνο εγώ είμαι ο μπάρμαν. Και σας φυλάω την έκπληξη για το τέλος.

Ξανάπιε.

Είχε παρανοήσει. Τα είχε βάλει μ' όλους.

Με μια κουρασμένη δεύτερη προσπάθεια τράβηξε απ' το χερούλι μια βαλίτσα που ήταν κοντά του και την άφησε δίπλα στα πόδια του, σκεπάζοντας την κατσαρίδα.

Η βαλίτσα δεν ήταν βαριά, απλά η μεγάλη του κοιλιά δημιουργούσε προβλήματα στις «υπερβολικές» κινήσεις. Επρόκειτο για μια μεταλλική «τσάντα» με στρογγυλεμένες γωνίες, ακριβώς όπως οι σύγχρονες εργαλειοθήκες.

Άνοιγε όμως με ένα πολύπλοκο σύστημα που συνδύαζε κωδικούς και κλειδιά, αλλά σε αντίθεση με τις Σαμπσονάιτ είχε μόνο μια κλειδαριά στο κέντρο. Είχε κι ένα πορτοκαλί, κάπως παχύ κάλυμμα με δέστρες που μάλλον ήταν για προστασία.

Από το τραπεζάκι μπροστά του έπιασε ένα περίεργο κλειδί που δεν είχε μπρελόκ.

«Αυτό είναι το τελευταίο "μωρό"», σκέφτηκε την ώρα που άνοιγε τη μηχανική κλειδαριά. «Αυτό, και θα τους κάνω να με θυμούνται. Και το καλύτερο... εγώ θα 'μαι στην Ελβετία με τα εκατομμύρια».

Η βότκα είχε αρχίσει να κάνει πρωινιάτικα τη δουλειά της, γιατί απ' ό,τι φαινόταν είχε ξεχάσει τον κωδικό.

Ο καθηγητής κατευθύνθηκε προς την εξώπορτα, εκεί κοντά όπου μπαίνοντας είχε πετάξει το ξεφτισμένο μάλλινο παλτό του. Έχωσε το χέρι στην τσέπη κι έβγαλε από μέσα ένα κινητό τηλέφωνο. Κατευθύνθηκε και πάλι στον καναπέ και επανατοποθέτησε το χοντρό του σώμα ανάμεσα στις δυο τετράγωνες, ξεφτισμένες μαξιλάρες.

– Καλά που τον έχω γράψει εδώ, μονολόγησε, την ώρα που έψαχνε το menu για να βρει τις επαφές.

Μόλις ο αριθμός εμφανίστηκε στην οθόνη ξεφύσησε και άφησε τη συσκευή στο πλάι. Πήρε πάλι το μπουκάλι στα χέρια και ανεφοδίασε το άδειο νεροπότηρο. Απόλαυσε ακόμα μια μεγάλη τζούρα.

Τώρα ήταν καλύτερα!

Μεμιάς γύρισε και πάλι τη βαλίτσα προς τα δεξιά, ώστε να έχει καλύτερη πρόσβαση στο πληκτρολόγιο της ηλεκτρονικής κλειδαριάς.

«Είχαμε σχεδιάσει φοβερές βαλίτσες», αναπόλησε, την ώρα που τα χοντρά του, κοκκινισμένα, σχεδόν πρησμένα δάχτυλα οριακά έφταναν τις εξοχές των πλήκτρων, χωρίς να πατάνε δύο ταυτόχρονα.

«Ευτυχώς που κράτησα δυο τρεις, γιατί αλλιώς πώς θα κάναμε τώρα τη δουλειά;», αυτοεπιβραβεύτηκε.

Όντως, πριν από την πτώση της Σοβιετικής Ένωσης, ο καθηγητής είχε ασχοληθεί προσωπικά με τις προδιαγραφές και τα υλικά κατασκευής που απαιτούνταν για τη δημιουργία ειδικών βαλιτσών και «κοντέινερς» με τα οποία οι Ρώσοι μετέφεραν ραδιενεργά υλικά και υλικά βιοτεχνολογίας στις άλλες χώρες του Ανατολικού Μπλοκ.

Όπως βεβαίως και στις «συνεργαζόμενες» χώρες: το Ιράν, τη

CIA: Επιχείρηση Παράκελσος

Συρία, το Σουδάν, τη Β. Κορέα, την Κούβα, τη Βενεζουέλα και γενικά όπου υπήρχε «δράση» ή όπου υπήρχε ρευστό.

Η κλειδαριά είχε ξεκλειδώσει τώρα, αλλά ο καθηγητής δεν άνοιγε εντελώς τη βαλίτσα.

«Και η "θήκη" μεταφοράς "Μπαμπούσκα" ήταν επαναστατική», σκέφτηκε κοιτώντας το κάλυμμα. «Αλλά δεν με άφησαν να την τελειοποιήσω για να μη δώσουν λεφτά για το πρόγραμμα. Τα κομματόσκυλα! Πάντως γι' αυτή τη δουλειά μια χαρά είναι κι έτσι», παρηγόρησε τον εαυτό του, κοιτάζοντας τη μοναδική πορτοκαλί «θήκη» που είχε διασωθεί από την εποχή του Σοβιέτ και θα συνόδευε το τελικό «πακέτο».

Πήρε και πάλι το ποτήρι στα χέρια κι όχι μόνο. Με όλο του το βάρος ακούμπησε πίσω, στην πλάτη του καναπέ, σήκωσε τη ματιά προς το ταβάνι, όπου κρεμόταν ένα αναχρονιστικό φωτιστικό του '70 με χρυσά κεντήματα κι άρχισε να σιγοτραγουδάει κάτι στα ρωσικά.

Κάτι σαν εμβατήριο, κάτι επικό που πρόσθετε κι άλλες σταγόνες μελαγχολίας στο πεσιμιστικό περιβάλλον του γκρι διαμερίσματος.

Θυμήθηκε τις υπέροχες μέρες του '70, όταν στη στρατιωτική βάση του Ντουλάχεβ –διότι ουσιαστικά βάση ήταν το Κέντρο– ηγείτο 200 ανθρώπων, υπαλλήλων και επιστημόνων.

Τώρα οι περισσότεροι απ' αυτούς δούλευαν για χώρες της Μέσης Ανατολής, σε κρυφά εργαστήρια και πρότζεκτς.

Θυμήθηκε τις στιγμές που επέβλεπε την προετοιμασία της αποστολής βιολογικών όπλων στις συνεργαζόμενες χώρες. Το καλύτερο όμως όπλο δεν ήταν ούτε βιολογικό, ούτε πυρηνικό.

Και αυτό το κρατούσε για το τέλος.

«Αυτές ήταν εποχές», συνέχισε να ταξιδεύει. «Και θα ξαναρθούν», προσπάθησε να πείσει πάλι τον εαυτό του.

Το μυαλό του γύρισε και στην Είρενα. Έτσι του άρεσε να την αποκαλεί, και όχι Ήρα που ήταν το κανονικό της, αφού μισούσε καθετί το ελληνικό, θεωρώντας την αρχαία φιλοσοφία τους υπερεκτιμημένη. Γενικά πάντως, τους μισούσε όλους.

«Αν κι αυτή η πουτάνα δεν πίστεψε ποτέ στην αληθινή Είρήνη», σκέφτηκε μέσα στο άρρωστο μυαλό του, βάζοντάς τα με τον εαυτό του γιατί την αγάπησε.

Είχε αγαπήσει πολύ την πρώην γυναίκα του. Εκείνη όμως καθόλου. Και πώς άλλωστε θα μπορούσε να έχει αγαπήσει κάποιον τον οποίο αναγκάστηκε να παντρευτεί ύστερα από διαταγή του κόμματος;

Η ορθόδοξη Είρηνα, από Ουκρανή μητέρα και Έλληνα πατέρα του παιδομαζώματος, υπήρξε από τις ωραιότερες γυναίκες της Ουκρανίας. Το κακό όμως γι' αυτήν ήταν ότι, όπως και η συντριπτική πλειοψηφία των Ουκρανών, έτσι και ο αδελφός της μισούσε τους Ρώσους και την Κατοχή τους.

Όταν το 1976 –τότε που εκείνη ήταν μόλις 19 ετών– συνέλαβαν τον αδελφό της σαν αντικαθεστωτικό, αναγκάστηκε, για να τον σώσει, να ενδώσει στον εκβιασμό των τοπικών κομματαρχών και να παντρευτεί τον καθηγητή που ήδη ήταν 35 ετών.

Το κόμμα τού την έκανε δώρο για να είναι ευχαριστημένος και να μη συναναστρέφεται με τη μια και την άλλη, που θα ήταν και δύσκολο να ελέγχονται. Βλέπετε, ο Ιβάν είχε στα χέρια του όλα τα μυστικά και υλικά της πυρηνικής τεχνολογίας του Μπλοκ.

Έτσι, απελευθέρωσαν τον αδελφό της με μια απλή ανταλλαγή ψυχών.

«Πουτάνα», είπε μέσα του. «Περίμενες την ευκαιρία για να "την κάνεις" και δεν μπόρεσες και να μου κάνεις ούτε ένα παιδί. Άχρηστη! Ούτε παιδί δεν μπορούσες να κάνεις».

Όταν τα «τείχη» έπεσαν, η Είρηνα ασφαλής πια, δεν θέλησε να τον ακολουθήσει στο ταξίδι της μεγάλης φυγής στη Μολδαβία. Δεν τον είχε αγαπήσει ποτέ. Τον χώρισε σε μια νύχτα και έμεινε στην Ουκρανία. Παντρεύτηκε ξανά από έρωτα και έναν χρόνο μετά έκανε δίδυμα κοριτσάκια.

Ο καθηγητής πήρε πάλι το ποτήρι στα χέρια και το άδειασε. Εδώ που τα λέμε, είχε αρχίσει να αδειάζει και το μπουκάλι.

– Πορνίδιο, ψιθύρισε. Αυτά σας έχει διδάξει ο Χριστιανισμός; Να παρατάτε τον άλλο, όταν πλέον δεν τον έχετε ανάγκη; Τώρα θα δείτε πως το «εξωγήινο CPU μου» εξακολουθεί να πηδάει την Ουκρανία των Ηνωμένων Πολιτειών σας. Τώρα θα δεις πώς θα κάνω την πορτοκαλί επανάσταση... κατακόκκινη. Μου έκανες και τη θρήσκα...

Θεωρούσε ότι χρησιμοποιώντας το σύνδεσμο στο Άγιο Όρος τιμωρούσε την Ορθοδοξία και την Ελλάδα.

Την Είρηνα και όλους!

Είχε ξεφύγει!

Στράφηκε και πάλι στη μισάνοικτη βαλίτσα και άνοιξε το καπάκι της.

Φάνηκε το περιεχόμενο που έμοιαζε διαστημικό, αν και το μέγεθος της συσκευής που ήταν τοποθετημένη σε παχιά, ειδικά σχεδιασμένα προστατευτικά που θύμιζαν αυγοθήκες ήταν μικρό, περίπου στο μέγεθος ενός εξωτερικού δίσκου από κομπιούτερ.

Δίπλα της υπήρχαν και κάποια άλλα μικρά εξαρτήματα, το ίδιο στερεωμένα, ώστε να μην κουνιούνται κατά τη μεταφορά.

Λένε ότι τα ακριβά και σπάνια έρχονται σε μικρή συσκευασία. Σε αυτή την περίπτωση ήταν και σπάνια και μικρά, αλλά... και εξαιρετικά επικίνδυνα!

Παρά την «αποσκευή», το μυαλό του καθηγητή συνέχισε να πετάει στα σύννεφα, με αεροσυνοδό τη φτηνή βότκα.

Τώρα θυμήθηκε και το Polis.

Το Polis1985 ήταν ένα ραδιενεργό υλικό που δημιουργήθηκε σε ρωσικά πανεπιστημιακά εργαστήρια της Αγίας Πετρούπολης, της Μόσχας και του τότε Στάλινγκραντ, σε ένα από κοινού διαπολιτειακό πρότζεκτ υπό την ηγετική καθοδήγηση του καθηγητή.

Η παράνοια του Αλεξέγιεφ δημιούργησε τότε έναν «πρωτογενή πυροκροτητή» που φυσικά ταξίδεψε παντού.

Μετά τη γέννησή του, το θανατηφόρο «υλικό» πήγε σε όλα τα πρώην «κομμάτια» της Σοβιετικής Ένωσης, αλλά και σε τότε φιλικά προσκείμενες χώρες, όπου υπήρχαν κέντρα και μονάδες παραγωγής ή εκτόξευσης πυρηνικών όπλων.

Ουσιαστικά επρόκειτο για ένα «σπίρτο» που δημιουργούσε «φωτιά». Μόνο που εκείνες τις μέρες του Ψυχρού Πολέμου μπορούσε να ανάψει φωτιά σε όλο τον πλανήτη.

Το Polis1985 ήταν ένα ραδιενεργό τερατούργημα που η δύναμή του, μπροστά στο ουράνιο, το πλουτώνιο ή ό,τι άλλο θα μπορούσε ένας μέσος άνθρωπος να θεωρήσει πυρηνικό υλικό, ήταν απλά ό,τι ο μπαλαντέρ σε σχέση με κάποιο άλλο χαρτί. Και η βιολογική του δύναμη σε σχέση με το Σαρίν της Συρίας, για παράδειγμα, ήταν ό,τι η κηροζίνη σε σχέση με το οινόπνευμα.

Η απόλυτη δύναμη νετρονίων με βιολογική πρόοδο.

Ο απόλυτος θάνατος!

Αν άφηνες 1/5gr αυτού του υλικού σωστά «μαγειρεμένο» – ποσότητα λιγότερη από το αόρατο ψήγμα μιας ανοιξιάτικης γύρηνης αλλεργικής πρόκλησης– στο γκαράζ ενός ουρανοξύστη, τότε οι εργαζόμενοι του ουρανοξύστη θα πέθαιναν από καρκίνο μέσα στα επόμενα 2 χρόνια.

Και μετά όλη η πόλη.

Και μετά η επόμενη.

Και το παράξενο ήταν ότι, ενώ κάθε χρόνο μπορούσαν να παράγουν μόνο 5 γραμμάρια αυτού του υλικού, αυτά τα 5 γραμμάρια αν ήξερες να τα «μαγειρέψεις» σωστά ήταν ικανά να ξεπαστρέψουν τον πλανήτη με γεωμετρική πρόοδο 50 φορών.

Το Polis1985 ή χαϊδευτικά POL ήταν σχεδιασμένο τόσο κυνικά ώστε, αν κάποιοι στο Κρεμλίνο έκριναν ότι πρέπει, να μπορούν να διαλύσουν ολόκληρο τον πλανήτη.

Το POL υπό συνθήκες παρασκευής του «κοκτέιλ» μπορούσε να μετατραπεί σε βιολογικό όπλο, πυρηνικής όμως ισχύος. Έκρυβε μέσα του τη ραδιενέργεια ενός «υπερ-πυρηνικού» υλικού με δυνατότητες διάδοσης ενός βιολογικού επιταχυντή.

Αν κάποιος ήξερε να φτιάχνει καλά «κοκτέιλ», μπορούσε να δημιουργήσει ένα «καγκουρό», που γεννούσε συνεχώς ραδιενέργεια, μεταβιβάζοντάς την κάθε φορά στο επόμενο θύμα απλά και μόνο με το να βρίσκεται κοντά στο προηγούμενο.

Χωρίς εκρήξεις, η ραδιενέργεια συνεχώς γεννούσε νέα θανατηφόρα ραδιενέργεια... σκοτώνοντας.

Και δεν τέλειωνε ποτέ!

Η πρακτική εφαρμογή του POL ήταν ακριβώς αυτή που εμπεριέχει μαθησιακά το «πυρηνικό σκάκι», εύρεση ενός ωραίου τύπου –ιδιοφυούς– κάπου κοντά στα σύνορα με το Μεξικό, στις Η.Π.Α.

Αυτός όμως σκέφτηκε το «παιγνίδι» για να κάνει τον κόσμο καλύτερο, εξυπνότερο και πιο ασφαλή, θέλοντας να δείξει ότι η χρήση των πυρηνικών δεν βγάζει πουθενά.

Ο καθηγητής Αλεξέγιεφ δεν είχε πραγματική παιδεία, εκτός των δήθεν «μαθηματικών» του, και φυσικά δεν γνώριζε τι είναι το πυρηνικό σκάκι.

Αλλά ακόμα κι αν το είχε μάθει, σίγουρα το κουρασμένο του μυαλό δεν θα το καταλάβαινε.

CIA: Επιχείρηση Παράκελσος

Δεν θα έπιανε το βαθύτερο νόημα του παιγνιδιού.

Όλοι ξέρουμε ότι αν πάρεις μια συνηθισμένη σκακιέρα και στήσεις τα πιόνια σου και την «ανώτερη διοίκηση» της «ισχυρής γραμμής» στη βάση, υπό τις συνηθισμένες συνθήκες «παιγνιδιού», μπορείς να έχεις ένα εγκεφαλικό παιγνίδι.

Αν όμως η σκακιστική σκέψη δημιουργήσει «εγκεφαλοκαρκινικές» μεταστάσεις τύπου Αλεξέγιεφ, τότε το «παιγνίδι» μπορεί να γίνει δύσκολο και πολύ επικίνδυνο.

Στο ιδιοφυές σκεπτικό του «τύπου» που το σκέφτηκε, προτού ξεκινήσει η παρτίδα, οι δύο παίκτες σημαδεύουν από κάτω 3-4 από τα πιόνια τους με τον χαρακτηριστικό κωδικό Ν, που σημαίνει «πυρηνικά». Αν και οι παίκτες επιλέγουν ελεύθερα «ποια» θα είναι αυτά, συνήθως κάποιος διαλέγει τα πιόνια της «ανώτερης διοίκησης», λόγω της ευρύτερης δυνατότητας κίνησης που σου παρέχουν.

Το παιγνίδι αρχίζει και οι κανόνες είναι βγαλμένοι απ' το σκάκι της πραγματικής ζωής.

Τα πιόνια κινούνται κανονικά, όπως σε οποιαδήποτε συμβατική παρτίδα σκακιού με τους εξής, όμως, πυρηνικούς κανόνες:

Αν ο αντίπαλος επιτεθεί σε ένα (Ν)πιόνι και το πάρει, το πιόνι χάνει μεν την πυρηνική του ισχύ, αλλά συνεχίζει να «παίζει» κανονικά στη σκακιέρα, ενώ ο αντίπαλος χάνει το πιόνι του.

Αν ένα «κομμάτι» (Ν) επιτεθεί σε αντίπαλο «κομμάτι», τότε παίρνει το πιόνι στο οποίο επιτίθεται, αλλά και ΟΛΑ ΤΑ ΓΕΙΤΟΝΙΚΑ πιόνια των τετραγώνων που περιβάλλουν το κερδισμένο πιόνι.

Χάνεται όμως και το πιόνι(Ν). Πεθαίνει και το ίδιο μέσα από τη δική του πυρηνική δύναμη. Πεθαίνει και ο θύτης και το θύμα.

Αν ο Αλεξέγιεφ είχε ακούσει για το πυρηνικό σκάκι, ίσως να καταλάβαινε ότι το «παιγνίδι» έχει τρομερές εναλλακτικές και πολύπλοκα σενάρια που το κάνουν πραγματικά συναρπαστικό, αφού ο χρόνος παιγνιδιού μειώνεται και γρήγορα φτάνεις σε ένα «Τέλος», συχνά περίεργο για σκάκι!

Παίζοντας, θα διαπιστώσεις πως δεν έχει ιδιαίτερη σημασία η «σύνθεση της ομάδας», πόσοι «αποβάλλονται» ή ποιοι «μένουν», αφού μπορεί να σου έχει μείνει πάνω στη σκακιέρα μόνο ο Βασιλιάς, να σου επιτεθούν επιχειρώντας check mate, έχοντας έναν Αξιωματικό ή έναν Πύργο ή ακόμα και μια Βασίλισσα και φυσικά το Βασιλιά τους, αλλά κάτω απ' το «Βασιλιά σου» να υπάρχει ένα (Ν).

Τότε χάνουν κι οι δυο πλευρές, γιατί το παιγνίδι σταματάει, απλά γιατί στη σκακιέρα μένουν μόνο δύο Βασιλιάδες.

Αν και υπάρχουν πολλές παραλλαγές αυτού του έξυπνου παιγνιδιού, με διαφορετικούς κανόνες, πάντοτε η παρτίδα έχει εφιαλτικά σενάρια και συνήθως η εκδίκηση των πυρηνικών ρίχνει τίτλους τέλους και σίγουρα υπογραμμίζει το μήνυμα της ματαιότητας!

Κάτι που ο καθηγητής Αλεξέγιεφ δεν κατάλαβε ποτέ.

Το POL θα μπορούσε να έχει ονομαστεί και ΚΟΛΑΣΗ, αλλά μάλλον ήταν ακόμη πιο «θερμό» κι απ' αυτήν.

Όμως το POL είχε και μερικά μειονεκτήματα.

Πρώτον, μισούσε τον ίδιο του τον εαυτό, την ίδια του την υλική φύση. Δεν μπορούσε να συνυπάρξει χωρίς «μαγείρεμα» σε μεγαλύτερη ποσότητα από 1/5 του γραμμαρίου.

Αν έβαζες μια ποσότητα 2/5 του γραμμαρίου σε κάποιον χώρο, αυτόματα η παραγόμενη ενέργεια έκανε την υπερ-πυρηνική της ισχύ καταργώντας κάθε βιολογική δυνατότητα διάδοσης. Κοινώς, θα έσκαγε σαν μια πυρηνική βόμβα της πλάκας, που απλά θα μπορούσε να καταστρέψει ένα τετράγωνο πόλεως χωρίς τη γεωμετρικότητα της βιολογικής προόδου. Χωρίς να μπορεί να πάρει όλη την παρτίδα.

Περιέργως όμως, αν είχες 1/5 του γραμμαρίου σωστά «μαγειρεμένο» μπορούσες, υπό συνθήκες, να καταστρέψεις όλη τη Γη.

Έτσι η μεταφορά του υλικού έπρεπε να γίνεται με συγκεκριμένους κανόνες.

Ένα δεύτερο μειονέκτημα του υλικού ήταν ότι κατά την αποθήκευση ή μεταφορά του έπρεπε να διατηρείται σε θερμοκρασία κάτω των 10°C και ταυτόχρονα να περιβάλλεται από νερό.

Αυτό το υλικό, όπως και κάθε άλλο πυρηνικό δημιούργημα της φύσης ή του ανθρώπου, είχε ιδιαίτερη σχέση με το νερό. Σχέση θανάτου και ζωής. Ταυτόχρονα.

Ο μόνος τρόπος με τον οποίο αποδυνάμωνες το POL ήταν το περίβλημα νερού, αλλά και ο μόνος τρόπος να το κάνεις να συνυπάρξει σε ποσότητα ικανή να χειραγωγήσει βιολογικά την πυρηνική του ισχύ ήταν το να το ανακατέψεις με νερό...

CIA: Επιχείρηση Παράκελσος

Αυτή ήταν ακόμη μια ιδιαιτερότητα αυτού του υλικού. Ενώ συνήθως τα τοξικά «προϊόντα» αχρηστεύονται με τη διαδικασία της υδρόλυσης, το POL χρησιμοποιούσε το νερό ως καταλύτη.

Λίγο πριν το 1985, χιλιάδες χιλιόμετρα βόρεια της Μόσχας, μέσα στην αχανή τούνδρα της Σιβηρίας, υπήρχε ένα μικρό χωριό 35 κατοίκων ονόματι Πρίσνια.

Η θρησκευτική ταυτότητα του χωριού; Υπήρχαν 25 χριστιανοί ορθόδοξοι του παλαιού ημερολογίου και 10 εβραίοι. Μέχρι το Φλεβάρη της χρονιάς που η περιοχή «έπιασε φωτιά» συνυπήρχαν αρμονικά, παρά τη φτώχεια των βάλτων.

Σήμερα το χωριό και οι κάτοικοι δεν υπάρχουν και τα βιβλία της ιστορίας έχουν μόνο λευκές σελίδες.

Ο Αλεξέγιεφ ήταν λαθεμένα άθεος, κατά την κομμουνιστική προσέγγιση του αθεϊσμού, με βάση αναρχικές προσεγγίσεις δήθεν θεωρητικών του 1900. Στην πραγματικότητα δεν ήξερε καν τι ήταν, αλλά μισούσε ό,τι το χριστιανικό ή εβραϊκό.

Από τότε που είχε αναλάβει το Πανεπιστημιακό Εργαστήριο Κρατικών Πειραμάτων διάλεγε βοηθούς από το σημερινό Ουζμπεκιστάν, το Τατζικιστάν και το Αζερμπαϊτζάν. Πάντα μουσουλμάνους. Ακόμη κι αν οι εβραίοι ή οι χριστιανοί αποφοιτήσαντες αριστούχοι ήταν κατά πολύ καλύτερης ακαδημαϊκής επάρκειας, η επιλογή του επιτελείου του και των συνεργατών του είχε «άλλη κατεύθυνση».

Κατά τη διάρκεια «πειραμάτων» του υλικού υπό την επίβλεψη του καθηγητή Αλεξέγιεφ, η περιοχή της Πρίσνια είχε επιλεγεί απ' τον ίδιο με βάση το ποιος είχε «προτεραιότητα» να «εξαλειφθεί» και πόσο εύκολα θα γινόταν η «συγκάλυψη».

Και σ' αυτό βοηθούσε πάντα η Τσετσενία και το πόσο εύκολα μπορούσες οτιδήποτε τρομοκρατικό συνέβαινε στη Ρωσία να το αποδώσεις στις «χήρες».

Ο Αλεξέγιεφ έφτιαξε στο εργαστήριο έναν κόκκο άλατος που στον πυρήνα του είχε μια μικροσταγόνα νερού και η καρδιά της το POL. Ο κόκκος μπήκε σε μια σακουλίτσα εμπορικού αλατιού.

Ήταν χειμώνας και η θερμοκρασία στη Ρωσία δεν ανέβαινε ποτέ πάνω από 10°C.

Το «ταξίδι» άρχισε...

Γιάννης Παρθένιος

Οι πράκτορες της KGB «πάστωσαν» τη ρέγγα της περιοχής κι άφησαν το «αλάτι» να βγει στην κυκλοφορία με έναν απλούστατο τρόπο: διοργάνωσαν στο σχολείο του χωριού μια γιορτή-συγκέντρωση για τη δήθεν εκλογή εκπροσώπου της Πρίσνια για το Ομοσπονδιακό Συμβούλιο της επαρχίας, φροντίζοντας να παρευρεθούν και οι 35 κάτοικοι, ενώ απέκλεισαν περιμετρικά το χώρο σε απόσταση 30 χιλιομέτρων.

Όλοι οι κάτοικοι έτρεξαν εκεί νομίζοντας ότι για πρώτη φορά θα είχαν δημοκρατική εκπροσώπηση. Φέρανε ακόμη και τα παιδιά τους. Σε ένα όμως από τα εδέσματα του μπουφέ, κοντά σε άφθονη βότκα, είχε τοποθετηθεί και το «παστό». Το είχαν βάλει σαν αλάτι σε έναν απ' τους μεζέδες.

Παντού είχαν τοποθετηθεί ασύρματες κάμερες, ώστε να καταγραφούν οι συνέπειες, χωρίς βέβαια να παρίσταται κάποιος του κόμματος ή των μυστικών υπηρεσιών, αφού κι αυτός θα μολυνόταν.

Μέσα σε 2 λεπτά απ' τη στιγμή που ο πρώτος κάτοικος είχε μολυνθεί από το POL, όλος ο πληθυσμός είχε «εξοντωθεί».

Στο χωριό δεν επέζησε ούτε κατσαρίδα, παρά τα όσα νομίζουν κάποιοι για την αντοχή της.

Τα πρακτόρια με τις ειδικές στολές ραδιοπροστασίας έβαλαν εκρηκτικά στο σχολείο με τα πτώματα και αμέσως μετά την έκρηξη το τοπίο θύμιζε κρατήρα ηφαιστείου.

Οι χριστιανοί και οι εβραίοι είχαν πέσει θύμα του αναρχικού αθεϊσμού του καθηγητή Αλεξέγιεφ και του σοβιετικού «επεκτατισμού», που ακόμη μια φορά θυσίαζε τα πάντα στο βωμό του να αποκτήσει το πάνω χέρι στον πλανήτη.

Την επόμενη μέρα, η *Πράβδα* έγραψε στο πρωτοσέλιδό της, ότι μια βόμβα από Καυκάσιους μουσουλμάνους αντάρτες, που είχαν τοποθετήσει Τσετσένες «χήρες», ήθελε με το χτύπημα αυτό να στείλει μήνυμα στη Μόσχα. Το χωριό δεν επετράπη να κατοικηθεί ποτέ ξανά.

Ο καθηγητής κοίταξε εκστασιασμένος ξανά το εσωτερικό της βαλίτσας σαν να θαύμαζε τη δουλειά του.

«Αυτό είναι πολύ πιο έξυπνο και απ' το POL», σκέφτηκε. «Πολύ πιο προχωρημένο. Αυτό θα πει "παγκόσμιο" όπλο»!

Γέλασε με κακία και κούνησε το κεφάλι του πάνω κάτω σαν να αυτοεπιβραβεύεται.

– Κι όλα αυτά με μια πέτρα, αναφώνησε κλείνοντας και πάλι τη βαλίτσα.

**CIA,
Λάνγκλεϊ, Βιρτζίνια,
Meeting σε επίπεδο 3**

Στα Κεντρικά, τα meeting που είχαν σχέση με «επιχειρήσεις» γίνονταν πάντοτε σε αίθουσες «κλειστές», συχνά σε υπόγεια ή σε χώρους που δεν είχαν θέα.

Κι αυτό δεν συνέβαινε για λόγους εκδίκησης των συμμετεχόντων ή κακής διαχείρισης της αρχιτεκτονικής της «Εταιρείας».

Υπήρχαν σοβαρότατοι και πιο ανθρώπινοι λόγοι που κανείς δεν περίμενε ή δεν καταλάβαινε ότι θα είχε υιοθετήσει η μεγαλύτερη Υπηρεσία του κόσμου, συχνά γνωστή για τη σκληρότητά της, όταν χρειαζόταν.

Με αυτόν τον τρόπο, πρώτον, διασφαλίζεται η μυστικότητα, δεύτερον, η διαύγεια και το να μην ταξιδεύει ο νους χαζεύοντας τα περιστέρια που πετούν στο απέναντι δέντρο, και, τρίτον, οι χώροι που είχαν θέα δίδονταν ουσιαστικά στους ίδιους –που για να συμμετέχουν σε τέτοιο επίπεδο διασκέψεων είχαν συνήθως γραφείο με θέα– και δεν θα βρίσκονταν εκεί μόνο για 1, 2 ή 56 ώρες που θα διαρκούσε μια σύσκεψη, αλλά συνεχώς. Δηλαδή σωστή αρχιτεκτονική διοίκησης.

Όλα τα meeting σε επίπεδο 3 καταγράφονταν σε εικόνα και ήχο. Κάποιοι νόμιζαν ότι αυτό γινόταν για να μπορούν να αποδοθούν ευθύνες σε όποιον δεν εκτελούσε καλά την αποστολή του, λόγω ανεπάρκειας. Δεν ήταν όμως έτσι.

Ποτέ την «Εταιρεία» δεν την ενδιέφερε αν απλώς κάποιος ήταν ανεπαρκής ως προς το να φέρει το επιθυμητό αποτέλεσμα. Υπήρχαν αρκετές δικλίδες ασφαλείας, ώστε το θεμιτό αποτέλεσμα να επιτυγχάνεται σε παράλληλα ή συγκοινωνούντα επίπεδα επίτευξης του στόχου. Το μόνο που τους ένοιαζε ήταν ο καθένας να δίνει ειλικρινά τον καλύτερό του εαυτό.

Τα meeting τέτοιου τύπου καταγράφονταν για να μπορεί ανά πάσα στιγμή κάποιος άλλος ομόλογος να αναπληρώσει όποιον δεν μπορούσε να φέρει σε πέρας την αποστολή του –λόγω ασθένειας, έρωτα, αλλεργίας από κάτι ξαφνικό ή ό,τι ανθρώπινο μπορεί να συμβεί– αλλά ασφαλώς και για να πιστοποιείται το αν «δεν ήθελε» να κάνει καλά τη δουλειά του... αν κάποτε αποδεικνυόταν.

Οπότε, και στις δυο περιπτώσεις, η ιστορία γύριζε πολλά καρέ πίσω, ο αξιωματούχος αντικαθίσταντο και μπορούσε να βρεθεί σε όποιο σημείο είχε σταματήσει να πηγαίνει καλά η αποστολή. Ο σωστός ομόλογος αναλάμβανε... και την ξεκίναγαν πάλι από εκεί.

Απ' το σωστό σημείο!

Όλα καταγράφονταν πάντως και για λόγους αρχειοθέτησης.

Ο Σίνγκλεη έφτασε τελευταίος, αλλά στην ώρα του. Είχε όμως αέρα και άνεση. Είχε πραγματικά την αύρα του βετεράνου. Το ειδικό βάρος αλλά και τα προσόντα.

Προερχόμενος από μια μεσαία, αλλά υγιεστάτη ως προς τις αρχές και τις αξίες της οικογένεια των Νοτιοδυτικών Η.Π.Α., που δεν μπορούσε να του προσφέρει πολλά σε οικονομικό επίπεδο, για να κάνει πραγματικότητα τα ακαδημαϊκά του όνειρα, είχε αξιοποιήσει το «σύστημα» και αναρριχήθηκε με την αξία του.

Κατατάχτηκε αμέσως μετά το λύκειο στο στρατό, πέρασε πρώτος απ' την τάξη του το σχολείο των SEALS και, ενώ μετατράπηκε σε μια απόλυτη μηχανή πολεμικών τεχνών και χρήσης κάθε λογής συμβατικού ή αυτοσχέδιου όπλου, συνέχισε να κυνηγάει το όνειρο.

Όταν έφτασε η στιγμή, εκμεταλλεύτηκε ένα κυβερνητικό πρόγραμμα του στρατού που του έδωσε τη δυνατότητα να αποκτήσει με υποτροφία το αρχικό του δίπλωμα στις Πολιτικές Επιστήμες, με υποειδικότητα στη Διπλωματία και συνέχισε κερδίζοντας το μάστερ του στις Σοβιετικές Σπουδές, που εκείνη την εποχή αποτελούσε διαβατήριο για μια καριέρα στις Υπηρεσίες Ασφάλειας του «θείου Σαμ».

Η πρώτη του επίσημη διοικητική θέση –που περιείχε όμως και πολύ field– ήταν στην αντικατασκοπεία του αμερικάνικου στρατού. Για μερικά χρόνια υπηρέτησε υπό δήθεν διπλωματική ιδιότητα ως βοηθός των στρατιωτικών ακολούθων στη Βουδαπέστη, την Πράγα και το Βελιγράδι, αλλά ουσιαστικά δρούσε για την αντικατασκοπεία υπό τις εντολές του στρατού.

CIA: Επιχείρηση Παράκελσος

Η εξαιρετική του πορεία σε πάνω από πενήντα αποστολές έσπρωξαν εύκολα την «off-the-record» αίτησή του για μετάταξη στη CIA, και έτσι ο Σίνγκλεη βρέθηκε στα 35 του να βάζει στην αλληλογραφία του σπιτιού του τον ταχυδρομικό κωδικό του Λάνγκλεϊ.

Ακολούθησαν μεταθέσεις σε Αθήνα, Ρώμη, Μαδρίτη, Μαρόκο, Κάιρο και Κωνσταντινούπολη, αλλά και σε Βολιβία, Περού και Βενεζουέλα, στη Ν. Αμερική. Όπου υπήρχε ανάγκη! Ήταν ωραίος άντρας, εργένης και δεν είχε παιδιά.

Ο Ρόμπερτ μπήκε χαμογελαστός, κλείνοντας την πόρτα πίσω του και αμέσως κατευθύνθηκε στον Πάτρικ χαιρετώντας τον.

– Καλημέρα, Πάτρικ μου, καλημέρα παιδιά, είπε σε όλο το τραπέζι, και απευθυνόμενος πάλι στον Ντέναχιου, αγκαλιάζοντάς τον φιλικά στον ώμο με το αριστερό του χέρι την ώρα που του έσφιγγε το χέρι με το δεξί, συνέχισε: Έχω να σε δω πάνω από χρόνο, ύστερα από εκείνα τα ατελείωτα meeting για τους Ιταλούς και φυσικά μετά την υπέροχη μακαρονάδα της Αλίσια, όταν τους τσιμπήσαμε.

Την ώρα που καθόταν απέναντι απ' τον Πάτρικ, η ματιά του έπεσε στη Λίσα.

Περίεργως, μάλλον δεν είχαν συνευρεθεί ξανά σε κάποια σύσκεψη και σίγουρα η πρώτη εντύπωση του έκανε μια «περίεργη» αίσθηση.

Σίγουρα δεν την είχε ξαναδεί. Δεν είχε τύχει, αφού σε προηγούμενο meeting για άλλο θέμα, τη Λίσα αναπλήρωνε κάποια άλλη κυρία απ' το Τμήμα Δορυφορικού Σχεδιασμού, γιατί εκείνη έλειπε με την κανονική της άδεια.

Η ματιά του κόλλησε ασυναίσθητα πάνω της, αλλά οι τρόποι του επιβλήθηκαν αυτής της ξαφνικής ακτινοβολίας. Αν και ήθελε να δει περισσότερα, κοίταξε πάλι τον Πάτρικ, ώστε να αποφύγει το κάρφωμα.

Κι εκείνη πάντως σαν να αισθάνθηκε το ίδιο.

Λες και υπήρχε η ανταλλαγή μιας ενέργειας. Πιθανότατα μαγνητικής.

Ασυναίσθητα ο Ρόμπερτ έβαλε σε εφαρμογή μια από τις τεχνικές που του είχε μάθει ο «δάσκαλός» του στην «Εταιρεία» κατά τη διάρκεια της εκπαίδευσής του πολλά χρόνια πριν. Ο άν-

93

θρωπος τον οποίο ακόμα και σήμερα κρατούσε πάντα στο μυαλό του σαν γκουρού της σκέψης, της συγκριτικής πολιτικής ανάλυσης και των «επιχειρήσεων».

Αυτός ο εκπαιδευτής, ένα καταπληκτικό μυαλό απ' το Αλμπουκέρκι του Νέου Μεξικού, είχε τελειοποιήσει μερικά από τα σημαντικότερα «κεφάλια» του Λάνγκλεϊ τις τελευταίες τέσσερις δεκαετίες. Ανάμεσα σε αυτούς κι ο Ρόμπερτ, που συχνά επικαλείτο το «δάσκαλο», ακόμη και στις συσκέψεις ή και σε κατ' ιδίαν συζητήσεις αναφερόμενος σε αυτόν σαν «ο γκουρού μου απ' το Νέο Μεξικό».

Θυμήθηκε τη φράση του «δασκάλου» και αποφάσισε να υιοθετήσει την τεχνική για... προσωπικό όφελος.

Ε! καμιά φορά επιτρεπόταν κι αυτό.

Όταν μάθεις τη «δουλειά», εκ των πραγμάτων σού γίνεται φυσικό να τη χρησιμοποιείς παντού.

Κάποτε τους είχε πει: ...«από μια διπλωματική σκοπιά, ένα χαμόγελο αποτελεί τον καλύτερο πρεσβευτή».

Ακολούθησε τη «συνταγή», χαμογέλασε εμφανώς γλυκά στη Λίσα και αμέσως άλλαξε θέμα.

– Όλα καλά; τι κάνει ο Τζον και η Κάθι; ρώτησε τον Πάτρικ, και το μάτι του ξαναστράφηκε δειλά και διακριτικά πάλι στη Λίσα, η οποία «συνελήφθη» να τον παρακολουθεί πια με ένα περίεργο ενδιαφέρον.

– Μια χαρά όλοι, του απάντησε χαμογελαστά ο Πάτρικ. Απλά ο Τζον εξελίσσεται σε τρομοκράτη.

Ο Ρόμπερτ χαμογέλασε ξανά καθώς άνοιγε τα χαρτιά του στο τραπέζι, αλλά με διαφορετικό τρόπο απ' ό,τι είχε χαμογελάσει στη Λίσα. Εδώ ήταν καθαρά φιλικό.

Μεσολάβησαν κάποια δευτερόλεπτα σιωπής για όλους, την ώρα που ετοίμαζαν το υλικό τους και τις σημειώσεις τους.

– Ποιος θα μας μπριφάρει; ρώτησε ο Ρόμπερτ.

– Λίσα, μπορείς να ξεκινήσεις, είπε ο Πάτρικ και κοίταξε τη βοηθό του.

«Αυτά είναι!», σκέφτηκε από μέσα του ο Ρόμπερτ, για τον οποίο αυτό το κατά τα άλλα τυπικό meeting είχε αποκτήσει μια ενδιαφέρουσα «χροιά».

Η Λίσα πάτησε το enter στον μικρό υπολογιστή μπροστά της

και η γιγαντοοθόνη του δωματίου έδειξε το εξώφυλλο ενός φακέλου. Σε μαύρο φόντο, στο κέντρο, εμφανίστηκε με χρυσά γράμματα το λογότυπο με την πυξίδα και τα 16 τόξα της, όσες και οι πηγές που θεωρητικά πάντα χρησιμοποιεί η «Εταιρεία» ώστε να διασταυρώνει την ακρίβεια μιας πληροφορίας.

Ακριβώς από πάνω όλοι στο τραπέζι μπορούσαν τώρα να διαβάσουν:

BRIEF A1
Επιχείρηση Παράκελσος
... και στο κάτω μέρος με μικρά γράμματα, η ημερομηνία και η ένδειξη Λάνγκλεϊ, Βιρτζίνια.

– Καλημέρα σε όλους και από μένα, ξεκίνησε η Λίσα, ρίχνοντας μια κλεφτή, θα έλεγες με νόημα, σαγηνευτική ματιά στον Ρόμπερτ.

Φυσικά και την είδε. Ευτυχώς όμως, δεν το πρόσεξε κανείς άλλος.

– ... Το σημερινό μας θέμα έχει να κάνει με το ουκρανικό εμπορικό πλοίο Yelizaveta, περίεργως με σημαία Εσθονίας, προφανώς για φορολογικούς ή άλλους λόγους, και ελλιμενισμένο –έχει βάση– στην Οδησσό. Πραγματοποιεί δρομολόγια από τη Μαύρη Θάλασσα προς τη Μεσόγειο και πάντα τον τελευταίο καιρό, όπως έχουμε παρατηρήσει, προς το λιμάνι του Λαυρίου, λίγο έξω από τον Πειραιά στην Ελλάδα, και πάλι πίσω.

Το βάλαμε σε δορυφορική παρατήρηση όταν το satDNS (Navigation Signal Detector via Satelite) εντόπισε κατά τις τελευταίες ρότες του ότι με το που βγαίνει στο Αιγαίο πέλαγος παρεκκλίνει της πορείας του από τα διεθνή ύδατα, κάνει μια στροφή σαν «παρένθεση» προσεγγίζοντας στα 200 μέτρα κάποιες άγριες ακτές του Αγίου Όρους (χωρίς λιμάνι) κοντά σε ένα μοναστήρι και μετά από περίπου 15-20 λεπτά ξαναμπαίνει στα διεθνή ύδατα και ακολουθεί τη νόμιμη πορεία του προς Λαύριο. Δυστυχώς όμως στο σημείο δεν έχουμε εικόνα λόγω ιδιομορφίας του εδάφους και δεν μπορούμε να δούμε άμεσα τι κάνει, εκτός κι αν στείλουμε πράκτορα. Κίνηση όμως που θέλει το χρόνο της.

Άρα αυτά που έχουμε σίγουρα:

Περίεργο πρώτο: Πάντα στην επιστροφή είναι κενό μπάργκου, γεγονός που δείχνει ότι σημασία για την πλοιοκτήτρια εταιρεία έχει μόνο το «πήγαινε», κάτι που καθιστά το δρομολόγιο παθητικό από πλευράς ναύλου. Γιατί κάποιος να επενδύει σε ένα τέτοιο δρομολόγιο;

Ο Ρόμπερτ είχε γείρει αναπαυτικά και όσο άκουγε το brief ξεφύλλιζε ταυτόχρονα το φάκελο της υπόθεσης, ρίχνοντας μια ματιά κυρίως σε ονόματα και ημερομηνίες που αφορούσαν τα στοιχεία. Είχε κάνει και μια γκριμάτσα πιέζοντας τα χείλη σαν να βρίσκεται σε μια ροή αρχικής κατανόησης, αλλά με σαφή στίγματα αρχικού δισταγμού και αμφισβήτησης. Ήταν το στιλ του και θα έλεγε κανείς ότι έβγαζε και μια γλυκύτητα παντρεμένη με σοφία.

Η ερώτηση ήταν ρητορική και η Λίσα χωρίς παύση συνέχισε:

–... Περίεργο δεύτερο: Πλοιοκτήτης του μικρού εμπορικού είναι ο Βασίλη Τιμοφέι. Ψάξαμε τα αρχεία μας και βρήκαμε ένα σωρό πράγματα για την –ας μου επιτραπεί η φράση– πρώην σοβιετική του «γούνα».

Πρόκειται για KGBίτη με πλούσια δράση κατά τη διάρκεια των τελευταίων ετών του Ψυχρού Πολέμου και μέχρι την πτώση του «τοίχου», με πολλές διασυνδέσεις στον φανατικό μουσουλμανικό πυρήνα εξ ανατολής. Έχει επαφές από το Ουζμπεκιστάν, το Τατζικιστάν, φυσικά το Αφγανιστάν και μέχρι το Ιράν. Ακόμη και στην Ερυθραία. Όποια «μπούρκα» κι αν σηκώσεις τον βρίσκεις από κάτω. Βέβαια μετά την «πορτοκαλί επανάσταση» και τις αλλαγές στο πρώην Μπλοκ, όπως τα περισσότερα καλόπαιδα αυτής της σχολής, το γύρισε στην παρανομία. Μάθαμε από το DEA ότι κύρια ασχολία του είναι ο χώρος των ναρκωτικών με αγαπημένη χώρα «κατασκευής» το Αφγανιστάν. Άλλωστε εκεί βρίσκονται και πρώην γνωστοί του, που συχνά σήμερα υποδύονται και τους Ταλιμπάν για να έχουν ιδεολογικό μανδύα. Έχουμε και τα ονόματα. Δεν συνελήφθη πάντως ποτέ – προφανώς λόγω του ισχυρού «λόμπι» των πρώην KGBιτών στο οποίο ανήκει και πίσω από το οποίο έχει θωρακιστεί στην Ουκρανία.

Σαφέστατα και διαθέτει τρομερή υποστήριξη και από τη Μόσχα, αφού στην Οδησσό παίζει ακόμα τα πολιτικά παιγνίδια της, χρησιμοποιώντας το μαύρο χρήμα. Περιέργως ως προς το αντικείμενο, έχουμε και την πληροφορία ότι κατά καιρούς ασχολείται και με παραεμπόριο σπάνιων λίθων, κυρίως διαμαντιών που κάπως φτάνουν στα χέρια του από τη Ρωσία και τη Μέση Ανατολή και αυτός τα «ταξιδεύει».

Όση ώρα μιλούσε η Λίσα, φωτογραφίες του πλοίου και των λιμανιών προβάλλονταν στην οθόνη. Πολλές είχαν και στοιχεία με παραπομπές σε ημερομηνίες και τον τόπο που τραβήχτηκαν. Η Λίσα έκανε μια μικρή παύση για να πάρει μια ανάσα και συνέχισε με τον ίδιο τόνο.

– ... Στην περίπτωση πάντως του Yelizaveta δεν υπάρχει ούτε διακίνηση ναρκωτικών, ούτε λίθων. Χρησιμοποιήσαμε έναν σύνδεσμό μας από το μη επίσημο Κλιμάκιο του FBI στο Λαύριο – ανήκει στην Interpol. Εκεί ο άνθρωπός μας, με τις διασυνδέσεις του στο τοπικό λιμεναρχείο, επιχείρησε αιφνιδιαστικό έλεγχο και έκανε το πλοίο φύλλο και φτερό. Δεν βρέθηκε απολύτως τίποτα. Μόνο κάτι κουρέλια και κάτι κλωστές που μετέφερε από τη Μολδαβία, κανονικό δηλωμένο φορτίο.

Βρέθηκαν και κάτι παράνομα τσιγάρα, καμιά εκατοστή κιλά λαθραίο χαβιάρι και τριάντα κούτες φτηνή βότκα, προφανώς λαμογιές του πληρώματος για να βγάλουν κάνα μεροκάματο στη μαύρη αγορά. Τίποτα σπουδαίο πάντως κι ας πέρασαν το πλοίο από «ακτινογραφία». Κυριολεκτικά το έγδυσαν με μηχανήματα και εκπαιδευμένους σκύλους. Τίποτα περισσότερο απ' το τίποτα... αυτά βρέθηκαν.

Ο εκπρόσωπος του Τμήματος που ασχολείτο με το διεθνές παραεμπόριο, ένας 30χρονος μαύρος νεαρός με ξυρισμένο μαλλί, που καθόταν δίπλα στον Ρόμπερτ, έγνεψε καταφατικά, ότι όντως δεν υπήρχε θέμα. Το ίδιο έκανε κι ο Ντόναλντ, ο βοηθός του Σίνγκλεν, που είχε μελετήσει ήδη όλα τα μέχρι τώρα στοιχεία.

Ο Ρόμπερτ πρόσεξε τη γλώσσα που χρησιμοποιούσε η Λίσα και του άρεσε πολύ. «Καλοστημένη, συνοχή, άριστη σύνταξη, σωστή ορολογία. Και του λιμανιού και του σαλονιού η αριστοκρατική νεαρά», σκέφτηκε και φυσικά το κράτησε για τον εαυτό του.

Την ώρα που η Λίσα σταμάτησε για να ξαναπάρει μια μικρή ανάσα και να βάλει τις σκέψεις της σε τάξη, ο Ρόμπερτ κάθισε πιο όρθιος στην καρέκλα του, δείχνοντας με την κίνηση του σώματος ότι έχει τελειώσει με την πρόχειρη ανάγνωση του φακέλου. Σαν να δήλωνε ότι ήθελε να πει κάτι. Δεν δίστασε. Κοίταξε πρώτα τον Πάτρικ κι έπειτα η ματιά του κατευθύνθηκε στη Λίσα που είχε διαισθανθεί ότι ήταν η στιγμή να παραχωρήσει την πρώτη παρένθεση, ώστε η κουβέντα να πάρει την πορεία της.

Ο Ρόμπερτ σκέφτηκε να ξεκινήσει κάπως χιουμοριστικά, για να μη φανεί ότι αμφισβητεί τη νεαρή...

– Συγγνώμη για τη διακοπή, είπε χαμογελαστά κοιτώντας μία τη Λίσα και μία τον Πάτρικ. DEA, FBI... πολύ ανακάτεμα έχει πέσει στη σάλτσα, δε νομίζετε; Έκλεισε με νόημα το μάτι στη Λίσα σαν να της έλεγε με τον τρόπο του να πει κι άλλα, να δώσει κι άλλα στοιχεία, να καταλήξει σε μια υπόθεση.

Εκείνη όμως δεν πρόλαβε, γιατί πετάχτηκε ο Πάτρικ.

– Κατάλαβα πού το πας, Ρόμπερτ, του είπε καθησυχάζοντάς τον. Είσαι κι εσύ της παλιάς σχολής και σε ξενίζει ακόμη αυτό το ανακάτεμα. Πάντως, καλέ μου φίλε, ύστερα από την ενοποίηση που έκανε ο G.W. στις Υπηρεσίες Ασφάλειας μετά την 11η Σεπτεμβρίου πραγματικά μας έλυσε τα χέρια. Τώρα διασταυρώνουμε πιο εύκολα και φτάνουμε στην πηγή πιο σίγουρα. Το ξέρεις καλύτερα κι από εμένα εσύ στις Επιχειρήσεις. Μη σε ξενίζει ότι ανακατέψαμε πολλούς.

Η Λίσα με σεβασμό άκουγε και δεν είχε καμιά πρόθεση να τους διακόψει, τουλάχιστον όσο η εξέλιξη του διαλόγου δεν την καλούσε ακόμα σε δράση.

– Καμιά αντίρρηση, Πάτρικ, του είπε πάλι χαμογελαστά ο Ρόμπερτ. Και καμιά διαφωνία με τη νέα δομή. Άλλωστε, μετά την 11η Σεπτεμβρίου και τις αλλαγές, δεν τόλμησαν να μας την «πέσουν» ξανά. Άρα σοφή κεντρική απόφαση, μιας και το συζητάμε. Τουλάχιστον μέχρι σήμερα... αλλά αυτό είναι που μετράει.

– Σωστό. Πολύ σωστό, συνάδελφε.

– Αρκεί βέβαια να μη μας παίρνουν την επιτυχία τελευταία στιγμή και να μας χρεώνουν το δικό μας μπάτζετ για δήθεν δικές τους «επιχειρήσεις» που τις κάνουμε εμείς, είπε γελώντας ο Ρόμπερτ.

– Είδες που σου λέω; χαμογέλασε ο Ντέναχιου με νόημα. Είσαι της παλιάς σχολής... του είπε φανερά χαρούμενος για το διάλογο.

Ο Ρόμπερτ έβγαλε τα γυαλιά του, τα ακούμπησε πάνω σε μια ανοιχτή σελίδα του ντοσιέ και έτσι όπως πλέον όλα τα μάτια ήταν συγκεντρωμένα πάνω του, σαν να έχει στο σκάκι την επόμενη κίνηση, συνέχισε φυσικά και ήρεμα κάνοντας μια δήλωση καταλύτη, ώστε να οδηγήσει το «πείραμα» στην επόμενη φάση.

– Ρε παιδιά, όλα καλά κι όλα ωραία, είπε, αλλά γιατί φοβάμαι ότι ψάχνουμε ψύλλους στ' άχυρα; Μέχρι εδώ όλα μού ακούγονται απλά «ποινικά». Δεν βλέπω πουθενά «ασφάλεια». Ακόμη κι αυτός ο Τιμοτέι, Τιμοφέι, πώς τον λέτε, απλό νεο-λαμόγιο του κοινού ποινικού μού φαίνεται. Δεν σας κρύβω ότι δεν έχω προλάβει να διαβάσω όλο το φάκελο, άλλωστε ξέρετε ότι απ' το Τμήμα μου περνούν 50 με 60 «επιχειρήσεις» τη βδομάδα από τη Β. Αφρική και όλη τη Μεσόγειο. Γιατί ασχολούμαστε με αυτό;

Είχε έρθει ξανά η ώρα της Λίσας.

– Κι αν το 6 είναι 9, κύριε Σίνγκλεη; τον ρώτησε η Λίσα πολύ γλυκά και χαμογελώντας πονηρά.

Ο Ρόμπερτ άρπαξε την ευκαιρία για απευθείας διάλογο. Άλλο που δεν ήθελε...

– Αυτό το έλεγε ο «βουδιστής δάσκαλός» μου απ' το Ν. Μεξικό. Μπας και με αντιγράφετε και μου κάνετε πλάκα; ξέσπασε σε κανονικά γέλια ο Ρόμπερτ.

– Μπορεί να είμαστε στη Βιρτζίνια, αλλά δεν υπάρχει παρθενογένεση, τον πικάρισε η Λίσα.

Ο Ρόμπερτ έκανε μια γκριμάτσα αποδοχής και ικανοποίησης από την επιχειρηματολογία και δεν άντεξε να μην απαντήσει.

– Ορίστε! Παρακαλώ! Κάνε μου, γλυκιά μου (αυτό το γλυκιά μου του ξέφυγε τελικά) το 6... 9.

Ο Ρόμπερτ σηκώθηκε πολύ άνετα από την καρέκλα του και πήγε προς την καφετιέρα του δωματίου για να βάλει καφέ. Ο Πάτρικ τον κοίταξε περίεργα, όχι γιατί έκανε αυτή την κίνηση, αλλά για να δει πώς θα του φαινόταν η γεύση του. Δεν ήταν πάντως η στιγμή για τέτοια κουβέντα.

Η Λίσα ξαναπήρε το σοβαρό της και συνέχισε:

– Δεν θα επιμέναμε στην άποψή μας τόσο ο κύριος Ντέναχιου όσο κι εγώ, αν υποκλέπτοντας και παρακολουθώντας τις τηλεφωνικές επικοινωνίες του Τιμοφέι δεν βρίσκαμε ότι έχει ιδιαίτερες επαφές με κάποιον ονόματι...

Δεν πρόλαβε να τελειώσει κι αυτή τη φορά πετάχτηκε ο Πάτρικ στην κουβέντα. Όντως το κλίμα είχε αρχίσει να γίνεται φιλικό, πέρα από δήθεν ψευτοτυπικότητες.

– Αυτά να μη λέγατε, της είπε κάνοντας χιούμορ, και δεν θα είχαμε πανίβλακες τύπου Σνόουντεν να λένε ότι παρακολουθούμε τον κόσμο.

Ο Ρόμπερτ έπιασε αμέσως το «μπαλάκι».

– Μη με φτιάχνεις, Πάτρικ. Μη με ανάβεις κι εσύ με αυτό το θέμα. Όλοι μας έχουμε «βγάλει σπυριά» με αυτό το ζώο. Κι εμείς και τα «γεράκια» και το «tea party», ακόμη κι η «θεία μου απ' την Αλάσκα» που είναι 92 χρονών και ποτέ δεν ασχολήθηκε με την πολιτική.

Ο Πάτρικ είχε σκάσει στα γέλια, αλλά ο Ρόμπερτ είχε φορτώσει.

– Έχεις θεία στην Αλάσκα; τον ρώτησε για να τον ανάψει κι άλλο, αν και ήξερε την απάντηση.

– Όχι, ρε παιδιά... τι θεία να 'χω; Καλά τους τα είπε ο Πρόεδρος, συνέχισε ο Ρόμπερτ έχοντας πάρει φόρα. «Κάνετε ότι δεν καταλαβαίνετε; Αυτός είναι ο ρόλος των Υπηρεσιών Ασφάλειας, αλλιώς δεν θα υπήρχαν. Εσείς πώς ξέρετε δύο μέρες πριν τι κοστούμι θα φορέσω στην επόμενη Σύνοδο Κορυφής στο Βερολίνο; Ή νομίζετε πως δεν το ξέρουμε ότι μας παρακολουθείτε κι εσείς;» Μια χαρά τα είπε! Απέκτησαν τώρα κώδικα δεοντολογίας και οι Γερμανοί με τους Κινέζους και τους Ρώσους... Μη χέσω, με το συμπάθιο. Σταματήστε να μας παρακολουθείτε, να σταματήσουμε κι εμείς. Όχι όμως να σταματήσουμε εμείς πρώτοι, για να συνεχίσετε εσείς... Μας λένε υποτιμητικά «Αμερικανάκια» και πίστεψαν ότι είμαστε κιόλας. Απλά σας αφήνουμε να το λέτε, ρε. Εμείς είμαστε Αμερικάνοι και δεν είναι η πρώτη μας φορά στο «Ροντέο»...

Ο Πάτρικ και το υπόλοιπο τραπέζι γελούσαν συθέμελα τώρα.

– ... Και βρήκαν αυτό το φυτό, που δεν καταλαβαίνω πώς πέρασε τα προκαταρκτικά και μπήκε στην «Εταιρεία», αλλά τέλος πάντων, και νάσου τον τώρα με την «πρακτική του μαξιλαριού».

– Τι είναι αυτό με το «μαξιλάρι»; ρώτησε έκπληκτη η Λίσα.

– Α! το πιο απλό «περίπλοκο». Τα μέσα ενημέρωσης, οι επικριτές μας και οι εχθροί μας πιάνονται από μια μαλακία τύπου Σνόουντεν και εφαρμόζουν την «αρχή του μαξιλαριού». Είναι σαν να ανεβαίνεις ψηλά σε έναν ουρανοξύστη μια μέρα με πολύ αέρα, κρατώντας στα χέρια ένα μαξιλάρι και ένα μαχαίρι. Η Αρχή της προπαγάνδας. Δολοφονείς το μαξιλάρι, ανοίγοντας πολλές τρύπες με το μαχαίρι. Τα πούπουλα πετάγονται παντού σε τεράστιες αποστάσεις. Καλύπτουν απίστευτο χώρο σε ελάχιστο χρόνο. Όπως ακριβώς το κουτσομπολιό, οι ανακρίβειες και η προπαγάνδα εναντίον μας από ηλίθιους τύπου Σνόουντεν. Βλέπεις... το να ανοίξεις τις τρύπες είναι παιγνιδάκι. Το δύσκολο όμως είναι να ξαναμαζέψεις τα πούπουλα.

– Κι αυτό απ' το Νέο Μεξικό; τον ρώτησε ο Πάτρικ.

– Όχι, αυτό είναι δικό μου, του έγνεψε ο Ρόμπερτ κάνοντας μια γκριμάτσα αυτοϊκανοποίησης.

Η Λίσα είχε μείνει να τον κοιτάει με θαυμασμό!

– Το παιδί ήταν τόσο κρετίνος –αν και πιστεύω ότι του «έταξαν» και τον αγόρασαν– που παραδέχεται ότι έκανε από μόνος του αίτηση για να μπει στη CIA, ώστε να κάνει παρακολουθήσεις, πέρασε εξαιρετικά δύσκολη εκπαίδευση και εξετάσεις, ήξερε ότι αφού γίνεται πράκτορας, εννοείται ότι κι ο ίδιος παρακολουθείται –αυτό δεν είναι το πρώτο που μαθαίνεις;– και στο τέλος λέει ότι τον πείραξε που παρακολουθείται ο Κόσμος... Δηλαδή πόσο βλάκας πρέπει να είσαι;

Πλάκα στην πλάκα ο Ρόμπερτ είχε κοκκινίσει και κυριολεκτικά το ζούσε.

– ... Και δεν φτάνουν αυτά, αλλά παρατάς μια καριέρα με εξαιρετικά λεφτά και φοβερή διαβίωση σε ένα μέρος που όλοι θέλουν να πάνε διακοπές. Στη Χαβάη παρακαλώ. Πάνω απ' όλα, εγκαταλείπεις την οικογένειά σου και την ευτυχία σου, αναζητώντας άσυλο πού και πώς; Στην ουδέτερη ζώνη ενός «ασπρόμαυρου» αεροδρομίου τού μέχρι πρόσφατα μεγαλύτερου εχθρού της πατρίδας σου, αποφασίζοντας να τρως σάντουιτς, αν και όποτε σου δώσουν, και περνώντας το υπόλοιπο της ζωής σου με το κεφάλι γυρισμένο προς τα πίσω, μπας και σε ακολουθεί κάποιος πιθανός εκτελεστής που με ευχαρίστηση θα αναλάμβανε και ΔΩΡΕΑΝ το συμβόλαιο, λόγω της ηλιθιότητάς σου.

Ο Πάτρικ ήθελε κι άλλο. Δεν άντεχε...

– Και η άλλη η αδελφή ο Ασάνζ; –αν και δεν μου φταίνε σε τίποτα οι γκέι– του έδωσε νέα πάσα για γκολ κι ο Ρόμπερτ δεν ήταν οφσάιντ.

– Μη με φορτώνεις, ρε Πάτρικ. Επίτηδες το κάνεις; Το

άλλο το τρωκτικό! Έβγαλε, λέει, απόρρητα στοιχεία του State Department στη δημοσιότητα. Καλά του είπε η Χίλαρι! Βρε ανόητε, «απ' την ώρα που έγγραφα του SD εξέρχονται του κτιρίου, παύουν να είναι έγγραφα του SD». Πού να ξέρει ο κόσμος ποιος βλάκας σε προσέγγισε, πόσο τα είχε αλλοιώσει πριν σ' τα δώσει και τι ψέματα έδωσες στον κόσμο να διαβάζει; Άλλος κρετίνος αυτός. Επέλεξε να ζει κλεισμένος μέσα σε μια πρεσβεία και να κοιτάει κι αυτός τη σκιά του. Τον ρωτάνε το πρωί «Πού θα πάτε σήμερα;» κι αυτός απαντάει «Απ' το καθιστικό στο σαλόνι της πρεσβείας». Πρόσεχε μη χαθείς. Να πάρεις και GPS. Από τον ηλίθιο στον παιδεραστή-ηλίθιο και τούμπαλιν.

Γέλαγε και το τραπέζι. Ακόμη και το έπιπλο...

– ... Δεν μπορεί, όπως έλεγε –ο συχνά αναφερόμενος από μένα σήμερα– «δάσκαλός» μου, «κάποτε θα βρεθεί το φάρμακο και για την ηλιθιότητα».

Αλλά απ' την άλλη θα μου πεις: Αν ποτέ βρεθεί, γιατί να τους το δώσουμε; Άσε να παραμένουν ηλίθιοι! Παιδιά... ας σοβαρευτούμε τώρα κι ας επιστρέψουμε στο θέμα γιατί ξέφυγα...

Πήρε μερικά δευτερόλεπτα, αλλά όλοι σοβάρεψαν ξανά και η Λίσα πατώντας το enter στον υπολογιστή έφερε στην οθόνη τη φιγούρα ενός άντρα στην τρίτη ηλικία.

– Αξιοποιώντας τα στοιχεία, αρχίσαμε να το ψάχνουμε και προχωρήσαμε σε παρακολούθηση των τηλεφωνικών συνομιλιών και επαφών του Βασίλη Τιμοφέι. Ο άντρας της φωτογραφίας είχε και έχει ιδιαίτερες επαφές με κάποιον στη Μολδαβία και μάλιστα με μερικά πολύ περίεργα μηνύματα – κάτι σαν κώδικα. Μάλιστα, ύστερα από ανάλυση, πιστεύουμε ότι η τελευταία ίσως «στροφή» του πλοίου θα γίνει κάποια στιγμή από μεθαύριο και μετά.

Με στόχο τον τύπο στην Μολδαβία, αφού εντοπίσαμε τριγωνομετρικά την τοποθεσία κλίσης του κινητού του τηλεφώνου –μιλάνε μεταξύ τους μόνο μέσω αδήλωτων κινητών τηλεφώνων και μηνυμάτων– το Κλιμάκιο της Κισινάου εντόπισε το σπίτι του και πήρε στο κατόπι τον ύποπτο.

Αφού του απέσπασε κρυφά δαχτυλικά αποτυπώματα από ένα μπαρ στο οποίο συχνάζει καθώς και φωτογραφίες, ύστερα από ανάλυση στην κεντρική τράπεζα πληροφοριών ταυτοποιήσαμε το υποκείμενο.

CIA: Επιχείρηση Παράκελσος

Ονομάζεται Ιβάν Αλεξέγιεφ, χρησιμοποιεί διαβατήριο Λευκορωσίας με το όνομα Κόλγια Μπρούνοβιτς και είναι καθηγητής Πυρηνικής Φυσικής και Βιοτεχνολογίας. Αποτελεί αληθινό κελεπούρι που μας βάζει σε έντονες ανησυχίες.

Αυτός ο άνθρωπος που βλέπετε στις φωτογραφίες από τη Μολδαβία, κατέχει μία από τις τρεις πρώτες θέσεις των προσώπων «υψηλού κινδύνου» στη λίστα με τους επιστήμονες της εποχής του Ψυχρού Πολέμου.

Το 1995, η γερμανική κυβέρνηση ξεκίνησε τη «συναρμολόγηση» των ευαίσθητων εγγράφων, τα οποία καταλάμβαναν χώρο που αντιστοιχούσε σε 16.000 σακούλες. Μιλάμε για κάτι παραπάνω από 33 εκατομμύρια σελίδες.

Το τεράστιο έργο της ταξινόμησης και της επεξεργασίας αυτών των φακέλων είχε ανατεθεί από την τότε κυβέρνηση της Βόννης στον Γιοακίμ Γκάουκ, έναν υπερκομματικό πρώην κληρικό του Ροστόκ και αγωνιστή των ανθρώπινων δικαιωμάτων.

Η γνωστή ως «Υπηρεσία Γκάουκ» στελεχώθηκε με 300 άτομα, μεταξύ των οποίων και πρώην υπάλληλοι της Στάζι. Αν και ο Γκάουκ ήταν λουθηρανός πάστορας, κανείς δεν αποκλείει την πιθανή εισροή στην ομάδα και κάποιων βαλτών ανθρώπων από άλλες συγκοινωνούσες εκκλησίες, χωρίς ίσως να το ήξερε κι εκείνος, αφού για παράδειγμα οι ορθόδοξοι είχαν πάντοτε τεράστια δύναμη στο πρώην Μπλοκ. Αυτό όμως δεν είναι επιβεβαιωμένο.

Κανείς λοιπόν δεν μπορεί να είναι σίγουρος για πιθανές ή μη διαρροές. Ούτε βέβαια και για το αν κάποια απ' αυτά τα έγγραφα έφτασαν ακόμη και σε φανατικούς μουσουλμάνους. Το είπατε κι εσείς πριν. «Όταν έγγραφα διαρρέουν, ποτέ δεν ξέρεις την κατάληξή τους και την πιστότητα των πληροφοριών τους».

Ευτυχώς, κάποια αρχεία –μεταξύ μας, όλα– είχαν αποκτηθεί από τη CIA και επιστράφηκαν στη Γερμανία το 2000.

Όπως ξέρετε, όταν ανοίξαμε τα αρχεία της Στάζι, βρήκαμε και όλους τους φακέλους με τους επιστήμονες που χρησιμοποιούσε το σοβιετικό Μπλοκ για μυστικές και στρατιωτικές επιχειρήσεις, τις θέσεις που φύλαγαν πυρηνικά και βιολογικά όπλα, μυστικά προγράμματα και ιούς κατασκευασμένους σε εργαστήρια, έρευνες με αντικείμενο τον ανθρώπινο εγκέφαλο και το υποσυνείδητο για πολεμικές εφαρμογές, αλλά δόξα τω Θεώ και όλα τα «αντί-

Γιάννης Παρθένιος

δοτα» όποιων πρότζεκτ είχαν αναπτυχθεί μέχρι τότε. Ουσιαστικά έτσι αφοπλίσαμε όλο το μέχρι τότε απόρρητο οπλοστάσιο οποιασδήποτε μορφής.

Βρήκαμε τα πάντα... εκτός όμως από τρεις φακέλους που βρέθηκαν άδειοι. Οι δύο από αυτούς εντοπίστηκαν τα επόμενα χρόνια από τυχαία περιστατικά.

Ο τρίτος όμως φάκελος με κωδική ονομασία «Παράκελσος» και το όνομα του χειριστή της πειραματικής αυτής έρευνας –καθηγητής Ιβάν Αλεξέγιεφ– δεν βρέθηκε ποτέ.

Κάποιος είχε καταστρέψει το περιεχόμενο των στοιχείων, ευρημάτων και αποτελεσμάτων ή τον είχε πάρει μαζί του κατά την άτακτη φυγή των τελευταίων ημερών του παραπετάσματος. Κατά τις τελευταίες εβδομάδες πριν την κατάρρευση του καθεστώτος, μεταξύ του 1989 και του 1990, υπάλληλοι της Στάζι κατέστρεφαν αρχεία με καταστροφείς εγγράφων και με τα χέρια.

Μέχρι σήμερα όμως αμφιβάλλουμε αν κάποιος θα κατέστρεφε απλά το περιεχόμενο και θα άφηνε το εξώφυλλο του φακέλου συν μερικές χωρίς νόημα σελίδες.

Έτσι λοιπόν από τότε ψάχναμε τον Αλεξέγιεφ, ο οποίος όπως φαίνεται είχε διαφύγει, με άλλο όνομα, προς άγνωστη κατεύθυνση, με τελικό προορισμό τουλάχιστον τα τελευταία χρόνια τη σκιώδη, απομονωμένη Μολδαβία.

Ας σημειωθεί ότι ο Αλεξέγιεφ στέλνει μηνύματα περίεργου περιεχομένου και σε κάποιο αγνώστου ταυτότητας καρτοκινητό που τριγωνομετρικά το εντοπίσαμε κι αυτό στο Άγιο Όρος.

– Αρχίζει και δένει η σάλτσα, είπε ο Ρόμπερτ. Ψάξατε το σπίτι για το φάκελο, μπας και τον κρατάει εκεί;

Η Λίσα ένγεψε καταφατικά και συνέχισε:

– Και δεν έχουν μπει ακόμη τα μυρωδικά... Όχι, δεν έχουμε προχωρήσει σε καμιά ενέργεια ακόμα. Περιμένουμε να αναλάβετε εσείς από τις Επιχειρήσεις, γιατί το θέμα είναι ακόμα πιο περίπλοκο. Απλά τον παρακολουθούμε στενά. Θέλουμε να δούμε μέχρι πού φτάνει το φίδι, αν βέβαια έχει δηλητήριο και βγήκε απ' την τρύπα του. Δεν πρέπει να πάρει χαμπάρι, γιατί μπορεί να πανικοβληθεί και να ξαναμπεί στη φωλιά του.

– Σωστό! για συνέχισε...

Η Λίσα γύρισε ξανά σελίδα στην οθόνη, όπου αυτή τη φορά

εμφανίστηκε ένα μικρό excel που έμοιαζε με αυτά της Wall Street.

– Μέχρι σήμερα δεν μπορούσαμε να εντοπίσουμε τον «κύριο» Μπρούνοβιτς γιατί απλά τον ψάχναμε σαν Αλεξέγιεφ. Απ' την ώρα όμως που τον εντοπίσαμε, βρήκαμε κάποια μονοπάτια. Όχι όμως και τη λεωφόρο.

Ψάξαμε τους λογαριασμούς του Παγκόσμιου Τραπεζικού Συστήματος και εντοπίσαμε σε τράπεζα της Ζυρίχης δύο καταθέσεις, ύψους 50 χιλιάδων δολαρίων η καθεμιά, στο όνομα Μπρούνοβιτς, μέσω μιας τράπεζας με υποκαταστήματα στο Ιράν, τη Μέση Ανατολή και τις πρώην Ρωσικές Ομοσπονδίες.

Η τράπεζα Esfahan Trust, μέσω της οποίας γίνονται οι απ' ό,τι φαίνεται «πληρωμές», χρησιμοποιείται από την ανώτατη θρησκευτική και κοσμική κοινωνία του Ιράν, από το λόμπι των «παπάδων» δηλαδή, για παράνομη εξαγωγή συναλλάγματος από τη χώρα και άλλες αμαρτωλές δραστηριότητες, όπως αλισβερίσια με τη ρωσική μαφία, αλλά και χρηματοδότηση μουσουλμάνων τρομοκρατών, κυρίως στη Μέση Ανατολή και περιφερειακά του Ισραήλ, με Δυτικούς και «εβραϊκούς» στόχους.

Παρατηρώντας τις δόσεις και τις ημερομηνίες καταβολής, συγκριτικά με τη ρότα του Yelizaveta, εικάζουμε ότι έχουν άμεση σχέση και αποτελούν απλά το μέρος προκαταβολών για κάτι μεγαλύτερο. Δεν είναι τυχαίο ότι οι «πληρωμές» γίνονται 1-2 μέρες νωρίτερα από τις ημερομηνίες που το πλοίο λοξοδρομεί προς το Άγιο Όρος.

Το τοπίο όμως γίνεται ακόμη πιο γκρίζο, γιατί ως καταθέτης των χρημάτων φαίνεται κάποιος Νταλίρ Σασάν της Κρατικής Ασφάλειας του Ιράν, το δεξί χέρι του υφυπουργού Εξωτερικών, αλλά ουσιαστικά κάτι σαν υπουργού Προπαγάνδας, που είναι και ο ισχυρότερος «αντιπρόσωπος» των «παπάδων» στην κυβέρνηση. Αυτός ο άνθρωπος προσπαθεί να σταματήσει οποιαδήποτε μεταρρύθμιση στο Ιράν και θεωρείται εξαιρετικά φανατικός.

Η Λίσα δεν πρόλαβε αυτή τη φορά να πάρει ανάσα και να συνεχίσει, γιατί πετάχτηκε ο Ρόμπερτ:

– Ωχ! είπε. Ωχ! Ο Αμπού Αμπάσι. Αυτός είναι περίπτωση... Γνωστός τρομοκράτης. Τον παρακολουθούμε στενά –όσο γίνεται κάτι τέτοιο στο Ιράν– ειδικά μετά το τέλος του Μπιν Λάντεν. Είναι βαθιά συνδεδεμένος και με τους νέους «καθοδηγητές» της Αλ Κάιντα.

Γιάννης Παρθένιος

– Μα καλά, δεν υποτίθεται ότι αυτούς τους πιάσαμε; ρώτησε ο Πάτρικ.

– Είπα τους «νέους», Πάτρικ. Αυτοί ξαναγεννιούνται απ' το μηδέν. Δεν θυμάσαι που το είχαν πει μετά την 11η Σεπτεμβρίου; «Αυτός ο ιερός πόλεμος θα κρατήσει για τα επόμενα 100 χρόνια». Λες να μην ήξεραν ότι ενδιάμεσα θα έχουν απώλειες; Δεν τους νοιάζει. Ξαναγεννιούνται απ' το τίποτα. Για να σου πω την άποψή μου, αυτός ο πόλεμος καλά κρατεί εδώ και αιώνες. Το 1600 τόσο –δεν θυμάμαι ακριβώς– είχαν φτάσει με τα στρατά τους έξω απ' το Βέλγιο και τους σταμάτησαν εκεί. Δεν αλλάζουν μυαλά αυτοί.

– Δεν έχεις άδικο, συνάδελφε. Είναι αυτό που είχε πει ο Μαρκ Τουέιν: «Αυτοί που θέλουν να δείξουν το δρόμο προς τον δικό τους παράδεισο στους άλλους, έχουν μετατρέψει τη γη σε ένα τεράστιο νεκροταφείο», ή κάπως έτσι τέλος πάντων. Και δυστυχώς, αυτοί έχουν μια τάση να κάνουν τον «ξεναγό».

Επικράτησε σιωπή δευτερολέπτων. Ήταν μια σιωπή συγκατάβασης στα αυτονόητα.

– Παιδιά, το καλό είναι ότι έχουμε άνθρωπο μέσα στο περιβάλλον του υφυπουργού. Απ' την άλλη όμως, το κακό είναι ότι προφανώς δεν έχει καταλάβει τίποτα, γιατί αλλιώς θα είχαμε ήδη πληροφορίες. Αν συμβαίνει κάτι βέβαια... Αυτά είναι όλα, Λίσα; ρώτησε ο Ρόμπερτ.

– Όχι, κύριε Σίνγκλεη. Υπάρχει ακόμα κάτι...

– Πιπεράτο κι αυτό;

– ... Και με πολύ ταμπάσκο! Ο άνθρωπός μας στο Λαύριο πήρε από μόνος του την πρωτοβουλία και παρακολούθησε ένα μέλος του πληρώματος. Ουσιαστικά ήταν κι ο μόνος που είχε ενδιαφέρον απ' αυτούς που βγαίνουν στο λιμάνι.

– Έχουμε τα μέλη του πληρώματος; τη διέκοψε πάλι ο Ρόμπερτ.

– Βεβαίως! Χρησιμοποιήσαμε κάποιον σύνδεσμό μας στην Οδησσό, που κατά τύχη είναι δίπλα στο γραφείο του Τιμοφέι και πήραμε τη λίστα από το λιμεναρχείο. Έχει πολύ ενδιαφέρον. Ο καπετάνιος δεν έχει απασχολήσει και δεν φαίνεται να έχει και πολύ ενδιαφέρον. Μέθυσος, έχει προκαλέσει ατύχημα στο παρελθόν και δεν εμφανίζεται πουθενά. Μάλλον διακοσμητικός.

– Μισό λεπτό, τη διέκοψε ο Ρόμπερτ. Χρησιμοποίησες λάθος λέξη.

– Ποια; τον κοίταξε η Λίσα με απορία.

Μπορεί να είχε αποκτήσει ενδιαφέρον στα μάτια του αυτή η γυναίκα, αλλά η δουλειά είναι δουλειά, σκέφτηκε. Αποφάσισε όμως να γλυκάνει, γιατί ούτε η παρατήρηση είχε ιδιαίτερη σημασία, ούτε η Λίσα τα πήγαινε στην παρουσίαση κι άσχημα. Το αντίθετο.

– Στο Λάνγκλεϊ έχουμε μια παγκόσμια αποκλειστικότητα, της είπε χαμογελώντας για να μη δημιουργηθεί πάγος. Αν το καλύτερο λεξικό του κόσμου έχει 16.000 λέξεις, το δικό μας έχει μόνο 15.999.

Η Λίσα ενθουσιάστηκε με το σχόλιο, αλλά δεν καταλάβαινε.

– Και γιατί αυτό; τον ρώτησε με ιδιαίτερο ενδιαφέρον, κάνοντας μια γλυκύτατη γκριμάτσα και ζαρώνοντας λίγο τα χείλη.

– Γιατί στο δικό μας λεξικό δεν υπάρχει η λέξη «μάλλον»...

Η Λίσα χαμογέλασε κι ο Πάτρικ πετάχτηκε.

– Ομολογώ ότι δεν κατάλαβα τίποτα, είπε.

Η Λίσα όμως είχε καταλάβει και μάλιστα της άρεσε πολύ!

– Εννοεί ότι είπα «μάλλον ο καπετάνιος είναι καθαρός», κύριε Ντέναχιου.

– Α! Το 'πιασα...

– Διακρίνω υψηλή χημεία, μικρή, της είπε χαϊδευτικά ο Ρόμπερτ. Για συνέχισε...

Το «μικρή» της άρεσε ακόμη περισσότερο, αλλά δεν το έδειξε.

– Αναδιατυπώνω λοιπόν και συνεχίζω λέγοντας, ότι σύμφωνα με τις πληροφορίες μας ο καπετάνιος είναι καθαρός. Δεν είναι όμως ο «δεύτερος». Χρέη δεύτερου καπετάνιου εκτελεί κάποιος Ανατόλι Σπετσένκο. Και αυτός πρώην KGBίτης, ειδικευμένος στον καθαρισμό και τη διαχείριση πυρηνικών από το Κ.Κ. της τότε Σοβιετικής Ένωσης και ΠΡΟΣΟΧΗ εδώ: τσιράκι και παρατρεχάμενος για δεκαετίες του καθηγητή Αλεξέγιεφ. Κάτι σαφέστατα όχι τυχαίο στο σημερινό αλισβερίσι.

– Και πώς προέκυψε καπετάνιος; ρώτησε ο Πάτρικ αυτή τη φορά.

– Είχε τελειώσει ειδικό σχολείο –αλλά δεν έχει αναγνωρισμένο δίπλωμα– σε μια στρατιωτική βάση της Μαύρης Θάλασσας, τη δεκαετία του '70. Βλέπετε οι τότε καταστάσεις επέβαλλαν να επιθεωρεί, να καθαρίζει –και ποιος ξέρει τι άλλο– πυρηνικά υποβρύχια, αεροπλανοφόρα και πλοία που μετέφεραν ραδιενεργά υλικά προς διάφορα μέρη, οπότε έπρεπε να έχει γνώσεις ναυπηγικής κ.λπ. Τα βασικά, μη φαντάζεστε κάνα σπουδαίο καπετάνιο. Αλλά δεν χρειάζεται και διδακτορικό για να πλοηγείς ένα μικρό εμπορικό στο Αιγαίο.

– Αυτά έχουμε; ρώτησε ο Ρόμπερτ, ξεχνώντας να ρωτήσει για την παρακολούθηση που είχε αρχίσει να εξηγεί η Λίσα λίγο πριν.

– Υπάρχει κάτι ακόμα, κύριοι, είπε η Λίσα και πάλι άλλαξε η φωτογραφία στην οθόνη. Όπως πήγα να σας πω, ο άνθρωπός μας στο Λαύριο, με δική του πρωτοβουλία, παρακολούθησε τα μέλη του πληρώματος από την ώρα που πιάνουν λιμάνι. Ουσιαστικά μόνο για ένα 24ωρο. Τόσο λίγο μένουν εκεί. Ξεφορτώνουν, ανεφοδιάζονται και το πλοίο ξαναφεύγει.

Ο καπετάνιος και ο Ανατόλι δεν βγαίνουν καθόλου. Ένα μέλος του πληρώματος επίσης παραμένει στη γέφυρα σαν βάρδια επιφυλακής και δύο άλλοι συχνάζουν σε κάνα δυο μπαράκια με Ρωσίδες και απλά στο τέλος της εξόδου γίνονται ντέφι από το ποτό. Άντε να περάσουν και κάνα δίωρο με καμιά κοπέλα που καταλαβαίνετε τι δουλειά κάνει.

Ο τρίτος όμως απ' τους ναύτες, ένας Μαροκινός ονόματι Νασίρ Αλ Ντιν, έχει «περίεργες» συνήθειες.

Διάφορες φωτογραφίες άρχισαν να προβάλλονται στην οθόνη. Σε όλες πρωταγωνιστούσε ο Αλ Ντιν.

– ... Στο ελάχιστο που το πλοίο μένει στον ντόκο, κάθε φορά που το πλοίο πιάνει Λαύριο, ο Αλ Ντιν παίρνει το λεωφορείο από την κεντρική πλατεία της πόλης και πηγαίνει στην Παιανία, μια κωμόπολη πολύ κοντά στην πόλη του Λαυρίου με μεγάλο αριθμό μουσουλμάνων – πολλοί εξ αυτών θρησκευτικά φανατικοί και σχεδόν όλοι τους παράνομα ευρισκόμενοι στη χώρα, χωρίς χαρτιά και μόνιμη διεύθυνση ή εργασία. Από αυτή την άποψη επικρατεί χάος στην περιοχή και βέβαια η διεισδυτική μας ικανότητα είναι θολή έως ανύπαρκτη.

Ο Μαροκινός επισκέπτεται ένα υπόγειο που λειτουργεί ως τζαμί, αλλά μέσα δεν μπορέσαμε να μπούμε. Μένει εκεί 2 περίπου ώρες και επιστρέφει στο πλοίο με τον ίδιο τρόπο, με λεωφορείο.

Τόσο πολύ του λείπει η θρησκευτική τελετουργία που την αναζητά τρέχοντας σε παράνομα τζαμιά, στον ελάχιστο χρόνο που βρίσκεται στην Ελλάδα; Παράξενο...

– Δεν μπήκαμε μέσα; Δεν έχουμε άνθρωπο μέσα στο τζαμί; τη ρώτησε ο Ρόμπερτ.

– Είναι αδύνατον να έχουμε ανθρώπους σε τόσα αυτοσχέδια τζαμιά. Στην Αθήνα επικρατεί μια αναρχία σε σχέση μ' αυτό το θέμα. Επίσημα δεν υπάρχουν τζαμιά, αλλά ανεπίσημα είναι εκατοντάδες. Αυτή είναι και η επικινδυνότητα, αλλά οι ντόπιοι δεν το καταλαβαίνουν. Καλύτερα να υπήρχαν ένα, δύο ή τρεις επίσημοι χώροι λατρείας, οι οποίοι θα μπορούσαν για λόγους ασφάλειας να «ελέγχονται», παρά αυτό το χάος στο οποίο ο καθένας μπορεί να δράσει και κανείς να μην πάρει είδηση. Και το κακό είναι ότι το συγκεκριμένο αποτελεί παρακλάδι, «παραμάγαζο» μιας θεολογικής σχολής που λειτουργεί νόμιμα στο Βοτανικό, δωρεά ενός δήθεν πάμπλουτου κουβεϊτιανού σεΐχη, αλλά κανείς δεν ξέρει ποιοι και πόσοι άλλοι κρύβονται πίσω από τις ετήσιες δωρεές που έρχονται ασταμάτητα.

– Ούτε εκεί έχουμε «inside man»; παρεμβλήθηκε ο Πάτρικ.

– Εκεί έχουμε. Και εμείς και η Μοσάντ, αλλά για τη συγκεκριμένη ιστορία δεν έχουμε κάποια πληροφορία. Απ' ό,τι φαίνεται, ούτε οι Ισραηλινοί. Βγάζεις άκρη στις θεολογικές σχολές; Ξέρετε καλύτερα από μένα, κύριε Σίνγκλεη, ότι είναι σαν τις σφηκοφωλιές.

– Μερικές φορές και χειρότερα, Λίσα, συμφώνησε ο Ρόμπερτ.

– Αυτό που ξέρουμε όμως από τα αρχεία και είναι άκρως ανησυχητικό είναι ότι ο Αλ Ντιν επί σειρά ετών στο παρελθόν ήταν μέλος μιας τρομοκρατικής οργάνωσης στο Μαρόκο με το όνομα «Στρατιώτες του Μισοφέγγαρου». Τίποτα σπουδαίο στο πορτοφόλιο. Μικρά χτυπήματα, μόνο με υλικές ζημιές, ουσιαστικά ένα «σχολείο» για την ένταξή τους σε κάτι μεγαλύτερο που ποτέ δεν ήρθε. Η οργάνωση αυτή είχε πλοκάμια σε όλη την Κεντρική και Δυτική Αφρική και, κύριε Σίνγκλεη, έκανε μια παύση η Λίσα, αυτό θα σας αρέσει ιδιαίτερα, «καθοδηγητής» και οικονομικός χορηγός της ήταν ο σημερινός υφυπουργός του Ιράν, όταν ακόμα ανέβαινε στην πολιτική και δεν είχε κάποιο επίσημο πολιτικό αξίωμα. Τα λεφτά, βέβαια, ήταν άλλων.

– Πραγματικά ενδιαφέρον, είπε ο Ρόμπερτ.

– ... Όταν ο Αμπού Αμπάσι άρχισε να κινείται πολιτικά, η οργάνωση αυτή διαλύθηκε για να μην αποκαλυφθεί ο υφυπουργός και τα μέλη της έφυγαν προς διάφορες κατευθύνσεις. Ο Αλ Ντιν φεύγει στην Αίγυπτο και καταλήγει στην Ουκρανία, χωρίς πλέον καμιά τρομοκρατική δράση τα τελευταία 15 χρόνια.

Η οθόνη έδειξε και πάλι το εξώφυλλο και η Λίσα υπέγραψε:

– Αυτά από εμάς.

– Ωραία, πολύ ωραία! Είναι όντως παζλ και λογικά καλέσατε meeting. Σαφέστατα και η ιστορία περνάει σε εμάς, στις Επιχειρήσεις... χρειάζεται ένα σχέδιο και παρακολουθήσεις. Βέβαια θα κοστίσει πολλά και ο αρχηγός θα πάθει έμφραγμα όταν δει το λογαριασμό, αν αυτό το παζλ αποδειχτεί τελικά «ψύλλοι στ' άχυρα». Δεν μπορούμε όμως να κάνουμε αλλιώς.

Αφήστε με να τα σκεφτώ λίγο και μέχρι το απόγευμα θα έχετε memo με το πώς θα κινηθούμε. Πολύ καλή δουλειά, Πάτρικ. Πολύ καλή δουλειά, Λίσα, σ' το λέω ξανά. Μάλιστα σκέφτομαι να είμαστε μαζί στην ομάδα από εδώ και πέρα... Τι λες;

– Ό,τι χρειάζεται, κύριε Σίνγκλεη, ό,τι πείτε... του απάντησε ενθουσιασμένη η Λίσα.

– Τέλεια! Τι λέτε, πάμε;

– Ευχαριστούμε, Ρόμπερτ. Καλημέρα σε όλους, είπε και ο Πάτρικ μαζί με όλους σηκώθηκαν κατευθυνόμενοι προς τα γραφεία τους.

– «Με ευχαριστείτε αργότερα, όταν θα τα έχουμε καταφέρει», όπως έλεγε και ο «γκουρού», είπε ο Ρόμπερτ χαμογελώντας στον Πάτρικ. Καλή μας μέρα!

ΚΕΦΑΛΑΙΟ 5

Αίγυπτος,
Ορθόδοξο Πατριαρχείο Αλεξάνδρειας

Ο Κοσμάς, πατέρας του 65χρονου σήμερα «πατήρ» Πέτρου Παγκρατίδη, ήταν ένας απ' τους κομμουνιστές που εγκατέλειψαν την Ελλάδα επί δικτατορίας Μεταξά, θεωρώντας ότι στη Ρωσία θα βρουν θαλπωρή. Κοινωνικο-οικονομική, αλλά πάνω απ' όλα και ιδεολογική.

Η «μεταγραφή» δεν πέτυχε, η επιταγή ήταν «πέτσινη» και η ιστορία απέδειξε ότι η συνεργασία του από το 1936 με το επιτελείο του Στάλιν απλά τον έστειλε στον άλλο κόσμο, πριν κλείσει τα ένσημα της δεκαπενταετίας.

Μικρό το κακό, αν κανείς σκεφτεί ότι από το 1921 έως το 1953 πάνω από 16 εκατομμύρια άνθρωποι έχασαν τη ζωή τους λόγω «εκκαθαριστικών επιλογών» και ενώ μια ακόμη πιο ολοκληρωμένη «εκκαθάριση» ήταν στα σκαριά, αλλά που ευτυχώς για την ιστορία αναβλήθηκε όταν ο Στάλιν απεβίωσε.

Στην οικογένεια Παγκρατίδη κυκλοφορούσε για χρόνια μια φήμη, ότι περίεργως ο Κοσμάς είχε βρεθεί να κάνει διακοπές στο Μεξικό, εκεί όπου την ίδια εποχή δολοφονήθηκε ο Τρότσκι και σε καιρούς που δύσκολα κάποιος Ρώσος είχε ανησυχίες για το αν οι τορτίγιες τρώγονται καλοψημένες.

Επίσης περίεργως ο Κοσμάς, κατά τη διάρκεια της εκπαίδευ-

111

σής του για τη «μυστική αστυνομία» του Στάλιν, ήταν συμμαθητής και καλύτερος φίλος του Ραμόν Μερσάντερ, δηλαδή του πράκτορα που επισήμως δολοφόνησε τον Τρότσκι.

Τυχαίο;

Ίσως ναι, ίσως όμως και όχι.

Όταν στις 23 Οκτώβρη του φθινοπώρου του '54 ο Κοσμάς εξαφανίστηκε μυστηριωδώς, μετά από πέντε μέρες, ένα μαύρο αυτοκίνητο σταμάτησε έξω από το σπίτι της οικογένειας στο χιονισμένο προάστιο του Καζακστάν και δύο καμπαρντινάτοι τύποι της κρατικής ασφάλειας παρέδωσαν στη μαμά του Πέτρου μια επιστολή.

Τότε ο Πέτρος ήταν 2 ετών και δεν καταλάβαινε πολλά, αλλά ένιωσε και θυμόταν μέχρι σήμερα τη στιγμή που η μάνα του κατέρρευσε μπροστά του και αργότερα τις «εξηγήσεις» του κόμματος περί κακών αντικαθεστωτικών που είχαν δήθεν δολοφονήσει τον μπαμπά του.

Αυτό βέβαια που δεν έμαθε ποτέ ήταν η αλήθεια. Το γιατί η κρατική ασφάλεια τον είχε δολοφονήσει μετά το τέλος του Στάλιν, όπως βέβαια και τα εκατομμύρια άλλους ξένους «μετανάστες» που «εξαφανίστηκαν» κατά τη διάρκεια του καθεστώτος Στάλιν.

Από εκεί και ύστερα, η στρατολόγησή του στην KGB ήταν παιγνιδάκι. Υπήρχε το ψυχολογικό μπακ-γκράουντ και η ψευδαίσθηση ότι οι κακοί αντικαθεστωτικοί τού είχαν στερήσει τον πατέρα.

Όμως ο Πέτρος ήταν λίγο πιο τυχερός απ' τον πατέρα του, κι όταν τα πράγματα έγιναν σκούρα για την πρώην Σοβιετική Ένωση και άρχισε η πτώση, εκείνος έτυχε να είναι σε αποστολή στην Αλεξάνδρεια της Αιγύπτου. Φυσικά και εκμεταλλεύτηκε το γεγονός. Ποτέ δεν γύρισε πίσω και από τότε... άρχισε το «κρυφτό».

Αν και πλέον στα 40 του, ξέροντας πολύ καλά διαφυγές ανταρτοπόλεμου πόλεων και έχοντας στις τσέπες του 30.000 δολάρια σε εκατοδόλαρα (πάντα οι πράκτορες του πρώην Μπλοκ είχαν πάνω τους αρκετά αμερικάνικα δολάρια, ώστε να μπορούν σε περίπτωση ανάγκης να «εξαγοράσουν» τη διαφυγή ή την επίτευξη της εκάστοτε αποστολής), αποφάσισε να παραμείνει στην Αλεξάνδρεια, όπου υπήρχαν πολλοί Έλληνες, εκμεταλλευόμενος την ελληνική του καταγωγή που θα τον έκρυβε εύκολα.

Όταν τα πράγματα, μετά την πτώση του Ανατολικού Μπλοκ, ηρέμησαν, ο Πέτρος έχοντας ήδη ανέλθει στις θέσεις του Πατριαρχείου μπορούσε και πάλι εύκολα να ταξιδεύει σε πρώην περιοχές της Σοβιετικής Ένωσης, αλλά και αλλού, εκμεταλλευόμενος πλέον... το ράσο.

Τον βοηθούσε και η θέση του ως υπεύθυνος διατήρησης των ιστορικών αρχείων, κάτι που του άνοιγε δρόμους και επαφές και με τα άλλα Πατριαρχεία.

Κάπως έτσι γνώρισε και τον Αλεξέι, που αν και το μοναστήρι του στο Άγιο Όρος ανήκε στην Κωνσταντινούπολη, εύκολα τον δανείστηκε στα πλαίσια συνεργασιών των Πατριαρχείων με την προκάλυψη ότι είναι άριστος χειριστής Η/Υ και θα μπορούσε να οργανώσει όλη τη μηχανογράφηση βιβλιοθηκών και αρχειακού υλικού.

Άλλωστε ήταν παλαιοί συνάδελφοι και ακόμη είχαν κοινό σκοπό: κρύβονταν και οι δύο από το παρελθόν τους.

Φυσικά, όπως σχεδόν πάντα, η επίσημη Εκκλησία ούτε είχε πάρει χαμπάρι, ούτε είχε καμιά σχέση μ' αυτά, αν και θεωρητικά όλοι είχαν ακούσει και υποψιάζονταν ότι συχνά το ιερατικό και δη το μοναχικό τοπίο αποτελούσε το κουτί της Πανδώρας για δεκάδες καταζητούμενους.

Ποιος δεν έχει ακούσει ότι κάποια από τα ρωσικά μοναστήρια του Αγίου Όρους αποτέλεσαν ή αποτελούν ακόμη και σήμερα κρυψώνα για πολλούς πρώην εγκληματίες του σοβιετικού κατεστημένου, φυγάδες του κοινού ποινικού δικαίου, πρώην πράκτορες ακόμη και πολιτικούς; Ποιος δεν έχει ακούσει την ανεπιβεβαίωτη μεν, λογική όμως φήμη ότι αρχικά εκεί κρύβονταν ακόμα και ο Κάραζιτς;

Και με τη δομή που έχει το Άγιο Όρος, αφού κάποιος μπορεί εύκολα να μονάσει και μάλιστα ακόμη μακρύτερα και από ένα μοναστήρι, κρυμμένος υπό την ιδιότητα του μοναχού σε σπηλιές ή στη μέση του πουθενά, μάλλον το τοπίο γίνεται ιδιαίτερα θολό.

Σε αυτά τα ταξίδια «συνεργασίας», ο Πέτρος μπορούσε εύκολα και μακριά από τα περίεργα μάτια του Πατριαρχείου και γνωστών να επιδίδεται και στο αγαπημένο του κρυφό πάθος, τον τζόγο.

Τα διάφορα καζίνο που είχαν φυτρώσει σαν τα μανιτάρια παντού και ανήκαν πλέον σε πρώην KGBίτες αποτελούσαν την αγαπημένη φωλιά του ιερέα από την Αλεξάνδρεια, που δεν έχανε την ευκαιρία να ξεφορτωθεί το ράσο και μεταμφιεσμένος πάντα σε πολίτη να ασχοληθεί με το κόκκινο και το μαύρο, τις κολονίτσες και το ζερό.

Κάπου εκεί, μεταξύ τσόχας και ρουλέτας, μπακαρά και πόκας, γνώρισε και τον παλιό του συνάδελφο Βασίλη Τιμοφέι με τον οποίο μπορεί να μην είχαν γνωριστεί ποτέ στο παρελθόν, εύκολα όμως συνδέθηκαν στο παρόν, υπό τον αδιαμφισβήτητο κρίκο ότι «πρώτα σου φεύγει η ψυχή και ύστερα το χούι». Βέβαια εδώ υπήρχαν δύο χούγια: η πρώην KGB, αλλά και ο αρρωστημένος τζόγος.

Όταν ο Πέτρος βρέθηκε να έχει παίξει ακόμη και τα ράσα του, γιατί τα σώβρακά του τα είχε παίξει προ πολλού, ο Τιμοφέι στα πλαίσια των γνωστών τακτικών της στρατολόγησης τον εξαγόρασε, αγοράζοντας το χρέος του –γύρω στα 50.000 δολάρια– από την τοπική μαφία και ο Παγκρατίδης γλίτωσε το «τσιμεντάκι και τη θάλασσα», την πλαστική σακούλα πνιγμού, την πένσα με τις κοφτερές δαγκάνες να του κάνουν αφαιρετικό μανικιούρ στα δάχτυλα και ό,τι άλλο θα είχε υποστεί υπό άλλες συνθήκες από το αχαλίνωτο πάθος του.

Είχε όμως πλέον γίνει πιόνι του Τιμοφέι, κάτι πολύ χρήσιμο για τον αδίστακτο λαθρέμπορο που συχνά χρησιμοποιούσε σαν σταθμό μεταφοράς το λιμάνι της Αλεξάνδρειας, όπου η ιδιότητα του Πέτρου μπορούσε χωρίς υποψίες να ανοίξει πόρτες σε λιμεναρχεία, τελωνεία και άλλα χρήσιμα πόστα ελέγχου.

Όταν ο Τιμοφέι χρειάστηκε έναν έμπιστο άνθρωπο στο Άγιο Όρος που να ξέρει από κομπιούτερ, ο Παγκρατίδης τον έφερε εύκολα σε επαφή με τον Αλεξέι, χτυπώντας έτσι μ' ένα σμπάρο 2 τρυγόνια.

Ο Πέτρος συμπλήρωσε την αίτηση Οδοιπορικού φροντίζοντας αυτή τη φορά να γράψει σωστά τον τόπο προορισμού:
Μοναστήρι του Αγίου Μάρκου,
Νότιο Σουδάν.

Συχνά μπερδευόταν, και τις δύο προηγούμενες φορές το είχε γράψει σκέτο Σουδάν, με αποτέλεσμα να εκνευρίζεται ο λεπτολόγος προϊστάμενος Εγκρίσεων στο Πατριαρχείο Αλεξάνδρειας. Και βέβαια κανείς δεν είχε όρεξη να διαπληκτίζεται με τον πάτερ Θεόδωρο που ήταν αρκετά οξύθυμος.

CIA: Επιχείρηση Παράκελσος

Σκοπός ταξιδιού: Σκανάρισμα εξωφύλλων βιβλίων, έγραψε.
Άλλα μέλη αποστολής: Αλεξέι Πολατόφ, πρόσθεσε.
Επιστροφή: Τζούμπα-Κάιρο-Αθήνα (προορισμός: Άγιο Όρος)
Ξανακοίταξε τη φόρμα και, βιαστικά όπως σηκωνόταν από το γραφείο του για να πάει προς τα μέσα δωμάτια της γραμματείας του Πατριαρχείου, έβαλε και μια πρόχειρη τζίφρα.

Γρήγορα βρέθηκε στο γραφείο του πατέρα Θεόδωρου, ο οποίος, βλέποντας τον Πέτρο να στέκεται από πάνω του ξεφύσησε σαν να κουραζόταν από την ενόχληση της επίσκεψης, παράτησε το χαρτί που μελετούσε και για να τον ξεφορτωθεί γρήγορα, τον κοίταξε βγάζοντας τα γυαλιά πρεσβυωπίας.

– Πάλι εδώ, αδελφέ, του είπε κάπως ειρωνικά.

– Τι να κάνω, πάτερ; έχω αυτή την αίτηση για έγκριση, του απάντησε ο Πέτρος δίνοντάς του το χαρτί.

Ο πατήρ Θεόδωρος κοίταξε στα γρήγορα τα στοιχεία και υπογράφοντας τυπικά στο κάτω μέρος δεν έχασε ευκαιρία.

– Πάλι στο Νότιο Σουδάν; Μα καλά, μέλι έχει εκεί κάτω; Κάτι δεν πάει καλά στον «Άγιο Μάρκο». Πριν από λίγες μέρες κοίταζα εδώ και μια αίτησή τους για αγορά μετατροπέα τριφασικού ρεύματος. Δεν μπορώ να καταλάβω τι θέλουν ένα τέτοιο μηχάνημα στη μέση της ζούγκλας... Εγώ βέβαια ήμουν υποχρεωμένος να εγκρίνω, αφού αιτείτο ο ίδιος ο ηγούμενος, αλλά οφείλω να ενημερώσω και τον πατριάρχη για τις σπατάλες.

Ο Πέτρος ήξερε βέβαια το θέμα και ενοχλήθηκε από τις ερωτήσεις, αλλά σκέφτηκε ότι το πιο σοφό θα ήταν να μη δώσει συνέχεια. Ήταν η τρίτη φορά που πήγαινε εκεί αυτόν το μήνα και μάλλον είχαν αρχίσει να καρφώνονται. Το δε μηχάνημα δεν δικαιολογείτο με τίποτα.

– Τελευταία φορά που πάω, αδελφέ, τελειώνουμε και με τα εξώφυλλα και..., απάντησε για να κόψει όποια συνέχεια.

– Δεν βλέπω να τελειώνετε. Εδώ γράφει επιστροφή στο Άγιο Όρος. Τι δουλειά έχεις εσύ εκεί, μετά την Αφρική;

Ο Πέτρος δεν απάντησε, αλλά ο πατέρας Θεόδωρος δεν πτοήθηκε.

– Κι αυτόν τον Ρώσο του Οικουμενικού τι τον θες; Τι τον κουβαλάς μαζί σου; Ολόκληρο Πατριαρχείο και δεν έχουμε έναν δικό μας καλόγερο να μπορεί να σκανάρει; Ήμαρτον...

115

Ο Πέτρος είχε κοκκινίσει από τα νεύρα και τις ενοχλητικές, χωρίς τακτ ερωτήσεις. Πήρε βιαστικά το υπογεγραμμένο χαρτί, σαν να το τραβούσε από τα χέρια του πατέρα Θεόδωρου, και έκοψε με ύφος την κουβέντα λέγοντας:

– Εντολές. Το χρηματοδοτικό πρόγραμμα της Ε.Ε. για τη συντήρηση των αρχείων απαιτεί άνθρωπο με πτυχίο Πληροφορικής. Ο Πέτρος είχε ήδη βγει απ' το δωμάτιο, αλλά ο πατήρ Θεόδωρος ακούστηκε μέχρι το διάδρομο:

– Σιγά τα πτυχία. Ξέρουμε πώς τα έπαιρναν οι Ρώσοι από το κόμμα. Κι αυτή η Ευρωπαϊκή Ένωση θα δεις, αυτή είναι που θα μας διαλύσει με τα δήθεν προγράμματα...

Μασάντ, Ιράν,
ALMAS MALL,
Καφετέρια

Μερικές φορές η μοίρα παίζει περίεργα παιγνίδια. Ειρωνικά. Υπογραμμίζει την παρουσία της με μια παράξενη μελάνι που τη στιγμή της «υπογραφής» δεν είναι ορατή, αλλά αργότερα, όταν περνάς τα γεγονότα από ανάλυση, διαπιστώνεις ότι ίσως μερικά πράγματα στη ζωή δεν είναι και τόσο τυχαία.

Τυχαία ή όχι, το υπερσύγχρονο εμπορικό κέντρο στη Μασάντ στο οποίο είχαν δώσει ραντεβού ο «υπουργός» και ο Σασάν είχε στην καρδιά του ένα τεράστιο διαμάντι.

Βέβαια αυτό το διαμάντι ήταν φτιαγμένο από γυαλί και μέταλλο, αλλά οπτικά θύμιζε τα πραγματικά. Εντυπωσιακό, λαμπερό, ντιζαϊνάτο, σε σχήμα λουλουδιού, που αγαλλίαζε τους πίδακες νερού απ' το σιντριβάνι στο κέντρο του οποίου είχε τοποθετηθεί, αποτελούσε το σήμα κατατεθέν ενός από τα μεγαλύτερα και πλέον υπερσύγχρονα δυτικού τύπου εμπορικά κέντρα της Ανατολής.

Αυτή η διαμαντένια πλατεία, που οι αρχιτέκτονες είχαν τοποθετήσει στο κέντρο του Mall, δημιουργούσε κι ένα τεχνητό πρίσμα φωτεινών ακτινών που διαχέονταν παντού, σε όλους τους ορόφους, δίνοντας την εντύπωση ότι προβάλλει σαν προβολέας όλη τη σκάλα των χρωμάτων.

Περιμετρικά αυτού του τεράστιου διαμαντιού που σαν φωλιά αγκάλιαζε τις σταγόνες του νερού απ' το σιντριβάνι, οι κατασκευαστές είχαν προσθέσει στο δάπεδο όλες τις αποχρώσεις των χρωμάτων, δημιουργώντας ένα μεγάλο μωσαϊκό που σαν βιτρό απεικόνιζε τις διακυμάνσεις που ένα πραγματικό διαμάντι θα απέδιδε στο φως που ανάσαινε.

Ήταν φαντασμαγορικό και λίγο τραβηγμένο για τη λογική ενός δυτικού Mall, αλλά η κουλτούρα και η διακοσμητική αντίληψη του αυστηρά μουσουλμανικού κόσμου, όπως πάντα, είχε υπερβεί τη στάθμη του αφαιρετικού και του λιτά εναρμονισμένου, παραχωρώντας τη θέση του στο υπερφίαλο και υπερβολικά φιγουρατζίδικο.

Το υπόλοιπο εμπορικό θύμιζε ακριβώς τα Mall που βλέπεις στην Αμερική ή την Ευρώπη. Ήταν πολυώροφο, γεμάτο διαφημιστικές πινακίδες, συχνά με νέον, και καταστήματα που δεν είχαν τίποτα να ζηλέψουν απ' τα δυτικά, αλλά δυστυχώς επηρεασμένα από τη θολούρα του γκρι αναδιδόμενη από μια μίζερη και θαμπή σκιά που έδιναν τα γυναικεία είδη και οι μαντίλες στις βιτρίνες ξεθώριαζαν οποιαδήποτε ελπίδα για συνταίριασμα των δύο πολιτισμών.

Αν και ο αρχιτέκτονας είχε κάνει ό,τι μπορούσε, δεν κατόρθωνε να σβήσει αυτή τη βαθιά απορία και δυσανεξία που προκαλούσε στο βλέμμα ενός Δυτικού παρατηρητή.

Ίσως να έφταιγε κι αυτή η βαριά, ετεροχρονισμένη, σχεδόν σκουριασμένη εμμονή σε έπιπλα γεμάτο σκαλιστά στοιχεία και χρυσές μπορντούρες που παρέπεμπαν σ' έναν άλλο κόσμο, αισθητικά μακρύτερα της μοντέρνας διακοσμητικής. Ήταν παρανοϊκά συνεχής αυτή η υπερβολική τους ταύτιση με το χρυσό και το δήθεν κλασικό σε αυτά τα μέρη.

Πάντως στον κόσμο άρεσε πολύ, έστω κι αυτή η μικρή ανάσα από τη Δύση, και σίγουρα αποτελούσε όπως και άλλα τέτοια εμπορικά –ουσιαστικά ο τρόπος ζωής– μια μικρή όαση στην προσπάθεια των πιο ανοιχτόμυαλων να συμβαδίσουν με το μέλλον και να βάλουν λίγο χρώμα στη ζωή τους.

Όλα θα ήταν πολύ διαφορετικά στο Ιράν και όχι μόνο εκεί, αν κάποιοι ελάχιστοι φανατικοί δεν είχαν εμμονή με το παρελθόν και άφηναν τον κόσμο να αποφασίσει για τη ζωή που επιθυμούσε.

Δεν είναι τυχαίο ότι μια έρευνα του State Department, πριν από μερικά χρόνια, έδειχνε ότι πάνω από το 70% του απλού λαού λάτρευε τον αμερικάνικο τρόπο ζωής και εύκολα θα μπόλιαζε μεγάλο μέρος του συντηρητισμού του, αν κάποιοι κυκλοκεντρικοί ολιγάρχες του πολιτικού και θρησκευτικού κατεστημένου άφηναν κάποιο παράθυρο ελεύθερης επιλογής.

Το μαρινάρισμα όμως της ευτυχίας απαγορευόταν αυστηρά από αυτούς που δεν είχαν καμιά διάθεση να χάσουν τη δύναμη, τον πλούτο και τη φασιστική τους εξουσία.

Το αυτοκίνητο και η συνοδεία του «υπουργού» πάρκαραν στο υπόγειο πάρκιγκ διαλέγοντας ένα σημείο που δεν είχε πολλά αυτοκίνητα. Δεν ήθελαν να γίνουν αντιληπτοί, γι' αυτό και όλοι θα παρέμεναν εκεί, εκτός απ' τον Αμπτίν, το πρωτοπαλίκαρο του Αμπού Αμπάσι που τον ακολουθούσε παντού.

Ούτως ή άλλως θα ήταν αδύνατο κάποιος να τον γνωρίσει, αφού είχε μετατραπεί σε έναν απλό επισκέπτη κρυμμένος πίσω από το ιταλικό φινετσάτο τζιν που φορούσε, το κατεβασμένο σχεδόν μέχρι τα μάτια καπελάκι της Παρί Σεν Ζερμέν και τα μαύρα κοκαλένια γυαλιά ηλίου που έκρυβαν τους μαύρους κύκλους του από την κακή λειτουργία του πεπτικού ή καλύτερα το αποτέλεσμα των οργίων και της υπερκατανάλωσης της κατά τα άλλα θρησκευτικά απαγορευμένης αλκοόλης που ίσχυε για τους πολλούς, όχι όμως και για τους διπλωματικούς σάκους.

Έτσι, όπως και για άλλους, έρχονταν τα καλύτερα σπίριτς μέχρι το γραφείο του. Κατευθείαν από τις πρεσβείες του εξωτερικού στο αεροδρόμιο και μετά με υπουργικά αυτοκίνητα στο γραφείο ή το σπίτι του. Για να ανοίξουν τους περισσότερους φακέλους ή διπλωματικά σακίδια που φιλοξενούσαν την αλκοολική ασυλία, δεν χρησιμοποιούσαν αντισυρραπτικό, αλλά απλό... «ανοιχτήρι».

Έτσι όπως ήταν τώρα μέσα στο γυάλινο ασανσέρ που σκαρφάλωνε τα επίπεδα του εμπορικού, παρατηρούσε τον κόσμο να περιδιαβαίνει και να χαζεύει τους διαδρόμους και τα μαγαζιά του.

«Έτσι πάνε να μας διαλύσουν», σκέφτηκε και του ανέβηκε η πίεση. «Μας κάνουν ενέσεις κουλτούρας με αμερικάνικες σύριγγες και σιωνιστικές βελόνες. Μας μεταβολίζουν τη μεταλλαγμένη τους αισθητική και δηλητηριάζουν τη νεολαία μας και τα αγνά πιστεύω τους».

Νευρίασε ακόμη περισσότερο όταν το μάτι του έπεσε σε ένα

ερωτευμένο ζευγαράκι που δεν έδινε δικαίωμα, δεν κρατιόταν από το χέρι, αλλά ανέδιδε μια έντονη μυρωδιά ρομαντισμού, εκστασιασμού και νιότης, θέλοντας να ζήσει την αγάπη και τη ζωή.

Δεν αντέδρασε.

Ούτως ή άλλως τι θα μπορούσε να κάνει; Τα παιδιά ήταν πολύ σοβαρά. Το μυαλό του ήταν κακόβουλο και συντηρητικά καθυστερημένο.

«Γι' αυτό θα σας διαλύσω την καρδιά του συστήματός σας κωλο-αμερικανάκια και πουστρο-εβραίοι. Διάβολοι του κερατά», σκέφτηκε.

Βγήκε γρήγορα από το ασανσέρ και κατευθύνθηκε αμέσως μπροστά, προς την πρώτη καφετέρια του τρίτου ορόφου, που είχαν ραντεβού με τον Σασάν.

Ο Αμπτίν έμεινε έξω. Θα περίμενε εκεί, κάνοντας κυκλικές βόλτες γύρω απ' την είσοδο και περιμετρικά των διακοσμητικών φυτών.

Στάθηκε εκεί σαν το καλό τσοπανόσκυλο που εδώ δεν είχε σκοπό, αφού ούτε ήταν πιθανό να τους αναγνωρίσουν, αλλά και η καφετέρια, ύστερα από την ερευνητική ματιά του «ποιμενικού», φαινόταν σχεδόν άδεια και εντελώς ασφαλής.

Μόνο δύο τραπέζια ήταν πιασμένα και οι θαμώνες εξέπεμπαν «μορς» απολύτου εμπιστοσύνης. Ήταν πρωί, βλέπετε, πρωί προς μεσημεράκι και το εμπορικό δεν είχε αρχίσει ακόμη να πικάρει.

Ο «υπουργός» κάθισε αναπαυτικά δίπλα στην τζαμαρία για να έχει θέα, αλλά και για να μπορεί να τον βλέπει ο Αμπτίν, και ταράχτηκε στη σκέψη ότι ο Σασάν δεν είχε ακόμη φτάσει.

«Θα περιμένουμε τώρα και το μαλακισμένο», είπε μέσα του και άναψε. Γρήγορα όμως το ξεπέρασε, αφού επικράτησε στο μυαλό του ότι ήταν ο μοναδικός του έμπιστος συνεργάτης και απολύτως απαραίτητος.

Καθώς ο σερβιτόρος ήταν από πάνω του και παρήγγειλε ένα φρέντο εσπρέσο με σαντιγί, κρίσεις ενοχής κατέλαβαν και πάλι την ολοκληρωτική του λογική.

— Μας πουλάνε και τους κωλοκαφέδες τους τώρα, μονολόγησε σε ύφος αυτοκριτικής.

Κι όμως του άρεσε αυτός ο καφές, όπως και όλες του οι καταναλωτικές επιλογές που ήταν όχι απλά από τη Δύση, αλλά τα καλύτερα της Δύσης.

119

Γιάννης Παρθένιος

Δεν ήθελε και δεν μπορούσε όμως να το παραδεχτεί, λες και ένα γιγαντιαίο φράγμα σταματούσε την ορμή τού θέλω στην κοίτη τού πρέπει, με το οποίο είχε μεγαλώσει.

Κοιτώντας πάλι το εσωτερικό της καφετέριας, αλλά και το λαμπερό εμπορικό κέντρο με τη μοντέρνα γι' αυτά τα μέρη διακόσμηση, η μνήμη του τον γύρισε πίσω στη δεκαετία του '70, όταν το κέντρο της Τεχεράνης ήταν ουσιαστικά μια λεωφόρος. Ένας κεντρικός δρόμος με συγκεντρωμένη όλη τη δράση.

Θυμήθηκε τότε τον εαυτό του, νεαρό ακόμη, να προσπαθεί να ανελιχθεί στην ανώτερη τάξη, δηλαδή στην τάξη των κατεχόντων.

Θυμήθηκε και τις τεράστιες κάντιλακ με τους χρυσούς προφυλακτήρες να προσπαθούν να διασχίσουν τον μεγάλο δρόμο με τους προύχοντες και τους «θρησκευτικούς καθοδηγητές».

Άκουσε και πάλι τα κλάξον και σαν να αισθάνθηκε τη χρυσόσκονη –κυριολεκτικά χρυσόσκονη– που γδαρμένη από τις πανάκριβες διακοσμήσεις των αυτοκινήτων κατέληγε πάνω στις κατσίκες που διέκοπταν την κυκλοφορία.

Δεν είχε σημασία ποιος είχε προτεραιότητα. Οι πεζοί προσπαθούσαν να επιζήσουν, οι κατσίκες να φύγουν απ' την κόλαση της κεντρικής λεωφόρου και τα αυτοκίνητα να παρκάρουν όσο το δυνατόν πιο κοντά και πιο φιγουρατζίδικα μπροστά στα γαλλικά μπιστρό που μονοπωλούσαν τότε το ενδιαφέρον.

«Αυτά ήταν μαγαζιά. Αυτά ήταν χρόνια», σκέφτηκε. «Όχι σαν σήμερα, με τα εμπορικά και τις κωλοδυτικές καφετέριες».

Ο Σασάν έκανε επιτέλους την εμφάνισή του.

Μπήκε βιαστικά, αγχωμένα και φουριόζικα και με ένα ένοχο χαμόγελο προσπάθησε να κατευνάσει την κατσάδα που σίγουρα ερχόταν προς το μέρος του.

Ε, εδώ που τα λέμε, δεν μπορούσες να στήνεις τον «άρχοντα», τον «αρχηγό», το «αφεντικό» και όλα τα άλλα προσωνύμια που χρησιμοποιούσαν οι αυλικοί του υφυπουργού και κάναν τη μαρμελάδα να φαίνεται σταθερά ακούνητη πάνω στο βούτυρο, συγκριτικά με το γλείψιμο του «αφέντη».

– Χίλια συγγνώμη άρχοντά μου, για την καθυστέρηση, προσπάθησε να τον προλάβει ο Σασάν.

– Τώρα θα σε περιμένω κιόλας; του απάντησε με νεύρα ο «υπουργός».

– Χίλια συγγνώμη, αλλά μετά τα εγκαίνια έπρεπε να παραστώ και στην πρώτη σύσκεψη με όλους τους τοπικούς φορείς, προσπάθησε να δικαιολογηθεί.

– Στ' αρχίδια μου! Να μου το 'λεγες από χθες τότε, τον αποπήρε και πάλι.

Ο Σασάν κοκκίνισε από ντροπή, κατέβασε το βλέμμα, αλλά ήξερε ότι δεν μπορούσε να απαντήσει.

Δεν τόλμαγε.

Σώθηκε όμως απ' τον σερβιτόρο που πήρε τη νέα παραγγελία αφήνοντας ταυτόχρονα και το φρέντο του «υπουργού» πάνω στο άδειο τραπέζι.

– Καλά, δεν ντρέπεστε λίγο; συνέχισε ο «υπουργός», αφού ο σερβιτόρος είχε πλέον ξαναφύγει. Φωνάξατε στα εγκαίνια κι αυτή τη γελοία που κάνατε υπεύθυνη Δημοσίων Σχέσεων; Σε λίγο θα κάνετε και αρχηγό της Αστυνομίας γυναίκα. Τόσο ηλίθιοι είστε;

– Έχεις δίκιο, αφέντη μου. Έχεις απόλυτο δίκιο. Άνωθεν εντολές για να δίνουμε καλή εικόνα προς τα έξω. Μη νομίζεις, δεν θα έχει καμιά εξουσία. Διακοσμητική είναι.

– Μαλακίες. Όλα αυτά είναι μαλακίες. Τέλος πάντων, για πες μου για το θέμα μας. Πού βρισκόμαστε, γιατί καθυστερούμε;

– Δεν πήρες κι εσύ το μήνυμα απ' τον Τιμοφέι; Ο άλλος δεν στέλνει το τελευταίο «εργαλείο» αν δεν δει τα λεφτά στην Ελβετία. Με το που θα τα δει, σε πέντε έξι μέρες το πακέτο θα φτάσει στο μοναστήρι.

– Στο Άγιο Όρος;

– Αν όλα πάνε καλά ίσως και στην Αφρική, αλλιώς υπολόγιζε γύρω στις δέκα.

– Να πάνε όλα καλά. Πρόσεχε! δεν θα είμαι ανεκτικός.

Ο Σασάν του έγνεψε καταφατικά και ο Αμπάσι συνέχισε να σκηνοθετεί:

– Βάλτε τα λεφτά τού μαλάκα, αλλά φροντίστε να μην τα πάρει.

– Και πώς θα γίνει αυτό;

– Ηλίθιος είσαι; Δεν καταλαβαίνεις; Έλα σε επαφή με τον Τιμοφέι να βάλει ανθρώπους του στη Μολδαβία και εξαφανίστε τον. Δεν μας χρειάζεται πια και είναι επικίνδυνος. Α! και φρόντισε να πάρουμε πίσω και τα λεφτά. Είναι πολλά τα 10 εκατομμύρια. Πρόσεξε!

– Θα του βάλω τα λεφτά στο λογαριασμό του στην Ελβετία για να ηρεμήσει και μετά θα βάλω κάποιον απ' την πρεσβεία μας στη Ζυρίχη να πάει με πλαστό διαβατήριο και να κάνει τη μεταφορά, αφού ο καθηγητής έχει παραδώσει το «εμπόρευμα». Ούτως ή άλλως κι ο Αλεξέγιεφ πλαστό όνομα και διαβατήριο έχει. Παιγνιδάκι θα είναι.

– Έτσι σε θέλω. Και τα λεφτά σε μένα...

– Μα, αφεντικό, τα λεφτά δεν είναι από τον «καθοδηγητή»; Αν το μάθουν οι «παπάδες», θα μας κρεμάσουν κι εμάς σε γερανό μαζί με τις αδερφές.

– Να κάνεις αυτό που σου λέω και θα πάρεις κι εσύ το δώρο σου. Τα λεφτά δόθηκαν. Δεν χρειάζεται να μάθουν για τα υπόλοιπα. Έχω κι έξοδα. Ξέρεις πόσο μου κοστίζει κάθε φορά που πάω στο Κατάρ και στην Αίγυπτο; Αυτές οι ξανθιές οι βίζιτες από την Ευρώπη έχουν φτάσει τα 10.000 δολάρια τη βραδιά.

Ο Σασάν ακούγοντας για το δώρο του πείστηκε.

– Αξίζουν όμως, άρχοντά μου...

– Μωρέ, τι αξίζουν; Πιο πολύ για την εκδίκηση το κάνω. Πηδάω τις λευκές πουτάνες της Δύσης τους.

Ο Σασάν φυσικά και δεν τον πίστευε, αλλά δεν μπορούσε να αντιδράσει.

Ο «υπουργός» σταμάτησε για λίγο και ήπιε μια τζούρα απ' τον καφέ. Εν τω μεταξύ είχε έρθει κι ο καφές του Σασάν μαζί μ' ένα μικρό γλυκάκι. Τελικά ήταν λες και είσαι στην Ιταλία. Απλά στο πιο μουντό.

– Και βάλε μπροστά και για τους άλλους, είπε του Σασάν.

– Και τους άλλους; ρώτησε με απορία.

– Όλοι θα εξαφανιστούν, με τη σειρά τους. Έτσι γίνονται αυτές οι δουλειές. Βάλε τον Λευκορώσο να ξεπαστρέψει τον Μαροκινό στο πλοίο και μετά εξαφάνισέ τον κι αυτόν. Δεν υπάρχει χειρότερη πάστρα από τους Μαρόκους.

– Και με τον Τιμοφέι τι να κάνω;

– Ασ' τον αυτόν. Είναι εύκολος στόχος. Θα του καρφώσουμε κάνα λαθρεμπόριο και μέσα στη φυλακή θα τον φάμε πιο εύκολα, του είπε ο «υπουργός» κάνοντας μια καταφατική κίνηση εμπιστοσύνης στον εαυτό του με το πρόσωπο. Ή αν έχεις άνθρωπο, στείλε να τον φάει αμέσως, να τελειώνουμε και με δαύτον.

CIA: Επιχείρηση Παράκελσος

– Έχω πρόσβαση σε δικό του «πιστόλι». Αυτόν που θα στείλει για τον καθηγητή.
– Πώς το έπαθες και έκανες σωστή δουλειά; Εύγε! Άρα βάλε τον ίδιο να φάει και τους δύο. Να κάνουμε και οικονομία...
– Εύκολο! Και τον Αλεξέι;
– Τελικά είσαι ηλίθιος! Αυτός είναι απαραίτητος για τη συναρμολόγηση. Αυτός κι ο ηγούμενος μας χρειάζονται ακόμη. Τον άλλον το μαλάκα, τον Πέτρο που το παίζει παπάς, κανόνισε να φάμε, αλλά όχι ακόμα. Φάτους και τους δύο μαζί στην Αθήνα, κατά την επιστροφή με τον Αλεξέι για το Άγιο Όρος. Καλά, όλα εγώ πρέπει να τα σκέφτομαι;
– Πολλή δουλειά, αφέντη μου, κλάφτηκε ο Σασάν για να βγάλει κάτι έξτρα.
– Η δουλειά σου είναι. Δεν κάνεις τίποτα παραπάνω από το χρέος σου στη χώρα και τον Αλάχ. Μην κλαίγεσαι. Δεν έχει φράγκο παραπάνω από αυτά που έχουμε κανονίσει. Το κατάλαβες ή να σ' το κάνω πιο λιανά; είπε ο «υπουργός» αγριεύοντας σοβαρά. Σε ξαναρωτάω, το κατάλαβες; του ξανάπε και τα μάτια του έβγαζαν φλόγες.
– Δεν είπα τίποτα, υπουργέ μου. Μη με παρεξηγείς. Όλα θα γίνουν όπως πρόσταξες...
– Μακάρι, για το καλό σου, του είπε πιο ήρεμα, αλλά και πάλι απειλητικά. Πλήρωσε τώρα και τους καφέδες...
Ο «υπουργός» σηκώθηκε και χωρίς να κοντοσταθεί ή να πει τίποτα άλλο κατευθύνθηκε προς την πόρτα.
Ο Αμπτίν ήταν ήδη εκεί και σαν φιλαράκια κατευθύνθηκαν και πάλι προς τα «βαρβαρικά» ασανσέρ του εμπορικού.
Ο Σασάν ταραγμένος και φοβισμένος έμεινε εκεί να τον κοιτάει. Σίγουρα θα του έπαιρνε λίγα λεπτά να συνέλθει.

CIA,
Λάνγκλεϊ, Βιρτζίνια,
Τμήμα Επιχειρήσεων, Διευθυντής,
Τομέας: Β. Αφρική και Αν. Μεσόγειος
Το γραφείο του Ρόμπερτ δεν θα το έλεγες μεγάλο. Γενικά δεν υπήρχαν πολύ μεγάλα γραφεία στο Λάνγκλεϊ, με εξαίρεση βέβαια

του αρχηγού, του υπαρχηγού και κάποιων προσώπων που δέχονταν κόσμο και για λόγους Δημοσίων Σχέσεων και εικόνας θα έπρεπε να στεγάζονται κάπως πιο «προσεκτικά».

Το χωροταξικό για τη CIA θα μπορούσες να πεις ότι ήταν πάντα ένα «θέμα». Ακόμη και οι εξυπνότερες «Εταιρείες» στον κόσμο έχουν τις δικές τους σπαζοκεφαλιές. Δεν είναι τυχαίο ότι πολλοί, τις εγκαταστάσεις αλλά και τον αριθμό του προσωπικού στο Λάνγκλεϊ τις προσομοιάζουν με μια ολόκληρη «πόλη». Λογικά λοιπόν κι αυτή η πόλη έχει τα δικά της χωροταξικά... ευτυχώς όμως όχι μποτιλιαρίσματα.

Και η διακόσμηση του γραφείου του ήταν σχετικά λιτή. Ένα μοντέρνο γραφείο με δύο πολυθρόνες δεξιά και αριστερά στο μπροστινό μέρος του, ένα πράσινο λαμπατέρ τύπου βιβλιοθήκης και δύο τερματικά με ένα πληκτρολόγιο ήταν η μοναδική παρέα των δύο τηλεφωνικών συσκευών πάνω στο έπιπλο. Η μια κανονική με σχετικά μεγάλο καντράν και η άλλη απλή, αλλά «κόκκινη». Με αυτή γίνονταν όλες οι άκρως απόρρητες συνομιλίες, οι δορυφορικές συνδιαλέξεις ή οι μέσω ασυρμάτου συνδέσεις σε περίπτωση κρίσης.

Το γραφείο πάντως ήταν πλούσιο σε χαρτί. Σε χαρτιά και φακέλους που σχεδόν έπνιγαν τη θέα προς το υπόλοιπο δωμάτιο. Δεν θα το έλεγες και τακτοποιημένο, αλλά ο Ρόμπερτ ό,τι έψαχνε το έβρισκε με μια κίνηση. Το πρόβλημα το είχε η Κιμ, η 35άρα τέταρτης γενιάς Ασιάτισσα γραμματέας του, που όμως τον είχε συνηθίσει τόσα χρόνια.

Κάπου κάπου προσπαθούσε να του βάλει τάξη, αλλά εκείνος δυσανασχετούσε σιωπηλά κάνοντας γκριμάτσες και με τον καιρό κι εκείνη κατάλαβε ότι μάλλον θα έπρεπε να συμπεριφέρεται στον όγκο των χαρτιών όπως «στο γεφύρι της Άρτας». Ήξερε και εκείνη ότι οι ιδιοφυείς άνθρωποι έχουν μερικές αστείες παραξενιές.

Την εικόνα του δωματίου συμπλήρωνε ένα στρογγυλό ξύλινο τραπέζι συσκέψεων με τέσσερις μοντέρνες αναπαυτικές πολυθρόνες με πράσινο ύφασμα, σαν αυτές που σου αγκαλιάζουν όλη την πλάτη σαν να μη θέλουν να φύγεις, και πίσω απ' το γραφείο του ακριβώς μια αρκετά φαρδιά συρταριέρα-ντουλαπιέρα, γύρω στα δύο μέτρα μήκος, που στο κάτω μέρος της, πίσω από ένα ντουλάπι, έκρυβε το μικρό ψηφιακό χρηματοκιβώτιο των ευαίσθητων εγγράφων.

Μάλιστα το χρηματοκιβώτιο του Σίνγκλεη, λόγω του πόστου του στις Επιχειρήσεις, ήταν σαν αυτά των κατά τόπους πρεσβειών –σαφέστατα μικρότερο βέβαια– με σύστημα αυτανάφλεξης σε περίπτωση έκτακτης ανάγκης για καταστροφή των απόρρητων-ευαίσθητων εγγράφων. Κάτι βέβαια που ποτέ δεν είχε χρειαστεί στο Λάνγκλεϊ, αφού εξίσου ποτέ στην ιστορία δεν επιχείρησε κανείς επιδρομή. Αυτό δηλαδή που ο κάθε λογικός άνθρωπος θα ονόμαζε επιδρομή αυτοκτονίας.

Τα διακοσμητικά στοιχεία στο δωμάτιο ήταν ελάχιστα. Ένας αναλυτικός παγκόσμιος χάρτης στόλιζε τον απέναντι τοίχο, κοντά στο γραφείο συνεδριάσεων, αλλά ήταν καθαρά διακοσμητικός όσο κι αν η Κιμ ανά τακτά διαστήματα τον ανανέωνε, αφού ποτέ δεν είχε ημερομηνία ισχύς πάνω από κάνα δυο μήνες.

Συχνά, όταν ο Ρόμπερτ τον κοιτούσε, σκεφτόταν ότι ο μέσος πολίτης δεν μπορεί εύκολα να κατανοήσει κάτι που αποτελεί πρωτογενή φύση για την «Εταιρεία»: την παρακολούθηση πάνω από 50 πολέμων που λαμβάνουν χώρα καθημερινά στον πλανήτη.

Λογικά λοιπόν ο παγκόσμιος χάρτης αλλάζει σχεδόν κάθε εβδομάδα και σίγουρα ο ανυποψίαστος, κυριολεκτικά βομβαρδισμένος από την αντιαμερικανική προπαγάνδα, καθημερινός άνθρωπος θα αντιλαμβανόταν πολύ διαφορετικά κάποιες στρατιωτικές επιχειρήσεις σε μεμονωμένα πια κομμάτια του Αφγανιστάν, της Λιβύης, της Αιγύπτου, της Συρίας ή πιθανότατα μελλοντικά και στη Β. Κορέα ή όπου αλλού οι ανθρωπιστικές συνθήκες το επιτάσσουν, αν είχε κατά νου κι αυτή την παράμετρο.

Όλα θα εξηγούνταν διαφορετικά αν κάποιοι συνυπολόγιζαν ότι δεν πρόκειται για έναν (1) πόλεμο πάνω στον πλανήτη, όπως οι καλοθελητές οπλίζουν το αντιαμερικανικό επιχειρηματικό τους οπλοστάσιο, αλλά ουσιαστικά για έναν από τους ήδη 51 πολέμους που γίνονται κάθε μέρα, χωρίς την αμερικανική παρουσία.

Από παρόμοιους πολέμους –ουσιαστικά από αντάρτικο πόλεων– ήταν και τα δύο διακοσμητικά στοιχεία που ολοκλήρωναν την αφαιρετική ατμόσφαιρα στο γραφείο του Ρόμπερτ.

Πάνω από το «φωριαμό», πίσω από το γραφείο του υπήρχε ένα μεγάλο τούβλο στραπατσαρισμένο από τη ρίψη, με μια μικρή

Γιάννης Παρθένιος

χειρόγραφη «επισήμανση» στα αραβικά, γραμμένη με πινέλο και κόκκινη μπογιά. Έγραφε: ΣΚΟΤΩΣΤΕ ΤΗΝ ΑΜΕΡΙΚΗ.

Λίγο πιο δεξιά από το τούβλο υπήρχε ακουμπισμένο κι ένα μπουκάλι από μπίρα, που αριστεριστές είχαν διαμορφώσει σε βόμβα μολότοφ, αλλά ποτέ δεν έσκασε, καταλήγοντας μαλακά σ' έναν θάμνο, στον κήπο μιας πρεσβείας. Είχε ακόμα το φιτίλι, αλλά για λόγους ασφάλειας το υγρό είχε αφαιρεθεί.

Και τα δύο ήταν λάφυρα του Ρόμπερτ από επεισόδια και επιθέσεις εναντίον αμερικανικών πρεσβειών στις οποίες είχε υπηρετήσει και τα είχε μαζέψει μετά το τέλος των επεισοδίων.

Το τούβλο ήταν από την πρεσβεία στο Σουδάν και η μολότοφ από την κατά καιρούς φιλόξενη Αθήνα.

Τέλος, εκεί πάνω, υπήρχε στην άκρη και μια μικρή καφετιέρα, αποτέλεσμα της εμμονής του να φτιάχνει μόνος του τον καφέ του για να μη φορτώνεται στη γραμματέα του.

Ποτέ του δεν μπόρεσε να ξεπεράσει το συναίσθημα ενοχής που σηματοδοτούσε γι' αυτόν η φράση: «Φέρε μου έναν καφέ».

Ο Ρόμπερτ κούνησε το ποντίκι και το μαύρο wallpaper με το λογότυπο της CIA γύρισε στην επιφάνεια εργασίας.

Άνοιξε τη φόρμα memo και άρχισε να γράφει.

INT. MEMO

Ημερομηνία: (σήμερα)
Θέμα: Επιχείρηση Παράκελσος
Ασφάλεια: ΑΚΡΩΣ ΑΠΟΡΡΗΤΟ – ΚΟΚΚΙΝΟ Α1
Διανομή: Κρυπτογραφημένη Αποστολή σε «Σταθμούς» και Αποδέκτες
Πηγές-Ενημέρωση: (δείτε) Απομαγνητοφώνηση BRIEF Α1
Χειριστές: Τμήμα Επιχειρήσεων (Διευθυντής)
Αναπληρωτές-Βοηθοί: Ντόναλντ Σμιθ
Αποδέκτες:
1. Γραφείο Υπαρχηγού
2. Διευθυντής Τμήματος Εμπορικού Ναυτικού/Παράνομες Μεταφορές Εμπορευμάτων
3. Σύνδεσμος Ιράν
4. «Σταθμός» Ολλανδίας με κάλυψη
5. Πρεσβείες-«Σταθμοί» CIA:
Κισινάου, Μολδαβία

CIA: Επιχείρηση Παράκελσος

Κίεβο, Ουκρανία
Αθήνα, Ελλάδα & Προξενείο Θεσσαλονίκης
Ραμπάτ, Μαρόκο
(Δευτερογενώς): Κωνσταντινούπολη
Αλεξάνδρεια
Ιεροσόλυμα

Παρακαλώ όπως Κλιμάκια και «Σταθμοί» αναλάβουν τις παρακάτω δράσεις σύμφωνα με τη γεωγραφική θέση των παρακολουθούμενων στόχων και υποκειμένων:

24ωρη διακριτική παρακολούθηση του Ιβάν Αλεξέγιεφ.
Στόχος ιδιαίτερα επικίνδυνος για διαφυγή!
Προστασία της ζωής του!
Εξαιρετικά σημαντικό πρόσωπο!

«Άτυπη» έρευνα στην οικία του για πιθανό εντοπισμό φακέλου, στοιχείων ή οποιουδήποτε υλικού έχει ενδιαφέρον σχετικά με το φάκελο «Παράκελσος». Έλεγχος του χώρου για περίεργες ουσίες, υλικά, συσκευές κ.λπ. και τοποθέτηση κάμερας.

Συνεχής παρακολούθηση του Αμπού Αμπάσι και του Νταλίρ Σασάν όσο αυτό είναι εφικτό.

[Να μην παράσχετε στον σύνδεσμο λεπτομέρειες γύρω από την υπόθεση]

Παρακολούθηση του Βασίλη Τιμοφέι.

Υποκλοπή οποιουδήποτε είδους ηλεκτρονικής του επικοινωνίας.

Χρησιμοποίηση του συνδέσμου μας του *FBI* στο Λαύριο για στενότατη παρακολούθηση του Νασίρ Αλ Ντιν κατά της εξόδου.

[Να μην παράσχετε στον πράκτορα λεπτομέρειες παρά μόνο αποστολή παρακολούθησης]

Εάν μας δοθεί ξανά η ευκαιρία και ο Νασίρ Αλ Ντιν προσπαθήσει να επισκεφτεί το τζαμί, ο πράκτορας του *FBI* να δημιουργήσει δήθεν επεισόδιο μαζί του, ώστε να αναγκαστεί να επέμβει η τοπική Αστυνομία και να προβεί σε σωματικό έλεγχο, ώστε να μάθουμε αν κουβαλάει κάτι πάνω του προς το τζαμί.

Μετά τη λήξη του επεισοδίου ο πράκτορας να μην προχωρήσει σε άλλες ενέργειες *(να μην κάνει μήνυση ώστε το θέμα να σταματήσει εκεί).*

Φροντίστε να ενημερωθούμε για το αποτέλεσμα της σωματικής έρευνας από κάποιον σύνδεσμό μας ή φίλο στην Ε.Α. ή το Λιμενικό.

Γιάννης Παρθένιος

Πλήρης παρακολούθηση των κινήσεων μοναχών από και προς το Άγιο Όρος.

Κινήσεις Πατριαρχείων.

Οι μέχρι στιγμής παρακολουθήσεις (πλοίου, λογαριασμών, ηλ. επικοινωνιών) των εμπλεκόμενων στόχων και υποκειμένων να παραμείνουν ως έχουν και να συνεχιστούν.

Υπογραφή
Ρόμπερτ Σίνγκλεη
Τμήμα Επιχειρήσεων, Διευθυντής Τομέα Β. Αφρικής και Αν. Μεσογείου

Βιρτζίνια,
Οικία Λίσα Γουέλς

Η Λίσα έκλεισε πίσω της την εξώπορτα του σπιτιού και με τις τσάντες από το σουπερμάρκετ πήγε προς τα μέσα. Το ίδιο και η Πάτι που την περίμενε στον καναπέ, αλλά σαν παμπόνηρο αιλουροειδές την είχε ακούσει πριν καν μπει και την υποδέχτηκε με το σύνηθες τελετουργικό, γουργουρίζοντας και τρίβοντας το σώμα της πάνω στη Λίσα, στα ελάχιστα βήματα που έκανε για να φτάσει στον πάγκο που χώριζε το καθιστικό από την κουζίνα.

– Ήσυχα, Πάτι, ένα λεπτό, της είπε. Ένα λεπτό να αφήσω τα πράγματα.

Μάταια. Η καλομαθημένη Αγκύρας με τον ροζ φιόγκο στο λαιμό, που την έκανε να δείχνει σαν κοκότα εποχής, έκανε ότι δεν καταλαβαίνει τι της λέει η αφεντικίνα της. Παμπόνηρη. Συνέχισε να τρίβεται και να βγάζει ήχους.

Η Λίσα χώρισε στα γρήγορα τα πράγματα που ήταν για την κουζίνα από εκείνα για το λουτρό και αποφασισμένη να πάρει τάιμ-άουτ από την Πάτι κατέβασε από το ντουλάπι την αγαπημένη της κονσέρβα με γεύση κουνελιού.

Η Πάτι δεν έβγαλε μιλιά καθώς η Λίσα της έκανε το χατίρι και άδειασε το περιεχόμενο στο μικρό πιατάκι δίπλα στην πόρτα της κουζίνας που οδηγούσε στον πίσω κήπο. Μόνο την κοίταξε και της νιαούρισε κάτι σαν «ευχαριστώ», που κι αυτό θυσιάστηκε στη βουλιμία της στιγμής.

– Ορίστε! Έγινε το χατίρι σου πάλι, της είπε. Φάε ήσυχα και

να είσαι σοβαρή σήμερα, γιατί έχω τα νεύρα μου. Και μη νομίζεις ότι δεν σε είδα πως είχες πάλι ξαπλώσει στον καναπέ...

Η Πάτι έκανε πως δεν κατάλαβε, που εδώ που τα λέμε ήταν και το πιθανότερο.

Όντως, σήμερα η Λίσα είχε έναν εκνευρισμό σπάνιο για το χαρακτήρα της. Φαινόταν κι απ' τον τρόπο που τακτοποιούσε τα πράγματα βιαστικά και πρόχειρα χωρίς να δίνει σημασία στη σειρά για την οποία πάντα φρόντιζε.

Μιλώντας για σειρά, σειρά να βγει απ' τη σακούλα είχε το παγωτό που εύκολα βρήκε τη θέση του στις ενοχές για τις ασύδοτες θερμίδες που περιείχε.

Η Λίσα έκανε μια κίνηση να διαβάσει το αυτοκόλλητο με τα συστατικά και τις ακριβείς δόσεις σε λίπη και άλλα επιβαρυντικά που επιτίθονταν στο θαυμάσιο κορμί της, αλλά υποσυνείδητα επικράτησε η τάση απόκρυψης που έσπρωξε τον Μπεν και τον Τζέρι βαθιά μέσα στον πάγο και την έκανε να σταματήσει το διάβασμα.

Είχε καιρό να κάνει απόψυξη, σκέφτηκε ενστικτωδώς, αλλά τέτοια μέρα τέτοια λόγια.

Αφού τέλειωσε με τα ψώνια της κουζίνας, πήρε στα χέρια κάνα δυο κρέμες, μία συσκευασία ντε μακιγιάζ και μια βαφή μαλλιών και κατευθύνθηκε προς το μπάνιο.

«Τον απαίσιο», είπε μέσα της. «Μου έσπασε τα νεύρα. Ακούς εκεί να πει ότι θα με χρησιμοποιήσει για βοηθό και στο τέλος να βάλει τον βοηθό του. Εγώ φταίω που αρχικά τον συμπάθησα. Εντελώς αρχικά... βέβαια», είπε ψέματα στον εαυτό της.

Όταν η Λίσα διάβασε το memo του Ρόμπερτ ήταν λες και μια άγρια καταιγίδα συνέτριψε ένα καταπληκτικό, ηλιόλουστο πρωινό Σαββάτου. Κι ακόμη χειρότερα. Ίσως και Κυριακής.

«Μου αρέσει που μου χαμογέλαγε και διακριτικά», συνέχισε να σκέφτεται. «Ή νόμιζε ότι δεν το είδα; Εντάξει, δεν λέω... και μένα μου προκάλεσε ένα ενδιαφέρον, αλλά ορίστε, είναι όπως όλοι τους».

Ασυναίσθητα κοιτάχτηκε στον καθρέφτη του μπάνιου, αλλά δεν επέμεινε.

«Τι ενδιαφέρον δηλαδή; Μην υπερβάλλω», προσπάθησε να πείσει τον εαυτό της. «Απλά, έτσι ένα... ουσιαστικά ένα τίποτα», κατέληξε να λέει ψέματα μέσα της.

Είχε αφήσει τα άλλα πράγματα και κοιτούσε τη βαφή μαλλιών μπροστά από τον καθρέφτη.

«Να τ' ανοίξω ή να μην τ' ανοίξω;», διερωτήθη.

Η Λίσα είχε καταπληκτικά ξανθά φυσικά μαλλιά που θα τα ζήλευε η καθεμιά και ποτέ μέχρι σήμερα δεν είχε σκεφτεί να αλλάξει το χρώμα τους.

Σήμερα όμως, ένα μικρό χαριτωμένο φτερωτό πλασματάκι που το φωνάζουν «Έρωτα», την επισκέφτηκε όπως ήταν εκνευρισμένη στο πολυκατάστημα και μάλλον έσπειρε αρκετά στίγματα αβεβαιότητας και αμφιβολίας στην ευαίσθητη, τραυματισμένη κρίση της.

Την ώρα που η Λίσα ήταν έτοιμη να ανοίξει τη συσκευασία, ζαλισμένη από τις σειρήνες της ανασφάλειας, σώθηκε απ' το «κουδούνι». Το τηλέφωνο που χτυπούσε έσωσε μια από τις ωραιότερες ξανθιές της Υπηρεσίας με τη συμβολή του Κλιμακίου της Φιλανδίας. Βέβαια άθελά του και χωρίς να ξέρει την επερχόμενη καταστροφή.

– Παρακαλώ, απάντησε η Λίσα

– Τι κάνεις, αγάπη μου; ακούστηκε θερμά από την άλλη άκρη της τηλεφωνικής γραμμής.

Ήταν η Νάταλι, μια από τις καλύτερες φίλες της Λίσας, αν και πλέον βλέπονταν σπάνια λόγω της απόστασης. Στον λίγο χρόνο που η Λίσα είχε υπηρετήσει στην πρεσβεία της Φιλανδίας, οι δύο κοπέλες είχαν γνωριστεί αναπτύσσοντας μια βαθιά φιλία που έστω και μέσω τηλεφώνου πια, κρατούσε χρόνια. Κατά καιρούς βέβαια συναντιόντουσαν, όταν η Νάταλι επισκέπτονταν τα Κεντρικά.

Η Λίσα καταχάρηκε με τη φωνούλα που άκουγε.

– Μωρό μου, της είπε, τι κάνεις, πώς τα περνάς; Πώς είναι ο Στίβεν;

Όταν η Λίσα, μετά τη Φιλανδία πήρε μετάθεση για τη Βιρτζίνια, η Νάταλι είχε ήδη αποφασίσει να σταματήσει την παγκόσμια καριέρα της και τις διαδρομές που της άνοιγε το πόστο της, λόγω ξαφνικού έρωτα με τον Στίβεν, έναν Αμερικανο-Φιλανδό υπάλληλο της πρεσβείας, τον οποίο παντρεύτηκε και με τον οποίο ζούσε ευτυχισμένη μέχρι και σήμερα. Έκανε τη μετάθεσή της μόνιμη, και συνέχισε να εργάζεται εκεί ως διπλωματική υπάλληλος ασφάλειας.

– Τέλεια! Όλα τέλεια! Κι εγώ κι ο Στίβεν. Εσύ πες μου τα νέα σου...

– Τίποτα καινούργιο. Βαρετά και ίδια όπως τα ξέρεις. Να, τώρα γύρισα από το σουπερμάρκετ σαν τις καλές, μεσήλικες, παροπλισμένες νοικοκυρές, της έκανε πλάκα η Λίσα.

– Έχεις τίποτα να φάμε γιατί πεινάω; της έκανε πλάκα και η Νάταλι. Να, τώρα γυρίσαμε από ένα μπαράκι που ήμασταν καλεσμένοι για κάτι γενέθλια ενός φίλου και πεινάω σαν λύκος. Γι' αυτό και σε πήρα τέτοια ώρα Φιλανδίας. Είπα να επωφεληθώ από τη διαφορά ώρας.

– Μπα, δεν έχω όρεξη να φτιάξω τίποτα, φίλη, εκτός αν θες παγωτό. Έχω Μπεν...

– Παγωτό εσύ; Με ανησυχείς...

– Είχα τα νεύρα μου κι όταν νευριάσω, κάνω την αμαρτία.

– Ωραία αμαρτία πάντως. Νεύρα γιατί; Κάνας άντρας; Τίποτα ενδιαφέρον, Λισάκι;

– Όχι, ρε παιδάκι μου... τα ψιλοέχασε η Λίσα χωρίς να το θέλει. Ένας συνάδελφος εκεί, με εκνεύρισε, τίποτα σπουδαίο, τους ξέρεις τώρα...

– Εντύπωση μου κάνει, εσύ δε νευριάζεις ποτέ με τη δουλειά.

– Να μωρέ, να, μου είχε πει ότι θα συνεργαστούμε σε μια «επιχείρηση» και στο τέλος μ' έγραψε.

Η Λίσα και ήθελε και είχε αρχίσει να εκδηλώνεται, αλλά δεν το είχε πάρει χαμπάρι.

– Συνάδελφος, ε; της είπε περιπαικτικά η Νάταλι. Πολύ ενδιαφέρον!

– Μπα, καλή μου, σύνελθε. Κουτσομπόλα... της είπε χαϊδευτικά.

– Καλά, το αφήνω για τώρα, αλλά να ξέρεις ότι οι φιλενάδες έχουν ένστικτο. Θα βγεις σήμερα; Τίποτα φίλες; Καμιά εξόρμηση για «μαργαρίτες»;

– Μπα όχι, Νάταλί μου. Μόνη μου έχω μείνει.

– Κάνα δύο φίλες που είχες εκεί;

– Χαθήκαμε. Ξέρεις τώρα η κωλοδουλειά. Πώς να έχεις φίλες και φίλους όταν δεν μπορείς να τους πεις τι δουλειά κάνεις.

– Ε καλά, εκεί στην πατρίδα δεν απαγορεύεται να πεις ότι δουλεύεις για την «Εταιρεία»...

– Ναι, μωρέ, αλλά μετά αρχίζουν τις ερωτήσεις, τις τρώει η

131

περιέργεια πάνω σε τι δουλεύεις, ρωτάνε για τα πρότζεκτ σαν να βλέπουνε ταινίες του 007 και αναγκάζεσαι λόγο του απορρήτου και σιγά σιγά αποξενώνεσαι. Δημιουργείται ένας πάγος και σε αποφεύγουν και εκείνοι πια, νομίζοντας ότι δεν τους έχεις εμπιστοσύνη. Τα ξέρεις τώρα κι εσύ. Τι ρωτάς;

– Άρα δεν έχει παρασκευιάτικη έξοδο;

– Μπα, μόνο «κομμωτήριο», φιλενάδα. Πήρα μια βαφή να ανοίξω μόνη μου τα μαλλιά μου. Αλήθεια, πώς το βλέπεις;

– Μην τολμήσεις. Μην τολμήσεις, γιατί θα στείλω κλιμάκιο.

Δεν μου τα λες καλά, φιλενάδα, χαμογέλασε η Νάταλι πονηρά. Σήμερα που νευρίασες με το συνάδελφο αποφάσισες να πας για ρεκτιφιέ;

– Μην τα συνδυάζεις. Σιγά μην άλλαζα τα μαλλιά μου γι' αυτόν. Σου είπα, είναι καθαρά επαγγελματικό...

– Σίγουρα! της είπε η Νάταλι ειρωνικά. Και δεν μου λες, είναι καλός; συνέχισε το ψάρεμα γιατί σίγουρα είχε δει κάτι στο ύφος της Λίσας.

– Καλός... τι καλός και κουραφέξαλα; Ένας γοητευτικός αξιωματούχος είναι.

– Δηλαδή έχει κάτι;

– Κάτι;... όλοι κάτι έχουν. Εντάξει, είναι γοητευτικός, πολύ έξυπνος και έχει φοβερούς τρόπους. Έχει έναν αέρα, ρε παιδί μου.

Είχε αρχίσει να ανοίγεται. Χαμπάρι δεν είχε πάρει κι ας είχε εκπαιδευτεί στην ψυχολογία των ανακρίσεων. Δυστυχώς στα σεμινάρια δεν υπήρχε κεφάλαιο περί έρωτος...

– Για πες μου, Λίσα, ψηλός, λιγνός, αλήθεια τι μάτια; την περιέπαιξε η Νάταλι.

– Θα σου στείλω φωτογραφία, βλαμμένη. Άντε παράτα με. Πήγαινε στην αγκαλιά του άντρα σου και άσε με να πάω στο παγωτό μου, της είπε παιδικά η Λίσα.

– Να σ' αφήσω, αλλά πρώτα θέλω μια πληροφορία που σημαίνει πολλά. Το Μπεν&Τζέρι που πήρες είναι με σοκολάτα;

– Ναι, απάντησε αμέσως η Λίσα χωρίς να υποψιάζεται.

– Είναι το μικρό των 100 γρ. ή το μεγάλο των 400;

– Για την ακρίβεια, εδώ το βγάζουν 114 γρ. και 411, της απάντησε ειρωνικά η Λίσα με διάθεση για παιγνίδι.

– Τι ρομαντική λεπτομέρεια... Για απάντησέ μου, γιατί παίζει ρόλο.

– Των 400. Θα μου πεις τώρα γιατί ρωτάς;

– Έτσι εξηγείται, μωρό μου! Η βαφή και τα 100 γρ. είναι απλό ενδιαφέρον, αλλά η βαφή και τα 400 είναι σαφέστατα ΕΡΩΤΑΣ, της την έφερε η Νάταλι.

– Ε άντε χάσου, ρε χαζό, της είπε γελώντας η Λίσα. Δώσε πολλά φιλάκια στον Στίβεν και στα άλλα παιδιά στην πρεσβεία.

– Φιλάκια πολλά και καλή επιτυχία, της είπε η Νάταλι και έκλεισε τη γραμμή.

Η Λίσα άφησε το ακουστικό στο τραπεζάκι του σαλονιού και έκανε μια γκριμάτσα. Ξανασκεφτόταν όλη την κουβέντα με τη φίλη της.

– Λες; αναρωτήθηκε.

ΚΕΦΑΛΑΙΟ 6

Λιμάνι Λαυρίου,
Γραφείο Interpol/Κλιμάκιο FBI

Στη βόρεια πλευρά του λιμανιού του Λαυρίου, καμιά διακοσαριά μέτρα μακρύτερα από κει που σήμερα σώζονται η σιδερένια Γαλλική Σκάλα και πίσω ακριβώς ερείπια των αποθηκών της Γαλλικής Εταιρείας, υπάρχει ένα μικρό ύψωμα, γύρω στα σαράντα πενήντα μέτρα απ' την επιφάνεια του νερού, απ' όπου μπορείς να δεις όλη την προβλήτα αλλά κι ακόμη μακρύτερα.

Η ματιά του παρατηρητή μπορεί να γδύσει όλη τη θαλάσσια περιοχή μέχρι τις ακτές της Μακρονήσου κι αν η διάθεση του καιρού το επιτρέπει, μπορείς και ν' ακουμπήσεις σχεδόν ακόμη και τη νότια μεριά της Εύβοιας, εκεί που το κάβο Ντόρο παίζει το ρόλο κλειδοκράτορα στην άκρη της Τήνου.

Η περιοχή έχει ακόμη και σήμερα μια περίεργη ενέργεια. Σχεδόν καταθλιπτική. Μπορεί η Σκάλα να στέκει ακόμη εκεί επιβλητική, σκουριασμένη απ' το χρόνο, σιωπηλή, κοιτάζοντας το πέλαγος με τις σιδερένιες κολόνες της να υποβαστάζουν μια ολόκληρη εποχή, σίγουρα όμως οι ήχοι που ταξιδεύουν στο σημείο απ' το παρελθόν στοιχειώνουν τον ιστορικό καημό του Λαυρίου.

Αν μπορούσε να μιλήσει, σίγουρα θα το έκανε εις τη γαλλική. Έτσι όμως ο καημός δεν θα έβρισκε στόμα και το λιμάνι θα ξαναπλημμύριζε από καημό, όπως ακριβώς βούλιαξε επί δεκαετίες από τα απόνερα του γαλλικού επεκτατισμού και της αποικιοκρατικής διπλωματίας.

Ακριβώς σε αυτό το υψωματάκι είχε παρκάρει ο Δημήτρης το μικρό αυτοκινητάκι του, ένα Opel Corsa. Το σημείο ήταν ό,τι έπρεπε για να βλέπει όλο το λιμάνι, αλλά και ιδανικό για να παρακολουθεί τη μικρή σιδερένια σκάλα του Yelizaveta που είχε δέσει από το πρωί, φτάνοντας στο Λαύριο γύρω στις δέκα.

Κι ο καιρός ήταν ιδανικός, αν και αρχές Δεκέμβρη. Ειδικά για βόλτα, αν και το ξεχασμένο Λαύριο δεν αποτελούσε ακόμη και σήμερα δημοφιλή προορισμό, γεγονός που εξηγούσε το ότι περνούσαν ολόκληρα τέταρτα της ώρας χωρίς ο Δημήτρης να βλέπει άνθρωπο τόσο εκεί κοντά του, όσο και στην προβλήτα.

Ένα απαλό αεράκι γύρω στα τέσσερα μποφόρ χτένιζε ανά τακτά διαστήματα το κοντοκουρεμένο μαλλί του πράκτορα του FBI, σταματώντας όμως ερμητικά στην πορεία του προς τα κάτω από τα πορτοκαλί Ρέιμπαν που προστάτευαν τα γαλαζοπράσινα, τιρκουάζ μάτια του.

Στην ίδια απόχρωση του γαλάζιου ήταν και το ένα από τα τρία χρώματα της εσθονικής σημαίας που κυμάτιζε λίγο μακρύτερα, πάνω στα παλιοσίδερα του μικρού σχεδόν πεθαμένου από οξείδωση εμπορικού.

Και πολλοί να την έβλεπαν, λίγοι θα την καταλάβαιναν. Άλλωστε το πέρασμα της Εσθονίας στη Δημοκρατία είναι σχετικά πρόσφατο, με αποτέλεσμα αυτός ο συμβολισμός του μπλε στην πίστη και την αφοσίωση να μπερδεύει παραπέμποντας σε εφιαλτικές αναδρομές στη σοβιετική τους υποταγή, χωρίς όμως πίστη και αφοσίωση, αλλά λόγο τανκς και βίας.

Κι όμως, ο εσθονικός λαός δηλώνει την πίστη και την αφοσίωσή του στο μέλλον, κάτι που φαινόταν ξεκάθαρα και στην τρίτη λευκή λωρίδα της σημαίας που αντιπροσωπεύει αισιοδοξία και φως, αφήνοντας μόνο του στη μέση του εθνικού συμβόλου ένα κομμάτι μαύρης, πονεμένης, αιματοβαμμένης ιστορίας, τσαλαπατημένης από Δανούς, Γερμανούς και πάνω απ' όλα σοβιετικούς κατακτητές.

Και παρά τη ρεαλιστική απεικόνιση της ιστορίας μέσα από το συμβολισμό, σαν σεναριακή ειρωνεία ο φιλοσοβιετικός Τιμοφέι είχε επιλέξει αυτή τη σημαία για το πλοίο του, αποδεικνύοντας ότι στο εμπόριο και το κέρδος δεν υπάρχει ιδεολογία. Αν και ιδιαιτέρως αμφίβολο αν είχε ποτέ περάσει σε σημειολογική ανάλυση.

Ο Δημήτρης είχε αρχίσει να κουράζεται από τη χωρίς δράση παρακολούθηση, αλλά γνώριζε καλά ότι «η δουλειά έπρεπε να γίνει!».

Άφησε να γλιστρήσουν απ' το χέρι του τα κιάλια στο κάθισμα του συνοδηγού και σχεδόν ταυτόχρονα πήρε με το δεξί του χέρι ό,τι είχε απομένει από το πρωινό του σάντουιτς.

Όχι τίποτα σπουδαίο, αυτά τα κλασικά τριγωνικά ψωμάκια του τοστ που πουλάνε στα περίπτερα και κάπου κάπου στο εσωτερικό τους οι ετοιματζήδες στην Ελλάδα βάζουν και μια ανάξια μέτρησης ποσότητα τυριού και ζαμπόν.

Για δευτερόλεπτα, καθώς μάσαγε το «απογευματινό» του – κόντευε 5 το απόγευμα– ο ουρανίσκος του αναπόλησε τα καταπληκτικά τέτοιου τύπου σάντουιτς που έτρωγε στη Νέα Υόρκη, όταν έφυγε απ' τη Σχολή στην Ουάσινγκτον για την πρώτη του μετάθεση.

Αν και λάτρευε την Ελλάδα, πολλά πράγματα από την από κει πλευρά του Ατλαντικού ήταν αναντικατάστατα.

«Δεν μπορείς να τα έχεις κι όλα», σκέφτηκε.

Κάνοντας να κοιτάξει το ρολόι του, γυρνώντας προς το αριστερό του χέρι που μισοκρεμόταν έξω απ' το παράθυρο, η ματιά του έπεσε σ' ένα μικρό σκυλάκι που είχε πλησιάσει στα μουλωχτά και τον παρακολουθούσε την ώρα που έτρωγε το κρύο σάντουιτς, προφανώς ευελπιστώντας σε κάποια «δωρεά».

Ο Δημήτρης άνοιξε αμέσως την πόρτα χωρίς να κάνει απότομη κίνηση και το τρομάξει.

– Είσαι άτυχος, ομορφούλη, δεν σε πρόσεξα και δεν περίσσεψε τίποτα, του είπε απαλά, απλώνοντας το χέρι του προς το σκυλάκι, όχι για να το χαϊδέψει, αλλά για να εξοικειωθεί μαζί του.

Ο μικρός σε ηλικία ημίαιμος –έμοιαζε με ποιμενικό– άρπαξε την ευκαιρία και, αφού τον μύρισε πρώτα, του έγλειψε το χέρι. Ο Δημήτρης τον χάιδεψε και σαν έντονη παρέμβαση της μνήμης του ήταν σαν να έβλεπε μπροστά του τον Ρεξ, το πανέξυπνο Τζακ Ράσελ με το οποίο μεγάλωσε από 5 ετών, όταν ο πατέρας του του τον έφερε σαν δώρο για τα γενέθλιά του στο πατρικό του σπίτι στην Τάμπα της Φλόριντα.

CIA: Επιχείρηση Παράκελσος

Γιος μεταναστών απ' την Κάρπαθο, ο Δημήτρης είχε μεγαλώσει δίπλα στο νερό ή και μέσα σε αυτό, αφού συχνά ο πατέρας του τον έπαιρνε μαζί με το ψαράδικο, το οποίο είχε συνεταιρικά με ακόμη έναν Έλληνα από την Κάλυμνο.

Κι ο Δημήτρης με τη σειρά του έπαιρνε μαζί στο σκάφος και τον Ρεξ, που συχνά άρπαζε κάνα ψάρι από τα φρεσκοσηκωμένα δίχτυα, με αποτέλεσμα ατελείωτα κυνηγητά σε όλα τα σημεία του σκάφους.

Όταν μετά από καμιά 12αριά χρόνια ο Ρεξ αποφάσισε να μεταναστεύσει στον ζωικό Παράδεισο, η εφηβεία βρήκε τον Δημήτρη να στιγματίζεται απ' την απώλεια του τετράποδου φίλου του, κάνοντάς τον να ορκιστεί ότι ποτέ ξανά δεν θα αποκτούσε σκύλο, μη θέλοντας να δηλητηριαστεί ξανά από μια τέτοια απώλεια.

Κι όντως το τήρησε, με μοναδική εξαίρεση μια χρονική στιγμή που η Ομοσπονδιακή Υπηρεσία ζητούσε εθελοντές για να ασχοληθούν με την εκπαίδευση και βέβαια μετέπειτα «συμπόρευση» ειδικών σκύλων για εκρηκτικά και ναρκωτικές ουσίες.

Ο Δημήτρης, τότε, σκέφτηκε σοβαρά τη μετάθεσή του στο αντίστοιχο Τμήμα K9 του FBI, αλλά γρήγορα απέβαλε κάθε τέτοια σκέψη, ξέροντας ότι κάποια στιγμή ή μάλλον αρκετές φορές στην καριέρα του θα έπρεπε να περάσει και πάλι δύσκολες στιγμές, αποχωριζόμενος αγαπημένους «συνεργάτες».

Εξακολουθούσε όμως να λατρεύει τα ζώα και ειδικά τα σκυλιά και απ' ό,τι φαινόταν αυτό ήδη το είχε αντιληφθεί και ο απρόσκλητος τετράποδος επισκέπτης του Λαυρίου, που είχε ήδη «ντεραπάρει» στο έδαφος αναζητώντας χάδια στην κοιλίτσα.

Με την άκρη του ματιού του ο Δημήτρης κοίταξε τώρα πάλι προς το πλοίο και είδε δύο φιγούρες να πλησιάζουν την κλίμακα. Γρήγορα έπιασε τα κιάλια και η προσοχή του ξαναγύρισε στο Yelizaveta.

Δεν πρέπει να ήταν το «υποκείμενο». Έμοιαζαν με τους άλλους δύο του πληρώματος που έβγαιναν στο λιμάνι για διασκέδαση. Ο Δημήτρης τους ήξερε καλά όλους απ' την προηγούμενη παρακολούθηση, αλλά η σχετική απόσταση δεν βοηθούσε ιδιαίτερα στο να είναι σίγουρος.

Σε μερικά δευτερόλεπτα οι δύο ύποπτοι κατέβηκαν απ' τη σκάλα και αργά άρχισαν να βηματίζουν προς το φυλάκιο στην έξοδο του λιμανιού.

Το σήμα του FBI ήταν σαφές. Ουσιαστικά ήταν σήμα της CIA, αλλά ο Δημήτρης δεν το γνώριζε. Με τις ενοποιήσεις στις Υπηρεσίες Ασφάλειας των Η.Π.Α. τώρα πια όλα τα «γραφεία» συνεργάζονταν και η δουλειά γινόταν σχετικά πιο εύκολα.

Ο Δημήτρης δεν ήξερε ούτε το λόγο παρακολούθησης. Απλά του είχαν πει να προσαχθεί ο Μαροκινός ατύπως, ως ύποπτος λαθρεμπορίου ή με οποιαδήποτε άλλη δικαιολογία κι αν δεν βρισκόταν τίποτα πάνω του, να τον άφηναν κανονικά ελεύθερο.

Δεν συνέφερε την «Εταιρεία» να ψυλλιαστεί τίποτα ο Μαροκινός και φυσικά οι υπόλοιποι. Ειδικά με τη βοήθεια του Ασημακόπουλου στο λιμεναρχείο, όλα έμοιαζαν παιγνιδάκι. Οι άντρες του λιμενικού στην πύλη ήταν μιλημένοι και το ποντίκι έτοιμο να πέσει στη φάκα.

Αυτός που ενδιέφερε απ' το πλήρωμα ήταν μόνο ο Μαροκινός. Με αυτόν έπρεπε ο Δημήτρης να δημιουργήσει κάποιο τεχνητό επεισόδιο, ώστε να γίνει η προσαγωγή και να επιτευχθεί ο σωματικός έλεγχος. Αν ο Νασίρ ήταν καθαρός, ο Δημήτρης θα απέσυρε δήθεν τη μήνυση και μετά θα τον άφηναν ελεύθερο.

Το σήμα όμως δεν άφηνε τίποτα στην τύχη, αφού κανείς δεν μπορούσε να είναι σίγουρος ότι ξαφνικά δεν θα άλλαζαν οι ρόλοι και οι άλλοι δύο του πληρώματος ή ακόμα και κάποιος τρίτος δεν θα γινόταν «Νασίρ» για κάποια πιθανή μεταφορά, αν τελικά ήταν και αυτοί στο κόλπο.

Γι' αυτό και είχε αποφασιστεί η διακριτική παρακολούθηση όποιου κατέβαινε απ' την κλίμακα του πλοίου. Στο λεξικό της CIA, εκτός απ' το «μάλλον» λείπει και η λέξη «τύχη», γι' αυτό και δεν αφήνουν τίποτα στην τύχη.

Ο Δημήτρης κοίταξε ξανά τις φωτογραφίες των υπόπτων και τώρα που ήταν πιο κοντά τους ταυτοποίησε με απόλυτη σιγουριά. Ήταν σίγουρος ότι ήταν οι άλλοι δύο του πληρώματος, που είχαν κατέβει και την άλλη φορά, και όχι ο Νασίρ.

Λίγο πιο πέρα από την έξοδο του λιμανιού, καμιά πενηνταριά μέτρα πιο κάτω προς το κέντρο με τα καταστήματα, τα μπαράκια και την κεντρική αγορά της πόλης, ήταν παρκαρισμένη η Θεανώ, συνάδελφος του Δημήτρη στο Κλιμάκιο και αποσπασμένη από την Ελληνική Αστυνομία.

Η Θεανώ ήταν μια γλυκύτατη μελαχρινή απ' τη Θεσσαλονίκη, γύρω στο 1,70 ύψος, με θηλυκότατα χαρακτηριστικά και καλογυμνασμένο κορμί.

Είχε αδυναμία στα λουλουδένια φορέματα και σε συνδυασμό με τα λαδί μάτια της και τα λεπτεπίλεπτα χαρακτηριστικά του προσώπου της αποτελούσε μια μικρή κουκλίτσα, παρά την επιχειρησιακή δύναμη που μπορούσε να προβάλει αν η αποστολή το απαιτούσε.

Σωστός μαγνήτης για τα λιγουρεμένα μάτια των δύο ναυτικών που σε κάθε ταξίδι αναζητούσαν την αμετροεπή περιπέτεια στο λιμάνι.

Βέβαια η Θεανώ δεν σκόπευε να τους κάνει τη χάρη, αλλά σίγουρα συγκέντρωνε όλα εκείνα τα στοιχεία ώστε ακόμη κι αν την εντόπιζαν να τους ακολουθεί, να αποτελούσε μια οπτασία της φαντασίας τους που δεν θα προκαλούσε υποψίες.

Ο Δημήτρης πήρε το γουόκι τόκι στο χέρι και απευθύνθηκε στη Θεανώ που ήταν σε αναμονή:

– «Δελφίνι» προς «Λευκό Πύργο», ακούει;

– 4 στα 4, «κολυμβηταρά». Έχουμε κίνηση;

– Σου 'ρχονται «τουρίστες» στα 50 μέτρα. Δεν τους βλέπεις ακόμα. Ανέλαβε την ξενάγηση...

– Με μεγάλη μου ευχαρίστηση. Είχα καιρό να βγω... Όβερ.

– Πρόσεχε, συνάδελφε! Όβερ.

Η 28χρονη αστυνομικός έβαλε το φορητό σι μπι στην εσωτερική τσέπη του σακακιού που φορούσε πάνω από το φουστάνι και σύνδεσε ένα ακουστικό στο δεξί της αυτί, καμουφλάροντας κάτω από το λαμπερό μαλλί της το καλώδιο που τα συνέδεε.

Σε μερικά δευτερόλεπτα, οι δυο ανυποψίαστοι ναυτικοί προσπέρασαν χαχανίζοντας το πράσινο Skoda της Θεανούς χωρίς να την προσέξουν και εκείνη τους άφησε λίγο να προηγηθούν κι έπειτα έβαλε μπροστά τη μηχανή και άρχισε να τους ακολουθεί από απόσταση.

Ο Δημήτρης κοίταξε τον ουρανό στ' ανοιχτά της Μακρονήσου και αισθάνθηκε το δειλινό να πλασάρει τα δικά του χρώματα στο γαλάζιο των νερών.

Κόντευε πια απόγευμα κι ο Νασίρ δεν έλεγε να ξεκουνήσει. Συνήθως κατά το μεσημεράκι –γύρω στις 3, τις προηγούμενες φορές– ο κοντόλιγνος Μαροκινός έπαιρνε το δρόμο για την κεντρική πλατεία κι από εκεί το ΚΤΕΛ για το τζαμί στην Παιανία.

Μπορεί το παράνομο, αδήλωτο, όπως σχεδόν τα περισσότερα τζαμιά στην Ελλάδα, να λειτουργούσε σαν τόπος λατρείας, αλλά το ωράριο που οι μουσουλμάνοι λούφαζαν στα κρυφά μέσα στο υγρό παραποιημένο υπόγειο δεν είχε καμιά σχέση με τα νορμάλ ωράρια λειτουργίας των κανονικών ανά την υφήλιο τζαμιών.

«Αν ξεκινήσει ακόμα και τώρα και φτάσει εκεί μέχρι τις 9, θα είναι ακόμα ανοιχτά», σκέφτηκε... «Μήπως όμως δεν πάει αυτή τη φορά; Μήπως κυνηγάμε λαγούς με πετραχήλια;», αν και αδόκιμος ο όρος «πετραχήλια» σε αυτή την περίπτωση, γέλασε με τον εαυτό του. «Μήπως ακυρώνονται όλα;»

Είχε περάσει κάνα μισάωρο από τότε που τα δύο άλλα μέλη του πληρώματος είχαν αφήσει τη φωλιά τους.

– «Λευκός Πύργος», ακούει; ρώτησε ο Δημήτρης στον ασύρματο.

Επικράτησε σιγή αρκετών δευτερολέπτων και αποφάσισε να ξαναδώσει σήμα.

– «Λευκός Πύργος», ακούει; ξαναρώτησε.

– Ακούει, αλλά έπεσα πάνω σε «περαστικούς» και δεν μπορούσα να μιλήσω, του απάντησε η Θεανώ.

– Έχουμε εικόνα από το «Θερμαϊκό»;

– Πολύ καλή και απ' ό,τι φαίνεται σε λίγο θερμότατη. Ήδη έχουν βρει καταφύγιο στα «λαδάδικα». Παρέα, ποτό και προφανώς κουλτουριάρικες συζητήσεις με τις «ζωγράφους».

– Έχεις καλή θέα;

– Πεντακάθαρη και ασφαλή, δεν χρειάστηκε να χωθώ πιο μέσα...

– Τέλεια, σε βλέπω να μένεις εκεί όλο το βράδυ. Όβερ.

– Μη μου τάζεις διασκεδάσεις. Δεν θα τ' αντέξω. Όβερ.

Ο Δημήτρης χαμογέλασε με τη σπιρτάδα και τη δημιουργικότητα της Θεανούς.

Ήταν καταπληκτικό δίδυμο, αλλά μόνο φίλοι.

Ούτως ή άλλως η Θεανώ ήταν ερωτευμένη και αρραβωνιασμένη με ένα καταπληκτικό παιδί που δούλευε ως διευθυντής πωλήσεων της AVIS, λίγο έξω απ' το Μαρκόπουλο. Σε κάνα δυο μήνες σκόπευαν να παντρευτούν και επισήμως, αφού έτσι κι αλλιώς ζούσαν μαζί. Αυτός ήταν κι ο λόγος που η Θεανώ είχε παρατήσει τη γενέτειρα Θεσσαλονίκη αποδεχόμενη με ευχαρίστηση τη μετάθεση στο Λαύριο.

CIA: Επιχείρηση Παράκελσος

Ο 33χρονος Δημήτρης, αυτή την εποχή, ήταν μεν επισήμως εργένης, αλλά κι εκείνου είχαν ξυπνήσει τα βελάκια του έρωτα για μια συνάδελφό του –κι αυτή αποσπασμένη του FBI– στη Γενική Ασφάλεια της Αθήνας, στα γραφεία της Interpol.

Η απόσταση έκανε την παρτίδα σχετικά πιο δύσκολη, αλλά η συχνή επαφή λόγω Υπηρεσίας και σίγουρα η αύρα που του εξέπεμπε η 28χρονη Τζάνετ από τη νότια Αλαμπάμα, είχε για τα καλά θεμελιώσει ένα πολλά υποσχόμενο ειδύλλιο. Απλά αυτή τη στιγμή περνούσαν ακόμη το στάδιο της «διπλωματικής προσέγγισης», μεταξύ δείπνων στην Αθήνα και εξορμήσεων στην εξοχή με αυτοκίνητο, όποτε οι συνθήκες τούς το επέτρεπαν. Σύντομα θα ερχόταν και η «δεξίωση».

Προς το παρόν ερχόταν ο Νασίρ, χωρίς βέβαια να ξέρει τι τον περιμένει.

Ο Δημήτρης τον γνώρισε αμέσως με το που άρχισε να κατεβαίνει τα σιδερένια σκαλοπάτια του πλοίου. Ήταν και το περπάτημά του χαρακτηριστικό, αφού βάδιζε κάπως σαν τον Τσάρλι Τσάπλιν, περίπου με τα πόδια ανοιχτά, σαν πιγκουίνος.

Αμέσως ο Δημήτρης ξεκίνησε το αυτοκίνητο και το σχέδιο που είχε ήδη καταστρώσει. Ένα σχέδιο απλό, αλλά όπως όλα απαιτητικό σε ακρίβεια.

Γρήγορα κινήθηκε προς την πύλη του λιμανιού που δεν είχε κατεβασμένη μπάρα.

Οι δυο ΟΥΚάδες που εκτελούσαν χρέη φυλακής της κεντρικής εισόδου και ήταν ενημερωμένοι απ' τον Ασημακόπουλο, γνώρισαν αμέσως τον Δημήτρη, δεν του έδωσαν σημασία, αλλά ετοιμάστηκαν για τη συνέχεια.

Ο Δημήτρης πήρε μια γρήγορη αριστερή στροφή και ακολούθησε την κανονική πορεία του πάρκιγκ προς τα ανατολικά.

Ο Μαροκινός δεν μπορούσε να τον δει. Ήθελε να βγει με το αυτοκίνητο από πίσω του, αλλά έπρεπε να τον πλησιάσει όταν εκείνος θα είχε φτάσει περπατώντας κοντά στο φυλάκιο της εισόδου.

Όταν ο Νασίρ έφτασε καμιά 20αριά μέτρα από την έξοδο, ο Δημήτρης που τον ακολουθούσε αθόρυβα, γύρω στα 15 μέτρα από πίσω του, γκάζωσε απότομα και φτάνοντάς τον έκανε έναν ξαφνικό ελιγμό, ώστε να τον ακουμπήσει απαλά με το πλάι του αυτοκινήτου.

141

Δεν είχε πρόθεση να τον τραυματίσει ή να του προκαλέσει μεγάλη ζημιά, αλλά έπρεπε να φανεί σαν σύγκρουση. Ήθελε προσεκτικό χειρισμό και ακρίβεια.

Κι όντως έτσι έγινε. Ο Δημήτρης έκοψε το τιμόνι προς τα δεξιά, αλλά λίγο, και απότομα πάτησε έντονα φρένο για να προκαλέσει θόρυβο.

Η ταχύτητα ήταν πολύ μικρή και το αυτοκίνητο κοκάλωσε αμέσως. Προκάλεσε όμως την προσοχή των δύο φρουρών, που ούτως ή άλλως παρακολουθούσαν.

Μέχρι ο ΟΥΚάς να κινηθεί προς το σημείο, ο Δημήτρης είχε βγει απ' το αυτοκίνητο και αμέσως απευθύνθηκε στον Μαροκινό:

– Συγγνώμη, ρε φίλε, δεν το ήθελα. Είσαι καλά, χτύπησες; τον ρώτησε στα ελληνικά σαν να μην ήξερε ότι στα αυτιά του Νασίρ θα ακούγονταν κινέζικα. Αυτό επεδίωκε...

– Τι κάνεις, ρε μαλάκα, στραβωμάρα έχεις, δεν βλέπεις πού πας; του απάντησε ο Μαροκινός στη μητρική του.

Αναμενόμενο. Όταν ο Δημήτρης έβγαζε το σχέδιο προσέγγισης του «υποκειμένου», ξέροντας καλά από ψυχολογία, γνώριζε και είχε προβλέψει ότι σε στιγμές κρίσης η πρώτη αντίδραση είναι στη μητρική σου.

Ο Δημήτρης άρπαξε αμέσως την ευκαιρία και πλησιάζοντάς τον τον άρπαξε από το πουκάμισο με μια επιτηδευμένη δόση επιθετικότητας. Εν τω μεταξύ ο σκοπός πλησίαζε το συμβάν.

– What are you saying you motherfucker? του είπε κι ο Δημήτρης στη μητρική του για να τον τσαντίσει, πιθανολογώντας ότι ο Μαροκινός θα γνώριζε κάποια αγγλικά. I tolds you am sorry. What's your fucken problem? έκανε πως ρωτάει, μισοτρώγοντας τις λέξεις και κάνοντας την επικοινωνία ακόμη πιο δύσκολη και έντονη.

Το έπαιζε τέλεια!

Ο Νασίρ κατάλαβε τα πάντα και υποψιαζόμενος ότι ο Δημήτρης μάλλον ήταν Αμερικανός, φούντωσε ακόμα περισσότερο, σαν ταύρος σε υαλοπωλείο.

Βάζοντας όσο περισσότερη δύναμη είχε, απώθησε τα χέρια του από πάνω του και προσπάθησε εκείνος τώρα να γραπώσει τον Δημήτρη, που με μια έξυπνη, γρήγορη κίνηση βρέθηκε μερικά εκατοστά εκτός της ακτίνας του «ναυτικού».

Εκείνος σαν να έπιασε αέρα, ορμώμενος και εκτός ισορροπίας, έδωσε στον ΟΥΚά, που είχε φτάσει πια εκεί, σαφέστατα την εντύπωση του επιτιθέμενου.

– Fuck you! Fuck you and your mama bloody American, φώναξε προς τον Δημήτρη με σπαστά αγγλικά, προσπαθώντας να χυμήξει προς τα πάνω του.

Άλλο που δεν ήθελε ο Δημήτρης για να δημιουργηθεί το επεισόδιο. Φυσικά και δεν αντέδρασε, αν και τον είχε για την πλάκα του. Ήταν πολύ γυμνασμένος και στο λύκειο έπαιζε και ράγκμπι.

Ούτως ή άλλως ο Μαροκινός δεν μπορούσε να του την πέσει, γιατί ήδη ο ΟΥΚάς είχε μπει στη μέση και με τις τεράστιες πλάτες του έκοβε τόσο τη θέα του Μαροκινού προς τον Δημήτρη, όσο και τη θέα του Λαυρίου...

– Έλα τελειώσαμε! Time out. Φινίτο, του είπε άγρια ο λιμενικός χρησιμοποιώντας τρεις γλώσσες. What's going on? ρώτησε τον Νασίρ στα αγγλικά.

– He... he hit me with his car, είπε ο Νασίρ νομίζοντας ότι το συμβάν θα σταματούσε κάπου εκεί.

– And what about you Sir? What do you have to say? ρώτησε τον Δημήτρη συνεχίζοντας στα αγγλικά.

– He called me bad names and tried to hit me in the face. You saw it yourself, didn't you officer?

– This is stupid. He is a liar, προσπάθησε να πει ο Νασίρ, αλλά ο λιμενικός που ήξερε το ποθητό αποτέλεσμα τον έκοψε.

– Ok guys, both of you downtown. Both of you...

– I'll sue him, φώναξε επίτηδες ο Δημήτρης κι ο Νασίρ βγήκε απ' τα ρούχα του.

– Fuck you. Fuck you and America, φώναξε προς τον Δημήτρη. Ρε τι μου έτυχε στο τελευταίο ταξίδι, μονολόγησε με νεύρα στα μαροκινά...

– Enough, του είπε αυστηρά ο λιμενικός που ταυτόχρονα έδινε σήμα στο γουόκι τόκι ώστε να έρθει ένα υπηρεσιακό αυτοκίνητο να τους παραλάβει.

Το αυτοκίνητο –τζιπάκι του λιμενικού– περίμενε ήδη στην είσοδο και σε μερικά δευτερόλεπτα πλησίασε τους τρεις άντρες. Ο Νασίρ δεν είχε καταλάβει πάντως τίποτα.

Ο Δημήτρης ήξερε ότι έπρεπε να βάλει το κερασάκι στην

τούρτα ώστε να τους προσαγάγουν χωριστά. Με το που έφτασε το τζιπάκι έκανε ότι επιτίθεται ξανά στον Νασίρ φωνάζοντάς του: – This is it. Now you'll die you son of a bitch, του είπε επίτηδες ξέροντας ότι θα τον έκανε έξαλλο.

Και πάλι ο Μαροκινός προσπάθησε να κινηθεί προς το μέρος του, αλλά τώρα ο λιμενικός έπιασε την πάσα.

– That's it. Separate cars and cells, είπε. You guys are dangerous.

Ο λιμενικός που είχε έρθει, έκλεισε τον Μαροκινό στο πίσω κάθισμα του τζιπ και ο ΟΥΚάς που είχε αναλάβει το συμβάν έκανε πως έπιασε τον Δημήτρη απ' το σβέρκο και τον οδηγούσε προς την πύλη.

Γρήγορα το τζιπ του λιμενικού είχε βγει απ' την πύλη με πορεία προς το κεντρικό λιμεναρχείο και χωρίς πλέον ορατότητα προς το λιμάνι.

Ο ΟΥΚάς άφησε αμέσως τον Δημήτρη χαμογελώντας του με νόημα.

– Πολύ καλή δουλειά, συνάδελφε, τον επαίνεσε ο Αμερικανός.

Ο λιμενικός το καταχάρηκε και του έκλεισε το μάτι, ενώ ο Δημήτρης βιαστικά μπήκε και πάλι στο αυτοκίνητό του και κατευθύνθηκε προς τα γραφεία του Κλιμακίου.

Δεν χρειαζόταν να πάει από το λιμεναρχείο. Τώρα θα αναλάμβανε ο Παύλος. Θα προχωρούσαν σε σωματική έρευνα του Νασίρ και θα ενημέρωναν τηλεφωνικά τον Δημήτρη που θα αποφάσιζε πώς να πράξει. Άλλωστε, δεν υπήρχε και λόγος να δίνουν στόχο σε περισσότερους εκεί μέσα γι' αυτή την εποικοδομητική «συνεργασία».

Το λιμάνι απείχε δεν απείχε 2-3 λεπτά με το αυτοκίνητο απ' το κτίριο που στεγαζόταν ο Δημήτρης και η υπόλοιπη ομάδα. Πάρκαρε απ' έξω λίγο πρόχειρα και έτρεξε προς τα πάνω, ώστε να είναι κοντά στο τηλέφωνο.

Μπαίνοντας μέσα πέρασε απ' το κουζινάκι και έβαλε απ' την καφετιέρα ένα φλιτζάνι καφέ. Ήταν φτιαγμένος απ' το πρωί και μάλλον θα είχε χάσει όλη του τη γεύση, αλλά τέτοια ώρα τέτοια λόγια. Για καλό και για κακό πέταξε μέσα και δύο κύβους μαύρη ζάχαρη και... βοήθειά του.

CIA: Επιχείρηση Παράκελσος

Έβγαλε πάλι τον ασύρματο απ' την τσέπη να δει πώς τα πάει η Θεανώ:

– «Δελφίνι» καλεί «Λευκό Πύργο», ακούει;

– Ακούει και βαριέται, ακούστηκε η φωνή της. Έχω ξεροσταλιάσει και οι «τουρίστες» δεν λένε να ξεκουβαλήσουν, αν και όπως τους κόβω, μάλλον θα κοιμηθούν σε κάνα ξενοδοχείο με «βουλγάρικη παρέα».

Εννοούσε τις κοπέλες του κωλάδικου. Ο Δημήτρης το κατάλαβε, αλλά προτού να πει οτιδήποτε χτύπησε το κινητό του.

– Σε αφήνω «Πύργε», χτυπάει το κινητό... Όβερ.

Με τη μια έπιασε το iPhone στο χέρι και απάντησε:

– Λυκούδης, παρακαλώ...

– Έλα Δημητρό, ο Παύλος είμαι.

– Έλα «αρχηγέ», για πες μου τι έχουμε...

– Τον ψάξαμε, Δημήτρη, αν και στην αρχή αντέδρασε. Δεν ήταν κι εύκολο να καταλάβει ότι λόγω αυτοφώρου, ύστερα από τη μήνυση που δήθεν του 'κανες, έπρεπε να του κρατήσουμε προσωρινά ό,τι είχε πάνω του και να οδηγηθεί και στο κρατητήριο. Τελικά κάτι κατάλαβε και δεν είχαμε κάνα θερμό επεισόδιο.

– Τι βρήκατε; Είχε τίποτα πάνω του;

– Τίποτα απολύτως: διαβατήριο, ένα μπρελόκ με δύο κλειδιά προφανώς απ' την καμπίνα του στο πλοίο, ένα ρώσικο ρολόι χειρός αντίκα, παλιό, μ' ένα πετράδι στο ρυθμιστή των δεικτών, αλλά όχι τίποτα ακριβό, ένα κινητό με κάρτα από ρώσικη ή κάτι προς τα εκεί εταιρεία τηλεπικοινωνιών, ένα πακέτο τσιγάρα άφιλτρα αλλά «καθαρά», έναν αναπτήρα, δύο προφυλακτικά –γιατί απ' ό,τι φαίνεται είναι και lover boy–, ένα πορτοφόλι με 150 ευρώ, κάτι ψιλά, μια φωτογραφία από ένα λιμάνι, μάλλον του Μαρόκου, μια πλαστική τσατσάρα, έναν σουγιά που κανονικά απαγορεύεται, αλλά όλοι οι ναυτικοί τα ψιλοκουβαλάνε πάνω τους όταν βγαίνουν έξω...

Ο Παύλος πήρε ανάσα και ο Δημήτρης που είχε κάνει μια γκριμάτσα απογοήτευσης τον έκοψε νομίζοντας ότι τέλειωσε:

– Αυτά είναι όλα, Παύλο;

– Αυτά, ρε Δημήτρη. Τίποτα το μεμπτό. Α! εκτός από έναν φάκελο που είχε πάνω του. Τον κοίταξα στο φως και μέσα έχει ένα χαρτί. Πάλι τίποτα το μεμπτό. Ούτε ουσίες, ούτε παράνομα χαρτονομίσματα, μόνο ένα κάτι σαν σημείωμα.

Γιάννης Παρθένιος

– Περίμενε, περίμενε, ζωντάνεψε αμέσως ο Δημήτρης. Τι εί-
ναι αυτό το σημείωμα; Το διάβασες;
– Δεν μπορώ. Είναι σφραγισμένος ο φάκελος. Προφανώς με
σάλιο, αλλά κλειστός. Δεν τον άνοιξα. Απαγορεύεται, το ξέρεις,
ρε Δημήτρη. Και μέχρι εδώ «παράνομοι» είμαστε. Για πλημμέλη-
μα τον προσαγάγαμε...
– Το ξέρω, ρε φίλε, αλλά υπάρχει λόγος. Εντάξει, καταλαβαί-
νω ότι δεν είναι εντελώς νόμιμο, αλλά, ρε φίλε, σου δίνω το λόγο
μου ότι είναι ηθικό.
– Το ξέρω, Δημητρό μου. Σου έχω απόλυτη εμπιστοσύνη, γι'
αυτό άλλωστε είμαστε και φιλαράκια, δεν είναι μόνο η δουλειά.
Πες μου τι θες να κάνω; Τι χρειάζεσαι;
– Κοίτα, Παύλο, μέχρι στιγμής δεν έχουμε τίποτα, αλλά έχω
ένστικτο ότι κάτι θα βρούμε. Φρενάρισε τις αναστολές σου. Κάν'
το για μένα. Και σε θερμοπαρακαλώ κάνε μου δύο χάρες ακόμα
προτού τον αφήσεις.
– Θα τον αφήσω τελικά;
– Ε φυσικά θα τον αφήσουμε. Πες του ότι απέσυρα τη μήνυση
και είναι ελεύθερος, αλλά πριν το κάνεις αυτό, άνοιξε διακριτικά
το φάκελο χωρίς να σκιστεί...
– Ναι, ξέρω απ' αυτά. Το έχω ξανακάνει με ατμό και μετά τον
σιδερώνω και δεν φαίνεται ούτε στο μικροσκόπιο. Βέβαια δεν
έχω σίδερο στο γραφείο, αλλά κάτι θα βρω.
– Κάν' το διακριτικά πάντως ώστε να μην το καταλάβει.
Βγάλε μου μια φωτοτυπία και πέρασέ τη μου με ένα φαξ, να τη
στείλω στα Κεντρικά στην Ουάσινγκτον, να δούμε τι σκατά είναι
αυτό το σημείωμα. Μετά πάρε το χαρτί από εκεί και όταν φτάσεις
σπίτι κατέστρεψέ το, για να μην αφήνουμε και στοιχεία.
– Αυτά; τον ρώτησε ο Παύλος.
– Είπα δύο χάρες, αδελφέ, χαμογέλασε ο Δημήτρης. Ξέρω ότι
με βρίζεις από μέσα σου, αλλά αφού κάνουμε την αμαρτία, στην
πατρίδα μου λένε να την κάνουμε ολόκληρη.
– Σιγά την αμαρτία, ρε φίλε. Έλα λέγε... κανένα πρόβλημα.
– Βγάλε το «τσιπάκι» του από το κινητό και πετάξου μέχρι
τον «Γερμανό» στην πλατεία. Εκεί είναι ένα πολύ καλό παιδάκι.
Παρακάλεσέ τον να μας κάνει στα γρήγορα ένα αντίγραφο. Μπο-
ρεί να μας χρειαστεί. Θα περάσω να το πάρω το βράδυ απ' το

σπίτι σου. Μετά ξαναβάλτε μέσα στο κινητό την παλιά κάρτα και άφησέ τον να πάει στο καλό. Κάνα δεκάλεπτο πριν τον αφήσεις όμως κάνε μου μια αναπάντητη.

– Γιατί, έχει και συνέχεια η ταινία; τον ρώτησε με απορία ο Παύλος, που κατάλαβε ότι κάτι είχαν ετοιμάσει και για μετά.

– Μετά αναλαμβάνουμε εμείς. Τα εξωτερικά γυρίσματα είναι έξω απ' τα «νερά» σου. Μη βρεις και κάναν μπελά, ρε φίλε...

– Γεια σου, ρε σκηνοθέτη... Άντε γεια, αδελφέ, και... πρόσεχε!

– Παύλο, φώναξε ο Δημήτρης, χίλια ευχαριστώ για όλα. Να ξέρεις ότι αυτά εκτιμούνται!

– Φιλιά, φίλε, «Όβερ», του είπε ο Παύλος και έκλεισε.

Ο Δημήτρης δεν πήρε ανάσα. Έπιασε το σταθερό αυτή τη φορά και κάλεσε το νούμερο του Μαρκ, του Δανού συναδέλφου στο Κλιμάκιο του Λαυρίου, αποσπασμένου πράκτορα της Interpol.

Κι ο Μαρκ μιλούσε τέλεια ελληνικά, αν και με κάποια ξενική προφορά, αφού η μητέρα του ήταν Δανέζα, αλλά ο μπαμπάς του Έλληνας του απόδημου ελληνισμού που τη γνώρισε και ερωτεύτηκαν στη Γερμανία, όταν δούλευαν και οι δύο τη δεκαετία του '80.

– Έλα, Μαρκ, του είπε με το που ο άλλος απάντησε στο τηλέφωνο. Τελικά θα σε χρειαστώ, συνάδελφε.

– Κανένα πρόβλημα. Είμαι σταντ μπάι στην πλατεία και πίνω καφεδάκι στο «ΝΕΤ». Πες μου τι κάνω...

– Κανονικώς βάση σχεδίου, όπως τα έχουμε πει. Βρες τη Θεανώ πίσω από την Ιχθυαγορά. Θα 'ναι κάπου εκεί έξω σ' ένα απ' τα λίγα μπαράκια που 'χει για τους ναυτικούς. Δεν μας νοιάζουν αυτοί, τον άλλο θέλουμε. Πηγαίνετε κοντά στο λιμεναρχείο και περιμένετε σήμα μου. Μόλις ο Μαροκινός βγει, πάρτε τον από πίσω χωρίς να σας καταλάβει. Δυστυχώς, συνάδελφε, εγώ δεν μπορώ. Έχω «καεί» απ' το απόγευμα. Με ξέρει. Γι' αυτό σε χρειάζομαι.

– Κανένα θέμα. Έφυγα.

– Τέλεια! Όπως είπαμε, έτσι; Βάση σχεδίου. Τον αφήνετε να πάει όπου θέλει και όταν πια πάρει το δρόμο της επιστροφής, μέσα στο Λαύριο, σταματήστε τον για δήθεν έλεγχο χαρτιών και ψάξτε τον με λεπτομέρεια να βρείτε τι ακριβώς έχει πάνω του.

– Η Θεανώ «φοράει» στολή, γιατί εγώ είμαι με πολιτικά, όπως ξέρεις. Μόνο η Θεανώ έχει δικαίωμα «για στολή» στην Ελλάδα.

– Δεν φαντάζομαι να φοράει σήμερα, αλλά δεν τρέχει τίποτα. Ανάψτε φάρο στο αμάξι και παίξτε το Ασφαλίτες. Ούτως ή άλλως στην Ελλάδα Ασφαλίτες είμαστε... Θα τσιμπήσει σίγουρα. Μαλάκας είναι, μη φοβάσαι. Απλά παίξτε το ήρεμα, γιατί με δύο ελέγχους σε μια μέρα θα τσιτώσει το «μαρόκι».

– Έγινε. Κλείνω και σπεύδουμε...

Είχε πέσει δουλειά τελικά στο μικρό Κλιμάκιο δίπλα στον περιφερειακό. Κι ας επρόκειτο για μια απλή παρακολούθηση.

Βέβαια σ' αυτό είχε παίξει το ρόλο του και ο Δημήτρης, που δεν αισθανόταν δημόσιος υπάλληλος, αλλά το ζούσε!

Το αρχικό σήμα από το FBI δεν ήταν ιδιαίτερα σαφές. Μιλούσε απλά για μια παρακολούθηση και έναν τυπικό σωματικό έλεγχο.

Κάτι όμως στο ένστικτο του νεαρού από το Μαϊάμι του έλεγε να ακολουθήσει το «υποκείμενο» μέχρι το τέλος της «διαδρομής» του.

Ήταν επίσης δική του ιδέα να κρατήσει αντίγραφα τόσο από το χαρτί που είχε πάνω του όσο και απ' τα στοιχεία του κινητού. Μπορεί και χωρίς λόγο.

Πάντως αυτή τη στιγμή το φαξ του γραφείου είχε αρχίσει να τυπώνει αυτό που τελικά ο Παύλος μάλλον είχε καταφέρει να εξασφαλίσει.

Όντως, σκύβοντας πάνω από το μηχάνημα, ο Δημήτρης παρακολουθούσε τώρα τη λευκή ακόμα σελίδα να βγαίνει από το μηχάνημα. Ήδη είχε ξεπεταχτεί το log που στο κάτω μέρος της σελίδας έγραφε με μικρά γραμματάκια:

Page 1-1 LIMENARXIO LAVRIOY/GREECE YEN και την ώρα με την ημερομηνία.

Σ' ένα δευτερόλεπτο το λέιζερ φαξ του γραφείου ακούστηκε να «ξεφυσάει» ένα μπιπ και η σχηματισμένη πια σελίδα έπεσε ελεύθερη στο δίσκο των εισερχομένων. Μόνο μια σελίδα. Ούτε cover fax, ούτε τίποτα άλλο που θα ήταν πλεονασμός.

Μεμιάς ο Δημήτρης την πήρε στα χέρια του.

Είχε πραγματική περιέργεια να δει τι ήταν αυτό το σημείωμα που κουβαλούσε ο Νασίρ μέσα στο φάκελο.

Το κοίταξε με περιέργεια αλλά δεν του έδινε μια σαφή τουλάχιστον πρώτη εντύπωση.

CIA: Επιχείρηση Παράκελσος

Είχε κάτι σχήματα και κάτι αριθμούς και γράμματα τοποθετημένους σε ακριβή σημεία. Έμοιαζαν με εξισώσεις υψηλού βαθμού, αλλά είχαν και γεωμετρία. Σίγουρα πάντως έμοιαζε με σχέδιο.

Και μολονότι ήταν καλοσχεδιασμένο, είχε και κάποια στοιχεία ραφ σχεδιασμού, κάτι βέβαια που οι μηχανικοί συνηθίζουν σε αρχικό στάδιο ή όταν το θέμα είναι ανεπίσημο.

Ίσως σε αυτή την εντύπωση να συνηγορούσε και το γεγονός ότι αν και ήταν αρχικά σχεδιασμένο με μολύβι –ήταν σαφές στο φαξ– από πάνω ήταν περασμένο με μελάνι ή κάτι σαν τους παλιούς ραπιτογράφους, αφήνοντας κάποια απομεινάρια σβησμένου μολυβιού σε κάποια σημεία που προφανώς είχαν διορθωθεί με γόμα. Φαινόντουσαν όμως ακόμα.

– Τι μαλακία είναι αυτή; ξεφώνισε δυνατά ο Δημήτρης που δεν μπορούσε να καταλάβει.

Συνέχισε όμως να επιμένει και να το κοιτάει.

Έμοιαζε με αυτά τα σχέδια του Ντα Βίντσι, που κατά καιρούς βλέπουμε σε ταινίες, ή ακόμα καλύτερα με κάποιο μασονικό συμβολισμό.

Δεν ήταν όμως κάτι τέτοιο.

Τα πολλαπλά τρίγωνα που υπήρχαν και δημιουργούσαν μια «γεωμετρική συχνότητα αλγοριθμικής προσέγγισης» παρέπεμπαν σίγουρα σε κάτι μεταξύ του μεταφυσικού και σίγουρα του ανεξήγητου.

Ο Δημήτρης προσπάθησε να ξεχωρίσει στο μυαλό του αν αυτό το σχεδιάγραμμα θύμιζε κάτι σαν πυραμίδα. Θα μπορούσες να πεις ότι έμοιαζε, ειδικά αν η προσέγγιση δεν γινόταν κυβικά, αλλά μόνο σε μία διάσταση, αλλά και πάλι οι αριθμοί σε προσγείωναν σε πιο βατές, μαθηματικές καταστάσεις απομακρύνοντας το λογισμό απ' το ανεξήγητο και το τεκτονικό, οδηγώντας τη σκέψη σε λιγότερο ρομαντικές ερμηνείες όπως του βιομηχανικού σχεδίου.

Πάντως ο Δημήτρης σήκωσε τα χέρια ψηλά:
– Ρεντίκολο θα γίνω στα Κεντρικά όταν το στείλω για ανάλυση. Τι μαλακία είναι αυτή; φώναξε μέσα στο άδειο γραφείο.

Πάντως θα το έστελνε. Το πρώτο που μαθαίνεις σε αυτές τις δουλειές είναι να ολοκληρώνεις το δικό σου κομμάτι, συνήθως χωρίς να καταλαβαίνεις ούτε τη συνέχεια, ούτε το τέλος της ιστορίας, ούτε αν όλα γίνονται για κάτι πολύ «μεγαλύτερο». Και σίγουρα ο Δημήτρης δεν ήταν αναλυτής. Ήταν όμως άριστος σε field επίπεδο.

Θα το έστελνε, αλλά απλά θα περίμενε και τα αποτελέσματα της Θεανούς και του Μαρκ, ώστε το report να πήγαινε ολοκληρωμένο, μαζί με το αντίγραφο της κάρτας του κινητού. Μετά οι «τύποι» στην Ουάσινγκτον ήξεραν καλύτερα τι να κάνουν.

Ή καλύτερα, «τα παιδιά» στο Λάνγκλεϊ, αλλά ο Δημήτρης δεν είχε ιδέα ότι όλες αυτές οι πληροφορίες θα κατέληγαν στη CIA.

Κισινάου, Μολδαβία,
Πρώην εργατική κατοικία

Το ζευγαράκι μέσα στο άσπρο, παλιωμένο απ' την ταλαιπωρία και τους καιρούς VW ήταν απ' την πρεσβεία. Παλιό, για λόγους κάλυψης. Ουσιαστικά, βέβαια, τα δυο νεαρά παιδιά ήταν από την «Εταιρεία», αλλά όπως πάντα ο γνωστός παγκόσμιος διπλωματικός «δηθενισμός» αναγκάζει τις μυστικές υπηρεσίες όλων των χωρών να φιλοξενούνται εκτός έδρας κάτω από διπλωματικό μανδύα.

Έτσι, λογικά και τηρώντας το τυπικό μέρος, και οι άνθρωποι της CIA λειτουργούν με αυτό το κοινής αποδοχής σκηνικό, αν και όλοι γνωρίζουν ότι το κάνουν άπαντες. Από εκεί και ύστερα η κάθε χώρα κατεβάζει στο γήπεδο τους καλύτερους «ηθοποιούς» και... η πλοκή αρχίζει.

Πάντως, η Φιλίπα και ο Ζακ ήταν σίγουρα απ' τους καλύτερους, αφού το πόστο της Μολδαβίας, ως πρώην Σοβιετική Δημοκρατία που προσπαθούσε να σταθεί στα πόδια της, με ακόμη και σήμερα ρωσικά στρατεύματα να παραμένουν στην περιοχή ανατολικά του ποταμού Νίστρου, σίγουρα αποτελεί νευραλγικό πόστο.

Πολλοί διερωτώνται στα πλαίσια της «αντισαμικής» προπαγάνδας, γιατί οι Αμερικανοί πήγαν στο Ιράκ, μη γνωρίζοντας ότι ακόμα και σήμερα οι Ρώσοι διατηρούν στρατό σε δεκάδες ξένες πια γι' αυτούς χώρες. Συχνά, όμως, ο αντιπολεμικός οίστρος παρουσιάζει μια μονόπλευρη «αντικειμενικότητα».

Η Μολδαβία ήταν η πρώτη από όλα τα πρώην σοβιετικά κράτη που το 2001 εξέλεξε κομμουνιστή Πρόεδρο. Προφανώς ακόμη η ιστορία δεν είχε διδάξει αρκετά τους Μολδαβούς, με πιθανότατο αποτέλεσμα το να παραμένει η φτωχότερη χώρα της Ευρώπης και να παρουσιάζει μια πολύ μεγάλη πολιτική αστάθεια από καιρού εις καιρόν.

Χώρα μικρή –ο πληθυσμός της δεν ξεπερνά τις 730.000– σε άμεση «εθνική σχέση» με τη Ρουμανία, σχετικά «άξεστη» και «επικίνδυνη» ακόμη για τον Δυτικό επισκέπτη και με ένα συντριπτικό ποσοστό 98% ορθόδοξων χριστιανών, η Μολδαβία προχωρά προς το μέλλον με βήματα που κανείς δεν μπορεί να προβλέψει.

Η Κισινάου πάντως έχει κάτι για το οποίο μπορεί να παινευτεί: είναι η πιο πράσινη πρωτεύουσα της Ευρώπης. Κι αυτό μπορούσε να το νιώσει κι ο καθηγητής Αλεξέγιεφ, αφού το διαμέρισμα στις πρώην εργατικές κατοικίες, κοντά στο κέντρο της πόλης, ήταν δίπλα σε ένα τεράστιο πάρκο.

Βέβαια μη φαντάζεστε καμιά ατμόσφαιρα τύπου κεντροευρωπαϊκών πάρκων και σίγουρα μην πάει το μυαλό σας στο Σέντραλ Παρκ.

Εδώ τα πράγματα ήταν πολύ πιο δύσκολα, αφού αυτά τα αφρόντιστα πάρκα της πόλης φιλοξενούσαν και όλη τη φτώχεια, την παραβατικότητα και την εικόνα μιας κοινωνίας που προκαλούσαν οι χαμηλοί ρυθμοί ανάπτυξης.

Η Φιλίπα κι ο Ζακ μπορούσαν να νιώσουν αρκετά έντονα αυτή τη σαπίλα του υποκόσμου απ' το σημείο που είχαν παρκάρει έξω από την είσοδο του πάρκου και καμιά τριανταριά μέτρα μακριά απ' το διαμέρισμα του καθηγητή.

Πιο μέσα γινόταν της ακολασίας, αν και οι τυχοδιώκτες είχαν αρχίσει να αραιώνουν λόγω ώρας.

Το πρόγραμμα της ημέρας ήταν ξεκάθαρο. Αν ο καθηγητής έβγαινε απ' το σπίτι ο Ζακ θα τον έπαιρνε από πίσω για να δει πού πάει, αλλά και να τσεκάρει πότε θα επιστρέψει, ενώ η Φιλίπα θα έμπαινε στο διαμέρισμα για έναν μικρό «έλεγχο».

Ήταν γύρω στις οκτώμισι το πρωί και ήδη οι δύο πράκτορες βρίσκονταν στη βάρδια τους από τα μεσάνυχτα της προηγούμενης. Βέβαια, συνηθισμένα τα βουνά στα χιόνια, αφού σ' αυτή τη δουλειά και ειδικά με το περιορισμένο προσωπικό που λειτουργούσε το Κλιμάκιο είχαν υπάρξει στιγμές που είχαν μείνει σε «σημείο» μέχρι και δύο εικοσιτετράωρα. Συχνά και χωρίς λόγο.

– Από ώρα σε ώρα θα βγει, είπε ο Ζακ στη Φιλίπα. Δυο μέρες τώρα αυτό κάνει. Πάει με τα πόδια μέχρι το κέντρο, τέσσερα πέντε τετράγωνα πιο κάτω, σταματάει στο καφενείο για τις πρωινές του ρακές, παίρνει μια εφημερίδα και επιστρέφει. Και μετά όλη μέρα μέσα. Σαν τα ποντίκια. Απορώ πώς την παλεύει.

Η Φιλίπα, απλά άκουγε, ενώ έπαιζε με τα δάχτυλα φτιάχνοντας κάτι σαν τρίλιζα στα θολωμένα από την πρωινή υγρασία παράθυρα του αυτοκινήτου. Ευτυχώς φορούσε γάντια.

– Τα παιδάκια παίζουν, της είπε ο Ζακ χαμογελώντας. Φιλίπα, με παρακολουθείς ή ταξιδεύεις;

– Τι να πω; Σε ακούω, αλλά βαριέμαι αφάνταστα... Όχι εσένα, του χαμογέλασε. Το «περίμενε» βαριέμαι.

– Δεν έχεις κι άδικο. Μερικές φορές κι εγώ μέσα μου λέω: Τι κάνουμε τώρα εδώ; Γι' αυτό ξεσκιστήκαμε στην εκπαίδευση; Και μετά διερωτώμαι αν θα ήθελα κάτι πιο έντονο...

– Μια Βηρυτό ας πούμε;

– Ε όχι και Βηρυτό. Κάτι πιο νευρικό είπαμε, όχι ταξίδι στην κόλαση. Εκεί είναι η πρωτεύουσα των μυστικών υπηρεσιών. Ο ένας παρακολουθεί τον άλλον κι όλοι μαζί ζαλίζονται. Μου τα έχει πει ένας συνάδελφος, ο Τζο που είχε κάνει εκεί. Το μπουρδέλο της Ανατολής, έλεγε. Ποιο δήθεν Παρίσι και πράσινα άλογα;...

Η Φιλίπα χαμογέλασε συμφωνώντας.

– Είμαστε παράξενοι όντως, του είπε. Μας στέλνουν Μπογκοτά, μας λείπουν τα φαρσί, μας στέλνουν Δαμασκό, θέλουμε Σόφια. Παίρνουμε δώρο μετάθεση να φυλάμε την πρεσβεία στη Δανία που είναι λες και φυλάς παιδάκι σε νηπιαγωγείο κι εμείς παραπονιόμαστε γιατί δεν έχουμε δράση όπως στη Νιγηρία.

– Πες το ψέματα, της είπε ο Ζακ, καθώς πρόσεξε μια φιγούρα να βγαίνει από το κτίριο του καθηγητή.

Ήταν ο Αλεξέγιεφ σε πουρνό έκδοση. Δύσκολο να τον διακρίνεις αν δεν είχες το νου σου. Φασκιωμένος μέχρι αηδίας. Φορούσε ένα χοντρό μαύρο παλτό, έναν χακί σκούφο, καφέ γάντια και μπορντό παπούτσια με ένα παλιομοδίτικο τακούνι που σε έκανε να μισείς το αντρικό φύλο.

– Έφυγες, Ζακ, ο δικός σου, του είπε με νόημα η Φιλίπα που τον είχε δει κι αυτή.

– Όντως, αυτός είναι. Έφυγα, αλλά άσ' τον πρώτα να προηγηθεί καμιά πενηνταριά μέτρα. Δεν τον χάνω με τίποτα αυτόν. Σαν χελώνα πάει απ' το ποτό. Όπως είπαμε εμείς, έτσι; Ανοιχτό το κινητό στη δόνηση, μη σ' ακούσει κάνας γείτονας και ψάξε τα πάντα. Ό,τι σου φανεί περίεργο και ειδικά για το φάκελο ή τίποτα υλικά. Όταν πλησιάζει και πάλι πίσω, θα σε πάρω.

– Έγινε, φύγε. Άντε να δω πώς θα μπω...

– Φώναξε κλειδαρά, της έκανε πλάκα ο Ζακ.

– Δεν είναι κακή ιδέα. Έτσι δεν μας έμαθαν; να αυτοσχεδιά-ζουμε...

Ο Ζακ έκλεισε την πόρτα του οδηγού, κάνοντας μια κίνηση επευφημίας με το δείκτη του χεριού του και πήρε τον καθηγητή από πίσω.

Η Φιλίπα άφησε να περάσουν γύρω στα 2-3 λεπτά, ώστε να απομακρυνθούν, και βγήκε απ' το αμάξι κατευθυνόμενη προς την είσοδο των εργατικών κατοικιών του καθηγητή.

Κι ο Ζακ είχε αφήσει τον καθηγητή να προηγηθεί λίγο, αλλά πάντοτε τον είχε εντός οπτικού πεδίου.

Υπό νορμάλ συνθήκες αυτές οι παρακολουθήσεις γίνονταν με τη λογική της σκυταλοδρομίας, αλλά ανάποδα. Μια διαδικασία όμως που απαιτούσε μεγαλύτερη ομάδα, από 3-5 άτομα.

Η «ρουτίνα» έλεγε ότι ακολουθούμε το στόχο και ανά μικρά τακτά διαστήματα ο δεύτερος παίρνει τη σκυτάλη από τον πρώτο που γίνεται πέμπτος. Ο πέμπτος πηγαίνει τέταρτος, ο τρίτος δεύ-τερος και ούτω καθεξής, ώστε ακόμη κι αν ο στόχος υποψιαστεί ότι παρακολουθείται από κάποιον, μέσα σε ελάχιστο χρόνο να έχει εξαφανιστεί ο πράκτορας που «κάηκε» και να έχει αντικατα-σταθεί από κάποιον άλλο που σίγουρα το υποκείμενο δεν έχει δει.

Βέβαια στην περίπτωση του Αλεξέγιεφ δεν υπήρχε λόγος για τέτοιο επαγγελματισμό, καθώς η ηλικία του, το ποτό και η έλ-λειψη επιχειρησιακής εκπαίδευσης έκαναν πολύ δύσκολο το να εντοπισθεί ο ρόλος του Ζακ, αν τουλάχιστον δεν έκανε καμιά χοντράδα.

Στρίβοντας κάνα δυο τετράγωνα πιο κάτω, μπαίνοντας σε μια στοά με μαγαζιά και δύο τρεις υπαίθριους μικροπωλητές που εί-χαν κυριολεκτικά την πραμάτεια τους στο έδαφος, χωρίς να δίνει σημασία, ο καθηγητής τρύπωσε σε ένα μικρό καφενεδάκι που σύχναζε για ανεφοδιασμό «υγρών καυσίμων».

Η στοά δεν είχε έξοδο προς την άλλη πλευρά, κάτι που έδινε σχετική ασφάλεια στο να μην ξεφύγει από τον Ζακ, παράλληλα όμως δημιουργούσε και δυσκολίες στην παρακολούθηση, γιατί ο πράκτορας θα γινόταν στόχος.

Ο Ζακ σταμάτησε λίγο πριν την είσοδο του καφενείου κάνοντας ότι κοιτά κάτι μπρούτζινα –μπρούτζινα πρέπει να 'ταν– μπρίκια που ο κακομοίρης Μολδαβός βιοπαλαιστής είχε στην αυτοσχέδια έκθεσή του. Σκέφτηκε να καβατζάρει εκεί, ελπίζοντας ότι ο καθηγητής που ήδη είχε παραγγείλει το πρώτο του ποτό όρθιος στο μπαρ δεν θα έμενε με τις ώρες.

Από εκεί που βρισκόταν, μπορεί μεν να μην μπορούσε να ακούσει, άλλωστε ο καθηγητής ήταν μόνος του αυτή τη στιγμή και δεν μιλούσε με κανέναν, είχε όμως καλή οπτική επαφή.

Αν αναγκαζόταν σε λίγο να βγει από τη στοά για να μη δώσει στόχο, θα έχανε μεν την οπτική επαφή, αλλά τουλάχιστον αποκλειόταν να του ξεφύγει ο καθηγητής χωρίς να τον δει.

Έτσι συνέχισε να κάνει ότι χαζεύει, αφήνοντας σαν άσο στο μανίκι του τη δυνατότητα να αναπτύξει και κάποια κουβέντα με τον Μολδαβό έμπορα, αν χρειαζόταν να καθυστερήσει κάπως παραπάνω.

Η Φιλίπα είχε ανέβει ήδη στον δεύτερο όροφο του σχεδόν ετοιμόρροπου κτιρίου και, διανύοντας έναν σκοτεινό διάδρομο χωρίς κανένα παράθυρο, με βρόμικους τοίχους και γραμμένα συνθήματα, σοβάδες να κρέμονται και μια έντονη μυρωδιά –αισθητική ευωδία– από κάτι που θύμιζε ανάμειξη ούρων με φτηνά απορρυπαντικά, είχε πια φτάσει στην ξύλινη πόρτα του διαμερίσματος.

Έχοντας στα χέρια ένα μικρό μεταλλικό τσιμπιδάκι, όπως αυτά για τα φρύδια, και τη βοήθεια ενός μικρού φακού led στο μπρελόκ, που κρεμόταν στο αριστερό της χέρι, προσπαθούσε να παραβιάσει την κλειδαριά. Ή καλύτερα μια από τις τρεις.

«Καλά, ψυχοπαθής έπρεπε να μου τύχει;», σκέφτηκε. Τρεις κλειδαριές;»

Κι όμως ο καθηγητής δεν είχε άδικο σ' αυτό. Η γειτονιά και το κτίριο ήταν γεμάτα διαρρήκτες και στις κοινωνικές συνθήκες της Μολδαβίας κλέβουν ακόμη και ποτηριέρα από κλουβί με καναρίνια. Όχι βέβαια ότι είχε και καναρίνια...

154

Βέβαια απ' την άλλη, αυτή η φτηνή, τσαλακωμένη και διαβρωμένη από τον καιρό ξύλινη πόρτα άνοιγε ακόμη και με δυνατή σπρωξιά. Η Φιλίπα όμως δεν ήθελε ούτε να κάνει θόρυβο, ούτε και να καταλάβει ο καθηγητής τίποτα για την «εισβολή» κατά την επιστροφή του στο σπίτι. Γι' αυτό και θα έπρεπε βγαίνοντας να ξανακλειδώσει, κάτι που σε αυτή τη χρονική στιγμή δεν ήθελε ούτε καν να σκέφτεται.

Ευτυχώς η πολυκατοικία δεν είχε κίνηση. Ειδικά τέτοια ώρα, όσοι ήταν να πάνε για δουλειά είχαν φύγει κι όσοι ήταν άνεργοι –δηλαδή οι περισσότεροι– ταλαιπωρημένοι από το ξενύχτι μετά το αλκοόλ, κοιμόντουσαν ακόμη.

Ξαφνικά ακούστηκε ένας δυνατός θόρυβος, αλλά δεν ανησύχησε τη Φιλίπα. Ήταν από μια πόρτα που έκλεισε με δύναμη στο ισόγειο.

Πήρε βέβαια μια ανάσα εμποτισμένου με υγρασία και βρόμα οξυγόνου για να ηρεμήσει, αλλά γενικά ήταν πολύ ψύχραιμη. Το πρώτο που μάθαινες στην εκπαίδευση του Λάνγκλεϊ ήταν να είσαι ψύχραιμος, ώστε να μπορείς να αυτοσχεδιάζεις. Μετά όλα έπαιρναν τη σειρά τους.

Η νεαρή πράκτορας είχε ήδη ανοίξει τις δύο κλειδαριές, αλλά η τρίτη, αυτή που ήταν πιο κοντά στο δάπεδο, άρα και χαμηλά –η λιγότερο φωτεινή– της έφερνε αντίρρηση, γιατί η νεαρή δεν έβλεπε. Σκέφτηκε να πατήσει το διακόπτη που άναβε τα φώτα στις σκάλες, αλλά τα καλώδια που κρέμονταν από την αναμονή του διακόπτη τής έκοψαν την όρεξη. Άσε που αποκλείεται να δούλευαν οι λάμπες και να μην τις είχαν... κλέψει.

«Επιτέλους», είπε μέσα της. Η πόρτα είχε ανοίξει και η Φιλίπα χωρίς δισταγμό και καθυστέρηση χώθηκε στην «τρύπα του φιδιού» κλείνοντας πίσω της την πόρτα.

Ήταν πανέτοιμη να αρχίσει την έρευνα στο άδειο σπίτι. Αρκεί βέβαια να καθυστερούσε λίγο ο καθηγητής.

Κι αυτό ήταν σχεδόν σίγουρο, αφού ήδη βρισκόταν στο τρίτο σφηνάκι. Εκτός απ' τη βότκα, ο Αλεξέγιεφ είχε αδυναμία και σε ένα τοπικό ποτό που έφτιαχναν οι Μολδαβοί από μούρα. Ήταν κάτι σαν τη ρακί που συναντάς σε όλα τα Βαλκάνια, αλλά πιο γλυκιά και λιγότερο τραχιά στον οισοφάγο, αν και στους ίδιους βαθμούς. Εξίσου όμως δυνατή!

Ο Ζακ αναγκάστηκε να πιάσει κουβέντα και σ' αυτό βοηθού-σαν πολύ τα καλά ρουμάνικά του.

– Θα μου κάνεις μια έκπτωση, είπε του μικροπωλητή για να καθυστερήσει με το δήθεν παζάρεμα.

Γενικά ο Ζακ δεν ήταν του παζαρέματος, όπως και κανείς Αμερικάνος. Ακόμη κι αν το κάναν, το έκαναν απλά για να δι-ασκεδάσουν τη διάθεση του άλλου να τους πιάσει «αμερικανά-κια». Αυτό ήταν που τους την έδινε και μετά γινόντουσαν οι χει-ρότεροι διαπραγματευτές. Κατά τ' άλλα όμως, το παζάρεμα δεν είναι στο DNA τους.

Σε αυτή όμως την περίπτωση εξυπηρετούσε...

– Ένα δολάριο. Αμερικάνικο δολάριο, του τόνισε ο Ζακ.

Αρχικά, ο εμποράκος και ειδικά αφού είχε καταλάβει ότι ο Ζακ ήταν ξένος, ζητούσε τρία. Ήδη όμως είχε πέσει στα δύο.

– Δύο, φίλε, είπε ξανά του νεαρού. Δύο, αλλιώς δεν βγαίνω με τίποτα.

Ο Ζακ έκανε ότι περιεργαζόταν το μπρίκι κι ο Μολδαβός τον κοιτούσε με ζωγραφισμένη αγωνία.

Γι' αυτόν το ένα δολάριο ήταν το γεύμα της ημέρας. Για τον Ζακ ένα απλό φιλοδώρημα ή ούτε καν αυτό.

Επιτέλους, ο Αλεξέγιεφ πλήρωνε τον καφετζή και μέσα από το τζάμι του μαγαζιού έδωσε την εντύπωση ότι έφευγε.

Αυτό έκανε τον Ζακ να γυρίσει λίγο ακόμη την πλάτη προς το μικροπωλητή, ώστε να μη φαίνεται, καθώς ο καθηγητής πέρασε από πίσω του χωρίς να του δώσει σημασία, κουμπώνοντας εν κι-νήσει το ας το πούμε παλτό του.

Με μια γρήγορη κίνηση ο Ζακ άφησε πέντε δολάρια στον εμποράκο, του είπε ευχαριστώ και πήρε βιαστικά το μπρίκι.

Τον λυπόταν, και αυτό ήταν το μόνο που μπορούσε να κάνει.

Ο εμποράκος έμεινε έκπληκτος να τον κοιτάει, καθώς ο Ζακ πήρε από πίσω τον Αλεξέγιεφ.

Τώρα είχε το μυαλό του στο να πάρει γρήγορα τηλέφωνο την Φιλίπα και να της δώσει συναγερμό, αλλά ο καθηγητής τον πρό-λαβε.

Αντί να πάρει το δρόμο του γυρισμού, συνέχισε κι άλλο προς το κέντρο της πόλης. Το ίδιο κι ο πράκτορας που ανέβαλε το τη-λεφώνημα.

156

Με αργά βήματα, πιο σιγά από πριν, προφανώς λόγο ποτού και πάντα καμπουριασμένος, ο καθηγητής συνέχισε έτσι για 2 λεπτά φτάνοντας σε μια από τις κεντρικότερες οδούς της πόλης.

«Πού να πηγαίνει το λαμόγιο;», σκέφτηκε ο Ζακ.

Ο Αλεξέγιεφ δεν τον άφησε σε αναμονή, αλλά του προκάλεσε έκπληξη μπαίνοντας στα γραφεία της αεροπορικής εταιρείας «ΤΟΥΡΚΙΚΕΣ ΑΕΡΟΓΡΑΜΜΕΣ».

«Τι να σκαρώνει;», σκέφτηκε. «Θα πάει και στην Τουρκία τώρα;»

Και το κακό ήταν ότι με τόσα διαφημιστικά που είχαν βάλει στη βιτρίνα του ισόγειου καταστήματος-γραφείου της αεροπορικής εταιρείας δεν μπορούσε να δει τι έκανε μέσα ο Αλεξέγιεφ.

Σκέφτηκε να μπει κι εκείνος, δήθεν για πληροφορίες, αλλά το φοβήθηκε, γιατί αν τον είχε δει και στη στοά θα ψυλλιαζόταν τη δουλειά. Έτσι αποφάσισε να μείνει απέξω.

Κι έμεινε για περισσότερο από 15 λεπτά.

Όταν ο καθηγητής βγήκε από την πόρτα της εταιρείας κρατούσε ένα εισιτήριο των «ΤΟΥΡΚΙΚΩΝ ΑΕΡΟΓΡΑΜΜΩΝ» και το κοιτούσε πρόχειρα, ενώ ταυτόχρονα περπατούσε.

Ο Ζακ το είδε, αλλά δεν μπορούσε να ξέρει και για ποιον ή για πού είναι.

Ο Αλεξέγιεφ με το ίδιο σταθερό βήμα πήρε το δρόμο της επιστροφής και απ' ό,τι φαινόταν σε 6-7 λεπτά θα έφτανε και πάλι στο σπίτι.

Έτσι, ο Ζακ κάλεσε τη Φιλίπα για να την προειδοποιήσει κι εκείνη απάντησε αμέσως.

– Έλα, του είπε.

– Ετοιμάσου, μικρή, ο «φελλός» επιστρέφει στο «μπουκάλι».

– Κανένα πρόβλημα, γιατί είμαι ήδη στο αυτοκίνητο και σε περιμένω, με άδεια όμως χέρια.

– Κατάλαβα. «Κενό φιάλης», ε; της είπε ο Ζακ πιάνοντας το νόημα.

– Ορθώς. Τίποτα το μεμπτό ή το περίεργο. Ήταν και σχετικά εύκολο, γιατί ήταν σχεδόν άδειο το «μπουκάλι». Πολύ λίγα πράγματα για ψάξιμο.

– Έβαλες την ασύρματη κάμερα;

– Θετικόν!

157

– Καλώς... έρχομαι.

Ούτως ή άλλως πλησίαζαν.

Σε πολύ λίγο ο καθηγητής είχε φτάσει στην εξώπορτα, μπαίνοντας μέσα χωρίς να δώσει σημασία σε ένα εφηβικό ζευγαράκι που καθόταν στα σκαλοπάτια της εισόδου και περίμενε ανυποψίαστα... κάτι.

Το ίδιο τούς αγνόησε κι ο Ζακ που μπήκε στη θέση του συνοδηγού αυτή τη φορά και κάθισε δίπλα στη Φιλίπα. Αμέσως την ξαναρώτησε με αγωνία.

– Τίποτα, ε; της είπε.

– Ε δεν τα είπαμε; απολύτως τίποτα. Μη με κάνεις τώρα να αισθάνομαι και τύψεις.

– Δεν είπα τίποτα, ρε συνάδελφε... Εμένα προέκυψε κάτι, αλλά δεν ξέρω και τι είναι. Ο τύπος πήγε στις «ΤΟΥΡΚΙΚΕΣ ΑΕΡΟΓΡΑΜΜΕΣ», και πήρε ένα εισιτήριο. Δεν είχα όμως οπτική επαφή και δεν ξέρω τι πήρε...

– Μμμ, έκανε παιδικά η Φιλίπα αρχίζοντας να σκέφτεται.

Αυτή η κοπελίτσα είχε φοβερό νάζι και γλυκύτητα, σε βαθμό που θα ήταν αδύνατον να πιστέψεις ότι έκανε αυτή τη δουλειά, που όλοι τη συνδυάζουν με σκληράδα.

– Το βρήκα, αναφώνησε, χωρίς να ακουστεί έξω από το αυτοκίνητο.

– Τι; ΙΑΤΑ, ε; την πρόλαβε ο Ζακ.

– Ακριβώς! Αν πήρε κάποιο εισιτήριο για τον ίδιο, όνομα και προορισμό θα τα βρούμε από το σύστημα.

– Σωστότατα, θηρίο! Για πάρε να έρθουν να μας αντικαταστήσουν και εμείς πάμε στο «σπίτι» να στείλουμε τα σήματα.

– Τι, θα πάμε τώρα απ' την πρεσβεία; Έλεγα να κοιμηθούμε «κάποτε-πρώτα» κάνα δίωρο. Έχουμε κλείσει 48ωρο...

– Είσαι καλά; Σοβαρέψου. Κι αν αυτός ο τρελός φεύγει το μεσημέρι για τη Βραζιλία; Άντε βρες τον μετά. Λοιπόν πήγαινε εσύ κοιμήσου να μη χαλάσει και η υπέροχη επιδερμίδα σου, γιατί δεν έχουμε και πολλές ομορφούλες για χάλασμα και αναλαμβάνω εγώ. Θα στείλω σήμα στο VA να μπουν τα «φρικιά» στην ΙΑΤΑ και να ψάξουν και μετά θα ενημερώσω τις Επιχειρήσεις για να δούμε τι κάνουμε από δω και πέρα. Αλλά να ξέρεις ότι μου χρωστάς... Ποτά στο Mall όταν τελειώσουμε.

Η Φιλίπα χαμογέλασε γιατί της άρεσαν αυτά που άκουγε.

– Σύμφωνοι, αλλά να ξέρεις ότι τα ραντεβού μεταξύ πρακτόρων απαγορεύονται... Οπότε θα πρόκειται για απλή συνάντηση.

Η Φιλίπα του έκλεισε απονήρευτα, αλλά σχετικά υποσχόμενα, το μάτι και ο Ζακ, αν και αρχικά δεν είχε πρόθεση τουλάχιστον συνειδητά, άρχισε να το επεξεργάζεται αυθόρμητα.

Μερικές φορές κάποια πράγματα ξεκινούν και τυχαία.

– Ονόμασέ το όπως θες, συνάδελφε. Το αποτέλεσμα μετράει..., της είπε κι αυτός με νόημα. Τώρα βάλε μπροστά και «πήγαινε σε» πρώτα απ' το σπίτι σου.

– Χι χι!!! Ύπνος, ύπνος, ύπνος, είπε η μικρή. Ξεχνάς όμως κάτι, «Βαλεντίνο»...

– Τι ακριβώς, μικρή «νεράιδα»;

– Δεν ήρθαν ακόμα να μας αντικαταστήσουν.

Ο Ζακ έκανε μια γκριμάτσα αποδοκιμασίας του εαυτού του. Ήταν πια κουρασμένος κι αυτός. Πήρε το κινητό στα χέρια... για να ειδοποιήσει.

– Και πες μου επιτέλους, συνέχισε η Φιλίπα, αυτό το μπρίκι που κρατάς τόση ώρα, τι ακριβώς είναι;

ΚΕΦΑΛΑΙΟ 7

CIA,
Λάνγκλεϊ, Βιρτζίνια,
Τμήμα Επιχειρήσεων, Διευθυντής,
Τομέας: Β. Αφρική και Αν. Μεσόγειος

Ο Ρόμπερτ είχε φέρει στην οθόνη του υπολογιστή του την έκθεση ανάλυσης προφίλ που είχε κάνει η «Εταιρεία» το 1997 για τον καθηγητή Ιβάν Αλεξέγιεφ.

Όταν διαπιστώθηκε ότι τόσο ο καθηγητής όσο και ο φάκελος έκαναν φτερά, η Υπηρεσία θεώρησε σκόπιμο να προβεί στη δημιουργία –με τα ελάχιστα κυριολεκτικά στοιχεία που διέθετε– κάποιου προφίλ του εξαφανισμένου επιστήμονα, με σκοπό να βρεθούν μερικές «αφετηρίες» που θα βοηθούσαν στον εντοπισμό τόσο του ίδιου όσο και της φύσης του φακέλου.

Ο Σίνγκλεη ήξερε ότι έπρεπε με κάθε τρόπο να μπει μέσα στην ψυχολογία και τον τρόπο σκέψης του πρώην Σοβιετικού.

Άρχισε ορεξάτος την ανάγνωση:

ΨΥΧΟΛΟΓΙΚΗ ΑΝΑΛΥΣΗ ΠΡΟΦΙΛ &
ΑΝΤΙΚΕΙΜΕΝΟΥ ΕΡΕΥΝΑΣ ΤΟΥ «ΝΟΝΟΥ»,
ΤΟΥ ΦΑΚΕΛΟΥ «ΠΑΡΑΚΕΛΣΟΣ»
ΠΙΘΑΝΟΣ «ΝΟΝΟΣ»: Ιβάν Αλεξέγιεφ

Λάνγκλεϊ, Βιρτζίνια   *Ημερομηνία: Ιούνιος, 17, 1997*

CIA: Επιχείρηση Παράκελσος

Θέμα: Συλλογή συμπερασμάτων
Ασφάλεια: ΑΠΟΡΡΗΤΟ
Διανομή: Εσωτερική ΜΟΝΟ - Διάθεση μέσω διαβαθμισμένης
πρόσβασης στην ΚΤΠ (Κεντρική Τράπεζα Πληροφοριών)
Πηγές-Ενημέρωση: (δείτε) Διαδικτυακή Εγκυκλοπαίδεια[1]
Συντάκτες: Λόρα Μπράουν (Τομέας Ψυχολογικής Ανάλυσης και
Δημιουργίας Προφίλ/Βοηθός Διευθύντριας/Τμήμα 3)

Αποδέκτες:
Γραφείο Υπαρχηγού
ΚΤΠ

Γενικές Παρατηρήσεις

Οι παρακάτω σημειώσεις αποτελούν την τελική έκθεση σχετικά με τη δημιουργία προφίλ και ανάλυση του εμπνευστή του φακέλου, στοιχεία που ίσως να δώσουν κάποιες ιδέες για το τι μπορούσε αυτό το ηλικιωμένο πια σοβιετικό πρότζεκτ να αποτελεί.

Οι πιθανότητες ο εμπνευστής του ονόματος κι ο επιστημονικός διαχειριστής του πρότζεκτ να είναι ο ίδιος άνθρωπος θεωρείται εξαιρετικά πιθανολογούμενο και πραγματικά άξιες μελέτης.

---

1 (Σ.τ.Σ.) Υπό άλλες συνθήκες η αναζήτηση πληροφοριών δεν θα γινόταν μέσω ίντερνετ, και ειδικά με βάση το τι ο καθένας επιθυμεί να ποστάρει.

Αν επρόκειτο για κάτι πιο περίπλοκο, όπως τρομοκρατική ομάδα, μυστικές υπηρεσίες άλλης χώρας, παραπομπή σε κάποια ιστορική ημερομηνία πολιτικής σημασίας ή προκήρυξη, τότε η αναζήτηση στοιχείων και η εξαγωγή συμπερασμάτων θα γίνονταν με βάση την τράπεζα στοιχείων και το αρχείο της «Εταιρείας», που είναι εντελώς αξιόπιστα και λεπτομερέστατα.

Σε αυτή όμως την περίπτωση, που το πρόσωπο της ανάλυσης –Παράκελσος– αποτελούσε απλά ένα εγκυκλοπαιδικό πρόσωπο, η Wikipedia ήταν πέρα για πέρα ασφαλής για την αρχική συλλογή του υλικού.

Άλλωστε κι ο «Νονός» αυτού του πρότζεκτ, τέτοιου τύπου πληροφόρηση είχε, παρά το γεγονός ότι την ημερομηνία της ονοματολογίας δεν υπήρχε διαδίκτυο και ηλεκτρονικές βιβλιοθήκες. Όμως και τότε, χρησιμοποίησε την παγκόσμια βιβλιογραφία και τις γνώμες του κοινού και επέλεξε το όνομα «Παράκελσος». Η πλατφόρμα άντλησης στοιχείων και ο δείκτης αξιοπιστίας των πληροφοριών που τον όπλισαν να επιλέξει αυτό το όνομα ήταν αντιστοίχως τα ίδια με το ειδικό βάρος μιας Wikipedia. Μόνο που τώρα ήταν πολύ πιο εύκολο!

Άρα ο συγκριτικός δείκτης λειτουργίας του «εμπνευστή» ήταν ακριβώς ο ίδιος.

Παρακαλώ αξιοποιήστε και διαχειριστείτε τα παρακάτω στοιχεία με πάντοτε δεδομένη την πιθανότητα λάθους[2].

Αξιολόγηση 1:

«*Ο Παράκελσος γεννήθηκε στο χωριό Αϊνζίντελν (Einsiedeln) της Ελβετίας το 1493. Μεγάλωσε στην Αυστρία και νέος εργάστηκε σε ορυχεία. Υιός γιατρού, έλαβε από τον πατέρα του τα πρώτα μαθήματα και στη συνέχεια σπούδασε ιατρική στο Πανεπιστήμιο της Βιέννης, απ' όπου αποφοίτησε το 1510 στην ηλικία των 17. Συμπλήρωσε τις σπουδές του με διδακτορικό στο Πανεπιστήμιο της Φεράρα*».

Ερμηνεία-πιθανολόγηση:

Ο εμπνευστής του ονόματος δείχνει να είναι εξοικειωμένος με τη λαϊκή και αστική τάξη, αφού ο «ήρωάς» του κατάγεται από αυτή και δούλεψε σαν απλός εργάτης και μάλιστα σε ορυχεία.

Λογικό αν σκεφτεί κανείς ότι το όνομα του φακέλου δημιουργήθηκε επί Σοβιετικής Ένωσης και έπρεπε να πληροί κάποια κοινωνικο-οικονομικά χαρακτηριστικά, αποδεκτά από τις δήθεν «αξίες» του Κόμματος.

Η κοινωνική προέλευση του Παράκελσου ικανοποιεί τον «Νονό» του φακέλου, προσφέροντας ένα κομμουνιστικό προφίλ για τον ήρωά του, που σε συνδυασμό με τη μετέπειτα επιτυχία του σε ακαδημαϊκό επίπεδο αποδεικνύει ότι το επιλεγέν «όνομα και προφίλ» αποτελεί γι' αυτόν πρόσωπο συμπαθές ως προς το προφίλ του και όχι αντιδραστικά επιλεγέν[3]. Άρα ο «Νονός» ταυτίζεται ψυχολογικά με τον Παράκελσο.

2   (Σ.τ.Σ.) Η βοηθός της διευθύντριας του Τομέα Ψυχολογικής Ανάλυσης και Δημιουργίας Προφίλ γνώριζε ότι όλες αυτές οι προβλέψεις είχαν πάντοτε μεγάλο ποσοστό πιθανότητας λάθους, αλλά βέβαια και το γεγονός ότι πέρα απ' το ότι είχαν βοηθήσει σε χιλιάδες υποθέσεις, οι αποδέκτες των εκθέσεων του τμήματός της δεν θεωρούσαν τίποτα δεδομένο. Άρα με σωστή χρήση αποτελούσε ακόμα ένα εργαλείο, που πάντα όμως έπρεπε να αξιοποιείται με την πιθανότητα λάθους.

3   (Σ.τ.Σ.) Όταν ο εμπνευστής και δημιουργός ονομάτων τρομοκρατικών οργανώσεων, φακέλων, ονομάτων επιχειρήσεων, τίτλων εγχειριδίων κ.λπ. επιλέγει κάποιο όνομα, το επιλεγέν όνομα αποτελεί όνομα, περιγραφή ή κατάσταση με την οποία ο «δημιουργός» είτε ταυτίζεται και επικροτεί, είτε αποστασιοποιείται και διαφωνεί. Για παράδειγμα ένα ιερό πρόσωπο των Σουνιτών επιλέγεται γιατί δήθεν καθοδηγεί ιερά τον «αγώνα». Μια ημερομηνία, όπως για παράδειγμα «17 Νοέμβρη», γιατί παραπέμπει χρονολογικά σε κάποιο ιστορικό γεγονός, το οποίο οι τρομοκράτες επιθυμούν να του δώσουν μια άλλη ιδεολογική προσέγγιση κ.λπ.

Λογικά λοιπόν υπάρχουν πολλές πιθανότητες κι ο εμπνευστής του ονόματος να κατάγεται από την εργατική τάξη και να ανήλθε κοινωνικά μετά από ακαδημαϊκή καταξίωση.

Αξιολόγηση 2:

«Μυήθηκε στην πλατωνική φιλοσοφία και την αλχημεία και ταξίδεψε στην Αίγυπτο, στους Αγίους Τόπους, στην Κωνσταντινούπολη και σε άλλους τόπους, αναζητώντας αλχημιστές, προκειμένου να διδαχθεί την τέχνη τους. Επιστρέφοντας στην Ευρώπη εισήλθε στη στρατιωτική υπηρεσία του Βασιλέως της Δανίας Χριστιανού Β΄ και γρήγορα απέκτησε φήμη».

Ερμηνεία-πιθανολόγηση:

Ο «ήρωας» περιγράφεται ως ελεύθερο πνεύμα και ερευνητής του αγνώστου, χωρίς πνευματικές αναστολές. Ίσως όμως να ήταν και λίγο ονειροπόλος του «παραφυσικού», ή απλά ονειροπόλος. Ενταγμένος σε ένα αυστηρό σύστημα όπως ο Βασιλιάς και ο Στρατός, σίγουρα έμοιαζε με τον «Νονό», που αναμφίβολα ήταν μέλος ενός παρόμοιου σε διάρθρωση, αυστηρότητα και καταναγκασμό συστήματος: αυτό του Σοβιέτ.

Κι άλλο κείμενο σκρολάρισε στον υπολογιστή της Υπηρεσίας.

Αξιολόγηση 3:

«Το 1526 πρωτοχρησιμοποίησε τη λέξη "zink" για τον ψευδάργυρο (Ειδ. Βάρος 718), λέξη που χρησιμοποιείται και σήμερα στις Δυτικοευρωπαϊκές γλώσσες, και απ' όπου προέρχεται το σύμβολο του χημικού αυτού στοιχείου (Zn).

Πειραματίστηκε με το ανθρώπινο σώμα και πίστευε ότι η υγεία του σώματος βασίζεται στην αρμονία του ανθρώπου (μικρόκοσμος) με τη φύση (μακρόκοσμος).

Η προσέγγισή του ήταν ότι πρέπει να υπάρχει ισορροπία στα μεταλλικά στοιχεία στο σώμα και ότι οι ασθένειες μπορούν να θεραπευτούν με τη χρήση χημικών ουσιών.

Ο ίδιος έλεγε "Πολλοί λένε για την Αλχημεία ότι χρησιμεύει για την κατασκευή χρυσού και ασημιού. Για μένα αυτός δεν είναι ο σκοπός, αλλά η δύναμη και οι αρετές (της αλχημείας) που μπορεί να κρύβονται στην ιατρική".

Πράγματι, υπάρχουν σημαντικά ευρήματα των Αλχημιστών που βρίσκουν εφαρμογή στη σημερινή ιατρική, αλλά και σε διάφορες

Γιάννης Παρθένιος

άλλες επιστήμες όπως η χημεία, η βιολογία και η φαρμακολογία.

Ο Παράκελσος απέρριπτε τις Γνωστικιστικές παραδόσεις (πολεμική εναντίον του κύρους των αρχαίων συγγραφέων όπως ο Γαληνός και ο Αβικέννας και αντικατάστασή τους με την άμεση παρατήρηση), ενώ ήταν περισσότερο οπαδός των Ερμητιστικών, Νεοπλατωνικών και Πυθαγορείων φιλοσοφιών.

Πίστευε ακόμα στην Αστρολογία, η οποία κατ' αυτόν μπορούσε να βοηθήσει στη θεραπεία των ασθενειών.

Βασική αρχή στις αντιλήψεις του Παράκελσου ήταν η ιδέα πως οι ζωικές διαδικασίες είναι χημικής φύσεως και ότι η σωτηρία εξαρτάται από την ισορροπημένη σύσταση των χυμών που μπορούσε να αποκατασταθεί με τη χρήση κατάλληλων φαρμάκων.

Για το λόγο αυτόν ο Παράκελσος έδινε μεγάλη σημασία στην παρασκευή των φαρμάκων, στη μελέτη των οποίων αφιέρωσε μεγάλο μέρος της ζωής του, συνδυάζοντας πειραματικές παρατηρήσεις με αλχημικές αντιλήψεις».

Ερμηνεία-πιθανολόγηση:

Θεωρεί τον «ήρωά» του «πατέρα» κάποιας μεγάλης ανακάλυψης, αφού ο Παράκελσος έδωσε στον ψευδάργυρο την ονομασία zink.

Πιθανότατα ενδόμυχα διεκδικεί κι ο «Νονός» τη στέψη του ως «πατέρα», «δημιουργού» κάποιας ανακάλυψης, εφαρμογής ή οτιδήποτε σχετίζεται με το φάκελο «Παράκελσος», γι' αυτό και το προφίλ του «ήρωά» του αποτελεί γι' αυτόν έμπνευση.

Σαφέστατα –ο «Νονός», σύμφωνα και με τον «ήρωά» του– είναι προσηλωμένος στην επιστήμη, αλλά συνεχώς φλερτάρει και με τη μαγεία και την αλχημεία σαν να μην είναι προσηλωμένος σε μαθηματικά κουτάκια, αφήνοντας ανοιχτό το ενδεχόμενο χρησιμοποίησης και κάτι του μη εξηγήσιμου σαν συμπλήρωμα για την επίτευξη ενός αποτελέσματος.

Μπορεί να μην ποντάρει στη μαγεία και το παραφυσικό με την έννοια που το κάνουν οι περισσότεροι, αλλά δεν θα τον ξένιζε να χρησιμοποιήσει και κάτι στο οποίο θα απέδιδε μαγικές ιδιότητες, ώστε να πραγματοποιήσει ένα τελικό σχέδιο χωρίς πλήρη έλεγχο των συνισταμένων του.

Αξιολόγηση 4:

«Σαν χαρακτήρας είχε τη φήμη του αλαζόνα και σύντομα δημιούργησε έχθρες με άλλους Φυσιολόγους. Όταν το 1527 διορίστηκε

CIA: Επιχείρηση Παράκελσος

δημοτικός γιατρός με δικαίωμα διδασκαλίας στο Πανεπιστήμιο της Βασιλείας, αναγκάστηκε να φύγει γρήγορα από την πόλη εξαιτίας της εχθρότητας που προκάλεσαν τόσο οι νεωτεριστικές αντιλήψεις του όσο και η αντίδραση των φαρμακοποιών, των οποίων ήθελε να ελέγχει την εργασία, αλλά κι ο απότομος κι υπερήφανος χαρακτήρας του. Συν τοις άλλοις στο Πανεπιστήμιο της Βασιλείας ήρθε σε σύγκρουση με συναδέλφους του επειδή έκαιγε δημοσίως βιβλία τους στα οποία εκφράζονταν απόψεις που δεν τον έβρισκαν σύμφωνο».

Ερμηνεία-πιθανολόγηση:

Και ο «Νονός» μπορεί να είναι αλαζόνας, εγωιστής, εγωκεντρικός, να μην αναγνωρίζει τους συναδέλφους του ως ισάξιους και να θεωρεί ότι ανήκει σε μια ανώτερη κατηγορία «μυαλού» που πιθανότατα δεν έτυχε της αποδοχής που θα έπρεπε.

Θεωρεί τον εαυτό του ιδιοφυΐα.

Είναι πιθανότατα κοινωνικά απομονωμένος, αλλά το ίδιο πράττει κι αυτός προς τους άλλους. Τους θεωρεί ανάξιους να συνυπάρξουν επιστημονικά, θα έκανε τα πάντα για να τους εμποδίσει ή να σταματήσει την επιστημονική εξέλιξη και σίγουρα δεν θα μοιραζόταν μαζί τους γνώση. Πιθανολογούμε με σημαντική ασφάλεια ότι κρατούσε μυστικά από όλους και σχεδόν σίγουρα ο φάκελος «Παράκελσος» ή ποτέ δεν κοινοποιήθηκε στην επιστημονική κοινότητα του Κόμματος ή ακόμα κι αν κοινοποιήθηκε μέρος του, μεγάλα και σημαντικά κομμάτια που αφορούν σε αυτόν παραμένουν επτασφράγιστα μυστικά του χειριστή του πρότζεκτ.

Αξιολόγηση 5:

«Φεύγοντας από τη Βασιλεία το 1528, ο Παράκελσος συνέχισε τις περιπλανήσεις του, ώσπου να καταλήξει τελικά στο Σάλτσμπουργκ.

Η προσπάθειά του να ανατρέψει τις ιατρικές παραδόσεις της εποχής του και η προκλητική στάση του έναντι των συναδέλφων του εξήγειραν εναντίον του το μίσος του ιατρικού κόσμου που τον χαρακτήριζε απατεώνα και μάγο.

Υπό τη γενική αυτή κατακραυγή, στη συνέχεια ο Παράκελσος περιπλανήθηκε στην Ευρώπη μέχρι το 1541 που φονεύθηκε στο Σάλτσμπουργκ.

Προηγουμένως όμως αναθεώρησε παλιά χειρόγραφα, ενώ έγραψε και δικά του κείμενα με τα σημαντικότερα να ανήκουν στην

τελευταία περίοδο της πολυτάραχης και γεμάτης μυστήριο ζωής του.
Έτσι ανέκτησε ένα τμήμα της φήμης του».

Ερμηνεία-πιθανολόγηση:

Ο «Νονός» βρίσκει στον «ήρωά» του κοινά στοιχεία ως προς την έλλειψη μόνιμου τόπου κατοικίας – κάτι με το οποίο έπρεπε να συνυπάρξουν όλοι οι επιστήμονες του πρώην Σοβιέτ, λόγω συχνών μεταθέσεων σε όλα τα γεωγραφικά μήκη και πλάτη της Ένωσης. Πιθανότατα δεν είχε στεριώσει πουθενά.

Δεν τον απασχολεί η συνεχής μετακίνηση, αρκεί να επιτυγχάνεται ο εκ του εγωκεντρισμού του σκοπός. Έχει σαφέστατες αλαζονικές, μεταφυσικές ανησυχίες και πιθανότατα τον ενδιαφέρει να αφήσει κάτι —καλό ή κακό— μετά θάνατον, ώστε όλοι να τον θυμούνται για πάντα και προς αποκατάσταση της γι' αυτόν άδικης εν ζωή μεταχείρισής του από το σύστημα.

Πιθανότατα άνθρωπος ικανός να κάνει τα πάντα για να ικανοποιήσει το εγώ του ακόμα και μετά θάνατον, ανεξαρτήτου επιπτώσεων προς άλλους.

Ο Ρόμπερτ έκανε μια παύση και σκέφτηκε:

«Δεν το λέει καθαρά η συνάδελφος, αλλά εδώ το 'χει να το πει. Ψυχόπας ο τύπος...»

Ξανακοίταξε την οθόνη του.

Αξιολόγηση 6:

«Μετά το θάνατό του το επιστημονικό του έργο αξιώθηκε μεγάλης τιμής από πολλούς ιατρούς της Γερμανίας και της Γαλλίας ως ανανεωτής της ιατρικής και θεμελιωτής της ιατροχημείας, προσδίδοντάς του την προσωνυμία του "Λούθηρου της Ιατρικής".

Αντίθετα, οι εχθρικά διακείμενοι προς αυτόν, τον αποκαλούσαν "φιλόσοφον άλογον" (χωρίς λογική) και τα δε ιατρικά του συγγράμματα, προϊόντα διανοητικής ανισορροπίας.

Στον ιδιόρρυθμο αυτόν ιατροφιλόσοφο αποδίδονται πολλά έργα των οποίων αμφισβητείται η γνησιότητά τους. Μεγάλη απήχηση είχαν και οι χημικές σκέψεις του Παράκελσου στο σύστημα του οποίου, πλάι στα τέσσερα Αριστοτελικά στοιχεία (γη, νερό, αέρας, φωτιά) προστέθηκαν άλλες τρεις ουσίες: ο υδράργυρος, που χαρακτηριζόταν από πτητικότητα, το θειάφι, επειδή καιγόταν, και το αλάτι, σύμβολο της σταθερότητας. Επιπλέον, στην αντίληψη του

CIA: Επιχείρηση Παράκελσος

Παράκελσου, ο υδράργυρος είναι το πνεύμα (σκέψη), το θειάφι η ψυχή (αίσθημα) και το αλάτι το σώμα».

Ερμηνεία-πιθανολόγηση:

Πιθανότατα άνθρωπος ικανός να κάνει τα πάντα για να ικανοποιήσει το εγώ του ακόμα και μετά θάνατον, ανεξαρτήτου επιπτώσεων προς άλλους.

Θέλει να πιστεύει ότι μετά θάνατον θα αναγνωριστεί.

Διεκδικεί στο μυαλό του «θεοποίηση», τολμώντας να αμφισβητήσει ή ακόμα και να συμπληρώσει –κατ' αυτόν– κοινώς αναγνωρισμένα μυαλά όπως ο Αριστοτέλης.

Πιθανότατα έχει τις αντιρρήσεις του με το «πνεύμα» της αρχαίας Ελλάδας και ενδέχεται να αντιπαθεί τους Έλληνες.

Σημείωση σχετικά με το περιεχόμενο του αγνοούμενου φακέλου:

Το επιστημονικό αντικείμενο του φακέλου μπορεί να περιέχει κάποια χαρακτηριστικά που υπό συνθήκες κάποιος θα τα απέδιδε σε αλχημεία. Χωρίς φυσικά να είναι. Το όνομα όμως του φακέλου και η παραπομπή σε κάτι το αλχημικό, το υπέρ, το άγνωστο για τους άλλους, τονώνει την ταυτότητα του «Νονού» και ενδυναμώνει το πιστεύω του για το περιεχόμενό του.

Με βάση ότι η ονοματολογία έγινε χρόνια πριν και το γεγονός ότι οι περισσότεροι πρώην Σοβιετικοί επιστήμονες, τότε ψηλά στην ιεραρχία, υπέστην ισχυρότατο ψυχολογικό σοκ από την κατάρρευση της ιδεολογικής τους ταυτότητας και πίστης, πιθανότατα και ο «Νονός» σήμερα να πάσχει από κάποιας μορφής μέτρια ή και σοβαρή ψυχική νόσο.

Ενδέχεται στατιστικά να έχει βρει καταφύγιο σε ουσίες –όπως πολλοί εκ των πρώην– ή να αναπολεί τις παλιές ημέρες, έχοντας δημιουργήσει έναν ψεύτικο κόσμο που υπακούει σε δικούς του κανόνες.

Λογικά ο κόσμος της επιστήμης συνεχίζει να τον απασχολεί πιστεύοντας ότι κάποια μέρα θα δικαιωθεί.

– Τ' αρχίδια μου θα δικαιωθούν, μονολόγησε ο Ρόμπερτ που συνήθως πρόσεχε τη γλώσσα του, αλλά τώρα μιλούσε στον εαυτό του και του βγήκε αυθόρμητα.

Με μια κίνηση στο «μυ» του κομπιούτερ έκλεισε την κάρτα

που του έδινε πρόσβαση στο κρυπτο-intranet, κάνοντας log-out.

Αμέσως το μάτι του έπεσε σε ένα άλλο μικροπαράθυρο, που αναβόσβηνε στο κάτω μέρος της οθόνης του γράφοντας:

«ΝΕΟ ΜΗΝΥΜΑ-ΕΠΕΙΓΟΝ»

Αμέσως πάτησε πάνω του και η ενημέρωση κάλυψε όλη την επιφάνεια εργασίας.

FBI
ΕΠΕΙΓΟΝ ΣΗΜΑ

Ημερομηνία: (σήμερα)
Θέμα: Επιχείρηση Λαύριο/Α1- Επιχείρηση Παράκελσος
Ασφάλεια: ΑΚΡΩΣ ΑΠΟΡΡΗΤΟ - ΚΟΚΚΙΝΟ Α2
Διανομή: Κρυπτογραφημένη Αποστολή σε αποδέκτες
Κοινοποίηση: NSA
Πηγές-Ενημέρωση: FBI/Κλιμάκιο Μεσογείου/Κλιμάκιο Αθηνών
Χειριστές: Τμήμα Επιχειρήσεων FBI Αθηνών/Τοπικός πράκτορας με αρωγή συναδέλφων Interpol
Αποδέκτες:
1. Γραφείο Υπαρχηγού CIA
2. CIA/Διευθυντής Τμήματος Εμπορικού Ναυτικού/Παράνομες Μεταφορές Εμπορευμάτων

Ο Ρόμπερτ κοίταξε την κοινοποίηση και «στράβωσε» λίγο. Δεν ήταν αντίθετος με την ενοποίηση των Υπηρεσιών Ασφαλείας. Το αντίθετο. Αλλά ως παλιός, είχε πάντα τη φοβία ότι το πολύ ανακάτεμα θα μπορούσε να δημιουργήσει και γραφειοκρατία ή ακόμη και διαρροές.

Έμπειρο και ώριμο μυαλό ο Σίνγκλεη, αλλά συνάμα και ανήσυχος. Αυτά τα δύο πήγαιναν πάντα πακέτο σε αυτές τις δουλειές.

«Τι λόγο έχει από τώρα το NSA;», σκέφτηκε μέσα του. «Αφού δεν έχουμε φτάσει στο σημείο να ξέρουμε ότι η "επιχείρηση" αποτελεί θέμα υψίστης Εθνικής Ασφάλειας. Κι αν αποδειχτεί φιάσκο; Τότε θα φανεί ότι γινόμαστε ρεζίλι».

Τη λάτρευε τη CIA. Γι' αυτό άλλωστε και είχε φτάσει ψηλά, εκεί που σκαρφαλώνεις μόνο με την ψυχή.

Η αλήθεια είναι ότι μετά την 11η Σεπτεμβρίου και το ανακάτεμα των κανόνων του παιγνιδιού με την ενοποίηση όλων των μυστικών υπηρεσιών, μερικά πράγματα είχαν γίνει πολύ διαφορετικά, αλλά και αρκετά περίπλοκα. Σίγουρα όμως προς το καλύτερο.

«Τέλος πάντων», είπε μέσα του. «Κοινοποίηση NSA, κοινοποίηση NSA, ό,τι πει το boss... Απορώ πάντως πώς δεν βάλανε κοινοποίηση και στο Πεντάγωνο», έκανε χιούμορ στη σκέψη του. Συνέχισε την ανάγνωση:

«Σε ολοκλήρωση της αποστολής μας σχετικά με την "Επιχείρηση Παράκελσος" σας αναφέρουμε ότι κατά την έρευνα του υποκειμένου βρέθηκαν πάνω του τα εξής προς έρευνα αντικείμενα:

Δύο κλειδιά (πιθανότατα από το πλοίο)

Ρολόι χειρός αντίκα, παλιό με ένα πετράδι στο ρυθμιστή ώρας

Ένα κινητό με κάρτα από μάλλον ρώσικη εταιρεία τηλεπικοινωνιών. Αντίγραφο της κάρτας του σας κοινοποιείται για περαιτέρω ανάλυση από δικό σας Τμήμα.

Ένας σουγιάς (όχι κάτι το ιδιαίτερο)

Ένα σχεδιάγραμμα αγνώστου περιεχομένου σε σφραγισμένο φάκελο, αντίγραφο του οποίου σας κοινοποιείται επίσης για περαιτέρω ανάλυση από δικό σας Τμήμα».

Ο Ρόμπερτ πάτησε Ctrl+P και το σχεδιάγραμμα τυπώθηκε αμέσως στον λέιζερ εκτυπωτή δίπλα του.

Διάβασε πιο κάτω:

«ΠΡΟΣΟΧΗ: ΕΞΑΙΡΕΤΙΚΑ ΣΗΜΑΝΤΙΚΟ!

Την ίδια ημέρα –είχε τεθεί σε συνεχή διακριτική παρακολούθηση– αφότου αφέθη ελεύθερος, επισκέφτηκε και πάλι το ύποπτο σημείο στην Παιανία/Αττική/Ελλάδα (παράνομο τζαμί) και μετά την έξοδό του απ' αυτό και επιστρέφοντας στο πλοίο, κατά τον δεύτερο έλεγχο του υποκειμένου από ανθρώπους του Κλιμακίου, φαίνεται να είχε αφήσει στο χώρο επίσκεψης ή σε κάποιον στο εσωτερικό του (δεν είχαμε εικόνα του εσωτερικού του χώρου λόγω επικινδυνότητας και ιδιαιτερότητας) το ρολόι χειρός και το φάκελο με το σχεδιάγραμμα.

Το πλοίο αναχώρησε το επόμενο πρωί για Ουκρανία χωρίς το υποκείμενο ή τα άλλα μέλη του πληρώματος να ξαναβγούν από αυτό ή να απασχολήσουν.

Τέλος μετάδοσης/».

Ο Ρόμπερτ έκανε προώθηση του σήματος στον Ντόναλντ Σμιθ, τον βοηθό του, αλλά και στη Λίσα, στο Τμήμα Εμπορικού Ναυτικού.

Έπειτα έκλεισε κι αυτή την «οθόνη» και έγειρε πίσω στην πολυθρόνα του αναπαυτικά. Αυθόρμητα έπιασε την κούπα του καφέ του και ήπιε μια τζούρα, που περίεργως σήμερα του φαινόταν λίγο στυφός. Δεν έδωσε όμως σημασία.

«Ωραία δουλειά έκανε ο νεαρός του FBI στο Λαύριο», σκέφτηκε. Του είχε κάνει εντύπωση το πώς είχε κινηθεί. Είχε πάρει αντίγραφο της κάρτας του κινητού και συνέχισε την παρακολούθηση χωρίς να έχει τέτοια εντολή. «Γεννημένο ταλέντο», είπε μέσα του.

Έπιασε στα χέρια του το σχεδιάγραμμα κι άρχισε να το παρατηρεί. Δεν μπορούσε να καταλάβει τι ήταν, αλλά «Γιατί να το αφήσει στο τζαμί;», σκέφτηκε. «Τι να είναι αυτή η σαχλαμάρα;», μονολόγησε. «Και απ' την άλλη, γιατί άφησε το ρολόι του; Ρε μπας και το έχασε;», προσπάθησε να βρει μια λύση. «Αλλά απ' την άλλη, τα ρολόγια δεν χάνονται».

Έβγαλε για λίγο τα γυαλιά του και την ώρα που έλεγε μέσα του «θα μας τρελάνει ο Μαροκινός...», έπιασε το τηλέφωνο και κάλεσε μέσα τον Ντόναλντ.

Σε δευτερόλεπτα ο νεαρός απ' το διπλανό δωμάτιο ήταν δίπλα του.

– Πώς πάει, Ντόναλντ, όλα καλά; Κάτσε, του είπε.

– Μια χαρά, κύριε Σίνγκλεη... πήγε να πει ο νεαρός, αλλά δεν πρόλαβε να τελειώσει τη φράση του.

– Όχι, γιατί είδα ότι χθες σας πάτησαν οι Yankees και ανησύχησα για την υγεία σου, του έκανε πλάκα ο Ρόμπερτ.

– Τώρα θ' αρχίσουμε τα γνωστά, αφεντικό; Red Sox vs. Yankees... αστειεύτηκε ο μικρός.

– Καλά, δεν θα σε πονέσω άλλο σήμερα.

Γέλαγαν και οι δύο.

– Λοιπόν, Ντόναλντ, σου έστειλα πριν λίγο ένα σήμα από Λαύριο για τον Παράκελσο.

– Ναι, το είδα, κύριε Σίνγκλεη, αλλά δεν πρόλαβα να τα διαβάσω όλα.

– Λογικό, δεν πειράζει. Δύο είναι τα σημαντικά.

CIA: Επιχείρηση Παράκελσος

Στείλε «ΥΠΕΡΕΠΕΙΓΟΝ» για ανάλυση στα «φρικιά» το σχεδιάγραμμα που σου στέλνω και βρείτε ό,τι μπορείτε από τις κλήσεις της κάρτας του κινητού που λογικά πρέπει οι Ομοσπονδιακοί να έχουν στείλει ήδη στο εργαστήριο. Κάντε συνδυασμούς εισερχομένων-εξερχομένων και ταυτίσεις κλήσεων, μήπως βγάλουμε καμιά άκρη. Ήδη ξέρουμε ότι κάποιοι παίρνουν κάποιους. Προσπαθήστε να βάλετε μια σειρά στον ιστό και δείτε και τα μηνύματα.

– Έχουμε καμιά ιδέα τι μπορεί να αφορά αυτό το σχέδιο; Θα βοηθούσε...

– Αυτό είναι το πρόβλημα. Δεν πάει πουθενά το μυαλό μου.

Ο Ρόμπερτ έπιασε το χαρτί στα χέρια του και το έδειξε στον νεαρό.

– Μπορεί να είναι σχέδιο από βόμβα, σχέδιο από μηχάνημα ή καλύτερα από εξάρτημα, κάποια χημική ουσία, πυρηνικό, ηλεκτρονικό, πώς κόβουμε τον μπακλαβά γωνία, γιατί έχει και πολλά τρίγωνα, εδώ που τα λέμε, τίποτα ή και η θεία μου από την Αλάσκα...

Ο Ντόναλντ χαμογέλασε για τη «θεία του».

– Γιατί γελάς; τον ρώτησε ο Ρόμπερτ.

– Να, με τη θεία σας από την Αλάσκα.

Ήταν το κλασικό του Ρόμπερτ όταν ήθελε να δώσει την εντύπωση του άγνωστου, του ανεξερεύνητου και του περίπλοκου να κάνει αυτή τη χιουμοριστική αναφορά. Κανείς δεν ήξερε τίποτα για αυτή τη «θεία» του, την οποία περιέγραφε ως ένα μυστήριο και ελάχιστοι γνώριζαν ότι δεν υπήρχε. Ο Ντόναλντ πάντως το ήξερε...

– Δεν σου επιτρέπω, Ντόναλντ, αναφορές στη θεία μου, του είπε το «αφεντικό» με στόμφο και καθαρά χιουμοριστικά.

– Φυσικά, κύριε Σίνγκλεη. Σας ζητάω συγγνώμη, είπε ο βοηθός βγαίνοντας απ' το γραφείο. Απλά σκεφτόμουν, όταν έρθει στη Βιρτζίνια, μήπως την παίρναμε μαζί σε κάναν αγώνα μπέιζμπολ, το συνέχισε ο Ντόναλντ.

– Έξω απ' το γραφείο μου, μικρέ... Τώρα!

ΚΕΦΑΛΑΙΟ 8

Οντέσκα, Οδησσός,
Ουκρανία,
Εταιρεία ανεφοδιασμού πλοίων

Ο λες και πρησμένος απ' τα βάρη 35άρης καθόταν σ' έναν τριθέσιο καναπέ που είχε ο Τιμοφέι απέναντι απ' το γραφείο του. Δερμάτινος μεν, ταλαιπωρημένος δε, έμοιαζε με ηλιοκαμένη Σουηδέζα που το δέρμα της είχε σκάσει σε αποχρώσεις του ζεμπρέ, αφήνοντας τις μικρές άσπρες κηλίδες σάρκας που πετάγονταν απ' το εσωτερικό της επένδυσης του καναπέ να φανερώνουν την ηλικία, αλλά και την κακή του χρήση.

Ζεμπρέ στο μέτωπο και όχι μόνο ήταν και τα άγρια, σκληρά χαρακτηριστικά του μεσήλικα που φορούσε μια μαύρη αθλητική φόρμα Adidas χωρίς κουκούλα, αλλά με τις κλασικές άσπρες ρίγες της φίρμας να ανταγωνίζονται σε κρυφτό, ακολουθώντας απ' τα δύο μανίκια τούς σκληροτράχηλους ώμους. Από κάτω ένα ξεθωριασμένο τζιν και καφέ ορειβατικά μποτάκια.

Έμοιαζε σαν παλαιστής. Σαν αρκούδα. Και τα χοντρά του δάχτυλα που θύμιζαν τανάλια πρόδιδαν τη σίγουρα άξεστη συμπεριφορά στην οποία ειδικευόταν όταν οι συνθήκες το απαιτούσαν.

Το κεφάλι του ήταν στρογγυλό, ξυρισμένο, με μεγάλο μέτωπο και πάνω απ' τη σπασμένη πριν πολλά χρόνια μύτη από το μποξ, ξεχώριζαν σαν φωσφορίζουσες μπίλιες τα δύο του γαλάζια, ξεθωριασμένα μάτια που κολυμπούσαν μέσα στο ροζέ άσπρο του βολβού. Υπό συνθήκες θα ήταν ωραία, τώρα όμως ήταν βρυκολακέ, μάρτυρας τη στενής επαφής του νεαρού με το «χόρτο».

Από εκεί που καθόταν ο μυώδης Τσετσένος, όταν η εξώπορτα του γραφείου ήταν ανοιχτή, μπορούσες να δεις μέχρι το διάδρομο του ορόφου. Το ίδιο βέβαια και όσοι περνούσαν από εκεί, αν η ματιά τους έπεφτε στο εσωτερικό του γραφείου.

Ο διάδρομος όμως, που στέγαζε τις δύο εταιρείες του ορόφου, δεν ήταν ιδιαίτερα επισκέψιμος και αυτό είχε κάνει τον Τιμοφέι να αδιαφορεί για την εχεμύθεια των συζητήσεων και την περιχαράκωση του χώρου, ξεχνώντας συνήθως την πόρτα ανοιχτή.

Έτσι η ματιά της Νατάσας, που πάντα είχε το νου της για το τι συμβαίνει στο διπλανό «κολαστήριο», θέλοντας και μη έπεσε πάνω στον νεαρό, περνώντας βιαστικά για να πάει προς το γραφείο της.

Δεν ήταν περίεργη ή κουτσομπόλα, αλλά τόσα χρόνια και ύστερα από τις πολλαπλές παρενοχλήσεις του Βασίλη, τις ύποπτες, γλοιώδεις φάτσες που μπαινόβγαιναν εκεί μέσα και τα προβλήματα που της είχαν δημιουργήσει με σαμποτάζ αυτός και η παρέα του στο λιμάνι, για να τις φάνε τις δουλειές, θέλοντας και μη είχε τα μάτια της ανοιχτά. Και τα καταπράσινα μάτια της 28χρονης Νατάσας Λόιντ μπορούσαν ν' ανάψουν φωτιές, αλλά και να κάψουν καρδιές.

Ακριβώς μια τέτοια φωτιά είχε ανάψει και στον αδίστακτο Τιμοφέι που από τη μια την πολιορκούσε ερωτικά και από την άλλη έκανε τα πάντα για να την εξοντώσει οικονομικά, ώστε δόλια μετά να την αναγκάσει να πέσει στην ερωτική του παγίδα.

Γι' αυτό άλλωστε και την ανεχόταν ακόμη. Υπό άλλες συνθήκες, αυτό το σκουληκοειδές απόφθεγμα της άλλοτε ισχυρής KGB θα την είχε εξαφανίσει, αλλά τώρα, ίσως για πρώτη φορά στη ζωή του, κάτι στο εγώ του ή τον άξονα των επιθυμιών του προκαλούσε μια μικρή αναστολή στον συνήθη επιθετικό τρόπο λειτουργίας του.

Η Νατάσα ένιωσε μια περίεργη ενέργεια απ' το χώρο, αν και οι δύο άντρες ήταν ήρεμοι. Κάτι σαν αυτό που η επιστήμη δεν δέχεται ή τουλάχιστον δεν μπορεί να ερμηνεύσει μέχρι σήμερα, αλλά οι περισσότεροι έχουμε νιώσει.

Ηλεκτρικά κύματα, κάτι σαν ένστικτο, μια αγωνία που διαπερνούσε το κορμί της και της προκάλεσε αναστάτωση και μια ξαφνική ανησυχία. Χωρίς λόγο, ένιωσε φόβο και η επιδερμίδα της λες και σιδερώθηκε από μια κρύα αύρα που σαν μαγική, της τέντωσε τις αισθήσεις και την έκανε να αισθάνεται πως κολυμπά σ' ένα μαύρο, άγνωστο τοπίο χωρίς προσανατολισμό.

Παράξενα σημάδια.

Αν και ένιωθε τον κίνδυνο, δεν μπόρεσε να αντισταθεί και περνώντας την πόρτα σταμάτησε για να στήσει αυτί και να ικανοποιήσει την περιέργειά της, που είχε μπολιαστεί απ' το κλίμα της έντασης που το ήσυχο δωμάτιο εξέπεμπε σε συχνότητες του υποσυνείδητου, τροφοδοτώντας τις αντιδράσεις του συνειδητού.

Από εκεί που στεκόταν δεν μπορούσε πια να δει προς τα μέσα, αλλά είχε τέλεια ηχητική επαφή και ενστικτωδώς αισθανόταν οποιαδήποτε κίνηση των δύο αντρών που παρέμεναν στις θέσεις τους, χωρίς κίνδυνο να πάνε προς την εξώπορτα και να τη δουν.

– Λοιπόν όπως σου είπα, Αντρέι, ακούστηκε από μέσα ο Τιμοφέι. Τα ξαναλέω για να μην έχουμε προβλήματα...

Ο Τσετσένος ήταν δυνατός και έτοιμος για όλα, αλλά το μυαλό του δεν ήταν και ιδιαίτερα κοφτερό. Όχι ότι ήταν βλάκας. Απλά λειτουργούσε σαν τα ρομπότ. Έπρεπε να του πεις απλά και κατανοητά τι θες, κι αυτός θα το εκτελούσε. Δεν είχε όμως καμιά δυνατότητα αυτοσχεδιασμού ή ανάληψης πρωτοβουλιών. Ιδανικός, βέβαια, για δουλειές του κοινού ποινικού.

– ...Το σχέδιο είναι απλό, συνέχισε ο Ρώσος. Αυτό είναι το εισιτήριο για Κισινάου. Παίρνεις το αεροπλάνο αύριο το πρωί και πετάς για Μολδαβία. Τον Αλεξέγιεφ τον ξέρεις. Τον είχες γνωρίσει πριν από κάνα δυο μήνες που του είχες πάει κάτι εξαρτήματα. Τον θυμάσαι;

– Φυσικά. Δεν είμαι βλάκας. Είχα πάει στο σπίτι του.

– Αυτό ακριβώς. Άρα ξέρεις πού θα τον βρεις και δεν θα έχεις πρόβλημα στο να μπεις μέσα. Θα σου ανοίξει άνετα.

Η Νατάσα παρακολουθούσε με προσοχή την κουβέντα, αλλά δεν καταλάβαινε τι έλεγαν.

– Να τον καθαρίσω αμέσως;

Η Νατάσα έπεσε στα βαθιά και δεν μπορούσε να πιστέψει τι άκουγε. Έμεινε αθόρυβη, αλλά αισθάνθηκε έναν κρύο ιδρώτα να τη διαπερνάει.

– Όχι, καλύτερα να μπεις μέσα. Ξέρεις, δύο με το σιγαστήρα

και τέρμα. Μόνο φρόντισε να πεθάνει στα σίγουρα. Μέσα, γιατί αυτό θα σου δώσει και χρόνο να εξαφανιστείς άνετα. Αυτόν δεν πρόκειται να τον βρουν ούτε σε δέκα μέρες. Δεν έχει συγγενείς, δεν έχει φίλους, τίποτα... Μόνο πρόσεχε. Καθαρά και αθόρυβα. Ορίστε, εδώ είναι ένα καθαρό όπλο. Απ' το «σελοφάν» το βγάλαμε.

Ο Τιμοφέι έκανε μια κίνηση και το άφησε στο μπροστινό μέρος του τραπεζιού.

Ο Τσετσένος με τα μεγάλα χέρια το έπιασε χωρίς να σηκωθεί απ' τον καναπέ και άρχισε να το περιεργάζεται.

– Μήπως έχεις κάνα τσιγάρο; τον ρώτησε ο Αντρέι.

– Ναι ρε, πάρε, του είπε ο Τιμοφέι βγάζοντας απ' το συρτάρι ένα πακέτο. Έχω εδώ κάτι στούκας που μου έδωσε ο Μαροκινός που 'χω στο πλοίο. Δεν καπνίζονται, αλλά όταν ξεμένεις καλά είναι.

Ο Τσετσένος πήρε ένα, το άναψε κι άρχισε να ρουφάει.

Ο Τιμοφέι άφησε το πακέτο μπροστά του, στο μπροστινό μέρος του γραφείου.

– Μόλις τελειώσεις με το όπλο, σκούπισέ το κι άσ' το εκεί. Δωράκι στις Αρχές, αν και όπως ξέρεις στη Μολδαβία είναι καφενείο ακόμα...

– Δεύτερο γεμιστήρα; ρώτησε ο Αντρέι.

– Τι να τον κάνεις, ρε μαλάκα «τσετσένε αυτονομιστή»; νευρίασε και τον κορόιδεψε ο Τιμοφέι. Δεν θα πας για πόλεμο. Είπαμε, μια στο κεφάλι, μια στο θώρακα.

– Καλά, είπε ο άλλος.

– Και πέρασέ το με την αποσκευή, στην κοιλιά του αεροπλάνου. Όχι πάνω σου. Πάρε μαζί μια δήθεν αποσκευή, γέμισέ τη με τίποτα ρούχα και βάλ' τη με τις αποσκευές στο check-in. Τους έχουν χαλάσει τα ακτινογραφικά και δεν ψάχνουν τίποτα σε τέτοιες πτήσεις προς Κισινάου κ.λπ.

– ΟΚ, είπε ο Τσετσένος.

– Τι γίνεται εδώ, ρε πούστη μου; ξεστόμισε η Νατάσα που δεν είχε βρίσει ποτέ στη ζωή της.

Στο μυαλό της σημείωνε ονόματα και τοποθεσίες, αλλά συνάμα είχε αρχίσει κι έτρεμε.

Ο Τιμοφέι συνέχισε:

– Λοιπόν, εδώ είναι τα λεφτά σου. Όπως πάντα 3 «χιλιαρικά-κια» δολάρια για τις εκτός έδρας δουλειές και το εισιτήριό σου από Κισινάου για Τεχεράνη. Πάρ' το κι αυτό.

Ο Τιμοφέι τ' άφησε κι αυτό στο γραφείο και ο Τσετσένος το πήρε στα χέρια του μαζί με τα λεφτά και αμέσως πετάχτηκε όρθιος:

– Ρε αφεντικό, λίγα δεν είναι; του είπε ο Αντρέι χωρίς να κωλώνει.

– Τι λες, ρε μαλάκα; του φώναξε ο Ρώσος. Πήρες αέρα τώρα; Πάντα τόσα δεν παίρνεις; Και μου παραπονιέσαι τώρα πάνω στην κρίση; Το ξέρεις ότι έχω Αλβάνια και Βούλγαρους που μπορούν να κάνουν την ίδια δουλειά με 1.500; Μη σου πω για Κοσοβά-ρους, Σέρβους και Ρουμάνους; Αυτοί το κάνουν και με 1.000...

Μια δυνατή κόρνα διέκοψε την ησυχία του γραφείου. Δεν ήταν από αυτοκίνητο. Ένα ρυμουλκό περνούσε απέναντι στο λι-μάνι, μπροστά από το παράθυρο του γραφείου.

Ο Τιμοφέι γύρισε την πλάτη του προς το παράθυρο να δει τι γίνεται και ο Αντρέι πήγε προς το τζάμι λίγο δεξιότερα.

– Μαλάκες, μεθυσμένοι Γεωργιανοί... Πλοίαρχοι σου λέει μετά. Το γαμήσανε το λιμάνι. Τι δουλειά έχουν σε αυτή την προ-βλήτα τώρα; Άντε βγάλε άκρη με τους γαμιόληδες...

Δεν έδωσε άλλη σημασία και γύρισε στην κουβέντα. Ο Αντρέι έμεινε σαν να κοιτάει απ' το παράθυρο, αλλά έριχνε και κάποιες περίεργες ματιές στον Τιμοφέι. Περίεργη κίνηση.

– Λοιπόν, αυτά είναι τα λεφτά. Τέλειωσε αυτό το θέμα, του είπε κοφτά. Βάλε και το εισιτήριο για Τεχεράνη στην τσέπη και πρόσεχε τι θα σου πω...

Ο Τσετσένος τον πρόλαβε πάλι.

– Αυτό δεν το καταλαβαίνω. Γιατί να πάω μετά στην Τεχερά-νη; Γιατί να μη γυρίσω εδώ;

– Σου είπα. Μόλις τακτοποιήσεις τον καθηγητή, γραμμή για το αεροδρόμιο. Φρόντισε να το κάνεις βραδάκι, ώστε σε κάνα 2 ώρες να έχεις φύγει. Η πτήση για Ιράν είναι βραδινή και φεύγει στη 1 τα ξημερώματα. Μόλις φτάσεις εκεί, καθυστέρησε λίγο στο αερο-δρόμιο, πιες έναν καφέ και πρωί πρωί κατά τις 8 κατευθείαν στην Κρατική Ασφάλεια. Βρες τον Νταλίρ Σασάν. Αυτός θα είναι ο σύν-δεσμός σου. Σου έχουν μια καλή δουλειά εκεί. Γι' αυτό θα πας...

– Μα δεν έχω ξαναδουλέψει προς τα εκεί, προσπάθησε να πει ο Αντρέι.

– Σε βάζω στα βαθιά. Γι' αυτό και θα πάρεις άλλα 15.000 δολάρια γι' αυτό.

– Ποιον θα φάω; Τον Πρόεδρο; Μόνο για κάτι τέτοιο θα δίνατε 15 χιλιάρικα.

– Κάνουμε και χιούμορ τώρα; του είπε ο Τιμοφέι που το μόνο που τον ενδιέφερε ήταν ο Τσετσένος μετά τη δουλειά στη Μολδαβία να πάει στο Ιράν.

Δεν υπήρχε αποστολή εκεί, αλλά ο Σασάν ήταν σαφής και δεν είχε δεχτεί καμιά αντίρρηση. Είχε πει: «Φρόντισε να μου τον στείλεις πακέτο».

Και ο Τιμοφέι ψυλλιαζόταν ότι κάτι βρόμαγε, αλλά δεν τον ένοιαζε για τον Τσετσένο. Ήταν αναλώσιμος. Απλά αναλώσιμος.

Αλλά κι ο Τιμοφέι, αναλώσιμος ήταν.

– Λοιπόν αυτά, του είπε ο Τιμοφέι. Δίνε του τώρα.

Έκανε ότι πιάνει κάτι χαρτιά από μπροστά του, δήθεν ότι το θέμα τέλειωσε, ώστε να δώσει την εντύπωση στον Τσετσένο ότι είχαν πει ό,τι είχαν να πουν.

Δεν τα είχαν πει όμως όλα.

Ο Τσετσένος έσβησε σε ένα τασάκι στο γραφείο το μαροκινό τσιγάρο και το ζούληξε με δύναμη. Έγινε σχεδόν θρύψαλα.

Έπειτα κινήθηκε πάλι προς τα πίσω.

Έτσι όπως στεκόταν τώρα πίσω απ' τον Τιμοφέι και δήθεν κοιτούσε το λιμάνι και το ρυμουλκό, με μια αστραπιαία, αθόρυβη κίνηση έβγαλε από την τσέπη της φόρμας του ένα κομμάτι γαλβανιζέ σύρμα. Μια αυτοσχέδια γκιλοτίνα.

Με μια κίνηση χωρίς δισταγμό πέρασε και τα δύο του χέρια πάνω από το κεφάλι του ανύποπτου Τιμοφέι, σφίγγοντας με το σύρμα το λαιμό του.

Αμέσως άσκησε τρομερή δύναμη. Με πίεση άρχισε να σφίγγει τον Ρώσο που αιφνιδιασμένος και ανήμπορος να αντιδράσει άρχισε να κοκκινίζει και η ανάσα του να κόβεται.

Αμέσως, όσο τα δευτερόλεπτα περνούσαν, το πρόσωπό του σχεδόν μαύρισε και οι προσπάθειές του να αναπνεύσει ακούγονταν σαν ένα τεράστιο φυσερό που προσπαθεί να πιάσει ρυθμό. Η ανάσα του που τέλειωνε και αγκομαχούσε να βρει μια διέξοδο έφτανε μέχρι τ' αυτιά της Νατάσας στο διάδρομο.

Εκείνη, ανήμπορη με τη σειρά της να κάνει κάτι, απλά παρακολουθούσε τους ήχους και διαισθανόταν τι συνέβαινε στο εσωτερικό του γραφείου. Σκέφτηκε να κοιτάξει, αλλά ο φόβος τη σταμάτησε αμέσως. Αν την έβλεπε ο Τσετσένος, είχε τελειώσει κι εκείνη. Ένιωσε να βιώνει κρίση πανικού, αλλά πήρε βαθιές ανάσες προσπαθώντας να μην κάνει θόρυβο.

Τουλάχιστον εκείνη μπορούσε να αναπνεύσει ακόμη, σε αντίθεση με τον Ρώσο που είχε παρατήσει πλέον κάθε προσπάθεια που έκανε με τα χέρια προς τα πίσω να σταματήσει τον γιγαντόσωμο Τσετσένο. Η διαφορά δύναμης ήταν τόσο μεγάλη που δεν είχε καμιά πιθανότητα.

Κάπως έτσι, λιποθύμησε ή ξεψύχησε και το κορμί του κάνοντας μερικούς τελευταίους σπασμούς, παραδόθηκε πλήρως στον αναψοκοκκινισμένο Αντρέι που τον άφησε μαλακά να κυλήσει απαλά και προς τα πίσω στην πολυθρόνα του γραφείου του.

Το άψυχο σώμα του Τιμοφέι, σαν πρησμένος από τα παχάκια ασκός, βρήκε ισορροπία στο κάθισμα, γέρνοντας λίγο προς τα δεξιά, όπως και το κεφάλι με τα γουρλωμένα μάτια. Ήταν σίγουρα νεκρός.

– Έχεις χαιρετίσματα απ' τον αδελφό μουσουλμάνο Σασάν, μονολόγησε ο Αντρέι.

Ο Τσετσένος όμως ήθελε να είναι απολύτως σίγουρος. Γι' αυτό και βγάζοντας το πιστόλι με το σιγαστήρα που πριν από λίγο του είχε δώσει ο ανυποψίαστος Τιμοφέι, με μια ψυχρή κίνηση, όπως ήταν ακόμη από πίσω του, σημάδεψε το σβέρκο του και πάτησε τη σκανδάλη.

Η Νατάσα τραντάχτηκε στον ήχο του όπλου, που δεν ήταν μεν δυνατός, αλλά σίγουρα είχε μια ανατριχιαστική χροιά, ειδικά με την ηχώ του άδειου διαδρόμου στον όροφο.

Ταυτόχρονα μια στήλη αίματος, σαν πίδακας, ακολούθησε τη διατρητική σφαίρα των 9mm που βγήκε από το μπροστινό μέρος του συνθλιμμένου πλέον κρανίου και κατέληξε πάνω στο γραφείο, βάφοντας με αίμα το μικρό πορτατίφ που τρεμόπαιζε με την κίτρινη λάμπα του και ένα κουτί με κάτι φτηνιάρικα πούρα που είχε πάνω στο έπιπλο ο Τιμοφέι.

Μερικές σταγόνες έβαψαν και τα χαρτιά μπροστά του, αλλά μάλλον δεν θα πήγαιναν ποτέ στον παραλήπτη τους. Κάνα δυο σταγόνες πήγαν και στην κούπα του καφέ που από εδώ και πέρα δεν τον λες και λάτε.

Η Νατάσα έπρεπε να είχε φύγει από εκεί, «χθες». Και ευτυχώς που βρίσκοντας την ψυχραιμία της είχε ήδη κινηθεί προς τη διπλανή πόρτα του γραφείου της, μπαίνοντας μέσα σαν χέλι, αθόρυβα για να μην ακουστεί και σίγουρα με 180-200 σφυγμούς στην καρδιά της.

Ο Τσετσένος έβαλε και πάλι το όπλο στην κοιλιά του μέσα από τη ζώνη και χωρίς να ανησυχεί για τίποτα βγήκε απ' το γραφείο, ρίχνοντας μια ερευνητική ματιά στον όροφο που ήταν απελπιστικά άδειος. Σίγουρος για την επιτυχία του κινήθηκε προς τις σκάλες, χωρίς να δείχνει απολύτως καμιά ανησυχία.

Η Νατάσα άκουσε τα βήματα να απομακρύνουν τον κίνδυνο από κοντά της, δεν ένιωσε όμως και την αντίστοιχη ηρεμία να την επαναφέρει σε φυσιολογικούς ρυθμούς.

«Τι να κάνω τώρα; Να καλέσω την αστυνομία ή θα μπλέξω χειρότερα;», σκέφτηκε αυτόματα.

Όλοι στο λιμάνι γνώριζαν για τα μικροεπεισόδια μεταξύ των δύο και την ένταση στη σχέση τους. Βέβαια ο τρόπος της δολοφονίας δεν έδειχνε ότι θα μπορούσε να το κάνει μια γυναίκα, αλλά αυτό η Νατάσα δεν μπορούσε να το σκεφτεί εκείνη τη στιγμή.

Πήρε ξανά βαθιές ανάσες και κατευθύνθηκε προς το γραφείο της, αλλά δεν μπορούσε να κάτσει. Ήταν σε φοβερή εγρήγορση. Έπρεπε να σκεφτεί καλά τις επόμενες κινήσεις της.

Ξαφνικά της ήρθε μια ιδέα στο μυαλό. Συνδυάζοντας γρήγορα τα γεγονότα και θυμούμενη τη χάρη που της είχε ζητήσει πρόσφατα η φίλη της στην Ολλανδία, σαν να έμοιαζε καλή ιδέα το να την πάρει συμβουλευτικά ένα τηλέφωνο. Αφού ενδιαφερόταν γι' αυτόν τον τύπο, ίσως να ήξερε κάτι παραπάνω, ίσως να χρειαζόταν αυτή την πληροφορία και ίσως και να μπορούσε να τη συμβουλέψει καλύτερα τι να κάνει ή τι να μην κάνει. Άλλωστε δεν είχε κανέναν άλλο.

Αμέσως έπιασε το τηλέφωνο και κάλεσε την Κριστιάνα. Η αναμονή των πέντε χτυπημάτων μέχρι εκείνη να σηκώσει το τηλέφωνο ήταν μαραθώνια.

– Global Nautilus, παρακαλώ, ακούστηκε στην άλλη άκρη. Ήταν η Κριστιάνα που άλλωστε αποτελούσε και το μοναδικό προσωπικό του μυστικού «υποσταθμού» της CIA στην Ολλανδία, ειδικευόμενη σε «ναυτιλιακές πληροφορίες». Αυτή κι ένας αποσπασμένος πρώην field πράκτορας, που απλά προστάτευε την Κριστιάνα, το γραφείο και την ασφάλεια. Αλλά όλα αυτά δεν τα ήξερε κανείς και σίγουρα όχι η Νατάσα.

– Καλημέρα, Κριστιάνα, ευτυχώς που σε βρίσκω, ακούστηκε έντρομη, έτοιμη να καταρρεύσει η Νατάσα.

– Καλημέρα, Νατάσα. Τι συμβαίνει, τι έχεις; Δεν σε ακούω καλά, κατάλαβε αμέσως η Κριστιάνα ότι κάτι τρέχει.

– Δεν θα πιστέψεις τι έγινε πριν από λίγο στο γραφείο μου, άρχισε γρήγορα να της περιγράφει η Νατάσα...

Μέσα σε 2 λεπτά, η νεαρή Αγγλο-Πολωνέζα είχε περιγράψει λιτά, αλλά με ακρίβεια ό,τι είχε δει και ακούσει.

Η πράκτορας στην άλλη άκρη της γραμμής είχε μείνει άφωνη, αλλά διατηρούσε την ψυχραιμία της κρατώντας σημειώσεις.

– Κατάλαβες τώρα τι περνάω; Σε παρακαλώ, πες μου τι να κάνω. Τα έχω χάσει και δίπλα μου υπάρχει και ένα πτώμα...

Η Κριστιάνα ήξερε ήδη πώς έπρεπε να λειτουργήσει. Η εμπειρία στο χειρισμό δύσκολων καταστάσεων σε οπλίζει ταυτόχρονα με ψυχραιμία και δυνατότητες να συντονίσεις βήματα που ο μέσος άνθρωπος δεν μπορεί.

– Καταρχάς ηρέμησε! Ήρεμα. Εσύ δεν ευθύνεσαι για τίποτα και δεν έχεις τίποτα να φοβηθείς. Οπότε χαλάρωσε και άκου με.

Η Νατάσα πήρε μια βαθιά ανάσα που ακούστηκε μέχρι την Ολλανδία. Δεν είχε ηρεμήσει εντελώς, αλλά και μόνο η επαφή με την Κριστιάνα που φαινόταν να ελέγχει πλήρως την κατάσταση της έδινε κουράγιο και σιγά σιγά συνερχόταν.

– Μου είπες ότι ο Τιμοφέι είναι νεκρός δίπλα σου. Εννοώ στο διπλανό γραφείο, έτσι;

– Ναι. Αν και δεν τον έχω δει. Απλά το άκουσα. Σίγουρα πρέπει να είναι νεκρός.

– Ωραία. Θέλω να βρεις την ψυχραιμία σου και να πας δίπλα να σιγουρευτείς, έστω και από απόσταση.

– Αδύνατον. Δεν μπορώ. Τρέμω... Δεν μπορώ να μπω εκεί μέσα, της φώναξε η Νατάσα.

– Νατάσα, σε καταλαβαίνω, της είπε πολύ ήρεμα η Κριστιάνα. Σε παρακαλώ, βρες την ψυχραιμία σου και ηρέμησε. Πρέπει να γίνει. Αυτές τις δύσκολες στιγμές μετράνε οι κινήσεις. Κάνε μου τη χάρη, πήγαινε δίπλα, από απόσταση που να μπορείς να δεις σίγουρα αν έχει πεθάνει και άκουσέ με προσεκτικά όσο δύσκολο κι αν ακουστεί...

Τώρα η Κριστιάνα πήρε μια ανάσα ώστε να πάρει δύναμη γι' αυτό που θα της έλεγε.

– Φωτογραφική μηχανή έχει το κινητό σου;

– Ναι, έχω ένα iPhone4, γιατί ρωτάς όμως;

– Θέλω να βγάλεις μια φωτογραφία και να μου τη στείλεις στο κινητό μου. Είναι πολύ σημαντικό, της είπε, ξέροντας ότι πάντα το πιο σημαντικό ήταν το CONFIRM.

Η Κριστιάνα δεν μπορούσε να ήταν σίγουρη γι' αυτό που νόμιζε ότι κατάλαβε η Νατάσα και σε αυτή τη δουλειά το πρώτο που μαθαίνεις είναι να είσαι ΑΠΟΛΥΤΩΣ ΣΙΓΟΥΡΟΣ για το τι συμβαίνει. Χωρίς «πειστήρια» δεν θα μπορούσε η πράκτορας ούτε με σιγουριά να μεταβιβάσει την πληροφορία, ούτε να κινητοποιήσει μηχανισμό για να βοηθήσει τη μικρή.

– Αδύνατον. Εδώ δεν μπορώ να πάω καν, θα βγάλω και φωτό;

– Σε παρακαλώ, Νατάσα. Επαναλαμβάνω, βρες την ψυχραιμία σου και γρήγορα, όσο έχουμε χρόνο...

Η Νατάσα άρχισε να το σκέφτεται, ενώ ταυτόχρονα ρώτησε:

– Και μετά τι να κάνω; Θεέ μου, τα έχω χάσει... πήγε να βάλει τα κλάματα.

Αμέσως την πρόλαβε η Κριστιάνα.

– Μόλις μου στείλεις τη φωτογραφία –πρόσεχε είναι σημαντικό το να τη στείλεις– σβήσ' την από το κινητό για να μη βρεθεί πάνω σου στην ανάκριση. Καταλαβαίνεις τώρα ότι τυπικά θα σε ανακρίνουν. Δεν θα είναι τίποτα σπουδαίο, αλλά επειδή ποτέ δεν ξέρεις, εξαφάνισε το αρχείο. Εξαφανίσου κι εσύ από κει και μην πεις τίποτα σε κανέναν. Μην πάρεις εσύ την αστυνομία. Αργότερα, θα πεις ότι δεν ήσουν εκεί όταν έγινε.

Η Νατάσα αγωνιούσε και η Κριστιάνα προσπαθούσε να μην ξεχάσει τίποτα. Ήταν ξαφνικό και τα είχε χάσει κι αυτή. Έπρεπε όμως να συνεχίσει και να δείχνει ήρεμη.

– Εμφανίσου ξανά στο γραφείο αύριο το πρωί πάλι. Όχι σήμερα.

– Κι αν δεν τον έχει βρει κανείς μέχρι αύριο;

181

– Θα τον έχουν βρει. Θα το αναλάβουμε «εμείς»… ξέφυγε της Κριστιάνας εν τη ρύμη του λόγου.

– Ποιοι εσείς; ρώτησε με απορία η Νατάσα.

Έπρεπε να το καλύψει. Δεν έπρεπε με τίποτα η Νατάσα να καταλάβει ότι η Κριστιάνα ήταν της «Εταιρείας» ή να υποπτευτεί και να φοβηθεί νομίζοντας οτιδήποτε άλλο.

– Έχω κάποιους φίλους στην Οδησσό που έχουν μια διαφημιστική εταιρεία. Θα τους πω να στείλουν ένα μεγάλο κιβώτιο με κάποιο διαφημιστικό δώρο, δήθεν για λόγους προώθησης. Αναγκαστικά το κιβώτιο θα το πάνε κάνα δυο courier ιδιωτικής εταιρείας. Λογικά θα ανέβουν να το παραδώσουν στον Τιμοφέι και θα τον βρουν νεκρό. Δεν μπορεί, θα ειδοποιήσουν την αστυνομία… Τι να φοβηθούν δύο ιδιωτικοί υπάλληλοι εταιρείας μεταφορών; Θα πάρουν τηλέφωνο…

– Λογικό ακούγεται. Είσαι πανέξυπνη! Μακάρι να το κάνεις αυτό για μένα.

– Φυσικά και θα το κάνω. Κλείσε τώρα και κάνε όπως ακριβώς τα είπαμε. Εξαφανίσου, εμφανίσου αύριο το πρωί, λέγε συνέχεια ότι δεν είδες και δεν ξέρεις τίποτα, και προσοχή: στείλε μου τώρα τη φωτογραφία.

– Χίλια ευχαριστώ, Κριστιάνα. Σ' αγαπάω πολύ, είπε ναζιάρικα σαν παιδάκι η Νατάσα.

– Όπως είπαμε, πρόσεχε! Και στείλε τη φωτό.

– Αν δεν λιποθυμήσω…, είπε ειλικρινά η Νατάσα και έκλεισε τη γραμμή.

Τεχεράνη, Ιράν,
ΥΠΕΞ,
Γραφείο υφυπουργού

Ο Αμπάσι καθόταν αναπαυτικά στο γραφείο του, έχοντας ξεχασμένη στον απέναντι τοίχο την τηλεόραση να παίζει τα νέα του Αλ Τζαζίρα. Ήταν η ώρα με τα νέα από όλη τη Μέση Ανατολή, αλλά ο βαριεστημένος από τη μελέτη πολιτικός δεν έδινε ιδιαίτερη σημασία.

Άλλωστε ό,τι ήταν να μάθει, το πληροφορείτο εγκαίρως από τις μυστικές υπηρεσίες του Ιράν και το άτυπο υπουργείο Προπαγάνδας που λειτουργούσε με μυστική βιτρίνα σε ένα από τα γραφεία του ΥΠΕΞ, στον ίδιο όροφο με τον Αμπάσι. Έτσι είχαν παντού αυτιά στη Μέση Ανατολή και συχνά έβαζαν και το δάχτυλό τους για να κατασκευάσουν εκείνοι τις... ειδήσεις.

Δεν υπήρχε λοιπόν λόγος για τυπική ενημέρωση. Θα ήταν αστείο, για παράδειγμα, ο Αμπάσι να περιμένει να μάθει τα νέα της Χεζμπολάχ, τη στιγμή που εκείνος και κάποιοι ιμάμηδες μαζί με τον σεΐχη –μια ομάδα με μασονική διάρθρωση και το όνομα «Πύρινη Ανατολή»– ήταν το πορτοφόλι και το μυαλό των τρομοκρατών. Έτσι προτίμησε την κούπα με το τσάι του.

Μπροστά του ήταν ένας φάκελος με την ένδειξη «Δυτική Προπαγάνδα κατά της χώρας». Του είχε σταλεί από το γραφείο Τύπου της πρεσβείας του Ιράν στο Λονδίνο και μέσα περιείχε ένα δημοσίευμα μιας κυριακάτικης εφημερίδας μεγάλης κυκλοφορίας σε όλο τον κόσμο, με προσαρτημένο έναν χάρτη.

«Τι μαλακίες δείχνουν αυτά τα σκυλιά;», αναρωτήθηκε.

Είχε ανοίξει το χάρτη και τον μελετούσε προσεκτικά. Κάπου κάπου διάβαζε και φωναχτά, αλλά η ηχομόνωση με τις ασημένιες ειδικές πινέζες που έντυναν την πόρτα του γραφείου του σταματούσαν οποιαδήποτε «διαρροή».

ΕΠΕΞΕΡΓΑΣΙΑ ΟΥΡΑΝΙΟΥ, διάβασε και μετά ακολούθησε τα σηματάκια στο χάρτη:

– Νταρχουίν, ακούστηκε και μετά πήγε προς τα βόρεια. Νατάντζ, Λασκάρ-Αμπάντ, Ρομαντέ, Φορντόβ. Καλά, μαλάκες είναι; διερωτήθηκε. Πού είναι το Ισφαχάν;

Δεν είχε προσέξει ότι για το Ισφαχάν η εφημερίδα είχε κάνει ιδιαίτερο «αφιέρωμα» στο «club», με επισήμανση ότι αποτελεί το πρώτο εργοστάσιο παραγωγής πυρηνικού καυσίμου. Είχε εγκαινιαστεί το 2009 και ο Αμπάσι είχε παρευρεθεί. Γι' αυτό και το «ξαφνικό» ενδιαφέρον.

Το μάτι του έπεσε σε ένα κομμάτι –γενικά διάβαζε λίγο ανακατεμένα, αλλά δεν λες που διάβαζε κιόλας– με αναφορά στις συσκευές φυγοκέντρησης, τις περιβόητες IR-2m, που θεωρούντο –και ήταν– πολύ ταχύτερες από τις υπάρχουσες. Τις υπολόγιζαν ταπεινά σε 19.462.

Ο Αμπάσι σταμάτησε και προσπάθησε να θυμηθεί. Κάτι δεν του άρεσε στον αριθμό.

– Καλά είσαστε πανύβλακες, είπε πάλι μόνος του σαν ξυπνο-πούλι. Κι άλλες 400 τις οποίες δοκιμάζουμε πού τις βάζετε;

Σύμφωνα με το χάρτη η εξόρυξη ουρανίου ήταν στα ανατολι-κά... Σαγκάντ, Ναριγκάν, Ζαριγκάν, Γκατσίν και μία κοντά στον κόλπο, στο Μπουσχέρ.

Σε αυτά όμως δεν έδωσε σημασία. Τον συνεπήρε πιο πολύ η «έρευνα και ανάπτυξη», με εγκαταστάσεις στην Μπονάμπ, Ραμ-σάρ, Γκοργκάν και άλλα τέσσερα σημεία στα βόρεια της χώρας.

– Αυτά ξέρετε όλα κι όλα; αναφώνησε χαρούμενος. Τις μυ-στικές εγκαταστάσεις τις ξέρετε; Δεν θα χωρούσαν στο χάρτη, κουφάλες. Νομίζετε ότι με τη μυστική διπλωματία και με την κω-λοκυβέρνηση που αναγκάζομαι να υπηρετώ σαν μαλάκας τώρα, θα φέρετε την επανάσταση; την πρόοδο; θα φτιάξετε το μέλλον του Ιράν; Τι θα μας κάνετε δηλαδή; Δυτικούς; Οι γυναίκες μας θα φοράνε μίνι και αϊλάινερ και η νεολαία θα μπεκροπίνει στα μπαρ; Βρήκατε τους μαλάκες τώρα στην κυβέρνηση και νομίζετε ότι θα καταστρέψετε τα πάντα... Πρόοδος λέει, ανάπτυξη, εκδη-μοκρατισμός στο νέο Ιράν... το πανό στις 4 Νοέμβρη το είδατε; Τα παιδιά μας φωνάζουν ακόμη για το 1979. Καλά σας γράψαν «Θάνατος στην Αμερική».

Είχε αρπάξει σασί...

– ...Μήπως θέλετε να περπατάνε και τίποτα ραβίνοι ελεύθε-ροι στο κέντρο της Τεχεράνης, με τα καπέλα τους να ανεμίζουν; ειρωνεύτηκε. Θα σας διαλύσω. Εγώ και η «Πύρινη Ανατολή» θα σας βάλουμε φωτιά στο Τελ Αβίβ κι αφού το φιτίλι ανάψει, θα βγάζετε καπνούς στη Νέα Υόρκη και την Ουάσινγκτον. Και δεν μας χρειάζονται τα πυρηνικά. Ούτε τα κρυφά, ούτε τα φανερά. Ο Παράκελσος να 'ναι καλά κι από φλόγα...

Βέβαια αντί για τα φιτίλια και τις φωτιές, προσωρινά φωτιές έβγαζε ο ίδιος, γιατί είχε φουντώσει και φλέρταρε γλυκά και προ-οδευτικά με το επόμενο εγκεφαλικό.

Είχε ήδη περάσει δύο, και οι γιατροί τού είχαν πει ότι με τη ζωή που κάνει, τις καταχρήσεις και το όπιο απ' το Αφγανιστάν που κατανάλωνε, μάλλον το επόμενο θα έκανε και τη σούμα.

Το θυμήθηκε και προσπάθησε να ηρεμήσει.

Έπιασε το τηλέφωνο και σίγουρα θα την πλήρωνε πάλι η Γιασμίν.

– Γιασμίν, έπρεπε να είσαι στο γραφείο μου από χθες, της είπε.

– Γιατί με φωνάξατε χθες και δεν ήρθα, κύριε Αμπάσι, του είπε εκείνη έκπληκτη, αλλά και φοβισμένη.

– Εννοώ τσακίσου κι έλα μέσα. Έχω κάτι υπερεπείγον, της βρόντηξε το τηλέφωνο στα μούτρα.

Η Γιασμίν έτρεξε αμέσως και μπήκε στο γραφείο χωρίς να χτυπήσει την πόρτα, τζογάροντας το να τα ξανακούσει γι' αυτό. Αλλά και να χτυπούσε, μπορεί να την έβριζε «γιατί χτύπησε», αφού την είχε φωνάξει.

Ήταν αδύνατο να βγάλεις άκρη με τον Αμπάσι.

– Άντε κουνήσου, της είπε εκείνος. Τα ψηλοτάκουνα σας μάραναν και οι μαντίλες με λουλουδάκια. Γυναίκες, είπε μόνος του. Θέλετε και ίσα δικαιώματα...

Η Γιασμίν δεν μίλησε, δεν αντέδρασε. Ήξερε ότι η παράνοια θα κάνει τον κύκλο της και θα σταματούσε μόνος του. Ό,τι κι αν έλεγε, θα τον έκανε να αφρίσει χειρότερα.

Κι όντως, ικανοποιημένος από την υποταγή της, συνέχισε με το θέμα του:

– Πάρε τηλέφωνο την «καμήλα» μας στη Συρία και πες του να με συνδέσει με τον «barman». Ξέρει εκείνος... Πέρασέ μου τη γραμμή αμέσως.

Η Γιασμίν ήξερε τι εννοούσε. Το είχε ξανακάνει αυτό για τον Αμπάσι πολλές φορές, αλλά δεν ήξερε τι ακριβώς κάνει.

Σήμερα όμως θα έστηνε αυτή. Έπρεπε να τα παίξει κορόνα γράμματα και ο σύνδεσμός της στην ελβετική πρεσβεία τής είχε επιστήσει αυτές τις μέρες να προσέχει κι αν παρατηρήσει κάτι, αμέσως να του το πει με τη γνωστή, μυστική διαδικασία που επικοινωνούσαν.

Ο Ελβετός μεσάζων που ήταν πέρα κάθε υποψίας από την Ισλαμική Δημοκρατία, ήταν διπλός πράκτορας. Έδινε πληροφορίες στη CIA και τη Μοσάντ, ανάλογα με το θέμα και το γεωγραφικό ενδιαφέρον.

Τις τελευταίες μέρες είχε πάρει εντολή από την Αμερική να είναι ιδιαίτερα ευαίσθητος σχετικά με ό,τι κινεί ο Αμπάσι. Δεν του είχαν πει για τι ακριβώς ενδιαφέρονται, παρά μόνο ότι πρέπει να είναι σε κόκκινο συναγερμό σχετικά με αυτό το άτομο. Έτσι κι αυτός με τη σειρά του είχε ενημερώσει τη Γιασμίν.

Η Γιασμίν δεν ήταν επαγγελματίας πράκτορας, ούτε ήξερε

πού καταλήγουν οι πληροφορίες που κατά καιρούς έδινε, αν και υποπτευόταν την τελική κατάληξη. Αυτό όμως, κάθε άλλο παρά την πείραζε.

Δεν το έκανε για τα χρήματα. Ήταν ιδεολόγος, αλλά με τη σωστή έννοια και όχι με την έννοια των φανατικών της σκιώδους κυβέρνησης. Άλλωστε, από αυτό το λάθος διαχωρισμό μεταξύ των εννοιών ξεκινούσαν όλα τα κακά του τόπου εδώ και αμέτρητες δεκαετίες.

Το 2006, ο γκουρού της εξωτερικής πολιτικής Χένρι Κίσινγκερ είχε πει κάτι το εξαιρετικά σοφό, ανάμεσα σε πολλά άλλα για τα οποία θα μείνει στην ιστορία της παγκόσμιας διπλωματίας: «Το Ιράν θα πρέπει να αποφασίσει αν θα είναι κράτος ή ιδεώδες».

Από ό,τι φαίνεται η Γιασμίν είχε αποφασίσει πολύ πιο σοφά απ' ό,τι άλλοι αυτοαποκαλούμενοι σωτήρες του Ιράν, για το τι ήταν καλύτερο για το μέλλον της πατρίδας της. Και είχε επιλέξει την πρόοδο, τον εκδημοκρατισμό και τη συμπόρευση με τον υπόλοιπο κόσμο.

Σε αυτό είχε βοηθήσει πολύ και το γεγονός ότι είχε ζήσει από κοντά τα δραματικά γεγονότα του 1979 με την «κρίση των ομήρων», την «επιχείρηση Νύχι του αετού» και το χαμό του πατέρα της.

Πολλά πράγματα τα καταγράφει η ιστορία με έναν περίεργο τρόπο. Άλλα τα αφήνει ανεξίτηλα κι άλλα είναι σαν να μην τα βλέπει ή να μην μπορεί να τα αξιολογήσει με βαρύτητα, περνώντας τα απλά σαν μια αχνή σκιαγράφηση, που γι' αυτούς που τα ζουν μοιάζει με σβησμένο μολύβι.

Πολλοί ξέρουν για τους 8 νεκρούς Αμερικανούς και τον 1 Ιρανό πολίτη που έχασαν τη ζωή τους σε εκείνη την ιστορία. Κανείς όμως δεν έμαθε ποτέ ότι πέρα από αυτά τα αδικοχαμένα θύματα, οι ζημιές ήταν πολύ περισσότερες από όσες πέρασαν στις σελίδες της Wikipedia. Συχνά καταγραμμένες στις ψυχές ανθρώπων της διπλανής πόρτας.

Εκείνη την καυτή περίοδο για την ιστορία της παγκόσμιας διπλωματίας, από το Νοέμβριο του 1979 και μέχρι το Γενάρη του 1981, διαδραματίστηκαν πολλά επεισόδια βίας, ανταρτοπόλεμου και συγκρούσεων μεταξύ πολιτών.

Σε ένα απ' αυτά, ο πατέρας τής τότε 10χρονης Γιασμίν τραυματίστηκε σοβαρά στο πόδι με κάποιον λοστό ή άλλο αυτοσχέδιο όπλο –δεν μαθεύτηκε ποτέ ποιος τα είχε προκαλέσει– με αποτέλεσμα να αναγκαστούν οι γιατροί να τον ακρωτηριάσουν.

Ακόμη και σήμερα η Γιασμίν θυμόταν να τον επισκέπτεται στο νοσοκομείο κάθε μέρα, για περίπου δύο εβδομάδες. Να κάθεται δίπλα του στο κρεβάτι και να τον βλέπει να πονάει, να εξαντλείται ψυχολογικά και τελικά το τραύμα να μολύνεται –εκείνες τις εποχές δεν υπήρχαν και τα κατάλληλα ιατρικά μέσα– και να «φεύγει» από κοντά της.

Αυτό όπλισε το σκοπό της για πάντα.

Η Γιασμίν κατευθύνθηκε στο γραφείο της και ήξερε ότι έπρεπε να καλέσει ένα τηλέφωνο στη Συρία. Αυτός που θα απαντούσε και σύμφωνα με το συνθηματικό που θα άκουγε από τη Γιασμίν –αυτή τη φορά ήταν «barman»– ήξερε τι να κάνει.

Ο άνθρωπος «καμήλα» που θα απαντούσε, δηλαδή ο «μεταφορέας κλήσεων», ήξερε ποιον έπρεπε να καλέσει από άλλη γραμμή κι από καρτοκινητό μιας χρήσης.

Η διαδικασία ήταν απλή. Θα συνέδεε τις δύο διαφορετικές συσκευές ηχητικά σε ανοιχτή ακρόαση και ο Ιρανός «αξιωματούχος» θα επικοινωνούσε με τον τρίτο αποδέκτη, χωρίς η γραμμή που καλούσαν να μπορεί να εντοπιστεί εύκολα.

Ήταν μια απλή, αναλογική διαδικασία που όμως είχε σχετικό αποτέλεσμα. Ο Αμπάσι φοβούμενος ότι τα πάντα παρακολουθούνται ψηφιακά από Αμερικανούς και Ισραηλινούς και δη οι δορυφορικές συνδέσεις, είχε σκεφτεί αυτόν τον απλό τρόπο ο οποίος μπορεί να μην εξασφάλιζε το απόρρητο του περιεχομένου, διασφάλιζε όμως εν μέρει, εφόσον η επικοινωνία γινόταν γρήγορα, ότι δεν μπορούσαν εύκολα να εντοπίσουν τη γραμμή και την τοποθεσία που κατέληγε το τηλεφώνημα από την Τεχεράνη.

Έτσι ακόμα κι αν παρακολουθούσαν τον Αμπάσι, θα μπορούσαν μεν να ακούσουν τη συζήτηση, όχι όμως και να βρουν εύκολα και γρήγορα ποιον κάλεσε η «καμήλα».

Ο κάθε «καμηλιέρης» χρησιμοποιείτο μόνο μία φορά, ώστε ακόμη κι αν εντοπιζόταν το κομμάτι Τεχεράνη-«καμηλιέρης» και τον αναζητούσαν για να βρουν τη δεύτερη γραμμή, και να εντόπιζαν τον αποδέκτη, να μην μπορούν να παρακολουθήσουν την επόμενη επικοινωνία. Ούτως ή άλλως μετά το τέλος της συνδιάλεξης κινητό και κάρτα καταστρέφονταν και η επόμενη κλήση γινόταν μέσω νέου, άγνωστου «καμηλιέρη».

Μοναδικό μειονέκτημα ότι οι «καμηλιέρηδες» μπορούσαν να ακούσουν τη συνδιάλεξη –άρα χρειάζονταν πρόσωπα εμπιστοσύνης– και ότι απαιτείτο συνεχώς να δημιουργούνται πολλοί νέοι. Αυτά όμως τα εξασφάλιζε ο «Πυρήνας».

Όλοι τελικά είχαν τα κόλπα τους.

Ο Αμπάσι σήκωσε τη συσκευή που χτύπαγε και η Γιασμίν τον συνέδεσε, αλλά δεν έκλεισε τη δική της. Έπρεπε να ακούσει...

Το τηλέφωνο στην άλλη άκρη ακούστηκε να χτυπάει τέσσερις φορές και τελικά κάποιο χέρι το σήκωσε.

– Ναι, απάντησε μια φωνή χωρίς κέφια και μάλλον δείχνοντας κάποια έλλειψη καλωσορίσματος προς την άγνωστη εισερχομένη κλήση.

– Γιανίκ, εσύ; ρώτησε σκληρά ο «υπουργός».

– Ναι, Αμπού, εγώ, τι έγινε; Τι θες πάλι; απάντησε ο άλλος.

– Τι θέλω; έδειξε αμέσως επιθετικό ύφος ο Αμπάσι. Ό,τι γουστάρω θέλω, δεν θα σε ρωτήσω, αλητάκι...

– Πρόσεχε πώς μιλάς, είπε ο Ντε Κάιζερ.

– Γιατί, τι θα κάνεις; Σε έχω στο χέρι και το ξέρεις. Τώρα θα λέω τη λέξη μουσική κι εσύ θα τραγουδάς. Πες μου αμέσως πώς πάμε. Τελειώσατε;

– Αυτούς τους δύο τους ηλίθιους γιατί μου τους έστειλες πάλι εδώ; Δεν καταλαβαίνεις ότι μου δημιουργείς προβλήματα; Θα με υποπτευτούν στο Πατριαρχείο...

– Τις άλλες φορές έπρεπε να φέρουν τα υλικά. Τώρα που τα έχετε όλα, εκεί θα γίνει και η συναρμολόγηση. Εσένα δουλειά σου είναι να κόψεις σωστά την πέτρα. Μην ασχολείσαι με τ' άλλα.

– Γιατί εδώ; Ας την έκανες αλλού.

– Για λόγους ασφαλείας, ηλίθιε. Εκεί δεν υπάρχουν μάτια. Δεν θα μου πεις πώς να κάνω τη δουλειά μου. Ξέρω καλύτερα. Εσύ τελείωσες;

– Φυσικά και όχι. Είσαι τρελός; Χθες έφτασε το ρολόι και το σχέδιο κοπής των γωνιών. Και το κωλομηχάνημα κοπής που έστειλες από τη Ν. Αφρική δουλεύει μόνο με τριφασικό. Μόλις χθες μου ήρθε ο μετατροπέας τάσης. Έπρεπε να πάρω ειδική άδεια από το Πατριαρχείο για να το πάρω. Δεν μπορώ να βάζω ό,τι θέλω εδώ μέσα... Αν σκάσει κάνας έλεγχος; Ήδη δεν ξέρω πώς να καλύψω τον «κόφτη» αν τον δουν, και ήδη οι καλόγηροι πονηρεύονται με αυτό το περίεργο μηχάνημα που κατέβασα στο κελάρι. Και να δούμε κι αν κάνει. Αυτό που ζητάς θέλει ισχυρό μηχάνημα και εσύ έστειλες σαράβαλο.

– Αυτό βρήκα με χίλιες δυσκολίες. Δεν τα πουλάνε στα σουπερμάρκετ. Λοιπόν άκου με προσεκτικά, γιατί δεν μπορούμε να μιλάμε για ώρες απ' τη γραμμή. Όλα αυτά που λες είναι πρόβλημά σου. Το κατάλαβες; ΠΡΟΒΛΗΜΑ ΣΟΥ! ξεφώνισε σαν ψυχοπαθής ο Αμπάσι.

Κάτι πήγε να πει ο άλλος, αλλά δεν πρόλαβε να αρθρώσει λέξη.

– Αύριο, το πολύ μεθαύριο θα έχεις «κόψει», και πρόσεχε να κόψεις σωστά, σύμφωνα με το σχέδιο, γιατί δεν υπάρχει άλλο τέτοιο πετράδι. Την ώρα που θα κόβεις, να θυμάσαι ότι κόβεις προσεκτικά το λαιμό σου για ν' αποφύγεις την καρωτίδα. Θα σκέφτεσαι ότι δεν κόβεις την πέτρα, αλλά χαράζεις το λαιμό σου, γιατί αν αποτύχεις, θα σου κόψω την καρωτίδα.

Πάλι κάτι πήγε να πει ο ηγούμενος, αλλά ο Αμπάσι δεν τον άφησε.

– Αύριο λοιπόν και αφού κόψεις, δώσ' το στον άλλον εκεί το γυναικωτό τον Ρώσο και πες του να τελειώνει, και μόλις είσαστε έτοιμοι πάρτε τηλέφωνο στο γραφείο μου και πείτε στη γραμματέα μου να μου πει: «Στείλε ταχυδρόμο να πάρει το δέμα για τη Σομαλία».

– Ποιος θα έρθει;

– Δεν είναι δική σου δουλειά. Θα δεις... Θα έρθει ένας «στρατηγός» του κώλου από κει κάτω, μαζί με το στρατό του. Θα φορτώσουν και εσύ μετά πια δεν έχεις δουλειά.

– Ποιος; Αυτός που έφερε και το ρολόι;

– Δεν σε αφορά ποιον θα στείλω...

– Η κοπή μπορεί να μου πάρει και μια βδομάδα, ίσως και δέκα μέρες, προσπάθησε να πει ο ηγούμενος.

Ο Αμπάσι χαμογέλασε ειρωνικά και το γελάκι του είχε μια χροιά ειρωνείας, αλλά και θρίλερ.

– Μπα, Γιανίκ, δε νομίζω να σου πάρει τόσο πολύ η κοπή.

Ο άλλος ταράχτηκε ακούγοντας πάλι αυτό το όνομα –με αυτό τον εκβίαζε ο Αμπάσι– αλλά πάγωσε και το μόνο που μπόρεσε να ξεστομίσει ήταν:

189

– Μη λες αυτό το όνομα από το τηλέφωνο. Είσαι μαλάκας; Τι κάνεις τώρα;

– Μπα, φοβάσαι, Γιανίκ; Μη φοβάσαι, είναι ασφαλής η γραμμή. Κανείς δεν μπορεί να βρει πού είσαι.

Η φωνή του είχε γίνει σατανική και μπάσα.

– Αν όμως με καθυστερήσεις, συνέχισε ο «υπουργός», μπορεί να νευριάσω και το επόμενο βήμα ξέρεις ποιο θα είναι; Ένας υπάλληλος της πρεσβείας μας στην Ολλανδία θα επισκεφτεί τα πρώην σου αφεντικά που λειτουργούν αθόρυβα και χωρίς να ξεχνούν τίποτα όλα αυτά τα 30 χρόνια που πέρασαν. Θα τους δώσει απλά το νέο σου όνομα και τη διεύθυνσή σου. Εκεί που είσαι τώρα. Δεν τη λέω απ' το τηλέφωνο. Ένα πρωινό θα έρθει ο εκτελεστής της πρώην εταιρείας σου, θα σε απαγάγει πηγαίνοντάς σε στη μέση της ζούγκλας και εκεί δεν θα σε σκοτώσει απλά. Όχι! Θα σε γδάρει σιγά σιγά, θα σε φωτογραφήσει και η διαλυμένη σάρκα σου με τα αίματα και τα υπόλοιπα σκατά, αφού σου κόψει και το μαραμένο σου πουλί, θα στολίσει την πρώτη σελίδα μιας παγκόσμιας εφημερίδας. Βλέπω από τώρα τον τίτλο: «Βρέθηκε νεκρός στη μέση της ζούγκλας απατεώνας που κυνηγούσαν από το 1998». Έτσι η εταιρεία σου θα περάσει το μήνυμα που από τότε θέλει να περάσει, ότι δηλαδή κανείς δεν τολμάει να κλέψει διαμάντια από τη μεγαλύτερη εταιρεία του κόσμου και να μείνει ατιμώρητος. Μήπως μπορείς να μου πεις πόσο περίπου θα σου πάρει να κόψεις την πέτρα;

Ο ηγούμενος είχε ανατριχιάσει με την περιγραφική δεινότητα του Αμπάσι, είχε ταχυπαλμία και το χειρότερο ήξερε ότι επρόκειτο να το κάνει.

– Μεθαύριο το πρωί θα είναι έτοιμο. Πες το από σήμερα στο «στρατηγό», ψέλλισε δειλά.

Ο Αμπάσι του έκλεισε το τηλέφωνο στα μούτρα.

Η Γιασμίν το έκλεισε αμέσως μετά και πιο διακριτικά για να μην τη μυριστεί ο «υφυπουργός Εξωτερικών του Ιράν».

Κισινάου, Μολδαβία,
Πολυκατοικία κοντά στην πρεσβεία των Η.Π.Α.,
Μυστικός «Σταθμός» CIA

Η πολυκατοικία απέναντι από την αμερικάνικη πρεσβεία στην

190

Κισινάου δεν μπορούσε να κινήσει τις υποψίες για το τι φιλοξενούσε στο εσωτερικό της. Ήταν ένα απλό διώροφο νεοκλασικό κτίριο που η πινακίδα στη σιδερένια είσοδο έγραφε απλά «PACIFIC boots & accessories».

Όλοι την περνούσαν για εταιρεία ειδών ένδυσης, εκτός βέβαια από το θυρωρό της εισόδου, που πίσω από τα αρχικά κάγκελα στον προθάλαμο και μέσα στο θωρακισμένο του θυρωρείο, ήξερε πολύ καλά ως πράκτορας της «Εταιρείας» ότι φύλαγε τον κεντρικό «Σταθμό».

Λίγο πιο μέσα, μια άλλη κρυφή στρατιά από 4-5 οπλισμένους σαν αστακούς πράκτορες συμπλήρωναν τη βασική μυστική ασφάλεια, που σε περίπτωση ανάγκης και μέσα σε δευτερόλεπτα μπορούσε ανά πάσα στιγμή να υποστηριχτεί από τους πεζοναύτες της πρεσβείας που βρίσκονταν απέναντι σε απόσταση αναπνοής.

Κάτι βέβαια που δεν είχε χρειαστεί ποτέ παγκοσμίως, γιατί ουδέποτε κάποιος τόλμησε να απειλήσει τέτοιο στόχο.

Σε αυτά τα γραφεία δεν φυλάσσονταν επίσημα έγγραφα, αρχεία ή οποιοδήποτε άλλο «ευαίσθητο» θα μπορούσε να κινδυνεύσει από μια αναπάντεχη επιδρομή.

Αυτά φυλάσσονταν πάντα στην πρεσβεία και κοντά στον ειδικό φούρνο εκκένωσης. Το κτίριο όμως ήταν χρήσιμο για τη στέγαση των ανθρώπων του Κλιμακίου, αφού οι χώροι της πρεσβείας ήταν περιορισμένοι, όπως και στις περισσότερες χώρες.

Σήμερα, απ' ό,τι φαινόταν, δεν ήταν η τυχερή μέρα της Φιλίπας. Την ώρα που επιτέλους μετά από τόσες ώρες βάρδιας, ο Ζακ την άφηνε σπίτι να ξεκουραστεί, ένα αναπάντεχο τηλεφώνημα από το «Σταθμό» τούς είχε φέρει πάλι πίσω στα Κεντρικά ανατρέποντας τα πάντα. Ένα νέο σήμα από το Λάνγκλεϊ μάλλον θα τους έκανε να μην κοιμηθούν πάλι, τουλάχιστον μέχρι και το επόμενο πρωί.

Το μέχρι σήμερα σήμα ήταν σαφές:

«24ωρη διακριτική παρακολούθηση του Ιβάν Αλεξέγιεφ. Στόχος ιδιαίτερα επικίνδυνος για διαφυγή. Προστασία της ζωής του. Εξαιρετικά σημαντικό πρόσωπο. "Άτυπη" έρευνα στην οικία του για πιθανό εντοπισμό φακέλου, στοιχείων ή οποιουδήποτε υλικού έχει ενδιαφέρον σχετικά με το φάκελο "Παράκελσος". Έλεγχος του

χώρου για περίεργες ουσίες, υλικά, συσκευές κ.λπ. και τοποθέτηση κάμερας».

Το νέο όμως σήμα, που είχε έρθει σήμερα το πρωί και κρατούσαν τώρα στα χέρια τους, έκανε τα πράγματα πολύ πιο σοβαρά:

«Σύμφωνα με πληροφορίες Κλιμακίου μας, πιθανολογείται απόπειρα δολοφονίας του Ιβάν Αλεξέγιεφ, από πιθανό υποκείμενο με τα εξής χαρακτηριστικά:

Καταγωγή: τσετσένικη/

Όνομα εκτελεστή: Αντρέι – αγνώστων λοιπών στοιχείων/

Πιθανός φερόμενος οπλισμός και τρόπος εκτέλεσης: πιστόλι ή περίστροφο αγνώστου διαμετρήματος/

Πιθανός τόπος εκτέλεσης: Οικία Αλεξέγιεφ-Κισινάου/

Πιθανή ώρα εκτέλεσης: Απόγευμα-Βράδυ (δικής σας ώρα, σήμερα)/

ΣΤΟΧΟΣ ΣΑΣ: Αποτροπή της απειλής με κάθε τρόπο και, αν χρειαστεί, διασφάλιση του στόχου σε κρησφύγετό μας, μέχρι νεωτέρας/

Αντιμετώπιση εκτελεστή: Δεν ενδιαφέρει. Πράξτε κατά βούληση. Αν απαιτηθεί, εξολοθρεύστε το δράστη.

Προηγούμενες εντολές παραμένουν ως έχουν.

Τέλος μετάδοσης/».

Κισινάου, Μολδαβία,
Κρησφύγετο CIA

– Καλημέρα σας, κύριε καθηγητά. Τι κάνετε; Πώς αισθάνεστε που οι συνεργάτες σας απέτυχαν και ζείτε ακόμη;

Ο Ρόμπερτ μπήκε στο θέμα με ειρωνεία, θέλοντας να του σπάσει απ' την αρχή τα νεύρα. Ήταν φρεσκότατος, με καθαρά ρούχα –ένα τζινάκι και άσπρο πουκάμισο– και μια αύρα ζωντάνιας, υγείας και ευφορίας που ερχόταν σε πλήρη αντίθεση με τον ταλαιπωρημένο καθηγητή που λόγο κούρασης και έλλειψης αλκοόλ ακουμπούσε με τους αγκώνες στο τραπέζι του δωματίου, έτοιμος να καταρρεύσει.

– Αν έχεις την εντύπωση ότι έχουμε να πούμε τίποτα, κάνεις λάθος, μεγάλε, του είπε με θράσος ο Αλεξέγιεφ. Και για να δείξει ακόμη πιο ισχυρός προσπάθησε να τον πικάρει: Αυτός ο καθρέφτης τι είναι εκεί; Με νομίζετε για κάνα παιδάκι. Λες να μην ξέρω ότι από μέσα με ακούνε και με βλέπουν κι άλλοι; Σιγά να μην τσίμπαγε ο Ρόμπερτ.

– Ο καθρέφτης είναι για να ξυρίζεσαι, αφού δεν πρόκειται να βγεις από δω μέσα αν δεν μας πεις τι γίνεται.

– Δεν καταλαβαίνω τι μου λες και δεν μιλάω σε κωλογιάνκηδες σαν κι εσένα.

– Και ποιος σου 'πε ότι είμαι Αμερικάνος; Επειδή μιλάμε αγγλικά; Μπορεί να είμαι Άγγλος, Καναδός, Αυστραλός ή ακόμα και Ρώσος, Ισραηλινός, Ιρανός ή ό,τι άλλο και απλά να μιλάω αγγλικά για να σε μπερδέψω. Αν θέλεις, μπορούμε να μιλήσουμε και στα γαλλικά. Μήπως προτιμάς να είμαι Γάλλος, Βέλγος ή ακόμα και Τυνήσιος από Γαλλίδα μητέρα;

Αυτό που είχε στο μυαλό του ο Ρόμπερτ ήταν κλασικό σε τέτοιου είδους ανακρίσεις. Σκοπός του ήταν να τον κάνει να μην ξέρει με ποιον μιλά.

Με αυτόν τον τρόπο οι όποιες ιδεολογικές ή ηθικές αναστολές, που θα έκαναν κάποιον να μην «τραγουδάει», περιορίζονταν από το αίσθημα της αβεβαιότητας του ότι μιλάει σε «εχθρό».

– Σου ξαναλέω ότι δεν συζητάω με διαόλους του καπιταλισμού σαν κι εσένα, συνέχισε ο καθηγητής χαμηλώνοντας το κεφάλι προς το τραπέζι για να μην αντιμετωπίζει τα φωτεινά μάτια του Ρόμπερτ.

– Α! βλέπω ότι είσαι οπαδός των γνωστών παρανοϊκών, τύπου συχωρεμένου Τσάβες. Αρχίσαμε τους διαόλους και τα τριβόλια. Απ' ό,τι βλέπω θα έχουμε μια εποικοδομητική κουβέντα κι έχω και πολλά κέφια. Αντί να μιλάμε όμως για σατανάδες, Γιάνκηδες καουμπόηδες και κακούς σιωνιστές, δεν σώζουμε καλύτερα λίγο απ' το χρόνο μας να μας πεις για τους καλοκάγαθους συνεργάτες σου που πήγαν να σε φάνε;

– Απαιτώ να μου δώσετε λίγο νερό κι ένα ποτήρι βότκα. Δεν έχετε κανένα δικαίωμα να με κρατάτε και δεν έχω τίποτα να σου πω, καθίκι.

– Κάτι άλλο; κουβερτούλα για το ταξίδι; καραμέλα, ένα μικρό σνακ να μη σε πειράξει στο στομάχι το ποτό; τον ειρωνεύτηκε ο Σίνγκλεη.

– Φέρτε μου να πιω μια βότκα είπα.

– Άκου, μεγάλε, νομίζω ότι ήρθε η ώρα να βάλουμε μερικούς

κανόνες, γιατί βιάζομαι να γυρίσω στην ωραία μου γυναικούλα και να παίξω με τις δύο κόρες μου στον κήπο.

Ο Ρόμπερτ χρησιμοποιούσε ακόμη μια τεχνική ανακρίσεων. Τροφοδοτούσε τον ανακρινόμενο με λάθος προφίλ, ώστε αν μέσα του είχε τον τρόπο να διαμορφώνει αμυντικές τακτικές με βάση το σε ποιον μιλάει, να παγιδευόταν θεωρώντας ότι μιλάει σε κάποιον άλλο. Ο Ρόμπερτ δεν είχε ούτε γυναίκα, ούτε παιδιά.

– Ε βέβαια, τον έκοψε ο Αλεξέγιεφ, εσύ να παίξεις με τα παιδάκια σου. Τα παιδάκια στο Αφγανιστάν και το Ιράκ δεν έχουν δικαίωμα να παίξουν με τους γονείς τους που σκοτώσατε...

– Θέλεις διαλεκτική κουβέντα; Αν θέλεις, θα την έχεις, για να δεις πόσο λάθος είναι οι απόψεις σου. Ας θεωρήσουμε, καθαρά χάριν της πολύ ενδιαφέρουσας κουβέντας μας, ότι είμαι Αμερικανός. Εμείς σκοτώσαμε τους γονείς τους ή εκείνοι στέρησαν τη ζωή και την ευτυχία σε 3.000 ανθρώπους;

– Τι λες τώρα, μωρέ; Παραμύθια; Τα παραμύθια που σας λένε οι εβραίοι;

– Άκου, καθηγητάκο, εγώ δεν είμαι εδώ για να απαντάω για τους Ισραηλινούς, αλλά όταν είναι τόσο οφθαλμοφανές, γιατί να μη σου κάνω κι αυτή τη χάρη; Μιλάω για τους 3.000 που έχασαν τη ζωή τους στους δίδυμους Πύργους.

Ο Ρόμπερτ είχε αρχίσει να φουντώνει λίγο μέσα του, αλλά το έλεγχε. Περισσότερο τον νευρίασε το ύφος και η κλασική ηλίθια σκέψη του Αλεξέγιεφ.

– ...3.000 νεκροί με πολλαπλά θύματα σε κοινωνικό επίπεδο που μπορεί να ξεπερνούν και τις 200.000. Τέσσερα αεροπλάνα, οι Πύργοι, το Πεντάγωνο και μετά ό,τι ακολούθησε σε στρατιωτικές επιχειρήσεις και έκανε τη μαθηματική πράξη να γίνεται γεωμετρική πρόοδος.

– Κι ούτε ένας εβραίος, γιατί τους είχαν ειδοποιήσει οι δικοί τους από πριν, ε;

– Καλά, είναι δυνατόν να είσαι τόσο ευκολόπιστος; Αν δεις τη λίστα των θυμάτων από το Κέντρο Εμπορίου, περισσότερα από 600 ονόματα είναι ολοφάνερο ότι είναι εβραϊκής καταγωγής.

– Εσείς, η CIA και οι διαβολοεβραίοι το κάνατε...

– Α μάλιστα! Τώρα κατάλαβα! του είπε ο Ρόμπερτ με στόμφο και ειρωνεία. Εσύ θεωρείς ότι εγώ είμαι CIA, ε; Καλά κρασιά, αλλά τέλος πάντων. Εννοείς ότι η CIA και οι εβραίοι είμαστε το ίδιο, συνεννοηθήκαμε, ξυπνήσαμε ένα πρωί και είπαμε «τι ωραία μέρα σήμερα... δεν πάμε να καθαρίσουμε 2-3 χιλιάδες πολίτες για να ξεκινήσουμε έναν πόλεμο στο Αφγανιστάν»; Μα καλά, είναι δυνατόν να σκέφτεσαι τόσο βλακωδώς; Μπορεί να είσαι τόσο θύμα της προπαγάνδας;

Ο Ρόμπερτ χαμογέλασε κοροϊδευτικά αναδεικνύοντας μια φοβερή σιγουριά για τις απόψεις του. Ο καθηγητής τον κοίταξε κάνοντας μια γκριμάτσα, αλλά παρακολουθούσε πού το πάει...

– Καλά, αν θέλαμε την αφορμή για έναν πόλεμο, γιατί να μην το κάναμε αλλιώς και με πολύ λιγότερα θύματα; Γιατί να μη ρίχναμε κάνα δυο αεροπλάνα με όχι πολλούς, 100-200 άτομα, να το φορτώναμε στην Αλ Κάιντα και να ξεκινάγαμε και πάλι τον πόλεμο πολύ πιο ήσυχα; Για τόσο μαλάκες μάς περνάς;

Η Λίσα πίσω απ' τον καθρέφτη παρακολουθούσε με προσοχή, αλλά δεν μπορούσε να καταλάβει γιατί ο Ρόμπερτ ακολουθούσε αυτή τη στρατηγική της εμπλοκής σε επιχειρήματα.

Ο Σίνγκλεη όμως ήξερε τι έκανε! Είχε επιλέξει να παρασύρει τον δήθεν θεωρητικό καθηγητή σε μια κουβεντούλα που θα τον έκανε να αισθανθεί –ακόμα και μέσα από διαφωνίες– πιο οικεία. Και την κατάλληλη στιγμή θα τον παρέσυρε συναισθηματικά, με αφορμή την απομυθοποίηση των συνεργατών του, που προσπάθησαν να τον δολοφονήσουν, ώστε να αρχίσει να μιλά.

– Είσαστε πολεμοχαρείς. Γι' αυτό το κάνατε έτσι, πετάχτηκε ο καθηγητής.

– Εμείς; Εμείς πολεμοχαρείς; Εννοείς οι Αμερικάνοι, ε; (Συνέχισε να μην του δείχνει τα χαρτιά του.) Περίεργο, γιατί η ιστορία έχει αποδείξει ότι εμείς όπου κι αν πήγαμε, δεν μείναμε. Δεν είμαστε κατακτητές. Δεν είμαστε αυτοκρατορία όπως μας λέτε. Δεν είμαστε αποικιοκράτες και εκμεταλλευτές λαών όπως, για παράδειγμα, ήσασταν εσείς οι Σοβιετικοί.

– Εμείς, όπου μπήκαμε με τα τανκς ήταν δικά μας. Όλος ο πλανήτης έπρεπε να είναι δικός μας. Αυτό σημαίνει επανάσταση και παγκόσμιος κομμουνισμός.

Ο Ρόμπερτ εντέχνως τον έκοψε. Έπρεπε να σταματήσει νωρίς αυτό το ιδεολογικό παραλήρημα στο οποίο πλησίαζε ξανά.

– Παγκόσμιος κομμουνισμός κι ο κώλος μου, του είπε.

Γιάννης Παρθένιος

Η Λίσα από μέσα γέλαγε. Δεν μπόρεσε να κρατηθεί.
Ο Ρόμπερτ συνέχισε:
– Χαίρομαι που παραδέχεσαι ότι παντού μπήκατε με τα τανκς. Πολωνία, Τσεχία, Ουγγαρία, Αν. Γερμανία, Ρουμανία κ.λπ. κ.λπ. κ.λπ. Αφγανιστάν, Γεωργία... Θες κι άλλα; Εμείς όπου πήγαμε, ΦΥΓΑΜΕ! Δεν μείναμε εκεί για να εκμεταλλευόμαστε το λαό. Σώσαμε το Κουβέιτ, φύγαμε. Πήγαμε στο Ιράκ, φύγαμε. Πήγαμε στο Αφγανιστάν, φύγαμε. Πήγαμε στη Λιβύη, φύγαμε. Δώσαμε τα «φώτα» μας, βοηθήσαμε το λαό να κυνηγήσει τη δημοκρατία του και ΦΥΓΑΜΕ! Όπως έλεγε κι ένας «βουδιστής» δάσκαλός μου – κανονικός, όχι μαϊμού σαν και σένα– «Όταν βοηθάς έναν λαό, τον σώζεις και του ανοίγεις την πόρτα για την ελευθερία, δεν σε ξεχνάει ποτέ».
– Τον έχω χεσμένο τον «βουδιστή σου»...
– Κι εκείνος χεσμένο σ' έχει. Τι θες να δούμε, ποιος κάνει μεγαλύτερες κουράδες; Λέγε τώρα τι ετοιμάζετε με τα λαμόγια. Μίλα μου για το φιλαράκι σου τον Τιμοφέι και τους άλλους. Όπως βλέπεις, ξέρω ήδη. Απλά μου αρέσει η φωνούλα σου, μπλόφαρε ο Ρόμπερτ.
– Και τον Μπιν Λάντεν γιατί τον εκπαιδεύσατε, ρε μεγάλε;
– Το χαβά σου εσύ, ε; Ε, να σ' το μάθω κι αυτό. Όπως έλεγε ο δάσκαλός μου: «Συχνά σε αυτές τις δουλειές θα βρεθείς να έχεις εκπαιδεύσει τον φίλο σου στο να γίνει καλύτερος, διαπιστώνοντας ότι πολύ αργότερα θα πρέπει να τον αντιμετωπίσεις σαν εχθρό σου». Σοφό, ε; Τι σου φαίνεται περίεργο και κάνεις γκριμάτσες; Πρώτη φορά είναι που κάποιος αυτομόλησε; Εκατοντάδες φορές έχει συμβεί. Αυτό σημαίνει ότι τον «ετοιμάσαμε» εμείς; Όταν οι δικοί σας αυτομολούσαν κατά χιλιάδες, είπαμε εμείς ποτέ ότι ήταν στημένο για να δημιουργήσετε πρόβλημα; Γιατί όταν ένας δικός μας «ξεφεύγει» της προσοχής και αρχικά μας τη φέρνει, πάει να πει ότι ήταν στημένο; Στη Μαφία δεν αυτομολούσαν; Τους έπαιρνε κοντά του από μικρούς –ο «Νονός»– κι όταν τα μυαλά τους έπαιρναν αέρα, αυτομολούσαν και μετά ο «Νονός» έπρεπε να τους αντιμετωπίσει σαν εχθρούς για να μη χάσει την αρχηγεία. Τι σου φαίνεται περίεργο σε αυτή την κωλοδουλειά; Καλά, δεν διαβάζατε ούτε αστυνομικά μυθιστορήματα να μάθετε πώς λειτουργεί το παιγνίδι;
– Δεν διαβάζαμε γιατί είχαμε να αντιμετωπίσουμε εσάς. Να

σας αντιμετωπίσουμε για να μη μας διαλύσετε με αυτά που κάνατε εναντίον του Σοβιέτ επί δεκαετίες, προσπάθησε να του τη βγει ο καθηγητής.

– Τίποτα δεν κάναμε, τον έκοψε πάλι ο Ρόμπερτ. Τίποτα απολύτως. Ξέρεις τι ήταν το μόνο που κάναμε και δεν το πήρατε ποτέ χαμπάρι; Απλά διαβάζαμε, μελετούσαμε και αναλύαμε τα πάντα γύρω από εσάς. Διαβάζαμε και την πίσω πλευρά από τα εισιτήρια στο βρομομετρό σας. Κι έτσι κατορθώσαμε να ξέρουμε πολύ καλύτερα από εσάς το τι γινόταν εκεί. Καλύτερα από εσάς που ζούσατε εκεί, αλλά με παρωπίδες. Και είχαμε καταλάβει ότι ερχόταν η στιγμή που θα καταρρέατε χωρίς να κάνουμε απολύτως τίποτα. Και περιμέναμε απλά να πέσετε σαν το ώριμο φρούτο.

– Ναι, τίποτα δεν κάνατε ποτέ... τίποτα. Ας γελάσω ρώσικα. Πάντα τίποτα. Ούτε στο Ναγκασάκι και τη Χιροσίμα που τους διαλύσατε τους ανθρώπους.

– Νόμιζα ότι ήσασταν κατά του Χίτλερ τότε. Μήπως κάνω λάθος; Μήπως μπερδεύομαι, καθηγητάκο;

– Για τα πυρηνικά και τα χιλιάδες θύματα μιλάω. Κάνεις ότι δεν καταλαβαίνεις, πρακτοράκο;

– Και πάλι δεν το προκαλέσαμε εμείς. Θέλεις σκληρά μαθηματικά που και πάλι μου τα έμαθε ο «βουδιστής»; Αυτό που έγινε εκεί ήταν αναμενόμενο, το είχαν προκαλέσει οι άλλοι και οι Αμερικανοί ήρθαμε –Αμερικανό δεν με λες;– να δώσουμε την πιο εφικτή λύση, σταματώντας την παγκόσμια αιματοχυσία και το κτήνος τον Χίτλερ, σώζοντας πάνω από δύο ακόμα εκατομμύρια ζωές που θα χάνονταν αν πηγαίναμε στην Ιαπωνία από τον Ειρηνικό. Έχουν γίνει υπολογισμοί ότι τόσοι θα χάνονταν και από τις δύο πλευρές. Γιατί σκοπό να σταματήσουμε δεν είχαμε. Θα πηγαίναμε να τους φρενάρουμε όπως και να είχε.

– Τώρα θα μας πεις ότι εσείς κι ο Τσόρτσιλ τους σταματήσατε... Εμείς δεν κάναμε τίποτα;

– Πώς δεν κάνατε; Φυσικά και κάνατε και σας έχει αναγνωριστεί ιστορικά, όσο ακριβώς άξιζε. Αν και μετά, εδώ που τα λέμε, το εκμεταλλευτήκατε και πήρατε με τα τανκς τον μισό πλανήτη. Λίγο ακόμα και θα φτάνατε και στο φεγγάρι. Πάντως, μιας και μιλάς για Τσόρτσιλ, καλά σας είχε πει ο Άγγλος: «Ποτέ οι Ρώσοι δεν θα γίνουν πραγματικοί μας σύμμαχοι».

Ο Αλεξέγιεφ τα είχε χάσει με τη δεινή ρητορεία και επιχει-ρηματολογία του Σίνγκλεη. Εδώ που τα λέμε είχε μπλέξει και με περίεργο «παιδάκι». Άφωνη είχε μείνει και η Λίσα που ήταν διχα-σμένη μεταξύ του ενδιαφέροντος που παρουσίαζε το αυτοσχέδιο debate και της πορείας που έπαιρνε η συζήτηση απομακρυσμένη από το στόχο.

Είχε μαγευτεί όμως και πάλι από τον Ρόμπερτ που παρέμενε ήρεμος και άνετος σαν στο φυσικό του περιβάλλον. Μάλιστα σή-μερα πρόσεχε ότι έβγαζε και κάτι το εντελώς αρρενωπό, όχι με βάση την αισθητική της κατασκευής του, αλλά την πολυπλοκό-τητα του πνεύματος. Αυτό βέβαια το είχε προσέξει και όταν τον πρωτογνώρισε. Σήμερα όμως ήταν ακόμη πιο πικάντικο.

– Φτάσαμε στο φεγγάρι και μάλιστα πρώτοι, είπε ο Αλεξέγιεφ.

– Στο διάστημα εννοείς, γιατί στο φεγγάρι φτάσαμε εμείς παρά την επί χρόνια χρηματοδότηση βρόμικων σεναρίων συνωμοσιο-λογίας, ότι κι αυτό το στήσαμε και δεν πήγαμε ποτέ. Νομίζεις δεν ξέραμε ποιος δημιούργησε αυτό το τεχνητό θέμα αμφισβήτησης; Αλλά τι περίμενες από τον «Γκαγκάριν και την παρέα»; Πες μου κάτι: Είναι δυνατό να έκανε 20 φορές το γύρο της Γης και να επέστρεψε στη Μόσχα του τότε; Πόσο άτυχος ήταν;

Ο Ρόμπερτ ξέσπασε επίτηδες σε γέλια για να του σπάσει το ηθικό, αν και το επιχείρημα εδώ που τα λέμε έστεκε.

– Θες να σου πω κι άλλα περί «διαστημικής διπλωματίας»; είχε πάρει «συμπαντική» φόρα ο Σίνγκλεη.

– Τι είναι η «διαστημική διπλωματία»; Αυτό πρώτη φορά το ακούω.

– Κι εγώ πρώτη φορά, μονολόγησε η Λίσα. Τι είναι αυτό πάλι; προβληματίστηκε.

– Κι αυτό απ' τον Βούδα είναι, αλλά εσείς δεν είχατε τέτοια σπουδαία κεφάλια. Η «διαστημική διπλωματία» περιέχει πολλά γι' αυτά που ήδη κάναμε και άλλα για το μέλλον που έρχεται. Ανεξάρτητα αν πήγαμε στο φεγγάρι ή όχι, σύμφωνα με τους ηλί-θιους, όλες αυτές τις δεκαετίες αξιοποιήσαμε τις επιτυχίες μας πολύ καλύτερα για την εικόνα μας, από ό,τι εσείς τα ελάχιστα που καταφέρατε μετά τον Γκαγκάριν. Έτσι το ένα έφερνε το άλλο, και η κάθε ανακάλυψη μια καινούργια, με αποτέλεσμα να δημι-ουργήσουμε χαοτική διαφορά μεταξύ μας και ως προς τις αξίες των ανακαλύψεών μας, αλλά και ως προς το πώς χρησιμοποιήσαμε τη «διαστημική διπλωματία» στο βωμό εξυπηρέτησης της πραγματικής γήινης διπλωματίας. Ο πλανήτης κατάλαβε με τα χρόνια ότι εμείς είμαστε οι ισχυροί και πρωτοπόροι, αναπτύσσουμε τεχνολογία για όλους και κάνουμε τη ζωή του ανθρώπου καλύτερη. Και για να τα πετύχουμε αυτά χρησιμοποιήσαμε μια πανανθρώπινη συνταγή. Χρησιμοποιήσαμε λευκούς, μαύρους, κόκκινους, κίτρινους, χριστιανούς, εβραίους, άθεους, ό,τι μπορείς να φανταστείς. Όλη την ανθρώπινη δύναμη. Αυτό που δεν κάνατε ποτέ εσείς κλεισμένοι πίσω από το αποστειρωμένο, κλειστοφοβικό περιβάλλον που διασφάλιζε το εγώ σας και προετοίμαζε την αποτυχία σας.

Η Λίσα είχε μείνει και πάλι άφωνη. Τόσο καλά τα έλεγε. Λες να είναι εξωγήινος; αστειεύτηκε μέσα της.

– Ναι; και γι' αυτό τώρα δεν έχετε διαστημικό πρόγραμμα; προσπάθησε να αντιδράσει ο καθηγητής.

Ο Ρόμπερτ δεν πτοήθηκε καθόλου.

– Εμείς; Έτσι σας λένε; Εννοείς γιατί σταματήσαμε τα διαστημικά λεωφορεία;

– Φυσικά, αυτό εννοώ, κάνεις ότι δεν καταλαβαίνεις; Τώρα χρησιμοποιείται τα δικά μας...

– Ναι, σίγουρα... Πετάει ο γάιδαρος; Πετάει!

Ο Ρόμπερτ χαμογέλασε και πάλι ειρωνικά.

– Αφού ολοκληρώσαμε αυτά που εσείς θα μάθετε σε άλλα 50 χρόνια, ανοίξαμε πανί για άλλες «πολιτείες» και αφήσαμε τα «τοπικά» δρομολόγια σε εσάς. Εμείς πια ρίχνουμε όλα μας τα λεφτά στον Άρη και σε άλλα 100 πρότζεκτ που εσείς θα τα μάθετε σε ακόμη 50 χρόνια από σήμερα. Σύνολο δηλαδή 100. Κοινώς, καθηγητάκο, αρκετά πληρώσαμε για τα αστικά, ώρα να δώσετε κι εσείς κάτι, όσο εμείς δουλεύουμε τα υπεραστικά. Και να ξέρεις ότι με τους ρυθμούς που οδηγούμε τον άνθρωπο στα άδυτα του σύμπαντος, σε λίγα χρόνια ή σε μερικές δεκαετίες, αν ζεις μέχρι τότε, θα με θυμηθείς και θα εκτιμήσεις τη «διαστημική διπλωματία», που ίσως τότε να έχει αποκτήσει και διαστρική πολιτική σημασία...

Ο Ρόμπερτ σίγουρος για τον εαυτό του, χαμογελούσε τώρα ακόμα πιο ήρεμα. Ο Αλεξέγιεφ δεν μπορούσε να ακολουθήσει και η Λίσα έλεγε μέσα της: «Ενδιαφέρον, πολύ ενδιαφέρον!».

– Δεν έχω όρεξη να συζητήσω μαζί σου. Εσύ είσαι ή CIA ή Μοσάντ. Το ίδιο γελοίοι είστε. Κοντινά οικόπεδα. Βρομάτε.

– Μάλιστα, τώρα έγινα και Μοσάντ, ε; Άντε, μου εύχομαι και ΜΙ6, τον κορόιδεψε ο Ρόμπερτ.

Ο καθηγητής θέλησε να τον τεστάρει, ώστε να δει τι είναι. Τουλάχιστον έτσι πίστευε. Ότι μπορούσε να τον «παίξει».

– Από τους Παλαιστίνιους θα τη βρείτε, ρε καθίκια. Από το λαό που πάτε να εξαφανίσετε.

– Εμείς; Εμάς σαν ΜΙ6 δεν μας ενδιαφέρει ιδιαίτερα.

– Θα έρθει η μέρα που θα σας διώξουν από κει και θα μείνουν οι Παλαιστίνιοι στην πατρίδα τους.

– Ποια πατρίδα τους;

– Το Ισραήλ φυσικά.

Ο Ρόμπερτ χαμογέλασε με τον τρόπο σκέψης του καθηγητή. Έμοιαζε να τα έχει κάνει όλα αχταρμά στο μυαλό του. Είχε δίκιο η ψυχολογική ανάλυση της Υπηρεσίας. Σίγουρα ήταν ψυχικά άρρωστος κι αυτό θα έκανε το σημερινό «ραντεβού» και δύσκολο και χρονοβόρο. Οι συνθήκες απαιτούσαν να πάει με τα νερά του. Σιγά σιγά, μέχρι ν' αρχίσει ο καθηγητής να λύνεται.

– Απορώ με την προχειρότητα της σκέψης σου. Για ποια πατρίδα μιλάς; Δεν έχεις διαβάσει ιστορία; Οι Παλαιστίνιοι δεν είχαν ποτέ πατρίδα. Νομάδες ήταν, κάτι σαν τους Ρομά. Επί αιώνες προσπαθούσαν να ριζώσουν κάπου και να φτιάξουν μια χώρα, αλλά απ' ό,τι φαίνεται δεν είναι στο αίμα τους. Προσπάθησαν να φτιάξουν κράτος στην Τουρκία, στη Συρία, στην Αίγυπτο, αλλά από παντού τους έδιωξαν. Δεν έχω κάνα λόγο να υποστηρίξω τους Ισραηλινούς, αλλά είναι οι μόνοι που τους ανέχτηκαν. Κι αυτοί σ' αντάλλαγμα βάζουν σημάδι τα εστιατόρια και δημιουργούν νεκρούς κι ανάπηρους με εκρηκτικά. Απορώ, γιατί ασχολείσαι μ' αυτούς τους ανθρώπους;

– Καλά τους κάνουν. Να τους ανατινάξουν όλους, αφού τους παίρνουν την πατρίδα τους.

– Επιλεκτική ακοή έχεις; Είπαμε: δεν είναι η πατρίδα τους, σε αντίθεση με τους άλλους που λογικά βρίσκονται εκεί. Άνοιξε όποιο χριστιανικό βιβλίο θες. Θα καταλάβεις ότι η πατρίδα των Ισραηλινών είναι εκεί.

– Σιγά να μην ανοίξω χριστιανικό βιβλίο. Εγώ είμαι άθεος και δεν πιστεύω τα παραμύθια σας.

– Τότε πίστεψε μια «βουδιστική» συμβουλή...

– Του δασκάλου σου πάλι;

– Γιατί, θα τον ξαναχέσεις; Άκου... και κάτι θα μάθεις. Στη Νέα Υόρκη λένε: «Όταν βλέπεις έναν Εβραίο να μιλάει μ' έναν Παλαιστίνιο, μην ανακατεύεσαι στην κουβέντα». Οπότε μη με ζαλίζεις και πες μου τι ετοιμάζετε με τον Αμπού Αμπάσι; Ο Αλεξέγιεφ ταράχτηκε. Ο Ρόμπερτ πετούσε τις χειροβομβίδες μία μία.

Ήξερε ήδη αρκετά, σκέφτηκε ο καθηγητής, που ήδη η έλλειψη αλκοόλ είχε αρχίσει να του φέρνει ψιλοτρέμουλο, ζαλάδες και μια αίσθηση ανησυχίας σαν να πλησιάζουν κρίσεις πανικού. Ήξερε ότι μόνο μια γερή δόση θα τον ανέβαζε.

– Δώσε μου να πιω μια βότκα τώρα που γίναμε φιλαράκια, είπε στον Ρόμπερτ βλακωδώς.

– Φιλαράκια εμείς; Μάλλον δεν κατάλαβες. Για να γίνουμε φιλαράκια πρέπει να αρχίσεις να μιλάς.

Η Λίσα είπε μέσα της: «Επιτέλους! Άντε να πάμε στο ψητό, γιατί λύσαμε όλα τα πολιτικά της ανθρωπότητας...»

– Δεν έχω ούτως ή άλλως να πω τίποτα. Δώστε μου ποτό. Πότε θ' αρχίσετε να με βασανίζετε; Ξέρω απ' αυτά. Άντε ξεκινήστε...

– Πολλές ταινίες βλέπεις. Σπάνια βασανίζουμε και μόνο δολοφόνους για να σταματήσουμε τις επόμενες δολοφονίες, αν θες την απόλυτη αλήθεια. Εσύ είσαι απλά ηλίθιος που όλοι πήγαν να σε κοροϊδέψουν. Να σου πάρουν ό,τι είχες να τους δώσεις και να σε σκοτώσουν. Τόσο ανόητος είσαι. Εμείς σε σώσαμε! Δεν ξέρεις να ξεχωρίζεις τους εχθρούς απ' τους φίλους;

Ο Ρόμπερτ είχε αρχίσει να του περνάει το μήνυμα ότι τον πρόδωσαν, για να τον φέρει επιτέλους στο από δω στρατόπεδο.

Το πήγαινε μεν αργά, αλλά με το που θα έπεφτε το «αντιδραστήριο» την κατάλληλη στιγμή, μετά σίγουρα ο ανεκπαίδευτος σε ανακρίσεις καθηγητής θα τα έλεγε με τη μία. Είχε πιάσει χίλιες φορές με άλλους, θα έπιανε και τώρα.

– Ας βάλουμε κανόνες, καθηγητάκο, και τους κανόνες εδώ τους βάζω εγώ. 1. εδώ μέσα ευχαριστημένος πρέπει να νιώθω εγώ. 2. όσο εσύ δεν μιλάς, εγώ είμαι δυσαρεστημένος. 3. όσο εγώ είμαι δυσαρεστημένος, εσύ θα μένεις εδώ –ακόμη κι αν χρειαστεί για πάντα– και δεν θα πίνεις. Τόσο απλά!

Ήταν απλά η Αρχή του Ιβάν Παβλόφ.

– Δεν σου λέω τίποτα σκουλήκι, αντέδρασε ο Αλεξέγιεφ.

– Διόρθωσε λίγο τη γλώσσα σου, γιατί μέχρι τώρα ήμουν ή το έπαιζα ευγενικός και ιδιαίτερα κοινωνικός με σένα. Πριν είπα ότι δεν κάνουμε βασανιστήρια, αλλά αν συνεχίσεις να μην έχεις επίγνωση του πού και σε τι θέση βρίσκεσαι και εξακολουθείς να με βρίζεις, επειδή είμαι και λίγο νευρικός μπορεί να σου σκάσω κάνα μπουκέτο και αυτό δεν θες να το νιώσεις. Γι' αυτό να συμπεριφέρεσαι σωστά. «Όλα έχουν να κάνουν με τη συμπεριφορά», έλεγε ο δάσκαλός μου και μάλλον δεν είναι ώρα να τον ξαναβρίσεις. Το 'πιασες;

– Νάτα μας, είπε η Λίσα στο διπλανό δωμάτιο. Έχει αρχίσει να αρπάζει.

Δεν είχε αρχίσει να αρπάζει. Ήταν πολύ ήρεμος και ήλεγχε τέλεια τις «κινήσεις» του. Απλή τακτική ήταν, ώστε ν' αρχίσει να φέρνει τη βάρκα προς την ακτή, γιατί η ώρα περνούσε επικίνδυνα.

Επικράτησε για δευτερόλεπτα σιωπή στο δωμάτιο των «ακροάσεων», αλλά το demo μόλις άρχιζε.

Ο Ρόμπερτ σήκωσε το τηλέφωνο, το μοναδικό αντικείμενο που βρισκόταν στο τραπέζι εκτός από ένα ντοσιέ με χαρτιά, και είπε:

– Φέρτε μου το καλύτερο μπουκάλι βότκας που έχουμε και δύο ποτήρια.

Ήταν απλά η αρχή του ζεστού και του κρύου ντους.

Σε δευτερόλεπτα ένας καλογυμνασμένος νεαρός με μαύρη κουκούλα το είχε ακουμπήσει στο τραπέζι.

Ο Ρόμπερτ κάθισε αναπαυτικά στην καρέκλα. Μέχρι τώρα ήταν όρθιος και όσο διαρκούσε η κουβέντα περπατούσε γύρω γύρω απ' τον καθηγητή και το τραπέζι.

Η κίνησή του ήταν επιτηδευμένα αργή, σταθερή και έδειχνε άνθρωπο που δεν ανησυχούσε και σίγουρα δεν βιαζόταν.

Κάθισε προς τη γωνία του τραπεζιού κι έτσι μπορούσε να ακουμπάει τα πόδια στο τραπέζι, αλλά και να φτάνει το μπουκάλι και τα ποτήρια.

Αφού άνοιξε το πώμα του μπουκαλιού γέμισε με τη μία το ποτήρι του και πριν προλάβει ο καθηγητής να χαρεί, κάνοντας όνειρα ότι θα πιει, και χωρίς να βάλει στο άλλο, ήπιε απολαυστικά μια γουλιά.

– Στην υγειά σου, καθηγητάκο, του είπε επίτηδες.

– Τώρα κάνεις πλάκα; εμένα δεν θα μου βάλεις; αντέδρασε αμέσως και με νεύρα ο Αλεξέγιεφ.

– Είπαμε: δυσαρεστημένος εγώ – δεν πίνεις εσύ, ευχαριστημένος εγώ – πίνεις εσύ. Πότε θα είμαι ευχαριστημένος; Όταν ακούσω την ιστορία σου...

– Δεν έχω τίποτα να σου πω πέρα από το ότι εγώ ολοκλήρωσα την αποστολή μου, θα καταστρέψουν τον κόσμο σας, αυτό τον εφιάλτη που φτιάχνετε εσείς και οι σιωνιστές και μάλιστα πληρώθηκα και αδρά. Και να με βασανίσεις, δεν μπορείς ν' αλλάξεις τίποτα, ούτε να το σταματήσεις. Οπότε, άσε με να πάω να φάω τα ωραία μου λεφτάκια στις Μπαχάμες.

– Μα για την Ελβετία δεν ετοιμαζόσουν; τον αποστόμωσε πάλι ο Ρόμπερτ που έβγαλε έναν ακόμη άσο, σαν να ξέρει πολλά.

Ξανάπιασε το ποτήρι και αυτή τη φορά το άδειασε, κάνοντας τον καθηγητή να του τρέχουν τα σάλια.

Ο Αλεξέγιεφ τα ψιλοέχασε πάλι με αυτό που είχε ακούσει.

– Πώς το ξέρετε αυτό; Με παρακολουθούσατε; Αυτό απαγορεύεται...

Ο Ρόμπερτ τον πρόλαβε.

– Ναι, σίγουρα! Είναι παράνομο. Να μας κάνεις μήνυση, του είπε και επίτηδες έβαλε τα γέλια. Πριν όμως μας μηνύσεις, σκέψου ότι επειδή σε παρακολουθούσαμε ζεις... Βλέπεις, οι δικοί σου ήθελαν και θέλουν ακόμη να σε φάνε. Μην το ξεχνάς. Αν σ' αφήσω τώρα ελεύθερο, σε κάνα 2 ώρες θα είσαι νεκρός. Μόνο εμένα έχεις. Κι αν τα πάμε καλά, αν είμαι ευχαριστημένος δηλαδή, μπορεί –λέω ίσως– να σε βοηθήσω. Από σένα εξαρτάται.

– Δεν σ' έχω ανάγκη. Έχω τα λεφτά μου και τα λεφτά αγοράζουν και προστασία. Γι' αυτό άσε με να φύγω...

Ο Ρόμπερτ έβαλε αμέσως τα γέλια. Έκανε ότι ξεκαρδίζεται. Περίμενε πώς και πώς αυτή την πάσα.

Ξαναγέμισε το ποτήρι του όσο ο καθηγητής τον κοιτούσε με απορία. Ξανάπιε αργά και απολαυστικά.

– Τα ποια; Τα ποια είπες; τον ρώτησε λοιδορώντας τον με μια έκφραση ειρωνείας.

– Τα χρήματά μου. Την αμοιβή μου για το επιστημονικό μου

έργο. Και μάλιστα είναι σε ασφαλή τράπεζα της Ελβετίας. Γι'
αυτό αν θες να μάθεις έβγαλα το εισιτήριο.
– Τελικά είχα δίκιο. Δεν το παίζεις. Είσαι βλάκας.

Απότομα, βιαστικά και με φόρα ο Ρόμπερτ σηκώθηκε και
πάλι όρθιος και έπειτα με αργές, σταθερές για να επιτείνει την
αγωνία του καθηγητή κινήσεις, έβγαλε από το ντοσιέ μια κόλλα
χαρτί. Την κράτησε επιδεικτικά στα χέρια του και την κούνησε
δεξιά αριστερά για να κερδίσει ακόμη περισσότερο την προσοχή
του Αλεξέγιεφ.

Δεν χρειαζόταν. Ο καθηγητής είχε αισθανθεί ότι κάτι δεν πή-
γαινε καλά, είχε ροδοκοκκινίσει σαν κάρβουνο και οι χτύποι της
καρδιάς του θύμιζαν μικρογραφία του Μπιγκ Μπεν, αλλά με ήχο.
– Θα σε ρωτήσω κάτι απλό, Αλεξέγιεφ, του είπε ο Ρόμπερτ.

Ο καθηγητής κυριολεκτικά τρελάθηκε ακούγοντας αυτό το
όνομα. Όντως αυτός ο τύπος ήξερε πολλά. Άρχισε να τρέμει ακό-
μα πιο έντονα, σε βαθμό που δεν μπορούσε να το κρύψει. Προ-
σπάθησε να ψελλίσει...
– Κόλγια Μπρούνοβιτς με λένε, του είπε, αλλά η φωνή του
έσβηνε.
– Ναι ΟΚ. Ό,τι πεις... κι εμένα Μπιλ Κλίντον, τον ειρωνεύ-
τηκε ο Ρόμπερτ. Άκουσέ με, Ιβάν, και απάντησέ μου. Χθες το
πρωί πήγες στην εταιρεία «ΤΟΥΡΚΙΚΕΣ ΑΕΡΟΓΡΑΜΜΕΣ» και
έβγαλες ένα εισιτήριο για τη Ζυρίχη, μέσω Κωνσταντινούπολης.
Εισιτήριο χωρίς επιστροφή. Γιατί χωρίς επιστροφή;
– Σου είπα ότι είμαι πλούσιος πια. Εσύ με 10 εκατομμύρια θα γύ-
ριζες ξανά στη Μολδαβία; προσπάθησε να χαμογελάσει ξανά ο Αλε-
ξέγιεφ. Είδες τι είπες πριν για τον Γκαγκάριν; πήγε να του τη βγει.

Ο Ρόμπερτ κούνησε υποτιμητικά το κεφάλι του και έκανε πως
διαβάζει το έγγραφο. Το ήξερε απ' έξω.
– Το πρώτο πράγμα που μας έμαθε ο «βουδιστής» ήταν ότι:
«Αυτό που βλέπεις δεν είναι αυτό που βλέπεις».

Ο καθηγητής τον κοιτούσε με απορία κι ο Ρόμπερτ συνέχισε.
– Χθες γύρω στις 9 και τέταρτο, πήγες χαρούμενος στην αερο-
πορική εταιρεία για την έκδοση του εισιτηρίου σου. Περίπου την
ίδια ώρα, αλλά ώρα Ζυρίχης, ένας κοστουμαρισμένος υπάλληλος
της πρεσβείας του Ιράν στην Ελβετία, ονόματι Αμίρ Αλ-Καρίμ, εμ-
φανίστηκε στο γκισέ της τραπέζης με ένα πλαστό διαβατήριο –σαν

το δικό σου– Λευκορωσίας στο όνομα Κόλγια Μπρούνοβιτς. Ήσουν εσύ, αλλά στο πιο μελαχρινό. Μόνο που δεν ήσουν...

Ο Αλεξέγιεφ κατέρρεε ήδη, τοποθετώντας όλο του το βάρος στο πίσω μέρος της πολυθρόνας. Είχε γουρλώσει τα μάτια και είχε εγκαταλείψει κάθε προσπάθεια να φανεί ψύχραιμος.

– Ο κύριος «Αμίρ Αλ-Καρίμ», δηλαδή Κόλγια Μπρούνοβιτς, έδωσε μια απλή εντολή. Έχω εδώ το εξτρέ. Μπορείς να το δεις...

Ο Ρόμπερτ άφησε το χαρτί μπροστά του κι ο καθηγητής το βούτηξε αμέσως με μια κίνηση αρπακτικού, για να δει τι έγραφε.

...Έδωσε εντολή να μεταφερθούν 10 εκατομμύρια δολάρια Αμερικής από το λογαριασμό του –ή καλύτερα το λογαριασμό σου– με αριθμό IBAN CH570110289000001896098**** στον κυπριακό λογαριασμό CY560224097000004356921**** της offshore εταιρείας ANATOLIA LUBRICANTS. Τα χρήματα έκατσαν εκεί όλο το βράδυ για το περιβόητο overnight, αλλά θεωρητικά θα είχαν ήδη μεταφερθεί με πάγια εντολή αυτού του τροφοδότη λογαριασμού σε άλλον λογαριασμό υποκαταστήματος της τραπέζης Esfahan Trust με αριθμό IR680220567000004356921****, στη Μασάντ του αγαπημένου σου Ιράν, αν εμείς δεν τα παγώναμε. Τα χρήματα τα παγώσαμε μεν ως «προϊόν» Διεθνούς Τρομοκρατίας, οι αποδέκτες στο Ιράν δεν θα τα πάρουν ποτέ, αλλά ούτε κι εσύ, γιατί πλέον έχουν δεσμευτεί. Άρα προσπάθησαν να σου τα κλέψουν. Και σου τα έκλεψαν, αφού τώρα μπορεί να μην τα έχουν μεν, αλλά δεν θα τα έχεις ποτέ κι εσύ.

Ο Αλεξέγιεφ είχε αφήσει το χαρτί και ακουμπούσε το κεφάλι του στο τραπέζι, σαν να μη θέλει πια να βλέπει. Μόλις που μπόρεσε να βγάλει απ' το στόμα μια τελευταία φράση:

– Και πού βρήκαν τον κωδικό που απαιτείται για οποιαδήποτε εντολή;

Ο Ρόμπερτ χαμογέλασε και πάλι, αλλά αυτή τη φορά ξέροντας ότι πλησιάζει στο «σπάσιμο», πιο γλυκά, για να του δείξει δήθεν συμπάθεια, αλλά και να τον «ανοίξει» περισσότερο.

– Εννοείς τον κωδικό 07041976zinc718; Πού συνηθίζεις να φυλάς βλακωδώς τους κωδικούς σου; Στο κινητό σου, Ιβάν. Δεν σου έμαθαν ποτέ ότι, όταν ξεχνάς ανοιχτό το bluetooth, κάποιος δίπλα σου μπορεί να πάρει αντίγραφο από όλα σου τα data; Σε κάποια συνάντησή σου μαζί τους, σου υπέκλεψαν τον κωδικό.

Ίσως και χωρίς να ήξερες ότι συναντηθήκατε. Μέσα σε κάποιο καφενείο, ίσως κάποιος δίπλα σου. Απ' ό,τι βλέπεις, δεν παρακολουθούμε εμείς. Εμείς παρακολουθούμε, γιατί παρακολουθούν οι άλλοι. Να το πεις και στον μαλάκα τον Σνόουντεν που τον κερνάτε σάντουιτς στο αεροδρόμιο.

Η Λίσα προσευχήθηκε. Όχι, Θεέ μου, όχι. Ας μην τα πάρει πάλι ο Ρόμπερτ. Όχι τώρα που μπήκαμε στο μονοπάτι...

Κανένα πρόβλημα. Ο Σίνγκλεη το ήλεγχε.

Ο Αλεξέγιεφ χτύπησε με δύναμη το χέρι του στο τραπέζι. Ο Ρόμπερτ τον είχε αφήσει εξαρχής, επίτηδες, χωρίς χειροπέδες και με ελευθερία κινήσεων, γιατί σε τέτοιες περιπτώσεις ο ανακρινόμενος φορτιζόταν ακόμη περισσότερο απ' ό,τι αν αισθανόταν φυλακισμένος.

– Καλά, το zinc718 το καταλαβαίνω...

Η ανάλυση της «Εταιρείας» ήταν πολύ μπροστά τελικά.

– ...είναι ο ψευδάργυρος και το ειδικό του βάρος, 7,18. Από το φιλαράκι σου τον Παράκελσο.

– Κι αυτό το ξέρεις; Ξέρεις και τον «Παράκελσο»;

Ο καθηγητής απογοητεύτηκε πλήρως. Σιγά σιγά συνειδητοποιούσε ότι τα ήξεραν όλα και η μπλόφα έπιανε.

– Όλα τα ξέρουμε, αλλά έτσι από περιέργεια, το 07041976 τι είναι;

Ο καθηγητής δεν αντέδρασε αυτή τη φορά.

– Η ημερομηνία του γάμου μου. Απρίλιος του '76...

Ξαφνικά ο καθηγητής τα πήρε. Σηκώθηκε με ορμή, αλλά ο Ρόμπερτ τον άφησε και πάλι.

– Θα τους γαμήσω, άρχισε να φωνάζει. Θα τους πιω το αίμα. Θα τους κατασπαράξω. Παλιοχαμούρες, κλεφτρόνια. Πούστηδες, γαμώ το σόι σας. Τα ίδια μού κάνατε και τότε στο Κέντρο.

Ξανακάθισε και σιώπησε για μερικά δευτερόλεπτα.

Ο Σίνγκλεη τον άφηνε.

– Πρεζόνια, παιδεραστές. Αλήτες, ψευτόθρησκοι που δήθεν θέλετε να σώσετε τον κόσμο, ξεστόμισε κι άρχισε να κουράζεται από την ένταση.

Αφού δεν είχε πάθει ακόμα εγκεφαλικό... Θαύμα.

– Βάλε μου να πιω, είπε, δεν βλέπεις ότι το χρειάζομαι;

Ο Ρόμπερτ έπιασε το δεύτερο ποτήρι και του το γέμισε μέχρι πάνω.

Ο Αλεξέγιεφ το βούτηξε αμέσως και σαν διψασμένος στην

άμμο, κατέβασε αμέσως μια γενναία ποσότητα. Σχεδόν ταυτόχρονα, έβηξε και έβγαλε απ' το στόμα το μισό.

– Τι είναι αυτό, νερό; Είσαι τρελός, άνθρωπέ μου; φώναξε στον Ρόμπερτ.

– Νερό πίνω. Τι πρόβλημα έχεις; Δεν θέλω να χαλάσει και το συκώτι μου, του είπε ειρωνικά.

– Με κοροϊδεύεις τόση ώρα ότι πίνεις βότκα...

– Γιατί, με ρώτησες και σου 'πα ψέματα; Μη με προσβάλλεις, είμαι και ευαίσθητος...

Η Λίσα γέλαγε με τη «γαϊδουριά» του. Ήταν τέλειος!

– Βότκα θες; Μισό λεπτό. Βότκα, παιδιά, φώναξε και αμέσως η πόρτα άνοιξε κι ένα πραγματικό μπουκάλι αυτή τη φορά πήγε στο τραπέζι.

Ο Ρόμπερτ άδειασε επιδεικτικά το νεροπότηρο με ό,τι είχε απομείνει και έβαλε μέσα ένα διπλό ποτό. Όχι παραπάνω, γιατί ήξερε ότι αν ο καθηγητής περνούσε την κόκκινη γραμμή, άντε μετά να βγάλεις μαζί του άκρη.

– Λοιπόν είπαμε, έτσι; Είμαι ευχαριστημένος – πίνεις. Είμαι δυσαρεστημένος – δεν πίνεις.

– Εντάξει, εντάξει... μου τα 'πρηξες. Βάλε εκεί ένα ποτό, φώναξε ο Ρώσος με την αγριοφωνάρα του.

Ο Αλεξέγιεφ ρούφηξε το ποθητό υγρό με μια ανάσα. Σα νεροφίδα. Ήταν να απορείς πώς ζούσε ακόμα, αλλά αυτοί οι Ρώσοι είχαν τρομερές αντοχές. Το είχαν στο DNA τους. Όχι τις αντοχές, αλλά το... ποτό.

Ο καθηγητής μέσα σε δευτερόλεπτα ηρέμησε. Σαν να έγινε άλλος άνθρωπος. Έμοιαζε να είχε ξεχάσει το πρόβλημά του και να έχει αφεθεί στους διαδρόμους του «Διονύσου».

– Λοιπόν, ας πάρουμε τα πράγματα από την πολλή αρχή για να βγάλουμε μια άκρη. Είδες! Αν είσαι καλό παιδί, θα είμαι κι εγώ μαζί σου. Κι εδώ που έχουν έρθει τα πράγματα, μόνο εμένα έχεις.

Ο Αλεξέγιεφ κούνησε ειρωνικά το κεφάλι, αλλά κοίταξε και τη βότκα, γιατί προφανώς ήθελε κι άλλο. Δεν τολμούσε όμως ακόμα να το ζητήσει.

– Πάμε πίσω στην πτώση της Σοβιετικής Ένωσης. Πού είναι εκείνα τα τελευταία χρόνια;

– Παραμένω στο Βιοτεχνολογικό Πυρηνικό Κέντρο του Ντουλάχεβ στην Ουκρανία, αλλά τα πράγματα είχαν χαλάσει από πολύ νωρίτερα. Το κόμμα είχε πια σαπίσει. Γελοία ανθρωποειδή είχαν καταλάβει θέσεις που δεν έπρεπε, όλα γίνονταν με βάσει γνωριμιών και δεν υπήρχε καμιά πλέον διάθεση για ανάπτυξη και ιδεολογική προσκόλληση στον αγώνα για την επίτευξη και διάδοση του κομμουνισμού. Λες και είχε πέσει κάποιο μικρόβιο που είχε σαπίσει όλο το σύστημα και συνεχώς παρήγε μύκητες που έτρωγαν τα πάντα. Σάπιζε η Ρωσία και το έβλεπες. Σε έπιανε η ψυχή σου, αλλά κανείς δεν μπορούσε και δεν ήθελε να αντιδράσει, γιατί το σύστημα ήταν πιο δυνατό και ο κόσμος έμοιαζε σαν υπνωτισμένος, αδιάφορος και άβουλος. Αυτός ο ίδιος κόσμος είχε παράλληλα κουραστεί και βαθιά μέσα του πίστευε σε μια αλλαγή. Ήθελε να αλλάξουν όλα. Δεν τον ένοιαζε προς ποια κατεύθυνση, αρκεί να άλλαζε κάτι. Κι έτσι εσείς οι διάολοι οι δυτικο-καπιταλιστές μαζί με τα κοράκια τους σιωνιστές, μας διαλύσατε.

– Αυτό το κάνατε εσείς. Διαλυθήκατε μόνοι σας, γιατί δεν μπορούσατε να παρακολουθήσετε τι ήθελε ο κόσμος, σ' το είπα και πριν, αλλά ας μη συνεχίσουμε αυτή την κουβέντα. Εσύ, λοιπόν, είχες ακόμα τη θέση σου...

Ο καθηγητής τον διέκοψε αυθόρμητα και συνέχισε κανονικά, χωρίς την ανάγκη πίεσης.

– Τι πάει να πει είχα τη θέση μου; Εντάξει, ναι, παρέμενα ακόμα εκεί, αλλά δεν είχα ούτε ειδικό επιστημονικό βάρος, ούτε γνώμη, ούτε κύρος. Άσχετα παιδάκια του κόμματος που είχαν κάνει την εμφάνισή τους, υπό την προστασία κάποιων δήθεν επιστημόνων που είχαν κάνει την Ακαδημία Επιστημών φατρία και προωθούσαν μόνο τους δικούς τους, μου έκαναν επί χρόνια πόλεμο. Αυτή η βεντέτα είχε ξεκινήσει 6-7 χρόνια πριν την τελική πτώση του Σοβιέτ, όταν είχα παρουσιάσει μέρος του αριστουργήματός μου. Το θαύμα που είχα επιτύχει με πολλή προσπάθεια, αγώνα, θυσίες και αφοσίωση. Σκέψου ότι για να φτάσω εκεί, έκανα πειράματα από το 1967 και μέχρι το 1984-5. Για να κερδίσω τι; Τη μη αποδοχή και την επιστημονική απομόνωση μερικών κομπάρσων που το έπαιζαν νεο-ντόκτορες των επιστημών. Και καλά που δεν τους τα έδωσα όλα. Την είχα ψυλλιαστεί και το σημαντικότερο πουγκί των γνώσεών μου το κράτησα για μένα. Για μένα, ξεφώνισε ο καθηγητής που περνούσε πάλι σε σφαίρα παράνοιας.

– Ήρεμα, του είπε ο Ρόμπερτ. Μια απλή κουβέντα κάνουμε. «Φοβερή ανάλυση», σκέφτηκε. «Ίδιος ο Παράκελσος».

– Βάλε μου να πιω ή καλύτερα δώσε μου το μπουκάλι, βρήκε ευκαιρία να πει ο Αλεξέγιεφ.

– Είπα ήρεμα. Αν είσαι καλός, σε λίγο... Πες μου πρώτα: Αυτό που λες «αριστούργημά σου» έχει να κάνει με το φάκελο «Παράκελσος»;

– Φυσικά! Αυτό είναι το παιδί μου. Αυτό είναι το δημιούργημα της τέχνης μου. Αλλά εσείς πού ξέρετε γι' αυτό;

– Το βρήκαμε από τα αρχεία της Στάζι. Βλέπεις, ανάμεσα στα άλλα είχατε και μια μανία με τις κοινοποιήσεις στους «συμμάχους» σας. Τόση «συνεργασία» βλάπτει, Ιβάν...

– Λες ψέματα. Τίποτα δεν βρήκατε. Αποκλείεται να το βρήκατε. Μόνος μου το 1989 και έχοντας προβλέψει ότι έρχεται καταιγίδα, είχα πάει στην Ανατολική Γερμανία με ειδική άδεια για να κάνω δήθεν αναβάθμιση του φακέλου με νέα στοιχεία. Τότε τα κατέστρεψα όλα. Ό,τι υπήρχε μέσα μέχρι εκείνη τη στιγμή. Μέσα στο φάκελο έβαλα λευκές σελίδες και κατέστρεψα τις παλιές. Όταν θα τις βρήκε ο Γκάουκ και η πουστομάδα του, το μόνο που μπορούσαν να κάνουν με το περιεχόμενο του φακέλου ήταν να πάνε μέχρι την τουαλέτα και να σκουπιστούν. Άλλοι βρομοπαπάδες αυτοί. Και σου ξαναλέω ότι, εξαρχής, μόνο ένα μέρος της έρευνάς μου και των πονημάτων μου είχαν κατατεθεί. Τα άλλα τα κρατούσα σαν ασφάλεια για μένα. Για μια στιγμή, όπως αυτή που ήρθε. Αλλά δυστυχώς αυτή τη φορά μού τη φέραν οι «παπάδες». Βάλε μου τώρα να πιω, αρκετά έμαθες.

– Ξέχνα το. Ακόμη δεν είπες τίποτα. Τώρα αρχίζουμε.

Ο Ρόμπερτ άφησε επίτηδες το θέμα του φακέλου για να μη φανεί ότι δεν ξέρουν.

Θα το άφηνε να ξεχαστεί για λίγο, θα μάθαινε τα υπόλοιπα και θα γύριζαν και σε αυτό που ήταν το μείζον.

– Ωραία, η Σοβιετική Ένωση πέφτει, εσύ παίρνεις κάτω απ' τις μασχάλες το φάκελο και πού πας πια;

– Δεν παίρνω κανέναν φάκελο. Τον είχα καταστρέψει. Τα είχα και τα έχω όλα στο μυαλό μου. Το μόνο που παίρνω είναι το βασικό σχέδιο συνδεσμολογίας και κατασκευής. Όλα τ' άλλα τα ξέρω απ' έξω. Αφού εγώ τα σκέφτηκα. Ο Θεός των επιστημών του Σοβιέτ...

– Καλά καλά, ηρέμησε, «Θεέ».

Ο Ρόμπερτ πέταξε απ' τη χαρά του καταλαβαίνοντας ότι το μοναδικό σημαντικό στοιχείο σε χαρτί το είχαν ήδη στα χέρια τους. Βέβαια, δεν του το είπε και το κακό ήταν ότι ταυτόχρονα το είχαν και κάποιοι άλλοι.

– Ορίστε, σαν δείγμα καλής θέλησης θα σε κεράσω ένα για να πάνε κάτω τα φαρμάκια του παρελθόντος, χαμογέλασε ο Ρόμπερτ και του έβαλε ένα μονό ποτό αυτή τη φορά.

Ο Αλεξέγιεφ το «κατάπιε» κι αυτό. Μάλιστα πήρε και αέρα.

Περιγράφοντας το επιστημονικό του έργο χωρίς να δέχεται αντιρρήσεις, άρνηση και αμφισβήτηση από την άλλη πλευρά, είχε αρχίσει να δημιουργεί έναν ψεύτικο κόσμο αποδοχής και σε συνύπαρξη με το ποτό είχε αρχίσει να την καταβρίσκει.

– Ωραία βοτκούλα αυτή. Κι εμείς είχαμε, αλλά τις χαλάσανε πια οι δεξιοί φασίστες που είναι πάνω τώρα. Πίνουν σουηδέζικες και νορβηγικές στο Κρεμλίνο, του κώλου. Λες και εμείς δεν είχαμε τις δικές μας βότκες...

– Κι έχω πολλά μπουκάλια, «σύντροφε», αν είσαι καλό παιδί και ήρεμο. Βλέπεις... παρεούλα κάνουμε. Για πες μου τώρα τι έκανες μετά; Γιατί έφυγες; Πώς ζούσες όλα αυτά τα χρόνια και βέβαια πώς προέκυψε η συνεργασία σου με τον Σασάν που σου βάζει τα λεφτά. Προφανώς εκ μέρους του Αμπάσι, σωστά;

– Θα σου πω, για να τιμωρήσω αυτά τα μουνιά που μου έκλεψαν τα λεφτάρια μου. Αλλά μέχρι εκεί. Δεν θα γίνουμε και φίλοι. Έχω και μια ιδεολογική ποιότητα...

– Καλά, καλά... Λέγε τώρα και πρόσεξε μη βγάλεις και ISO απ' την πολύ κουλτούρα.

– Δύο τρεις μήνες πριν την ανταρσία στην Ουκρανία, το '94...

– Την επανάσταση εννοείς. Την πορτοκαλί επανάσταση...

– Του κώλου σου την επανάσταση, που θα μου πεις επανάσταση...

– Είπα και πριν, σοβαρέψου και μη βρίζεις. Αρχίζω και νιώθω δυσαρεστημένος πάλι...

– Λίγο πριν την ανταρσία από τους ηλίθιους τους Ουκρανούς

λέω, η κατάσταση για μένα είχε γίνει επικίνδυνη. Είχα δημιουργήσει πολλούς εχθρούς και θα με τρώγαν. Έπρεπε να φύγω και ο μόνος τρόπος ήταν να αλλάξω όνομα, διαβατήριο και να πάρω τα μπογαλάκια μου προς άλλη κατεύθυνση. Δεν χώραγα πια εκεί...

– Έτσι έγινες, λοιπόν, Κόλγια Μπρούνοβιτς.

– Ακριβώς. Το πρωτοπαλίκαρό μου τα τελευταία δέκα χρόνια, ο Ανατόλι...

– Ο Ανατόλι Σπετσένκο απ' το πλοίο Yelizaveta...

– Όλα τα ξέρετε, μαύροι σκύλοι... Αυτός λοιπόν, ο Ανατόλι Σπετσένκο είχε επαφές με τη Μαφία και βρήκε εύκολα άνθρωπο να μας φτιάξει τα διαβατήρια και να μου βρει ένα σπίτι στη Μολδαβία. Τότε το θεωρούσα προσωρινό, αλλά τα πράγματα δεν εξελίχτηκαν καλά και έμεινα μόνιμα τελικά.

– Καλά, και όλα αυτά τα χρόνια πώς ζούσες; Με τι λεφτά;

– Τα πρώτα χρόνια μετά την «πτώση» και μέχρι το 2004, άντε πες μέχρι το 2008, δημιουργήθηκε μια τεράστια αγορά στην Αφρική, την Ασία και τη Μέση Ανατολή που ζητούσε πρώην επιστήμονες της Σοβιετικής Ένωσης.

– ...Γνωστό.

– ...Πολλοί πρώην συνάδελφοι τότε βρέθηκαν σε αυτές τις αγορές και δούλεψαν για διάφορες κυβερνήσεις, αλλά ακόμη και για ιδιωτικά συμφέροντα. Οι περισσότεροι από αυτούς μάλιστα πλούτισαν πουλώντας μυστικά και τεχνογνωσία σε όποιον μπορούσε να την πληρώσει, ανεξαρτήτου ιδεολογίας και στόχων. Μετά βέβαια η αγορά έκοψε και τώρα είναι σχεδόν ανύπαρκτη. Σου είπα πριν ότι είχα πολλούς εχθρούς. Είχα όμως και μερικά φιλαράκια από αυτούς που πουλήθηκαν, που όλα αυτά τα χρόνια μου δίναν εξτραδάκια.

– Τι εννοείς εξτραδάκια;

– Βάλε ένα να πιω και θα σου πω...

– Σε λίγο, λέγε..., του είπε δήθεν εκνευρισμένος ο Ρόμπερτ.

– Προσωπικά δεν θέλησα να δουλέψω ποτέ για κάποιον από αυτούς που το έπαιζαν νεο-εργοδότες στην αγορά. Ήταν θέμα ιδεολογίας, αλλά είχα και κάποιο κύρος...

– Πρόσεξε μη σκίσεις κάνα καλσόν...

– Κάνω ότι δεν άκουσα... Ποτέ δεν συνεργάστηκα με Άραβες τρομοκράτες, κυβερνήσεις με πυρηνικά σχέδια κ.λπ. Δεν τα πήγαινα όλα αυτά τα λαμόγια. Οι φίλοι μου, όμως, μου έδιναν ανά τακτά διαστήματα κάποια υπο-πρότζεκτ, ξέρεις, κάτι πολύ μικρό από ένα μεγαλύτερο που συνήθως δεν ήξερα και τι είναι. Για παράδειγμα, έφτιαχναν ένα αεροπλάνο κι εγώ σχεδίαζα μόνο τα φτερά. Σ' το λέω με απλά λόγια για να καταλάβεις. Όχι ότι φτιάχναμε και αεροπλάνα...

– Καλά κάνεις, συνέχισε.

– Ε, μ' αυτά και μ' αυτά ψιλοζούσα όλα αυτά τα χρόνια, μέχρι τη στιγμή που παρουσιάστηκε η ευκαιρία να πουλήσω το μεγάλο μου μυστικό, το παιδί μου.

– Στον Αμπού Αμπάσι;...

– Ακριβώς!

– Και πώς γνωριστήκατε με αυτόν τον τύπο; Δεν είναι εύκολο να πέσεις πάνω του ή να τον γνωρίσεις.

– Ουσιαστικά μέσω του Ανατόλι πάλι. Ο Ανατόλι είχε επαφές με ένα μεγαλολαμόγιο της ρωσικής μαφίας. Με τον Τιμοφέι. Μεγάλη λέρα. Όπου κι αν ακουμπήσεις, λερώνεσαι. Αλλά εμένα τι με ένοιαζε αυτό;

– Ο Ανατόλι ήξερε για τον «Παράκελσο»;

– Βέβαια. Αφού ήταν επί δύο δεκαετίες το δεξί μου χέρι. Ήξερε περίπου τι είναι, αλλά όχι λεπτομέρειες για το τι ακριβώς είναι, πώς λειτουργεί και πώς στήνεται.

– Θα μου πεις αναλυτικά γι' αυτό, αλλά πες μου πρώτα τ' άλλα...

– Ξέχνα το. Γι' αυτό δεν μαθαίνεις τίποτα.

– Καλά, πες μου λοιπόν τη συνέχεια.

– Ε, αυτά είναι. Έτσι απλά. Ο Ανατόλι το λέει κατά λάθος ή πάνω στην κουβέντα στον Βασίλη Τιμοφέι, εκείνος πονηρεύεται ότι μπορεί να βγάλει απ' αυτό, το λέει στον κολλητό του τον Αμπάσι και όλοι μαζί ερχόμαστε σε επαφή. Και η δουλειά κλείνει. Από εκεί και ύστερα όλα τα οργανώνει ο φανατικός Ιρανός και μάλιστα περίπλοκα. Άλλωστε είναι γκουρού στα επιχειρησιακά.

– Μαλάκας είναι, αλλά τέλος πάντων...

Ο Ρόμπερτ τον άφησε να πάρει επίτηδες μια ανάσα. Όλα πήγαιναν ρολόι, αλλά και το ρολόι έτρεχε κι έπρεπε να μάθει τα πάντα προτού να είναι ίσως αργά. Αυτή τη στιγμή η έννοια του χρόνου δεν μπορούσε να προσδιοριστεί, γιατί ακόμα δεν ήξεραν ούτε το πρότζεκτ, ούτε το βαθμό της επικινδυνότητάς του.

Η Λίσα κρατούσε σημειώσεις, αλλά ούτως ή άλλως η κρυφή κάμερα έγραφε τα πάντα σε ήχο και εικόνα για περαιτέρω επεξεργασία, αν χρειαζόταν.

– Ωραία! Πες μου τώρα για τον «Παράκελσο». Σε τι αφορά;
– Σου είπα ξέχνα το. Μάλλον δεν κατάλαβες. Μπορεί να τα λέω όλα αυτά γιατί οι άλλοι μου τη φέραν, αλλά αυτό δεν σημαίνει ότι δεν εξακολουθώ να μισώ και εσάς. Ούτως ή άλλως ο «Παράκελσος» πάει, ταξιδεύει τώρα και δεν μπορείτε να τον σταματήσετε. Τουλάχιστον θα καταστρέψω την Αμερική.

– Όλη μαζί ή να την κόψουμε κομμάτια για πιο εύκολη κατάποση;
– Με ειρωνεύεσαι; παλιογιάνκη...
– Μα είπαμε ότι εγώ δεν είμαι Αμερικάνος. *Θυμήσου πάντως όταν ξανασυναντηθούμε, να σου δώσω να διαβάσεις ένα βιβλίο που υπέγραψε ο δάσκαλός μου πριν από μερικά χρόνια. Έχει τίτλο: «Ο οδηγός του ηλίθιου και γιατί ποτέ να μην κάνεις πόλεμο με την Αμερική».*

Ούτε αυτό το ήξερε η Λίσα.

– Μπα, γιατί; Γιατί ποτέ να μην κάνεις πόλεμο με τον σατανά;
– Γιατί απλά θα χάσεις, ρε βλάκα. Και μετά θα καταστραφείς.
– Εγώ θα σας διαλύσω..., *συνέχισε ο καθηγητής με την ίδια* «ταινία».

Ο Ρόμπερτ δεν το έβαζε κάτω και αποφάσισε να το πάει απ' την άλλη. Κλασικό: όταν δεν πιάνει απ' τη μία, το πας απ' την άλλη!

– Σου σώσαμε τη ζωή, φίλε, αλλά επιμένεις να θες να μας φας. Σου σώσαμε τη ζωή και οι άλλοι σου πήραν και τα λεφτά. Και τώρα δεν έχεις τίποτα. Ακόμη κι αν σ' αφήσω, που δεν πρόκειται αν δεν μιλήσεις, θα πεθάνεις. Έτσι πέθανε και το φιλαράκι σου ο Τιμοφέι. Κοίτα εδώ τι σου έχω: καρτ ποστάλ απ' την Οδησσό.

Ο Ρόμπερτ πέταξε μπροστά του τη φωτογραφία με το νεκρό κορμί του Τιμοφέι μέσα στο γραφείο του.

Φαινόταν το σώμα του να κρέμεται από την πολυθρόνα του γραφείου και το κεφάλι με τα μάτια ανοιχτά και μια σφαίρα να έχει αφήσει το μαύρο σημάδι της στο μέτωπο που έσταζε αίμα.

Αυτή η εικόνα τάραξε τον καθηγητή που καταλάβαινε ότι έτσι

Γιάννης Παρθένιος

θα είχε καταλήξει, αν δεν τον έσωζαν πριν μερικές ώρες οι πράκτορες των άγνωστων σ' εκείνον μέχρι στιγμής μυστικών υπηρεσιών.

Προσπάθησε όμως να το παίξει ψύχραιμος για να μη χάσει τη διαπραγματευτική του ικανότητα.

Ο Ρόμπερτ όμως είχε δει το ψάρι να τσιμπάει...

– Ακόμα κι αν ζήσεις, θα πεθάνεις της πείνας, συνέχισε. Θα γίνεις άστεγος και επαίτης. Θα παρακαλάς για μια βρωμο-ρακί στο δρόμο.

– Κάνεις λάθος, πρακτοράκο, έχω ακόμη αυτά που ήδη πήρα...

Η ώρα για την τελική μπλόφα είχε φτάσει. Απ' ό,τι φαινόταν κι ο καθηγητής ψάρευε κάτι, για να κερδίσει ποιος ξέρει τι, αλλά ο Ρόμπερτ ήξερε ότι το δόλωμα πονάει το ίδιο με το ψάρι. Έτσι αποφάσισε να πάει στο επόμενο στάδιο.

Το περιστατικό πριν δυο μέρες στη Ζυρίχη ήταν αληθινό, αλλά από εδώ και πέρα ο Ρόμπερτ έπρεπε να τα παίξει όλα για όλα με βάση κάτι ψεύτικο, που έπρεπε να φανεί αληθινό.

Η Λίσα ήταν έτοιμη να επέμβει αν όλα πήγαιναν σύμφωνα με το σχέδιο.

– Εσύ δεν βάζεις μυαλό, του είπε ο Σίνγκλεη.

Έπιασε το ποτήρι του Ρώσου και του έβαλε ένα ποτό ακόμη.

– Αυτό το κερνάω εγώ, γιατί θα σου χρειαστεί.

Η Λίσα ήδη άνοιγε την πόρτα και μπαίνοντας τρέχοντας μέσα στο δωμάτιο, αλαφιασμένη και παίζοντας τέλεια το ρόλο της, έδειχνε ιδιαίτερα αγχωμένη.

– Κύριε διευθυντά, είπε επίτηδες, χωρίς να αναφερθεί σε όνομα. Αυτό πρέπει να το δείτε αμέσως. Τι να κάνουμε;

Ο Ρόμπερτ, πανέτοιμος για το τι πρέπει να κάνει, πήρε αμέσως στα χέρια του μια φωτογραφία –ήταν φτιαχτή– και ένα έγγραφο σαν το άλλο που πριν είχε δείξει στον καθηγητή. Το εξτρέ.

– Εντάξει! Ευχαριστώ, είπε της Λίσας, που αμέσως βγήκε απ' το δωμάτιο.

Πλησίασε τον καθηγητή που κοιτούσε χωρίς να καταλαβαίνει τι γίνεται και κουνώντας του πάλι επιδεικτικά τα χαρτιά, τον χτύπησε μαλακά μ' αυτά στον αριστερό ώμο.

– Δεν είναι η μέρα σου, Αλεξέγιεφ. Είσαι άτυχος. Αυτό που κρατάω στα χέρια μου είναι μια φωτογραφία που μας ήρθε μέσω δορυφόρου πριν από 1 λεπτό.

Η φωτογραφία έδειχνε έναν τύπο μπροστά από ένα γκισέ σε ένα τραπεζικό κατάστημα στην Ελβετία. Φαινόταν στο βάθος και μια μικρή σημαία, κομμάτι της διακόσμησης του χώρου.

– Αυτός που βλέπεις είναι ο Αμίρ Αλ-Καρίμ, ο ίδιος άνθρωπος που πήγε προχθές στην τράπεζα της Ζυρίχης και σου πήρε τα 10 εκατομμύρια δολάρια. Το χαρτί που βλέπεις είναι η αίτηση ανάληψης μετρητών που έκανε πριν από 5 λεπτά για να σου αδειάσει το λογαριασμό εντελώς. Φαίνεται, γλυκάθηκαν...

Ο Αλεξέγιεφ έχασε τον ουρανό, τ' άστρα και σε λίγο αισθανόταν ότι θα έχανε και τις λιγοστές οικονομίες του απ' τις πρώτες δύο πληρωμές.

Ο Ρόμπερτ συνέχισε:

– Για να σιγουρευτείς ότι σου λέω αλήθεια, σε ενημερώνω ότι είχαν γίνει δύο πρώτες πληρωμές των 50.000 δολαρίων έκαστη. Σύνολο 100.000 πρώην δολάριά σου. Όλο αυτό το διάστημα των δύο περίπου μηνών συνεργασίας σου με τον Ιρανό, έφαγες περίπου 4-5.000 δολάρια με αναλήψεις που έκανες από συνεργαζόμενο με την ελβετική τράπεζα τραπεζικό κατάστημα της Moldova Future στην Κισινάου. Μέχρι πριν από 5 λεπτά το τραπεζικό σου υπόλοιπο ήταν 94.736 δολάρια με κρατημένους τους τόκους και τα φύλακτρα. Αν δεις το χαρτί μπροστά σου, θα διαπιστώσεις ότι το φιλαράκι του Αμπάσι, που αυτή τη στιγμή βρίσκεται εκεί, έχει αιτηθεί ανάληψη 94.736 δολαρίων. Για μερικά λεπτά, οι ειδικοί μας στην τεχνολογία έχουν παγώσει το σύστημα, οι τραπεζικοί τού είπαν να περιμένει μέχρι να φέρουν τα μετρητά από το θησαυροφυλάκιο, γιατί δήθεν το ποσό είναι μεγάλο και ο τύπος περιμένει ανυποψίαστος για την καθυστέρηση. Ωραίοι φίλοι! Δεν σου αφήνουν ούτε τα ψιλά...

– Και γιατί δεν τα πήραν όλα προχθές;

– Φαντάζομαι για να μην καρφωθούν ζητώντας balance, αφού δεν μπορούσαν να ξέρουν τι είχες αφήσει από αυτά... προσπάθησε να το καλύψει ο Ρόμπερτ, αν και μάλλον έτσι ήταν.

– Και σήμερα πώς ήξεραν το υπόλοιπο;

– Σήμερα δεν χρειαζόταν το «υπόλοιπο». Ζήτησαν κλείσιμο του λογαριασμού και ρευστοποίηση του υπολοίπου, που ήταν πια λίγα και δεν θα προκαλούσαν ερωτηματικά. Ό,τι έβρισκε μέσα ο υπάλληλος θα τους το έδινε. Δηλαδή θα τους το δώσει σε λίγα λεπτά αν δεν...

Γιάννης Παρθένιος

– Σταμάτα τους, φώναξε ο Αλεξέγιεφ. Σε παρακαλώ, σταμάτα τους. Δεν έχω τίποτα άλλο...

– Πολύ ευχαρίστως. Μπορώ να το κάνω με το πάτημα ενός κουμπιού. Μπορώ να παγώσω το λογαριασμό με δικαιολογία για δήθεν έρευνα από την Παγκόσμια Τράπεζα περί «βρόμικου χρήματος», ο τύπος θα φύγει και τα λεφτά σε 2 ώρες θα είναι δικά σου για ένα νέο ξεκίνημα. Το πρόβλημα όμως είναι ότι αυτά κοστίζουν και κάπως θα πρέπει να με πληρώσεις. Άρα προτείνω μια ανταλλαγή. Εσύ θα μου δώσεις τις πληροφορίες που θέλω κι εγώ θα σου δώσω πίσω το μέλλον σου. Μόνο αποφάσισε γρήγορα, γιατί το λογαριασμό στο σύστημα δεν μπορώ να τον κρατώ παγωμένο για ώρες. Μετά τα 15 λεπτά, θα την ψυλλιαστούν οι τραπεζικοί, θα πάνε σε χειρόγραφη διαδικασία, θα πληρώσουν τον Αλ-Καρίμ κι ο Αμπάσι θα σ' τα έχει πάρει όλα. Αν κι εγώ δεν τους πάω τους Αμερικάνους, είναι αυτό που λένε «το χρήμα μιλάει και η μαλακία περπατάει». Τώρα όμως περπατάει και το δικό σου χρήμα και η δικιά σου μαλακία. Πες μου λοιπόν τι να κάνω;

Ο Ρόμπερτ ξανακάθισε άνετα στην καρέκλα του και πήρε ένα ύφος σαν να μην τον πιέζει τίποτα. Η Λίσα ξεφύσησε με αγωνία, αλλά πίσω απ' τον καθρέφτη δεν την έβλεπε κανείς.

Ο Αλεξέγιεφ, όμως, τους έβγαλε εύκολα απ' την αγωνία.

– Θα σου πω ό,τι ξέρω. Πάτα το κουμπί, είπε αμέσως του Ρόμπερτ.

– Πες ότι ήδη έγινε, του είπε εκείνος.

– Λοιπόν θες να μάθεις τι είναι ο «Παράκελσος». Θα προσπαθήσω να σου πω, αν και αμφιβάλλω αν θα καταλάβεις.

– Ξεκίνα απλά και τα πιο περίπλοκα θα τα πεις στους ειδικούς.

– Ο «Παράκελσος» ή «πρόγραμμα Παράκελσος» είναι κάτι που ανέπτυξα εγώ και μόνο εγώ. Δεν το ξέρει κανείς άλλος. Ουσιαστικά είναι ένα σύστημα hardware που μπορεί να μετατρέψει –με τις κατάλληλες τροποποιήσεις– ένα κομπιούτερ, που συνδέεται σε οποιοδήποτε δίκτυο, σε «αφεντικό» που διοικεί όλα τα υπόλοιπα κομπιούτερ του δικτύου, με διαφορά αρκετού χρόνου. Όλα τα κομπιούτερ του πλανήτη.

– Ήδη χάθηκα. Τι εννοείς;

– Σου είπα θα είναι δύσκολο να το καταλάβεις. Απαιτούνται πολλαπλές γνώσεις φυσικής, μαθηματικών, hardware και software. Φαντάσου έναν παγκόσμιο υπολογιστή να βρίσκεται οπουδήποτε, συνδεδεμένος με οποιοδήποτε δίκτυο και να είναι ικανός να λειτουργεί τόσο γρήγορα, ώστε οι κινήσεις των υπολοίπων να γίνονται ουσιαστικά με καθυστέρηση. Ο ένας τρέχει και τα άλλα πάνε σε αργή κίνηση.

– Μα για κάτι τέτοιο δεν απαιτείται και ειδικό software ώστε να μπορείς να μπαίνεις, να χακάρεις τα συστήματα;

– Αυτό υπήρχε ήδη επί Σοβιετικής Ένωσης. Το είχε φτιάξει ένας μαθηματικός του Πανεπιστημίου της τότε Μόσχας. Μετά την «πτώση», το απέκτησαν όλοι. Βαποράκια, πρώην κομματόσκυλα, δήθεν επιστήμονες, το πούλησαν σε όλους. Σε κυβερνήσεις, σε τρομοκράτες, σε μυστικές υπηρεσίες, μέχρι και στα νηπιαγωγεία.

– Ναι, το ξέρουμε αυτό. Απλά μπαίνουν μέσα στα συστήματά μας, αλλά δεν μπορούν να μείνουν για πολύ ή να κάνουν ζημιά. Τους μυριζόμαστε και τρώνε πόρτα... Είμαστε πολύ πιο γρήγοροι!

– Ακριβώς, είναι θέμα ταχύτητας. Απ' την ώρα που θα μπεις πρέπει να είσαι πιο γρήγορος, ώστε πάντα να προηγείσαι. Μετά είσαι το «αφεντικό». Αυτό κάνει ο «Παράκελσος».

Ο Ρόμπερτ προβληματίστηκε, αλλά δεν ήθελε να το δείξει.

– Δηλαδή αν ένα τέτοιο κομπιούτερ υπήρχε σήμερα... προσπάθησε να πει.

– Υπάρχει. Είναι έτοιμο και απλά χρειάζεται το τελικό στήσιμο που θα το κάνει η ομάδα του Αμπάσι, βάση των σχεδίων και των υλικών μου.

– Ωραία! Δηλαδή αυτό το κομπιούτερ –ανασυντάσσω και αναδιατυπώνω– αν, για παράδειγμα, μπει στο ηλεκτρονικό σύστημα συναλλαγών του Παγκόσμιου Χρηματοπιστωτικού Συστήματος μπορεί να έχει το πάνω χέρι σε όλες τις συναλλαγές;

– Είσαι γάτα! Ομολογώ ότι δεν το περίμενα και δεν σου φαινόταν. Ακριβώς αυτό σχεδιάζει ο Αμπάσι. Και επειδή συνήθως πίσω από αυτά βρίσκονται αμερικανο-εβραϊκά συμφέροντα, αποκτά γι' αυτόν ακόμη σημαντικότερη αξία από την απλή απολαβή των κερδών.

– Καλά, λεφτά έχουν όλοι στα χρηματιστήρια, αλλά πάμε παρακάτω.

– Έχει κι άλλον λόγο. Δεν το κάνει μόνο για τους Αμερικάνους και τους εβραίους. Στόχος του δεν είναι μόνο η καταστροφή σας, αλλά κάτι σημαντικότερο γι' αυτόν. Είναι ονειροπόλος και μισεί ό,τι έχει σχέση με ανάπτυξη και πρόοδο στο Ιράν. Κατευθυνόμενος και υποστηριζόμενος από τους «παπάδες» εκεί, έχει καταφέρει να μπει στην εξουσία και κανείς να μην ξέρει το ρόλο του. Όπως θα ξέρεις, τον τελευταίο καιρό επιχειρούνται κάποια ανοίγματα εκεί, κάποιες προσπάθειες για περισσότερη δημοκρατία, λιγότερο πουριτανισμό... κάποια ανοίγματα.

– Κάτι γίνεται, αλλά αυτά μπορεί να πάρουν και 50 χρόνια, Αλεξέγιεφ.

– Δεν τους νοιάζει αυτό. Οι φανατικοί, που τόσο καιρό βρίσκονταν πίσω από την εξουσία του προηγούμενου προέδρου, του τρελού...

– Του ψυχόπα του Αχμαντινεζάντ λες;

– Ναι. Αυτοί, πλέον ανησυχούν για τις αλλαγές. Δεν τις θέλουν και θα κάνουν το παν να τις σαμποτάρουν και να τις σταματήσουν. Βασικός τους παίκτης σ' αυτό είναι ο Αμπάσι. Αυτοί τον χρηματοδοτούν. Από εκεί ήταν τα λεφτά μου. Και βέβαια δεν σταματούν στο Ιράν. Στον φανατικό τους χάρτη, στο όραμά τους είναι με σειρά το Ισραήλ, οι Η.Π.Α. και έπειτα όλος ο πλανήτης. Κυριαρχία θέλουν...

– Κι αυτό το μαραφέτι σου μπορεί πραγματικά να γίνει εργαλείο τους προς αυτόν το στόχο;

– Αυτό το δημιούργημά μου μπορεί άνετα να καταστρέψει τον κόσμο σας. Φαντάσου ότι θα βλέπει την πρόθεση αγοράς μετοχών νανοδευτερόλεπτα πριν ολοκληρωθεί. Θα προβαίνει σε αγορά προτεραιότητας κι αφού ο Αμπάσι θα αγοράζει πρώτος και σε καλύτερη τιμή, σε κλάσματα δευτερολέπτου θα πουλάει στον έχοντα εκφράσει πρόθεση αγοράς κρατώντας το κέρδος της διαφοράς. Κι όλα αυτά σε μηδέν χρόνο και κυριολεκτικά αόρατα για την ανθρώπινη κατανόηση.

– Για συνέχισε, ακούγεται τρελό...

– Είναι άκρως λογικό και επιστημονικό. Φαντάσου ότι αυτό μπορεί να γίνεται συνέχεια, σε κάθε αγοροπωλησία του πλανήτη, χωρίς κανείς να μπορεί να το ανιχνεύσει και να το σταματήσει. Έχουμε υπολογίσει ότι μόνο από αυτή την εφαρμογή μέσα σε ελάχιστες εβδομάδες ο «Παράκελσος» θα έχει καταπιεί το συνολικό κεφάλαιο παγκοσμίως και κανείς δεν θα έχει μάθει το πώς.

– Κι όλα αυτά χάρη σε αυτό το πρόγραμμα;

– Είπαμε, το πρόγραμμα υπήρχε και υπάρχει. Ο «Παράκελσος» κάνει τη διαφορά. Χάρη σε αυτό το hardware το οποίο οδηγεί την τελική εφαρμογή. Το μυστικό είναι στις δυνατότητες υπολογιστικής δύναμης που σου δίνει το μηχάνημα. Το κομπιούτερ.

– Είπες εφαρμογή. Έχει κι άλλες εφαρμογές;

– Άπειρες. Σκέψου όποιον τομέα θες, να σου πω εφαρμογή...

– Ενέργεια.

– Μπορούμε να χακάρουμε οποιοδήποτε σύστημα ενεργειακής διαχείρισης, σε οποιαδήποτε χώρα, γιατί απλά το δικό μας κομπιούτερ είναι πιο γρήγορο από οποιοδήποτε άλλο έχει σαν αποστολή του την ασφάλεια και διαχείριση του συστήματος. Μπορούμε ό,τι ώρα θέλουμε να προκαλέσουμε ένα ολοκληρωτικό μπλακ άουτ σε εθνικό ή και παγκόσμιο επίπεδο. Αν ο Αμπάσι έχει κέφια, μπορεί να προκαλέσει ταυτόχρονη παγκόσμια συσκότιση, για πρώτη φορά στην ιστορία της ανθρωπότητας. Φαντάσου τη Γη φωτισμένη και τον εικονικό ήχο μιας μηχανής που την τροφοδοτεί με ηλεκτρισμό. Και ξαφνικά... απόλυτη ησυχία! Βάλε μου να πιω.

– Με μεγάλη μου ευχαρίστηση αυτή τη φορά, αλλά μη μεθύσεις ακόμα. Πρέπει να τελειώσουμε.

– Βάζε, βάζε εσύ. Εγώ αντέχω και εν τω μεταξύ θα σου λέω.

Ο Ρόμπερτ γέμισε το ποτήρι κι ο καθηγητής με τόνο νικητή, εφευρέτη και σίγουρα πετυχημένου επιστήμονα συνέχισε. Τελικά μάλλον του έλειπε το πιο απλό. Το μυστικό επιτυχίας της Δύσης. Η απλή αναγνώριση της αξίας του.

– Δηλαδή οι εφαρμογές είναι παντού; επέμεινε ο Ρόμπερτ που είχε καταλάβει τη σοβαρότητα της κουβέντας.

Το ίδιο είχε καταλάβει και η Λίσα, που λες και είχε δεχτεί ψυχρολουσία, κρατούσε το κεφάλι της σαν να είχε πονοκέφαλο, διαισθανόμενη την επικινδυνότητα και το τι έρχεται.

– Παντού, ακόμη και στα στρατιωτικά. Πάρ' το χαμπάρι, δικέ μου, αν ο Αμπάσι προλάβει, εσείς θα πατάτε το κουμπί να φύγει ο πυρηνικός πύραυλος και ήδη θα βλέπετε στην οθόνη ένα εχθρικό να έρχεται προς τα εκεί, με αποτέλεσμα να είστε υποχρεωμένοι να αναβάλετε την εκτόξευση και να παραδοθείτε. Εκτός βέβαια κι αν πατήσετε κι εσείς, έστω και καθυστερημένα με απολύτως φυσικό αποτέλεσμα την ισοπαλία που, όπως καταλαβαίνεις σε περίπτωση πυρηνικών, σημαίνει το τέλος του πλανήτη. Πάντως αποκλείεται να τους προλάβετε εσείς. Είναι πια πιο γρήγοροι, όποιοι κι αν είστε, αφού μέχρι τώρα δεν μου λες και ποιοι είστε...

– Θα σου πω στο τέλος της «βραδιάς».

Ο Ρόμπερτ αμέσως σκέφτηκε ότι είναι θέμα εθνικής ασφάλειας ή κυριολεκτικά παγκόσμιας και σίγουρα θέμα NSA.

Η Λίσα το είχε καταλάβει ήδη και βρισκόταν στο τηλέφωνο, ώστε να ενημερώσει τον αρχηγό στο Λάνγκλεϊ και εκείνος τον ομόλογό του στο NSA, ώστε έστω και τώρα, δορυφορικά, να παρακολουθήσουν το δωμάτιο και τις συνομιλίες.

– Και πού βασίζεται αυτή η ταχύτητα; Τι βρήκες, τι σκέφτηκες, πώς το έφτιαξες;

Ο Αλεξέγιεφ, απολαυστικά και αργά αυτή τη φορά σαν να το διασκεδάζει, ήπιε μια ακόμη τζούρα. Ο Ρόμπερτ τον ανεχόταν επίτηδες...

– Είναι μαγεία και τεχνογνωσία μαζί!

– Τι εννοείς μαγεία; Ευλογείς τα γένια σου ή σ' έχει πειράξει το ποτό και εννοείς πραγματική μαγεία από αυτή που δεν υπάρχει.

– Κυριολεκτώ! Αλχημεία και επιστήμη, παντρεμένες στο διάστημα.

– Αυτό είναι. Τέρμα το ποτό. Σε πείραξε, του είπε ο Σίνγκλεη και με μια κίνηση πήρε απειλητικά το μπουκάλι από μπροστά του.

– Άσε το μπουκάλι κάτω. Είμαι μια χαρά και κυριολεκτώ και πάλι αδαή.

– Κόψε τις μαλακίες να τελειώνουμε, γιατί θα κάνω κάνα μαγικό και θα εξαφανίσω τα 100.000 δολάρια απ' την Ελβετία και θα μείνεις εσύ με το... «λαγό» στο χέρι.

Τώρα γέλαγε ο Αλεξέγιεφ. Πίστευε ότι ο άλλος δεν καταλάβαινε. Ότι δεν μπορούσε να πιάσει το υψηλό πνεύμα της διανόησής του.

– Έτσι είχατε παρεξηγήσει και τον Παράκελσο, είπε στον Ρόμπερτ. Ήταν κι αυτός ιδιοφυΐα σαν κι εμένα.

– Ιδιοφυΐα, λέγε αυτό που σε ρώτησα...

– Όλα ξεκίνησαν τυχαία, πολλές δεκαετίες πριν...

– Μου αρέσει πολύ να ταξιδεύω στο χρόνο, αλλά να ξέρεις ότι έχω αρχίσει και βιάζομαι.

– Το 1967, κατά τύχη, σε μια επίσκεψή μου στο Σιχότε-Άλιν, στο Πριμόριε, στα βουνά της ανατολικής Σιβηρίας, στο πεδίο πτώσης ενός μετεωρίτη, βρήκα κάτι μοναδικό.

– Τι; την πίστη σου στο Θεό;

– Είπαμε, είμαι άθεος.

– Πρόβλημά σου. Εγώ πιστεύω! Κοίτα, εκτός από άθεος μη βρεθείς και ά-φραγκος...

– Βρήκα ένα πέτρωμα που είχε έρθει με το μετεωρίτη από το διάστημα.

– Και λοιπόν; Εμείς έχουμε βρει χιλιάδες. Φέρνουμε τόσα απ' τον Άρη που ούτε λατομείο να ήμασταν...

– Άκουσέ με και μην κάνεις τον έξυπνο σαν τους συναδέλφους μου που με πέταξαν στην πυρά. Αυτό που βρήκα εγώ είχε τα χαρακτηριστικά του διαμαντιού, χωρίς όμως να είναι διαμάντι, συν μερικά που μου πήρε δεκαετίες να τα ανακαλύψω και ακόμη περισσότερο να τα ταιριάξω στην εφαρμογή.

– Δηλαδή σε αυτό το πέτρωμα βασίζεται ο «Παράκελσος»;

– Εμ, τι σου λέω τόση ώρα; Αυτή η πέτρα, κατάλληλα διαμορφωμένη και παραμετροποιημένη, ώστε να ταιριάζει στο σημερινό hardware, είναι ο πυρήνας σκέψης και ταχύτητας του υπερ-κομπιούτερ. Όλα βασίζονται στη διάθλαση και ταχύτητα του φωτός. Τα σημερινά κομπιούτερ, όσο γρήγορους επεξεργαστές και να έχουν, βασίζονται στη λειτουργία τους χρησιμοποιώντας ηλεκτρικό ρεύμα. Οι επεξεργαστές είναι από «άμμο» και χρησιμοποιούν απλά ρεύμα. 0 και 1. Ανοιχτό κύκλωμα-κλειστό κύκλωμα.

– Μέχρι εδώ τα ξέρω κι εγώ...

– Ο δικός μου υπερ-υπολογιστής χρησιμοποιεί φως. Αλλά αυτά τα άπειρα κανάλια φωτός, που ουσιαστικά αποτελούν άπειρα 0 και 1, μπορούν να δημιουργηθούν, αλλά και να γίνουν επεξεργάσιμα, μόνο από αυτό το ειδικό πέτρωμα. Το δοκίμασα με ίδιας κοπής διαμάντια και δεν πιάνει. Γι' αυτό σου λέω είναι θέμα αλχημείας. Μαγεία!

– Δηλαδή εσύ ουσιαστικά έχεις αντικαταστήσει τον επεξεργαστή με την «πέτρα» και τα καλώδια –τους μικροαγωγούς, αν μπορεί να ειπωθεί– με συχνότητες φωτός...

– Απλοϊκά τα λες, αλλά μ' έπιασες. Ακριβώς αυτό. Είμαι Θεός. Και μάλιστα μπαίνει απλά στη θέση του «διαμαντιού» που έχει η κεφαλή ανάγνωσης ενός DVD με μερικές τροποποιήσεις στα εξαρτήματα που δίνουν προς αυτό ή παίρνουν από αυτό πληροφορίες.

– Και διαβάζει δηλαδή DVD;

– Δεν υπάρχει DVD ή CD δίσκος, όπως το ξέρετε εσείς. Στην επιφάνεια ανάγνωσης του DVD υπάρχει απλά ένας καθρέφτης και το φως διαβάζει το φως.

Βασίζεται στην ιδιαιτερότητα του πετρώματος που παρουσιάζει πολλαπλή Φωταύγεια, δηλαδή ικανότητα να εκπέμπει δευτερογενή ακτινοβολία όταν αυτή βρίσκεται υπό την επίδραση ακτινοβολίας.

Στην πράξη έχω μετατρέψει όλη τη δύναμη ενός υπολογιστή σε πλατφόρμα RAM. Είναι σαν να δουλεύει μόνο με RAM και μάλιστα με ταχύτητες φωτός και όχι ρεύματος. Περίπου...

Το «διαμάντι» δέχεται πληροφορίες φωτοσυχνοτήτων, τις επεξεργάζεται και δίνει φωτοσυχνότητες που καταλήγουν στο δίκτυο σαν μαθηματικές εντολές 0 και 1. Επικοινωνούν με φως –ουσιαστικά με φάσμα χρωμάτων και χρωματοσυχνότητες– και έτσι η επεξεργασία είναι εκπληκτικά πιο γρήγορη από όλων των υπολογιστών της Γης ταυτόχρονα, ακόμη κι αν αυτοί δουλέψουν δικτυωμένοι σαν ένας. Αλλά αυτό γίνεται μόνο με αυτή τη μαγική πέτρα.

– Καλά, μαγική δεν είναι, απλά εμείς ακόμα δεν μπορούμε να το ερμηνεύσουμε. Σιγά να μη θεραπεύει και τον καρκίνο...

– Κι όμως, αν είχατε προλάβει, θα είχε εφαρμογές και στην ιατρική. Απλά τώρα πάει. Ούτως ή άλλως τελείωσε.

– Τι εννοείς τελείωσε;

– Αυτή που πήρε ο «Αμπασι-αλήτης» είναι ένα ελάχιστο κομματάκι που απέμεινε από την αρχική που είχα βρει. Μάλιστα κι αυτή θα πρέπει να την κόψει βάση του καθορισμένου σχεδίου. Αλλιώς δεν πρόκειται να δουλέψει με τίποτα.

– Για ένα λεπτό, να βάλουμε μια τάξη...

Ο Αλεξέγιεφ βρήκε ευκαιρία και ήπιε την τελευταία γουλιά απ' το ποτήρι.

– Πόση ήταν σε μέγεθος η αρχική πέτρα;

– Μικρή, περίπου στο μέγεθος ενός λεμονιού, μεγαλύτερο από ένα λάιμ.

– Ναι, αλλά αυτό είναι πολύ μεγάλο αν κόβεις μικρά «διαμαντάκια» στο μέγεθος αυτών που μπαίνουν στην κεφαλή ενός laser.

– Σκέψου ότι από το 1967 μέχρι το 1989 που έφτασα στο ποθητό αποτέλεσμα, ουσιαστικά δηλαδή στο πώς πρέπει να κοπούν οι πέτρες, ώστε να λειτουργεί η εφαρμογή, έκανα εκατοντάδες πειράματα. Το 1991, που τα πράγματα σκούρυναν στην Ουκρανία, αναγκάστηκα να πετάξω στη θάλασσα τα απομεινάρια που ήταν πια άχρηστα και έμεινα με το τελευταίο κομμάτι της πέτρας που αρκούσε πια μόνο για τη δημιουργία μιας και μόνο μιας νέας «συσκευής».

– Και το προτελευταίο πετράδι με το οποίο είχες φτάσει στο συμπέρασμα της έρευνάς σου;

– Αυτό ήταν τοποθετημένο σε ένα μοντέλο που είχα στήσει στο εργαστήριο, στο προσωπικό μου γραφείο. Όταν το 1994 έγιναν επεισόδια και οι αντάρτες μπήκαν μέσα, δεν μπορούσαν να το βάλουν μπροστά, το θεώρησαν χαλασμένο ή κάτι το πειραματικό σε πρώιμο στάδιο και, όσο κι αν σου φανεί αστείο, απλά το πέταξαν. Μπορεί και κάποιος να το έκλεψε. Γινόταν της πουτάνας τότε. Πάντως χάθηκε σίγουρα και δεν το κατάλαβαν. Δεν πήγε στο μυαλό τους ότι μέσα στο laser υπήρχε θησαυρός. Φεύγοντας εγώ, είχα μαζί μου το μοναδικό που έμενε.

– Και πού είναι τώρα αυτό;

– Σου είπα ότι το παρέδωσα. Από εκεί και ύστερα δεν ξέρω τα πάντα για τη μεταφορά. Αυτά τα είχε αναλάβει το παμπόνηρο μυαλό του Αμπάσι και τα λαμόγια του.

– Και ο δικός σου; Ο πώς τον λένε... ο Ανατόλι Σπετσένκο;

– Όχι βέβαια. Ο Σπετσένκο μπορεί να ήταν βοηθός μου τόσα χρόνια, να ήξερε για τον «Παράκελσο», αλλά πέρα από αυτό δεν είχε ιδέα από υπολογιστές. Ήξερε μόνο από πυρηνικά απόβλητα και μάλιστα θα πεθάνει κι απ' αυτά. Έχει καρκίνο. Ο Ανατόλι απλά δουλεύοντας για τον Τιμοφέι βοήθησε στη μεταφορά.

– Με ποιον τρόπο;

– Από ό,τι έχω καταλάβει, ο Τιμοφέι είχε βρει έναν φουκαρά πρώην KGBίτη που τον είχε στο χέρι λόγω χρεών. Αυτός ο τύπος κρυβόταν και είχε γίνει μοναχός στην Αλεξάνδρεια. Στο Πατριαρχείο. Αυτός, με τη σειρά του, του βρήκε έναν άλλον στο Άγιο Όρος που ήξερε καλά από κομπιούτερ. Τώρα από εκεί και πέρα ούτε το όνομα του ξέρω, ούτε πώς παραλάμβανε. Τίποτα...

Ξέρω μόνο ότι έστειλα του Τιμοφέι ένα «βελτιωμένο» λαπ τοπ και τα απαραίτητα εξαρτήματα, που τα είχα «πειράξει» εγώ και εκείνος θα τα έστελνε και θα έκαναν τις τελικές παρεμβάσεις, τη συναρμολόγηση και την κοπή του λίθου, βάση σχεδίου που τους είχα δώσει πριν μήνες και ενός ρώσικου ρολογιού στο οποίο είχα αντικαταστήσει μια πέτρα που είχε στο ρυθμιστή με το «διαμάντι».

– Ε! ε, περίμενε, πετάχτηκε ο Ρόμπερτ λες και τον είχε χτυπήσει ηλεκτρισμός. Γιατί είχες βάλει το πετράδι σε ρολόι;

– Μα για να μεταφερθεί με ασφάλεια. Ποιος θα έκλεβε ένα παλιό, ρώσικο ρολόι του κώλου;

Ο Σίνγκλεη θυμήθηκε το ρολόι του Μαροκινού και τα συνδύασε.

– Ξέρεις τίποτα για κανέναν Μαροκινό που είναι στο ίδιο καράβι;

– Όχι, δεν ξέρω τίποτα. Πρώτη φορά τ' ακούω. Το μόνο που ξέρω είναι ότι θα το έκοβε ένας τύπος σε ένα μοναστήρι και εκεί θα γινόταν και η τελική συναρμολόγηση του συστήματος. Νομίζω κάπου στην Αφρική, αλλά δεν ξέρω πάλι ούτε ονόματα, ούτε τοποθεσίες, ούτε τίποτα.

Η Λίσα είχε γίνει χταπόδι, που τα πλοκάμια του έβλεπαν το δωμάτιο «δεξιώσεων», άκουγαν τι λεγόταν, είχαν σηκώσει το τηλέφωνο και ταυτόχρονα μιλούσαν. Όλα σε ένα.

Δεν έχασε λεπτό και είχε ήδη ειδοποιήσει τον βοηθό του Ντόναλντ στο Λάνγκλεϊ, να ψάξει για τις αναχωρήσεις μοναχών, μέσω όλων των Πατριαρχείων –καθώς δεν μπορούσε να ξέρει πού ανήκε το μοναστήρι στο Άγιο Όρος– με αφετηρία το Άγιο Όρος και προορισμό όλη την Αφρική. Αυτό θα έπαιρνε κάποιο χρόνο.

Ο Αλεξέγιεφ σηκώθηκε όρθιος και κάνοντας τον άνετο είπε:

– Λοιπόν, αυτά από μένα. Χάρηκα για τη γνωριμία και ευχαριστώ για τη βότκα. Εγώ τώρα πάω στα λεφτάρια μου και εξαφανίζομαι.

Ο Ρόμπερτ τον κοίταξε και έκανε μια κοροϊδευτική γκριμάτσα.

– Καλά, είσαι ηλίθιος ή το παίζεις; Ακόμη κι αν σε άφηνα, πού θα πας; Με το που θα βγεις, θα σε φάνε. Πέρα όμως από αυτό, έχεις πολλά να μας πεις, μόνο που δεν θα τα πεις σε μένα, αλλά σε ειδικούς επιστήμονες.

– Κάναμε μια συμφωνία, γελοίε, προσπάθησε να τσαμπουκαλευτεί ο καθηγητής.

– Τώρα θα σου έλεγα «στ' αρχίδια μου», αλλά προσπαθώ να κάνω καλή εντύπωση στη βοηθό μου πίσω απ' τον καθρέφτη γιατί είναι και ομορφούλα.

Η Λίσα άκουγε, χαμογέλασε και είπε μέσα της: Πες κι άλλα. Ό,τι πεις, να ξέρεις ότι μετράει...»

– Λοιπόν η συμφωνία μετράει, αλλά από τότε που θα σου πούμε εμείς. Μέχρι τότε απόλαυσε τη βοτκούλα σου, αλλά να πίνεις υπεύθυνα, γιατί αλλιώς θα σε μαυρίσει η «νοικοκυρά» του «σπιτιού» και να ελπίζεις όλα να πάνε καλά και να τους σταματήσω, γιατί αλλιώς θα σε στείλω στον Αμπάσι για να μη χαλάμε εμείς τις δικές μας σφαίρες. Άσε που μας χαλάς και την αισθητική.

Αντικειμενικά καλή συμφωνία, αφού δεν θα κόστιζε τίποτα στους Αμερικάνους και ο Ρώσος πλέον θα ήταν άχρηστος χωρίς την «πέτρα». Ούτως ή άλλως, η απόπειρα ανάληψης των περίπου 100.000 δολαρίων ήταν μπλόφα. Τα λεφτά ήταν ακόμη στην Ελβετία. Τα 10.000.000 είχαν αρπάξει οι άλλοι.

Βέβαια προτού τον αφήσουν, θα έπρεπε να σιγουρευτούν ότι έλεγε την αλήθεια και ότι δεν θα τους ήταν χρήσιμος για κάποια άλλη διευκρίνιση. Πράγμα που απαιτούσε το χρόνο του.

Ο Ρόμπερτ έκανε κίνηση να πάει προς την πόρτα και ήταν εμφανές ότι έφευγε.

– Καλά τότε, θα σας αφιερώσω το πολύ μια μέρα ακόμα, αλλά προτού φύγεις, πες μου για ποιους δουλεύεις. Ποιοι είσαστε;

Ο Ρόμπερτ χαμογέλασε με στιλ και πήρε ένα πολύ πειστικό ύφος.

– Καλά, δεν έχεις καταλάβει τόση ώρα ότι είμαι της SVR;

– Τι, τι λες, ρε καθίκι; Γι' αυτό τα αγγλικά σου ήταν σπαστά; Κάτι είχα πιάσει εγώ. Δηλαδή βοήθησα τους διώκτες μου για να σώσετε τους Αμερικάνους, τους εβραίους και τη Δύση; Στα κομμάτια να πας βρόμιε...

Ο Ρόμπερτ έβαλε τα γέλια και φεύγοντας του είπε:

– Κάν' το «επιστροφή» να πάρεις πίσω τα λεφτά σου... Εγγύηση δεν είχε;

Ο Αλεξέγιεφ ακούστηκε μέχρι έξω παρά την ηχομόνωση.

– Τι; Τι εννοείς ρε;

Ηρέμησε όμως γρήγορα, γιατί ο Σίνγκλεη του είχε αφήσει το... μπουκάλι!

ΚΕΦΑΛΑΙΟ 9

Νότιο Σουδάν, Τζούμπα,
150 χιλιόμετρα ανατολικά του μοναστηριού,
Διεθνές αεροδρόμιο Τζούμπα

Οι 60 τόνοι του Boeing 737 των Αιγυπτιακών Αερογραμμών τραντάχτηκαν δυνατά κάνα δυο φορές πάνω από τα βαλτόνερα του αεροδρομίου της Τζούμπα. Δεν υπήρχε κίνδυνος, ήταν μανούβρες ρουτίνας κατά τη διάρκεια της προσέγγισης.

Στην ενδοεπικοινωνία των δύο πιλότων ακούστηκε το crosschecking:
- Autopilot
- OFF
- Landing Gear
- DOWN
- Flaps
- DOWN, 30 DEGREES

Ο γδούπος της ατράκτου έμοιαζε σαν το αεροσκάφος να ραγίζει στα δύο, αλλά δεν συνέβαινε κάτι. Ένας διακριτικός, αλλά διαπεραστικός θόρυβος μαρτύρησε το άνοιγμα των τροχών. Ταυτόχρονα τα δύο πανίσχυρα συρματόσκοινα από τα φτερά έκαναν έναν ανατριχιαστικό θόρυβο. Το αεροσκάφος πήρε μια μικρή κλίση. Έμοιαζε σαν να προσκυνάει το αφρικανικό έδαφος.
- Airspeed

– 130 KNOTS

Ο πιλότος έριξε μια ακόμη ματιά στο όργανο του υψόμετρου και είπε στον συγκυβερνήτη με ηρεμία:

– Προχωράμε σε διαδικασία τελικής προσέγγισης.

Το τεράστιο πουλί είχε πια γυρίσει τη μύτη του, παίρνοντας την τελική πορεία προς το διεθνές αεροδρόμιο της κόλασης.

Νότιο Σουδάν, ένα από τα πλέον απομακρυσμένα σημεία σύγκλισης της Δύσης με την Αφρική, δύο διαφορετικών κόσμων που δύσκολα θα συναντηθούν, τουλάχιστον τους προσεχείς αιώνες.

Στην «Πρώτη Θέση» του αεροσκάφους, αμέσως μετά το πιλοτήριο, μπορούσε κανείς να διακρίνει πέντε έξι σιλουέτες αντρών που, λικνισμένοι από την ταλαιπωρία του πολύωρου ταξιδιού, αναζητούσαν λύτρωση στις αναπαυτικές de-luxe πολυθρόνες του Boeing και στον χαλαρωμένο γιακά του πουκάμισου που όλοι λίγο πολύ είχαν αγοράσει απ' το Λονδίνο ή τη Νέα Υόρκη. Ήταν επιχειρηματίες ή ζαμαμφουτίστες τυχοδιώκτες που προσπαθούσαν να κάνουν δουλειές στη γεμάτη ευκαιρίες, αλλά και επικίνδυνη περιοχή.

Ανάμεσά τους και δύο μοναχοί.

Και οι δυο με ράσα από γκρι ύφασμα, που αντανακλούσαν τις καυτές αχτίνες του ήλιου που τρύπωναν απ' το αριστερό φινιστρίνι, όπως εκείνος ταξίδευε από τα έγκατα της Ανατολής προς την καρδιά της μαύρης ηπείρου.

Γι' αυτό είχαν διαλέξει το γκρι, για δροσιά, όπως συνήθιζαν και οι περισσότεροι μοναχοί της αφρικανικής ηπείρου, σε αντίθεση με το μαύρο που θωράκιζε στην ψυχή του τις καυτές θερμοκρασίες. Τι παράδοξο! Στην ήπειρο του μαύρου να προκρίνεται το λευκό...

Λευκά, πεντακάθαρα και αστραφτερά ήταν και τα άσπρα πουκάμισα των δύο μοναχών κάτω απ' το κυρίως ένδυμα που τους προσέδιδε μια εκκλησιαστικά ελιτίστικη πινελιά, μακράν της μοναχικής λιτότητας, κάνοντάς τους να μοιάζουν με υψηλόβαθμους αξιωματούχους, παρόμοιους με εκείνους της παπικής εκκλησίας με το άσπρο κολάρο, που πάντα υπογραμμίζει μια δόση «εξεκιουτιβισμού» – αν και όρος αδόκιμος.

Πάντως αν και Ορθόδοξοι, δεν φορούσαν χρυσοκέντητους σταυρούς ή κάποιο άλλο «λατρευτικό κόσμημα», όπως συνήθιζουν να κάνουν οι περισσότεροι ιερείς, ηγούμενοι, αλλά μερικές φορές και μοναχοί στη Δύση ή σε άλλες πολιτισμένες περιοχές, προφανώς φοβούμενοι ότι σε αυτή την περίπτωση, με το που θα πατούσαν το πόδι τους στο Νότιο Σουδάν, αντί να κατευθυνθούν προς το μοναστήρι του προορισμού τους, θα έπρεπε να τρέξουν προς το πλησιέστερο αστυνομικό τμήμα για να δηλώσουν την κλοπή. Χωρίς βέβαια κάποιο αποτέλεσμα.

Κι αυτό, αν δεν σκόνταφταν πάνω σε φανατικούς ανιμιστές ή μουσουλμάνους που είχαν κατέβει από το Βόρειο Σουδάν με αποτέλεσμα να βρεθούν επιπλέοντας στο Λευκό Νείλο ή σε κάποιο «νησιωτικό σύμπλεγμα» από σαγόνια κροκοδείλων που καραδοκούσαν για ένα δυτικό σνακ ακόμη και χωρίς κόκα κόλα.

Ήταν Δεκέμβριος με τους 36 βαθμούς Κελσίου να σιγοβράζουν τα πάντα και φυσικά τους τροχούς που ακούμπησαν τη σχεδόν καυτή απ' τη ζέστη άσφαλτο του αεροδιαδρόμου.

Ο πατήρ Πέτρος κάρφωσε το βλέμμα του στο μπροστινό κάθισμα και δεν έλεγε να κοιτάξει δεξιά ή αριστερά. Τα φοβόταν τα αεροπλάνα, κι αν και ταξίδευε συχνά, δεν θα έλεγες ότι τ' απολάμβανε κιόλας. Γι' αυτόν είχε σημασία μάλλον περισσότερο ο προορισμός.

Αντίθετα, ο αδελφός Αλεξέι που καθόταν και δίπλα στο παράθυρο είχε απορροφηθεί απ' την όλη διαδικασία της προσγείωσης και κυριολεκτικά ρουφούσε κάθε καρέ που προλάβαινε να ξεφύγει απ' την ταχύτητα του Boeing και να εισχωρήσει στο φινιστρίνι.

Σε μερικά δευτερόλεπτα το αεροσκάφος είχε σταματήσει να τροχοδρομεί. Οι σφυγμοί του πατήρ Πέτρου επανήλθαν σε κανονικούς ρυθμούς και αν και το μπίπερ της καμπίνας δεν είχε δώσει τη συγκατάθεσή του στο να λύσουν ακόμη τις ζώνες ασφαλείας, η οπτασία της εκρηκτικής Αιγύπτιας αεροσυνοδού που εμφανίστηκε και τράβηξε την κουρτίνα που ενώνει την business με την τουριστική θέση, έδωσε τη σκυτάλη στο κυκλοφορικό σύστημα του Αλεξέι.

Η αλήθεια είναι ότι τις έχουν κοντύνει αρκετά αυτές τις ήδη μικροσκοπικές φουστίτσες, κι αν σ' αυτό συνυπάρξει μια καλλονή, όπως η συγκεκριμένη που είχε επωμιστεί στις πλάτες της ή μάλλον καλύτερα στα αγαλματένια πόδια της την εξυπηρέτηση της πρώτης θέσης, τότε η όλη κατάσταση γίνεται αρκετά περίπλοκη για τον αμφιβληστροειδή οποιουδήποτε αρσενικού.

Γιάννης Παρθένιος

Πάντως ο αμφιβληστροειδής και το ευρύτερο μάτι του Αλεξέι είχε μαγνητιστεί κι απ' το εξωτικό περιεχόμενο του ντεκολτέ της νεαρής αεροσυνοδού, αφού το δήθεν ατημέλητα ξεχασμένο πάνω κουμπί του θαλασσί της πουκάμισου, έκανε δύσκολη την καλογερική.

Βέβαια ο Αλεξέι δεν έμοιαζε να επηρεάζεται. Ίσα ίσα που τα διψασμένα απ' την έλλειψη τέτοιων θεαμάτων μάτια του είχαν καρφωθεί στο στήθος της μικρής, σε βαθμό που τον πήρε χαμπάρι και τον αγριοκοίταξε με μια τάση αηδίας και αποθάρρυνσης οποιωνδήποτε περαιτέρω σκέψεων.

Ο Αλεξέι έκανε πως χαμήλωσε το βλέμμα, αλλά μάλλον του είχε κάνει τη μάπα κρέας. Σιγά να μην τον ένοιαζε.

Ευτυχώς που το αεροσκάφος είχε αρχίσει το taxing για τον τελικό χώρο στάθμευσης και σε λίγο το Parking Break Pull, δίπλα στους λεβιέδες ταχύτητας στο κοκ-πιτ, θα άναβε κόκκινο για τα μέλη του πληρώματος και τη νεαρή που ετερόκλητα πρωταγωνιστούσε στη hard core ταινία του ψευτο-μοναχού.

– Επιτέλους τέλειωσε, ψέλλισε ο Πέτρος προς τον Αλεξέι, λύνοντας βιαστικά τη ζώνη του καθίσματός του. Νόμιζα πως θα τσακιστούμε, πρόσθεσε.

Αμέσως σηκώθηκε και σαν να τον κυνηγούσαν όρμησε προς το μικρό ντουλαπάκι για τις χειραποσκευές, ακριβώς από πάνω του. Έκανε λες και θα τον έκλεβαν.

– Πολύ λούγκρες είστε εκεί στην Αλεξάνδρεια, του είπε ο Αλεξέι.

Ο Πέτρος τον αγριοκοίταξε, αλλά δεν ήθελε να το συνεχίσει γιατί θα μπορούσαν να ακουστούν. Σίγουρα αυτός δεν ήταν τρόπος για καλόγερους. Ο Αλεξέι δεν ίδρωσε. Απλά τον κοιτούσε περιμένοντας να τελειώσει για να σηκωθεί κι εκείνος.

Ο Πέτρος κατέβασε από το κομπάουντ μια μεταλλική βαλίτσα που ήταν λίγο μεγαλύτερη από τις κλασικές τσάντες των λαπ τοπ, απλά λίγο πιο ενισχυμένη και σε μεταλλικό χρώμα. Είχε και λουρί για τον ώμο και αμέσως τη φόρεσε στο λαιμό του σταυρωτά λες και θα μπορούσε κάποιος να του την πάρει.

– Πάμε, είπε επιτακτικά του Αλεξέι. Καλό είναι να βγούμε πρώτοι απ' το τελωνείο για να μη μας περιμένει κι ο οδηγός απ' το μοναστήρι.

– Και δεν πάμε, του απάντησε ο άλλος.

CIA: Επιχείρηση Παράκελσος

Ο Πέτρος κινήθηκε γυρίζοντάς του την πλάτη και ο Αλεξέι με μια ταχυδακτυλουργική κίνηση πήρε από τη θήκη της πλάτης του μπροστινού του καθίσματος μια βότκα μινιατούρα που είχε καβατζάρει κατά τη διάρκεια της πτήσης, όταν ο Πέτρος είχε πάει στο δωμάτιο που κι οι βασιλιάδες πάνε μόνοι και την έχωσε με μαεστρία στην τσέπη.

– Την ευχή μου, είπε στην αεροσυνοδό την ώρα που την προσπερνούσε, ενώ εκείνη στεκόταν δίπλα στην πόρτα για την τυπική ευχαριστία. Της έριξε ένα τελευταίο πονηρό, βρόμικο βλέμμα και συνέχισε να βγαίνει...

Εκείνη δεν έδωσε σημασία. Απλά έκανε έναν μορφασμό κουνώντας ειρωνικά το κεφάλι πάνω κάτω, σαν να είχε καταλάβει ότι τα ράσα δεν κάνουν σίγουρα τον παπά.

Κισινάου, Μολδαβία,
Διεθνές Αεροδρόμιο,
Πάρκιγκ αεροσκαφών κοντά στο τέλος του αεροδιαδρόμου,
Ειδικό Jet CIA

Το γιγάντιο, θωρακισμένο GMC YUKON XL DENALI της πρεσβείας σταμάτησε την ταχύτητά του δίπλα στις σκάλες του μικρού ειδικού Jet, που περίμενε τους δύο επισκέπτες.

Οι ειδικοί κόκκινοι και μπλε «φάροι» στα μπροστινά και πίσω φώτα του αυτοκινήτου συνέχισαν να αναβοσβήνουν μέχρι ο συνοδηγός να ανοίξει τη βαριά πόρτα του και να βγει έξω, κρατώντας στα χέρια του ένα Scorpion.

Αυτός έλεγξε τα δεξιά του οχήματος, ενώ ο οδηγός περιμετρικά τα αριστερά και προς τα πίσω, όπου μπορούσε να φτάσει το μάτι του. Δεν υπήρχε ψυχή στην άκρη του αεροδιαδρόμου.

Έσβησε την ειδική σήμανση και απευθυνόμενος στους επιβάτες του πίσω καθίσματος τους ευχήθηκε «καλό ταξίδι», δίνοντάς τους και τυπικά την έγκριση για να κατέβουν.

Γρήγορα ο Ρόμπερτ και η Λίσα έφτασαν στην πόρτα του σκάφους, ανέβηκαν τα τέσσερα σκαλοπατάκια που τους χώριζαν απ' το εσωτερικό του και αφήνοντας σε ένα ειδικό αποθηκάκι δίπλα στην πόρτα τα δύο ταξιδιωτικά τους σακ βουαγιάζ, προχώρησαν προς το εσωτερικό, όπου τους περίμενε ο πιλότος του αεροπλάνου. Ο συγκυβερνήτης ήταν στο πιλοτήριο και πατούσε κάποια κουμπιά, μιλώντας ταυτόχρονα με τον «έλεγχο εδάφους».

– Τζιμάκο, τι κάνεις; Εσένα έχουμε σήμερα; ρώτησε ο Ρόμπερτ βλέποντας τον παλιό του φίλο, έναν 60άρη βετεράνο των πτήσεων ρουτίνας της «Εταιρείας», προτείνοντάς του το χέρι για χαιρετισμό.

– Κύριε Σίνγκλεη, τι χαρά μού δίνετε, είπε φανερά χαρούμενος ο πιλότος. Πάει καιρός...

– Άσ' τα «κύριε», Τζίμι. Αυτά είναι τυπικότητες. Στον ενικό. Από εδώ η κυρία Λίσα Γουέλς, σύστησε ο Ρόμπερτ τη συνοδό του στο ταξίδι.

– Χάρηκα πολύ, κυρία μου, απάντησε ο Τζίμι.

– Όπως είπε και ο κύριος Σίνγκλεη, στον ενικό. Λίσα, απλά Λίσα.

– Κι εσύ, Λίσα, στον ενικό. Ρόμπερτ. Τι κύριος Σίνγκλεη; Αυτά είναι για το γραφείο. Τώρα ανήκεις στις Επιχειρήσεις και εδώ εμείς είμαστε λίγο πιο κάζουαλ, είπε ο Ρόμπερτ βρίσκοντας επιτέλους την ευκαιρία που έψαχνε να γίνει λίγο πιο «γήινη» αυτή η «συνεργασία».

Άλλο που δεν ήθελε και η Λίσα.

Χαμογέλασαν και οι τρεις, ελπίζοντας ότι όλοι είχαν καταλάβει την πλατφόρμα... επικοινωνίας.

– Καλό ταξίδι, παιδιά, είπε ο κυβερνήτης. Νομίζω ότι ξέρετε τα πάντα και δεν χρειάζεστε ξενάγηση. Εγώ πάω στο πιλοτήριο. Εσείς βολευτείτε όσο καλύτερα γίνεται –όλα είναι στο κουζινάκι– και αν χρειαστείτε κάτι, απλά χτυπήστε το κουδούνι. Καλό μας ταξίδι.

– Καλό μας ταξίδι, είπε και ο Ρόμπερτ που κινήθηκε προς το τραπέζι με τις πολυθρόνες. Α! φώναξε προς τον πιλότο για να τον προλάβει. Πόσο λες να το κάνεις, καπετάνιε;

– Αν βρούμε καλό καιρό πάνω απ' τον Ατλαντικό –και έτσι το δίνει η μετεωρολογική– σε 7 ώρες θα είμαστε στο Λάνγκλεϊ.

– Ευχαριστώ, Τζίμι. Τα λέμε αργότερα, φίλε...

Ήταν η δεύτερη μόλις φορά που η Λίσα έμπαινε σε αυτό το ειδικά διαμορφωμένο αεροπλάνο. Η πρώτη ήταν ερχόμενη στη Μολδαβία.

Αν κάποιος δεν ήξερε, θα το πέρναγε σίγουρα για ένα από

232

αυτά τα υπερσύγχρονα, πολυτελέστατα Jet που χρησιμοποιούν οι πάμπλουτοι επιχειρηματίες για τα ταξίδια τους ανά την υφήλιο. Είχε όλα τα κομφόρ και δεν είχε να ζηλέψει τίποτα.

Δεν ήταν βέβαια για όλο τον κόσμο. Αυτό και μια σειρά από παρόμοια αεροσκάφη χρησιμοποιούνταν για την επείγουσα ή προγραμματισμένη μεταφορά υψηλόβαθμων αξιωματούχων σε πρεσβείες σε όλο τον κόσμο ή όπου αλλού χρειαζόταν.

Η «Εταιρεία» μπορεί να σεβόταν απόλυτα το χρήμα των φορολογούμενων, αλλά οι σκληρές συνθήκες εργασίας της, που λίγοι άνθρωποι μπορούν να αντέξουν, κάναν κάτι τέτοιου είδους πολυτέλειες να είναι αυστηρώς απαραίτητες.

Ο Ρόμπερτ πρέπει να είχε ταξιδέψει άπειρες φορές με τέτοια αεροπλάνα. Έτσι δεν βρήκε καμιά δυσκολία να εντοπίσει το διακόπτη κάτω από το τραπέζι και να χαμηλώσει λίγο τα δυνατά φώτα της καμπίνας των επιβατών.

Ήταν βράδυ, οι δύο επιβάτες ήταν κατάκοποι από το πρώτο ταξίδι, το jet lag, την αναμονή, την ανάκριση και όλη την ταλαιπωρία των τελευταίων ωρών, με αποτέλεσμα ο έντονος φωτισμός να τους κουράζει.

– Καλύτερα τώρα, Λίσα; ρώτησε ο Ρόμπερτ φυσικά.

Φυσικά και ήταν καλύτερα. Φανταστικά!

Αυτό το χαλάρωμα στα φώτα έδωσε μια καταπληκτική ατμόσφαιρα στο εσωτερικό και τόνισε εξαιρετικά τη θέα από το φινιστρίνι του αεροσκάφους.

Ιπποτικά ο Ρόμπερτ την είχε αφήσει να κάτσει στο παράθυρο, ενώ εκείνος προτίμησε να κάτσει δίπλα της και όχι απέναντί της, δίνοντας στην όλη κατάσταση μια φιλική νότα. Και οι δύο κοιτούσαν τώρα προς την ουρά, με την πλάτη προς το πιλοτήριο.

Στην αρχή βέβαια –και τα επεξεργαζόταν όλα στο μυαλό του– δίστασε να αποφασίσει αν αυτό ήταν το σωστό, γιατί ίσως η Λίσα να φοβόταν να κάτσει εκεί. Μερικοί άνθρωποι –όσο κι αν κάποιοι κάνουν σαν να μην καταλαβαίνουν ότι και «οι CIA» είναι απλά άνθρωποι– φοβούνται δίπλα στο παράθυρο.

Γρήγορα όμως αποφάσισε ότι αυτή ήταν η προνομιακή θέση κι έτσι αποκλειόταν να γίνει ρεζίλι και να τον χαρακτηρίσει ως αγενή. Αν απ' την άλλη η μικρή –τρόπος του λέγειν μικρή– φοβόταν, απλά ας του το έλεγε.

Γιάννης Παρθένιος

Κάπου βέβαια προβληματίστηκε με όλη αυτή τη συλλογιστι-κή, αλλά και οι συμπάθειες έχουν το... κόστος τους.
– Όχι απλά καλύτερα. Καταπληκτικά! απάντησε η Λίσα που δεν χόρταινε την ατμόσφαιρα και τη θέα.
Κι όντως ήταν καταπληκτική η εικόνα.

Απ' τη μια το πολυτελέστατο εσωτερικό του αεροπλάνου που σε ξεκούραζε τώρα με τους απαλούς φωτισμούς στο χώρο, αλλά και σε κάθε σημείο που είχε διακριτική σήμανση και ενδείξεις και απ' την άλλη η μαγευτική σχεδόν παραμυθένια εικόνα του αε-ροδρομίου και του διαδρόμου με τα φωτάκια να εισβάλλουν στην καμπίνα σαν σε απόδραση απ' την υγρή νύχτα της Κισινάου.

Και λίγο πιο κει το φεγγάρι να τρεμοπαίζει κρυφό με τα σύν-νεφα και να κοροϊδεύει τον ορίζοντα στο ποιος μπορεί να φτάσει πιο μακριά.

Ο Ρόμπερτ την κοίταζε και κατάλαβε ότι η Λίσα, με διαβατή-ριο την κούραση, είχε αρχίσει να χαλαρώνει σ' ένα ταξίδι προς το όνειρο. Αυτό που ζωγράφιζε με τα υπέροχα μάτια της. Ή μάλλον αυτό που τα φώτα του φεγγαριού πρόβαλλαν στο πράσινο των ματιών της, κάνοντάς τα ακόμη πιο ανοιχτά, στα πρόθυρα του φωσφοριζέ.

Στα πρόθυρα του να προδοθεί και να εκτεθεί ήταν και η ματιά του Ρόμπερτ που είχε σαγηνευτεί απ' την παρουσία της και λίγο έλειψε να γίνει αντιληπτός.

Όχι ότι κάτι τέτοιο θα χάλαγε τη Λίσα, αλλά αυτός δεν το ήξερε.

Ίσως μάλιστα και εκείνη να μην το είχε συνειδητοποιήσει ακόμη.

Τι ειρωνεία; Δύο έμπειροι πράκτορες της «Εταιρείας». Δύο απ' τους καλύτερους αναλυτές στον κόσμο να μην μπορούν να αναλύσουν τον εαυτό τους σε τέτοιες καταστάσεις αιφνίδιου καρδοχτυπήματος.

Να προσπαθούν να υποβάλουν τα «θέλω» τους σε μια προ-σπάθεια άτακτης φυγής από τις επιθυμίες τους.

Τη δύσκολη αυτή στιγμή, τους έσωσε το διακριτικό μπιπ που αποτελούσε σήμα για να προσδεθούν.

Ο Ρόμπερτ γνώριζε αυτόν τον ήχο και αφού το αεροσκάφος πήρε την τελική του πορεία για τον αεροδιάδρομο, ζητώντας άδεια απογείωσης, αυτός πήρε την ευκαιρία για να ανοίξει διάλογο:

– Δέσε τη ζώνη σου και ταξιδεύεις αργότερα, της είπε χαμογελώντας, προσπαθώντας να δείξει ότι ελέγχει πλήρως την κατάσταση.

Ήταν όμως απ' τις λίγες φορές στη ζωή του που δεν ήλεγχε τίποτα!

– Ευχαριστώ, κύριε Σίνγκλεη, της ξέφυγε λίγο εσκεμμένα, για να κόψει αντίδραση.

Αν οι γυναίκες και οι γάτες είναι έξυπνες, φανταστείτε τι πρόβλημα αντιμετωπίζει ένας άντρας με μια γάτα γυναίκα και μάλιστα της «Εταιρείας».

Τα αναμενόμενα...

– Είπαμε, Λίσα... στον ενικό, πετάχτηκε αμέσως ο Σίνγκλεη που έβλεπε την μπάλα να πηγαίνει πάλι προς την κερκίδα.

Την πρόλαβε πάντως τελευταία στιγμή και ως γνωστό τα καλύτερα γκολ μπαίνουν στις καθυστερήσεις.

– Εκτός κι αν θέλεις να αλλάξω θέση και να πάω να κάτσω απέναντι; της γύρισε πολύ ωραία την επόμενη... πάσα.

Η Λίσα γύρισε και τον κοίταξε γλυκά και παιχνιδιάρικα. Είχε «βγει» από το γκρι, τυπικό «ταγιέρ» της Υπηρεσίας και τώρα έπαιζε τον πιο φυσικό ρόλο της ζωής της. Το ρόλο της γυναίκας.

Ήταν ολοφάνερο ότι θα είχαμε ντέρμπι κορυφής!

– Συγγνώμη, Ρόμπερτ, του είπε φυσικά. Απλά θα μου δώσεις λίγο χρόνο να το συνηθίσω.

– Όσο χρόνο θες, της είπε εκείνος. Έχουμε όλο το χρόνο του κόσμου, ξεστόμισε και συνειδητοποίησε ότι έλεγε αρλούμπες... Εννοώ, έχουμε γύρω στις 7 ώρες μέχρι το Λάνγκλεϊ. Δεν μπορεί, θα το συνηθίσεις... προσπάθησε να το καλύψει.

Η Λίσα του χαμογέλασε ξανά γλυκά, αλλά με νόημα. Μέσα της, όμως, γέλαγε λίγο πιο πολύ απ' όσο είχε δείξει. Έπαιρνε εκδίκηση για εκείνο το memo, στο οποίο δεν αναφερόταν το όνομά της, αλλά δεν σκόπευε να το συνεχίσει και για πολύ. Μπορεί ο άνθρωπος να μην το είχε κάνει επίτηδες.

Τουλάχιστον έτσι αποδείκνυαν τα γεγονότα με αυτό το ταξίδι που εκείνος της πρότεινε να κάνει ως βοηθός του.

Βγάζεις άκρη με τη γυναικεία σκέψη;

Ο Ρόμπερτ πάντως αποφάσισε να μη μιλήσει για λίγο. Έβλεπε ότι ήταν επικίνδυνος και πλησίαζε τη μεγάλη γκάφα.

235

«Μπα, δεν ξαναμιλάω», σκέφτηκε μέσα του την ώρα που το αεροπλάνο τροχοδρομούσε στον βρεγμένο διάδρομο της Μολδαβίας.

Σε λιγότερο από 2 λεπτά το μικρό Jet είχε κάνει μια στροφή 120 μοιρών προς τη νέα του πορεία και η Κισινάου είχε περάσει από κάτω τους σαν να βρισκόταν επάνω σε κάποιον κυλιόμενο ιμάντα.

Ήταν πανέμορφα.

Είχε έρθει η σειρά της Λίσας να ανοίξει κουβέντα. Και της ήρθε και φυσικά, έτσι όπως κοίταζε την πόλη να απομακρύνεται και τα τελευταία της φώτα να χάνονται απαλά στο σκοτάδι της απόστασης, όπως η νερομπογιά στα νερά του χαρτιού.

– Έτσι από περιέργεια ρωτάω, Ρόμπερτ, με τον Αλεξέγιεφ τι θα γίνει; Εννοώ τι θα απογίνει αυτός;

Ο Ρόμπερτ χαμογέλασε.

– Απ' ό,τι θα κατάλαβες κι εσύ, Λίσα, λίγη σημασία έχει ο καθηγητής. Σημασία έχει το «διαμάντι».

– Ναι, το καταλαβαίνω, αλλά... να, εννοώ, όταν τελειώσουν όλα αυτά, τι θα τον κάνουμε;

– Εννοείς αν θα τον σκοτώσουμε; της χαμογέλασε ξανά ο Ρόμπερτ.

– Ακόμη κι αυτό, του απάντησε ευθέως εκείνη.

– Βλέπω ότι αν και στην «Εταιρεία» πολλά χρόνια, έχεις κι εσύ επηρεαστεί από τις ταινίες. Φταίει το θεωρητικό του πόστου σου.

Η Λίσα έκανε μια γκριμάτσα, λες και έβλεπε ότι είχε κάνει γκάφα, αλλά πραγματικά ρωτούσε, γιατί δεν μπορούσε να καταλάβει τι θα γινόταν σε αυτή την ιδιάζουσα περίπτωση.

Ο Ρόμπερτ προσπάθησε να τη βγάλει από το δίλημμα.

– Πέρα από το τι πιστεύει ο κόσμος, σπάνια δολοφονούμε ανθρώπους και ποτέ ζώα σαν τον Αλεξέγιεφ, προσπάθησε να κάνει χιούμορ. Ακόμη κι αν έχει συμβεί μερικές φορές, είναι γιατί αλλιώς θα μας δολοφονούσαν εκείνοι, με τον έναν ή τον άλλον τρόπο. Ούτε πολεμοχαρείς είμαστε, ούτε τρελοί να ξυπνάμε το πρωί και να λέμε «ποιον θα φάμε σήμερα για μεσημεριανό;», ώστε να μας φτιάξει το κέφι.

– Κατάλαβα, κατάλαβα. Δεν εννοούσα αυτό...

– Το ξέρω, γλυκιά μου. Ξέρω τι ρωτάς. Κοίτα, τα πράγματα με τον καθηγητή είναι απλά και μόνο αυτός θα αποφασίσει. Φυσικά για ένα εύλογο διάστημα, μέχρι να βρεθεί το «διαμάντι», είμαστε υποχρεωμένοι να τον κρατήσουμε για λόγους ασφαλείας. Όσο κι αν χρειαστεί. Όσο το «διαμάντι» κυκλοφορεί, δεν πρέπει να κυκλοφορεί κι εκείνος, γιατί δεν ξέρουμε πού θα καταλήξει το πέτρωμα. Άρα αν κάποιος βρει το «διαμάντι», και δεν μιλάω γι' αυτούς που το έχουν τώρα, δεν πρέπει με τίποτα να βρουν και τον καθηγητή που ξέρει πώς δουλεύει.

– Λογικό! Τι εννοείς όμως αυτός θα αποφασίσει; ρώτησε η Λίσα.

– Είναι δική του η απόφαση. Αν θέλει να φύγει, όταν τους σταματήσουμε ή βρούμε την «πέτρα», ας φύγει. Απλά, από εδώ και πέρα, εκεί έξω θα κινδυνεύει. Σε τέτοιες περιπτώσεις επιστημόνων –έστω κι αν αυτός είναι πειραγμένος– τους κάνουμε και την πρόταση –αν θέλουν– να συνεργαστούν με τα κλασικά προνόμια του FBI. Τους δίνουμε άλλο όνομα, κατοικία σε ασφαλές μέρος της χώρας χωρίς ιδιαίτερη κίνηση και κάποιο μικρό εισόδημα για να μπορούν να ζουν αξιοπρεπώς. Αρκεί βέβαια να θελήσουν να συνεργαστούν και να μας δώσουν και αυτοί από την πλευρά τους γνώση και εμπειρία. Ειδάλλως, γιατί να τους πληρώνει ο φορολογούμενός μας;

– Α! έκανε η Λίσα ικανοποιημένη από την εξέλιξη.

– Κάτι σαν την περίπτωση Μίτνικ. Περίπου, τέλος πάντων. Την ξέρεις την περίπτωση αυτή;

– Και ποιος δεν την ξέρει. Λαμόγιο αρχικά, αλλά ιδιοφυΐα. Αντάλλαξε το FBI την ελευθερία του, μετά τη σύλληψή του, με τη μετέπειτα συνεργασία του με τις Ομοσπονδιακές Αρχές για την αντιμετώπιση του κακού. Όλοι κερδισμένοι στο τέλος...

– Ακριβώς, της είπε ο Ρόμπερτ που τώρα έλυνε τη ζώνη του.

Η Λίσα δεν το κατάλαβε και συνέχισε ή μάλλον προσπάθησε να συνεχίσει.

– Κι εμείς τώρα τι κάνουμε με τα υπόλοιπα; τον ρώτησε.

– Εμείς τώρα περιμένουμε τις εκθέσεις από τα διάφορα Τμήματα, αύριο το πρωί κάνουμε meeting σε επίπεδο 2, έχοντας όλα τα στοιχεία, και τώρα χαλαρώνουμε επιτέλους και «πηγαίνουμε» στο κομπάουντ των αεροσυνοδών, της είπε την ώρα που σηκωνόταν από την πολυθρόνα και άρχισε να κινείται προς το χώρο του catering.

– Τι; απάντησε έκπληκτη η Λίσα που τον έβλεπε να απομακρύνεται και δεν είχε καταλάβει τι είχε πει. Τι εννοούσε; ότι έπρεπε να πάει μαζί του;

Αποφάσισε να μείνει εκεί, αλλά δεν καταλάβαινε τι γινόταν. Αμήχανα κοίταξε πάλι απ' το παράθυρο. Πετούσαν τώρα πάνω από τα σύννεφα και η θέα ήταν παραμυθένια.

Σε λιγότερο από ένα λεπτό, ο Ρόμπερτ επέστρεψε κρατώντας στα χέρια δύο κολονάτα ποτήρια και ένα μπουκάλι ροζέ κρασί.

Η Λίσα έμεινε έκπληκτη και δεν πρόλαβε να πει τίποτα.

– Χαλαρώνουμε, ξεχνάμε για λίγο την υπόθεση και απολαμβάνουμε την επιστροφή, της είπε κλείνοντάς της γλυκά το μάτι. Ελπίζω να πίνεις ροζέ, αλλιώς να φέρω κάτι άλλο...

Η Λίσα του χαμογέλασε έκπληκτη δείχνοντας απόλυτη συγκατάβαση.

– Το ροζέ είναι περίφημο, αλλά επιτρέπεται εν ώρα υπηρεσίας; τον ρώτησε γλυκά και μάλλον περιπαικτικά.

– Όχι! Δεν επιτρέπεται... Προβλέπεται, επιβάλλεται και είναι και διαταγή, της είπε κι αυτός με νόημα.

– Διαταγή από ποιον; έκανε ότι απόρησε η Λίσα.

– Από εμένα, έκανε ότι της απαντάει αυστηρά ο Ρόμπερτ, την ώρα που καθιστός πάλι δίπλα της, περιποιείτο τη «συνεργάτιδά» του βάζοντας πρώτα στο δικό της ποτήρι.

– Μ' αρέσουν οι ισχυροί άντρες, τον προκάλεσε εκείνη, πιάνοντας το ποτήρι στο χέρι.

– Ωραία! ας πιούμε τότε σ' αυτό, της είπε.

– Στους ισχυρούς άντρες...;

– Στις πολύ γλυκές γυναίκες σαν εσένα, της είπε αναπάντεχα.

Εκείνη γύρισε απότομα, αλλά εύχαρις, τον κοίταξε κάνοντας μια γκριμάτσα γλυκιάς απορίας και τσούγκρισε το ποτήρι μαζί του προσπαθώντας να πει:

– Άσχετο, αλλά ευπρόσδεκτο...

Ο Ρόμπερτ, όπως πάντα ξαφνικά, είχε πάρει την απόφαση να χτυπήσει «δυνατά», γιατί αυτή η αναμονή δεν ήταν του στιλ του. Κι όντως είχε δίκιο. Χτύπησε και πέτυχε!

Τώρα τα πράγματα ήταν πολύ πιο χαλαρά, λες και σε μορφή κώδικα είχαν ειπωθεί όλα, ώστε να ξέρει ο καθένας πού βαδίζει το πράγμα.

Ωραία βάδιζε...

– Εσύ, Ρόμπερτ, χαλαρώνεις ποτέ σ' αυτή τη δουλειά; τον ρώτησε η Λίσα, τώρα που είχαν... χαλαρώσει τα πράγματα.

– Μόνο τα καλοκαίρια και μόνο όταν είμαι στο σκάφος που νοικιάζω για ιστιοπλοΐα. Νομίζω δηλαδή, δεν είμαι και σίγουρος, αλλά μάλλον εκεί χαλαρώνω.

– Αυτό δεν το κατάλαβα ποτέ. Ίσως γιατί ποτέ δεν έχω κάνει ιστιοπλοΐα. Δεν μπορώ να καταλάβω τι το χαλαρωτικό βρίσκετε εσείς οι «καπετάνιοι» μέσα σε τόση ένταση. Θα 'θελα πολύ να το νιώσω κάποτε...

– Πανεύκολο! Θα σε πάρω μαζί τότε...

– Το καλοκαίρι; ρώτησε χαμογελώντας η Λίσα.

– Ο «βουδιστής» δάσκαλός μου έλεγε ότι το «μέλλον είναι τώρα». Λοιπόν, θα σε πάω για ιστιοπλοΐα τώρα...

Είχε αρχίσει να γίνεται παιγνιδιάρικο και αυτό άρεσε ιδιαίτερα στη νεαρή αξιωματούχο που τώρα χαμογέλαγε και δεν ξεκολλούσε τα μάτια της από πάνω του.

– Και πώς θα το κάνεις αυτό, καπετάνιε μου; Ελπίζω να μη ρίξεις το αεροπλάνο –γιατί σ' έχω ικανό– για να μου δείξεις τη ναυτοσύνη σου, του χαμογέλασε πάλι.

– Είπες να το νιώσεις. Να το δεις με τις αισθήσεις σου. Συμφωνείς;

– Απολύτως!

– Θα συμφωνήσεις όμως ότι θα ξεχαστείς για λίγο και θα αφεθείς στον άνεμο, στις αισθήσεις σου και σε... μένα.

– Σύμφωνοι!

– Και κάτι ακόμη. Θα πρέπει να μου επιτρέψεις να σου πιάσω το χέρι.

Η Λίσα έμεινε έκπληκτη. Δεν είχε κανένα πρόβλημα να της πιάσει το χέρι, αλλά τι σκόπευε να κάνει;

Αυτό το ουράνιο ταξίδι στη... θάλασσα αποκτούσε ολοένα και πιο πολύ ενδιαφέρον.

Τα είχε χάσει και χαμογέλασε πάλι. Αυτή τη φορά ακόμη πιο παιγνιδιάρικα.

Μια αινιγματική γκριμάτσα στο πρόσωπο, με τα φωτεινά της μάτια να αφήνουν μυστήριο και ελεύθερο πεδίο έδωσε σίγουρα το πράσινο φως, αλλά ο Ρόμπερτ χρειαζόταν και το χέρι.

Η Λίσα άφησε το ποτήρι με το κρασί και του πρότεινε το δεξί της χέρι με μια δήθεν κωμική, ηθοποιήστικη κίνηση, ώστε να σπάσει τον ελάχιστο «πάγο» που είχε απομείνει. Ήταν σίγουρη για την εξέλιξη και σκόπευε να την προκαλέσει κιόλας. Αυτό που δεν ήξερε, όμως, ήταν ότι με τον Ρόμπερτ έπρεπε πάντα να περιμένεις το μη αναμενόμενο.

– Μόνο το χέρι στο πρώτο ραντεβού, γιατί είμαι και σοβαρή κοπέλα, του είπε ναζιάρικα για να κάνει και χιούμορ.

– Ναι αλλά το σωστό χέρι, της είπε ο Ρόμπερτ χαμογελώντας και έχοντας πιάσει τα υπονοούμενα. Αριστερό χέρι, με το ποτήρι του κρασιού...

Έξυπνη κίνηση, γιατί έτσι όπως καθόντουσαν, το αριστερό της χέρι ήταν αυτό που ήταν πιο κοντά του και στο οποίο είχε πρόσβαση.

Η Λίσα έπιασε το ποτήρι του κρασιού με το αριστερό και του το πρότεινε ξανά, πραγματικά μπερδεμένη από αυτό που της ζητούσε.

Ο Ρόμπερτ έπιασε κι αυτός με το αριστερό του χέρι τον καρπό της και με τα δάχτυλά του το εσωτερικό της παλάμης της που συγκρατούσε και την κολόνα του ποτηριού.

Στην αρχή απαλά, περίπου χαϊδεύοντας, αλλά με καμιά πρόθεση του να φανεί και πονηρό. Θα το έλεγες εξαιρετικό «πιάσιμο». Ειδικά για τη δυσκολία της περίπτωσης.

Και η Λίσα αισθάνθηκε αυτό το υποσχόμενο, αρχικό άγγιγμα που τώρα είχε γίνει πια λίγο πιο σφιχτό, ώστε να ξεκινήσει και το ταξίδι.

– Τέλεια, της είπε ενώ εκείνη τον κοίταζε με περιέργεια. Τώρα θέλω να κλείσεις τα μάτια. Κλείσε τα μάτια και μη σφίγγεις και πολύ το ποτήρι. Αυτό είναι το σκάφος μας...

Η Λίσα έκλεισε τα μάτια και τώρα δεν ακουγόταν τίποτα παρά μόνο μια απαλή μουσική λάουντζ από τα ηχεία του αεροσκάφους. Ό,τι έπρεπε για τη «βαρκάδα».

– Χαλάρωσε και να με παρακολουθείς, αλλά προπαντός αφέσου στις αισθήσεις σου. Είμαστε κάπου στην Καραϊβική και ακόμη δεν έχουμε ανοίξει πανιά. Φυσάει ένα αέναο αεράκι που κουνάει το σκάφος απαλά. Πολύ απαλά.

Ο Ρόμπερτ άρχισε να κουνάει το ποτήρι ελάχιστα. Ουσιαστικά χάιδευε απαλά, σχεδόν αέρινα το χέρι της και το υγρό στο ποτήρι άρχισε να ακολουθεί τα σιγανά βήματα αυτής της ερωτικής ενορχήστρωσης.

Άρεσε πολύ στη Λίσα, αλλά δεν ήξερε αν της άρεσε το παιγνίδι ή το χάδι. Προφανώς και τα δύο!

– Αυτό που αισθάνεσαι ελάχιστα τώρα είναι η αύρα του σκάφους, της είπε. Γίνε ένα μαζί του. Νιώσε το. Άκου το αεράκι που έρχεται από ανατολικά και χτυπάει πάνω στο κατάστρωμα, το κουνάει λίγο και γλιστρώντας ξαναφεύγει στον ωκεανό.

Συνέχισε να τη χαϊδεύει και το υγρό ακολουθούσε την ίδια πορεία.

– Τώρα θα ανοίξουμε πανιά. Θέλω να αισθάνεσαι την αύρα. Η κίνηση είναι τα μάτια σου κι ο αέρας οι αισθήσεις.

– Δεν αισθάνομαι αέρα, είπε απαλά η Λίσα...

Ο Ρόμπερτ, έτσι όπως πλέον είχε γείρει πάνω της και σε απόσταση αναπνοής από το χέρι της, άρχισε απαλά να της φυσάει την παλάμη.

Στην αρχή ελάχιστα και προοδευτικά λίγο περισσότερο. Ταυτόχρονα χάιδευε το χέρι της και το ποτήρι όντως είχε αρχίσει να ταξιδεύει. Το έγειρε και ελάχιστα, όπως το πανί πλανάρει το σκάφος.

Η Λίσα ένιωσε μια τρομερή αίσθηση με την αναπνοή του να τη φυσάει απαλά. Είχε χαλαρώσει και αφεθεί εντελώς με αποτέλεσμα να αισθάνεται την κίνηση του υγρού.

– Νιώσε τον ουρανό να κινείται από πάνω μας και τη θάλασσα να γλιστράει απαλά από κάτω μας, σχεδόν άυλα, χωρίς να χτυπάει το σκάφος, αλλά χαϊδεύοντάς το όπως εγώ το χέρι σου.

Της άρεσε πολύ!

Ο Ρόμπερτ φύσηξε λίγο περισσότερο και το ποτήρι ακολούθησε τον άνεμο της Καραϊβικής.

– Θέλω να νιώσεις τον αέρα να περνάει από το ένα πανί και να σπρώχνει το άλλο. Να ακούς τους ήχους απ' τα κατάρτια και το τέντωμα στα σκοινιά. Δες μακριά τον ορίζοντα να φέρνει ολοένα και πιο κοντά ένα ηλιοβασίλεμα που μας πλησιάζει και ροδίζει το άσπρο σκαρί, γεμίζοντάς το με αντανακλάσεις του κίτρινου και του πορτοκαλί.

Η Λίσα είχε παγιδευτεί απ' τον «πειρατή» και λίγο η κούραση, λίγο το κρασί, λίγο η ανάσα του Ρόμπερτ να της χαϊδεύει ρομαντικά το χέρι, την είχαν κάνει να ταξιδεύει και να νιώθει τις εικόνες, τους ήχους, τα χρώματα, ακόμη και τα αρώματα αυτής της θάλασσας.

Έβλεπε όνειρο ή καλύτερα ένιωθε ένα όνειρο.

Ο Σίνγκλεη σταμάτησε να μιλάει, αλλά συνέχισε να πιάνει απαλά το χέρι της και να κουνάει ρυθμικά στα κύματα το ποτήρι. Δεν μπορούσε να τραβήξει τα μάτια του από πάνω της.

Η Λίσα δεν άντεχε άλλο. Ήθελε να ανοίξει τα μάτια και να τον κοιτάξει. Ναι, την είχε γοητεύσει. Την είχε κερδίσει με κάτι απλό. Μόνο και μόνο με τις αισθήσεις.

Έτσι όπως τα καταπράσινα μάτια της άνοιξαν και τον είδε να την κοιτάει λάγνα, με θαυμασμό, αλλά καθόλου πρόστυχα, διαπίστωσε ότι εντελώς φυσικά και χωρίς να είναι από κανέναν τους επιτηδευμένο, είχαν φτάσει τόσο κοντά που τα χείλη τους κόντευαν να ενωθούν.

«Αυτό είναι», σκέφτηκε. «Τώρα θα με φιλήσει. Ήρθε η στιγμή να με φιλήσει».

Σχεδόν το ένιωσε κι ας μην είχε γίνει ακόμη. Ακόμη και τα χείλη τους εξέπεμπαν έναν μυστηριώδη ηλεκτρισμό που έκανε τη ματιά τους να λειτουργεί σαν μαγνήτης και να ζητάει το επόμενο βήμα.

Ο Ρόμπερτ απαλά και μην αποφασίζοντας να κάνει τώρα αυτό το βήμα, τράβηξε σιγά το χέρι του και κινήθηκε στο κάθισμά του και λίγο προς τα πίσω. Χωρίς να χάσει τον αισθησιασμό του και χωρίς να βαρύνει την ατμόσφαιρα, με ένα πολύ φυσικό ύφος γύρισε και της είπε χαμογελώντας διακριτικά:

– Τι λες λοιπόν; Άξιζε τον κόπο αυτό το ταξίδι;

Η Λίσα δεν μπορούσε να συνέλθει ακόμη, όχι μόνο απ' το ταξίδι, αλλά και από το ανεκπλήρωτο φιλί. Τελικά ο Ρόμπερτ εξελισσόταν σε πολύ πιο δύσκολο αντίπαλο απ' ό,τι ήδη είχε υπολογίσει ότι ήταν.

«Δεν είναι δυνατόν», είπε μέσα της. «Είναι τρελός. Είχε όλη τη δυνατότητα να προχωρήσει και έκανε πίσω. Και το ήθελα τόσο πολύ. Είναι θεοπάλαβος...»

Δεν ήξερε πια τι να πει.

Είχε χάσει κάθε έννοια στρατηγικής.

CIA: Επιχείρηση Παράκελσος

Το γυναικείο θέλω την καθοδηγούσε πλέον εκεί που όταν μια γυναίκα περάσει την κόκκινη γραμμή είναι αδύνατον να προσποιηθεί. Τη γραμμή του έρωτα.

Αποφάσισε να του πει την αλήθεια.

– Ομολογώ ότι έμεινα άφωνη. Όχι απλώς άξιζε, αλλά ήταν τέλειο, του είπε προσπαθώντας να ξαναγυρίσει απ' το φεγγάρι στη γη.

Και δυστυχώς ο σεναριογράφος Σίνγκλεη θα τη γύρναγε και μάλιστα με αναγκαστική προσγείωση, λόγω... πλοκής.

Τώρα για να βγουν και οι δυο τους απ' την αμηχανία του τι πήγε να γίνει και τι δεν έγινε, μόνο το χιούμορ μπορούσε να βοηθήσει.

– Έλα, σκίπερ, της είπε. Τώρα που πιάσαμε λιμάνι, ανεφοδιασμός.

Ο Ρόμπερτ έπιασε το μπουκάλι με το ροζέ κρασί και της γέμισε το μισοάδειο ποτήρι.

– Όλοι οι ιστιοπλόοι, όταν βγαίνουμε στη στεριά, πάμε στο κοντινότερο μπαρ.

Η Λίσα δεν αντέδρασε και ήπιε απολαυστικά μια γουλιά. Ήταν ό,τι έπρεπε για να φύγει η έξαψη.

– Θέλω άλλωστε να μου κάνεις και μια χάρη, συνέχισε ο Ρόμπερτ. Κι αυτό που θα σου ζητήσω είναι πολύ πιο σοβαρό.

«Τι πάλι;», σκέφτηκε η Λίσα. «Τι ετοιμάζει πάλι;»

– Θα σου ζητήσω κάτι και θέλω να το σκεφτείς καλά. Θέλω να γίνεις πράκτορας των Ρώσων.

Η Λίσα πήγε να πνιγεί και δεν το έκρυψε. Τι της έλεγε τώρα; Αυτό ήταν όντως σοβαρό. Της πρότεινε να προδώσει την Υπηρεσία; Μήπως ήταν διπλός πράκτορας και όλα αυτά γίνονταν για να τη στρατολογήσει;

Προσπάθησε να ξαναβρεί την ψυχραιμία της και να αντιμετωπίσει την κατάσταση. Έπρεπε να τον ακούσει και να μη φανεί ότι έχει πανικοβληθεί. Τώρα η δουλειά σαφώς και είχε πολύ μεγαλύτερη προτεραιότητα.

Ο Ρόμπερτ την κοίταξε σοβαρά και συνέχισε:

– Ξέρω ότι σου φαίνεται παράξενο, αλλά αποτελεί από εδώ και στο εξής μέρος της αποστολής σου. Θέλω να λειτουργήσεις απολύτως μυστικά, εκτός πρωτοκόλλου της «Εταιρείας» και να πραγματοποιήσεις μια αποστολή που λόγω συνθηκών και απορ-

ρήτου δεν θέλουμε να την αναλάβει κάποιος field. Δεν το ριψο-
κινδυνεύουμε σε αυτή πλέον τη φάση. Θα πουλήσεις τον «Παρά-
κελσο» στους Ρώσους.

Η Λίσα είχε ζαλιστεί από τον καταιγισμό πληροφοριών που
δεν μπορούσε πλέον να ελέγξει και αυτό φαινόταν πια και στην
ψυχρή έκφραση που είχε το πρόσωπό της.

Αν ο «κύριος Σίνγκλεη» ήταν μέχρι τώρα διπλός, κρυφός πρά-
κτορας των Ρώσων και τώρα πια, με το μεγάλο αυτό μυστικό,
αποφάσισε να την κάνει; Αν χρησιμοποιούσε πλέον τη Λίσα για
να την παρουσιάσει σαν τον πράκτορα που πρόδωσε και αυτός
στο τέλος έβγαινε καθαρός; Σε τέτοιο επίπεδο «επιχειρήσεων»
δεν μπορούσες να εμπιστευτείς κανέναν. Απολύτως κανέναν.

Το πρώτο πράγμα που μάθαινες στο Λάνγκλεϊ ήταν να εμπι-
στεύεσαι μόνο τον εαυτό σου!

Η Λίσα αποφάσισε να ακούσει, να πάει με τα νερά του, να
μάθει τι σκαρώνει και με ποιους και έπειτα θα αποφάσιζε πώς να
πράξει.

— Και πώς θα γίνει αυτό; Εγώ δεν έχω ούτε εμπειρία, ούτε
ξέρω τα «περάσματα». Δεν είχα ποτέ επαφές με τέτοιους ανθρώ-
πους και εδώ που τα λέμε δεν θέλω να έχω... Εννοώ για προσω-
πικό όφελος.

— Το «πώς» είναι πολύ πιο απλό απ' ό,τι νομίζεις. Θα σου
μάθω εγώ το πώς, το με ποιον και το πού. Το θέμα είναι να θες να
βοηθήσεις και να το πας μέχρι τέλους, χωρίς να σε καταλάβουν.
Εμπειρία έχεις και από το FBI. Από εκεί και πέρα όλα είναι πα-
ρόμοια.

— Πες μου το σχέδιό σου, αλλά νομίζω ότι πρέπει να ξέρω και
το γιατί το κάνουμε...

— Το γιατί το κάνουμε δεν θα σ' το πω. Θα πρέπει να με εμπι-
στευτείς. Εμένα και την «Εταιρεία». Ποτέ στις «επιχειρήσεις» οι
πράκτορες δεν ρωτάνε το γιατί γίνεται κάτι. Απλά εκτελούν το
ρόλο τους. Μεγάλο, μέτριο ή μικρό. Ο δικός σου μάλιστα είναι
και μονόπρακτος. Το μόνο που μπορώ να σου πω είναι ότι θέλου-
με να σιγουρευτούμε ότι δεν έχουν το προτελευταίο «πετράδι»,
που ο Αλεξέγιεφ άφησε στον υπολογιστή του γραφείου του πριν
φύγει απ' την Ουκρανία.

— Ωραία, πες μου λοιπόν... Τι πρέπει να κάνω;

– Στην Ουάσινγκτον, κοντά στη Λεωφόρο Μασαχουσέτης, που όπως ξέρεις στεγάζονται πολλές πρεσβείες ξένων χωρών, υπάρχει ένα μπαρ-ρεστοράν που ονομάζεται Deals. Πολύ καλό μαγαζί, με εξίσου πολύ καλή και υψηλών στάνταρντ πελατεία. Εκεί συχνάζουν διπλωμάτες, μέλη της καλής κοινωνίας της Ουάσινγκτον, οικονομικά στελέχη, όλη η ανώτερη τάξη της πρωτεύουσας και όπως πάντα σε τέτοια μέρη και μερικά σκουπίδια που είναι τυχοδιώκτες. Εκεί συχνάζει κι ένα λαμόγιο που ονομάζεται Ντιμίτρι Νικούλιν, δήθεν πολιτιστικός ακόλουθος της ρωσικής πρεσβείας, που παρακολουθούμε εδώ και καιρό και γνωρίζουμε ότι στην πραγματικότητα είναι πράκτορας που στρατολογεί διαφόρους. Την αράζει εκεί και, όταν κατορθώσει να έρθει σε επαφή με κάποιον που δει ότι είναι ευάλωτος, προσπαθεί να τον εντάξει στο «πρόγραμμα». Το έχει καταφέρει με μερικούς που δουλεύουν για πρεσβείες άλλων χωρών. Με άτομα όπως πάντα «ευαίσθητα». Με εύκολους στόχους που έχουν αδυναμία στον τζόγο, τις γυναίκες ή όποιο άλλο αδύναμο σημείο εντοπίσει ο Νικούλιν.

Η Λίσα άκουγε με τα αυτιά τεντωμένα και το αίμα να κυλάει γρήγορα στις φλέβες.

– Θα πας εκεί, θα του κάνεις τα γλυκά μάτια, όχι πολύ γιατί θα ζηλέψω, προσπάθησε μάταια να κάνει πλάκα ο Ρόμπερτ...

Η Λίσα δεν αντέδρασε γιατί το θέμα ήταν πολύ πιο σοβαρό.

Ο Ρόμπερτ την καταλάβαινε και δεν πτοήθηκε από την έλλειψη αντίδρασης.

– ...Θα του δείξεις ότι έχεις κάποια αδυναμία, ώστε να φανείς θύμα και, αφού σου προτείνει να συνεργαστείς μαζί του, θα του αντιπροτείνεις κατευθείαν κάτι μεγάλο για πρώτη δουλειά. Τον «Παράκελσο». Αν αυτός τσιμπήσει, που θα τσιμπήσει, την επόμενη μέρα θα του πας έναν ψεύτικο –«placebo»– φάκελο που θα έχουμε φτιάξει δήθεν για να δουν το τι περιέχει το πρόγραμμα «Παράκελσος». Πρόκειται για ένα δήθεν προσχέδιο και όχι για τον τελικό φάκελο. Οι Ρώσοι από αυτά που θα διαβάσουν θα καταλάβουν ότι αυτό μπορεί να δουλέψει μόνο αν έχουν και την ειδική «πέτρα». Αν οι Ρώσοι έχουν την «πέτρα», σίγουρα θα δώσουν τα 5 εκατομμύρια δολάρια που θα ζητήσεις για να αποκτήσουν όλο το φάκελο και το know-how, γιατί απλά δεν έχουν τον Αλεξέγιεφ, κι αυτόν τον κρατάμε εμείς με ασφάλεια, πράγμα που αυτοί δεν γνωρίζουν. Αν όμως δεν έχουν την πέτρα, δεν θα διαθέσουν 5 εκατομμύρια δολάρια για κάτι που δεν έχει καμιά πρακτική εφαρμογή γι' αυτούς. Κατανοητό;

Η Λίσα σκέφτηκε για λίγο χωρίς να απαντήσει. Ήταν πολύ έξυπνο σχέδιο. Αρκεί ο Ρόμπερτ να έλεγε αλήθεια και ο φάκελος να ήταν όντως ψεύτικος. Και βέβαια, αρκεί ο Ρόμπερτ να μην είχε ήδη καρφώσει το πού είναι το «διαμάντι» έχοντας πουληθεί ήδη στους Ρώσους και τώρα απλά προσπαθούσε να βρει ένα εξιλαστήριο θύμα που να φωτογραφηθεί ότι πρόδωσε.

Αποφάσισε να συνεχίσει, γιατί πλέον ήταν σίγουρα θέμα εθνικής ασφάλειας. Και στη μία και στην άλλη περίπτωση. Και η Λίσα στεκόταν μόνη της στη μέση.

Αποφάσισε να προχωρήσει και αύριο το πρωί που θα έφταναν στο Λάνγκλεϊ θα ενημέρωνε τον Πάτρικ, ώστε να είναι καλυμμένη. Σε αυτόν είχε σίγουρα απόλυτη εμπιστοσύνη, τουλάχιστον όσο μπορούσε εδώ που είχαν φτάσει τα πράγματα.

Πάντως τώρα δεν μπορούσε να κάνει πίσω.

– Απολύτως κατανοητό, είπε στον Ρόμπερτ. Πότε ξεκινάμε;

– Αύριο, μεθαύριο το πολύ. Μόλις είναι έτοιμο το «placebo».

– Τέλεια!

– Τώρα κοιμήσου λίγο, γιατί σε μερικές ώρες έχουμε meeting με τον υπαρχηγό και σε θέλω φρέσκια.

– Όντως λέω να κλείσω λίγο τα μάτια. Έτσι απλά να τα κλείσω...

– Καληνύχτα, γλυκιά μου, της είπε ο Ρόμπερτ που και πάλι είχε επιστρέψει στο υψηλό επίπεδο αδρεναλίνης των επιχειρησιακών συνθηκών, αναβάλλοντας το ειδύλλιο γι' αργότερα, όταν οι συνθήκες θα ήταν ιδανικές.

Η Λίσα έκλεισε τα μάτια και έγειρε λίγο προς το παράθυρο. Συνέχισε όμως να σκέφτεται...

ΚΕΦΑΛΑΙΟ 10

CIA,
Λάνγκλεϊ, Βιρτζίνια,
Τμήμα Επιχειρήσεων, Διευθυντής,
Τομέας: Β. Αφρική και Αν. Μεσόγειος

Ο Ρόμπερτ είχε βαρεθεί να κάθεται στο γραφείο του και, όπως συνήθιζε συχνά, μεταφέρθηκε στο τραπέζι των συνεδριάσεων. Ανεξήγητο το γιατί, αλλά έβρισκε αυτές τις πολυθρόνες πολύ πιο αναπαυτικές.

Γι' αυτό και ανά τακτά διαστήματα μετανάστευε από τη μια γωνιά του γραφείου του στην άλλη, κουβαλώντας εκεί φακέλους και χάρτες και αραδιάζοντάς τους σε όλη την επιφάνεια του στρογγυλού τραπεζιού. Αυτό τον βόλευε, αυτό έκανε, χωρίς να έχει να δώσει λογαριασμό σε κανέναν.

Μπροστά του ήταν κι όλα τα χαρτιά που αφορούσαν την υπόθεση «Παράκελσος»: τα σήματα από τις παρακολουθήσεις, οι χάρτες που αφορούσαν την υπόθεση, οι αναλύσεις των ειδικών, η απομαγνητοφώνηση της ανάκρισης στην Κισινάου, και δύο καινούργιες αναφορές. Επίσης, η ανάλυση των τηλεφωνικών συνομιλιών του Μαροκινού και οι μετέπειτα δράσεις της «Εταιρείας» και η αναφορά σχετικά με τις μετακινήσεις μοναχών από το Άγιο Όρος προς Πατριαρχεία, με έμφαση σε εκείνες που κατέληγαν στην Αφρική.

247

Μωσαϊκό. Ένα τεράστιο μωσαϊκό που κάποιος έπρεπε να το ενώσει χωρίς να έχει πολύ χρόνο. Τα στοιχεία ήταν μεν αρκετά, αλλά από τη μια έλειπαν πολλά κομμάτια και το κυριότερο, απ' την άλλη, δεν κατέληγαν με σιγουριά στο πού ήταν το κομπιούτερ με το «πετράδι», που αποτελούσε και τον βασικό στόχο σε αυτή τη φάση.

Και το χειρότερο, ο χρόνος έτρεχε και ήδη η «Εταιρεία» ήξερε ότι ο Αμπάσι είχε περάσει στο τελικό στάδιο. Μάλιστα αυτή τη χρονική στιγμή κανείς δεν μπορούσε να πει με σιγουριά αν ήδη όλα είχαν φτάσει στα χέρια του και το σχέδιο «Παράκελσος» είχε πια τεθεί σε λειτουργία.

Ο Ρόμπερτ, φορώντας τα γυαλιά του κατεβασμένα λίγο στη μύτη, είχε κυριολεκτικά απορροφηθεί από το διάβασμα των στοιχείων.

Ταυτόχρονα επεξεργαζόταν στο μυαλό του σενάρια και πιθανές δράσεις.

Κι έπειτα ξανακοίταγε τις σημειώσεις του, αξιολογούσε τις αναφορές και προσπαθούσε να συνδέσει με σιγουριά όλα τα κομμάτια.

Η σκέψη του όμως διεκόπη από το χτύπημα της πόρτας. Ο Ρόμπερτ, νομίζοντας ότι είναι η γραμματέας του ή ο βοηθός του ο Ντόναλντ, δεν έδωσε ιδιαίτερη σημασία και χωρίς να σηκώσει το βλέμμα του από τα χαρτιά ή να κοιτάξει προς την πόρτα, είπε απλά ένα «Περάστε», βγάζοντας μάλιστα και λίγα νεύρα για την αναπάντεχη διακοπή.

Μπαίνοντας στο γραφείο ο Ντάνιελ Παζαρέτι, υπαρχηγός της Υπηρεσίας τα τελευταία δύο χρόνια, αλλά με καριέρα στο Λάνγκλεϊ από αμούστακο παιδάκι, χαμογέλασε βλέποντας τον Ρόμπερτ να μη δίνει σημασία.

Σιγά να μην τον παρεξηγούσε. Είχαν πολεμήσει από την «ίδια τρύπα» εκατοντάδες φορές και μάλλον τη σχέση τους πλέον θα την έλεγες περισσότερο φιλική παρά τυπική.

Ο γραβατωμένος 60άρης, χωρίς σακάκι κι έναν φάκελο στο χέρι, προχώρησε επίτηδες γρήγορα και, πριν ο Ρόμπερτ τον αντιληφθεί, είχε κάτσει στην πολυθρόνα απέναντί του. Ήθελε να του κάνει πλάκα.

Ο Σίνγκλεη σήκωσε τη ματιά του και έμεινε έκπληκτος. Αμέσως, με μια αυθόρμητη κίνηση σεβασμού σηκώθηκε όρθιος και προτείνοντάς του το χέρι χαμογέλασε λέγοντας:

– Μ' έπιασες στα πράσα, «αρχηγέ». Τι μου κάνεις; Πώς απ' τα μέρη μας;

Φυσικά και ο Ρόμπερτ δεν τα είχε χάσει. Άλλωστε υπήρχε αμοιβαία συμπάθεια, σεβασμός και συναδελφική φιλία ανεξαρτήτου της μικρής διαφοράς βαθμών που χώριζαν τους δύο άντρες.

– Μια χαρά, καλέ μου φίλε. Πώς τα πας; του είπε άνετα ο υπαρχηγός.

– Όπως πάντα. Τρέχουμε και δεν φτάνουμε, κι εσείς εκεί στα ψηλά γραφεία παραπονιέστε και για τα μπάτζετ, του έκανε πλάκα κι ο Ρόμπερτ.

– Θα 'ρθεις εκεί πάνω κι εσύ και θα τη δεις τη γλύκα.

– Μπα, ελπίζω να έχω βγει στη σύνταξη και να κάνω ιστιοπλοΐα σε μέρη που δεν πιάνει ούτε το GPS.

– Κατάλαβα... χαμογέλασε ο Παζαρέτι. Δεν σε βλέπω να κάνεις. Πιάνει παντού πια. Δεν φτάνει που το φτιάξαμε, το κάναμε και καλό και τώρα δεν μπορούμε να κρυφτούμε κι οι ίδιοι.

Ο Ρόμπερτ του έγνεψε κουνώντας το κεφάλι του ότι έχει δίκιο.

– Θα σου πω γιατί ήρθα, συνέχισε ο υπαρχηγός μπαίνοντας στο θέμα. Για την υπόθεση «Παράκελσος». Κανονικά ξέρεις ότι τη χειριζόταν ο αρχηγός, αλλά μου την έκανε πάσα. Και την ανάκριση στη Μολδαβία εγώ την παρακολούθησα δορυφορικά, γιατί εκείνος έλειπε. Έκανες όπως πάντα φοβερή δουλειά. Τώρα μεταξύ μας, Ρόμπερτ, ξέχνα τον Έρικ. Σ' έναν μήνα λήγει η θητεία του και –φαντάζομαι θα σου 'χει πει– κατεβαίνει για γερουσιαστής στο Νέο Μεξικό. Όλο μ' αυτά τρέχει πια. Καλά, εδώ που τα λέμε και βάση πρωτοκόλλου, όλες τις υποθέσεις τις έχει ήδη παραδώσει στους επόμενους.

– Ναι, ναι, μου έχει πει, κατεβαίνει κάτω...

– Καλά, κατεβαίνει, σχήμα λόγου είναι. Εγώ που τον αγαπάω του τα 'πα. Αρχηγέ, εκεί δεν βγαίνεις. Μόνο τα κογιότ θα σε ψηφίσουν. Και εκείνος γέλαγε. Κατέβα στο Νιου Χαμσάιρ απ' όπου κατάγεσαι, του λέω... Τίποτα, αυτός τα δικά του.

– Μην του βάζεις φιτιλιές, ρε Ντάνιελ. Αφού ξέρεις ότι είναι η γυναίκα του από κει κάτω. Γι' αυτό κατεβαίνει εκεί.

– Παιδί μου, τον σέρνει, άντε μην πω από πού... Βγάζεις άκρη με τις γυναίκες; Καλύτερα να έχεις να αντιμετωπίσεις Βάσκους αυτονομιστές, τη Χαμάς, ή τον IRA μαζί με την Αλ Κάιντα, παρά... Τέλος πάντων, πάμε στα δικά μας γιατί, από ό,τι κατάλαβα, καίει αυτή η υπόθεση του «Παράκελσου». Απ' ό,τι είδα έχεις καλέσει meeting σε 2ο επίπεδο. Περνούσα απ' έξω και σκέφτηκα μιας που είμαι εδώ, δεν τα συζητάμε τώρα να το τελειώσουμε το θέμα;

– Γιατί όχι; Βέβαια. Καλύτερα κιόλας να γλιτώσουμε τις γραβάτες, τα χτυποκάρδια των βοηθών μόλις μπεις στην αίθουσα και τα μπισκοτάκια της «Εταιρείας».

Πάντοτε στα meeting εκτός από καφέ είχαν και μπισκοτάκια. Κανέλα και σοκολάτα.

– Τον καφέ δεν θα τον γλιτώσεις όμως, γιατί έχω ξυπνήσει απ' τις 6 και μου χρειάζεται ένας δεύτερος. Αν και μου φαίνεται ότι τον έχουν χαλάσει...

– Πες το κι έγινε, «αρχηγέ». Αυτά είναι τα εύκολα. Κάτσε μόνο να φωνάξω τους δύο συνεργάτες μου να είναι παρόντες και σου βάζω αμέσως.

Ο Ρόμπερτ σήκωσε το τηλέφωνο και πήρε τον Ντόναλντ.

– Παρακαλώ, απάντησε ο νεαρός.

– Έλα, Ντόναλντ, εγώ είμαι. Όπως είσαι, πάρε τηλέφωνο τη Λίσα και ελάτε αμέσως στο γραφείο μου. Έχουμε έκτακτο meeting με τον υπαρχηγό για τον «Παράκελσο».

Χωρίς να πει τίποτα άλλο, έκλεισε τη γραμμή και κατευθύνθηκε προς την καφετιέρα. Έπιασε μια κούπα και, αφού σιγουρεύτηκε ότι ήταν πεντακάθαρη, ρώτησε τον Παζαρέτι:

– Μία ζάχαρη, Ντάνιελ;

– Καμιά, Ρόμπερτ. Εντελώς σκέτο. Περικοπές λόγω γήρατος.

Ο Ρόμπερτ γέλασε και επιστρέφοντας στο τραπέζι άφησε τον καφέ μπροστά στον υπαρχηγό.

– Όχι και γεράματα... Μια χαρά σε κόβω. Δεν θες γάλα, έτσι;

– Όχι, όχι, χίλια ευχαριστώ, Ρόμπερτ.

Οι δύο άντρες ήταν ακόμη χαλαροί, για να δώσουν χρόνο στους δύο βοηθούς μέχρι να έρθουν.

– Καλά, εσύ δεν παραγγέλνεις καφέ στην Κιμ; ρώτησε ο Παζαρέτι.

– Α! Υπαρχηγέ, όλοι έχουν τα χούγια τους. Το δικό μου είναι να τον φτιάχνω μόνος μου, για να μην έχω ανάγκη και κανέναν. Αλλιώς δεν τον ευχαριστιέμαι.

Ο υπαρχηγός δοκίμασε την πρώτη γουλιά και μετά αμέσως μια δεύτερη μικρότερη. Μάλλον του άρεσε πολύ.

– Πολύ καλός! Μπράβο, συνάδελφε. Επιτέλους, βρε παιδί μου, να πιω ένα καφεδάκι της προκοπής, γιατί δεν σου κρύβω ότι είχα αρχίσει να πιστεύω ότι εδώ μέσα έχουν αρχίσει να τον χαλάνε. Τα ίδια μου είπε και ο Έρικ.

Ο Ρόμπερτ δεν έδωσε σημασία. Τα θεώρησε όλα αυτά «σχήμα λόγου» και ούτως ή άλλως αυτός δεν είχε προσέξει τίποτα. Πρόσεξε όμως την πόρτα του γραφείου ν' ανοίγει και να μπαίνουν βιαστικά και πανικόβλητοι ο Ντόναλντ και η Λίσα.

Ήταν σχετικά νέοι ακόμη και η έλλειψη επαφής με τον υπαρχηγό, όπως και να 'χε, τους προκαλούσε ένα δέος. Μάλιστα η Λίσα είχε κοκκινίσει στα μάγουλα και έμοιαζε με παιδάκι που το είχαν φωνάξει στο γραφείο των καθηγητών.

Ο Ρόμπερτ αποφάσισε να της κάνει πλάκα.

– Ωραία μαγουλάκια, Λίσα. Πρέπει να πίνεις πολύ πορτοκαλάδα...

Αμέσως όμως αποφάσισε να το γλυκάνει για να μη φανεί και αγενής.

– Λοιπόν, παιδιά, καταλαβαίνω το άγχος σας λόγω του υπαρχηγού. Καθίστε και να είστε εντελώς ήρεμοι. Δεν δαγκώνει... Ντάνιελ, από εδώ η κυρία Γουέλς και ο Ντόναλντ ο βοηθός μου.

Ο υπαρχηγός κατάλαβε αμέσως.

– Καλημέρα, παιδιά, καθίστε, τους είπε πολύ φιλικά. Όντως δεν δαγκώνω και μην αγχώνεστε καθόλου. Δουλίτσα θα κάνουμε. Καθίστε, καθίστε...

Ο Ντόναλντ και η Λίσα πήραν αρκετή δόση αυτοπεποίθησης και έκατσαν ήρεμα στις πολυθρόνες. Μπροστά τους είχαν ένα μάτσο χαρτιά ο καθένας, σχεδόν δυο μικρά βουναλάκια έτοιμα να τους καλύψουν.

Ο Ρόμπερτ αποφάσισε να ξεκινήσει πρώτος για να σπάσει κι ο πάγος.

– Βέβαια, «αρχηγέ», εδώ έχουμε δύο τυπικά θέματα. Πρώτον, η συνάντηση δεν καταγράφεται...

Ο υπαρχηγός πετάχτηκε αμέσως και διέκοψε τον Ρόμπερτ.

– Γι' αυτό σκας; περίμενε. Έχεις δίκιο, πρέπει να καταχωρηθεί η κουβέντα στα αρχεία.

Ο υπαρχηγός πήρε στα χέρια του το τηλέφωνο και κάλεσε το γραφείο καταγραφών που ήταν αρμόδιο για τις ηχογραφήσεις-εικονογραφήσεις των συναντήσεων και την αρχειοθέτησή τους.

– Καλημέρα, Τζον, είπε, ο υπαρχηγός είμαι...

Μεσολάβησαν μερικά δευτερόλεπτα χαιρετισμού και ο υπαρχηγός συνέχισε:

– Είμαστε στο γραφείο 217 του Σίνγκλεη. Μπορείς, σε παρακαλώ, να πάρεις από την ανοιχτή ακρόαση τη συζήτηση και να τη βάλεις στο φάκελο «Παράκελσος»;

Ο υπαρχηγός άκουγε τι του έλεγε ο υπεύθυνος καταγραφών και ταυτόχρονα εκτελούσε τις «εντολές».

– Ωραία, Τζον, πατάω 17834 και το 217. Ναι, ναι, άναψε το κόκκινο λαμπάκι στην οθόνη. Έγινε, σε ευχαριστώ πολύ, καλημέρα.

Ο Παζαρέτι άφησε το ακουστικό στη βάση του και γύρισε στον Ρόμπερτ.

– Πάει αυτό, λύθηκε. Λοιπόν, κυρία μου και κύριοι, από εδώ και στο εξής η συζήτηση καταγράφεται στα πρακτικά της υπόθεσης.

– Ωραία, είπε ο Ρόμπερτ. Το δεύτερο θέμα, Ντάνιελ, είναι ότι όπως ξέρεις η υπόθεση αυτή είναι και θέμα NSA και λογικά θα έπρεπε να είναι εδώ κι αυτοί.

– Εντάξει, Ρόμπερτ μου, δεν είναι θέμα αυτό. Θα πάρω εγώ τον Ντίκινσον μετά και θα του εξηγήσω. Αν θέλει, μπορεί να ακούσει και την κασέτα με την κουβέντα. Πάντως εμείς το χειριζόμαστε αρχικά. Το NSA επικουρικά παρεμβάλλεται και μόνο αν χρειαστεί. Αφού εμείς το βρήκαμε, είναι δική μας υπόθεση...

– Ωραία, κανένα θέμα τότε.

Ο Ρόμπερτ έκανε μια παύση και πήρε μπροστά του τις χειρόγραφες σημειώσεις του.

– Ξεκινάω εγώ λοιπόν και θα προσπαθήσω να βάλω μια τάξη στις σκέψεις μας, για να δούμε τα λογικά βήματα που μπορούμε να κάνουμε. Μέχρι στιγμής ξέρουμε τι ετοιμάζει ο Αμπάσι, με τη μέχρι χθες βοήθεια του Αλεξέγιεφ και τα μέλη αυτής της συμμορίας με πολλά πλοκάμια. Ξέρουμε πια και τι είναι ο «Παράκελσος» και όντως ζεματάει. Γνωρίζουμε ότι για να μπει σε εφαρμογή το σχέδιό τους χρειάζονται 1) το know-how του «Παράκελσου» και το διαμορφωμένο κομπιούτερ, που τα έχουν από τον Αλεξέγιεφ, 2) το ειδικό software που το είχαν εδώ και πολλά χρόνια, 3) σχεδιάγραμμα κοπής του «λίθου» και κάποιον ειδικό να το κόψει σωστά, και 4) το «λίθο». Τα έχουν όλα!

Το σχεδιάγραμμα κοπής του λίθου το έχουμε πλέον και εμείς. Αλλά σε αυτή τη φάση μάς είναι άχρηστο.

– Ακριβώς, εδώ θα ήθελα να κάνω μια παρένθεση, πετάχτηκε ο υπαρχηγός. Προτεραιότητά μας είναι να σταματήσουμε τον Αμπάσι και να σώσουμε τη χώρα και τον πλανήτη απ' τα χειρότερα. Να τον σταματήσουμε. Βέβαια, καταλαβαίνω ότι το τέλειο θα ήταν να βρίσκαμε και το «διαμάντι». Τώρα που έχουμε και τον Αλεξέγιεφ, αν μπορούσαμε να το αξιοποιήσουμε επιστημονικά θα ήταν το ιδανικό. Όχι για να κατακτήσουμε τον Κόσμο, εννοώ καθαρά επιστημονικά. Αλλά προσοχή παιδιά: βασικός μας στόχος είναι να σταματήσουμε τον Αμπάσι πάση θυσία, ακόμη κι αν χαθεί ο «λίθος».

– Εννοείται, «αρχηγέ». Δεν το συζητάμε αυτό. Είναι απόλυτα κατανοητό. Λοιπόν, με βάση τα δεδομένα καταλήγουμε ότι αυτό που μας ενδιαφέρει είναι να βρούμε πού πάνε όλα αυτά. Πού καταλήγουν. Άρα μας λείπουν –καλά, εδώ που τα λέμε, τα περισσότερα– πού μεταφέρουν μέσω Αγίου Όρους –πιθανότατα– τα εξαρτήματα και το κομπιούτερ και πού θα πάει ή ήδη πήγε η «πέτρα», δηλαδή το ρολόι που φορούσε πιθανότατα ο Μαροκινός στο Λαύριο. Έχουμε δηλαδή δύο δρομολόγια που ψάχνουμε: 1) Yelizaveta στο Άγιο Όρος κι από εκεί κάποιος μοναχός προς άγνωστο μοναστήρι κάπου στην ατέλειωτη Αφρική και 2) Μαροκινός και μέσω επαφής λογικά στο τζαμί, το ρολόι σε κάποιον προορισμό που δεν ξέρουμε πού μπορεί να είναι.

– Υποπτευόμαστε ότι κι αυτό είναι Αφρική, πετάχτηκε τώρα ο Ντόναλντ.

– Για πες, νεαρέ, του έδωσε θάρρος ο Παζαρέτι.

– Λοιπόν, κύριοι, όπως ξέρετε, είχαμε στα χέρια μας το κινητό του Μαροκινού ή για να είμαι πιο ακριβής το μητρώο κλήσεών του από την κάρτα που αντέγραψε το FBI.

– Ναι, ναι, για προχώρα, του είπε ο Ρόμπερτ. Βγάλαμε κάτι;

– Ίσως. Εδώ δυστυχώς αναγκαζόμαστε να παίζουμε τις πιθανότητες του «ίσως». Ψάχνοντας τις κλήσεις του Μαροκινού –ευτυχώς είχε ελάχιστες εκτός Ουκρανίας και ευτυχώς μόνο δύο όσο ήταν στην Ελλάδα– είδαμε ότι μιλάει συχνά με κάποιον Γιουσέφ Μπουσάτ, ο οποίος πηγαινοέρχεται τακτικά στο Μαρόκο. Ψάξαμε μέσω ΙΑΤΑ και για καλή μας τύχη ταυτοποιήσαμε ότι μία ημέρα μετά την πιθανή του συνάντηση στο τζαμί της Παιανίας με τον Μαροκινό, έφυγε για Καζαμπλάνκα. Ίσως με το ρολόι;

– Εκεί δεν τον παρακολουθήσαμε; ρώτησε ο Ρόμπερτ.

– Θα ήταν αδύνατο. Το βρήκαμε, αφού αυτός είχε φύγει. Μας πήρε λίγο χρόνο η ανάλυση των κλήσεων.

– Λογικό, είπε ο Ρόμπερτ. Κι εκεί δηλαδή τον χάνουμε;

– Τον χάνουμε, αλλά βρήκαμε μέσω Μοσάντ ότι αυτός ο τύπος που είναι περίπου...

– Παιδιά, ένα λεπτό, πετάχτηκε τώρα ο υπαρχηγός. Δεν το λέω με τη μορφή παρατήρησης, αλλά σαν συμβουλή θέλω να κάνω απολύτως σαφές ότι ναι μεν είμαστε υπέρ των συνεργασιών σε τέτοιες περιπτώσεις που απαιτούν ειδικές γνώσεις –και οι Ισραηλινοί είναι πολύ δυνατοί στην περιοχή– αλλά με φειδώ. Μην ξεχνάτε ότι μετά πάντοτε χρωστάμε κι εμείς χάρη. Καταλαβαίνετε τι εννοώ. Βεβαίως και να ζητάμε τη βοήθειά τους, αλλά να ξέρετε ότι σε αυτή τη δουλειά όλα είναι δούναι και λαβείν. Δεν είναι τσάμπα.

– Απολύτως κατανοητό, Ντάνιελ, κάλυψε τον νεαρό ο Ρόμπερτ. Συνέχισε, μικρέ...

– Αυτός λοιπόν ο Γιουσέφ Μπουσάτ, που είναι ένα κράμα μεταξύ Τιμοφέι, του κοινού δηλαδή ποινικού, είναι ταυτόχρονα και ανακατεμένος με τρομοκρατία. Κατά καιρούς έχει προκαλέσει πολλούς πονοκεφάλους στη Μοσάντ γιατί πουλάει όπλα στους Παλαιστίνιους, μέσω Κρήτης και ενίοτε στη Χεζμπολάχ μέσω Κύπρου. Γι' αυτό έχει βάση την Αθήνα. Για να είναι παντού.

– Άρα δηλαδή το ρολόι μπορεί να είναι στο Μαρόκο; ρώτησε ο Ρόμπερτ.

– Ή απλά να πέρασε από εκεί, συνέχισε ο Ντόναλντ. Η έκθεση της Μοσάντ αναφέρει ότι αυτός είναι το πρωτοπαλίκαρο ενός πολύ μεγαλύτερου καρχαρία ονόματι Μοχάμεντ Αλ Χασάν Αλ Αλαμί.

254

CIA: Επιχείρηση Παράκελσος

– Δεν πάνε να πηδηχτούνε με τα Αλ τους, μας έχουν ζαλίσει. Ωχ! Συγγνώμη, κυρία μου, είχα ξεχάσει ότι είστε κι εσείς εδώ, είπε έντρομος ο Παζαρέτι.

Η Λίσα του χαμογέλασε δείχνοντάς του ότι τον καταλαβαίνει και δεν συμβαίνει τίποτα.

– Συνέχισε, Ντόναλντ, συγγνώμη, είπε ο υπαρχηγός.

Ο Ντόναλντ καταχάρηκε που ήταν ισοβαρής στην «παρέα» κι ο υπαρχηγός τού μιλούσε στον ενικό.

– Αυτός ο Αλ Αλαμί είναι τεράστιο κεφάλαιο στη Δυτική και Κεντρική Αφρική με μεγάλη δύναμη. Πουλάει όπλα σε όλους τους «στρατηγούς» και έχει διασυνδέσεις που ξεκινάνε από το Μαρόκο και απλώνονται από φατρία σε φατρία μέχρι τη Μαυριτανία, το Μάλι, το Νίγηρα, την Μπουρκίνα Φάσο, ακόμη και μέχρι το Κονγκό και το Νότιο Σουδάν.

– Δηλαδή στη μισή υδρόγειο, είπε ο Ρόμπερτ. Γι' αυτό ο σύνδεσμός μας στο Ιράν μας είπε ότι άκουσε ότι ο «ταχυδρόμος» (στρατηγός) είχε ξαναπάει «πράγματα» στο μοναστήρι απ' τα δυτικά. Τώρα, πριν λίγο το διάβαζα.

– Ναι, όπως κι ότι αυτός που θα το πάρει θα είναι και πάλι «στρατηγός», αλλά δεν ξέρουμε αν θα είναι ο ίδιος ή άλλος.

– Παιδιά, αυτές είναι διασταυρωμένες πληροφορίες; Πού τα μάθαμε και ποιος τα άκουσε; παρενέβη ο υπαρχηγός.

– Απολύτως ασφαλείς πληροφορίες. Υπέκλεψε με τα ίδια του τα αυτιά τη συνομιλία άνθρωπος που είναι στο στενό περιβάλλον του Αμπάσι. Είναι σίγουρα!

– Όλα αυτά όμως, Λίσα, δεν μας λένε τίποτα για το πού είναι αυτό το μοναστήρι. Πάει, τη χάσαμε την πέτρα... είπε ο Ρόμπερτ.

– Όχι ακόμα, κύριε Σίνγκλεν, πετάχτηκε η Λίσα με υψηλή αδρεναλίνη. Το Νότιο Σουδάν μας κάνει μια χαρά.

– Και γιατί αυτό; ρώτησε ο Ρόμπερτ έκπληκτος.

– Γιατί εκεί υπάρχει το μοναδικό μοναστήρι που μπορεί να δέσει με τα στοιχεία. Χρειαστήκαμε 10 αναλυτές που δούλεψαν στην υπόθεση για να φτάσουμε σε ένα λογικό συνταίριασμα καλόγερων, Πατριαρχείων και εκατοντάδων μοναστηριών στην Αφρική. Συγκριτική προσέγγιση και ανάλυση. Το ζητούμενο ήταν ποιος μοναχός από το Άγιο Όρος, μέσω ποιου Πατριαρχείου –δεν ήμασταν σίγουροι για το Αλεξάνδρειας, όπως άφησε να εννοηθεί η ανάκριση και έπρεπε να τα ψάξουμε όλα– πήγε σε ποιο μοναστήρι στην Αφρική; Χακάραμε όλα τα συστήματα των Πατριαρχείων για να μπούμε στις λίστες, ψάξαμε αεροπορικές εταιρείες και μετακινήσεις των τελευταίων δύο μηνών.

– Ήσυχα, παιδιά, ακούνε και οι Σνόουντεν και θα μας κάνουν βαβά, είπε ο υπαρχηγός.

– Το κωλόπαιδο, μουρμούρισε κι ο Ρόμπερτ. Συγγνώμη, Λίσα. Και καταλήξαμε; Μη μας κρατάς σε αγωνία... είπε ανυπόμονα.

– Ίσως, αλλά με καλές πιθανότητες. Αυτόν το μήνα –ας επικεντρώσουμε στον τελευταίο μήνα– υπήρξαν 25 μοναχοί που ξεκινώντας από το Άγιο Όρος, με προορισμό μοναστήρια της Αφρικής, πέρασαν από τα τρία Πατριαρχεία για να πάρουν άδεια. Οι 15 απ' αυτούς είναι πέρα κάθε υποψίας και είχαν κάθε λόγο να ταξιδέψουν. Είναι απολύτως διασταυρωμένο. Από τους υπόλοιπους 10 που μένουν, οι 5 κινήθηκαν μέσω Πατριαρχείων Κωνσταντινούπολης και Ιεροσολύμων και είναι εντάξει, άρα δεν μας ενδιαφέρουν. Ο Αλεξέγιεφ στην ανάκριση μίλησε για κάποιον συνεργάτη του Τιμοφέι στην Αλεξάνδρεια. Άρα έχουμε μόνο 5 μέσω Αιγύπτου.

Επικεντρωθήκαμε σε αυτούς τους 5 και ψάξαμε τα πάντα. Τρεις από αυτούς κινήθηκαν μόνοι τους προς διαφορετικές κατευθύνσεις με προορισμό μοναστήρια στην Αιθιοπία, την Γκάνα και τη Ναμίμπια... Είχαν όμως λόγο.

– Μισό λεπτό. Η Γκάνα και η Ναμίμπια παίζουν μπάλα αν μεταφορέας είναι ο Αλ Αλαμί ή συνεργάτες του, είπε ο υπαρχηγός. Κι ο λόγος μπορεί να είναι για ξεκάρφωμα.

– Θεωρητικά ναι, αλλά τα στοιχεία μάς πάνε αλλού με πολύ περισσότερες πιθανότητες, γιατί οι άλλοι δύο ταξίδεψαν μαζί και δεν είναι η πρώτη φορά. Τρεις φορές αυτόν το μήνα επισκέφτηκαν ένα μοναστήρι στο Νότιο Σουδάν. Το μοναστήρι του Αγίου Μάρκου. Βρήκαμε και τις πτήσεις τους μέσω Καΐρου με τις Αιγυπτιακές Αερογραμμές.

– Εντάξει, μπορεί κι αυτοί να πήγαν για συγκεκριμένη δουλειά, είπε πάλι ο υπαρχηγός.

– Μπορεί, αλλά μπορεί και όχι, γιατί ο μοναχός από το Άγιο Όρος είναι Ρώσος και ονομάζεται Αλεξέι Πολατόφ και ο άλλος που έχει έδρα το Πατριαρχείο Αλεξάνδρειας ονομάζεται Πέτρος Παγκρατίδης.

– Και πού είναι το κελεπούρι, ρε παιδιά; Στο ότι ο ένας είναι Ρώσος;

– Το κελεπούρι είναι ότι σύμφωνα με τα αρχεία της Στάζι και οι δυο τους είναι πρώην KGBίτες.

– Για KGBίτη μας είπε και ο Αλεξέγιεφ. Τώρα βράζει καλά. Ήρθε η ώρα να ρίξω τον κύβο, είπε ο Ρόμπερτ. Μπορεί να έχουμε κάτι...

– Και μάλιστα ο Πολατόφ ήταν ειδικός στα κομπιούτερ, πρόσθεσε η Λίσα.

– Ε τότε να ανοίξω και το κρασί! Τώρα ναι, έχουμε κάτι.

– Όντως, είπε ο υπαρχηγός. Μεγάλες πιθανότητες βέβαια και τίποτα παραπάνω, αλλά έχουμε τον πιθανό τόπο προορισμού.

– Το ποιος θα κόψει την «πέτρα» το έχουμε; ρώτησε ο υπαρχηγός.

Και η Λίσα και ο Ντόναλντ έγνεψαν «έτσι κι έτσι», κουνώντας το κεφάλι και δείχνοντας προβληματισμένοι.

– Ο σύνδεσμός μας που άκουσε τον Αμπάσι να μιλάει στο τηλέφωνο κατάλαβε –απ' ό,τι μπορούσε να καταλάβει χωρίς να ξέρει όλη την ιστορία– ότι μιλούσε με τον «κόφτη». Δηλαδή ότι κι ο κόφτης είναι ήδη εκεί και μάλιστα με ηγετικό ρόλο στο μοναστήρι. Μπορεί όμως να πάει και κάποιος άλλος εκεί. Αυτό δεν το βρίσκουμε με τίποτα και μάλιστα γρήγορα. Είναι δίπλα και η Νότια Αφρική που έχει διαμάντια. Δεν βγάζεις άκρη, παρεμβλήθει ο Σίνγκλεη.

– Ψάξαμε αν υπάρχει εκεί κάποιος Γιανίκ – έτσι τον προσφώνησε ο Αμπάσι στο τηλέφωνο. Το όνομα είναι μεν Ολλανδικό, αλλά πρώτον μπορεί να είναι εκεί με άλλο ψεύτικο όνομα ή το Γιανίκ να είναι συνθηματικό. Πάντως στη λίστα με το «μόνιμο πλήρωμα» του μοναστηριού δεν υπάρχει κάτι τέτοιο στο Πατριαρχείο, ολοκλήρωσε η Λίσα.

– Επώνυμο δεν έχουμε, ε; ρώτησε ο Παζαρέτι.

– Όχι, κύριε υπαρχηγέ. Τον προσφώνησε μόνο με το μικρό. Επιμείναμε κι εμείς πολύ σ' αυτό, αλλά ο σύνδεσμος ή δεν το πρόσεξε ή δεν το άκουσε ή δεν ειπώθηκε.

– Οπότε λογικά στέλνουμε κάποιον εκεί. Φαντάζομαι το έχεις κάνει ήδη Ντόναλντ. Έτσι; συνέχισε ο Ρόμπερτ.

– Δυστυχώς όχι, αφεντικό. Ερχόμουν να σ' τα πω την ώρα

που μας φώναξες μέσα. Δεν υπάρχει δυνατότητα αυτή τη στιγμή.

– Τι εννοείς, διάολε; Κλείσαμε τη CIA Αφρικής και μένα δεν μου το 'πατε;

– Όντως έχουμε θέμα, κύριε Σίνγκλεη, είπε η Λίσα. Κάναμε meeting 2 ωρών με αυτό το θέμα, παρών και ο διευθυντής Επιχειρήσεων Κεντρικής Αφρικής και η περίπτωση είναι μοναδική.

Εκεί κοντά δεν υπάρχουν διαθέσιμοι άντρες –εννοώ γενικά fields– και, ακόμα κι αν οργανώσουμε κάτι, θα χρειαστούν τουλάχιστον 3-4 μέρες για να μπριφαριστεί ο πράκτορας και να φτάσει εκεί, αν ποτέ φτάσει, γιατί το μοναστήρι είναι κυριολεκτικά στη μέση του πουθενά.

– Σε 4-5 μέρες θα έχουμε Χριστούγεννα και σε μια εβδομάδα θα κάνει παραμονή ο Αμπάσι με τα λεφτά μας και θα μας έχει έκπληξη για την Πρωτοχρονιά πυρηνικά βαρελότα. Τι συζητάμε τώρα; Για δώστε μου, ρε παιδιά, έναν χάρτη γιατί θα τρελαθώ.

Ο Ντόναλντ του πάσαρε έναν δορυφορικό χάρτη που είχε όλες τις λεπτομέρειες και έναν ακόμη που είχε την ευρύτερη περιοχή.

Ο Ρόμπερτ τους άνοιξε έτσι μπροστά του ώστε να μπορεί να δει κι ο υπαρχηγός.

Το δωμάτιο σίγησε και οι δύο άντρες έπεσαν με τα μούτρα στη μελέτη.

– Όντως, αν μου λέτε ότι ο εκεί «Σταθμός» δεν έχει δύναμη και οι γειτονικές χώρες θέλουν μέρες για να επιχειρήσουν, έχουμε πρόβλημα. Είναι όντως στο πιο απίθανο σημείο για να μην μπορείς να κάνεις τίποτα, είπε ο Ρόμπερτ.

– Αυτό βλέπω κι εγώ, είπε κι ο υπαρχηγός.

Επικράτησε πάλι σιγή και όλοι τους ήταν προβληματισμένοι. Ξαφνικά ο Σίνγκλεη πετάχτηκε πάλι και είπε:

– Για δώστε μου και έναν χάρτη με τις χιλιομετρικές. Νομίζω ότι κάτι σκέφτηκα, αλλά δεν είμαι σίγουρος.

Ένας νέος χάρτης βγήκε από τα ντοσιέ του Ντόναλντ και πήρε κι αυτός θέση μπροστά απ' τον Ρόμπερτ. Όσο εκείνος μετρούσε κάτι, ο υπαρχηγός είπε στο τραπέζι:

– Παιδιά, αν δεν έχουμε λύση, πρέπει να έρθω σε επαφή με το NSA και όλοι μαζί με το Πεντάγωνο να δούμε τι μπορεί να κάνει ο στρατός. Δεν υπάρχει άλλη λύση. Δεν μπορούμε να τους αφήσουμε.

– Αυτό δεν γίνεται, Ντάνιελ. Δηλαδή γίνεται, αλλά δεν είναι λύση. Μόνο σε έκτακτη ανάγκη θα το δοκίμαζα. Αν προλάβουν και κρύψουν το «πετράδι», την κάτσαμε. Και αν κατά τύχη εκεί φτιάχνουν μόνο το κομπιούτερ και η κοπή γίνεται αλλού και μας μυριστούν, θα ειδοποιήσουν τους άλλους και μετά άντε βρες την «πέτρα». Και σημασία έχει μόνο η «πέτρα»...

– Δεν έχεις άδικο, αλλά τι προτείνεις; τον ρώτησε ο Παζαρέτι.

– Λοιπόν, νομίζω ότι κάτι βρήκα και με πολλή τύχη μπορεί να πιάσει. Έχω άνθρωπο...

– Τι άνθρωπο έχεις εκεί; ρώτησε έκπληκτος ο υπαρχηγός.

– Έχω έναν πρώην δικό μας που έχει αποτραβηχτεί εκεί κοντά στα σύνορα με τη Λαϊκή Δημοκρατία του Κονγκό.

– Πρώην;

– Πρώην, αλλά σαΐνι και πέρα για πέρα αξιόπιστο. Αν όντως υπάρχει κάτι εκεί, είναι ο μόνος που άμεσα μπορεί να έχει αποτελέσματα. Θυμάσαι την «επιχείρηση Μπισκοτσίτο»; Αυτός ήταν ο «μικρός»...

– Φυσικά και θυμάμαι. Ξεχνιούνται αυτά; Ωραία τότε! Εσύ ξέρεις τους ανθρώπους σου, εσύ βέβαια φέρεις και την ευθύνη, Ρόμπερτ.

– Κανένα πρόβλημα. Δεν υπάρχει άλλη λύση, αρκεί βέβαια να δεχτεί.

– Δώσ' του λεφτά. Να τον πληρώσουμε, αν χρειαστεί.

– Μπα, «αρχηγέ» μου, δεν είναι τέτοιος τύπος. Αν το κάνει, θα το κάνει γιατί το πιστεύει.

– Ωραία, κάνε ό,τι μπορείς. Αναλαμβάνεις δράση. Λοιπόν, αν τελειώσαμε, θα σε χρειαστώ λίγο μόνο σου, είπε ο Παζαρέτι.

Τα παιδιά κατάλαβαν αμέσως και μαζεύοντας γρήγορα χαρτιά και φακέλους πήγαιναν ήδη προς τα έξω.

– Ευχαριστούμε πολύ, παιδιά, είπε ευγενέστατα ο υπαρχηγός. Κάνατε καταπληκτική δουλειά. Τα θερμά μου συγχαρητήρια.

Η πόρτα έκλεισε, η Λίσα και ο Ντόναλντ πετούσαν απ' τη χαρά τους, αλλά ο Ρόμπερτ είχε το μυαλό του στον υπαρχηγό. Κάτι σημαντικό ήθελε σίγουρα να του πει.

– Τι έγινε, Ντάνιελ; Έχουμε τίποτα άλλο; τον ρώτησε με απορία.

– Ρόμπερτ, με όλο το σεβασμό, νομίζω ότι σου έχει ξεφύγει κάτι σε αυτή την υπόθεση.

Ο υπαρχηγός δίστασε λίγο. Ήθελε, ίσως, να φερθεί ευγενικά.

– Πες μου, υπαρχηγέ. Μη σταματάς. Άνθρωποι είμαστε, κάνουμε λάθη, γι' αυτό και δουλεύουμε σαν ομάδα.

– Να, Ρόμπερτ, αυτό το πρόσεξα στην Κισινάου που παρακολουθούσα την ανάκριση. Σχετικά με την «πέτρα», ή καλύτερα την «πέτρα πριν από την τελευταία» που ψάχνουμε...

Ο υπαρχηγός δεν πρόλαβε να ολοκληρώσει και τον διέκοψε ο Ρόμπερτ.

– Α! κατάλαβα, μη συνεχίζεις. Πώς μπορούμε να είμαστε σίγουροι ότι δεν την έχουν ακόμη οι Ρώσοι;

– Ακριβώς, μ' έπιασες αμέσως. Ο Αλεξέγιεφ μπορεί να λέει για την πέτρα στο κομπιούτερ του γραφείου του, αλλά εμείς τον πιστεύουμε ότι όντως πετάχτηκε ή την έκλεψαν, ή δεν ξέρει καν τι του γίνεται;

– Έχεις απόλυτο δίκιο, γι' αυτό και δουλεύω και πάνω σε αυτό. Έχω βάλει μυστικό πράκτορα και μάλιστα εκτός λίστας της Υπηρεσίας για να μην έχουμε καμιά διαρροή.

– Ποιον; Θεωρώ ότι μπορώ να ξέρω κι εγώ, χαμογέλασε ο υπαρχηγός.

– Τη νεαρά που μόλις έφυγε. Τη Λίσα. Την προορίζω για τις Επιχειρήσεις. Είναι φυσικό ταλέντο και είχε δουλέψει και λίγο field παλιά στο FBI.

– Εξαιρετική επιλογή! Μου έκανε κι εμένα εντύπωση η εξυπνάδα της, η ευστροφία της, το στιλ, αλλά δεν σου κρύβω και η εμφάνιση. Να, βρε Ρόμπερτ, μια τέτοια πρέπει να παντρευτείς... τον πικάρισε ο υπαρχηγός.

Ο Ρόμπερτ σκέφτηκε γρήγορα μέσα του: «Μα πώς το κατάλαβε; Τόσο γάτα είναι; Και να σκεφτείς ότι μπροστά του ήμουν μαζί της τυπικότατος».

– Άσε τις πλάκες, Ντάνιελ. Ξέρεις ότι εδώ έχουμε δουλειά, τον έκοψε ο Ρόμπερτ.

– Έχουμε και ζωές όμως. Καλά, δεν το συνεχίζω, αλλά σκέψου το.

Ο Παζαρέτι σηκώθηκε να πάει προς την πόρτα, αλλά ήθελε να σιγουρευτεί για την υπόθεση.

– Για πες μου κι ένα τελευταίο. «Placebo» με τους Ρώσους;

– Φυσικά, «αρχηγέ». Την κλασική μέθοδο. Πουλάμε φύκια

για μεταξωτές κορδέλες να δούμε αν θα τσιμπήσει το ψάρι. Έβαλα τον δρ. Σμιθ να μαγειρέψει το φάκελο.

– Τέλεια! Σωστός. Μόνο πρόσεχε το δόλωμα, γιατί φαίνεται γλυκούλα...

Κεντρική Αφρική,
Σύνορα Ν. Σουδάν με Λαϊκή Δημοκρατία του Κονγκό,
Βορειοδυτικά απ' το μοναστήρι του Αγίου Μάρκου,
Χωμάτινο αεροδρόμιο

Ο μικρός Ντούντου γυμνός απ' τη μέση και πάνω, φορώντας ένα τζιν σορτσάκι κομμένο με το ψαλίδι λίγο πάνω απ' τα γόνατα και τα πάνινα, πράσινα Converse, που ο Τζορτζ του είχε κάνει δώρο κι εκείνος τα λάτρευε ως θησαυρό, σημάδεψε από μακριά το αυτοσχέδιο ταμπλό της μπασκέτας που κρεμόταν έξω από την είσοδο του υπόστεγου, αλλά η μπάλα δεν του έκανε το χατίρι.

Δεν το έβαλε κάτω όμως. Την ξανάπιασε, κι αυτή τη φορά ακούστηκε ο ήχος απ' το άγγιχτο καλάθι που έβαλε περίπου απ' τα πεντέμισι μέτρα, καθώς περνούσε μέσα απ' το αλυσιδένιο δυχτάκι που είχε φτιάξει ο Τζορτζ.

Κι έπειτα ξανά και ξανά. Ο μικρός στριφογύριζε προς όλες τις πλευρές της ρακέτας και κρατώντας μια μέση απόσταση γύρω στα 6 μέτρα βομβάρδιζε με ταχύτητα τη σιδερένια στεφάνη σκοράροντας το ένα καλάθι πίσω από το άλλο.

Ήταν ψηλός για την ηλικία του, με καλογυμνασμένο σώμα και το στιλ με το οποίο σούταρε θύμιζε από τώρα επαγγελματία, με προτεταμένο το χέρι όσο πιο ψηλά μπορούσε και τον καρπό εύκαμπτα να σπάει σε κάθε προσπάθεια για σουτ.

Εκεί που υστερούσε λίγο ήταν στην ντρίπλα, αλλά σε αυτό έφταιγε το χώμα στη βάση της μπασκέτας, που δεν του έδινε τη δυνατότητα να προπονηθεί καλά, με το ψιλοχάλικο εδώ κι εκεί να τον παραπλανεί και κάπου κάπου να του πετάει την μπάλα εκτός λογικής πορείας.

Ο Τζορτζ πάντως του είχε υποσχεθεί, με την πρώτη ευκαιρία, να ρίξουν μερικά κιλά τσιμέντο, αλλά το ανέβαλαν για το καλοκαιράκι που ο καιρός θα ήταν καλύτερος και σίγουρα οι βροχές πιο φιλόξενες μέχρι το σκυρόδεμα να πήξει.

Γιάννης Παρθένιος

Ο μικρός έπαιζε ώρα τώρα και αποφάσισε να πάρει μια ανάσα. Προχώρησε κάνα δυο βήματα προς τα μέσα, εκεί που βρισκόταν ο Τζορτζ, δίπλα σε 4-5 βαρέλια που ήταν δεξιά απ' την πύλη του υπόστεγου συντήρησης του Σέσνα, χωρίς όμως να εμποδίζουν την είσοδο και έξοδο του αεροπλάνου.

Ο Τζορτζ είχε μπροστά του ένα μεγάλο ντεπόζιτο γύρω στα 40-50 λίτρα, με ενσωματωμένη τρόμπα και κουνούσε πάνω κάτω έναν λεβιέ, μεταφέροντας το υγρό από το δοχείο σε ένα άλλο δίπλα, αυτό χωρίς τρόμπα.

Στο στόμιο της τρόμπας είχε προσαρμόσει με μαεστρία ένα φίλτρο βενζίνης, που το είχε πάρει από αυτοκίνητο και δεν χωρούσε ακριβώς στο στόμιο του άλλου δοχείου, με αποτέλεσμα κάπου κάπου να κυλούν μερικές σταγόνες στο χώμα.

Ήταν κι αυτό κάτι που υποχρεούνταν να κάνει ανά τακτά διαστήματα για να εξασφαλίσει καθαρή κηροζίνη για το αεροσκάφος. Να φιλτράρει την υπάρχουσα, που αν ποτέ έφτανε στην Καλόμε είχε περάσει τα χίλια μύρια.

Όλοι κι όλοι οι προμηθευτές κηροζίνης για ιδιωτική χρήση ήταν δύο από τη Δυτική Αφρική. Και το μόνο πρατήριο κοντά στον Τζορτζ βρισκόταν δυστυχώς στο Νότιο Σουδάν. Έτσι το ιπτάμενο υγρό ή διένυε το Καμερούν, το Κονγκό και τη Λαϊκή Δημοκρατία του Κονγκό για να φτάσει από τη Νιγηρία στο Νότιο Σουδάν, ή ερχόταν από τις ακτές του ωκεανού και τη Λουάντα της Αγκόλα κάνοντας επίσης ένα πολύ μακρινό ταξίδι.

Και στα δύο δρομολόγια η κηροζίνη άλλαζε συνεχώς δεξαμενές, βαρέλια και φορτηγά μεταφοράς, με αποτέλεσμα όταν έφτανε στον τελικό της προορισμό να είναι τόσο βρόμικη που θα μπούκωνε οποιοδήποτε καρμπιρατέρ. Γι' αυτό κι ο Τζορτζ έπρεπε να τη φιλτράρει πολλές φορές.

– Μα κάθε φορά, Τζορτζ, θα κάνουμε αυτό το πράγμα; παραπονέθηκε ο μικρός Ντούντου που ήθελε να παίξει με τον πιλότο, αλλά δεν τολμούσε να το ζητήσει βλέποντάς τον να αγκομαχά και να ιδρώνει την άσπρη του αμάνικη φανέλα.

– Νεαρέ, σοβαρέψου και μη βαριέσαι. Σου έχω ξαναπεί τόσες φορές ότι κι εσύ σαν πιλότος που θα γίνεις σε μερικά χρόνια, θα πρέπει να δίνεις τεράστια προσοχή στο καύσιμο. Από κακή βενζίνη μπορείς να πέσεις. Δεν βουλώνει μόνο το καρμπιρατέρ, αλλά μπορεί να σου κάνει κράτει στον κινητήρα και να στολάρεις.

– Τι είναι το «κράτει»; ρώτησε ο μικρός που σιγά σιγά μάθαινε τα πάντα.

– Όταν πας να δώσεις γκάζι και ο κινητήρας δεν αντιδρά ή σβήσει. Εκεί την έβαψες.

– Α! είπε σκεπτικός ο μικρός.

– Και ποτέ δεν θα έχεις κοντά φωτιά, όταν φιλτράρεις. Καύσιμο και φωτιά δεν πάνε μαζί.

– Μα εγώ θα γίνω πιλότος στη Νέα Υόρκη. Έτσι δεν μου έχεις πει; Φαντάζομαι εκεί να μη φιλτράρω. Δεν έχει καθαρό καύσιμο;

– Μακάρι να πας εκεί. Αλλά μέχρι τότε, πρέπει να τα μαθαίνεις όλα από το μηδέν. Δεν ξέρεις ποτέ πότε μπορεί να χρειαστείς τη γνώση, του είπε ο Τζορτζ.

Ο μικρός Ντούντου είχε αρχίσει να ξανασκάει την μπάλα έτοιμος να πάει πάλι προς το καλάθι, αλλά η σειρήνα του τηλεφώνου –το είχαν συνδέσει με εξωτερική σειρήνα ώστε να το ακούν κι από μακριά– του έδωσε time-out και ο μικρός όρμησε προς τη συσκευή.

Ο Τζορτζ σταμάτησε να τρομπάρει και σκούπισε τα χέρια του σε ένα στουπί. Ήξερε ότι θα ήταν γι' αυτόν και θα έπρεπε να απαντήσει, αλλά ο μικρός τρελαινόταν απ' τη χαρά του να απαντάει εκείνος –επαφή με την τεχνολογία στη μέση της ζούγκλας– κι έτσι πάντα τον άφηνε δήθεν να προλαβαίνει.

– Παρακαλώ, είπε στα αφρικανικά ο Ντούντου με την παιδική φωνούλα του.

– Γεια σας, ακούστηκε από την άλλη άκρη κάποιος που του φάνηκε γνωστός, αλλά λόγω και της κακής ποιότητας στη γραμμή, δεν τον γνώρισε αμέσως.

– Γεια σας, απάντησε κι ο Ντούντου στα αγγλικά που πλέον τα είχε μάθει από τον Τζορτζ σχεδόν σαν μητρική. Ποιον θέλετε, παρακαλώ, είπε ευγενικά.

– Γεια σου, Ντούντου, θηρίο, του είπε. Μου δίνεις, σε παρακαλώ, τον Τζορτζ;

– Ποιος είναι; Ποιος τον ζητάει; ενδιαφέρθηκε ο μικρός ακούγοντας το «θηρίο».

– Ο θείος Ρόμπερτ είμαι, απ' την Αμερική. Τι κάνεις, μικρέ; Είσαι καλά;

263

Ο μικρός τρελάθηκε από τη χαρά του ακούγοντας τον Ρόμπερτ κι ας μην τον είχε γνωρίσει ποτέ. Κάπου κάπου μίλαγαν μαζί, όταν δυο-τρεις φορές το χρόνο καλούσε τον Τζορτζ για να δει τι κάνει. Και ο πιλότος τού είχε μιλήσει για εκείνον με τα καλύτερα λόγια, λέγοντάς του μεταξύ αστείου και σοβαρού ότι όταν θα μεγάλωνε, ο «θείος Ρόμπερτ» θα τον έπαιρνε στην Αμερική.

– Γεια σου, θείε Ρόμπερτ. Είμαι μια χαρά. Πότε θα με πάρεις εκεί; του είπε.

Ο Ρόμπερτ χαμογέλασε και μάλλον το καταχάρηκε.

– Μόλις κλείσεις τα 18 σε περιμένω εδώ, μικρέ. Άντε, ετοιμάσου...

– Σε λίγα χρόνια πετάω για εκεί, φώναξε με κέφι ο μικρός. Γεια σου, θείε, πάρε τον Τζορτζ τώρα...

Ο Τζορτζ γέλαγε και έπιασε μεμιάς το τηλέφωνο, ενώ ο μικρός έκατσε πιο κει και παρατηρούσε με μεγάλο ενδιαφέρον τι θα πουν οι δυο τους. Η περιέργεια του μικρού.

– Έλα, «αρχηγέ» μου, τι κάνεις, πώς πάει η «Εταιρεία»; του είπε αμέσως ο Τζορτζ.

– Μια χαρά, αδελφέ. Μια χαρά. Αλλά σε παίρνω για κάτι σοβαρό. Θέλω χάρη και μάλιστα μεγάλη.

Ο Τζορτζ σοβαρεύτηκε αμέσως και έδωσε όλη του την προσοχή.

Κατάλαβε ότι για να ξεκινήσει έτσι ο Ρόμπερτ συνέβαινε κάτι πολύ σοβαρό. Εκεί που ήταν ο Τζορτζ στη μέση του πουθενά, ό,τι χάρη κι αν του ζητούσε ο Ρόμπερτ, σίγουρα είχε να κάνει με την «Εταιρεία».

– Ξέρω ότι έχεις αποτραβηχτεί και δεν μας έχεις καμιά υποχρέωση, προσπάθησε να πει ο Ρόμπερτ, αλλά ο Τζορτζ τον έκοψε.

– Άσ' τα αυτά, αφεντικό. Ό,τι θέλεις. Πες μου καθαρά κι αμέσως.

– Έγινε, φίλε, ευχαριστώ προκαταβολικά. Λοιπόν άκου... Θα σε ενημερώσω όσο μπορώ από το τηλέφωνο, αν και δεν είναι ασφαλές. Δεν θα πω ονόματα, αλλά άκου μια ιστορία και τι πρέπει να κάνουμε...

Ο Τζορτζ έκατσε πάνω σε κάτι καφάσια με παλιά ανταλλακτικά και προσηλώθηκε στο θέμα.

Το ίδιο προσηλωμένος ήταν κι ο μικρός Ντούντου που βέβαια ούτε άκουγε τι λέγαν οι δύο άντρες, ούτε καταλάβαινε, ούτε βέβαια θα μάθαινε και ποτέ. Ένιωθε όμως μια αγωνία διαβάζοντας τη σοβαρότητα και τις γκριμάτσες που έκανε το πρόσωπο του Τζορτζ.

Πολύ σύντομα, ο Ρόμπερτ χρησιμοποιώντας μια ειδική γλώσσα που καταλάβαιναν οι δυο τους, χωρίς λεπτομέρειες, χωρίς ονόματα και άχρηστες πληροφορίες και σίγουρα κάνοντας την κουβέντα σχεδόν ακατανόητη για κάποιον ακάλεστο ωτακουστή –που πιθανότατα δεν υπήρχε σε αυτές τις συνθήκες– μπριφάρισε τέλεια τον Τζορτζ που ήδη είχε καταλάβει την κατάσταση και τι έπρεπε να κάνει.

– Άρα, Ρόμπερτ, δουλειά μου είναι να κλέψω ή να καταστρέψω το «πακέτο», αν οι τύποι είναι εκεί και το «μαγειρεύουν».

– Ακριβώς, φίλε. Ή να πάρεις την «πέτρα». Η «πέτρα» είναι το σημαντικό. Όμως, το δύσκολο είναι ότι πρέπει να φτάσεις εκεί και να μη σε υποψιαστούν. Δεν είμαστε σίγουροι, γι' αυτό και δεν μπορούμε να στείλουμε «βατράχια». Αν μας καταλάβουν και προλάβουν να το κρύψουν ή να το εξαφανίσουν, την κάτσαμε τη βάρκα. Και δεν μπορούμε να στείλουμε άλλον. Δεν προλαβαίνουμε και είναι αδύνατο να εμφανιστεί ακάλεστος στο μοναστήρι χωρίς να τον υποπτευτούν. Άσε που δεν υπάρχει δυνατότητα. Δεν υπάρχουν field στη μέση του πουθενά, και αν ετοιμάσουμε «special delivery», μπορεί το πουλί να προλάβει να πετάξει και μετά άντε βρες το. Γι' αυτό σκέφτηκα τη μόνη λύση: εσένα.

– Αν όμως είναι εκεί, έτσι;

– Όπως σου είπα. Αν. Αν οι δύο μοναχοί είναι αυτοί που ψάχνουμε κι αν υπάρχει εκεί και κάποιος που ξέρει απ' αυτά και θα κόψει την «πέτρα». Άλλα στοιχεία δεν έχουμε. Βασιζόμαστε στις πιθανότητες να έχουμε προβλέψει σωστά, βάση αυτών που έχουμε μέχρι τώρα από όλους τους «Σταθμούς».

– Έγινε. Θα πάω εκεί με το αεροσκάφος και θα πράξω σύμφωνα με ό,τι δω...

– Ωραία, γράψε τις συντεταγμένες κάπου, του είπε.

Ο Τζορτζ πήρε ένα κατσαβίδι που βρισκόταν κοντά και χάραξε τα νούμερα στον ξύλινο τοίχο, λίγο δίπλα του.

– Εντάξει, όλα ξεκάθαρα, είπε του Ρόμπερτ.

– Έχουμε όμως κάνα δυο προβλήματα ακόμα, αδελφέ, του είπε ο Σίνγκλεη.

– Για πες...

– Το ένα λύνεται εύκολα. Πρέπει να είμαστε σε κάποια μορφή επικοινωνίας μη γίνει καμιά στραβή. Μπορώ αύριο να σου στείλω από την πρεσβεία στην Τζούμπα, που είναι πιο κοντά σου, έναν οδηγό και να αφήσει σε όποια πόλη μου πεις ένα δορυφορικό τηλέφωνο. Θα του πω να φύγει από σήμερα, ώστε αύριο να είναι σίγουρα κοντά στα σύνορα, αν όλα πάνε καλά, γιατί όπως θα ξέρεις η πρεσβεία στην Τζούμπα αντιμετωπίζει συνεχώς προβλήματα με τους «αντάρτες». Να έρθει όμως εκεί που είσαι, είναι αδύνατο. Ούτε μαϊμού δεν το βρίσκει, έκανε και λίγο πλάκα ο Ρόμπερτ.

– ΟΚ. Ας έρθει τότε στο ταχυδρομείο της Καλόμε, στο Νότιο Σουδάν –αυτή θα τη βρει εύκολα σχετικά– και από εκεί το παίρνω εγώ. Είναι σχετικά κοντά μου.

– Ωραία! Το δεύτερο έχει να κάνει με τη θέση του μοναστηριού. Φίλε, το κοιτάξαμε από ψηλά, από το δορυφόρο, και δεν έχει ούτε ένα κομματάκι γης. Πώς θα προσγειωθείς;

– Αυτό μη σε νοιάζει. Άσ' το πάνω μου. Θα το ρίξω...

– Τα 'χασες, αδελφέ; Δεν είπαμε και να πεθάνεις. Μετά είσαι κι άχρηστος, χαμογέλασε ο Ρόμπερτ.

– Μη φοβάσαι. Θα προσπαθήσω να το ρίξω εκεί κοντά. Θα κάνω ελεγχόμενη αναγκαστική. Μην ξεχνάς ότι δεν είμαι πιλότος. Είμαι πιλότος CIA. Εσείς με εκπαιδεύσατε για κάτι τέτοια.

– Αυτό ομολογώ δεν το ξέρω. Σας εκπαιδεύουμε να πέφτετε; Τώρα γέλασε ο Τζορτζ.

– Περίπου, «αρχηγέ». Όχι μόνο να το σηκώνουμε, αλλά αν χρειαστεί, να πέφτουμε και στα μαλακά.

– Ε τότε εύχομαι να είσαι χοντρόπετσος, γιατί όπως βλέπω τη δορυφορική φωτογραφία εδώ, μάλλον δεν το κόβω για μαλακά...

– Μην ανησυχείς. Άσ' το αυτό.

– Τότε είμαστε «πεντακάθαροι», φίλε. Ξεκίνα μόλις πάρεις το τηλέφωνο και πραγματικά ΠΡΟΣΕΧΕ! του φώναξε ο Ρόμπερτ.

– Έγινε, αφεντικό. Καλή μέρα να έχεις. Τα λέμε πολύ σύντομα.

– Τσάο, αετέ. Χίλια ευχαριστώ. «Τα λέμε» όντως...

Ο Ρόμπερτ έκλεισε τη γραμμή κι ο Τζορτζ ακούμπησε και πάλι το τηλέφωνο στο ράφι του. Δεν είχε προλάβει να κοιτάξει τον μικρό Ντούντου και του είπε:

– Μικρέ, θα χρειαστεί να λείψω για δυο τρεις μέρες. Θα αναλάβεις εσύ τη βάση μας...

Ο μικρός δεν απάντησε και αυτό έκανε τον Τζορτζ να κοιτάξει προς το μέρος του. Είχε ζαρώσει σαν παιδάκι που φοβάται και δάκρυα κυλούσαν απ' τα μάτια του.

Ο Τζορτζ τον πλησίασε και αγκαλιάζοντάς τον με απορία –αν και υποπτευόταν τι έτρεχε– τον ρώτησε:

– Τι έγινε, μικρέ μου φίλε; Τι έπαθες ξαφνικά;

Ο μικρός ήταν άμεσος και σαφής:

– Δεν θέλω να πας, Τζορτζ. Δεν θέλω να σε χάσω. Μόνο εσένα έχω. Σε παρακαλώ, μην πας. Μη μ' αφήσεις.

Είχε δίκιο να ανησυχεί μ' αυτά που είχε ακούσει.

– Δεν υπάρχει κανένας λόγος να ανησυχείς. Κανένας απολύτως. Μια απλή δουλειά είναι και σε δύο μέρες θα είμαι πίσω. Σκέτη ρουτίνα. Φυσικά και δεν πρόκειται να σ' αφήσω. Ποτέ δεν πρόκειται να σ' αφήσω.

Τώρα τον αγκάλιαζε κι ο μικρός και μάλλον ήθελε ακόμη μια διαβεβαίωση.

– Μου ορκίζεσai ότι θα γυρίσεις; Μου ορκίζεσai ότι δεν θα μ' αφήσεις ποτέ;

– Έχεις το λόγο της τιμής μου. Αφού ξέρεις ότι είμαστε σαν πατέρας με γιο, δεν το ξέρεις; Να, για να σε πείσω και να μη στεναχωριέσαι, θα σου πω αυτό: αν δεν γυρίσω, να χάσουν οι Νικς.

Ο μικρός έβαλε αμέσως τα γέλια και φάνηκε να το καταχάρηκε.

– Τότε σε πιστεύω, Τζορτζ. Αυτό δεν θα το έλεγες ποτέ μα ποτέ.

1 ημέρα μετά
Νότιο Σουδάν, Καλόμε,
Περιφερειακό ταχυδρομείο

Ο έγχρωμος μεσόκοπος υπάλληλος του ταχυδρομείου έσκυψε μέσα στον τεράστιο σάκο με τα δέματα και μετά από λίγο έβγαλε ένα κακοτυλιγμένο κουτί περίπου στο μέγεθος μιας από τις παλιές καπελιέρες.

Ψηλάφισε λίγο το δέμα δεξιά, αριστερά, πάνω, κάτω, λες και

έκανε επίδειξη επαρχιώτικης αδιακρισίας. Του φαινόταν παράξενο. Έκανε ότι έψαχνε τον παραλήπτη, αλλά κοιτούσε το δέμα.

Σε μια άκρη του μισοσκισμένου περιτυλίγματος από ένα χαρτί σαν λαδόκολλα, εντόπισε μια μικρή τυπωμένη ετικέτα από εκτυπωτή.

Τα παλιομοδίτικα γυαλιά του γλίστρησαν από το ρυτιδιασμένο του πρόσωπο που ήταν σχεδόν σαν οργωμένο χωράφι που φιλοξενούσε φυτείες καλαμποκιού και ενστικτωδώς συγκροτήθηκαν προς τ' άκρα της μύτης. Δεν υπήρχε κάτι το κουλτουριάρικο στην εικόνα. Μάλλον κάτι το δηλητηριώδες.

Όρθωσε λίγο τους καμπουριασμένους του ώμους στηριζόμενος με τον έναν αγκώνα στο ξεφτισμένο καπλαμαδένιο γκισέ και με σπαστή γαλλο-αφρικάνικη προφορά είπε ειρωνικά:

– Νομίζω ότι αυτό πρέπει να είναι το δέμα σας, κύριε Νόρμαν.

Ο Τζορτζ έπιασε το δέμα που ο υπάλληλος είχε εναποθέσει στον πάγκο και με γρήγορες απρόσεχτες κινήσεις, σαν να γνώριζε ότι το περιεχόμενο δεν πάθαινε τίποτα, κοίταξε τον αποστολέα:

HARRIS AFRICA,

Ανταλλακτικά ελαφρών αεροσκαφών,

Παράρτημα Νότιου Σουδάν, Τζούμπα.

Έπειτα γύρισε στον υπάλληλο και με σπαστή αμερικανο-γαλλική προφορά την οποία είχε μάθει όταν εργαζόταν στη γαλλική συνοικία της Νέας Ορλεάνης σαν μπάρμαν στα 20 του, του είπε με νεοϋορκέζικο στόμφο:

– Αυτό είναι, μεσιέ! "D(a) you want me to sign"; (Θες υπογραφή;)

Ο υπάλληλος έσπρωξε μπροστά του μια κίτρινη φόρμα και ο Τζορτζ χωρίς καν να τη διαβάσει υπόγραψε, βάζοντας τ' αρχικά του και μια καμπύλη, χωρίς καν να δει τι έλεγε το χαρτί.

Κάνοντας ότι υπογράφει, χρησιμοποίησε ένα μολύβι ξυσμένο με μαχαίρι, που κρεμόταν στο γκισέ απ' έναν σπάγγο. Με το δέμα στα χέρια γύρισε προς τον υπάλληλο λέγοντας «μερσί» και κατευθύνθηκε προς την πόρτα.

Πριν προλάβει να κάνει τρία βήματα, η φωνή –ειρωνική πάλι– του υπαλλήλου τον σταμάτησε, θέλοντας να τον προειδοποιήσει για το φιλοδώρημα που δεν πήρε:

– Εδώ είναι Αφρική, μεσιέ...

Ο Τζορτζ είχε μάθει στη ζωή του να μην «καταλαβαίνει» από τέτοιους. Σταμάτησε ήρεμα και έκανε μεταβολή. Ένα μικρό βήμα τον έφερε δίπλα στον ταχυδρομικό που τώρα στεκόταν προκλητικά με τα δυο του χέρια πάνω στο γκισέ. Σαν να ήθελε να δείξει ότι προεξέχει. Το κεφάλι του πετούσε προς τα έξω. Σαν φίδι που ήθελε να προειδοποιήσει.

– ...Μεγάλη χώρα –συνέχισε ο υπάλληλος– απέραντη, είπε και χόντρυνε τη φωνή του βάζοντας μπάσα στο «απέραντη». Κάποιος να μη δείξει την απαραίτητη προσοχή κι όλα μπορούν να χαθούν. Ακόμη και οι άνθρωποι, οι ψυχές.

Ένα μικρό γελάκι πρόσθεσε χρόνια στο ζαρωμένο πρόσωπο του υπαλλήλου. Μάλιστα άθελά του προσπάθησε να επενδύσει την απειλή, σκάζοντας ένα χαμόγελο τερηδόνας. Από το στόμα του ξεπρόβαλε μια απαίσια οδοντοστοιχία, όπου το σμάλτο των δοντιών ήταν γεμάτο μαύρες πληγές. Χαρακωμένο απ' τις απιστίες του νερού.

«Το νερό στην Αφρική φέρνει τη ζωή, πολλές φορές, όμως και το θάνατο», σκέφτηκε ο Τζορτζ.

Ο ταχυδρόμος σταμάτησε να μιλά κι ο Τζορτζ τον κοίταξε στα βελανίδι του μάτια. Στην Αφρική πιστεύουν στη μαύρη μαγεία. Κάποτε στη Νέα Υόρκη ένας αστυνομικός, πολύ καλός φίλος του Τζορτζ, του είχε πει πώς μπορείς να «σταματήσεις» έναν «μαύρο». Να τον κοντρολάρεις.

«Τον κοιτάς στα μάτια, αλλά μετά δεν κάνεις πίσω. Εκείνος, πάντοτε, μετά από λίγο, όταν ξεπερνάει σε δέκατα του δευτερολέπτου την αρχική του υπεροπτική στάση, νομίζει ότι έρχεται ο διάολος», του είχε πει ο Ριτζ. «Φοβάται».

Διάολος, όμως, δεν υπάρχει. Ο Τζορτζ που ήταν πιλότος το ήξερε καλά. Διάολος για τους πιλότους ήταν απλά η βλάβη. Έτσι ο Τζορτζ «σάρωσε» τον υπάλληλο, για να του περάσει το μήνυμα...

Η ματιά του απαθανάτισε το καπέλο που θύμιζε σιδηροδρομικό του μεταπολέμου στο Παρίσι και σφράγισε τη στάμπα με το παλιό χρυσό κέντημα που είχε ξεθωριάσει με τον καιρό. Εκεί μπορούσες ακόμη με κάποια δυσκολία να διαβάσεις: «Ταχυδρομείο...» και κάτι άλλο που δεν φαινόταν, προφανώς η χώρα... του «Βασιλιά».

Το καπέλο σκέπαζε σχεδόν ολόκληρο το κεφάλι, με μερικές

τσαλαπατημένες απ' το ψευτοπλαστικό του γείσου άναρχες τρίχες, να τσαλαβουτάνε στο ιδρωμένο μέτωπο και να αιωρούνται απ' τη δύναμη του απέναντι ανεμιστήρα. Όχι ότι φυσούσε και φοβερά. Μια ανάσα ήταν.

Το αριστερό μάγουλο του Τζορτζ έκανε αυθόρμητα μια γκριμάτσα μίσους, προς τα κάτω. Το έκανε όταν νεύριαζε.

Έδωσε όμως τόπο στην οργή γιατί βιαζόταν. Έπρεπε σήμερα κιόλας να πετάξει προς το μοναστήρι.

Άλλωστε τώρα πια είχε παραλάβει το τηλέφωνο.

Μασαχουσέτη, Βοστόνη,
Οικία δρ. Σμιθ, Βόρειο Γουόλτχαμ,
Κοντά στη Φόρεστ Στριτ

Το ταξί σταμάτησε έξω από το σπίτι του δρ. Σμιθ, μπροστά από τον κήπο με το γκαζόν, που απεγνωσμένα η γυναίκα του πολεμούσε να κρατήσει ζωντανό με σκληρές προσπάθειες, έχοντας κόντρα τον καιρό που πάντα ήταν ένας σκληρός αντίπαλος στη Νέα Αγγλία.

Και ειδικά τώρα, μια αναπνοή απ' τα Χριστούγεννα, οι διαθέσεις του ήταν ιδιαίτερα επιθετικές, αφού τα παράξενα του υδράργυρου έκαναν μια νύχτα με 3 βαθμούς Κελσίου όπως η σημερινή, να νιώθεις τους -10, με την υγρασία στο 60% και τον αέρα να υποβάλλουν τη δική τους αίσθηση.

Σκληρός αντίπαλος της γεωπονικής, όμως, ήταν και η Ευγενία. Η κυρία Σμιθ σε πείσμα της λογικής επέμενε να φυτεύει το δικό της γκαζόν, αδιαφορώντας για τις εκπληκτικές ποιότητες που ήταν «μαγειρεμένες» ειδικά γι' αυτές τις συνθήκες απ' το Κορνέλ, το καλύτερο Πανεπιστήμιο στον κόσμο σε σπουδές αυτού του αντικειμένου.

Μάλιστα ο καθηγητής συχνά κορόιδευε τη λατρεμένη του Αγγλιδούλα, ότι είναι τόσο παθιασμένη με τη Βοστόνη και γι' αυτό αντιδρά σε μια ακαδημαϊκή εφαρμογή που έρχεται απ' τη Νέα Υόρκη.

Το ίδιο βέβαια αντιδρούσε τακτικά και ο καιρός, που της έκαιγε το πράσινο, χωρίς όμως να την πτοεί, κάνοντάς την την επόμενη μέρα να αρχίζει πάλι απ' την αρχή.

Ο καθηγητής πλήρωσε το ταξί και κρατώντας στα χέρια του

μόνο μια τσάντα εργασίας που περιείχε τα έγγραφά του, κατευθύνθηκε προς την εξώπορτα της οικίας του. Άνοιξε με τα κλειδιά του και αμέσως τυλίχτηκε από τη ζεστασιά που πρόσφερε το αναμμένο τζάκι και σε συνδυασμό με την κεντρική θέρμανση αγκάλιαζαν ζεστά το εσωτερικό του σπιτιού.

Ο καθηγητής πρόσεξε ότι η κυρία Σμιθ είχε επιτέλους στολίσει και το δέντρο. Ή καλύτερα το είχε φωτίσει, γιατί ο στολισμός είχε ολοκληρωθεί πριν πολλές μέρες, αλλά η αναβλητικότητά της ή καλύτερα η επιμονή της για την καλλιτεχνική τελειότητα πάντοτε την έκανε να διερωτάται αν θα έπρεπε να πατήσει το διακόπτη του ρεύματος για την τελική έγκριση του σπουδαίου πρότζεκτ.

Ο δρ. Σμιθ δεν μπορούσε να αντισταθεί στο να χαμογελάσει πονηρά, αλλά το σταμάτησε εμπρόθεσμα για να μην προδοθεί –την ώρα που άφηνε το χαρτοφύλακά του στο πάτωμα– στην Ευγενία που τον είχε μυριστεί και ερχόταν απ' την κουζίνα.

Ήταν Τετάρτη και όπως κάθε δεύτερη Τετάρτη του μήνα, που ο καθηγητής ταξίδευε αυθημερόν στο Λάνγκλεϊ, η σύζυγός του τον περίμενε λες και έλειπε στο Βιετνάμ. Και πάντα, βέβαια, του μαγείρευε κάτι το εξαιρετικό, ώστε να κάνει την επιστροφή ακόμη πιο πιπεράτη.

Ήταν ακόμη και οι δυο τους ερωτευμένοι. Τρελά ερωτευμένοι και αγαπημένοι.

Σήμερα του είχε ετοιμάσει λαζάνια στο φούρνο –απ' τα αγαπημένα του καθηγητή– έχοντας ψήσει μόνη της και ιταλικά σκορδοψωμάκια, για ολοκληρωμένη παρουσίαση.

– Ήρθες, αγάπη μου, του φώναξε η Ευγενία μόλις τον αντίκρισε. Πώς ήταν το ταξίδι;

– Όπως κάθε μήνα, Ευγενία μου. Δεν πάω πια και στον πόλεμο. Σου έφερα κάτι εξαιρετικά γλυκά που βρήκα στην αναμονή του αεροδρομίου. Με καρύδι, όπως σου αρέσουν.

– Τέλεια! Ασ' τα για μετά το φαγητό. Σου έχω καταπληκτικά νέα, του είπε χαρούμενη. Μίλησα σήμερα με το γιο μας και μου είπε ότι την παραμονή των Χριστουγέννων θα είναι εδώ. Θα έρθει να γιορτάσουμε όλοι μαζί.

– Αυτό όντως είναι είδηση. Πώς το 'παθε και θα αποχωριστεί τα ψάρια του χωρίς ενοχές; την πείραξε ο καθηγητής.

– Ρίτσαρντ, σοβαρέψου και ξεπέρασε επιτέλους την αρρω-
στημένη εμμονή του εγώ σου που δεν μπορεί να συγχωρέσει το
ότι η ειδικότητα του γιου μου δεν υπάρχει στη Βοστόνη, παρά
μόνο στον Ειρηνικό.

– Του γιου μας, Ευγενία. Και των δυο μας είναι.

– Δεν ξέρω. Κάτι τέτοιες στιγμές αμφιβάλλω πολύ...

Ο καθηγητής την πλησίασε και της έδωσε ένα γλυκό φιλί στο
μάγουλο. Εκείνη έκανε λίγο τη δύστροπη, αλλά το κατευχαρι-
στήθηκε.

– Και το ακόμη πιο ευχάριστο είναι ότι, απ' ό,τι κατάλαβα,
γιατί όπως ξέρεις έχει πάρει από σένα και τα μασάει, μάλλον θα
έρθει εδώ με κάποια κοπέλα που θέλει να μας τη γνωρίσει.

– Αυτό όντως είναι τρομερά ευχάριστο. Άντε, επιτέλους να
γίνω κι εγώ παππούς. Τώρα όντως, Ευγενία, με έκανες ευτυχισμέ-
νο. Αρκεί πάλι να μην τ' ακυρώσει τελευταία στιγμή.

– Δε νομίζω. Φάνηκε πρωτόγνωρα σίγουρος. Έλα, έλα τώρα
να βάλω τραπέζι να κάτσουμε.

Ο δρ. Σμιθ έκανε έναν μορφασμό λες και ήξερε τι τον... περί-
μενε.

– Αγαπημένη μου, κούκλα μου, θησαυρέ μου... προσπάθησε
να προετοιμάσει το έδαφος για τους πυραύλους που είχαν ήδη
αρχίσει τη διαδικασία εκτόξευσης. Η Αγγλιδούλα –όπως του άρε-
σε να την αποκαλεί– πατούσε το κουμπί...

– Για πες... Τόλμα πάλι να πεις ότι δεν θα φας, του έκοψε τον
αέρα η Ευγενία, βάζοντας επιδεικτικά και συνάμα απειλητικά τα
χέρια στη μέση.

– Αφού ξέρεις τώρα ότι αυτό το ύφος δεν είναι ο εαυτός σου,
καλή μου. Σε παρακαλώ, άκουσέ με. Έχει προκύψει κάτι εξαιρε-
τικά σημαντικό και επείγον...

– Σημαντικότερο και πιο επείγον από τα λαζάνια που ετοίμαζα
εδώ και 2 ώρες δεν υπάρχει, εκτός κι αν απήγαγαν εξωγήινοι τον
Πρόεδρο. Τον απήγαγαν; Δεν τον απήγαγαν! Θα το είχα ακούσει
στο BBC.

– Κι αυτό που σου λέω, αλλά δεν μπορώ να σου εξηγήσω, εί-
ναι υψίστης σημασίας. Κάτι σαν το θέμα του Προέδρου που θέτεις.
Πρέπει οπωσδήποτε να τελειώσω σήμερα το βράδυ μέχρι αργά κάτι
πολύπλοκο και σημαντικό και να το στείλω επειγόντως με ιδιωτικό

ταχυδρομείο που περιμένει σταντ μπάι μόνο και μόνο γι' αυτό. Έχεις το λόγο μου ότι μόλις τελειώσω, αμέσως μετά θα φάω. Βάλ' τα στο φούρνο να τα κρατάει ζεστά, για να δεις ότι σου δίνω το λόγο μου.

– Δεν πρόκειται να διαφωνήσω περισσότερο, γιατί ξέρω πόσο αγύριστο κεφάλι είσαι με τέτοιες υποθέσεις. Ένα μόνο έχω να σου πω. Ή μάλλον δύο. Πρώτον, είναι η τελευταία φορά που σου μαγειρεύω λαζάνια κι ας τα λατρεύεις...

– Αγάπη μου, τον ίδιο όρκο παίρνεις κάθε φορά...

– Επιμένω και θα τον τηρήσω τουλάχιστον –βάζω για σένα το τουλάχιστον για να μην πω για πάντα– για έναν ολόκληρο μήνα.

– Νομίζω ότι το έθνος θα αντέξει για έναν μήνα αυτή την απώλεια, γέλασε ο Ρίτσαρντ.

– Ειρωνεύεσαι κιόλας, ε; Το αντιπαρέρχομαι. Πήγαινε να κλειστείς πάλι σαν ποντίκι στο γραφείο σου κι εγώ να οχυρωθώ στην κουζίνα μου και να πλύνω τα πιάτα. Ένα κάρο σκεύη λέρωσα για σένα και να το ευχαριστώ.

– Από αύριο, αγαπημένη μου, θα τρώμε πάλι μαζί κανονικά. Μια μέρα είναι.

– Από αύριο θα τρώμε ντιλίβερι. Αποχωρώ λέγοντάς σου το δεύτερο που ήθελα να πω: θα ψάξω τα σκουπίδια το πρωί. Ούτε να διανοηθείς...

Ο δρ. Σμιθ τη διέκοψε με πειστικό ύφος.

– Έχεις το λόγο μου ότι θα φάω κανονικά. Καληνύχτα, αγαπημένη μου.

Η Ευγενία με νάζι και επιτηδευμένα σιωπηλή πήγε προς την κουζίνα.

Το θερμό επεισόδιο είχε λήξει και ο καθηγητής κινήθηκε προς το γραφείο του κρατώντας και πάλι την τσάντα του στα χέρια.

Μπήκε μέσα και αμέσως για λόγους ασφαλείας αποσύνδεσε το οικιακό δίκτυο ίντερνετ και έπειτα άνοιξε το κομπιούτερ του. Σε μερικά δευτερόλεπτα ένα μεγάλο μήλο εμφανίστηκε στην οθόνη και αμέσως μετά από ένα fade in η επιφάνεια εργασίας.

Ο καθηγητής πάτησε με το ποντίκι ένα μικρό εικονίδιο που έμοιαζε να απεικονίζει μια τηλεφωνική συσκευή πιασμένη σε μέγγενη και από τα ηχεία ακούστηκε ο χαρακτηριστικός ήχος που συνέδεε το ειδικά προσαρτημένο κρύπτο μόντεμ με τον τοπικό «Σταθμό» της «Εταιρείας» στη Βοστόνη.

Ήταν μια τυπική διαδικασία ασφαλείας και σύνδεσης με το κομμάτι εκείνο του σέρβερ στο Λάνγκλεϊ που περιείχε πληροφορίες σχετικές μόνο με αυτό που έπρεπε να ετοιμάσει ο καθηγητής. Όλα γίνονταν μέσω διασφαλισμένων ευθύων γραμμών, που επιτηρούνταν 24 ώρες το 24ωρο από ανθρώπους «γκέιτ-κίπερς».

Αφού ο δρ. Σμιθ πληκτρολόγησε έναν μυστικό κωδικό που του ζήτησε το σύστημα, τώρα πια μπορούσε ν' ανοίξει μπροστά του την απομαγνητοφωνημένη ανάκριση του καθηγητή Αλεξέγιεφ και μόνο το κομμάτι που αφορούσε στις τεχνικές λεπτομέρειες, αναφορές και εξηγήσεις που είχε δώσει στον Ρόμπερτ και σε άλλους ειδικούς αργότερα, σχετικά με το φάκελο «Παράκελσος».

Το είχε ήδη παρακολουθήσει με εικόνα και ήχο σήμερα το πρωί στο Λάνγκλεϊ, αλλά ήθελε να το έχει και μπροστά του χάριν αναφοράς, αν θα του χρειαζόταν. Μπροστά του ήθελε να έχει και το σχέδιο κοπής της ειδικής «πέτρας», γι' αυτό κι έβγαλε από την τσάντα του ένα αντίγραφο που του είχε δοθεί και το έβαλε δεξιά από το ποντίκι του υπολογιστή.

Η αποστολή του ήταν απλή, αλλά και περίεργη. Έπρεπε να φτιάξει από την αρχή έναν φάκελο «placebo». Δηλαδή έναν φάκελο που θα κατέληγε στα χέρια κάποιων –αγνώστων για τον καθηγητή– για αξιολόγηση και επεξεργασία σαν να επρόκειτο για κανονικό φάκελο.

Οι παραλήπτες του «placebo» φακέλου, που φυσικά θα είχε μόνο μυθιστορηματική αξία, θα έπρεπε να πειστούν ότι επρόκειτο για μέρος του αρχικού φακέλου «Παράκελσος», που είχε διασωθεί από τα αρχεία της Στάζι.

Βέβαια ο φάκελος θα ήταν ημιτελής, ώστε να τσιμπήσουν το δόλωμα και να ζητήσουν την αγορά τού δήθεν ολοκληρωμένου. Θα τους δειγμάτιζαν μέρος του κι αν αυτοί ενδιαφέρονταν, θα τους έδιναν τον δήθεν «ολοκληρωμένο».

Άρα θα έπρεπε να είναι «κατασκευασμένος» ως αληθοφανής και σύμφωνα με επιστημονικούς όρους και επεξηγήσεις, αλλά αν οι παραλήπτες δεν είχαν την «πέτρα», δεν θα μπορούσαν ποτέ να τσεκάρουν την ακρίβειά του. Οπότε ο καθηγητής Σμιθ μπορούσε να γράψει ό,τι ήθελε.

Και σε αυτό βοηθούσε πολύ η ενασχόλησή του με το πρόγραμμα in@FORM, που ήταν μια «ζωντανή μάζα» τοποθετημένη σε μια επιφάνεια εργασίας και είχε τη δυνατότητα να αλλάζει τρισδιάστατα μορφές και σχήματα ανάλογα με τις εντολές που δεχόταν. Δηλαδή περίπου το ίδιο με τον «Παράκελσο», που εκμεταλλευόταν το φως και τις διαθλάσεις του για να κάνει κάτι παρόμοιο. Ή καλύτερα, περίπου το ίδιο.

Το σχέδιο του Ρόμπερτ ήταν παμπόνηρο πάντως, γιατί με αυτό τον τρόπο θα τεστάριζαν αν οι πιθανοί αγοραστές είχαν στην κατοχή τους την προτελευταία «πέτρα» του καθηγητή ή όχι, αλλά με πλήρη ασφάλεια ότι ακόμη κι αν την είχαν, δεν θα μπορούσαν να θέσουν σε εφαρμογή το πρότζεκτ, γιατί απλά δεν είχαν τον αυθεντικό φάκελο ή πλέον τον υπό «επιτήρηση» καθηγητή Αλεξέγιεφ να τους δώσει το know-how.

Άρα, αν δεν είχαν την «πέτρα» δεν θα είχαν και λόγο να αγοράσουν το νέο φάκελο, ή ακόμα κι αν είχαν την «πέτρα» δεν θα αποκτούσαν ποτέ τον αληθινό φάκελο, που άλλωστε δεν υπήρχε.

Ο καθηγητής ξεκίνησε απ' το σχέδιο. Έπρεπε να φτιάξει κάτι παρόμοιο, που να έχει μια λογική μαθηματική εξήγηση, αλλά ούτως ή άλλως δεν θα μπορούσε να τεσταριστεί χωρίς την «πέτρα».

Άρχισε να σχεδιάζει παρόμοια τρίγωνα, όπως του Αλεξέγιεφ, που απ' ό,τι ήδη είχε καταλάβει ήταν οι πλευρές των τριγώνων που αναπαριστούσαν τις επιφάνειες κοπής του «διαμαντιού».

Είχε επίσης καταλάβει ότι τα νούμερα σε κάθε γωνία των τριγώνων είχαν μεταξύ τους μια μαθηματική συνάρτηση, την οποία ακόμα δεν μπορούσε να «σπάσει».

Αυτό θα του έπαιρνε μερικούς μήνες και πιθανότατα θα χρειαζόταν και τη συνεργασία κάποιου καθηγητή μαθηματικών από το Τμήμα των «φρικιών».

Ούτως ή άλλως, όμως, δεν του χρειαζόταν γιατί ακόμη κι αν είχε τη μαθηματική συνάρτηση... δεν θα την έδινε στον εχθρό.

Ξεκίνησε λοιπόν να φτιάχνει μια παρόμοια, χωρίς όμως εφαρμογή και αξία. Απλά προσπάθησε να φτιάξει στο μυαλό του μια σειρά αριθμών που κάτι να τους ενώνει.

Δεν του πήρε και ώρα. Έβαλε μερικούς απ' τους αριθμούς στα τρίγωνα της οθόνης, ώστε να λείπουν δήθεν και μερικοί, τους οποίους θα έπαιρναν αν η δουλειά έκλεινε. Το νέο «placebo» σχέδιο κοπής ήταν εδώ.

Γιάννης Παρθένιος

Αν οι αγοραστές είχαν την «πέτρα», θα έδιναν τα πάντα για να πάρουν ολοκληρωμένο αυτό το σχεδιάγραμμα.

Τώρα έμενε να ασχοληθεί με το θεωρητικό μέρος του φακέλου και την αναλυτική περιγραφή, κάτι πολύ εύκολο με βάση τις περιγραφές του Αλεξέγιεφ, αλλά σίγουρα χρονοβόρο, αφού θα έπρεπε να γράψει από το μηδέν ένα ολόκληρο φανταστικό πρότζεκτ.

Στην πράξη θα έπρεπε να μυθιστοριογραφήσει, να γράψει κάτι το φανταστικό με βάση τις περιγραφές του Ρώσου σχετικά με τις ακτίνες φωτός, τη διάθλαση, τη φωταύγεια, τη δευτερογενή ακτινοβολία και ό,τι άλλο είχε πει ο Αλεξέγιεφ.

Ξεκίνησε γράφοντας το βασικό: «Αυτό το σχέδιο είναι εφικτό μόνο σε όσους έχουν στην κατοχή τους τον "Παράκελσο"»... Το μήνυμα ήταν σαφές.

Συνέχισε ήρεμα να γράφει. Σίγουρα θα τον έπαιρνε το ξημέρωμα.

«Μετά από αυτό μπορεί να μην πάω για Νόμπελ Φυσικής, αλλά σίγουρα διεκδικώ ένα Πούλιτζερ Λογοτεχνίας», είπε μέσα του ο δρ. Σμιθ και συνέχισε να γράφει απτόητος για το χρόνο και φοβούμενος για τα... λαζάνια, που μάλλον θα έμεναν στο φούρνο.

ΚΕΦΑΛΑΙΟ 11

Κεντρική Αφρική, Νότιο Σουδάν,
Εναέριος χώρος, περίπου μισό μίλι από το μοναστήρι του
Αγίου Μάρκου
19/12

Το Σέσνα 172 είναι ένα ελαφρύ μονοκινητήριο, γύρω στα 750 κιλά, που μπορεί να μεταφέρει τρεις επιβάτες και τον χειριστή του σε αρκετά μεγάλη απόσταση. Η ευελιξία του και η εμπιστοσύνη που μπορείς να του έχεις, το έχουν καταστήσει το πιο διάσημο ελαφρύ μονοκινητήριο στην ιστορία της παγκόσμιας αεροπλοΐας.

Ο Τζορτζ κοίταξε την ένδειξη των μιλίων και ήξερε ότι βρίσκεται κοντά στο σημείο προσέγγισης. Το ίδιο ομολογούσε και το ηλεκτρονικό όργανο του GPS. Σε λιγότερο από τρία μίλια θα βρίσκονταν στο «στόχο».

Ταξίδευε με 75 Knots/ώρα και σε λίγο θα εντόπιζε το μοναστήρι μέσα στο καταπράσινο τοπίο, που έμοιαζε να έχει καταπιεί οποιαδήποτε άλλη χρωματική λεπτομέρεια.

Τα μάτια του είχαν ανοίξει διάπλατα, καθώς γνώριζε ότι ο ελιγμός που θα έπρεπε να επιχειρήσει ήταν σχεδόν ακροβατικός. Θα έπρεπε να φτάσει κοντά, να κάνει μια απότομη στροφή αρκετών μοιρών πάνω από το μοναστήρι, κάνοντας γνωστή την παρουσία του μικρού αεροσκάφους, και έπειτα να το αφήσει μαλακά να πέσει κάπου δίνοντας την εντύπωση ότι συνετρίβη λόγω βλάβης.

Ουσιαστικά έπρεπε να κάνει μια όχι αναγκαστική προσγείωση, αφού ούτως ή άλλως δεν υπήρχε αεροδιάδρομος, αλλά μια αναγκαστική πτώση με ό,τι αποτέλεσμα θα είχε αυτό για τον ίδιο και το αεροσκάφος.

Γνώριζε πολύ καλά από τώρα ότι η άτρακτος και σίγουρα κάποια μηχανικά μέρη θα τραυματίζονταν θανάσιμα, με αποτέλεσμα το αγαπημένο του Σέσνα να μην μπορεί ξανά να επιδιορθωθεί. Ίσως και ο ίδιος. Αλλά αυτή ήταν η μόνη λύση για να τον δεχτούν σαν φιλοξενούμενο στο μοναστήρι και κανείς να μην υποπτευθεί τίποτα.

Όλα αυτά βέβαια, αν όλα πήγαιναν καλά.

– Πάντως, ευτυχώς δεν έχει αέρα, μονολόγησε ο Τζορτζ.

Όντως, σχεδόν άπνοια.

Είχε φτάσει στο μισό μίλι από την περιοχή ενδιαφέροντος και τα δέντρα από τα εναλλασσόμενα βουναλάκια, δυστυχώς γι' αυτόν, παρέμεναν παντού ψηλά και πυκνά, να αποκλείουν τον ουρανό απ' το έδαφος σαν μια ομοιόμορφη φυσική τέντα.

Αν δεν έβρισκε ένα μικρό κομμάτι γης, θα ήταν αδύνατο να κατορθώσει το «μικρό πουλί» να ακουμπήσει μαλακά το έδαφος χωρίς να πάρει φωτιά.

Ξαφνικά εκεί που ο Τζορτζ διερωτόταν πού είναι το μοναστήρι κι αν όλα τα στοιχεία ήταν σωστά, στον ορίζοντα ξεπρόβαλε μια κουτσουλιά γης παράταιρη από την υπόλοιπη εικόνα.

Σε ένα σημείο στο βάθος, περίπου στο ένα τέταρτο του μιλίου βορειοδυτικά, όλα τα γύρω βουναλάκια, δασωμένα και απόκρημνα, σχημάτιζαν ένα σχετικά μεγαλούτσικο άνοιγμα σαν ένα είδος μικρής χαράδρας.

Ο Τζορτζ κυριολεκτικά σάρωσε την περιοχή σαν ακτινογραφικό μηχάνημα και διέκρινε ότι κάπου στη μέση του ανοίγματος, κατά τη βορεινή μεριά, μέσα σε έναν ιλιγγιώδη γκρεμό σχηματιζόταν ένα στενό, αλλά αρκετό πλάτωμα.

Διέκρινε το μοναστήρι, αλλά και μια μικρή σπηλιά που κρεμόταν απ' τα πλάγια του μικρού λόφου. Το άνοιγμά της ήταν αρκετό και γύρω της είχε πολύ πράσινο, που μάλλον από μακριά έμοιαζε θαμνώδες.

«Αυτό είναι», είπε μέσα του, «θα χρησιμοποιήσω τη σπηλιά σαν αετοφωλιά».

CIA: Επιχείρηση Παράκελσος

Τώρα άρχισε να ξεχωρίζει και το καθολικό του μοναστηριού, αφιερωμένο στον Άγιο Μάρκο, γύρω στα διακόσια μέτρα από τη σπηλιά. Νωρίτερα δεν ήταν ορατό, γιατί το σκέπαζε το τοπίο σαν φυσική «παραλλαγή» που προστάτευε το περιεχόμενο.

Όλα τώρα φαίνονταν πιο καθαρά. Ανατολικά και νότια του καθολικού απλωνόταν μια στενόμακρη και πλακοστρωμένη αυλή, ακατάλληλη όμως για προσέγγιση, αφού ανά τακτά διαστήματα ξεπρόβαλλαν από μέσα της δέντρα γύρω στα οκτώ με δέκα μέτρα ψηλά που θα έκαναν το μικρό Σέσνα ψητό στη σούβλα.

Σχεδόν αγκαζέ, λίγο πιο ανατολικά, ορθώνονταν απέναντι το ένα στο άλλο δύο συγκροτήματα κελιών. Ευτυχώς δεν ήταν ψηλά, γιατί αλλιώς θα εμπόδιζαν την κάθοδο προς τη σπηλιά.

Το αριστερό πετρόχτιστο αποτελούσε τον παλιό ξενώνα του μοναστηριού και αρχιτεκτονικά έμοιαζε με το σχετικά νεότερο διώροφο συγκρότημα που υψωνόταν ακριβώς πάνω από τον γκρεμό της χαράδρας. Εκεί θα ήθελε λίγο προσοχή, αλλά ευτυχώς ήταν εκτός πορείας, αν όλα πήγαιναν καλά.

Απέναντι από όλα αυτά, στα νότια της αυλής είχε κτιστεί πριν από πενήντα χρόνια ένα κτιριακό συγκρότημα που περιλάμβανε το αρχονταρίκι, μία αίθουσα υποδοχής που σπάνια χρησιμοποιείτο, αφού οι επισκέπτες ήταν ελάχιστοι, μια τραπεζαρία προσκυνητών, το Αγίασμα και λίγο πιο δυτικά ο χώρος της βιβλιοθήκης που χανόταν ουσιαστικά μέσα στην αχανή ζούγκλα.

Ο Τζορτζ προλάβαινε δεν προλάβαινε να κάνει τις ρουτίνες. Ο χρόνος παρατήρησης έμοιαζε να έχει παγώσει την απόσταση. Όλα τα σχετικά με την κατόπτευση είχαν γίνει πιο γρήγορα και η απόσταση ήταν τώρα κάτι λιγότερο από διακόσια μέτρα.

Με τη μία έστρεψε το πηδάλιο προς τα αριστερά και ξεκίνησε τη στροφή «αποπροσανατολισμού» των καλόγερων.

Τώρα μπορούσε να τους δει κι αυτούς καθαρά. Όσοι βρίσκονταν στην αυλή ή σε κάποιο ξέφωτο είχαν σηκώσει το κεφάλι και με περιέργεια κοιτούσαν πάνω απ' τα κεφάλια τους τον ξαφνικό, περίεργο ιπτάμενο επισκέπτη.

Η παρουσία του Τζορτζ είχε γίνει γνωστή. Μάλιστα μπαλατζάρισε και λίγο το αεροσκάφος για να δείξει ότι κάτι δεν πήγαινε καλά, κάτι σαν να μην μπορεί δήθεν να το σταθεροποιήσει.

Σε δευτερόλεπτα το μοναστήρι είχε φύγει από κάτω του και

τώρα απλά θα έπρεπε να κάνει μια μεγάλη στροφή και να το ξαναφέρει σε ευθεία με τη σπηλιά.

Κάτι που δεν πήρε και πολύ, ούτε βέβαια τον δυσκόλεψε.

Ο σταυρός του altimeter κοίταζε και πάλι το αριστερό πετρόχτιστο και λίγο πιο μπροστά τη μικρή σπηλιά που θα έπαιζε το ρόλο των τελικών «φρένων».

Τώρα ήταν και πάλι στο ένα τέταρτο του μιλίου απόσταση και η ταχύτητα ακριβώς στα 80 knots. Ο Τζορτζ μείωσε τις στροφές του κινητήρα στις 1.500 και με μια γρήγορη κίνηση έσπρωξε τα φλαπς προσγείωσης στις δέκα μοίρες, ενώ ταυτόχρονα χαμήλωσε τη μύτη του αεροσκάφους που ήδη είχε αρχίσει να βραδύνει.

Ο ήχος απ' το μοτέρ που κινείτο πλέον αργά, αλλά ρυθμικά, περνούσε από τα αυτιά του Τζορτζ και πήγαινε κατευθείαν στην κεντρική του αρτηρία. Η αδρεναλίνη έρεε άφθονη.

Ακόμα δέκα μοίρες στα φλαπς έκαναν την ένδειξη του ταχύμετρου να δείχνει 60 knots. Το αεροσκάφος επιβράδυνε κι άλλο, αλλά η σπηλιά πλησίαζε με γεωμετρική πρόοδο.

Η στιγμή είχε φτάσει. Ο Τζορτζ προσπάθησε να σηκώσει ελαφρά τη μύτη του αεροσκάφους για να μη βρει με το «κεφάλι». Ουσιαστικά η ίδια διαδικασία, όπως θα γινόταν και σε ένα αεροδρόμιο.

Μόνο που ξαφνικά το πηδάλιο δεν άκουγε. Ο Τζορτζ τραβούσε προς τα μέσα και το σκαρί δεν αντιδρούσε, δεν υπάκουε.

«Γαμώ, την πουτάνα μου, πρέπει να χαλάρωσε το σφικτηράκι στο συρματόσκοινο πάλι», είπε μέσα του, αλλά δεν προλάβαινε πια ούτε να βρίσει.

Και το κακό ήταν ότι εδώ δεν υπήρχε αεροδιάδρομος, ώστε να κερδίσει μέτρα και να το φέρει στα ίσια λίγο παρακάτω, αλλά μόνο θάμνοι και στο βάθος μια σπηλιά από αναπαυτική πέτρα.

– Γαμημένο συρματόσκοινο, ξαναφώναξε, αλλά δεν τον άκουγε κανείς.

Το μυαλό του δεν χωρούσε σκέψεις κι όλα έμοιαζε να τα κάνει ρομποτικά. Ρομποτικά δούλευε και η ανάσα του που αν μπορούσε να ηχογραφηθεί θα ακουγόταν σαν χαλασμένο, μπουκωμένο φυσερό, όπως ο κρότος που ακούστηκε όταν το μικρό Σέσνα βρήκε άτσαλα στο έδαφος. Ο Θεός να το πει έδαφος.

Το δυνατό γκουπ της κοιλιάς της ατράκτου, ουσιαστικά το

CIA: Επιχείρηση Παράκελσος

«προγούλι» του αεροσκάφους, γιατί μ' αυτό βρήκε στο έδαφος, ακούστηκε υπόκωφα, αλλά μέχρι στιγμής άντεχε το γλίστρημα.

– Έλα, μωρό μου, ξεφώνισε αυθόρμητα ο Τζορτζ. Έλα...

Ο αεροδιάδρομος που του προσέφεραν οι θάμνοι ήταν δεν ήταν καμιά 50αριά μέτρα. Το αεροσκάφος όμως, λόγω πηδαλίου, δεν είχε βρει καλά και χτυπιόταν από παντού σαν τζιπ σε στενό δρομάκι.

Ο Τζορτζ επίμονα μείωνε συνεχώς ταχύτητα και πατούσε μανιωδώς τα φρένα, που ουσιαστικά δεν έκαναν και πολλά πράγματα σε αυτό το ακατάστατο τερέν.

Σε αυτή την τρελή πορεία, δεκάδες κλαδιά χτυπούσαν μανιωδώς το σκάφος και ο Τζορτζ έμοιαζε μέσα στο κόκμπιτ σαν κούκλα από δοκιμές αυτοκινήτων σε κρας τεστ.

Η ζογκλερική πορεία του συνεχίστηκε έτσι για δέκατα του δευτερολέπτου και, ενώ το αεροσκάφος έσκασε απότομα στην είσοδο της σπηλιάς, το συρματόσκοινο κόπηκε εντελώς, αλλά ξαφνικά η πορεία σταμάτησε μ' έναν ταυτόχρονο, δυνατό θόρυβο από το δυνατό χτύπημα. Το μοτέρ σταμάτησε κι εκείνο να δουλεύει και παντού επικράτησε σιωπή.

Δευτερόλεπτα πριν, ο Τζορτζ αισθάνθηκε ένα χτύπημα και έναν δυνατό πόνο στο δεξί πόδι, λίγο πριν το αριστερό μέρος του κεφαλιού του, που ήταν αδύνατο να συγκρατηθεί απ' το χέρι του, χτύπησε κι αυτό δυνατά στο αριστερό μέρος του κόκμπιτ.

Ο χρόνος σταμάτησε την ίδια στιγμή που σκέφτηκε τι περνάει για τον Ρόμπερτ ή καλύτερα για την Υπηρεσία. Κι ας ήξερε ότι τους χρωστούσε.

Έτσι όπως ήταν λιπόθυμος, η σκέψη του ταξίδεψε στην Μπογκοτά του 1992.

Σ' ένα «ταξίδι» που κανείς δεν θα διηγείτο ποτέ δημόσια, αλλά κάποιοι το είχαν κάνει.

Ήδη από το 1982, ο Πρόεδρος (τότε ακόμα Αντιπρόεδρος) Μπους ο γηραιότερος κήρυξε και επίσημα τον «πόλεμο» –έναν πόλεμο που συνεχίζεται μέχρι σήμερα– στα καρτέλ ναρκωτικών της Ν. Αμερικής.

Επρόκειτο για έναν «πόλεμο της ανθρωπότητας», που θα έβαζε τα θεμέλια για να ζήσουν οι μελλοντικές γενιές σε ένα υγιές περιβάλλον που εγγυώνται οι πραγματικές δημοκρατίες: σε έναν

281

κόσμο χωρίς ναρκωτικά, αλλά και φατρίες που χρησιμοποιούν το μαύρο χρήμα για την πολιτική χειραγώγηση λαών, με σκοπό τη συνέχιση των παράνομων δραστηριοτήτων τους.

Ουσιαστικά αυτή η τεράστια «επιχείρηση» είχε αρχίσει να σχεδιάζεται πολύ νωρίτερα και ήδη ο Ουίλιαμ Κέισι είχε ξεκινήσει τις τοποθετήσεις πρακτόρων και Κλιμακίων, ώστε να μπορούν να τρέξουν οι «επιχειρήσεις» όταν η Γερουσία θα πατούσε το πράσινο κουμπί.

Πάντα οι «επιχειρήσεις» της «Εταιρείας» ξεκινούσαν πολύ νωρίτερα απ' τη χρονική στιγμή που το κοινό θα μπορούσε επίσημα να πληροφορηθεί κάποια τετελεσμένα γεγονότα. Απλή συνταγή που κανένας δεν μπορεί να αμφισβητήσει. Απλή συνταγή που διασφάλιζε τη μυστικότητα, αλλά και την επιτυχία οποιουδήποτε πρότζεκτ.

Απλή, αλλά και ευάλωτη όμως, ως προς την εικόνα της CIA, αφού όπως έχει λεχθεί ακόμα και σε ταινίες «είμαστε διάσημοι για τα λάθη μας, κανείς όμως δεν μιλάει για τις επιτυχίες μας». Με άλλα λόγια αν κάτι πήγαινε στραβά, δεν μπορούσε να καλυφτεί και στο τέλος τραυματιζόταν η εικόνα της Υπηρεσίας προς τα έξω, αφήνοντας συχνά πολλές εικασίες για το ρόλο της, αφού πλέον δεν μπορούσε να αποδειχτεί ο αρχικός σκοπός, κάτι που συχνά εκμεταλλεύονταν οι κύκλοι συκοφάντησης του Λάνγκλεϊ.

Έτσι, κάποιες ιστορίες που συνωμοσιολογικοί κύκλοι παρουσίαζαν σαν διαφθορά της CIA, δεν ήταν τίποτα άλλο παρά αποστολές που για κάποιους λόγους δεν έφταναν στο τέλος, κάποιοι πράκτορες παγιδεύονται από τα γεγονότα, κανείς δεν μπορούσε να τους καλύψει και η τροφή των συκοφαντών ήταν έτοιμη.

Βέβαια κατά καιρούς εμφανίζονταν και κάποιες σπάνιες περιπτώσεις ανόητων πρακτόρων που αποφάσιζαν να βάλουν το χέρι στο μέλι, αλλά αυτούς τους αναλάμβανε η ίδια η «Εταιρεία» και πάντοτε έβλεπαν το τέλος της ταινίας χωρίς... διαφημίσεις.

Συχνά ακούει κανείς ιστορίες ότι πράκτορες της Υπηρεσίας πιάστηκαν με ποσότητα ναρκωτικών κ.ο.κ. Ακολουθούν επιχειρήματα ότι πίσω από αυτό το αλισβερίσι είναι η CIA, αλλά κανείς δεν σκέφτεται το αυτονόητο: για να μπορέσει η Υπηρεσία να έχει πληροφόρηση και να ανταποκριθεί σε αυτό τον πόλεμο, είναι αναγκασμένη να παίζει το ίδιο παιγνίδι, αλλά με διαφορετικό στόχο.

Έτσι, αν κάτι πάει στραβά και ανάμεσα σε κάποιους που αποτελούν μια συμμορία διακίνησης πιαστεί και κάποιος που αποδειχθεί ότι ήταν πράκτορας, κανείς πλέον δεν μπορεί να τον προστατέψει –εξού και το «Πρόσεχε να μη συλληφθείς, γιατί αν συλληφθείς, δεν σε ξέρουμε». Μετά, εύκολα η πράξη καταγράφεται από «καλοθελητές-προπαγανδιστές» σαν σκοτεινή ανάμειξη των μυστικών υπηρεσιών σε επίπεδο ποινικού.

Αν όμως η «Εταιρεία» δεν είχε εκεί τον άνθρωπό της, δεν θα είχε καμιά πληροφορία και απλά το παιγνίδι θα το έλεγχαν οι κακοί. Όποιος θεωρεί ότι άνθρωποι με τίτλους σπουδών και προσόντα, που θα τους έκαναν αυτόματα μεγαλοστελέχη στον ιδιωτικό τομέα, αφιερώνουν όλη τους τη ζωή για να γίνουν ανώτατα στελέχη, αρχηγοί και υπαρχηγοί στη μεγαλύτερη Υπηρεσία του κόσμου, ξυπνούν ένα πρωί και λένε: «Δεν έχω τι να κάνω σήμερα, ας αρχίσω να πουλάω ναρκωτικά», μάλλον είναι εντελώς αφελής.

Το παιγνίδι είναι πιο περίπλοκο. Κάτι σαν σκάκι.

Ακόμη και στο σκάκι θυσιάζεις κάτι μικρότερο για την επίτευξη ενός μεγαλύτερου σκοπού.

Κι εδώ η σκακιέρα είναι ακόμη πιο μεγάλη και γλιστερή, αφού όλο αυτό το κύκλωμα της Ν. Αμερικής, απ' τη μία δηλητηριάζει με θάνατο τον παγκόσμιο πληθυσμό και από την άλλη, ταυτόχρονα, χρησιμοποιεί την τεράστια τοπική της δύναμη, τόσο σε επίπεδο εγκληματικής βίας όσο και οικονομικά, ώστε να χειραγωγεί τις εκάστοτε πολιτικές εξουσίες φτωχών κρατών της Ν. Αμερικής.

Συχνά, αν όχι πάντα, κυβερνήσεις και καθεστώτα νοτιότερα του Μεξικού ήταν καθοδηγούμενα και στηριζόμενα από καρτέλ ηρωίνης και κόκας που διέθεταν χρήματα, ώστε να έχουν στο χέρι πουλημένους, σάπιους πολιτικούς που έκαναν τα στραβά μάτια για να λειτουργεί το ναρκοκύκλωμα.

Άνθρωποι σαν τον γέρο-Μπους και τον τότε αρχηγό, αλλά και άλλοι ικανοί για σημαντικές αποφάσεις, τα μεγάλα μυαλά δηλαδή, είχαν ορκιστεί να σταματήσουν αυτή τη δηλητηρίαση της νεολαίας, αλλά και της παγκόσμιας Δημοκρατίας. Κάτι όχι και τόσο εύκολο, βέβαια.

Ο Τζορτζ βρέθηκε να πιλοτάρει για την «Εταιρεία» στα 27 του χρόνια, απλά συμπληρώνοντας μια κλασική αίτηση της CIA.

Ανά τακτά διαστήματα η Υπηρεσία αναρτούσε και αναρτεί –ακόμα και μέσω ίντερνετ– τις κενές θέσεις που χρειάζεται να συμπληρωθούν.

Η γκάμα των ζητούμενων ειδικοτήτων φλερτάρουν με τα όρια του χιούμορ, αλλά είναι πέρα για πέρα αληθινές. Κατά καιρούς ζητούνται από μάγειρες, μέχρι χορεύτριες και από ειδικούς στην κρυπτολογία μέχρι την αρχαιολογία.

Ήδη ο Τζορτζ στην ηλικία των 27 είχε άδεια κυβερνήτη για δικινητήρια αεροσκάφη, αλλά και για ελικόπτερα, κάτι ιδιαίτερα χρήσιμο, αφού ποτέ δεν ξέρεις τι σου επιφυλάσσουν οι επιχειρηματικές ανάγκες.

Οι υπεύθυνοι στρατολόγησης επέλεξαν το βιογραφικό του και έπειτα από εξονυχιστικό ψάξιμο της προηγούμενης ζωής του, που όπως πάντοτε συμβαίνει σε αυτές τις περιπτώσεις, ύστερα από 18 μήνες κατέληξαν ότι είχε τα προσόντα για να εργαστεί ως «μυστικός πράκτορας-πιλότος».

Ακολούθησε η επίπονη και ενδελεχής εκπαίδευση στα θεωρητικά και πρακτικά των «επιχειρήσεων», σε κάποιες εγκαταστάσεις κοντά στο Λάνγκλεϊ, δηλαδή με απλά λόγια στα «πρακτορικά», και 6μηνη ειδική εκπαίδευση στον αέρα σε μια μυστική βάση στη Γιούτα, όπου η Υπηρεσία έπαιρνε τους «ακριβούς λίθους» και με ειδικά προγράμματα επιμόρφωσης σε πτητικό επίπεδο τα μετέτρεπε σε πραγματικά «διαμάντια».

Τελειώνοντας το «σχολείο», ο Τζορτζ πλέον ήταν έτοιμος.

Μαζί με τους άλλους πιλότους της τάξης του είχαν μετατραπεί από πολύ καλοί πιλότοι σε πραγματικά «πουλιά»: ετοιμοπόλεμοι, άριστοι πράκτορες-πιλότοι για όπου οι ανάγκες, αλλά και το καθήκον τούς καλούσε.

Η πρώτη όμως αποστολή του Τζορτζ έλαχε να είναι και η πιο δύσκολη. Συχνά η μοίρα δεν κρατάει πρωτόκολλο επετηρίδας.

Το σενάριο ήταν απλό. Το γύρισμα της ταινίας θα ήταν το δύσκολο. Έπρεπε να εισέλθει στο κύκλωμα του μεγαλύτερου ναρκεμπόρου της Βολιβίας, του Χοσέ Μοράντεζ, να κερδίσει την εμπιστοσύνη τους και να αναρριχηθεί στα ανώτερα κλιμάκια της εγκληματικής οργάνωσης ώστε να γίνει πιλότος της Μαφίας είτε για μεταφορά φορτίων, είτε για αποστολές εκτέλεσης από αέρος.

Με αυτό τον τρόπο η Υπηρεσία θα είχε το πλεονέκτημα να

ξέρει από πριν το πότε και το πού, να παρακολουθεί όλη τη συγκεκριμένη αλυσίδα εκτός αλλά και εντός Ηνωμένων Πολιτειών και να επιλέγει την καλύτερη στιγμή για συλλήψεις ή αποτροπή επιθέσεων. Η «επιχείρηση» ονομάστηκε: «Μπισκοτσίτο».

Το σκηνικό στήθηκε εύκολα, αφού ένας μυστικός πράκτορας που είχε μπει στα ενδότερα του καρτέλ έκανε τις απαραίτητες συστάσεις, για να εισχωρήσει κι ο Τζορτζ, αρχικά σαν απλός «στρατιώτης».

Του πήρε ενάμιση χρόνο απανωτών δοκιμών από τους Νονούς και τον αρχιμαφιόζο Μοράντεζ μέχρι τελικά να κερδίσει την εμπιστοσύνη τους.

Όλο αυτό το διάστημα χρειάστηκε να πουλήσει ναρκωτικά, να έρχεται σε επαφή με διαβρωμένους αστυνομικούς που τα πιάναν από το κύκλωμα, ακόμη και να σπάσει χέρια και πόδια κάποιων κακοπληρωτών, που μάλλον δεν είχαν καταλάβει πού είχαν μπλέξει.

Το κόλπο όμως έπιασε κι ο Τζορτζ κατάφερε τελικά να γίνει ένα από τα πέντε άτομα του στενότερου περιβάλλοντος του Μοράντεζ, χωρίς βέβαια να λείπουν οι ματιές καχυποψίας, ζήλιας και σνομπισμού των υπόλοιπων τεσσάρων, που πάντα στη σκιά του έβλεπαν έναν «Γκρίνγκο» να μπαίνει στα πόδια τους.

Δεν είχε όμως τόσο σημασία, αφού το μεγάλο αφεντικό πήγαινε τον Τζορτζ και από την πλευρά του εκείνος έφερνε σε πέρας κάθε παράνομη αποστολή. Ο Γκονζάλες γνώριζε ότι ο Τζορτζ ήταν πιλότος, αλλά δεν είχε δώσει ποτέ μεγάλη σημασία.

Η ευκαιρία να πιάσει τα πηδάλια δόθηκε όταν ο μέχρι τότε πιλότος του αφεντικού, ένας μέθυσος Κουβανός, πέθανε από υπερβολική δόση κοκαΐνης. Το ανακάτεμα των ουσιών δεν φέρνει καλά αποτελέσματα, στην περίπτωση όμως του Τζορτζ άνοιξε τους ουρανούς.

Το ελικόπτερο που χρησιμοποιούσε η οργάνωση ήταν ρωσικής κατασκευής και είχε περάσει στα χέρια της Μαφίας, μέσω ενός γλοιώδη στρατηγού του Φιντέλ. Το κόλπο απλό.

Ο λαδωμένος στρατηγός το έβγαλε εκτός λειτουργίας, λόγω κακής συντήρησης και το «κόμμα», ακολουθώντας τη διαδικασία, σύντομα το έβγαλε σε δημοπρασία –κάποιος ξέχασε να αφαιρέσει και τα οπλικά συστήματα– για κάτι σαν σκραπ, όπου εύκολα το κύκλωμα το «χτύπησε» και το ενέταξε στο «χαρντγουέαρ» του καρτέλ.

Ο στρατηγός βρέθηκε με 2 εκατομμύρια δολάρια να τον περιμένουν στις Μπαχάμες και σύντομα το έσκασε προς άγνωστη κατεύθυνση, θυσιάζοντας τον «αγώνα του για τον αγνό κομμουνισμό», που τόσο συχνά διαφήμιζαν οι σύντροφοι του καθεστώτος. Προφανώς βρίσκοντας σκιά κάτω από φοίνικες σε κάποια σουίτα πανάκριβου ξενοδοχείου στην Καραϊβική.

Για κάνα χρόνο ο Τζορτζ εκτελούσε τα δρομολόγια κανονικά, όπως κανονικά είχε πάρει τη ροή της και η πληροφόρηση της «Εταιρείας» που μέχρι στιγμής δεν έπραττε τίποτα.

Απλά παρακολουθούσε τα ραντεβού, τις δοσοληψίες, τα πρόσωπα και τους λογαριασμούς όπου το μαύρο χρήμα κατέληγε.

Ο ιστός της αράχνης, τουλάχιστον εκείνης απ' την Μπογκοτά, είχε αρχίσει να χαρτογραφείται. Μάλιστα στο Λάνγκλεϊ είχαν γεμίσει έναν τεράστιο τοίχο με αυτές τις αλληλοσυνδέσεις του κυκλώματος. Έναν τοίχο με εκατοντάδες εμποτισμένα με ηρωίνη και κοκαΐνη... «post it».

Όλα πήγαιναν τέλεια!

Η ιστορία όμως για τον Τζορτζ «χάλασε», όταν στην κυβέρνηση, στη θέση του υπουργού Εσωτερικών, βρέθηκε ο Ερίκο Ροντρίγκεζ, ένας καθαρός πολιτικός, σπουδασμένος στις Ηνωμένες Πολιτείες, με όραμα για την πραγματική Ελευθερία και τη Δημοκρατία και εξαιρετικές γνώσεις διοίκησης, με αξιοποίηση των διεθνών συνεργασιών και των νέων τεχνολογιών πάταξης της εγκληματικότητας. Δεν ήταν τυχαίο, άλλωστε, ότι μέρος της μεταπτυχιακής του εργασίας στην Εγκληματολογία είχε γίνει με βάση τα κεντρικά γραφεία του Κλιμακίου του FBI στο Σαν Φρανσίσκο.

Αυτός ο καθαρός πολιτικός κήρυξε τον πόλεμο στα καρτέλ, με αποτέλεσμα γρήγορα να βρεθεί στη νούμερο ένα θέση των στόχων του κυκλώματος, που θα έκανε τα πάντα για να τον βγάλει από τη μέση.

Προηγήθηκαν δύο απόπειρες δολοφονίας του, με ενέδρα εντός πόλεως κατά τη διάρκεια των μετακινήσεών του, αλλά ο φυλασσόμενος σαν αστακός Ροντρίγκεζ και τις δύο φορές κατόρθωσε να τη γλιτώσει. Τη μία από ενέδρα 20 οπλισμένων δολοφόνων του καρτέλ και τη δεύτερη από ενέδρα με παγιδευμένο αυτοκίνητο στο δρομολόγιο προς το υπουργικό του γραφείο.

Ο Τζορτζ είχε προλάβει και τις δύο φορές να δώσει την πληροφορία και η «Εταιρεία» να προλάβει τα χτυπήματα, προειδοποιώντας τον συνεργαζόμενο μαζί της υπεύθυνο ασφάλειας του υπουργού.

Το κακό όμως με αυτά τα κυκλώματα είναι ότι έχουν ένα κοινό με τη φιλοσοφία των μυστικών υπηρεσιών: αν σε βάλουν στο μάτι, δεν σταματούν μέχρι την επίτευξη του στόχου.

Απ' την άλλη ο υπουργός που το ήξερε αυτό, όχι μόνο το είχε πια πάρει προσωπικά, αλλά γνώριζε επίσης με σιγουριά ότι επρόκειτο για έναν κηρυγμένο πλέον πόλεμο, που μόνο η μια πλευρά θα επιζούσε.

Ένα απογευματάκι, οι αρχηγοί του λατινοαμερικανικού «ναρκόκοσμου» συναντήθηκαν μυστικά, όπως στις παλιές μαφιόζικες ταινίες, στην απομονωμένη κατοικία του Μοράντεζ, στη μέση της ζούγκλας, αρκετές εκατοντάδες χιλιόμετρα μακριά απ' την πρωτεύουσα.

Ύστερα από τα πολλαπλά χτυπήματα που τους είχε καταφέρει ο Ροντρίγκεζ, με δεκάδες συλλήψεις, κατασχέσεις που ξεπερνούσαν τους 50 τόνους της άσπρης σκόνης και καθυστερήσεις στη μεταφορά του «εμπορεύματος», λόγω του ασφυκτικού «μαρκαρίσματος» που είχε αναπτύξει εναντίον τους, το θέμα της κουβέντας των Νονών δεν ήταν άλλο απ' τον τρόπο που θα μπορούσαν να τον ξεφορτωθούν –στα σίγουρα αυτή τη φορά– μια για πάντα.

Αφού είχαν δοκιμάσει τις συμβατικές μεθόδους, όλοι συμφώνησαν ότι ο μόνος σίγουρος τρόπος θα ήταν μια στρατιωτικού τύπου επιχείρηση από αέρος, με όποιο κόστος σε ανθρώπινες ζωές. Άλλωστε ο κόσμος των ναρκωτικών δεν έχει ζυγαριά στο αίμα.

Όλοι οι Νονοί είχαν ελικόπτερα, αλλά το μόνο στρατιωτικού τύπου ήταν του Μοράντεζ, με πιλότο τον Τζορτζ. Έτσι η αποστολή ανατέθηκε στον Τζορτζ, χωρίς όμως να του πουν πολλές λεπτομέρειες, για λόγους ασφάλειας.

Το σχέδιο στη μη συναισθηματική λογική των βαρόνων ήταν απλό. Θα χτυπούσαν τον Ροντρίγκεζ στο εσωτερικό του σπιτιού του, σε ένα προάστιο της Μπογκοτά, την ώρα που θα επέστρεφε με το αυτοκίνητό του και το κομβόι θα πάρκαρε στον κήπο.

Εκεί, η διαφυγή του υπουργού θα ήταν αδύνατη και το ελικόπτερο θα είχε καθαρό πεδίο δράσης, κάτι πολύ δύσκολο εντός της άναρχης δόμησης της πόλης που μπορούσε να προσφέρει καταφύγιο στο κομβόι και δυσκολία κίνησης και ορατότητας στο ελικόπτερο.

Για σιγουριά, θα χρησιμοποιούσαν δύο πυραύλους αέρος-εδάφους, που ουσιαστικά θα έκαιγαν και θα εξαφάνιζαν ό,τι υπήρχε σε απόσταση τουλάχιστον εκατό τετραγωνικών μέτρων από το κομβόι και φυσικά και τον Ροντρίγκεζ με τη συνοδεία του.

Ήδη η συνείδηση του Τζορτζ είχε αρχίσει να ραγίζει. Αυτό σήμαινε τουλάχιστον δέκα νεκρούς. Επτά στα αυτοκίνητα –τα δύο θωρακισμένα Σεβρολέτ που χρησιμοποιούσε ο υπουργός για τις μετακινήσεις του– και δύο από τις μοτοσικλέτες συνοδείας. Αν μάλιστα την ώρα της αποβίβασης βρίσκονταν κοντά και κάποιοι από την ασφάλεια της οικίας ή του υπηρετικού προσωπικού, τότε οι νεκροί θα ήταν περισσότεροι.

Οι άνθρωποι της «Εταιρείας» όπλιζαν τους πράκτορες, ύστερα από ειδική εκπαίδευση, με όλα τα απαραίτητα για την ενδυνάμωση του ψυχολογικού τους τομέα για παρόμοιες καταστάσεις και συναισθηματικούς ενδοιασμούς.

Ο σωστός πράκτορας πρέπει αρχικά και πριν ασχοληθεί με τις «επιχειρήσεις» να έχει τιθασεύσει αυτή την πλευρά των αδυναμιών του. Πρέπει να μπορεί να οριοθετήσει τον ευρύτερο σκοπό, μπολιάζοντάς τον με αρκετή δόση από καταλύτη «παράπλευρων απωλειών». Μόνο έτσι μπορείς να κάνεις αυτή τη «δουλειά».

Κάτι που δεν είναι καθόλου εύκολο ακόμη και για τα έξυπνα μυαλά της Βιρτζίνια, αφού συχνά το ανθρώπινο στοιχείο ξεπερνά τη μαθηματική σκέψη και μπορεί το συναίσθημα να επικρατήσει της λογικής.

Στην ουσία ο κόσμος μας είναι φτιαγμένος όντως από μεταλλική λογική. Σκληρός, μη συναισθηματικός, ακραία ύπουλος και αδιαπραγμάτευτος. Μόνο έτσι επιζείς σε αυτό το παιγνίδι θανάτου και ζωής.

Συχνά, οι κανόνες θυμίζουν ζωώδη συμπεριφορά, αλλά αν μόνο έτσι μπορεί να κυριαρχήσει το καλό... είναι απαραίτητο και το κακό.

Ο Τζορτζ είχε εξαιρετικό εγκέφαλο, σπάνια σιρμαγιά απλής

λογικής που πάντρευε το συναίσθημα με το σκοπό και δεν άφηνε σάπιες ρωγμές στη συνειδησιακή αναστολή του τελικού σκοπού.

Γρήγορα η πληγωμένη του σκέψη αντικαταστάθηκε ανοσοποιητικά από έναν απλό λογισμό:

Α) Αν δεν το έκανε αυτός, το κύκλωμα θα τον υποπτευόταν, η κάλυψή του θα πήγαινε περίπατο, η «Εταιρεία» θα έχανε την πληροφόρηση και τις προσπάθειες μηνών, με κόστος σε χρήμα και ανθρώπους, το κύκλωμα θα προσλάμβανε κάποιον άλλο και ο υπουργός και οι υπόλοιποι πάλι θα κατέληγαν νεκροί. Μπορεί το «χέρι» να φαινόταν συναισθηματικά σαν «χέρι» της CIA, το χτύπημα όμως και ο ηθικός αυτουργός δεν είχαν καμιά σχέση με την «Εταιρεία». Και η CIA καμιά ευθύνη.

Β) Τα 10-12 θύματα, όντως στη σκέψη του είχαν ψυχολογικά μια αυξημένη βαρύτητα. Είναι διαφορετικά για λόγους κάλυψης, ως πράκτορας, να αναγκαστείς να σκοτώσεις κάποιον βρομιάρη, «υπο-έμπορο» κακοπληρωτή ή καρφί του καρτέλ για να εδραιώσεις τη δήθεν αφοσίωσή σου στο κύκλωμα, και διαφορετικά να ξέρεις ότι με το διπλό πάτημα ενός κουμπιού θα αφαιρέσεις τη ζωή 12 αθώων και μάλιστα θυμάτων που έχουν τα ίδια πιστεύω κατά των καρτέλ και της βρόμας.

Απ' την άλλη όμως, θυσιάζοντας έστω και τον «τραβηγμένο» αριθμό των 12, είναι ο μόνος τρόπος να σώσεις κάποια στιγμή 12 εκατομμύρια ή γιατί όχι 120 εκατομμύρια αθώων, που θα πέσουν στα ναρκωτικά ή ήδη υποφέρουν από την αρρώστια τους, εξαρτημένοι από τους βαρόνους της ζούγκλας.

Αυτές οι απλές μαθηματικές σκέψεις θύμισαν και πάλι –τότε– στον Τζορτζ αυτά που ο δάσκαλός του στο «Σχολείο» τους είχε υπογραμμίσει: «Δυστυχώς στη δουλειά μας, συχνά, το καλό έχει την ανάγκη του κακού. Όπως το λευκό έχει την ανάγκη του μαύρου για να είναι λευκό. Συνειδητοποιήστε ότι από δω και μπρος ασχολείστε με τη Μαύρη Τέχνη».

Ο Τζορτζ θα το έκανε.

Οι μαύροι δισταγμοί βρήκαν αγκυροβόλιο στο τελάρο και το άσπρο ξεχώρισε στη λογική του καμβά.

Η «επιχείρηση» του καρτέλ προγραμματίστηκε για το τελευταίο Σαββατοκύριακο του Αυγούστου, περίοδο που η πόλη δεν θα είχε μπει ακόμη σε εξοντωτικούς ρυθμούς, η παρακολούθηση

Γιάννης Παρθένιος

του κομβόι από τις επίγειες δυνάμεις υποστήριξης της αεροπορικής επίθεσης θα ήταν εύκολη, ώστε να παρακολουθήσουν το δρομολόγιο των κυβερνητικών αυτοκινήτων και το πρόγραμμα του υπουργού θα ήταν σχετικά απλό.

Τρεις διαφορετικές ομάδες μοτοσικλετιστών των δύο ατόμων θα ήταν ακροβολισμένες έξω από το υπουργείο, στις τρεις πιθανές ρότες που θα μπορούσε ο Ροντρίγκεζ να ακολουθήσει για το σπίτι.

Μία από αυτές –όποια περνούσε από μπροστά τους– θα τον έπαιρνε διακριτικά από πίσω σε όλη τη διαδρομή και κάνα 2 λεπτά απόσταση από την είσοδο της έπαυλης θα ενημέρωνε τον Τζορτζ, που θα ήταν σταντ μπάι με το ελικόπτερο, σε απόσταση αναπνοής από την οικία, σ' ένα χωμάτινο, συνοικιακό γήπεδο μπέιζμπολ, κοντά στο κυβερνητικό κομπάουντ.

Ο Τζορτζ θα πλησίαζε με το ελικόπτερο σε στάση αναμονής πάνω από τα γειτονικά σπίτια και μόλις τα τζιπ θα έμπαιναν στον κήπο, οι μοτοσικλετιστές θα έδιναν το τελικό «GO». Μέσα σε ελάχιστα δευτερόλεπτα, θα εμφανιζόταν σαν φαντομάς πάνω από το στόχο, θα εκτελούσε και θα έφευγε προς το αγρόκτημα του Μοράντεζ.

Έτσι απλά... αν δεν υπήρχε πάντα και η παράμετρος του μη αναμενόμενου.

Εκείνο το καλοκαιριάτικο πρωινό του Σαββάτου, ο ουρανός «συννέφιασε», αλλά ο Τζορτζ δεν το ήξερε. Θα το μάθαινε αρκετά λεπτά αργότερα.

Ο υπουργός, απαλλαγμένος απ' το μεγάλο φόρτο εργασίας έφυγε απ' το γραφείο του στις 12 πάρα τέταρτο, αφού έριξε μια ματιά στα αποκόμματα των εφημερίδων. Με καλοκαιρινή διάθεση και ψυχολογία διακοπών, αν και παρέμενε στην πρωτεύουσα, αποφάσισε να κάνει στον εαυτό του ένα μικρό δωράκι. Κάτι απλό και ανθρώπινο για τον μέσο οικογενειάρχη.

Θα πήγαινε να πάρει ο ίδιος τα μικρά διδυμάκια –τους 6χρονους Χουανίτο και Πάμπλο– από την προπόνηση ποδοσφαίρου στην οποία πήγαιναν κάθε Σάββατο πρωί. Έτσι, σαν έκπληξη!

Το κομβόι, με εντολή του υπουργού, άλλαξε πορεία και κατευθύνθηκε προς τις αθλητικές εγκαταστάσεις.

Το ίδιο και η μοτοσικλέτα παρακολούθησης του καρτέλ που πονηρά και από απόσταση παρακολουθούσε την πορεία.

CIA: Επιχείρηση Παράκελσος

Ο Τζορτζ δεν ενημερώθηκε ποτέ γι' αυτή την αλλαγή. Τα λαμόγια καβαλάρηδες δεν έδιναν δεκάρα αν μέσα στα αυτοκίνητα θα υπήρχαν παιδιά, γυναίκες, άντρες, οτιδήποτε.

Γι' αυτούς ήταν απλό κρέας, μια στυγνή εκτέλεση που θα τους απέφερε τη δόση τους σε ηρωίνη για το μήνα και καμιά διακοσαριά δολάρια, που εύκολα θα σκόρπαγαν σε μια νύχτα στα καταγώγια με τις φτηνές πουτάνες και το παράνομο, νοθευμένο αλκοόλ.

Ειδοποίησαν με τον ασύρματο τον δεύτερο του ελικοπτέρου, ουσιαστικά έναν όμοιό τους μπράβο, που συνόδευε τον Τζορτζ, ότι το αυτοκίνητο πλησίαζε την οικία και εκείνος τον σκούντηξε:

– Ξεκίνα, Γκρίνγκο, του είπε με εμφανή απέχθεια προς τον Αμερικάνο.

Έτσι τον έβλεπε. Σαν εχθρό Αμερικάνο που είχε μπει σε μια συμμορία, χωρίς να έχει δικαίωμα παραμονής.

Ο Τζορτζ που είχε ήδη τις μηχανές ανοιχτές, σήκωσε το ελικόπτερο και πήρε πορεία προς την έπαυλη. Σε μερικά δευτερόλεπτα –περίπου σε μισό λεπτό– ήταν σε απόσταση αναπνοής απ' το σημείο-στόχο, κάνα δυο σπίτια μακριά από εκείνο του υπουργού.

Τώρα κρατούσε το ελικόπτερο σταθερό να ίπταται ελάχιστα πάνω από τις σκεπές. Έμεινε έτσι για μερικά δευτερόλεπτα, σαν να παίζει κρυφτό και να λουφάζει.

Ο θόρυβος ήταν τρομερός και κάνα δυο γείτονες, που ήταν εκείνη την ώρα στα σπίτια τους, βγήκαν στα παράθυρα και κοιτούσαν χωρίς να αντιλαμβάνονται τι ακριβώς γίνεται.

Δεν τους φάνηκε όμως ιδιαίτερα περίεργο, γιατί η περιοχή ήταν ακριβή, θωρακισμένη σαν κομπάουντ και συχνά φιλοξενούσε από πάνω της ελικόπτερα της αστυνομίας που έκαναν εναέριες περιπολίες.

Το κονβόι του υπουργού ήταν ακόμα σχετικά μακρύτερα απ' το ελικόπτερο, χωρίς ορατότητα και με κλειστά τα θωρακισμένα παράθυρα, αποκομμένο από κάθε ηχητική υποψία.

Καθώς τα αυτοκίνητα πλησίασαν, οι πόρτες του κήπου άνοιξαν με το τηλεχειριστήριο και ο κεντρικός φρουρός της οικίας, σε στάση προσοχής, έγνεψε την ώρα που το υπουργικό όχημα έμπαινε μέσα. Τα άλλα δύο της συνοδείας καθώς και οι μοτοσικλέτες έμειναν έξω.

Αυτό ήταν κάτι που οι μαφιόζοι δεν το είχαν υπολογίσει, αλλά δεν έπαιζε και κανέναν σημαντικό ρόλο, αφού βασικός στόχος ήταν ο Ροντρίγκεζ και όχι η φρουρά.

Σχεδόν ταυτόχρονα με την είσοδο του τζιπ στην οικία, η μοτοσικλέτα υποστήριξης του καρτέλ πέρασε δήθεν ανέμελα μπροστά απ' τη βίλα και χωρίς να προκαλέσει υποψία κατευθύνθηκε ευθεία, απομακρυνόμενη από την κεντρική πύλη.

Η ομάδα υποστήριξης της επίθεσης ενημέρωσε το συνοδό του Τζορτζ ότι η στιγμή είχε φτάσει.

Μεμιάς ο Τζορτζ σήκωσε απότομα το ελικόπτερο και, κάνοντας μια μετρημένη κίνηση ακριβείας, έφτασε πάνω από την κεντρική είσοδο του σπιτιού, στο βάθος του κήπου της έπαυλης.

Εκείνη τη στιγμή σταματούσε και το υπουργικό τζιπ, ενώ σχεδόν ταυτόχρονα άνοιγε η πίσω πόρτα. Ούτε ο οδηγός, ούτε ο Ροντρίγκεζ πρόλαβαν να καταλάβουν το συγχρονισμό της στιγμής.

Ο Τζορτζ είχε λοκάρει ήδη το όχημα, είχε απασφαλίσει το κόκκινο κουμπί του πρώτου πυραύλου και ήταν μια ανάσα από το να τινάξει τον ευρύτερο κήπο και το τζιπ στον αέρα. Ο δεύτερος πύραυλος ούτε καν θα χρειαζόταν.

Την ώρα που πήγε να πυροδοτήσει το οπλικό σύστημα, σχεδόν ταυτόχρονα με το άγγιγμα του κουμπιού, η ματιά του πάγωσε. Σε αυτά τα 30-40 μέτρα που τον χώριζαν από το στόχο, είδε απ' τα πίσω καθίσματα να βγαίνει ένα παιδάκι.

Σχεδόν ταυτόχρονα και ένα δεύτερο.

Κανείς δεν του είχε πει για μικρά παιδιά. Τα έχασε...

Τα παιδάκια χαμογελούσαν ξέγνοιαστα και γυρίζοντας προς το μέρος του οδηγού περίμεναν κάποιον να βγει.

Η πόρτα άνοιξε κι ο Τζορτζ διέκρινε τη φιγούρα του Ροντρίγκεζ να βγαίνει απ' το αυτοκίνητο. Ταυτόχρονα ο υπουργός, σαν όλα να γινόντουσαν σε χρόνο με γεωμετρική πρόοδο, γύρισε το κεφάλι του προς τον ουρανό και κοίταξε το ελικόπτερο.

Ένιωσε ότι κάτι έτρεχε. Κι έτρεχε... πετώντας. Ένιωσε τον κίνδυνο, αλλά δεν μπορούσε να κάνει κάτι άλλο πέρα απ' το να παγώσει. Αυτή η σκέψη του πάγωσε και το χρόνο.

Ο Αϊνστάιν έχει πει ότι «η έννοια του χρόνου είναι σχετική». Σοφό! Και στην περίπτωση του Τζορτζ αποδεδειγμένο.

Είχε δεν είχε 1-2 δευτερόλεπτα να «πυροβολήσει». Πάγωσε κι εκείνος. Ο χρόνος σαν να σταμάτησε να κυλά και οι σκέψεις άρχισαν να τρέχουν στον εγκέφαλό του χωρίς βιασύνη, λες και είχαν έλλειψη βαρύτητας σε χρονομετρική διάσταση.

Τα χέρια του κρατούσαν σταθερό το πηδάλιο, αλλά εκείνος δεν το ένιωθε. Λες και όλα γινόντουσαν αυτόματα, δίνοντας προτεραιότητα στην απόφαση.

Είχε κοκκινίσει, το πρόσωπό του είχε φουσκώσει, η πίεσή του πρέπει να είχε ξεπεράσει το 20 και η αδρεναλίνη θύμιζε φουσκωμένο ρυάκι μετά από φθινοπωρινή μπόρα.

Ξανασκέφτηκε τη σημασία της αποστολής, επανάφερε με ρυθμούς κινηματογραφικής ταινίας στο μυαλό του όλη την ψυχολογική επιμόρφωση του Λάνγκλεϊ για χειρισμό τέτοιων καταστάσεων και σκέφτηκε ότι η «δουλειά έπρεπε να γίνει»...

Τίποτα!

Μια δεύτερη μικρή φωνούλα μέσα του, αντίθετη στην πρώτη, του φώναζε να μην το κάνει. Του έλεγε ότι πέρα από καλορυθμισμένο μοτέρ λογικής, ψυχραιμίας και ακρίβειας πάνω απ' όλα ήταν και άνθρωπος.

Όλα είχαν το όριό τους. Ήταν εκτελεστής μιας αποστολής, όχι όμως και δολοφόνος. Κανείς στην «Εταιρεία» δεν ήταν δολοφόνος. Δεν μπορούσε να σκοτώσει παιδιά. Δεν ήθελε και δεν είχε εκπαιδευτεί γι' αυτό, ούτε ήταν στα προζητούμενα της «Εταιρείας».

Σε καιρό πολέμου θα μπορούσε να δεχτεί ένα τέτοιο συνειδησιακό βάρος, αν για παράδειγμα βομβάρδιζε έναν στόχο και οι τρομοκράτες –όπως κάνουν οι Παλαιστίνιοι για παράδειγμα– είχαν επίτηδες τοποθετήσει εκεί παιδάκια, χρησιμοποιώντας τα σαν αντίμετρο.

Εκεί ίσως να μπορούσε να καταλάβει το γιατί, αλλά και να συνεχίσει να ζει με τη συναισθηματική λαβή του όρου «παράπλευρες απώλειες». Αυτό το είχε διδαχθεί και το είχε εμπεδώσει πολύ καλά.

Θα μπορούσε ακόμη να ανατινάξει ένα τζιπ μέσα στο οποίο θα είχαν βάλει επίτηδες παιδάκια, χρησιμοποιώντας τα σαν ανθρώπινη βόμβα κατά κάποιου Δυτικού στόχου, όπως κάνουν οι φονταμενταλιστές μουσουλμάνοι, η Χαμάς ή οι Ταλιμπάν, γιατί ήξερε ότι έτσι θα έσωζε ανθρώπους που δεν έφταιγαν σε τίποτα, έστω κι αν θα θυσίαζε κάποια μικρά παιδιά.

Εκεί δεν θα ήταν αυτός ο δολοφόνος, αλλά οι «καθοδηγητές» ενός πολέμου που ξεκίνησαν αναίτια.

Εδώ όμως τα πράγματα ήταν αλλιώς.

Ο χρόνος έμοιαζε τόσο κλειδωμένος και αργός που όλα γίνονταν εκπληκτικά γρήγορα.

Ξανακοίταξε τα παιδάκια που γελούσαν κι άπλωναν το χέρι προς τον μπαμπά τους, ώστε να τον παρασύρουν προς το εσωτερικό του σπιτιού, προφανώς για να παίξουν όλοι μαζί.

Αυτό ήταν! Ο χρόνος ξεκλείδωσε και πάλι.

Δεν θα το έκανε. Δεν μπορούσε να το κάνει.

Ήταν εκπαιδευμένος, σκληρός, αποφασισμένος, είχε εμπεδώσει την εκπαίδευση, είχε ειλικρινά περάσει τα ψυχολογικά τεστ της «Εταιρείας», αλλά δεν έπαυε να παραμένει άνθρωπος.

Μπορεί να ήταν CIA, αλλά είχε κανονικά, γήινα, φυσιολογικά αισθήματα και πάνω απ' όλα μια συνείδηση που διέπετο από λογική και ύψιστο βαθμό ευφυΐας για τον μέσο άνθρωπο, αλλά δεν της έλειπε το ύψιστο χαρακτηριστικό ανθρωποκεντρισμού: το να εμπνέεται και από την ψυχή.

– Πάτα τη σκανδάλη, τι περιμένεις, βρε ηλίθιε; του φώναξε ο μπράβος. Πάτα τη, ρε...

Αυτή τη στιγμή ο Τζορτζ δεν είχε απλά τα νεύρα του. Ήταν εκτός εαυτού.

Η φωνή του «ζώου» δίπλα του τον έκανε να τρελαθεί ακόμη περισσότερο. Μια γκριμάτσα σχηματίστηκε στο πρόσωπό του και οι στοιβαγμένες απ' την πίεση ρυτίδες που σχηματίστηκαν στο μέτωπό του ήταν τόσο έντονες που και μόνες τους θα μπορούσαν να πνίξουν τον ηλίθιο μπράβο.

Φούντωσε ακόμη περισσότερο. Του ήρθε να τον αρπάξει με το δεξί χέρι απ' το λαιμό και απλά να του στύψει τον άδειο εγκέφαλο σαν απλή λεμονόκουπα.

Και θα μπορούσε να το κάνει. Είχε και την τεχνική αλλά σίγουρα αυτή τη στιγμή και... την αδρεναλίνη.

– Σκάσε, ρε μαλακισμένο, του είπε, σφίγγοντας τα δόντια και τις σιαγόνες του. Σκάσε, να μη σου γαμήσω ό,τι έχεις και δεν έχεις, παλιόπουστρα.

Όπως ο Τζορτζ γύρισε και τον κοίταξε, τα μάτια του πιλότου έβγαζαν φωτιές. Αν ήταν η οθόνη κάποιου κουλοχέρη, θα είχε σίγουρα βγάλει τρίμπαρα επί πέντε.

Σχεδόν άφριζε.

– Βούλωσέ το, καθίκι, του ξαναφώναξε...

Ο άλλος κότεψε. Έσκασε. Περιορίστηκε πίσω στο κάθισμά του σαν να κατάλαβε ότι πλέον έπαιζε με την τύχη του, μια μέρα που δεν είχε διαβάσει το κακό του ωροσκόπιο.

Ο Τζορτζ τράβηξε απότομα το πηδάλιο προς το μέρος του κι αριστερά, ενώ με το δεξί χέρι κλείδωσε ξανά το προστατευτικό κουμπί της πυροδότησης.

Το ελικόπτερο κινήθηκε γρήγορα προς τα ανατολικά και μέσα σε 2-3 δευτερόλεπτα βρισκόταν βίλες μακριά, να πετάει με κατεύθυνση τη φάρμα του Μοράντεζ.

Μάταια ο Τζορτζ προσπάθησε να πείσει το αφεντικό ότι οι πύραυλοι δεν πυροδοτήθηκαν λόγω βλάβης. Ο Κολομβιανός μπράβος τον έδωσε κατευθείαν και στυγνά. Με λεπτομέρειες και δικές του σάλτσες, που ούτως ή άλλως δεν ήταν απαραίτητες.

Οι υποψιασμένοι βαρόνοι συνδύασαν και τις δύο προηγούμενες αποτυχημένες προσπάθειες... και το γλέντι άρχισε.

Κανονικά! Με ορχήστρα, ποτά και πλήρες μενού.

Τα πιάτα περιλάμβαναν όλες τις γνωστές λιχουδιές. Ατελείωτο ξύλο, κρύα ντους για σκλήρυνση της επιδερμίδας, απολέπιση με τη χρήση ηλεκτροσόκ, μανικιούρ-πεντικιούρ με έμφαση στην αφαίρεση νυχιών, σπασμένα κόκαλα, ξενάγηση σε αστροφυσικό περιβάλλον όπου η μέρα γινόταν νύχτα και η νύχτα μέρα, και φυσικά ψυχαγωγικό πρόγραμμα που περιλάμβανε το κλείσιμο σε κλουβί σκύλου, τη χρήση ηλεκτρικού κολάρου για εμπέδωση της Αρχής του Παβλόφ και την παράλληλη λήψη βιταμινών με την έκχυση ναρκωτικών ουσιών στο αίμα για τη δημιουργία πανικού και φαντασιακών σκηνών, με σκοπό την ομολογία και φυσικά την αναλυτική παρουσίαση των συνεργατών του Τζορτζ.

Ο πιλότος ήταν πολύ δυνατός, αλλά δεν θα άντεχε και τρίτη μέρα στο καμουφλαρισμένο υπόστεγο μέσα στη ζούγκλα που έκαιγε σαν καμινέτο υγραερίου και με βασανιστές που λειτουργούσαν υπό καθεστώς κοκαΐνης και σχιζοφρένειας.

Ήδη είχε αντέξει αρκετά. Κατά τη διάρκεια του βασανισμού του και της –πλέον– απαγωγής του είχε ξεπεράσει κάθε φυσιολογικό δείκτη υπομονής, πόνου και σίγουρα φυσικής αντοχής.

Λειτουργούσε πια μόνο με τα απομεινάρια των ψυχικών αποθεμάτων που σιγά σιγά του τελείωναν.

Θα έσπαγε και θα ομολογούσε. Θα αποκαλυπτόταν η ταυτότητά του και ο εδώ και μήνες ρόλος του. Κάτι όμως που δεν είχε πλέον καμιά σημασία για την «Εταιρεία», αφού ο ρόλος του είχε πια τελειώσει, όπως κι αν μετρούσες το αποτέλεσμα.

Σύμφωνα με το εγχειρίδιο της Υπηρεσίας δεν πρέπει να συλληφθείς και σίγουρα αν συλληφθείς είσαι μόνος σου...

Κι όμως το εγχειρίδιο παραμένει εγχειρίδιο –πραγματικό εργαλείο αδιαμφισβήτητης λογικής ενεργειών– αλλά και οι άνθρωποι της «Εταιρείας» δεν παύουν να έχουν ένα περίεργο φίλτρο ηθικής προσέγγισης των παραμέτρων, όταν η στιγμή απαιτεί να το καταργούν.

Εκεί βρίσκεται και η μυστική λύση της εξίσωσης. Όχι της άλυτης στην είσοδο της Βιρτζίνια, αλλά της επιτυχίας της Υπηρεσίας.

Ενώ όλοι νομίζουν ότι οι άνθρωποί της είναι ρομπότ που απλά χρησιμοποιούν πλαστικοποιημένες σελίδες του εγχειριδίου που δεν επιτρέπουν καμιά πρωτοβουλία τσαλακώματος, η συνταγή της επιτυχίας βρίσκεται σε αυτή τη χημική συνέπεια ανακατέματος του εγχειριδίου με μη αναμενόμενες πρωτοποριακές αλλαγές και αυτοσχεδιασμό που προκύπτουν απ' το ανθρώπινο στοιχείο.

Έτσι το μυαλό και η έμπνευση παντρεύονται με το εγχειρίδιο και δημιουργούν μεθόδους που είναι αδύνατον να αντιγραφούν, να προϋπολογιστούν και να ανατραπούν από τον εχθρό.

Είναι το μυαλό και το ιδιαίτερο ανθρώπινο στοιχείο που φέρνουν την επιτυχία.

Και είναι αυταπόδεικτο, γιατί σε αντίθετη περίπτωση κάποιος θα «έκλεβε» το εγχειρίδιο, θα κατανοούσε εύκολα πώς λειτουργεί το «σύστημα», θα έκανε ακριβώς τα αντίθετα για να το ανατρέψει και η CIA δεν θα είχε μεγαλύτερη δύναμη από μια οποιαδήποτε αστεία Υπηρεσία, δήθεν Πληροφοριών και Ασφάλειας, ενός ασήμαντου κρατιδίου με τοπική εμβέλεια και αμελητέα αποτελέσματα.

Είναι το μυαλό, το συναίσθημα και η έμπνευση των ανθρώπων

CIA: Επιχείρηση Παράκελσος

της που κανείς δεν μπορεί να αντιγράψει. Εκεί είναι η δύναμή της. Υπο-σταθμάρχης στην Μπογκοτά εκείνη την εποχή ήταν ο Ρόμπερτ. Εκείνη την περίοδο, ήταν ο άνθρωπος που έτρεχε επιχειρησιακά το πρόγραμμα κατά των καρτέλ. Έναν κηρυγμένο, ανεπίσημο πόλεμο που κράταγε χρόνια.

Όταν λίγες ώρες μετά το περιστατικό πληροφορήθηκε ότι ο Τζορτζ, στον οποίο είχε ιδιαίτερη συμπάθεια, βρισκόταν σε αυτή τη θέση, αμέσως κάλεσε την Ουάσιγκτον, τη Βιρτζίνια και όποιον άλλο χρειάστηκε για να τους πείσει ότι σε αυτή την περίπτωση η «Εταιρεία» θα έπρεπε να δράσει και να ελευθερώσει τον Τζορτζ.

Μάλιστα για να κάνει τη «φωνή» του ακόμη πιο δυνατή, έβαλε στις διαπραγματεύσεις και τον σταθμάρχη, που κι αυτός λάτρευε τον νεαρό πιλότο.

Ο Ρόμπερτ είχε εκτιμήσει το γιατί ο Τζορτζ έδρασε έτσι, ακόμη κι αν παραβίασε εντολές και κανονισμούς. Το περιστατικό είχε ακουμπήσει και τη δική του ανθρώπινη ευαισθησία.

Κίνησε γη και ουρανό, αντιμετώπισε δυσπιστία, αναγκάστηκε να μπει σε λογαριασμούς του τύπου «ποιος-κερδίζει, τι-χάνουμε», αλλά στο τέλος τα κατάφερε και πήρε το πράσινο φως.

Ταχύτατα ετοιμάστηκε μια μυστική «επιχείρηση» του αμερικανικού στρατού αέρος και εδάφους –που ποτέ δεν βγήκε στη δημοσιότητα– στα έγκατα της ζούγκλας όπου κρατούσαν τον Τζορτζ και έπειτα από μια συγκλονιστική μάχη, στην οποία τραυματίστηκαν σοβαρά και δύο πεζοναύτες, ο πράκτορας διεσώθη και επέστρεψε αεροπορικώς στη Βιρτζίνια για τα περαιτέρω.

Οι εγκαταστάσεις επεξεργασίας ηρωίνης του κυκλώματος και όλα τα μέλη που βρέθηκαν στη σκηνή έγιναν στάχτη μιας φωτιάς, που ο καπνός της ταξίδεψε μακριά το μήνυμα ότι υπάρχει δικαιοσύνη και κάποιοι πιστεύουν ακόμη σ' αυτή.

Ο Τζορτζ βέβαια έχασε τη θέση του, αφού σύμφωνα με τον κανονισμό δεν θα μπορούσε κανείς πλέον να βασιστεί πάνω του για μελλοντικές «επιχειρήσεις», χωρίς να πρέπει να λογοδοτήσει σε περίπτωση νέου λάθους στο με ποιο κριτήριο συγχωρήθει και επαναχρησιμοποιήθει στην Υπηρεσία.

Κανείς δεν τόλμησε να πάρει αυτή την ευθύνη.

Του προτάθηκε όμως να παραμείνει στη CIA σε κάποιον βοηθητικό ρόλο ως διοικητικός υπάλληλος. Εκείνος δεν το δέχτηκε.

Γιάννης Παρθένιος

Αποφάσισε να αποτραβηχτεί ασχολούμενος πια ως ιδιωτικός πιλότος, κρατώντας σφραγισμένη στην καρδιά του την αγάπη του και την αφοσίωση για την Υπηρεσία.

Ήξερε όμως ότι για πάντα θα τους χρωστούσε τη ζωή του, γιατί έκαναν ότι «δεν είδαν» το εγχειρίδιο.

Και στην Υπηρεσία, αλλά και στον Ρόμπερτ προσωπικά.

Γι' αυτό άλλωστε αυτή τη στιγμή ήταν λιπόθυμος στη μέση του πουθενά...

Σημ.: Ο Ροντρίγκεζ ύστερα και από αυτή την απόπειρα κατάλαβε ότι ήταν θέμα χρόνου το να ξαναπροσπαθήσει το καρτέλ να τον βγάλει από τη μέση. Περισσότερο φοβήθηκε για τα παιδιά του. Παραιτήθηκε από τον υπουργικό θώκο και ζητώντας βοήθεια από τον «θείο Σαμ» εγκαταστάθηκε μόνιμα με την οικογένειά του στις Η.Π.Α., δουλεύοντας για τη μεγαλύτερη εταιρεία ιδιωτικής ασφάλειας του κόσμου, με αντικείμενο φυλασσόμενους στόχους –εταιρείες, πρόσωπα– της Ν. Αμερικής.

ΚΕΦΑΛΑΙΟ 12

Οδησσός, Ουκρανία,
Λιμάνι,
Προβλήτα Δ3

Ο Ανατόλι δεν μπορούσε να πιστέψει αυτό που είχε ακούσει πριν λίγο στο τηλέφωνο από τον Νταλίρ Σασάν, τον μέχρι πριν πέντε μέρες κολλητό του αφεντικού του, Τιμοφέι.

Ο Ανατόλι είχε ήδη πληροφορηθεί το θάνατο του Τιμοφέι, κάτι που είχε ανησυχήσει πολύ τον Λευκορώσο για δύο λόγους:

Πρώτον, γιατί από εδώ και στο εξής, σύντομα, θα βρισκόταν χωρίς δουλειά, αφού το πλοίο θα έμενε ορφανό και ποιος ξέρει πού θα κατέληγε και, δεύτερον και σημαντικότερο, γιατί οι αρχικές υποψίες του για τη δολοφονία του Ρώσου μαφιόζου, που μέχρι τότε κατευθύνονταν προς κάποιον «καθοδηγητή» από το Ιράν ή τη Μέση Ανατολή, ξαφνικά έπεφταν στο κενό.

Ο Ανατόλι δεν ήξερε για τον «καθοδηγητή», τον Αμπάσι ή καλά καλά ακόμη και τον Σασάν, που τυχαία είχε συναντήσει μια φορά στο γραφείο του Τιμοφέι, δίπλα στη BSM. Ήξερε απλά για κάποιους «μεγάλους» από τη Μέση Ανατολή, τον Κόλπο ή τέλος πάντων από κάπου εκεί προς τα «κάτω».

Το σημερινό όμως τηλεφώνημα του Σασάν, που προφανώς μεταβίβαζε μήνυμα κάποιου πολύ ισχυρότερου, ήταν πέρα για πέρα σαφές και έβγαλε τον ευκολόπιστο Ανατόλι από τις υποψίες.

Γιάννης Παρθένιος

«Ο "Μαρόκος" έφαγε τον Τιμοφέι. Ο "Μαρόκος" ήταν και πίσω απ' τη δολοφονία του φίλου σου του Αλεξέγιεφ», του είχε πει ο Σασάν για να κάνει τη δουλειά του.

Βέβαια ο Ανατόλι, αλλά και ο Σασάν, δεν ήξεραν ότι ο καθηγητής ζούσε ακόμη κι ότι ο Τσετσένος είχε πεθάνει από πυρά πρακτόρων, κατά τη διάρκεια της απόπειράς του να σκοτώσει τον Αλεξέγιεφ.

Μάλιστα ο Ιρανός ρώτησε τον Ανατόλι αν ήξερε για κάποιον Τσετσένο και γιατί αυτός ποτέ δεν πήγε στο Ιράν, αλλά ο Λευκορώσος δεν ήξερε κανέναν Τσετσένο.

Τώρα οι Ιρανοί νόμιζαν ότι είχαν να αντιμετωπίσουν και αυτή την εκκρεμότητα, γιατί ενώ πίστευαν ότι ο Τσετσένος έβγαλε απ' τη μέση τον καθηγητή και του ετοίμαζαν την ίδια μοίρα με τους άλλους, μόλις θα πατούσε το πόδι του στο Ιράν, εκείνος ποτέ δεν πήγε.

Η ιστορία ήταν πολύ μπερδεμένη για όλους πια και ο Ανατόλι ηρέμησε στη σκέψη ότι με αυτή την πληροφορία από τον Σασάν επιτέλους μπαίνει μια σειρά...

Μάλιστα τώρα, του φαινόταν απόλυτα λογική η ιστορία με τον Μαροκινό και τον Τιμοφέι.

Άλλωστε οι Αρχές είχαν έρθει στο πλοίο και ανέκριναν τον Νασίρ. Μίλησαν και με τον Ανατόλι και του είχαν πει ότι στο γραφείο της λεωφόρου Κολέβσκι είχαν βρεθεί κάτι μαροκινά άφιλτρα. Τον ρώτησαν αν ήξερε τίποτα γι' αυτά, αλλά εκείνος επίτηδες δεν απάντησε. Τώρα όμως, ύστερα από το τηλεφώνημα του Σασάν, όλα έδεναν.

«Πρέπει να πάρεις εκδίκηση για τα δύο φιλαράκια σου και να κλείσεις το θέμα του Μαροκινού», του είχε πει ο Ιρανός. «Υπάρχει και αμοιβή, και τώρα που έμεινες χωρίς δουλειά, εξαιτίας του σκατιάρη, μάλλον θα τα χρειαστείς: 10.000 δολάρια αν τελειώσεις το θέμα και τον εξαφανίσεις για τα καλά».

Ο Ανατόλι δέχτηκε κι έτσι όπως ξανασκεφτόταν το όλο θέμα μέσα στην καμπίνα του, δεν μετάνιωνε καθόλου.

Τ' αντίθετο. Όσο κυριαρχούσε συναισθηματικά μέσα του η απώλεια του καλού του φίλου Αλεξέγιεφ, αλλά και του Τιμοφέι που τον είχε στηρίξει στα δύσκολα, η βότκα που κατέβαζε σε συνδυασμό με τα φάρμακα για την υγεία του, εδώ και κάνα μισάωρο, τον είχαν κάνει τούρμπο.

«Θα τον ξεκοιλιάσω τον ρουφιάνο», είπε μέσα του. «Θα του βγάλω τα έντερα και θα τα κάνω πουλόβερ».

Σιγά σιγά σουρούπωνε και κάποιοι είχαν ήδη αρχίσει να ανάβουν τα χριστουγεννιάτικα λαμπάκια. Απ' το φινιστρίνι της καμπίνας του Ανατόλι σπινθηροβόλησαν μερικά από τα φώτα των μαγαζιών του λιμανιού και ενός κοντινού πλοίου, που είχε στολίσει το κατάστρωμα.

Δεν είχε πολλά πλοία εκεί δίπλα. Κάνα δυο «παντόφλες» και ένα φορτηγό, λίγο μεγαλύτερο από το Yelizaveta, κάπως μακρύτερα και ανατολικά, προς το άνοιγμα του λιμανιού.

Το σημείο δεν είχε λιμενοβραχίονα, αλλά έτσι όπως έκανε η θάλασσα μια μικρή γωνία, προστάτευε το γέρικο σκαρί απ' τα κύματα της Μαύρης Θάλασσας που κατά καιρούς είχε ξεσπάσματα, ακόμη κι εκεί κοντά στη στεριά.

Πάντως το σημείο δεν είχε κίνηση ούτε από πλοία ούτε από ναυτικούς, γι' αυτό άλλωστε και οι Αρχές έστελναν το τεμπέλικο Yelizaveta στον προβλήτα Δ3. Ήξεραν ότι εκεί αποκλειόταν να προκαλέσει προβλήματα στην κίνηση του λιμανιού με την ακατάσχετη ακινησία του.

Αυτή η ησυχία ήταν ό,τι έπρεπε και για τα σχέδια του Λευκορώσου, που σκόπευε να δράσει γρήγορα, αθόρυβα και χωρίς να αφήσει ίχνη.

Μαστουρωμένος όπως ήταν απ' τα χάπια και το αλκοόλ, άρχισε να ψάχνει μανιωδώς σε ένα ερμάριο της βρόμικης καμπίνας του. Αναζητούσε κάτι ειδικά γάντια που είχε ως ενθύμιο από το Τσερνομπίλ, όταν ακόμα δούλευε στους καθαρισμούς των αποβλήτων που του είχαν σφραγίσει τη σάρκα.

Πάνω στα νεύρα του τα ανακάτευε όλα. Έβγαλε από μέσα ένα τσαλακωμένο νάιλον πουλόβερ που θα έφερνε αλλεργία ακόμη και στο ταλκ, ένα κασκόλ με κάτι κλαπατσίμπαλα στα τελειώματα κι ένα μεταλλικό κουτί που είχε μέσα κάτι σαν βίδες. Όλα τα πέταγε έξω.

Πιάνοντας το κουτί στα χέρια και ανοίγοντάς το, έβαλε στην άκρη κάτι κατσαβίδια και έπιασε μια πένσα-κόφτη σαν αυτή που έχουν οι ηλεκτρολόγοι για τα καλώδια. Περιέργως, άφησε τα κατσαβίδια που θεωρητικά μπορούσαν να του χρησιμεύσουν σαν όπλο κι έχωσε την πένσα στην τσέπη του μαύρου αδιάβροχου που φορούσε.

Γιάννης Παρθένιος

Κάπου στο βάθος του ντουλαπιού, σχεδόν κρυμμένα, ήταν και το ζευγάρι με τα γάντια που έψαχνε.

Ήταν χοντρά. Πολύ χοντρά και εύκολα μπορούσες να διακρίνεις ότι είχαν ειδική κατασκευή από ένα σιδερένιο πλέγμα που τους έδινε αντοχή και ειδικές δέστρες που κούμπωναν στον καρπό για να σφραγίσουν τα χέρια.

Έμοιαζαν με αδιάβροχα, από ένα υλικό που γυάλιζε σαν δερματίνη –δεν ήταν δερματίνη– και σου έδινε την αίσθηση ότι άντεχαν ακόμη και σε μεγάλες θερμοκρασίες. Προφανώς ειδικά κατασκευασμένα για τη «βρόμικη» δουλειά στους αντιδραστήρες.

Ο Ανατόλι τα φόρεσε και κατευθύνθηκε προς την πόρτα της καμπίνας που οδηγούσε στο δεξί κατάστρωμα του πλοίου. Με το που έβγαινες, μπορούσες να δεις τη θάλασσα και λίγο πιο κάτω, στα 15 μέτρα, την καμπίνα που πριν από κάνα δυο χρόνια είχαν διαμορφώσει σε μαγειρείο.

Βέβαια, κανονικά, το Yelizaveta είχε την κουζίνα του πλοίου στα σπλάχνα, ένα κατάστρωμα πιο κάτω και κοντά στις μηχανές, αλλά η παλαιότητα του καραβιού, οι αρουραίοι και μια ανεπανόρθωτη βλάβη στον εξαερισμό της, είχαν αναγκάσει τον Τιμοφέι πριν καιρό να βάλει το σκάφος σε δεξαμενή και να κάνει κάποιες προσαρμογές.

Έτσι το σιδερένιο φέρετρο βρέθηκε με μια καινούργια κουζίνα στο «ισόγειο» και ένα πλαϊνό φουγάρο να ξεναγεί τον καπνό προς τα δεξιά, κάνοντάς το αστείο όταν έπλεε και κάποιος μαγείρευε, με το κεντρικό φουγάρο να βγάζει καπνό προς τα πάνω και το άλλο της κουζίνας να κρατάει τα μπόσικα προς τα δεξιά.

Ο Ανατόλι δεν έχασε στιγμή στο να κοιτάξει την υπέροχη θέα προς το λιμάνι και τον ήλιο που έδυε προς τα δυτικά. Δεν κοίταξε ούτε τα χριστουγεννιάτικα λαμπιόνια που κάποιος μερακλής πλοίαρχος είχε βάλει στη γέφυρα ενός κοντινού ρυμουλκού.

Γρήγορα έφτασε στην κουζίνα και από το ανοιχτό φινιστρίνι δίπλα στην πόρτα, που κι αυτή ήταν ορθάνοικτη, είδε τον Μαροκινό στο βάθος του μικρού δωματίου, μπροστά από την εστία της φωτιάς και πίσω από μια μεγάλη κατσαρόλα στην οποία κάτι μαγείρευε.

Δεν είχε λόγο να μαγειρεύει σε τόσο μεγάλο σκεύος, γιατί πέρα από αυτόν, τον Ανατόλι και τον καπετάνιο δεν υπήρχαν άλλοι στο πλοίο. Όλοι τους –άλλοι τρεις δηλαδή– όταν μαθεύτηκαν τα μαντάτα για το αφεντικό, είχαν πάρει άδεια και «φύλλο πορείας» για τα σπίτια τους.

Ο καπετάνιος τούς είχε πει ότι, μόλις τακτοποιηθούν τα πράγματα και το Yelizaveta περνούσε και πάλι στην κατοχή κάποιου πλοιοκτήτη, θα τους ενημέρωνε αμέσως για την άμεση επιστροφή τους. Μέχρι τότε, βέβαια, δεν αγχωνόταν και ιδιαίτερα αφημένος στη γνωστή του συνήθεια, όπως και τώρα που ήταν μισολιπόθυμος απ' το ποτό στην κουκέτα του κυβερνήτη.

«Εδώ είσαι, μωρή κουφάλα», είπε μέσα του ο Λευκορώσος.

Με τη μια, χωρίς δισταγμό και καθυστέρηση, πέρασε την πόρτα και προχώρησε προς τον Νασίρ.

Μια δυνατή οσμή και κάπνα τον περιέλουσε σε αυτή την πορεία. Ήταν οι ατμοί από τη φασολάδα που ετοίμαζε ο Μαροκινός. Ήταν το ίδιο τραγικό πιάτο που έκανε συχνά και μετά τ' «άκουγε» απ' το νηστικό πλήρωμα για τη μοναδική του έμπνευση να παντρεύει τα φασόλια με τις αντζούγιες στην κατσαρόλα. Βλέπετε, δεν έτρωγε και χοιρινό.

Το σκεύος, πάντως, τα είχε δώσει όλα και μάλλον το βράσιμο ήταν σε τελικό στάδιο καταστροφικής γεύσης.

Ο Νασίρ με μια σιδερένια, μαυρισμένη κουτάλα τα έδινε κι αυτός όλα, περιστρέφοντας κυκλικά και διαρκώς το ζωμό, που από την πολύ θερμοκρασία και το φτηνό λάδι που είχε μέσα έκανε μπουρμπουλήθρες που έσκαγαν απ' την πίεση.

Ο Μαροκινός μάγειρας κάπου κάπου έκανε και κινήσεις για να αποφύγει τα «σκάγια» και να μην καεί στο πρόσωπο.

Ο Ανατόλι ήταν τώρα ακριβώς από πίσω του και ο Νασίρ, απορροφημένος από την ένταση, το θόρυβο του βρασίματος και το νέφος υδρατμών και τσίκνας, δεν τον είχε πάρει χαμπάρι. Θα ήταν αδύνατο να τον ακούσει.

Με μια ξαφνική, ψυχρή και αμετανόητη κίνηση, τα χέρια του Λευκορώσου, θωρακισμένα από τα ειδικά γάντια, έπιασαν το σβέρκο του Νασίρ και δυνατά έσπρωξαν όλο το κεφάλι μέσα στη μεγάλη γαλβανιζέ κατσαρόλα.

Ο Ανατόλι, προστατευμένος από τα γάντια, δεν κατάλαβε τίποτα απ' τη θερμοκρασία, αλλά αμέσως ακούστηκε το δέρμα του προσώπου του Μαροκινού να καψαλίζεται, όπως τα παϊδάκια που βγάζουν λίπος πάνω απ' τα κάρβουνα.

Γιάννης Παρθένιος

Ο Μαροκινός δεν πρόλαβε ούτε να κοιτάξει, ούτε να αντιδράσει. Δεν έκανε καν προσπάθεια να σπρώξει ή να προσπαθήσει να αποφύγει τη φωτιά. Μέσα σε 2-3 δευτερόλεπτα το κορμί του άρχισε να πάλλεται και να κάνει σπασμούς.

Δεν είχε καν προλάβει να πάθει ασφυξία και το σοκ που του προκάλεσε η υψηλή και ξαφνική θερμοκρασία προφανώς του είχαν προκαλέσει ανακοπή καρδιάς. Το άψυχο πια σώμα συνέχισε να κάνει σπασμούς για μερικά δευτερόλεπτα, ώσπου τελικά σταμάτησε.

Ο Ανατόλι τον άφησε σαν στραγγαλισμένο αρνί να πέσει στο σιδερένιο πάτωμα, ενώ με το αριστερό του χέρι συγκράτησε την «εμπλουτισμένη» με ανθρώπινο πια κρέας κατσαρόλα από το να πέσει κάτω και να κάψει κι εκείνον.

Η κουτάλα δεν είχε την ίδια τύχη, γιατί στην προσπάθειά του να σφιχτεί ο Μαροκινός, αντιδρώντας στον αφόρητο πόνο, την παρέσυρε μαζί του στα βρόμικα πλακάκια του πατώματος.

Έτσι όπως στεκόταν πάνω από το νεκρό κουφάρι του Νασίρ, ο Ανατόλι που δεν πτοήθηκε καθόλου απ' το αποκρουστικό θέαμα του προσώπου του, που ίσως να τάραζε ακόμη και τον πιο έμπειρο πλαστικό χειρουργό στον κόσμο, είπε ειρωνικά:

– Χρειαζόταν και λίγο αλατάκι, μωρή μαροκινή κουφάλα...

Ο Λευκορώσος έμενε αφύσικα ατάραχος και ασυγκίνητος απ' το θέαμα, αλλά ήταν λογικό με αυτά που είχε δει στο Τσερνομπίλ. Μπροστά τους, ο Νασίρ ήταν μια απλή σουρεαλιστική απεικόνιση.

Πάντως δεν είχε ακόμη τελειώσει μαζί του. Γι' αυτό και έβγαλε απ' την τσέπη τον κόφτη. Η ώρα του φούρναρη είχε περάσει και τώρα ερχόταν το πεντάλεπτο του ηλεκτρολόγου...

Χωρίς να βιάζεται, αφού αποκλειόταν κάποιος να τον δει, γονάτισε στο έδαφος και έπιασε το δεξί χέρι του Μαροκινού.

Εντελώς ψυχρά, σαν να αποκολλούσε χριστουγεννιάτικα λαμπάκια, άρχισε να κόβει ένα ένα τα μπροστινά τμήματα από τα δάχτυλα του Νασίρ.

Τώρα πια που στην κουζίνα είχε σταματήσει το βράσιμο και επικρατούσε απόλυτη ησυχία, μπορούσε να ακουστεί ο ανατριχιαστικός θόρυβος, κάθε φορά που ένα από τα δέκα δάχτυλα ξεκολλούσε από τα χέρια, αφήνοντας στον αέρα κάτι σαν γδούπο, την ώρα που η τανάλια συνέθλιβε το οστό.

CIA: Επιχείρηση Παράκελσος

Παράξενος, υπόκωφος, μπάσος ήχος που ενωνόταν με το πρί-μα τρίξιμο των σιδερένιων, σκουριασμένων σωλήνων του πλοί-ου, όπως το απαλό κυματάκι κούρδιζε τις «χορδές».

Ο Λευκορώσος προσπαθούσε να κρατήσει το κεφάλι του λίγο προς τα πίσω και όσο πιο γερμένο μπορούσε για να αποφύγει τους πίδακες μαύρου αίματος που εκτοξεύονταν απ' τα άκρα του Νασίρ.

Μέσα σ' ένα λεπτό και αφού είχε ολοκληρώσει τα «ηλεκτρι-κά», μάζεψε στο αριστερό γάντι τα υπολείμματα των δαχτύλων και βαδίζοντας προς τον μικρό νεροχύτη του μαγειρείου τα πέτα-ξε μέσα στην αποχέτευση.

Ταυτόχρονα, σχεδόν, πάτησε και τον μικρό διακόπτη στον τοίχο που έδωσε ρεύμα στο μοτέρ του σκουπιδοφάγου. Ακούστη-κε και πάλι ένας ήχος, καθώς τα απομεινάρια από τα οστά περ-νούσαν από τις κοφτερές λεπίδες του σωλήνα.

Σύντομα τα σκυλόψαρα της Οδησσού θα έτρωγαν τραγανό ροστ μπιφ, αφού το παραμελημένο φορτηγό δεν είχε βιολογικό καθαρισμό και τα αποφάγια του Yelizaveta κατέληγαν απευθείας στη Μαύρη Θάλασσα.

Καμιά προστασία του περιβάλλοντος!

Απόλυτη σιγουριά όμως για τον Ανατόλι, αφού τώρα το πτώ-μα δεν είχε πλέον αποτυπώματα και αν κάποιος ήλπιζε στην ανα-γνώριση απ' τα δόντια, θα τα έβρισκε σκούρα σαν το σμάλτο του.

Τα απομεινάρια οδοντοστοιχίας, που τα χασισωμένα κατάλοι-πα της στοματικής κοιλότητας είχαν σφυρηλατήσει, θα ήταν δύ-σκολη υπόθεση για το ανύπαρκτο CSI των Ουκρανών και ειδικά για ένα θύμα που δεν είχε ποτέ επισκεφτεί οδοντογιατρό.

Ο Ανατόλι άρχισε να σέρνει το νεκρό σώμα του Νασίρ προς τα έξω και γρήγορα βρέθηκε στο κατάστρωμα, μισό μέτρο από το κάγκελο του πλοίου που είχε να αμμοβοληθεί για δεκαετίες.

Δεν μπορούσε να τον σηκώσει ολόκληρο και στερέωσε το μισό σώμα στο κάγκελο, ενώ τα πόδια ακουμπούσαν ακόμη στο δάπεδο.

Τώρα πήγε από πίσω και σπρώχνοντας και με τα δυο του χέ-ρια τα πόδια, όλο το σώμα γλίστρησε προς τη θάλασσα σαν σε τσουλήθρα.

Ο Μαροκινός βρέθηκε στο νερό, ενώ ταυτόχρονα ακούστηκε ο ήχος που το πτώμα προκάλεσε με την πρόσκρουση στη θάλασσα.

Έτσι όπως στεκόταν από ψηλά μπορούσε τώρα να το δει να επιπλέει χωρίς να τον νοιάζει ιδιαίτερα που δεν βυθίστηκε. Άλλωστε η Μαύρη Θάλασσα και το κυματάκι που είχε σήμερα θα το παρέσυρε σίγουρα ανοιχτά, αν δεν προλάβαιναν τα ψάρια να τελειώσουν μια και καλή τη «δουλειά».

Ο Λευκορώσος καθόταν άνετος και αγνάντευε το έργο του, γεμάτος υπερηφάνεια.

«Σιγά να μην κώλωνα με τον πούστη το Μαρόκι», σκέφτηκε.

Σε λίγο το πλεούμενο κουφάρι είχε παρασυρθεί αρκετά απ' το νερό και ο Ανατόλι δεν μπορούσε πια να το δει μέσα στο μισοσκόταδο. Αποφάσισε να επιστρέψει στην κουζίνα ώστε να καθαρίσει και τα αίματα.

Έκανε μεταβολή κι έτσι όπως είχε γυρίσει, προσπαθώντας πάνω στη ζαλάδα του να προσανατολιστεί, ξαφνικά και χωρίς να έχει πάρει είδηση ότι τόση ώρα τον παρακολουθούσε ο καπετάνιος, κυριολεκτικά πάγωσε απ' την έκπληξη.

– Τι έκανες, ρε καριόλη; του είπε ο καπετάνιος με τη μία.

Ο Ανατόλι προσπάθησε να αντιδράσει, αλλά ο εξίσου μεθυσμένος ναυτικός κρατούσε ήδη στα χέρια ένα πιστόλι.

– Τι έκανες, μωρή πουτάνα; του είπε ξανά. Τα είδα όλα...

– Κάτσε να σου εξηγήσω, προσπάθησε να αρθρώσει ο Λευκορώσος. Δεν είναι αυτό που νομίζεις.

Ο καπετάνιος δεν του άφησε περιθώρια. Με τη μια πάτησε τη σκανδάλη κι ένας δυνατός κρότος σταμάτησε την ησυχία. Η σφαίρα τον βρήκε στο θώρακα και έτσι όπως δεν το περίμενε και βρισκόταν σε σχετική ανισορροπία βάρους, το ωστικό κύμα τον ακούμπησε στα κάγκελα.

Μια δεύτερη βολή πάλι στο θώρακα, αυτή τη φορά ακριβώς στην καρδιά, τον αποτέλειωσε, αφήνοντας το τρύπιο πλέον κορμί να χάνει αίμα και να κείτεται πλέον στο υγρό κατάστρωμα.

Περίεργως ο καπετάνιος είχε καταπληκτικές αντιδράσεις.

Επαγγελματικές θα έλεγε κανείς. Αμέσως, σκούπισε το όπλο και το πέταξε στη θάλασσα. Το σημείο δεν πρέπει να 'χε βάθος πάνω από καμιά δεκαριά μέτρα κι έτσι οι δύτες του Λιμενικού θα το έβρισκαν, όταν θα έβρισκαν και τους άλλους δύο. Αν ποτέ τούς έβρισκαν.

Το πιθανότερο θα ήταν να έλεγαν ότι ο ένας σκότωσε τον άλλο και πάνω στον καβγά, μέσα στην κουζίνα, κάηκε και το πρόσωπο του Μαροκινού. Σιγά μην έδιναν σημασία σε μια υπόθεση με δυο αλήτες ναυτικούς.

Ο καπετάνιος δυσκολεύτηκε λίγο, αλλά στο τέλος τα κατάφερε και με μια έντονη προσπάθεια να τον σηκώσει πάνω απ' τα κάγκελα, έριξε και τον Ανατόλι στα νερά της Μαύρης Θάλασσας.

– Είχα καταλάβει ότι μου το 'χατε κάνει μουνί το πλοίο εσείς οι δύο. Απλά δεν μιλούσα μέχρι τώρα, μονολόγησε χωρίς ενοχές παίρνοντας πορεία για την κουζίνα, όπου τώρα θα έπρεπε να... καθαρίσει εκείνος.

Κεντρική Αφρική, Νότιο Σουδάν,
Μοναστήρι του Αγίου Μάρκου
Ξημερώματα 20/12

Ο Τζορτζ ήταν μόλις μια μέρα και κάτι ώρες εκεί, αλλά είχε ήδη εξοικειωθεί με τους μοναχούς, τον ξινισμένο ηγούμενο, στον οποίο δεν έδωσε σημασία, και τα κατατόπια του μοναστηριού. Τουλάχιστον όσα πρόλαβε να ψάξει και σε όσα του επιτρεπόταν η είσοδος.

Δεν είχε δει τίποτα το περίεργο, εκτός από τους δύο επισκέπτες που είχαν έρθει πριν απ' αυτόν, πριν λίγες μέρες, απ' το Πατριαρχείο Αλεξάνδρειας και τα μούτρα τους δεν του άρεσαν και πολύ. Αλλά κι αυτούς τους «τίμησε» με την ίδια απάθεια που επέδειξε στο σκεπτικισμό του ηγούμενου.

Κατά τ' άλλα, όλοι τον είχαν δεχτεί με μεγάλη διάθεση φιλοξενίας, συμπάσχοντας μαζί του για την πτώση του, με αποτέλεσμα εύκολα να ενταχθεί στην ήσυχη ζωή του Αγίου Μάρκου.

Σ' αυτό βοήθησε πολύ και η διεισδυτική ικανότητα του «πιλότου», που έχοντας εκπαιδευτεί από την «Εταιρεία» σε θέματα κοινωνικής μηχανικής, μπορούσε εύκολα να τρυπώσει σε οποιοδήποτε κοινωνικό περιβάλλον.

Το πρώτο βράδυ που ο Τζορτζ προσπάθησε να κοιμηθεί στο κελί του μοναστηριού, στο δωματιάκι με το κομό και το κρεβάτι από μπαμπού, ένιωσε μια πραγματική ηρεμία. Όσο βέβαια τον άφηνε ο πόνος από το κάταγμα του δεξιού αστραγάλου, «παράσημο» της χθεσινής «αναγκαστικής» του προσγείωσης.

Απ' την τρυπούλα που έπαιζε το ρόλο παράθυρου, ο Τζορτζ μπορούσε ν' ακούσει τους ήχους της αφρικανικής νύχτας, ώσπου τελικά αποκοιμήθηκε κάτω από τις αβανταδόρικες ανταύγειες του σαλταδόρικου τροπικού φεγγαριού, που σκαρφάλωνε στο μικρό παραθυράκι του κελιού, δαιμονίζοντας τη λιτή διακόσμηση.

Σήμερα όμως, τη δεύτερη νύχτα, ο ύπνος του δεν ήταν και τόσο ήσυχος. Άλλωστε δεν βρισκόταν εδώ για να ξεκουραστεί και να βιώσει τη μοναστηριακή θαλπωρή και οι ώρες περνούσαν.

Όλο αυτό το διάστημα, είχε κλειστή τη δορυφορική συσκευή, γιατί αν έμενε από μπαταρία τα πράγματα θα γίνονταν πολύ δύσκολα, αφού η κοντινότερη πρίζα πρέπει να ήταν τουλάχιστον 200 χιλιόμετρα μακριά.

Κάπου κάπου το μοναστήρι έπαιρνε ρεύμα για μερικές ώρες απ' τη θορυβώδη γεννήτρια πετρελαίου ενός παλιού τρένου, αλλά η πρόσβαση σ' αυτό επιτρεπόταν μόνο για τον ηγούμενο και μόνο μέχρι να γεμίσουν οι μπαταρίες που τροφοδοτούσαν τα κομπιούτερ της βιβλιοθήκης.

Και σήμερα την άκουγε νυχτιάτικα να μουρμουρίζει μέσα στην ησυχία της νύχτας, αλλά ο Τζορτζ δεν έδωσε σημασία. «Θα γεμίζουν τις μπαταρίες», σκέφτηκε.

Ξαφνικά μέσα στα άγρια μεσάνυχτα άκουσε έναν μακρόσυρτο, ανατριχιαστικό θόρυβο. «Ίσως να είναι αυτό που περιμένω ν' ακούσω», σκέφτηκε.

Κι όμως, αμέσως μετά επικράτησε ησυχία. Απόλυτη σιωπή. Κι έπειτα από καμιά δεκαριά λεπτά, πάλι ο μακρόσυρτος ήχος.

Μέχρι να ρίξει μια ματιά από το μικρό παραθυράκι στην αυλή του μοναστηριού, επικρατούσε και πάλι ησυχία. Ξαφνικά το αεράκι της καλοκαιρινής νύχτας άρχισε να μεταφέρει ένα χαμηλότονο μοιρολόι, ενώνοντάς το με τους ήχους από το απαλό θρόισμα των φύλλων. Η αίσθηση της εικόνας του μεσαιωνικά φωτισμένου μοναστηριού μαζί με τον άγνωστο ήχο δημιουργούσε μια μεταφυσική ατμόσφαιρα αγνωστικιστικής αγωνίας και φόβου.

Ο Τζορτζ, όμως, πρώτον ήταν πιλότος και δεύτερον, από τότε που αναλάμβανε πτητικές αποστολές για την «Εταιρεία», είχε μάθει να μην μπερδεύει τις ανθρώπινες φοβίες με την πραγματικότητα. Να μην πιστεύει σε μεταφυσικά, άγνωστα και παραπλανητικά του ανθρώπινου νου. Να κάνει μόνο τη «δουλειά». Και κάθε φορά που τέλειωνε με επιτυχία μια δύσκολη αποστολή ανακάλυπτε ότι κάποια ψεγάδια φόβων που νωρίτερα περνούσαν απ' το μυαλό του, ήταν απλώς δημιουργίες του εγκεφάλου και όχι η πραγματικότητα.

Τέτοιοι άνθρωποι δεν πάγωναν από μεταφυσικές αναζητήσεις ή προσωρινές εικόνες εικονικής εγκεφαλικής δημιουργίας που σ' ένα μέτριο μυαλό θα μπορούσαν να αποτελέσουν φόβο.

Η φιλοσοφία και τα επιτυχή αποτελέσματα της «Εταιρείας» εναντίον στόχων, πολλοί εκ των οποίων χρησιμοποιούσαν το μεταφυσικό, το άγνωστο, το φόβο, την προφητεία και άλλα τέτοια για να προσηλυτίσουν και να στρατολογήσουν ανθρώπους-όργανα σε όλο τον πλανήτη, είχε αποδείξει στους ανθρώπους της ότι το άγνωστο και το εκφοβιστικό «τρώει πόρτα» στο Λάνγκλεϊ.

«Μπορεί να είναι τυχαίο», σκέφτηκε ο Τζορτζ. «Μπορεί κάποιος μοναχός να μοιρολογεί. Βγάζεις άκρη μ' αυτά;»

Ο πιλότος άνοιξε διακριτικά την πόρτα του δωματίου του παίρνοντας βιαστικά μαζί του και το δορυφορικό τηλέφωνο –έστω και κλειστό– που σε αυτή την κατάσταση ήταν και το μόνο «όπλο» του. Στη μέση του πουθενά, έτσι το ένιωθε.

Βγήκε στον μακρύ μισοσκότεινο διάδρομο. Ήταν ένας διάδρομος τριάντα ολόκληρων μέτρων που φωτιζόταν μόνο με τη δύναμη επιτοίχιων κεριών.

Στα πρώτα του βήματα ένιωσε έντονο πόνο στον αστράγαλο, με αποτέλεσμα το ξύλινο πάτωμα να τρίξει από τις άγαρμπες κινήσεις του, κάνοντάς τον να αναρωτηθεί μήπως έπρεπε να κάνει πίσω, αφού τέτοια ώρα αν τον εντόπιζαν να περιφέρεται θα χαλούσε την κάλυψή του. Αποφάσισε όμως να συνεχίσει.

Έτσι όπως ήταν ακίνητος στην άκρη σχεδόν του άδειου διαδρόμου, αφουγκράστηκε το χώρο. Ένας συρτός ξερός ήχος από κάτω διέκοψε και πάλι τη σιωπή της νύχτας και ενώθηκε με το μοιρολόι που ερχόταν απ' το βάθος. Ξαφνικά ακούστηκε και ένας μεταλλικός ήχος. Ήχος κλειδιών, μάλλον. Και έπειτα ένα βαθύ σούρσιμο – σίγουρα πόρτας. Το μοιρολόι σταμάτησε.

«Βγάζεις άκρη;», σκέφτηκε και πάλι ο Τζορτζ ξανατονώνοντας την αφοβία του.

Αποφάσισε να προχωρήσει.

Την ώρα που άρχισε να κάνει μικρά, κοφτά, αργά βήματα, η αναπνοή του άρχισε να εμπνέεται από αδρεναλίνη και να γίνεται πιο γρήγορη και ακανόνιστη, ενώ οι ίριδες των ματιών

Γιάννης Παρθένιος

συνηθίζοντας σιγά σιγά το σκοτάδι άρχισαν να ανοίγουν ακόμη περισσότερο.

Του πέρασε απ' το μυαλό ότι, αν δεν συνέβαινε τίποτα ύπο-πτο, η κίνησή του ήταν καθαρά ανήθικη: ένας ξένος που τον δέ-χτηκαν με φιλόξενη διάθεση –εκτός βέβαια από τα μούτρα που έκανε ο ηγούμενος όταν τον είδε– προσπαθούσε να εισχωρήσει μυστικά στα έγκατα ενός μοναστηριού, στη μέση της ζούγκλας.

Κι όμως αυτός ο θόρυβος του έδινε το άλλοθι. Δεν ήταν απλοί ήχοι. Έκρυβαν μια ανησυχία.

Γρήγορα ξεκαθάρισε και το ηθικό μέσα του. «Εμείς είμαστε το "καλό"», σκέφτηκε, «και πολλές φορές για να το διασφαλί-σουμε χρειάζεται να κάνουμε και μερικά "μη δεοντολογικά". Τι το κακό δηλαδή; Ένα τσεκ είναι!»

Ο Τζορτζ είχε φτάσει στην άκρη του διαδρόμου και μπορούσε τώρα από ψηλά να βλέπει τις σκάλες που οδηγούσαν στο χολά-κι του κάτω ορόφου. Αν και δεν είχε την τέλεια οπτική επαφή, κολλημένος στον τοίχο, ήταν σε θέση να παρακολουθεί ένα σκα-λιστό τραπεζάκι από καρυδιά που βρισκόταν ακριβώς στη μέση του δωματίου και πάνω του είχε ένα σβηστό κηροπήγιο. Δίπλα του και λίγο πιο μέσα υπήρχαν δύο πόρτες που οδηγούσαν σε μια αποθηκούλα και στο κελάρι.

Απ' τα δύο ανοιχτά παράθυρα του διαδρόμου το αεράκι της ζούγκλας «έπαιζε πιάνο». Ρεύματα της Αφρικής, όπως ακριβώς εκείνα των φατριών, τρύπωναν πονηρά από πολλές κατευθύνσεις και χωρίς διεύθυνση ενώνονταν με τον αέρα των κελιών, αφού άτεχνα οι χαραμάδες της πρόχειρης «κουφωματικής» το επέτρε-παν, γίνονταν ένα και σαν σίφουνας σάρωναν το διάδρομο της πτέρυγας.

Μαζί τους σαρωνόταν και κάθε ισορροπία δικαιοσύνης που σε αυτά τα μέρη έμοιαζε με αερόστατο να ταξιδεύει στα 8 μποφόρ.

Παντού στις γύρω φυλές, απ' την Κένυα και τη Σομαλία μέ-χρι απέναντι στην Υεμένη κι απ' την κόλαση του Τσαντ αντίκρυ μέχρι τ' αφρικανικά νερά της Μεσογείου, ο αέρας δεν μπορούσε να φυσήξει τη βρομιά.

Όπως το πρόσωπο του Τζορτζ ακουμπούσε κοντά στην πόρτα του τελευταίου στη σειρά κελιού, ώστε να μισοβλέπει τον κάτω όροφο και πλέον ένιωθε από μέσα την ανάσα ενός μοναχού, μπορούσε να ακούσει ακόμη κι αυτό το αινιγματικό πέρασμα του ανέμου απ' το σύρτη. Μπορούσε να αφουγκραστεί ακόμα και τι γινόταν μέσα στο δωμάτιο.

...Ησυχία, απόλυτη ηρεμία. Κάποιος ανύποπτος καλόγερος προσπαθούσε να κοιμηθεί χωρίς να γνωρίζει τίποτα για τον απρόσκλητο κατάσκοπο έξω απ' την πόρτα του.

Τα λεπτά περνούσαν και οποιοσδήποτε θόρυβος είχε σταματήσει. Εκτός από κάποιους νέους ήχους της ζούγκλας, κραυγές ζωής ή και θανάτου, που ανά τακτά δευτερόλεπτα εξακολουθούσαν να διαπερνούν τη σιωπή, βάζοντας και πάλι σε τάξη την περιοχή.

Άγρια.

Του πέρασε απ' το μυαλό να «ακυρώσει», όπως έλεγαν στην «Εταιρεία». Να πει ως μη γενόμενο.

Κάτι βρομούσε, όμως. Του «'χε κάτσει» ότι κάτι βρομούσε.

Μια σκιά στο χολ του κάτω ορόφου τον έφερε στην πραγματικότητα. Ένας καλόγερος –ο ηγούμενος– ήταν δίπλα στην πόρτα του κελαριού, δίπλα στο τραπέζι και κάτι έκανε.

Ο Τζορτζ σοβάρεψε ακόμα περισσότερο την παρατήρησή του. Οι περίεργες σκέψεις και οι επιστροφές στο παράλογο ή το ανήθικο εξαφανίστηκαν εντελώς. Για πρώτη φορά πάλι, αρκετά χρόνια «μακριά» από την «Εταιρεία», άρχισε να αισθάνεται, να λειτουργεί, να σκέφτεται λογικά, να απαξιώνει τύψεις ή ψευδαισθήσεις.

Η ώρα ήταν 02:30 τα ξημερώματα, ουσιαστικά πρωί για τη ζωή ενός μοναστηριού. Δεν μπορούσε να καταλάβει ποια ανάγκη μπορεί να κατέβαζε το μοναχό στο κελάρι ή όπου πήγαινε, τόσο αργά, νωρίς, ή με όποια έννοια του χρόνου κι αν τον υπολόγιζες.

Και μέσα σ' όλα αυτά, έβλεπε ότι ο μοναχός είχε ένα μικρό σακίδιο κρεμασμένο στον ώμο του, κάτι σαν τσουβάλι.

«Τι στο διάολο μπορεί να κουβαλάει νυχτιάτικα», σκέφτηκε και μετάνιωσε για το «διάολε», γιατί αν μη τι άλλο σε... μοναστήρι ήταν.

Ο Τζορτζ πίστευε στο καλό, με την ευρύτερη έννοια του όρου και όχι θρησκόληπτα.

Συνέχισε να σαρώνει οπτικά το χώρο, αλλά το φως δεν βοηθούσε στο να δει καθαρά. Ήταν ανύπαρκτο.

Ο μοναχός, χωρίς να υποψιάζεται τίποτα, ακούμπησε το χέρι

του σε μια πλάκα στο πάτωμα, με αποτέλεσμα δύο άλλες πλάκες να μετακινηθούν δημιουργώντας μια οπή περίπου 50 εκατοστών. Εκεί υπήρχε κάτι σαν διακόπτης τον οποίο πάτησε ο ηγούμενος και η πόρτα άνοιξε.

Μπήκε προς τα μέσα, έκλεισε την πόρτα και ακούστηκε να κατεβαίνει. Ταυτόχρονα έκλεισε αυτόματα και η οπή.

Όλα είχαν γίνει εντελώς αθόρυβα, λες και τα πάντα είχαν περαστεί με γράσο ή κάποιο λιπαντικό.

Απ' το βάθος του κελαριού ακούστηκε πάλι ένας ήχος περίπου σαν αυτόν που είχε σηκώσει τον Τζορτζ από το κρεβάτι. Σαν κάποιοι κάτω να έκαναν δουλειές.

Ναι, υπήρχαν κι άλλοι κάτω.

«Τι στο διάολο γίνεται εδώ», ξανασκέφτηκε ο Τζορτζ κι αυτή τη φορά δεν μετάνιωσε καθόλου που παρακολουθούσε. «Μάλλον ο Ρόμπερτ έπεσε διάνα», είπε μέσα του.

Αποφάσισε να τα παίξει όλα για όλα.

Έπρεπε κι αυτός να κατέβει κάτω. Θα μπορούσε τώρα με τη σειρά του να ανοίξει την πόρτα, αφού πλέον ήξερε τον μυστικό διακόπτη, αλλά το ερώτημα ήταν ένα: Τι θα αντίκριζε φτάνοντας στο εσωτερικό του κελαριού;

Κι αν με το που άνοιγε την πόρτα τον έβλεπαν;

Ξεφύσησε και συνέχισε να σκέφτεται το πώς έπρεπε να πράξει. Πάντως αν τον έβλεπαν, δεν θα υπήρχε δικαιολογία.

Ήταν όμως μονόδρομος για τον «κουτσό» Τζορτζ. Αυτή ήταν η αποστολή του και έπρεπε να τη φέρει εις πέρας. Έπρεπε να μάθει τι γίνεται εκεί μέσα και να δράσει... ανάλογα με το τι θα έβλεπε.

Με αργά, λόγω του πόνου, σταθερά –για να μην κάνει θόρυβο– βήματα προχώρησε προς το ισόγειο. Ουσιαστικά ήταν 3-4 σκαλοπάτια, αρκετά όμως για να τον κάνουν να σφίξει τα χείλη του για να μην ουρλιάξει απ' το τραύμα.

Τώρα βρισκόταν κι αυτός στο χολάκι και ουσιαστικά δίπλα στην οπή.

Έκανε ό,τι είχε κάνει κι ο ηγούμενος, αλλά δεν πάτησε το διακόπτη. Άρχισε να το ξανασκέφτεται για τελευταία φορά, γιατί μετά το πάτημα δεν υπήρχε επιστροφή.

«Ευτυχώς που δεν έκανε θόρυβο πριν», σκέφτηκε. «Κι αν κάνει, όμως, τώρα;»

Μεμιάς βούτηξε στα βαθιά, πατώντας το διακόπτη, τη στιγμή που έλεγε μέσα του: «Ένας μόνο τρόπος υπάρχει να το μάθω...».

Η πόρτα απασφάλισε πάλι και άνοιξε μόνο λιγάκι, καθώς ο Τζορτζ τη συγκράτησε αρχικά με το χέρι, για να σιγουρευτεί ότι όλα θα γίνουν ήσυχα, και αμέσως την άφησε να αποκαλύψει όλο το άνοιγμα προς τα κάτω.

Ήταν τυχερός. Η σκάλα που οδηγούσε στο κελάρι έκανε ένα S και αυτό ευτυχώς τον έκρυβε από τη βάση του υπογείου όπου άκουγε τρία άτομα.

– Τελειώσατε εσείς; ακούστηκε ο ηγούμενος και αμέσως ο Τζορτζ σταμάτησε ακόμη και την ανάσα του για να ακούσει καθαρά.

– Κι αύριο μέρα του Θεού είναι, απάντησε ο Αλεξέι κοροϊδευτικά.

– Εσύ λίγα με τον Θεό και απάντησε σε αυτό που σε ρώτησα.

– Ενώ εσύ... κολλητός του, ε;

Ο Πέτρος χαμογέλασε και έβαλε φωτιά:

– Ειρήνη υμών εν Χριστώ αδελφοί. Βοήθειά μας, είπε και γέλαγε σαν χάνος.

Ο Τζορτζ γνώρισε αμέσως και τους τρεις απ' τις φωνές. Είχαν χαρακτηριστικές χροιές κι αν και η προφορά τους το δυσκόλευε, τους κατάλαβε αμέσως. Άλλωστε για να συνεννοηθούν ένας Ρώσος, ένας Ολλανδός κι ένας Έλληνας, ο μόνος τρόπος είναι να... μιλάνε αγγλικά. Έστω κι έτσι όπως τα μίλαγαν.

Βέβαια ο Πέτρος, έστω κι αν είχαν περάσει πολλά χρόνια, μίλαγε άπταιστα και τα ρωσικά, αλλά ο Ολλανδός υποχρέωνε τους άλλους δύο να ακολουθούν την αγγλοσαξονική προσέγγιση.

– Δυο τρεις κολλήσεις έχω και σ' το παραδίδω να βάλεις την πέτρα. Αν ποτέ... την κόψεις.

– Δεν είναι και τόσο εύκολο όσο νομίζεις, αλλά πού να σ' τα μάθουν αυτά στην Κα Γκε Μπε, του είπε ο ηγούμενος.

Αντί να παρεξηγηθεί ο Αλεξέι, παρεξηγήθηκε ο Πέτρος.

– Ναι, θα σου δώσουμε και βραβείο, ρε. Θα φωνάξουμε τη βασίλισσα της Ολλανδίας για απονομή, τον πικάρισε.

– Αυτόν εδώ τι τον φέρατε; ρώτησε ο ηγούμενος αγριοκοιτάζοντας τον Πέτρο. Αφού είναι άσχετος και άχρηστος. Δεν μπορώ να καταλάβω τι μαλακία σάς δέρνει. Όλη την ώρα κάθεται και παίζει με το κινητό. Και μάλιστα χωρίς να έχει και σήμα...

– Πόκερ παίζει, αλλά ακόμα και στο κινητό πάλι χάνει, είπε ο Αλεξέι για να πειράξει τον Πέτρο.

– Εγώ είμαι το διαβατήριό του, ρε, είπε του ηγούμενου ο Πέτρος. Χωρίς εμένα δεν έπαιρνε άδεια να φύγει από το Άγιο Όρος και να έρθει στη ζούγκλα με τον Ταρζάν...

Χωρίς να το καταλάβει κανείς από τους άλλους δύο, ο Πέτρος πάτησε το κουμπί και μια φωτογραφία με τους δύο άντρες που δούλευαν αποθηκεύτηκε στο τηλέφωνο. Κανείς τους όμως δεν υποψιάστηκε τίποτα, γιατί ο «μοναχός» είχε απομονώσει το φλας για να μη δώσει στόχο.

Ο Τζορτζ εκμεταλλευόμενος τη μανούρα και χωρίς να βγάλει κιχ, κατέβηκε ένα σκαλοπάτι και σκύβοντας βρήκε μια δίοδο απ' όπου μπορούσε να δει λίγο.

Ο ηγούμενος είχε κάτσει σ' ένα μηχάνημα που έμοιαζε με ραπτομηχανή. Μόνο που στην επίπεδη επιφάνεια εργασίας του είχε και κάτι σαν άμμο που, ακόμα και με τις ελάχιστες ακτίνες φωτός που επιζούσαν από τη μικρή κρεμασμένη λάμπα του ξύλινου ταβανιού, φώτιζαν αυτή τη μάζα κάνοντάς την να λάμπει.

Ήταν διαμαντόσκονη.

Πάνω σε αυτή τη διαμαντόσκονη άρχισε ο ηγούμενος πολύ προσεκτικά να κινεί μια κεφαλή που συγκρατούσε μια μικρή πέτρα στο μέγεθος ενός «κουμπιού» από κουρδιστό ρολόι. Αυτό με το οποίο ρυθμίζουμε ώρα και ημερομηνία. Ίσως και ελάχιστα μεγαλύτερο.

Ακριβώς δεξιά του ήταν στερεωμένο κι ένα σχεδιάγραμμα με τρίγωνα σαν αυτό που του είχε πει ο Ρόμπερτ.

Ο ηγούμενος έσκυψε ακόμη πιο μπροστά και μέσα από έναν ειδικό μεγεθυντικό φακό που ήταν ενσωματωμένος στην κεφαλή σιγουρευόταν για το σημάδι που είχε βάλει. Σχεδόν ταυτόχρονα πάτησε το κουμπί και ακούστηκε το μοτέρ, ενώ η κεφαλή άρχισε να πάλλεται σαν τόρνος κι ένας μεστός, βαρύς ήχος γέμισε το δωμάτιο.

Αν και ήταν δυνατός πάντως, δεν μπορούσε να φτάσει στον πάνω όροφο, ουσιαστικά δύο ορόφους πιο πάνω, εκεί όπου κοιμόντουσαν οι ανύποπτοι μοναχοί. Τον κάλυπτε και το παραπέτασμα θορύβου της γεννήτριας, που τώρα εξηγείτο γιατί είχε αϋπνίες τέτοια ώρα.

Ούτως ή άλλως οι περισσότεροι μοναχοί ήταν ηλικιωμένοι, με περιορισμένη ακοή και σίγουρα τέτοια ώρα έβλεπαν ακόμη όνειρα, αντί να ακούν τον πραγματικό εφιάλτη.

Ο ηγούμενος συνέχισε να κοιτάει, να σταματάει και μετά να ξανατρίβει.

Κάπου κάπου κοιτούσε και το σχέδιο, που μάλλον το θυμόταν απ' έξω. Σιγουρευόταν όμως. Όλα αυτά τα έκανε για αρκετή ώρα και όλο αυτό το διάστημα η αναμονή για τον Τζορτζ δεν ήταν και το πιο εύκολο.

– Εμείς τελειώσαμε, είπε ο Αλεξέι στον ηγούμενο που σταμάτησε να τρίβει για να μην κάνει λάθος. Εδώ είναι το λαπ τοπ με ανοιχτό το πορτάκι του laser και αυτό που κρέμεται είναι η κεφαλή. Εδώ είναι και η βαλίτσα με τη «θήκη». Βάλε το διαμάντι στην κεφαλή και τέλος. Πάμε στα κρεβάτια μας εμείς.

– Νομίζετε, τους απάντησε απότομα ο ηγούμενος. Εδώ θα κάτσετε μέχρι να έρθει το φορτηγό να φορτώσει και να τελειώνουμε. Σε μια ώρα θα είναι εδώ. Ξημερώνει σε λίγο. Εσύ θα βάλεις το διαμάντι. Εγώ δεν έχω ιδέα από αυτά. Η συμφωνία είναι να το κόψω μόνο. Αν γίνει καμιά μαλακία, θα την πληρώσουμε όλοι.

– Εγώ πάντως φεύγω, γιατί δεν έχω καμιά δουλειά, είπε ο Πέτρος και όντως κινήθηκε προς τη σκάλα.

– Εσύ πάντως μένεις...

– Εντάξει, μένω ρε, του είπε ο Αλεξέι.

Ο Τζορτζ είχε ήδη προλάβει να φτάσει και πάλι στο ισόγειο και ήδη έκλεινε την πόρτα. Είχε όμως ήδη πρόβλημα. Μεγάλο πρόβλημα που απαιτούσε αστραπιαίες αντιδράσεις.

Σαφέστατα και οι τύποι ήταν αυτοί που έψαχνε το Λάνγκλεϊ. Αυτό ήταν το περιβόητο «διαμάντι» κι αυτό το κομπιούτερ που θα το φιλοξενούσε. Ο Ρόμπερτ του τα είχε πει όλα με κάθε λεπτομέρεια. Του είχε πει επίσης να το καταστρέψει ή να το κλέψει και να φύγει. Βέβαια το να το πάρει και να φύγει με το πόδι του σε αυτή την κατάσταση, τώρα πια ήταν αδύνατο.

Και το χειρότερο, δεν του είχε πει ότι... το μηχάνημα θα «ταξίδευε» σε... μία ώρα.

Ενστικτωδώς ο Τζορτζ κινήθηκε προς την εξώπορτα του κτιρίου. Ευτυχώς η πόρτα έμενε πάντα ανοιχτή, ειδάλλως ή θα έπρεπε να πάει προς τα πάνω ή να συναντηθεί με τον Πέτρο που πλέον ανέβαινε.

Γρήγορα βγήκε έξω και κινήθηκε προς την αυλή χωρίς να δίνει σημασία πού πηγαίνει, αφού τέτοια ώρα δεν βρισκόταν εκεί κανένας μοναχός.

Ψάχνοντας μέσα στο μισοσκόταδο βρήκε έναν πυκνό θάμνο και χωρίς να το σκεφτεί χώθηκε μέσα. Αμέσως του έκοψε να τηλεφωνήσει στο Λάνγκλεϊ. Βιαστικά άνοιξε τη συσκευή και πέρασε τον κωδικό ενεργοποίησης, αλλά η οθόνη του ήταν κόκκινη και έβγαζε ERROR.

– Γαμώ την πουτάνα μου, φώναξε χαμηλόφωνα, αλλά ποιος να τον ακούσει. Αμέσως ξανασκέφτηκε. Ο δορυφόρος, είπε. Δεν βλέπει δορυφόρο. Κουνήθηκε λίγο, πήγε προς τα δεξιά, όσο μπορούσε, αλλά τίποτα. Ξεφύσησε, κι αυτή τη φορά κουνήθηκε προς τα αριστερά μετακινώντας λίγο και την κεραιούλα υπό άλλη γωνία.

Επιτέλους η οθόνη έγινε πράσινη και ο Τζορτζ μπορούσε να επικοινωνήσει με το «Διάστημα».

Κάλεσε το νούμερο του Ρόμπερτ. Δεν είχε χρόνο για συνδιαλέξεις μέσω Λάνγκλεϊ, γραμματέων, κωδικών και Φαρισαίων. Πρέπει να ήταν απογευματάκι γύρω στις 7 στη Βιρτζίνια.

Ο Ρόμπερτ ήταν στο αυτοκίνητο προς το σπίτι του και μάλιστα σε μποτιλιάρισμα. Ευτυχώς σήκωσε γρήγορα το τηλέφωνο βλέποντας αμέσως ότι ήταν ο Τζορτζ.

– Έλα, ρε μεγάλε, του είπε χωρίς να ξέρει. Πώς πάμε στη μαύρη ήπειρο;

Ο Τζορτζ δεν έχασε ούτε δευτερόλεπτο για τις τυπικές χαιρετούρες κι άρχισε να του εξηγεί την κατάσταση. Ο Ρόμπερτ έκανε δεξιά και σταμάτησε σε μια λωρίδα ανάγκης.

Σε ένα λεπτό είχαν τελειώσει το «brief»...

– Ήρεμα, καπετάνιε, ήρεμα, του είπε ο Ρόμπερτ για να ηρεμήσει πρώτα ο ίδιος. Η κατάσταση είναι δύσκολη όντως και δεν πρέπει να ριψοκινδυνέψεις, γιατί, αν σε καταλάβουν, υπάρχουν δύο κακά δεδομένα: πρώτον, θα σε καθαρίσουν και, δεύτερον, θα ξέρουν ότι είμαστε από πίσω τους και μετά άντε πιάσ' τους.

– Οπότε, «αρχηγέ», τι κάνουμε;

– Καταρχήν προσευχές λόγω της ιδιαιτερότητας του χώρου

316

και καταρχάς αυτό που ξέρουμε να κάνουμε καλά: αυτοσχεδιά-
ζουμε σύμφωνα με τις συνθήκες.

– Που σημαίνει τι;

Ο Ρόμπερτ πήρε μία τζούρα με άπλετο άγχος και προσπάθησε
να ρουφήξει και λίγο καθαρό αέρα για να σκεφτεί.

– Η μόνη λύση που μπορώ να σκεφτώ είναι να κερδίσουμε
χρόνο και να πάμε την παρτίδα σε παράταση. Άσ' τους να «φορ-
τώσουν» και πάρ' τους από πίσω.

– Ξέχνα το, αφεντικό... δεν σου είπα τα ευχάριστα. Στην πτώ-
ση έσπασα και τον αστράγαλο.

– Α ωραία! Ένα ένα τα ευχάριστα...

Μεσολάβησαν μερικά δευτερόλεπτα και ο Ρόμπερτ σκέφτηκε
ταχύτατα τη μοναδική κίνηση στη σκακιέρα.

– Το τηλέφωνο. Η μόνη λύση είναι το τηλέφωνο. Φύτεψέ το
στη βαλίτσα και, αφού θα τους «πάρουμε» απ' το δορυφόρο, θα
τους σταματήσουμε εμείς πιο κάτω. Αν βέβαια προλάβουμε...
Εκτός κι αν μπορείς να πάρεις την πέτρα και να την εξαφανίσεις,
αν και μετά θα σε υποπτευτούν.

– Δύσκολα και τα δύο. Σου είπα είναι κάτω και δεν ξέρω αν θα
αφήσουν τη βαλίτσα απ' τα μάτια τους.

– Τζορτζ, δεν μπορώ να σκεφτώ κάτι άλλο από εδώ. Να θυμά-
σαι μόνο ότι είναι θέμα εθνικής ασφάλειας. Είναι εξαιρετικά ση-
μαντικό να τους σταματήσουμε, αλλιώς χαιρέτα τον «θείο Σαμ».
Σε παρακαλώ, κυριολεκτικά, γιατί σε τελική ανάλυση δεν είναι
πια και η δουλειά σου. Σε παρακαλώ. Θυμήσου τι σου μάθαμε.
ΑΥΤΟΣΧΕΔΙΑΣΕ!

– Μην το ξαναπείς αυτό, Ρόμπερτ. Δεν είναι θέμα δουλειάς.
Είναι θέμα καρδιάς. Και ξέρεις ότι σας χρωστάω. Και στην
«Εταιρεία», αλλά και σε σένα προσωπικά. Έπαιξες την καριέρα
σου κορόνα γράμματα και μου έσωσες τη ζωή...

– Άσ' τα αυτά τώρα. Άσε τις μαλακίες κι αυτά θα τα πούμε
από κοντά, τον σταμάτησε συγκινημένος χωρίς όμως να εκδηλω-
θεί ο Ρόμπερτ. Πάμε στην επόμενη στεκιά. ΑΥΤΟΣΧΕΔΙΑΣΕ.

– Έχεις το λόγο μου, θα κάνω ό,τι μπορώ. Σε κλείνω γιατί το
ρολόι τρέχει.

– Γεια σου, αδελφέ. Μόνο να προσέχεις! Έτσι; του είπε ο Ρό-
μπερτ κλείνοντας.

Γιάννης Παρθένιος

Ο Τζορτζ κοίταξε το ρολόι του και η ώρα πλησίαζε ήδη τρεισήμισι. Έπρεπε να σκεφτεί κάτι, γιατί από λεπτό σε λεπτό θα μπορούσε να φτάσει το «κούριερ». Κι από λεπτό σε λεπτό, προφανώς, οι άλλοι λογικά θα τελείωναν.

Σκέφτηκε αστραπιαία με βάση ότι έπρεπε να βγάλει έστω και για λίγο έξω τα ποντίκια απ' την τρύπα. Γρήγορα κινήθηκε προς τη γεννήτρια.

Θα τους έκοβε το ρεύμα.

Με αυτό τον τρόπο θα καθυστερούσε την κοπή και, αν ο Θεός ήταν με το μέρος του, πιθανότατα και οι δύο να ανέβαιναν αναγκαστικά επάνω για να τη φτιάξουν.

Αυτό θα του έδινε καλές πιθανότητες και χρόνο να φυτέψει ενδιάμεσα τον «κοριό» ή να κλέψει την πέτρα και μετά... θα έβλεπε πώς θα τη γλίτωνε.

Γρήγορα, όσο γρήγορα του επέτρεπε το πόδι του, βρέθηκε δίπλα στη γεννήτρια που αγκομαχούσε μεν, λειτουργούσε τέλεια δε, στηριγμένη πάνω σε δύο σιδερένιες ράγες που σαν παντόφλες την προστάτευαν απ' το χώμα και την υγρασία.

Όχι ότι το είχε ανάγκη. Ήταν σκυλιά αυτές οι σιδηρογεννήτριες των σιδηροδρόμων, ειδικά όταν κατάπιναν αφειδώς πετρέλαιο και είχαν πάρει πια μπρος, όπως αυτή που τώρα ρουφούσε με το σωλήνα της που κατέληγε σε μια πλαστική δεξαμενή λίγο πιο κει.

«Πώς σταματάς μια γεννήτρια χωρίς να δείξεις ότι κάποιος έκανε σαμποτάζ;», αναρωτήθηκε ο Τζορτζ. Ευτυχώς τα χέρια του έπιαναν και του έκοψε.

Με μια δυνατή κίνηση των δύο χεριών τσαλάκωσε διπλώνοντας στα δύο το σωλήνα της τροφοδοσίας, όπως όταν πιάνεται κάπου το λάστιχο του κήπου και διακόπτεται το πότισμα, και τον έβαλε να δείχνει ότι πιάστηκε στην κάτω άκρη της πλαστικής δεξαμενής. Θα μπορούσε να έχει γίνει κι από μόνο του, λόγω της ροής...

Η γεννήτρια βέβαια δεν σταμάτησε, γιατί απ' το σημείο εκείνο μέχρι την καρδιά της μηχανής είχε αρκετά αποθέματα με τα οποία ήδη είχε τροφοδοτηθεί, για να λειτουργήσει ακόμη για κάνα 2 λεπτά. Κι αυτό το ήθελε ο «πιλότος».

Ο Τζορτζ έπρεπε να αξιοποιήσει αυτό το διάστημα και να αχρηστέψει και την μπαταρία της, ώστε να του μείνει χρόνος να επιστρέψει στο κτίριο, με σκοπό, αν όλα πήγαιναν καλά και έβγαιναν και οι δύο, όταν η γεννήτρια σταματούσε, να τρύπωνε στα γρήγορα στο κελάρι.

Παράλληλα, η μπαταρία θα τους καθυστερούσε περισσότερο την επισκευή, για να κάνει αυτός ενδιάμεσα τη δουλειά του.

Έβγαλε τον θετικό πόλο κι άφησε το καλώδιο να κρέμεται. Σίγουρα θα το έβλεπαν, αλλά θα υποψιάζονταν ότι ξελάσκαρε.

Η γεννήτρια, όσο ακόμη είχε καύσιμο και δούλευε, συνέχισε να λειτουργεί χωρίς τη δύναμη της μπαταρίας. Για να ξαναπάρει όμως μπροστά, οι δύο «καλόγεροι» θα τη χρειάζονταν σίγουρα. Έτσι δεν αχρήστεψε τα καλώδια εντελώς, που άλλωστε θα πρόδιδε και δόλο.

Έπειτα ο Τζορτζ έφτασε στην είσοδο του κτιρίου, μπήκε μέσα και κρύφτηκε πίσω από κάτι κουρτίνες στην άκρη του δωματίου. Ο φωτισμός ήταν εξαιρετικά φτωχός και αυτό βοηθούσε. Ταυτόχρονα, η γεννήτρια σταμάτησε και η απόλυτη σιωπή επανήλθε στο φυσικό της περιβάλλον.

Ο Τζορτζ περίμενε τώρα με αγωνία να δει τι θα γίνει. Από εκεί μπορούσε και να βλέπει την πόρτα και να ακούει όταν θα ανέβαιναν.

Και δεν άργησαν. Σε ένα λεπτό τούς άκουσε να ανοίγουν την πόρτα και να λέει ο ηγούμενος στον Αλεξέι:

– Έλα, έλα, θα σε παρακαλάω τώρα και γι' αυτό; Εσύ ξέρεις από ηλεκτρικά, εγώ δεν έχω ιδέα.

Ο Τζορτζ σκέφτηκε ότι ήταν πολύ λογικό να ανέβουν και οι δύο όπως τώρα, πολύ περισσότερο απ' ό,τι αρχικά νόμιζε.

Ο Αλεξέι ακολουθώντας τον ηγούμενο βγήκε κι αυτός απ' την πόρτα.

– Δεν είμαι ηλεκτρολόγος, σου ξανάπα. Εγώ με τα κομπιούτερ ασχολούμουν.

– Εντάξει, το ίδιο είναι, του είπε ο Κάιζερ. Πάντως ξέρεις καλύτερα από μένα.

Ο Αλεξέι μουρμούριζε, αλλά τον ακολούθησε έξω κι ο Τζορτζ δεν καθυστέρησε να ξανανοίξει την κρύπτη και να τρυπώσει κρυφά και πάλι στο εσωτερικό. Για καλή του τύχη είχαν ανάψει μια λάμπα πετρελαίου.

Η πέτρα δεν ήταν πλέον στη μηχανή κοπής και δεν φαινόταν και πουθενά αλλού. Ή κάπου την είχαν βάλει, ή ο ηγούμενος την είχε πάρει μαζί του για ασφάλεια. Χρόνος όμως για ψάξιμο δεν υπήρχε.

Γιάννης Παρθένιος

Βιαστικά και εκστασιασμένος έφτασε στην ειδική βαλίτσα. Έτσι όπως ήταν ανοιχτή, μπορούσε τώρα να δει ότι στα εσωτερικά τοιχώματα είχε προστατευτικό υλικό, όπως οι «πυραμίδες» που βάζουμε για ηχομόνωση στους τοίχους.

Αυτό ήταν καλό απ' τη μια, γιατί έτσι υπήρχε χώρος μεταξύ βαλίτσας και προστατευτικού ώστε να θάψει το τηλέφωνο, αλλά από την άλλη είχε και το αρνητικό του.

– Όλα του γάμου δύσκολα, μονολόγησε...

Το τηλέφωνο ήταν αρκετά χοντρό και αν έμπαινε ενδιάμεσα, σίγουρα θα δημιουργούσε μεγάλο «βουναλάκι» που θα γινόταν αντιληπτό απ' τους δύο άντρες.

Έπρεπε και πάλι να αυτοσχεδιάσει.

Αποφάσισε για άλλη μια φορά να τα παίξει όλα για όλα.

«Θα το γδύσω», είπε μέσα του.

Δίπλα του ακριβώς υπήρχε ένας μικρός αυτοσχέδιος πάγκος με κάποια βασικά μικροεργαλεία, που ο Αλεξέι χρησιμοποιούσε για να σετάρει το λαπ τοπ σύμφωνα με τις οδηγίες του Αλεξέγιεφ.

Έπρεπε όμως να κάνει και γρήγορα, πριν γυρίσουν οι άλλοι. Ο κίνδυνος θα ήταν να μην μπορέσουν να βάλουν μπροστά τη γεννήτρια, να εγκατέλειπαν την προσπάθεια και να τον έπιαναν επ' αυτοφώρω. Αν όμως την έβαζαν μπροστά, θα έπαιρνε τουλάχιστον ένα σήμα ότι έρχονται.

Μ' ένα κατσαβίδι ξεβίδωνε τώρα τις τέσσερις βίδες που άνοιγαν τα σπλάχνα του δορυφορικού τηλεφώνου. Τα κατάφερε τάχιστα και αφού αφαίρεσε το κυρίως κύκλωμα, ξεβιδώνοντας ακόμη δύο βιδούλες, το άφησε να κρέμεται έξω απ' το «σασί» μαζί με την μπαταρία.

Ευτυχώς η μπαταρία συνδεόταν με το βασικό κύκλωμα με δύο μικρά καλώδια και όχι μέσω κυκλώματος. Σε διαφορετική περίπτωση θα χρειαζόταν ώρα και ρεύμα για το κολλητήρι που θα απαιτείτο, ώστε να ξανασυνδέσει την μπαταρία. Για καλή του τύχη και η κεραία ήταν ενσωματωμένη.

Τώρα μπορούσε να αφαιρέσει και το πληκτρολόγιο για να γλιτώσει όγκο, ενώ δεν χρειαζόταν να ξαναπληκτρολογήσει τον κωδικό εφόσον το τηλέφωνο δεν έσβησε στιγμή.

Τέλος έκοψε και τις ενώσεις της οθόνης.

Ως διά μαγείας το τηλέφωνο είχε γίνει σαν ένα «ινδικό» κουτί σπίρτα με το μισό του πάχος, συν βέβαια τη μικρή πλακέ μπαταρία. Μπορούσε άνετα να μπει μεταξύ βαλίτσας και προστατευτικής «φόδρας», χωρίς σίγουρα να φαίνεται. Ευτυχώς στο τραπέζι με τα εργαλεία είχε και λίγη κόλλα στιγμής. Ο Τζορτζ έβαλε λίγη στο κάτω μέρος του κυκλώματος και λίγη στην μπαταρία, ώστε να μην κουνιούνται και προδοθεί κατά τη μεταφορά ή κοπεί κάνα καλώδιο. Γρήγορα έσπρωξε το μηχανισμό κάτω από τη φόδρα και άφησε την τσάντα όπως ήταν.

Λες όμως και η μοίρα τον τσεκάριζε, ταυτόχρονα άναψε η λάμπα και προφανώς η γεννήτρια είχε πάρει και πάλι μπροστά. Αστραπιαία ο Τζορτζ μάζεψε τα απομεινάρια και έτρεξε πάλι προς τα πάνω. Με τόσο πάνω κάτω, δεξιά αριστερά και γύρνα όλα, σίγουρα ο αστράγαλος θα ζητούσε υπερωρίες.

Το κατάλαβε φτάνοντας πονώντας στο δωμάτιό του, όπου προσεκτικά τώρα μελετούσε τι «περίσσεψε», ανησυχώντας αν όντως το τηλέφωνο δούλευε ακόμη. Ανησυχούσε επίσης και για το αν το τηλέφωνο με την κεραία στο εσωτερικό της βαλίτσας μπορούσε ακόμη να εκπέμπει.

Το καλό ήταν ότι αυτά τα τηλέφωνα δεν ήταν απλές εμπορικές συσκευές, αλλά ενισχυμένες και πειραγμένες για εξαιρετικά δύσκολες αποστολές της «Εταιρείας».

Τώρα πια μόνο το Λάνγκλεϊ μπορούσε να ξέρει αν λάμβανε ή όχι σήμα.

«Μοναστήρι καλεί "Σταθμό", ακούει;», ειρωνεύτηκε μέσα του ο Τζορτζ για να νιώσει καλύτερα.

CIA,
Λάνγκλεϊ, Βιρτζίνια,
Τμήμα Δορυφορικών Παρακολουθήσεων,
Μάτι 4Α2, Κ.Α. Αφρική

Το Τμήμα Δορυφορικών Παρακολουθήσεων στα υπόγεια του Λάνγκλεϊ είναι από τους πιο ασφαλισμένους χώρους της Υπηρεσίας, καθώς εκεί καταλήγουν χιλιάδες χιλιόμετρα καλωδίων που είναι συνδεδεμένα με στρατιωτικούς δορυφόρους, τηλεφωνικά δίκτυα και ό,τι άλλο συνδέει ψηφιακά και αναλογικά τον πλανήτη ή ίσως και το σύμπαν.

Γιάννης Παρθένιος

Βρίσκεται στα υπόγεια για να εξασφαλίζεται η περιορισμένη πρόσβαση, η ασφάλεια των γραμμών που καταλήγουν εκεί, αλλά και οι ειδικές συνθήκες φωτεινότητας που απαιτούνται για να λειτουργούν τα εκατοντάδες μόνιτορ, οι ηλεκτρονικοί υαλοπίνακες απεικόνισης, καταγραφής και παρατηρήσεων και οι ειδικά σχεδιασμένες οθόνες προβολής, χωρίς να ταλαιπωρούν τα μάτια.

Η όλη εγκατάσταση που είναι μερικά στρέμματα, βρίσκεται θωρακισμένη και ειδικά μονωμένη με προηγμένα υλικά που απαγορεύουν οποιαδήποτε παρεμβολή που θα προκαλούσε κακή λειτουργία στα συστήματα και φυσικά πιθανότητα υποκλοπών.

Και οι επισκέπτες με διαβάθμιση εισόδου είναι ελάχιστοι, αφού μπαίνοντας μέσα θα μπορούσε κανείς να δει όλη την κίνηση του Τμήματος, να απομνημονεύσει στόχους ή κινήσεις και να βγάλει συμπεράσματα γύρω από αποστολές και «επιχειρήσεις» σε όλη τη Γη.

Έτσι, αυτοί που μπορούν να μπουν μέσα, πέρα από το μόνιμο προσωπικό, είναι ελάχιστοι διαβαθμισμένοι διευθυντές άλλων ή συνεργαζόμενων Τμημάτων ή χειριστές «επιχειρήσεων» και μόνο ύστερα από αυστηρό έλεγχο και πολύπλοκες ηλεκτρονικές διαδικασίες πιστοποίησης της ταυτότητάς τους.

Ο χώρος είναι χωρισμένος σε πολλούς Τομείς, που τους έχει ανατεθεί μόνο ένας υποτομέας παρατήρησης ή μια μόνο συγκεκριμένη αποστολή. Για παράδειγμα ο Τομέας «Μάτι 7Α2» είναι υπεύθυνος για την παρακολούθηση των πυρηνικών εγκαταστάσεων του Ιράν και κάνει μόνο αυτό, ο Τομέας «Μάτι 4Α8» παρακολουθεί το στόλο της Β. Κορέας κ.ο.κ.

Είναι άξιον απορίας το πώς ένα τόσο περίπλοκο πλέγμα πληροφοριών δεν μπερδεύεται απ' τον ίδιο του τον ιστό.

Πρόκειται για κάτι το δαιδαλώδες, όσο δαιδαλώδης είναι και η μετέπειτα διοχέτευση και αξιοποίηση των πληροφοριών στα αρμόδια γραφεία διαχείρισης των υποθέσεων, ώστε να επιτυγχάνεται ο πρωτογενής και θεμελιώδης στόχος της Υπηρεσίας: η διάθεση πληροφοριών προς την πολιτική ηγεσία των Η.Π.Α. για τη βελτιστοποίηση άσκησης της εξωτερική πολιτικής και φυσικά την αντιμετώπιση κινδύνων που θα απειλούσαν το έθνος.

CIA: Επιχείρηση Παράκελσος

Λάνγκλεϊ 12/19
Τοπική ώρα 21:15

Ύστερα από το τηλεφώνημα του Τζορτζ, ο Ρόμπερτ έπρεπε να γυρίσει και πάλι στο Λάνγκλεϊ για να σιγουρευτεί ότι το δορυφορικό τηλέφωνο λειτουργούσε κανονικά.

Το Chevy πήρε φωτιά στο δρόμο κι ο έμπειρος αξιωματούχος έφτασε τάχιστα στο γραφείο, την ώρα που ο Πάτρικ ετοιμαζόταν να φύγει.

Γρήγορα του εξήγησε τι είχε προηγηθεί, τις συνεννοήσεις με τον Τζορτζ και το άγχος του πλέον για το αν η συσκευή θα λειτουργούσε κι αν ο Τζορτζ θα κατάφερνε να τη βάλει στη βαλίτσα.

Μ' αυτά και μ' αυτά, η ώρα είχε πάει 9 και τέταρτο κι ο Ρόμπερτ με τον Πάτρικ είχαν κατέβει στα υπόγεια του Τμήματος και στον Τομέα 4Α2 για να δουν με τα μάτια τους αν η απόπειρα του Τζορτζ να τοποθετήσει κοριό στη βαλίτσα με το «διαμάντι» και τον υπολογιστή είχε κάποιο αποτέλεσμα. Πλέον είχε περάσει αρκετή ώρα, ώστε να μπορούν να πάρουν μια εικόνα της κατάστασης.

Αν ο Τζορτζ για κάποιον λόγο είχε αποτύχει να εγκαταστήσει το κύκλωμα του δορυφορικού του τηλεφώνου, τότε μάλλον όλοι την είχαν άσχημα, γιατί πρώτον θα έχαναν πια την επαφή με το πού ταξιδεύει η βαλίτσα και μάλλον θα έπρεπε να σκεφτούν εναλλακτική λύση που δυστυχώς πλέον... δεν υπήρχε.

Οι δύο άντρες στέκονταν μέσα στο δωμάτιο, όπου υπήρχε αναρτημένη πάνω από τον υαλοπίνακα με τις ηλεκτρονικές προβολές η κωδική ονομασία «Παράκελσος».

Κοιτούσαν το χάρτη, ουσιαστικά την απεικόνιση με κουκίδες στο διαφανές ειδικό γυαλί και μάλλον έδειχναν προβληματισμένοι, γιατί έβλεπαν όλα τα λαμπάκια σταθερά και κανένα να αναβοσβήνει.

Λίγο πιο πέρα υπήρχε ακόμη ένας άντρας στο δωμάτιο, ο χειριστής του Τομέα, που ήταν ενήμερος για το τι έψαχναν και αυτή τη στιγμή χειριζόταν κάτι στους ηλεκτρονικούς υπολογιστές ενός πάγκου εργασίας.

– Δυστυχώς, κύριοι, όπως τα είπαμε. Δεν βλέπω καμιά νέα κίνηση. Ξαφνικά σταμάτησε να εκπέμπει, είπε ο νεαρός.

– Δηλαδή άρχισε να εκπέμπει και μετά σταμάτησε; ρώτησε ο Ρόμπερτ.

– Ακριβώς, κύριε Σίνγκλεη. Αυτό κοιτούσα τώρα. Έψαξα το log των δύο δορυφόρων που καλύπτουν τη συγκεκριμένη γεωγραφική περιοχή και φαίνεται σαφέστατα ότι για πρώτη φορά μετά από ώρα που η συσκευή ήταν εκτός λειτουργίας εξέπεμψε στις 02:53 ώρα Ν. Σουδάν, 18:53 δικιά μας ώρα.

– Αυτό είναι σίγουρο, γιατί στις 7 παρά περίπου, ώρα Λάνγκλεϊ μίλησε μ' εμένα απ' τη συσκευή.

– Ναι, το βλέπω κι αυτό. Είναι καταγεγραμμένο. Μιλήσατε για περίπου 2 λεπτά... 2 και 34 δευτερόλεπτα για την ακρίβεια.

– Μετά τι έγινε, είναι το θέμα...

– Έπειτα από την έναρξη λειτουργίας του στις 02:53, το τηλέφωνο παρέμεινε ανοιχτό μέχρι τις 04:36 (20:36 Λάνγκλεϊ) και από τότε το χάσαμε. Δεν μπορεί όμως να εντοπιστεί αν έκλεισε ή απλά δεν έχει λήψη στο σημείο όπου βρίσκεται.

– Για κάτσε να βάλουμε μια σειρά, είπε ο Ρόμπερτ. Δηλαδή μπορεί να έκλεισε κι από μπαταρία;

– Όχι, αυτό αποκλείεται, πετάχτηκε ο Πάτρικ σαν πιο ειδικός στα δορυφορικά. Αυτό θα το έδειχνε εκτός λειτουργίας, ενώ τώρα απλά το ψάχνει.

– Καλό αυτό, είπε ο Ρόμπερτ. Άρα έχουμε σαν δεδομένο ότι το τηλέφωνο έχει μπαταρία, υπάρχουν καλές πιθανότητες ο Τζορτζ να το έχει τοποθετήσει στη βαλίτσα, αλλά δεν ξέρουμε γιατί δεν εκπέμπει... Ίσως λοιπόν να είναι ακόμα στο μοναστήρι και απλά να βρίσκεται σε σημείο που δεν καλύπτεται.

Ο νεαρός επιστημονικός σύμβουλος και υπεύθυνος του Τομέα είχε προσηλωθεί πάλι στο μόνιτορ μπροστά του και κάτι κοιτούσε.

– Όχι, κύριε Σίνγκλεη. Ακόμα καλύτερα... Μόλις τώρα βρήκα κάτι από τα τριγωνομετρικά. Το τηλέφωνο, άρα και η βαλίτσα, κινήθηκε από το μοναστήρι περίπου 150-200 μέτρα. Σε ένα σημείο ή μέχρι ένα σημείο που είχε καλή λήψη. Σχετικά δηλαδή. Φέρνει μόνο 1 μονάδα στις 10. Προφανώς ή το σημείο είναι κακό ή η βαλίτσα το εμποδίζει και το σήμα εκπέμπει οριακά και μόνο υπό συνθήκες. Πάντως απ' τον οπτικό δορυφόρο δεν είχαμε εικόνα, παρά μόνο το μοναστήρι. Έχει παντού πράσινο.

Ο νεαρός ξανακοίταξε κάτι και έγραψε κάποια νούμερα σε ένα μπλοκ εκεί δίπλα του. Έπειτα κοίταξε τα νούμερα και έκανε κάποιους υπολογισμούς.

– Βέβαια, συνέχισε. 150 με 175 μέτρα, που σαφώς όπως βλέπω εδώ στη δορυφορική φωτογραφία του σημείου και σύμφωνα με ακριβείς μαθηματικούς υπολογισμούς είναι σαφέστατα έξω από το μοναστήρι. Σταματάει εκεί που η ζούγκλα πια γίνεται πολύ πιο πυκνή και η διαμόρφωση του εδάφους είναι σαν φαράγγι, άρα λογικά δεν βλέπει το «Μάτι». Ναι, είμαι σίγουρος ότι το τηλέφωνο δούλευε μέχρι τις 04:36, ενώ ξεκίνησε να κινείται απ' το μοναστήρι στις 04:34. Άρα κινήθηκε. Βέβαια δεν ξέρω αν είναι μέσα στη βαλίτσα ή μετακινήθηκε ο πράκτοράς σας έχοντάς το πάνω του.

– Αυτά είναι καλά νέα! Λογικά η συσκευή μπήκε και έγινε η παράδοση τα ξημερώματα γύρω στις 04:00, όπως υπολόγιζε κι ο Τζορτζ ότι θα γινόταν. Οι «ταχυδρόμοι» ξεκίνησαν...

– Και στη διαδρομή τούς χάνουμε λόγω μορφολογίας, συμπλήρωσε ο Πάτρικ, ή γιατί το τηλέφωνο μέσα από τη βαλίτσα δεν μπορεί να εκπέμψει δυνατά.

– Έτσι! είπε ο Ρόμπερτ.

Επικράτησε μια στιγμή σιωπής και επαναξιολόγησης.

– Οπότε τώρα μας μένει να εντοπίσουμε ξανά τη βαλίτσα, συνέχισε ο Σίνγκλεη. Και βέβαια να ελπίζουμε ότι τα πράγματα είναι έτσι. Το σύστημα θα μας ειδοποιήσει αν το τηλέφωνο αρχίσει και πάλι να εκπέμπει; ρώτησε ξέροντας την απάντηση.

– Φυσικά, είναι ήδη σε alarm και το δωμάτιο θα κοκκινίσει με το που θα το δει το «Μάτι», είπε ο νεαρός.

– Ωραία, Χάρι. Κράτα μας σε συνεχή ενημέρωση. Θα είμαστε σε εγρήγορση, όσο χρειαστεί, μέχρι να το εντοπίσεις για να αναλάβουμε δράση, σύμφωνα με το σημείο που θα το προλάβουμε. Μόνο μην καθυστερήσεις καθόλου στην ενημέρωση, γιατί είναι ελάχιστα τα σημεία που μπορούμε να το προλάβουμε μέσα σε αυτό το χάος. Αν φτάσουν στη Σομαλία και πάνε για απέναντι, ΤΕΛΕΙΩΣΑΜΕ, μικρέ. Πάμε, Πάτρικ. Ευχαριστούμε πολύ, είπε ο Ρόμπερτ.

– Ευχαριστούμε, Χάρι, και είμαστε σταντ μπάι, είπε και ο Πάτρικ.

Λάνγκλεϊ 12/20
Τοπική ώρα 07:31
Ο Ρόμπερτ είχε πάει στο γραφείο από τις 7. Από τη μία η αγωνία κι απ' την άλλη το ότι έπρεπε να βρίσκεται με τον τρόπο του

Γιάννης Παρθένιος

κοντά στη βαλίτσα, τον είχαν κάνει να ξυπνήσει στο σπίτι από τις 5:30, ώστε νωρίς το πρωί να πάρει την «κίνηση» της προηγούμενης νύχτας, έχοντας πάντα το φόβο να μη φτάσουν οι «ταχυδρόμοι» στη Σομαλία.

Κοίταζε ήδη το log με τον εντοπισμό του σήματος κατά τη διάρκεια της βραδιάς, αλλά δεν μπορούσε να καταλάβει γιατί τόσες στάσεις, σε τόσο μικρή απόσταση και βέβαια γιατί το δορυφορικό τηλέφωνο εξέπεμπε κάθε 90-120 λεπτά.

Διάβασε στο log:

ΩΡΑ ΑΦΡΙΚΗΣ	ΣΗΜΑ σε sec
6:16	35
8:00	28
9:45	42
11:30	33
13:21	39

Διαβάζοντας, παρατήρησε σε αντιπαραβολή με το χάρτη στο κομπιούτερ ότι όλες οι συντεταγμένες κάλυπταν μια απόσταση 100-150 χιλιομέτρων από το μοναστήρι, ανάλογα με το δρόμο και τα ζικ ζακ που προφανώς αναγκάζονταν να κάνουν.

Την ώρα που σκεφτόταν, είδε ένα καινούργιο, ολόφρεσκο σήμα που ερχόταν εκείνη τη στιγμή. Διάβασε με προσοχή:

Από: Τμήμα Δορυφορικών Παρακολουθήσεων, Μάτι 4Α2
Προς: Τμήμα Επιχειρήσεων, Διευθυντής
Τομέας: Β. Αφρική και Αν. Μεσόγειος
Κοιν.:
Α) Πάτρικ Ντέναχιου, Διευθυντής Τμήματος Εμπορικού Ναυτικού/ Παράνομες Μεταφορές Εμπορευμάτων
Β) Πίτερ Ντόιλ, Διευθυντής Επιχειρήσεων Κεντρικής Αφρικής
Γ) Σίντνεϋ Τόμσον, Διευθυντής Επιχειρήσεων Ανατολικής Αφρικής
Διαβάθμιση: Άκρως Απόρρητο
Προτεραιότητα: ΕΞΑΙΡΕΤΙΚΑ ΕΠΕΙΓΟΝ
«Σήμα ελήφθη (ώρα Σουδάν 15:16 – Λάνγκλεϊ 07:16) από το αεροδρόμιο Γέι/Νότιο Σουδάν, νότια και ανατολικά του μοναστηριού. Η συσκευή (δορυφορικό τηλέφωνο) ανιχνεύτηκε εν λειτουργία για 30 δευτερόλεπτα και μετά το σήμα σταμάτησε

να εκπέμπει. Η συσκευή παραμένει σε λειτουργική κατάσταση.

Σημ.: Ο AERO1A2E (Len/Μάτι 4Α2) δεν προλαβαίνει να πάρει εικόνα.

Σημ. της Γεωγραφικής Υπηρεσίας:

Το αεροδρόμιο του Γέι (IATA: n/a, ICAO: HSYE) βρίσκεται στην επαρχία της Κεντρικής Εκουατόριας, στην πόλη Γέι, στα Ν.Δ. του Σουδάν και κοντά στα διεθνή σύνορα με την Ουγκάντα και τη Δημοκρατία του Κονγκό.

Η περιοχή βρίσκεται 135 χιλιόμετρα Ν.Δ. από την Τζούμπα και το αεροδρόμιο έχει συντεταγμένες 4° 7' 57.00" N, 30° 43' 17.00" E. Το αεροδρόμιο έχει έναν αεροδιάδρομο –όχι ασφαλτωμένο, πιθανότατα χωμάτινο– με διαστάσεις που δεν είναι επισήμως καταγεγραμμένες».

Τέλος Σήματος

Ο Ρόμπερτ με το που διάβασε κι αυτό το σήμα –ουσιαστικά την ηλεκτρονική αλληλογραφία– κάλεσε αμέσως τον Πάτρικ στην κόκκινη γραμμή του γραφείου του.

Κι αυτός ήταν εκεί από νωρίς, καθώς όλοι τους φοβόντουσαν ότι κάτι είχε πάθει ο κοριός και η βαλίτσα δεν θα εξέπεμπε ξανά.

Επιτέλους, όμως, τώρα το πρωί είχαν αρκετά στοιχεία για μια πρώτη κουβέντα απ' το τηλέφωνο...

Ο Πάτρικ απάντησε αμέσως.

– Έλα, Πάτρικ, του είπε ο Ρόμπερτ βιαστικά. Το «πουλί» ξαναβρέθηκε. Τι συμπέρασμα βγάζεις από όλα αυτά;

– Τώρα αυτό κοίταζα. Κοίτα, ξαφνικά εμφανίστηκε μετά από... δώσε μου ένα λεπτό γιατί είναι κι αυτή η κωλοδιαφορά ώρας και τα χιλιόμετρα και το κάνει κόλαση...

– Πάρε το χρόνο σου, αδελφέ. Αρκεί να βρούμε τα σωστά, τον ενθάρρυνε ο Ρόμπερτ.

– Λοιπόν, πέρα από τα πέντε βραδινά που είναι περίεργες στάσεις, πιάσαμε το τελευταίο σήμα, μόνο για 30 δεύτερα στις 15 και 16 ώρα Σουδάν, δηλαδή πριν από 15 λεπτά, στις 07 και 16 ώρα Λάνγκλεϊ. Αυτό με κάνει να πιστεύω ότι η απόσταση δεν δικαιολογεί αεροπλάνο.

– Σωστά, συνάδελφε. Τώρα έβλεπα κι εγώ το χάρτη και από το μοναστήρι εκεί αποκλείεται να πήγαν με πτητικό μέσο. Είναι μικρή η απόσταση που διένυσαν. Που σημαίνει δύο τρία πράγματα. Ή έφτασαν εκεί μικτά, δηλαδή αρχικά και μέχρι κάπου με ελικόπτερο που είναι το πιο πιθανό και μετά με αυτοκίνητο ή το αντίθετο.

– Πιθανολογώ το πρώτο, γιατί στο μοναστήρι δεν πάει δρόμος –εννοώ αξιοπρεπής δρόμος– από πουθενά. Άρα λογικά προσγειώθηκαν στο ξέφωτο, εκεί στα 150-170 μέτρα από το μοναστήρι απ' όπου εξέπεμψε τελευταία φορά το δορυφορικό και μετά πέταξαν μέχρι κάπου και πήραν αυτοκίνητο.

– Και μετά με το αυτοκίνητο μέχρι το Γέι... Ναι, αλλά γιατί δεν πήγαν απευθείας με το ελικόπτερο;

– Ίσως για να μην κινήσουν υποψίες στους τελωνιακούς; αν και αμφιβάλλω αν έχει εκεί τελωνιακούς και τι ρόλο βαράνε. Ξέρεις τώρα, σε τέτοια μέρη με 10 δολάρια περνάς ό,τι θέλεις. Αν και απ' ό,τι έχω καταλάβει η βαλίτσα φαίνεται σαν καθαρή. Έτσι δεν είναι;

– Πεντακάθαρη. Είναι ένα κομπιούτερ σε μια ειδική βαλίτσα προστασίας. Αποκλείεται κανείς να καταλάβει τι περιέχει στην ουσία.

– Ρόμπερτ, τώρα που το σκέφτομαι, πιθανολογώ και βλάβη. Μπορεί να χάλασε το ελικόπτερο και να αναγκάστηκαν να αλλάξουν σχέδιο.

– Φίλε, αυτό που λες δεν το είχα σκεφτεί. Ακούγεται να κάθεται σαν σενάριο. Οπότε αναγκάστηκαν να πάνε στο Γέι, γι' αυτό και έκαναν τόσες ώρες για μια αστεία απόσταση.

– Ακριβώς. Κι αυτό τώρα μπορεί να τους αλλάξει τα σχέδια εντελώς και να κερδίσουμε και χρόνο.

– Ή να το κάνει πιο περίπλοκο, γιατί τώρα θα αναγκαστούν να κάνουν στάσεις, να λοξοδρομούν κ.λπ.

– Πάντως στο Γέι έφτασαν σίγουρα, για να πάρουν αεροσκάφος ή έστω ελικόπτερο και προφανώς τώρα είναι μέσα και ταξιδεύουν.

– Γιατί θεωρείς ότι ταξιδεύουν ήδη;

– Πιθανολογώ, αλλά γι' αυτό θα είμαι σίγουρος στην επόμενη στάση, ότι το τηλέφωνο εξέπεμψε όταν στον έλεγχο άνοιξαν τη βαλίτσα. Βρήκε προφανώς καλύτερο σήμα και έδωσε. Με 1/10 που στέλνει, εκπέμπει μόνο σε ειδικές συνθήκες. Μην περιμένεις πολλά, σαν τυφλοί θα είμαστε. Βέβαια δεν μπορώ να είμαι και σίγουρος γι' αυτό. Πάντως εκεί βρήκε λήψη γιατί μάλλον άνοιξαν τη βαλίτσα.

– Ναι, αλλά και στα άλλα πέντε μέρη βρήκε λήψη. Και προφανώς δεν μπορεί να την άνοιξαν πέντε φορές χωρίς λόγο σε μια μικρή διαδρομή.

– Έχεις δίκιο. Έχω μπερδευτεί με αυτές τις στάσεις κάθε 90 με 120 λεπτά. Δεν ξέρω τι να πω...

– Μα γαμώ τον διάολο μου και συγγνώμη που βρίζω, ρε Πάτρικ, υποτίθεται ότι αυτές οι συσκευές είναι ειδικά κατασκευασμένες για εμάς. Γι' αυτό την έστειλα. Τι πάει να πει δεν εκπέμπει;

– Ήρεμα, συνάδελφε, ήρεμα, του είπε ο Πάτρικ. Σαφέστατα και είναι ειδικές και μάλιστα ειδική κατασκευή στη NASA, αλλά δεν κάνουν και θαύματα. Άλλη εμπορική συσκευή δεν υπήρχε περίπτωση να εκπέμπει ούτε 1/10 μέσα από θωρακισμένη, μεταλλική βαλίτσα. Η δικιά μας το κάνει και, αν μάλιστα είναι καλή η περιοχή και δεν υπάρχει κτίριο, ακτινοβολίες, φαράγγια και άλλοι τέτοιοι παράγοντες, θα δεις ότι θα φέρει και παραπάνω.

– Για να δω. Μόνο σ' αυτό ελπίζουμε τώρα.

– Το κακό βέβαια, Ρόμπερτ, είναι ότι τώρα πρέπει να ελπίζουμε να πηγαίνουν από αεροδρόμιο σε αεροδρόμιο και να τους ελέγχουν και τις βαλίτσες.

– Τις βαλίτσες, φίλε, σε μερικά μέρη θα τις ελέγχουν γιατί σε αυτές τις κωλοπεριοχές που είναι κοντά σε σύνορα, έχει συνέχεια συρράξεις και αμφισβητούμενα εδάφη, και ψάχνουν για διάφορα. Μην περιμένεις όμως παντού. Και απ' την άλλη, τι να το κάνεις; Έχουμε και το πρόβλημα ότι εμείς –αν υποθέτουμε σωστά– τους βλέπουμε μόνο στο αεροδρόμιο. Πράκτορες εκεί κοντά δεν υπάρχουν και ο στρατός μας δεν μπορεί να επέμβει, γιατί ούτε ξέρουμε ποιοι είναι, ούτε να καταρρίψουμε καν το αεροσκάφος τους μπορούμε, γιατί δεν ξέρουμε πότε φεύγουν και με ποιο. Δηλαδή μπουρδέλο... Εικόνα από τον οπτικό δορυφόρο γιατί δεν έχουμε;

– Διαρκεί μόνο λίγα δευτερόλεπτα το σήμα και δεν προλαβαίνει να λοκάρει ο «οπτικός». Και προφανώς είναι σε σημεία που δεν μπορεί και να φωτογραφήσει, γιατί καλύπτονται. Έχουμε πρόβλημα όντως. Μόνο να περιμένουμε μπορούμε. Αν βρεθούν κάπου εκτεθειμένοι και εγκλωβισμένοι, π.χ. σε ένα ποτάμι, ακόμα και χωρίς σήμα θα τους ψάξουμε οπτικά. Και πάλι όμως, πρέπει εκεί που θα είναι να μην έχει τράφικ, ώστε να εντοπίσουμε διά οράσεως ποιοι είναι.

– Καλά κρασιά! Και άντε βγάλε και άκρη προς τα πού στο διάολο θα πάνε. Αυτό το ρημάδι το «χωματοδρόμιο» είναι στα Ν.Δ. του Σουδάν και κοντά στα διεθνή σύνορα με την Ουγκάντα και τη Δημοκρατία του Κονγκό. Άρα μπορούν να κινηθούν προς όλες τις πλευρές του πλανήτη. Κι όλα αυτά μέσα στο αφρικανικό χάος.

– Όπως είπες. Κατάσταση μπουρδέλο...

– OK, τα λέμε, Πάτρικ. Ας περιμένουμε τι θα πουν οι δορυφόροι...

Ο Ρόμπερτ έκλεισε το τηλέφωνο και έπεσε με τα μούτρα στην οθόνη του υπολογιστή του. Άρχισε να μελετά σχετικά κοντινά αεροδρόμια στα οποία θα μπορούσαν να πάνε.

– Χάος, φώναξε μέσα στο γραφείο, φανερά εκνευρισμένος και αναπάντεχα προς το χαρακτήρα του. Χάος. Κάθε 50 χιλιόμετρα έχουν κι έναν κωλόδρομο με χωματόδρομο που το λένε αεροδρόμιο. Άντε βγάλε άκρη τώρα...

Λάνγκλεϊ 12/20
Τοπική ώρα 09:11
Από: Τμήμα Δορυφορικών Παρακολουθήσεων, Μάτι 4Α2Ε
Προς: Τμήμα Επιχειρήσεων, Διευθυντής
Τομέας: Β. Αφρική και Αν. Μεσόγειος
Κοιν.:
Α) Πάτρικ Ντέναχιου, Διευθυντής Τμήματος Εμπορικού Ναυτικού/
Παράνομες Μεταφορές Εμπορευμάτων
Β) Πίτερ Ντόιλ, Διευθυντής Επιχειρήσεων Κεντρικής Αφρικής
Γ) Σίντνεϊ Τόμσον, Διευθυντής Επιχειρήσεων Ανατολικής Αφρικής
Διαβάθμιση: Άκρως Απόρρητο
Προτεραιότητα: ΕΞΑΙΡΕΤΙΚΑ ΕΠΕΙΓΟΝ

«Αλλαγή δορυφόρου σε 4Α2Ε και AERO2Α2Ε/Σήμα ελήφθη (ώρα Ουγκάντας 16:56 – Λάνγκλεϊ 08:56) από το αεροδρόμιο Κιντέπο/Ουγκάντα. Η συσκευή (δορυφορικό τηλέφωνο) ανιχνεύτηκε εν λειτουργία για 72 δευτερόλεπτα και μετά το σήμα σταμάτησε να εκπέμπει. Η συσκευή παραμένει σε λειτουργική κατάσταση.

CIA: Επιχείρηση Παράκελσος

Σημ.: Ο AERO2A2E (LEN/Μάτι 4A2E) δεν προλαβαίνει να πάρει εικόνα.

Σημ. της Γεωγραφικής Υπηρεσίας:

Το αεροδρόμιο του Κιντέπο (IATA: NONE, ICAO: HUKD) βρίσκεται σε μια περιοχή με το όνομα Λομέζ, περίπου 3 χιλιόμετρα (οδικώς) νοτίως του εθνικού πάρκου της Κοιλάδας του Κιντέπο.

Βρίσκεται εξαιρετικά βαθιά στα Β.Α. της Ουγκάντα, περίπου 456 χιλιόμετρα Ν.Α. του διεθνούς αερολιμένα του Έντεμπε, που αποτελεί και το μεγαλύτερο πολιτικό και στρατιωτικό αεροδρόμιο της χώρας.

Το αεροδρόμιο του Κιντέπο έχει συντεταγμένες 3° 43' 09.00" Ν, 33° 45' 15.00" Ε., με έναν αεροδιάδρομο –όχι ασφαλτωμένο, πιθανότατα χωμάτινο– με διαστάσεις 1.128 μέτρα.

Απέχει 340 χιλιόμετρα από το αεροδρόμιο Γέι/Νότιο Σουδάν.

Πρόκειται για ένα από τα πέντε αεροδρόμια της επαρχίας με διαπίστευση να χειρίζεται δια-συνοριακές αεροσυνδέσεις στα πλαίσια των χωρών της Ανατολικο-Αφρικανικής Κοινότητας».

Τέλος Σήματος

Ο Σίνγκλεη διάβασε με προσοχή το «σήμα» και παράλληλα κοίταζε τους χάρτες που είχε αραδιάσει παντού πάνω στο γραφείο του. Δεν πρόλαβε να ολοκληρώσει τις σκέψεις του γιατί χτύπησε το κόκκινο τηλέφωνο.

Ήταν ο Σίντνεϋ Τόμσον από το Γραφείο Επιχειρήσεων Ανατολικής Αφρικής.

– Καλημέρα, Ρόμπερτ μου, ακούστηκε στην άλλη άκρη.

– Καλημέρα, Σίντνεϋ. Διαβάζεις πρωινιάτικα τα μαντάτα της περιοχής σου και είπες να μου πεις ένα γεια, ε; γέλασε ο Ρόμπερτ...

– Έτσι για να δεις τι τραβάμε κι εμείς οι «μαύροι», αστειεύτηκε ο Τόμσον.

– Κανονικά βέβαια είναι δική σου «επιχείρηση» εδώ και μέρες, αστειεύτηκε ο Ρόμπερτ.

– Μπα, δε νομίζω, συνάδελφε. Από εκεί που ξεκινάει, από εκεί γίνεται και ο τελικός χειρισμός. Να μου λείπει. Δικό σου το παζλ, με ό,τι αρωγή βέβαια θέλεις. Γι' αυτό και σε παίρνω.

– Μου έχεις τίποτα καλό;

– Αν θες, σε καλύπτω στο Έντεμπε. Στο «διεθνές», αν πάνε προς τα εκεί, έχω δικό μου άνθρωπο ν' αναλάβει.

– Καλό αυτό, φίλε. Αυτό έβλεπα τώρα. Το Έντεμπε είναι πολύ κοντά. Κάνα 2 ώρες με αεροπλάνο. Αν πάνε προς τα εκεί μέσω Κιντέπο και έχουν σκοπό να φύγουν μακριά –είναι διεθνές το Έντεμπε– τους χάσαμε για πάντα μετά.

– Δεν το πιθανολογώ βέβαια, γιατί αν ήταν θα πήγαιναν απευθείας από το Γέι. Ήταν πολύ πιο κοντά στη λίμνη Βικτόρια.

– Μπα, μην το λες. Πιθανολογούμε ότι ψάχνουν συνέχεια για «ταξί». Μπορεί το μόνο που βρήκαν να ήταν προς τα ανατολικά και τώρα να πάνε πάλι νότια. Πρέπει να τους χάλασε το δικό τους πτητικό και τώρα φτιάχνουν δρομολόγια.

– Εντάξει. Εσύ ξέρεις... Πάντως εγώ βάζω πράκτορα σταντ μπάι στο Έντεμπε κι αν χρειαστείς, πες μου να χτυπήσω.

– Έγινε, φίλε. Να ξέρεις ότι θα σε χρειαστώ γενικά προς τα εκεί. Είναι η περιοχή σου. Κι εσένα και τον Πίτερ...

– Με τον Πίτερ είμαι εγώ σε συνεχή επαφή λόγω «γειτονιάς». Κι αυτός παρακολουθεί τα πάντα. Κανένα πρόβλημα. Ό,τι χρειαστείς κι όταν τελειώσουμε, πάρε να πάμε για κάνα ποτό. Έχουμε χαθεί.

– Έγινε, μετά τις γιορτές φύγαμε... Καλημέρα, φίλε!

Ο Ρόμπερτ πήρε έναν φωσφοριζέ πράσινο μαρκαδόρο και κάτι σημείωσε στο χάρτη. Προφανώς το Έντεμπε.

Βέβαια ήταν απλά μια κουκίδα σε ένα δαιδαλώδες πιθανολογούμενο σενάριο σταθμών. Κι αν σε αυτό πρόσθετες πιθανή χρήση και αυτοκινήτων, τότε γινόταν παιγνίδι φαντασίας.

Μόνο που εδώ δεν ήταν παιγνίδι!

Πέρασε αρκετή ώρα όσο ο Ρόμπερτ έκανε πράξεις σε χαρτί και κοιτούσε τους χάρτες, ώσπου το κόκκινο τηλέφωνο χτύπησε ξανά. Ο Ρόμπερτ είπε μέσα του: θα περάσουμε ωραία τις επόμενες ώρες...

– Σίνγκλεη, παρακαλώ, απάντησε.

– Έλα, Ρόμπερτ, ο Πάτρικ είμαι, ακούστηκε. Υπολόγισα κάτι...

– Για λέγε, συνάδελφε, του είπε ο Ρόμπερτ.

– Έκανα εδώ κάτι πράξεις σύμφωνα με το σήμα των 08:56. Πιθανότατα, οι τύποι κινήθηκαν από το Γέι στο Κιντέπο με μονοκινητήριο τύπου Σέσνα ή το πολύ δικινητήριο. Μόλις τώρα ρώτησα έναν βοηθό μου εδώ, ειδικευμένο στα πτητικά, και μου είπε ότι ο χρόνος σε σχέση με την απόσταση που διένυσαν δείχνει περίπου 210 χιλιόμετρα την ώρα, που είναι η μέση ωριαία αυτών των τύπων αεροσκαφών.

– Πράγμα που σημαίνει;

– Πράγμα που σημαίνει ότι λογικά πρέπει πάλι να κινούνται κανονικά προς Σομαλία, όπως έλεγε και η αρχική πρόβλεψη μετά την υποκλοπή από Τεχεράνη.

– Κατάλαβα τι λες. Μιλάς για το τηλεφώνημα του Αμπάσι στον Γιανίκ, που αποδείχτηκε από χθες «ηγούμενος» «μέσω» Τζορτζ.

– Ακριβώς!

– Ναι, αλλά γιατί προβλέπεις ανατολικά κι όχι προς Έντεμπε που είναι και διεθνές. Από εκεί μπορούνε να πάνε οπουδήποτε μετά...

– Ασφάλισε το Έντεμπε. Έχουμε ανθρώπους εκεί...

– Έχει γίνει ήδη. Τώρα μίλησα με τον Τόμσον.

– Πάντως το ένστικτό μου λέει ανατολικά προς Σομαλία.

Ο Ρόμπερτ δεν μίλησε για μερικά δευτερόλεπτα γιατί κάτι ήρθε στον υπολογιστή του.

– Περίμενε λίγο, Πάτρικ, κάτι έρχεται... Εμείς μιλάμε κι αυτοί ταξιδεύουν.

Κι οι δυο άντρες σώπασαν και προσηλώθηκαν στις οθόνες τους.

Λάνγκλεϊ 12/20
Τοπική ώρα 11:02
Από: Τμήμα Δορυφορικών Παρακολουθήσεων, Μάτι 4Α2Ε
Προς: Τμήμα Επιχειρήσεων, Διευθυντής
Τομέας: Β. Αφρική και Αν. Μεσόγειος
Κοιν.:
Α) Πάτρικ Ντέναχιου, Διευθυντής Τμήματος Εμπορικού Ναυτικού/
Παράνομες Μεταφορές Εμπορευμάτων
Β) Πίτερ Ντόιλ, Διευθυντής Επιχειρήσεων Κεντρικής Αφρικής
Γ) Σίντνεϊ Τόμσον, Διευθυντής Επιχειρήσεων Ανατολικής Αφρικής
Διαβάθμιση: Άκρως Απόρρητο
Προτεραιότητα: ΕΞΑΙΡΕΤΙΚΑ ΕΠΕΙΓΟΝ

«Σήμα ελήφθη (ώρα Ουγκάντας 18:50 – Λάνγκλεϊ 10:50) πάλι από το αεροδρόμιο Κιντέπο/Ουγκάντα. Η συσκευή (δορυφορικό τηλέφωνο) ανιχνεύτηκε εν λειτουργία για 60 δευτερόλεπτα και μετά το σήμα σταμάτησε να εκπέμπει.

Η πορεία του σήματος (σε αυτό τον ελάχιστο χρόνο εντοπισμού) ήταν προς τα ανατολικά και πιθανότατα προς τη λίμνη Τουρκάνα.

Σημ.: Ο AERO2A2E δεν μπορεί να πάρει εικόνα λόγω καιρικών.

Σημ. της Γεωγραφικής Υπηρεσίας:
Δείτε στοιχεία προηγούμενου σήματος».

Τέλος Σήματος

– Έλα, Πάτρικ, το 'πιασες; ρώτησε ο Ρόμπερτ.
– Ναι, φίλε. Λογικά πάλι με αεροπλάνο ή ελικόπτερο. Έμειναν βέβαια κάνα δίωρο εκεί.
– Δεν θα βρήκαν πτητικό μέσο αμέσως. Εντάξει, δεν είναι και το JFK της περιοχής. Και είχες δίκιο. Συνεχίζουν ανατολικά, αλλά πού στο διάολο πάνε; Για πες μου κάτι... Πώς εξηγείς το σήμα;
– Σ' το είπα ότι είναι σκυλιά αυτά τα τηλέφωνα. Είναι θέμα συνθηκών. Προφανώς τώρα βρήκε καλύτερη τρύπα. Δεν θέλω να κάνω τον μάντη, αλλά η εμπειρία μου λέει ότι μάλλον αυτή τη φορά έχουν μπει σε ελικόπτερο. Πολύ καλύτερη εκπομπή απ' ό,τι μέσα από αεροπλάνο και μην ξεχνάς, πάντα μέσα απ' τη θωρακισμένη βαλίτσα. Πάντως εικασίες κάνω. Μπορεί να μην ξέρω και τι λέω...
– Δεν ξέρω. Εγώ δεν σου κρύβω ότι αμφιβάλλω λίγο με αυτές τις διακοπές και το γιατί γίνονται. Κάτι άλλο πρέπει να 'ναι. Μακάρι να είναι όπως τα λες. Για να δούμε... Τα λέμε σε λίγο.

Ο Ρόμπερτ αποφάσισε να βάλει έναν δεύτερο καφέ. Θα βοηθούσε να περάσει λίγο η ώρα, αλλά πολύ αμφισβητήσιμο το πώς θα περνούσε η μέρα ή γιατί όχι οι μέρες που ερχόντουσαν.

Προς το παρόν πάντως οι δείκτες του ρολογιού κινούνταν μαγικά, κάνοντας το παιγνίδι ακόμη πιο δύσκολο.

Χωρίς να το καταλάβει, μελετώντας και ξαναμελετώντας διαδρομές και τρόπους μετακίνησης, σύντομα ο Σίνγκλεη είχε αποστηθίσει το μισό χάρτη της Αφρικής και το ρολόι του έδειχνε λίγο πριν τη μία.

Ένα καινούργιο σήμα εμφανίστηκε στην οθόνη κι ο Ρόμπερτ, μη δίνοντας σημασία στα τυπικά, διάβασε:

Λάνγκλεϊ 12/20
Τοπική ώρα 12:52
Από: Τμήμα Δορυφορικών Παρακολουθήσεων, Μάτι 4Α2Ε
...
Διαβάθμιση: Άκρως Απόρρητο
Προτεραιότητα: ΕΞΑΙΡΕΤΙΚΑ ΕΠΕΙΓΟΝ
«Σήμα ελήφθη για 41 δευτερόλεπτα (ώρα Ουγκάντας 20:40 – Λάνγκλεϊ 12:40) από περιοχή ανατολικά του Κιντέπο/Ουγκάντα και από την ορεινή περιοχή κοντά στη λίμνη Τουρκάνα με συντεταγμένες 3° 29′ 03. 98″ Ν και 35° 16′ 50. 89″ Ε.

Η απόσταση που διανύθηκε μέχρι τη σύνταξη του παρόντος είναι 167,19 χιλιόμετρα, πιθανότατα διά αέρος και με μέση ταχύτητα 220 χιλιομέτρων/ώρα. Αν και τα 90 λεπτά πιθανής πτήσης αποτελούν χαμηλή ταχύτητα, η ποικιλομορφία του εδάφους και το εξαιρετικά χαμηλό υψόμετρο που ακολουθείται και απαιτεί ελιγμούς –άρα και καθυστερήσεις– πιθανολογεί την πτητική χρήση ελικοπτέρου ή πιθανή μικρή στάση που δεν εντοπίσαμε λόγω έλλειψης σήματος. Άλλο μέσο μεταφοράς αποκλείεται και ειδικά κάποιο αυτοκίνητο.

Το πιθανώς πτητικό μέσο επιχείρησε και μικρή αριστερή στροφή λίγων μοιρών προς την περιοχή Καλοκόλ/Κένυα, που απέχει άλλα 50-60 χιλιόμετρα.

Σημ.: Ο ΑΕRΟ2Α2Ε δεν προλαβαίνει να πάρει εικόνα λόγω καιρού.

Σημ. της Γεωγραφικής Υπηρεσίας:

Η περιοχή είναι άβατη, σχετικά ορεινή (υψόμετρο 591 μέτρα στις άνωθεν συντεταγμένες) και μακριά από τον μοναδικό αυτοκινητόδρομο Α1 που οδηγεί βόρεια, νότια και στο Καλοκόλ, γεγονός που αποκλείει τη χρήση αυτοκινήτου».
Τέλος Σήματος

«Για να δούμε τώρα πού θα καταλήξει ο θίασος», σκέφτηκε ο Ρόμπερτ, αλλά σύντομα θα του λυνόταν η απορία με ένα νέο εξαιρετικά επείγον σήμα.

Γιάννης Παρθένιος

Λάνγκλεϊ 12/20
Τοπική ώρα 14:18
Από: Τμήμα Δορυφορικών Παρακολουθήσεων, Μάτι 4Α2Ε
Διαβάθμιση: Άκρως Απόρρητο
Προτεραιότητα: ΕΞΑΙΡΕΤΙΚΑ ΕΠΕΙΓΟΝ
...

«Σήμα ελήφθη για 39 δευτερόλεπτα (ώρα Κένυας 22:10 – Λάνγκλεϊ 14:10) από περιοχή αεροδρομίου Καλοκόλ/Κένυα και με συντεταγμένες 3° 31΄ 01. 30΄΄ S και 35° 50΄ 00. 42΄΄ Ε.
Σημ.: Ο AERO2A2E εξακολουθεί να μην μπορεί να πάρει εικόνα λόγω καιρικών.
Η συσκευή παραμένει σε λειτουργική κατάσταση.
Σημ. της Γεωγραφικής Υπηρεσίας:
Πρόκειται για ένα από τα τρία ομώνυμα αεροδρόμια της περιοχής που χρησιμοποιείται κυρίως για cargo ψαριών προς άλλες περιοχές της χώρας.
Πολύ κοντά υπάρχει και η μικρή πόλη του Καλοκόλ (χωριό) για την οποία δεν υπάρχουν ιδιαίτερα στοιχεία».

Τέλος Σήματος

– Κι έτσι φτάσαμε στη λίμνη, αναφώνησε ο Σίνγκλεη στο άδειο γραφείο. Και τώρα τι;
Πάλι άρχισε να σκέφτεται και η ώρα περνούσε χωρίς να την παίρνει χαμπάρι.
Η μόνη εξήγηση που έστεκε πια για τις πολλαπλές στάσεις ήταν ότι ο/οι «ταχυδρόμοι» νοίκιαζαν όποιο αεροπλάνο ή ελικόπτερο έβρισκαν να πηγαίνει προς τα ανατολικά, αποφεύγοντας φυσικά μεγάλα αεροδρόμια στα οποία θεωρητικά θα μπορούσε να τους προλάβει όποιος τους ακολουθεί ή να έχουν προβλήματα με τις Αρχές, για λόγους χαρτιών, βίζας, μητρώου ή οτιδήποτε άλλο.
Άλλωστε η συμμορία του Αλ Χασάν Αλ Αλαμί αποκλείεται να ήταν τόσο «καθαρή» ώστε να ταξίδευαν ελεύθερα, ειδικά αν το «δέμα» το συνόδευε κι ο ίδιος.
«Εκτός βέβαια», σκεφτόταν ο Ρόμπερτ, «κι αν ήταν τόσο οργανωμένοι κι όλο αυτό το είχαν τέλεια προετοιμάσει, ώστε να μην υπάρχει περίπτωση κάποιος να τους πάρει από πίσω. Οπότε και πάλι δένουν όλα», είπε μέσα του.

336

Ο Ρόμπερτ πάτησε το κουμπί της ανοιχτής συνομιλίας και κάλεσε τον Τζον στις καταγραφές.

Οι κανόνες ήταν κανόνες και όταν συνομιλούσαν πάνω από δύο έπρεπε η κουβέντα να καταγράφεται.

– Έλα, Τζον, είπε με το που απάντησε ο υπάλληλος, εδώ Σίνγκλεη. Είμαι στο γραφείο μου, στο 217. Σε παρακαλώ, κατέγραψε την τηλεφωνική σύσκεψη και βάλ' τη στον «Παράκελσο».

Έκλεισε και κάλεσε τον Σίντνεϋ.

– Τόμσον, ακούστηκε αμέσως.

– Έλα, Σίντνεϋ, δώσε μου 10 δευτερόλεπτα να βάλω και τον Πάτρικ στη γραμμή να έχουμε μια συνδιάσκεψη.

– Έγινε, απάντησε ο άλλος.

Ο Ρόμπερτ κάλεσε και τον Πάτρικ και αφού του εξήγησε ότι μιλάνε ταυτόχρονα και οι τρεις, το τηλεφωνικό meeting είχε στηθεί:

– Λοιπόν, παιδιά, έχετε προφανώς δει τα σήματα... Για να δούμε τι συμπεράσματα μπορούμε να βγάλουμε.

Ο Πάτρικ τον διέκοψε αμέσως γιατί ήθελε να κάνει μια παρατήρηση.

– Ένα λεπτό, παιδιά, να σας πω κάτι. Θεωρώ ότι είναι καθαρά δική σας υπόθεση, οπότε να μην μπλέκω πλέον στα πόδια σας. Είναι καθαρά θέμα Επιχειρήσεων τώρα και έχει φύγει από μένα. Οπότε να μην πιάνω χώρο...

Ο Ρόμπερτ δεν τον άφησε να συνεχίσει.

– Πάτρικ, άσε τις ευγένειες, τα πρωτόκολλα και τις διαβαθμίσεις και να είσαι σίγουρος ότι είσαι εξαιρετικά χρήσιμος.

– Πες του τα, ρε Ρόμπερτ, πετάχτηκε ο Σίντνεϋ. Τι μας λέει τώρα;

– Είσαι απαραίτητος για την εμπειρία σου στα δορυφορικά και τις παρακολουθήσεις. Εμείς ξέρουμε ό,τι λέει το εγχειρίδιο μόνο. Θέλουμε τις γνώσεις σου, γιατί αυτή η υπόθεση κατάντησε καθαρά «μέσω δορυφόρου». Άσε λοιπόν τις μαλακίες και συγγνώμη για τη φράση.

Ο Πάτρικ σαν να ανακουφίστηκε. Ήταν από εκείνους τους σοβαρούς αξιωματούχους που ούτε διεκδικούσε δόξα, ούτε ήθελε να γίνεται φόρτωμα, ούτε να μπλέκεται στα πόδια άλλων. Απλά αγαπούσε αυτό που έκανε.

– Εντάξει, ρε παιδιά, είπε. Απλά ήθελα να το αποσαφηνίσω.

– Το αποσαφήνισες, του είπε κι ο Τόμσον δείχνοντας σαφέστατα ότι δεν έδινε σημασία σ' αυτά που από ευγένεια έλεγε ο Πάτρικ. Πάμε, Ρόμπερτ, μιλούσες...

Ο Ρόμπερτ πήρε πάλι τη σκυτάλη.

– Λοιπόν, ξεπερνάω το γεγονός ότι ακόμα και μετά τις εξηγήσεις του Πάτρικ δεν μπορώ να βγάλω συμπέρασμα τι γίνεται με αυτό το κωλοτηλέφωνο και εκπέμπει μόνο όταν θέλει και δη μόνο σε αεροδρόμια ή περίπου μόνο σε αεροδρόμια και κοντά τους.

– Σου είπα να το ξεπεράσεις αυτό, Ρόμπερτ, επενέβη ο Πάτρικ. Μην το ψάχνεις αυτό γιατί θα τρελαθείς. Ακόμα και εμείς που βάζουμε «κοριούς» σε ύποπτα εμπορικά πλοία, επιλέγοντας ιδανικά σημεία και συνθήκες τοποθέτησης και μάλιστα τοποθετώντας ειδικούς μηχανισμούς, υπάρχουν στιγμές που ανεξήγητα μία εκπέμπουν και μία όχι. Δεν υπάρχει εξήγηση. Είναι θέμα συνθηκών. Και δεν εκπέμπει μόνο από αεροδρόμια. Είδες ότι εξέπεμψε και στο δρόμο για το Γέι και πάνω από το οροπέδιο κοντά στη λίμνη. Δεν βγάζεις άκρη με το πού και το γιατί.

– Ωραία, με έπεισες, φίλε. Ας το δεχτούμε σαν «βουντού-κατάσταση» αυτό και πάμε παρακάτω. Οι τύποι έχουν φτάσει στο Καλοκόλ και εκεί από τις 22:10, δικιά τους ώρα, το σήμα σίγησε ξανά. Ακούω σκέψεις...

– Να σας ενημερώσω λίγο για την περιοχή, αν και σίγουρα την έχετε δει και εσείς, είπε ο Πάτρικ. Όπως λέει και το σήμα, εκεί υπάρχουν τρία αεροδρόμια. Στο ένα προφανώς κατέβηκαν οι «δικοί μας» και είναι το KLK Καλοκόλ. Το άλλο που ονομάζεται πάλι «Αεροδρόμιο Καλοκόλ» είναι σε απόσταση 3 χιλιομέτρων από το KLK. Και το «Αεροδρόμιο της λίμνης Ράντολφ» είναι σε απόσταση 13 χιλιομέτρων από το KLK.

– Είναι αυτό που λέω εγώ δηλαδή, πετάχτηκε ο Ρόμπερτ. Κάθε 2-3 χιλιόμετρα έχουν κι ένα «χωματοδρόμιο».

– Δυστυχώς είναι έτσι, παραδέχτηκε ο Πάτρικ. Κι έχουμε και ένα αεροδρόμιο στην απέναντι πλευρά της λίμνης, το Λογιανγκαλάνι, στα νοτιο-ανατολικά, που απέχει σε ευθεία από την παραλία του Καλοκόλ 120-130 χιλιόμετρα, δηλαδή 65 ναυτικά μίλια. Η δε παραλία του Καλοκόλ απέχει 9 χιλιόμετρα από το KLK.

– Κατάλαβα πού το πας, πετάχτηκε ο Σίντνεϋ. Φοβάσαι μήπως περάσουν απέναντι με βάρκα. Το σκεφτόμουν κι εγώ πριν.

– Πόσο κοντά είναι το απέναντι, Πάτρικ; ρώτησε ο Ρόμπερτ.

– Δεν είναι ακριβώς απέναντι. Δείτε λίγο το χάρτη...

Όλοι μπροστά τους είχαν χάρτη της περιοχής και της λίμνης.

– Είναι μεν απέναντι, αλλά πρέπει να διασχίσεις κάθετα και προς τα νοτιοανατολικά τη λίμνη, για να φτάσεις στο απέναντι αεροδρόμιο, γι' αυτό και η απόσταση είναι 65 ναυτικά μίλια. Μια μέτρια προς καλή βάρκα για εκείνη την περιοχή, γιατί δεν υπάρχουν και ταχύπλοα εκεί, έχοντας μια μηχανή γύρω στους 90 ίππους θα κάνει περίπου 30 μίλια/ώρα, δηλαδή χρειάζεται περίπου 2 ώρες για να κατέβει. Αν δε είναι και μεγαλύτερη, ίσως και αρκετά λιγότερο.

– Ωραία, είπε ο Σίνγκλεη. Είναι αυτό που λέμε «την κάτσαμε τη βάρκα». Πάμε πάλι να βάλουμε σειρά. Δηλαδή πρώτον, οι «τύποι» μπορούν να είναι τώρα εκεί ή να έχουν ήδη φύγει και απλά εμείς να μην τους βλέπουμε ακόμα. Δεύτερον, έχουν εναλλακτικά τρία αεροδρόμια στη δυτική πλευρά της λίμνης όπου και έφτασαν και ένα στην ανατολική αν περάσουν απέναντι με βάρκα. Και, τρίτον, για να το κάνω πιο εύκολο, μπορεί να έχουν φύγει προς όλες τις πλευρές της πυξίδας... Ωραία! Την έχουμε κάτσει.

Επικράτησε σιωπή. Και οι τρεις τους σκέφτονταν.

– Εσύ, Σίντνεϋ, το ελέγχεις το σημείο; ρώτησε ξαφνικά ο Ρόμπερτ.

– Αν εννοείς με πράκτορες... αν μπορώ να στείλω field δηλαδή, η απάντηση είναι «με τίποτα». Ξεχάστε το. Είναι στο πουθενά με «βάρκα την ελπίδα», μια που πιάσαμε τις βάρκες. Θα χρειαστώ το λιγότερο 24 ώρες κι αν ποτέ φτάσουν εκεί.

– Καλά, ρε παιδί μου, συγγνώμη που ρωτάω κιόλας, αλλά την Αφρική δεν την ελέγχουμε καθόλου; Υποτίθεται ότι όλο το παγκόσμιο παιγνίδι τη νέα χιλιετία θα παιχτεί εκεί. Είναι η ήπειρος του μέλλοντος. Και δεν έχουμε προσωπικό;

Ο Σίντνεϋ χαμογέλασε.

– Την ελέγχουμε 10 φορές καλύτερα από ό,τι οποιοσδήποτε άλλος πάνω στον πλανήτη. Έχει όμως ιδιομορφίες. Είναι αχανής, φίλε, το ξέρεις κι εσύ... Σε αυτή τη φάση δεν μας ενδιαφέρει να ελέγχουμε σημεία σαν αυτό. Εκεί για το οποίο συζητάμε τώρα έχει μόνο φλαμίνγκο και ρινόκερους. Άντε και κάνα φίδι. Μας ενδιαφέρουν οι περιοχές που έχουν πληθυσμούς. Εκεί χρειάζονται τη βοήθειά μας. Τώρα, αν ένας τρομοκράτης ή ένας απατεώνας βρει καταφύγιο στη λίμνη, άσ' τον να κάθεται εκεί μέχρι να βγει απ' την τρύπα του. Δεν μπορεί, θα έρθει πιο κάτω και θα τον τσιμπήσουμε.

– Έχεις δίκιο, ξέρω. Περισσότερο το άγχος μου σε ρώτησε. Το ίδιο θα κάνουμε κι εμείς λοιπόν. Θα περιμένουμε μέχρι να τους βγάλουμε από τις τρύπες που μέχρι σήμερα τρυπώνουν...

– Θεωρητικά μπορώ να σε καλύψω με «βατράχια», αλλά πρακτικά είναι απίθανο να πετύχει.

– Τι εννοείς; Να στείλουμε «βατράχια»;

– Ναι, μπορούμε να στείλουμε μια ειδική ομάδα, αλλά το βλέπω μη πιθανό να έχουμε αποτέλεσμα.

– Από Τζιμπουτί;

– Ακριβώς, από Λεμονιέρ. Γι' αυτό την έχουμε εκεί τη βάση. Για αντιτρομοκρατική δράση. Υπάρχουν όμως θέματα.

– Για πες...

– Πρώτον, χρειαζόμαστε στην καλύτερη των περιπτώσεων πέντε με πεντέμισι ώρες για να μπριφαριστούν και να φτάσουν με ελικόπτερο. Απέχει 1.200 χιλιόμετρα το σημείο. Και δεύτερον, πού να τους στείλω; – Το πεντάγωνο δηλαδή, όχι εγώ. Αφού, τώρα που μιλάμε, δεν ξέρουμε πού είναι οι «ταχυδρόμοι».

– Πάντως σημείο υπάρχει, είπε ο Πάτρικ. Απέναντι απ' τη λίμνη έχει ένα Εθνικό Πάρκο, το Σιμπιλόι. Διακριτικό και ό,τι πρέπει για να μην πάρει κανείς χαμπάρι, για να τηρούμε και το νέο «δόγμα».

– Ποιο νέο «δόγμα»; ρώτησε με απορία ο Ρόμπερτ.

– Καλά, δεν λένε να τηρούμε τους νόμους και να χρησιμοποιούμε τις τοπικές Αρχές και διάφορα τέτοια; Δεν μπορούν να φανούν πεζοναύτες στην Κένυα χωρίς άδεια. Υποτίθεται ότι το «δόγμα» της προηγούμενης δεκαετίας, μετά την 9/11, ήταν πράξτε ανεξάρτητα μόνο και μόνο στην κατεύθυνση επίτευξης του σκοπού. Μας κατηγόρησαν για απαγωγές, βασανιστήρια, ανακρίσεις, για το Γκουαντάναμο... Το περιβόητο «δόγμα Μπους» ή κατ' άλλους «δόγμα Τσέινι». Τώρα, τη νέα δεκαετία πρέπει, λέει, να φαινόμαστε «κυρίες», γιατί εμφανίζονται και εποφθαλμιούν και διάφοροι Σνόουντεν και Ασάνζ...

CIA: Επιχείρηση Παράκελσος

– Το νέο «δόγμα» είναι μαλακίες του κόσμου που δεν έχει ιδέα το τι κάνουμε εδώ και πώς μπορεί να λειτουργήσει το μαγαζί. Δεν το πάω πολιτικά, αλλά το νέο «δόγμα» είναι δημοσιοσχετίστικες μαλακίες μερικών γραβατομένων θεωρητικών, που προσπαθούν να ερμηνεύσουν ακαδημαϊκά αυτό που εμείς κάνουμε πρακτικά.

Έχω χεσμένο τον κάθε ηλίθιο Σνόουντεν, τον παιδεραστή Ασάνζ και όποιον άλλο μιλάει για δήθεν δόγματα. Εδώ ισχύει το «δόγμα της CIA» και το μόνο που με νοιάζει είναι να σώσω το έθνος και τον πλανήτη. Αυτοί οι δήθεν αριστεριστές του κώλου στις εφημερίδες και οι διανοούμενοι πολιτικοί αναλυτές, αν είχαν επίγνωση της μαλακίας τους, θα αποσύρονταν και δεν θα μίλαγαν για τις μεθόδους μας.

Και σε πληροφορώ, όπως ξέρεις κι ο ίδιος, άλλο αν τώρα κάνεις πλάκα, ότι είμαστε πιο νόμιμοι κι απ' τους νομιμότερους. Ποιος μπορεί να με κατηγορήσει σε αυτή την υπόθεση σύμφωνα με το «νέο δόγμα» ότι παρανόμησα; Παρανόμησα επειδή κάναμε παρακολουθήσεις, επειδή απαγάγαμε και ανακρίναμε τον Αλεξέι, επειδή στήσαμε παγίδα στον Μαροκινό ή επειδή τώρα θα στείλουμε πεζοναύτες εκεί που Αρχές δεν υπάρχουν, κι ακόμη κι αν τους πείθαμε να επέμβουν, ή θα τα 'πιαναν για να κάνουν την πάπια, ή θα πήγαιναν μετά από 15 μέρες, όταν η βαλίτσα θα είχε πάει στον Αμπάσι και τους «σεΐχηδες» που σίγουρα είναι πίσω απ' όλα αυτά και χρηματοδοτεί την τρομοκρατία με μαύρο χρήμα;

– Δεν το έθεσε έτσι ο Πάτρικ, προσπάθησε να τον ηρεμήσει ο Τόμσον, που πίστευε τα ίδια γιατί ήταν της «ίδιας σχολής» με τον Ρόμπερτ.

– Το ξέρω, Σίντνεϋ. Δεν τα λέω γι' αυτό. Τα λέω για να καταγράφονται. Έχουμε κι εμείς δικαίωμα στη διαμόρφωση της πολιτικής της «Εταιρείας». Εμείς είμαστε η CIA. Θα μας βάλουν πρωτοσέλιδο που σώσαμε τον Αλεξέγιεφ; Θα μας βάλουν πρωτοσέλιδο που θα σταματήσουμε τον «Αμπάσι & Συμμορία Α.Ε.»; Θα μας βάλουν πρωτοσέλιδο που θα σώσουμε όλο τον πλανήτη; Όχι! Αλλά αν μαθευτεί ότι παρακολουθούσαμε τις κινήσεις του Τιμοφέι, θα γίνουμε σίγουρα πρωτοσέλιδο και θα βγουν οι «Ουρσουλίνες» φωνάζοντας «Κοίτα τι κάνουν οι αλήτες της CIA»!

Γι' αυτό κι εγώ έχω χεσμένους αυτούς τους αλήτες. Νομίζετε ότι αν αύριο το πρωί ο «Αμπάσι & Συμμορία Α.Ε.» κατόρθωνε και έκλεβε τα λεφτά ή της μετοχές απ' τον Σνόουντεν και τον Ασάνζ θα παραπονιόντουσαν για το ποιο «δόγμα» ακολουθούμε; Όχι! Θα έλεγαν απλά ότι απέτυχαν οι χοντροί, λευκοί της CIA που πηγαίνουν συνέχεια για γκολφ.

Γι' αυτό, όσο είμαι εδώ και δεν μου δίνουν και μια περίληψη του περιβόητου «νέου δόγματος» των εφημερίδων και των «δηθενιστών» που επικαλούνται και αισθητικούς κανόνες εμπλοκής τώρα, εγώ θα ακολουθώ το «δόγμα της CIA». Πατροπαράδοτα, με επιτυχία δεκαετιών και σίγουρο αποτέλεσμα. Αλλιώς ας μου το πούνε να παραιτηθώ και να πάω για ψάρεμα στη λίμνη Τουρκάνα. Έτσι θα 'χουμε και μια ευκαιρία να τους πιάσουμε.

– Κατάλαβα, είπε ο Σίντνεϋ. Παίρνω τον στρατηγό στο Πεντάγωνο και στέλνω ελικόπτερο...

– Ρόμπερτ, δεν τα είπα για να σε νευριάσω, προσπάθησε να απολογηθεί ο Πάτρικ. Κι εγώ τα ίδια πιστεύω.

– Δεν υπάρχει κανένα θέμα μαζί σου, Πάτρικ. Σε ξέρω από τους αρχαίους χρόνους. Απλά, ξέρεις, μερικές φορές φουντώνω με όλα αυτά που λένε για μας. Πόσα να καταπιείς πλέον; Και πόσο να ακούς μαλάκες του καναπέ;

Λοιπόν επιστρέφουμε στο θέμα μας, γιατί θα πάει 4 με την κουβέντα.

Σίντνεϋ, από μένα το θέμα «βατράχια» είναι OK, απλά για να καλύψουμε την περιοχή. Πάντως αμφιβάλλω αν θα τους χρειαστούμε, γιατί βαδίζουμε στα τυφλά. Αλλά σύμφωνα με το εγχειρίδιο, αφού έχουμε τον τόπο και σχετικό χρόνο, είμαστε υποχρεωμένοι να «ασφαλίσουμε» ανεξαρτήτως της συνέχειας.

– Συμφωνώ απολύτως. Είναι ρουτίνα. Ό,τι μπορούμε το «ασφαλίζουμε». Ήδη όσο μιλάμε στέλνω σήμα στο Πεντάγωνο. Συνέχισε εσύ, απάντησε ο Τόμσον.

– Ας κρυφτούν εκεί κοντά –διακριτικά, σύμφωνα με το «νέο δόγμα»– ειρωνεύτηκε ξανά, εκεί που πρότεινε ο Πάτρικ, κι αν χρειαστεί και βρεθεί ευκαιρία, ας επέμβουν. Πάντως νομίζω ότι για σήμερα μπορεί οι «ταχυδρόμοι» να ζουριάσουν εκεί. Είναι και προχωρημένο βράδυ στην Κένυα, αποκλείεται να κινηθούν μέσα στη νύχτα.

– Σωστό κι αυτό, είπε ο Πάτρικ. Σε αυτά τα μέρη τα αεροσκάφη πετάνε συνήθως μόνο διά οράσεως και βράδυ δεν πας πουθενά ούτε με τα πόδια, ούτε με αυτοκίνητο. Απλά καλύπτονται τέλεια γιατί δεν ξέρουμε πού είναι ή αν ήδη έφυγαν. Οπότε δεν μπορεί να επέμβουν τα «βατράχια» και να τους προλάβουμε τα χαράματα.

– Αν όμως πάρουν βάρκα για απέναντι και οι δικοί μας έχουν εκεί φουσκωτό... Σίντνεϋ, βάλε στο σήμα να έχουν μαζί και φουσκωτό με μηχανάρες, προσπάθησε να προλάβει τον Τόμσον. Τότε θα τους προλάβουμε μέσα στη λίμνη και θα τους κάνουμε «πατητές». Να ένα καλό σενάριο, είπε.

Και πάλι επικράτησε για λίγο σιωπή και οι τρεις άντρες επεξεργάζονταν ξανά τα πάντα στο μυαλό τους.

– Να κι ένα κακό σενάριο, είπε ο Πάτρικ, από την άλλη άκρη.

– Τι εννοείς; ακούστηκαν μαζί ο Σίνγκλεη και ο Τόμσον.

– Για κοιτάξτε τις οθόνες σας. Έρχεται σήμα...

Οι δύο άλλοι δεν είχαν προσέξει το νέο σήμα που είχε έρθει από τις δορυφορικές παρακολουθήσεις όσο μιλούσαν...

Από: Τμήμα Δορυφορικών Παρακολουθήσεων, Μάτι 4Α2Ε
...
Διαβάθμιση: Άκρως Απόρρητο
Προτεραιότητα: ΕΞΑΙΡΕΤΙΚΑ ΕΠΕΙΓΟΝ
...

«Σήμα ελήφθη για 34 δευτερόλεπτα (ώρα Κένυας 24:03 – Λάνγκλεϊ 16:03) από περιοχή παραλίας του Καλοκόλ/Κένυα και με συντεταγμένες 3° 33΄ 51. 17΄΄ S και 35° 53΄ 13. 39΄΄ Ε.

Η πορεία του σήματος είναι προς τα Ν.Α. της λίμνης.

Η συσκευή (δορυφορικό τηλέφωνο) παραμένει σε λειτουργική κατάσταση.

Αναμένονται στοιχεία από AERO2A2E (LEN/Μάτι 4Α2Ε).

Σημ. της Γεωγραφικής Υπηρεσίας:

Δείτε αναλυτικό χάρτη της λίμνης».

Τέλος Σήματος

– Σίντνεϋ, ακύρωσε τα «βατράχια» να γλιτώσουμε και την κηροζίνη, είπε ο Ρόμπερτ.

– Γαμώ τον μπελά μου… ακούστηκε ο Τόμσον.

– Καλά, έχουν τρελαθεί ή πάνε να μας τρελάνουν; απόρησε ο Πάτρικ. Θα ταξιδέψουν στη μαύρη κόλαση μέσα στα άγρια μεσάνυχτα;

– Γίνεται, Σίντνεϋ; ρώτησε ο Σίνγκλεη.

– Γίνεται, παιδιά. Γίνεται. Έχει κάτι τυχοδιώκτες πιλότους εκεί κάτω που το πετάνε και τυφλοί. Καλά, όσον αναφορά στη λίμνη θα την κατέβουν άνετα, ειδικά αν έχει και φώτα η βάρκα. Στο Λογιανγκαλάνι πάνε…

– Αν φύγουν νύχτα, τους χάσαμε για τα καλά, παιδιά. Κι απ' ό,τι βλέπω θα κάνουν και τις δικές μας… μέρα. Οπότε σε αυτή τη φάση κλείνουμε και περιμένουμε πάλι τους δορυφόρους.

– Τζον ή όποιος άλλος είναι στην καταγραφή, είπε ο Ρόμπερτ για να ακούσουν, συνεχίστε να γράφετε αυτά τα τρία «κόκκινα» γιατί θα μιλάμε συχνά.

– Έγινε, συνάδελφοι, τα λέμε, είπε ο Σίντνεϋ κλείνοντας.

– Καλή μας συνέχεια, ειρωνεύτηκε ο Πάτρικ κλείνοντας.

Ο Ρόμπερτ δεν μπορούσε να σκεφτεί κάτι κι ο μήνας είχε ήδη 21 για εκείνους. «Δεν βλέπω να κάνουμε Χριστούγεννα φέτος», σκέφτηκε και το κόκκινο τηλέφωνο χτύπησε ξανά.

«Πολλές κουβέντες… καθόλου δουλειές», είπε μέσα του σηκώνοντας το ακουστικό.

Ήταν ο Πάτρικ που κάτι είχε ξεχάσει…

– Έλα, Ρόμπερτ, εγώ είμαι πάλι, του είπε. Δεν ήθελα να σ' το πω πριν για να είμαστε οι δυο μας.

– Οι δυο μας και η «Εταιρεία», αφού αυτές οι γραμμές καταγράφονται, γέλασε ο Ρόμπερτ.

– Κατάλαβες τι εννοώ. Δεν ήξερα αν ήθελες να μαθευτεί γενικά…

– Ποιο ακριβώς; Τι;

– Να, με το που γυρίσατε από τη Μολδαβία, ήρθε η Λίσα και με βρήκε αγχωμένη, προβληματισμένη και φοβισμένη και παρότι της είχες πει να μην το πει πουθενά, μου εξομολογήθηκε την αποστολή που της ανέθεσες σχετικά με τους Ρώσους και το «placebo». Δεν σου κρύβω ότι στην αρχή φοβήθηκα κι εγώ μήπως έχεις μπλέξει πουθενά –ξέρεις τώρα ότι σε αυτή τη δουλειά είμαστε παρανοϊκοί με την ασφάλεια– και αναγκάστηκα να ρωτήσω τον υπαρχηγό, που φυσικά μου είπε ότι ήταν ενήμερος.

Φυσικά καθησύχασα τη μικρή και της είπα να προχωρήσει.

CIA: Επιχείρηση Παράκελσος

Τέλεια η ιδέα σου και συγγνώμη που δεν σ' το είπα νωρίτερα και που ρώτησα παραπάνω. Και σε παρακαλώ, μην την επιπλήξεις ή τα βάλεις μαζί της. Δεν σε αμφισβήτησε. Απλά φοβήθηκε.

– Αυτό είναι όλο; Κανένα πρόβλημα απολύτως. Έπραξες τέλεια, σύμφωνα με το πρωτόκολλο. Υπάρχουν και μερικοί που πάνε ξαφνικά για το «μέλι». Πού να ξέρεις εσύ; Αυτό όμως που μου κάνει εντύπωση είναι ότι και η Λίσα, αν και άπειρη, αντέδρασε τέλεια. Ουσιαστικά της το είχα ετοιμάσει για τεστ. Ήθελα να δω πώς θα το χειριστεί. Τελικά δεν είναι απλά καλή όπως νόμιζα, αλλά τέλεια! Να την επιπλήξω; Το αντίθετο.

– Είναι καταπληκτικό παιδί, δεν το συζητάω. Την προετοιμάζω για τη θέση μου με την πρώτη ευκαιρία.

– Δεν θα προλάβεις. Θα σ' την πάρω εδώ στις Επιχειρήσεις, γέλασε, αλλά έλεγε αλήθεια ο Ρόμπερτ.

– Αυτό ξέχνα το. Φίλοι φίλοι, αλλά αποκλείεται. Ούτε με ανταλλαγή.

– Ούτε αν σου δώσω τρεις field μου που πάνε για γραφεία; Σε προκαλώ. Τρεις...

– Κανονικά θα έλεγα όχι με τόνο, αλλά επειδή ξέρω ότι προηγούνται οι Επιχειρήσεις θα αποφύγω την κουβέντα λέγοντας ότι «θα το σκεφτώ»... Καλημέρα και πάλι.

– Περίμενε, θέλω μια χάρη.

– Πες μου, τι θες: Και τη γραμματέα μου τώρα; γέλασε ο Πάτρικ.

– Μην της πεις ότι με ενημέρωσες. Εννοώ γενικά γι' αυτή την κουβέντα που κάναμε τώρα. Άσ' τη να πιστεύει ότι δεν ξέρω τίποτα. Της ετοιμάζω μια έκπληξη...

Βιρτζίνια,
Οικία Λίσα Γουέλς
12/20
14:20
    Η Πάτι γυρόφερνε το χριστουγεννιάτικο δέντρο, πειράζοντας τις κορδέλες που έπεφταν από τα κλαδιά, φλερτάροντας με τις μπάλες που ευτυχώς δεν έσπαγαν και σίγουρα παίζοντας με τη Λίσα που προσπαθούσε να το στολίσει όσο πιο όμορφα γινόταν, έστω και τελευταία στιγμή.

Γιάννης Παρθένιος

– Κάτσε ήσυχα, γιατί θα σε στολίσω κι εσένα, της είπε χαδιάρικα και η Πάτι λες και αισθάνθηκε τον «κίνδυνο» υποχώρησε μερικά εκατοστά. Τι να κάνω που είσαι γλυκούλα, της είπε και πάλι σαν παιδάκι. Αλλιώς θα σου έβαζα και λαμπάκια.

Η Πάτι που πάντα είχε ένα μυστηριώδες ένστικτο, πλησίασε την αφεντικίνα της και εισέπραξε ένα χάδι πρώτης λογής. Έπειτα ξάπλωσε δίπλα στο δέντρο διεκδικώντας τα περαιτέρω και αναστρέφοντας την καλοαναθρεμμένη κοιλίτσα της, δέχτηκε στωικά το γεγονός ότι η Λίσα δεν είχε πολύ χρόνο κι έπρεπε να τελειώσει.

Με όλες αυτές τις ιστορίες τον τελευταίο καιρό είχε βγει λίγο απ' το πρόγραμμά της και, αν και κάθε χρονιά στόλιζε από πολύ νωρίς, είχαν φτάσει πλέον τρεις μέρες απ' τα Χριστούγεννα και μόλις σήμερα το απογευματάκι αποφάσισε να ασχοληθεί.

Περισσότερο το έκανε για να διώξει το άγχος για τη σημερινή της αποστολή με τον Ρώσο της πρεσβείας, αν και στο πίσω μέρος του μυαλού της είχε κι άλλο ένα. Την πιθανότητα ότι σαν από θαύμα μπορεί και να μην πέρναγε μόνη της τα φετινά Χριστούγεννα.

Δεν ήθελε βέβαια να παραδεχτεί πόσο πολύ θα ήθελε να ενώσει τη μοναξιά της με εκείνη του Ρόμπερτ και σίγουρα δεν τολμούσε να τον καλέσει, ειδικά μετά από την αλλαγή στη συμπεριφορά του και πριν τελειώσει η ιστορία.

Ξαφνικά, τον ένιωθε λίγο πιο ψυχρό απ' ό,τι πριν από τη νέα αποστολή της. Βέβαια περνούσε επίσης απ' το μυαλό της ότι ίσως και να ήταν τα γνωστά του πια παιγνίδια με τα οποία απέφευγε το «βήμα».

Δεν μπορούσε όμως και να αποφύγει τη σκέψη ότι μπορεί να είχε πληροφορηθεί την επαγγελματική «αμφισβήτησή» του από τη Λίσα και να άλλαξαν όλα στο μυαλό του.

Βέβαια δεν υπολόγιζε και το γεγονός ότι μετά τη Μολδαβία τον είχε δει ξανά μόλις δύο φορές. Τη μία με κόσμο και την άλλη για να της εξηγήσει με λεπτομέρειες τι έπρεπε να κάνει με τον Ρώσο. Άρα το συμπέρασμά της για τη συμπεριφορά του μάλλον ήταν σχετικά άναρχο.

Σίγουρα δεν ήταν βέβαιη για τίποτα κι ο ξαφνικός έρωτας, που δεν ήθελε να παραδεχτεί μέσα της από γυναικείο εγωισμό, την έκανε να έχει πάλι νευράκια.

– Εντάξει είναι. Δεν χρειάζεται να γίνει και σαν του Μανχά- ταν. Εξάλλου δεν περιμένουμε και κανέναν. Σωστά, Πάτι; είπε φωναχτά ψέματα στον εαυτό της.

Η Πάτι μυστηριωδώς δεν απάντησε, αλλά κοιτούσε.

– Και πρόσεχε τα καλώδια για να μην καταντήσεις με περμα- νάντ, πρόσθεσε.

Μιλώντας για μαλλιά, σε λίγο θα έπρεπε να φτιάξει και τα δικά της για το σημερινό ραντεβού με τον Ντιμίτρι Νικούλιν. Θα ήταν η δεύτερη συνάντησή τους και μάλιστα αυτή τη φορά εντός έδρας: στη Βιρτζίνια.

Όλα είχαν πάει καλά στην πρώτη επιτηδευμένη γνωριμία τους στην Ουάσινγκτον, στο μπαράκι της Λεωφόρου Μασαχουσέτης που σύχναζε ο «πολιτιστικός ακόλουθος» για να ψαρέψει θύματα.

Μόνο που αυτή τη φορά είχε ψαρέψει μάλλον παραπάνω απ' ό,τι μπορούσε να φάει.

Μόλις έμαθε από τη Λίσα, που εντέχνως της ξέφυγε, ότι δου- λεύει για την «Εταιρεία» κι ότι χρειαζόταν χρήματα για το μεγά- λο της πάθος –τον τζόγο– δεν έχασε χρόνο να την προσεγγίσει με σκοπό τη στρατολόγησή της για τη «νέα Ρωσία».

Βέβαια έγινε λίγο πιο φυσικά, αλλά και μόνο το γεγονός ότι σήμερα θα ταξίδευε απ' την Ουάσινγκτον προς το Λάνγκλεϊ –δή- θεν για να παρευρεθεί σε κάποιον γάμο γνωστού– και το ραντε- βού που εύκολα έκλεισαν για να ξαναβρεθούν με τη Λίσα, έδει- χνε ότι ο «ακόλουθος» είχε τσιμπήσει γερά.

Η Λίσα δεν του είχε εκδηλώσει ακόμη το ενδιαφέρον της για να αλλάξει στρατόπεδο, αλλά μάλλον σήμερα θα ήταν μια ιδανική μέρα για κάτι τέτοιο. Θα είχε μάλιστα μαζί της και τον «placebo» προ-φάκελο του «προϊόντος», για να του δώσει κάτι για μελέτη, ώστε το σχέδιο Ρόμπερτ να προχωρήσει.

Ο Ρώσος δεν αποδεικνυόταν και τόσο δύσκολος αντίπαλος, αφού λειτουργούσε υπεροπτικά και με εγωισμό, πιστεύοντας ότι τα πράγματα τώρα με την εικόνα των δύο χωρών να είναι πλέον φίλες, άνοιγαν έναν διάδρομο για εύκολη κατασκοπεία που θα ήταν αδύνατο να διανύσεις την εποχή του Ψυχρού Πολέμου.

Βέβαια τα πράγματα δεν ήταν ακριβώς έτσι, γιατί από την εποχή που οι δρόμοι άνοιξαν ελεύθερα για διάφορους Ρώσους, με αποτέλεσμα η χώρα να γεμίσει πρακτοράκια του νέου συστήματος, η CIA ήταν πάντα από πίσω τους, αφήνοντάς τους απλά να νομίζουν ότι πετυχαίνουν στο ρόλο τους.

Τώρα τελευταία όμως, οι φωνές των εν εγρηγόρσει πατριωτών που φώναζαν «Βάλτε ένα τέλος σ' αυτό το παιγνιδάκι του Πούτιν» γίνονταν ολοένα και πιο δυνατές.

Κάπως έτσι, και η στιγμή για τον Νικούλιν είχε πια φτάσει, αφού εδώ και καιρό έκανε διάφορα στο αμερικάνικο έδαφος. Είχε προ πολλού περάσει την κόκκινη γραμμή κι αυτή η ευκαιρία τώρα με τον «Παράκελσο» θα αποτελούσε και την αφορμή για την τελική του απέλαση.

Άσχετα αν οι Ρώσοι είχαν το πετράδι και θα εξέφραζαν την επιθυμία τους να αγοράσουν το φάκελο ή όχι, και μόνο η προθυμία τού δήθεν «ακόλουθου» να μεσολαβήσει και να κλέψει μυστικά, αποτελούσε αιτία για τη σύλληψη και απέλασή του.

Το μόνο που ανησυχούσε τη Λίσα ήταν ότι από το πρώτο ραντεβού –τυχαία ουσιαστικά συνάντηση– ο Ρώσος δεν είχε περιοριστεί μόνο στα «επαγγελματικά».

Μάλλον η όμορφη ξανθιά τού είχε γυαλίσει και μέσα στο μυαλό του πρέπει να επεξεργαζόταν κι άλλα περίεργα σενάρια που εκείνη δεν είχε καμία διάθεση ούτε να ακολουθήσει, αλλά ούτε και να μπερδέψουν την υπόθεση, με αποτέλεσμα καθυστερήσεις.

Γι' αυτό και είχε αποφασίσει ότι σήμερα το βράδυ θα ήταν απότομη, ευθύς και με συγκεκριμενοποιημένο στόχο τα χρήματα, πράγμα που θα τα έκανε όλα ακόμη πιο αληθοφανή.

Βιρτζίνια, Χάμπτον
Bar-restaurant Deals
(Λίγο αργότερα)
18:22

Το ραντεβού, για λόγους αποπροσανατολισμού, είχε δοθεί στο Χάμπτον.

Η κάλυψη της Λίσας ώστε να μπορεί να πάει στο μπαρ και να φαίνεται φυσιολογική αποτελείτο από την Κάθριν, την Ντόροθι και τον Στίβεν, που θα το έπαιζε και λίγο ερωτευμένος με μια απ' τις δύο άλλες κοπέλες.

Η Λίσα καταλάβαινε ότι αυτή η συνάντηση στην καρδιά της

CIA: Επιχείρηση Παράκελσος

Βιρτζίνια και σε έναν τόσο δημόσιο χώρο θα μπορούσε να προκαλέσει την ανησυχία του Ρώσου και να υποπτευθεί ότι προσπαθούν να του τη στήσουν.

Το σχέδιο όμως ήταν έξυπνα εμπνευσμένο και, αν η Λίσα έπαιζε το ρόλο της καλά, όλα θα φαίνονταν πολύ φυσιολογικά.

Θα αντιδρούσε έτσι, ώστε ο Νικούλιν να μη φοβηθεί ότι παρακολουθείται ή οτιδήποτε άλλο και με ένα γρήγορο σενάριο θα τον παρέσυρε βαθύτερα.

Η παρέα είχε κάτσει στην μπάρα, ώστε να βρίσκεται ανακατεμένη με αρκετό κόσμο και οι τέσσερις πράκτορες να μην είναι σαν τη μύγα μες στο γάλα. Περισσότερο για τη στιγμή που θα εμφανιζόταν κι ο Ρώσος, παρά γιατί η έξοδός τους είχε κάτι το περίεργο.

Σε τελική ανάλυση, όταν η «Εταιρεία» απασχολεί στο Λάνγκλεϊ χιλιάδες εργαζόμενους, είναι απολύτως λογικό κάποιους απ' αυτούς να τους συναντήσεις τυχαία σε κάποιο μπαρ ή κάποιο εστιατόριο της Βιρτζίνια, χωρίς βέβαια να ξέρεις ότι μερικοί απ' αυτούς είναι και... πράκτορες.

Ο Νικούλιν είχε καθυστερήσει 15 λεπτά, αλλά τελικά έκανε την εμφάνισή του. Μπήκε στο μπαρ κάπως διστακτικά και κοίταξε δεξιά αριστερά να εντοπίσει τη Λίσα.

Δεν ήταν και δύσκολο, ιδιαίτερα σήμερα που η Λίσα μέσα στο μαύρο, διακριτικά αποκαλυπτικό φόρεμά της, που αναδείκνυε το μπούστο και την πλάτη, αποτελούσε κυριολεκτικά μια απ' τις ωραιότερες παρουσίες της πόλης.

Ψηλή, λιγνή, αλλά με σωστές καμπύλες και πάνω απ' όλα κλασάτη, ήδη εδώ και ώρα είχε μαγνητίσει πολλά αντρικά μάτια.

Λογικά, γρήγορα μαγνήτισε και τα μάτια του 47άρη Ρώσου που, ακολουθώντας το πρωτόκολλο του Διπλωματικού Σώματος, είχε οχυρωθεί πίσω από ένα πανάκριβο μαύρο κοστούμι.

Η μόνη κακοτεχνία στην αισθητική του ήταν τα παπούτσια, που ήταν παντοφλέ και δεν συνηθίζονταν, και η κόκκινη γραβάτα που ναι μεν έδενε χρωματικά με το άσπρο του πουκάμισο, αλλά τον έκανε να δείχνει σαν θυρωρός σε πρεσβεία του πρώην Ανατολικού Μπλοκ.

Αισθητικά αμοντάριστο ήταν και το πλαστικό, σπορ ρολόι που φορούσε στο χέρι του, φωσφορίζοντας στο μισοσκόταδο του μπαρ. Σίγουρα θα ταίριαζε περισσότερο σε έφηβο σέρφερ στην

Καλιφόρνια, παρά σε διπλωμάτη καριέρας. Κλασικός παλιμπαιδισμός.

Πάντως δεν ήταν άσχημος άντρας. Μάλιστα για πολλές γυναίκες με εύκολα στάνταρντ θα τον έλεγες και πολύ πάνω του μετρίου. Για άλλες βέβαια που ήξεραν από πραγματική αντρική γοητεία και ποιότητα δεν θα περνούσε εύκολα ούτε τα μιντ τερμς.

Εκείνος πάντως πίστευε στη γοητεία του και επηρεασμένος απ' τα καλά αποτελέσματα που είχε σε εύκολους γυναικείους στόχους κατά καιρούς, μάλλον είχε καβαλήσει και λίγο το καλάμι.

Αυτά βέβαια ελάχιστα ως καθόλου ενδιέφεραν τη Λίσα που είχε άλλο στόχο και εξαρχής του είχε δείξει ήδη στην Ουάσινγκτον ότι δεν είναι από τα κοριτσάκια που θα ενδιαφέρονταν για το κάτι παραπάνω.

Ο Νικούλιν πλησίασε την παρέα και χαμογελώντας έκανε μια κίνηση να τη φιλήσει στα μάγουλα. Εκείνη τον απέφυγε κι έτσι όπως την είχε πλησιάσει σε απόσταση αναπνοής, του έβαλε στο χέρι μια χαρτοπετσέτα.

Η Λίσα χωρίς να μιλήσει κατευθύνθηκε προς την πόρτα, ενώ η υπόλοιπη παρέα έκανε ότι δεν κατάλαβε την παρουσία του και δεν του έδωσε καμιά σημασία. Όλα σύμφωνα με το πλάνο.

Ο Νικούλιν τα έχασε. Έκανε μάλιστα και μια γκριμάτσα σαν να μην καταλαβαίνει τι γίνεται, ενώ προσπάθησε να περιστρέψει το σώμα του για να δει προς τα πού πάει η Λίσα που είχε ήδη μπερδευτεί με τον κόσμο στην κίνησή της προς έξω.

Κοίταξε τη χαρτοπετσέτα και διάβασε:

«Έλα στο πάρκιγκ δίπλα στο στενάκι. Μπλε Toyota Prius».

Ο Ρώσος με φυσικό τρόπο ζούληξε το χαρτί και το έβαλε στην τσέπη του σακακιού του. Αν και η μέθοδος ήταν λίγο άβολη, γιατί δεν ίσχυε το «πάντα μέσα σε κόσμο», αποφάσισε να την ακολουθήσει, γιατί σε αυτή τουλάχιστον τη φάση δεν είχε τίποτα να φοβηθεί.

Ήρεμα ξανακινήθηκε προς τα έξω χωρίς να κινήσει υποψίες με κάποια περίεργη αντίδραση και σε ένα λεπτό άνοιγε την πόρτα του υβριδικού. Έκατσε δίπλα στη Λίσα με άνεση στρατολόγου.

– Δεν σε περίμενα με υβριδικό, της είπε. Μου έκανες περισσότερο άγρια.

– Ο οδηγός κάνει το αυτοκίνητο, Ντιμίτρι, κι όχι το αυτοκίνητο τον οδηγό.

– Πώς κι εδώ; Δεν θα έλεγα ότι είναι και το πλέον ρομαντικό.

– Είναι όμως πολύ πιο ασφαλές και για τους δυο μας. Δε νομίζω ότι το να εμφανιζόμαστε μαζί σε ένα πολυσύχναστο μπαράκι της Βιρτζίνια είναι και πολύ σοφό. Δε νομίζεις;

– Να προτείνω τότε το ξενοδοχείο μου; ρώτησε με θράσος ο Ρώσος.

Η Λίσα ακολουθούσε το σχέδιο εμπλοκής στην κουβέντα και ήδη είχε την ευκαιρία να αποσαφηνίσει τα πράγματα και να προχωρήσει στο «παρασύνθημα».

– «Σύντροφε» Νικούλιν, μάλλον θα πρέπει να ξεκαθαρίσουμε μερικά πράγματα για να μη χάνουμε και το χρόνο μας. Εδώ δεν βρισκόμαστε γκομενικά και νομίζω το ξέρεις, εκτός κι αν θες να με πείσεις ότι ήρθες όλη τη διαδρομή απ' την Ουάσινγκτον απλά και μόνο για την ομορφιά μου, που με τιμάει μεν, αλλά λίγο πιστευτό είναι.

– Γιατί, νομίζεις ότι δεν θα το άξιζες;

– Ας κόψουμε τις μαλακίες γιατί έχω πολύ μεγαλύτερα προβλήματα. Όπως σου είπα, χρειάζομαι λεφτά. Πολλά λεφτά και γρήγορα, προτού με πάρουν χαμπάρι απ' την Υπηρεσία μου και σίγουρα πριν με βρουν οι μπουκ.

– Δεν μου φαίνεσαι κορίτσι του τζόγου πάντως, προσπάθησε να την τσεκάρει ο Ρώσος.

– Και πώς περίπου είναι τα κορίτσια του τζόγου; έχουν καμιά πινακίδα νέον στο μέτωπο που γράφει «μ' αρέσει να παίζω πόκερ»;

– Πάντως έχουν άλλο στιλ.

– Σε πληροφορώ ότι μ' αυτό το στιλ έχω χάσει ήδη 800 χιλιάρικα. Φαντάζομαι με το άλλο στιλ που λες, θα είχα ξεπεράσει το εκατομμύριο...

– Οχτακόσιες χιλιάδες είναι πολλά λεφτά. Δεν σε βλέπω να ξεμπλέκεις, μικρή μου.

– Δεν είμαι και τόσο μικρή και σίγουρα όχι μικρή σου. Αν δεν μπορείς να σκεφτείς κάποια λύση, μάλλον δεν έχουμε να πούμε τίποτα, οπότε άντε σιγά σιγά, κάν' την. Άλλα κατάλαβα τις προάλλες, αλλά μάλλον έκανα λάθος.

Είχε δίκιο ο Ρόμπερτ. Ήταν και του σαλονιού και του λιμανιού.

Αντιμετωπίζοντας την ευθύτητα της Λίσας, ο Νικούλιν άρχισε

351

να ανησυχεί ότι μπορεί να ήταν και παγίδα. Μπορεί να τον παρακολουθούσαν και να είχαν ακόμη και κοριούς.

Έκανε μια αυθόρμητη κίνηση με τα μάτια ψάχνοντας περιφερειακά όλο το χώρο του πάρκιγκ, αλλά δεν εντόπισε τίποτα το περίεργο.

Η Λίσα τον κατάλαβε.

– Μην ανησυχείς. Δεν είναι στημένο. Θα το καταλάβεις κι απ' την τιμή. Θέλω 5 εκατομμύρια δολάρια...

Ο Ρώσος με το που άκουσε το ποσό αυθόρμητα έβαλε τα γέλια.

– Δεν κοστίζει τόσο η δολοφονία του Προέδρου. Και με κάνα εκατομμύριο γίνεται, της είπε περιπαικτικά.

Η Λίσα κάθε άλλο παρά τα έχασε. Το πρόσωπό της στα πλαίσια του σεναρίου έγινε ακόμη πιο σκληρό και έδειξε αποφασιστικότητα και σιγουριά.

– Ναι, όντως, η δολοφονία του Προέδρου μπορεί να κοστίζει πολύ λιγότερο, αλλά η κυριαρχία στον πλανήτη έχει κάτι παραπάνω.

Ο Ρώσος συνέχισε να γελάει.

– Έχεις να πουλήσεις κάτι τόσο σημαντικό; Το πόστο σου δεν δικαιολογεί κάτι τέτοιο, της είπε πιστεύοντας ότι επιχειρηματολογεί.

– Πρώτον, δεν ξέρεις ακριβώς το πόστο μου και, δεύτερον, δεν ξέρεις το πραγματικό μου πόστο. Συχνά, φιλαράκο, στη CIA, αυτό που δείχνεις δεν είναι αυτό που φαίνεται.

– Ωραία, πες μου τι έχεις...

– Όχι πριν συμφωνήσουμε για τα λεφτά.

– Δεν αφήνεις εσύ τώρα τις μαλακίες; έκανε ότι αγριεύει ο Ρώσος. Πώς μπορώ να αγοράσω κάτι που δεν ξέρω τι είναι; Και να ξέρεις ότι αυτά τα λεφτά δεν παίζουν. Κι ακόμη κι αν συμφωνήσουμε σε κάτι κατά πολύ πολύ μικρότερο, και πάλι θα χρειαστεί να πάρω έγκριση απ' τους από πάνω μου. Εδώ δεν μιλάμε για 50 ή 100 χιλιάρικα...

Αυτό ήταν! Πήγαινε τέλεια. Ο Ρώσος είχε πει εύκολα –σαν λογικό συνειρμό της παγίδας που του είχαν στήσει– αυτό ακριβώς που απαιτούσε το σχέδιο. Να πάρει τον ψεύτικο προ-φάκελο και να ενημερώσει την ηγεσία των ρωσικών μυστικών υπηρεσιών για το περιεχόμενο, ώστε να τσεκαριστεί αν τους ενδιαφέρει ή όχι. Ουσιαστικά, δηλαδή, να φανεί αν έχουν ή όχι το άλλο πετράδι.

Η Λίσα άνοιξε το κομπάουντ του συνοδηγού και έβγαλε από μέσα έναν κίτρινο φάκελο που απέξω δεν έγραφε τίποτα. Τον έδωσε στον Ρώσο λέγοντάς του:

– Αυτό που σου δίνω είναι το προσχέδιο του προγράμματος που μπορώ να σας πουλήσω. Αν θέλετε και το υπόλοιπο με την πλήρη κατασκευή, θέλω 5 εκατομμύρια. Ούτε σεντ παρακάτω.

Ο Ρώσος έκπληκτος με την ταχύτητα που κυλούσε η ιστορία, άνοιξε βιαστικά το φάκελο και έβγαλε από μέσα καμιά τριανταριά σελίδες. Άρχισε να τις κοιτάει, αλλά δεν καταλάβαινε και πολλά, τουλάχιστον εκ πρώτης όψεως.

– Μην τα κοιτάς, του είπε η Λίσα. Δεν θα καταλάβεις τίποτα. Οι δικοί σου όμως και οι ειδικοί σας θα καταλάβουν τα πάντα. Πρόκειται για ένα παλιό, δικό σας πρότζεκτ που σας έφυγε μέσα από τα χέρια. Ποτέ όμως δεν είναι αργά...

– Αυτός είναι ένας απλός φάκελος, προσπάθησε να πει έκπληκτος ο Ρώσος, που τα είχα χαμένα και προσπαθούσε να αγοράσει χρόνο για το πώς να αντιδράσει.

– Αυτός είναι ένας προ-φάκελος, σου ξαναλέω. Το τελικό σχέδιο του πρότζεκτ θα το πάρετε μόνο αν πληρώσετε. Και μη νομίζεις ότι το έχω μαζί μου ή το κρατάω σπίτι μου. Είναι σε ασφαλή κρυψώνα και θα το πάρετε από κει μόνο αν πάρω τα λεφτά που είπαμε. Είμαι επαγγελματίας, οπότε μη σας περάσει καμιά ανόητη ιδέα για απαγωγές και άλλες μαλακίες, γιατί το πουλί θα πετάξει. Έχω άνθρωπο που αν του λείψω, θα το καταστρέψει μέσα σε 10 λεπτά. Οπότε φροντίστε να μην του λείψω.

– Δεν έχουμε τέτοιες προθέσεις. Και εμείς επαγγελματίες είμαστε, προσπάθησε να της πει ο Νικούλιν.

– Ναι, σίγουρα. Δεν σας ξέρουμε, τώρα θα σας μάθω...

Η Λίσα το έπαιζε απολύτως φυσικά και με τέτοιο τρόπο που ήταν αδύνατο κάποιος να πιστέψει ότι ήταν στημένο. Ούτε κι ο Ρώσος.

– Καλά, κι ο φάκελος γιατί δεν είναι γνήσιος; ρώτησε ο Νικούλιν από αμηχανία για να κερδίσει χρόνο όσο έβλεπε τα χαρτιά.

– Ποιος φάκελος; ο εξωτερικός; Πες μου ότι δεν το ρωτάς αυτό, γιατί αρχίζω και φοβάμαι.

– Ναι, ο φάκελος...

– Καλά, είσαι ηλίθιος. Έχω μπλέξει με τίποτα παιδάκια; Πέρνα αύριο να σου φέρω κι έναν με το λογότυπο της CIA να στείλεις γράμμα στον Άγιο Βασίλη... Δεν μπορεί, μου κάνεις πλάκα, ε; Μα καλά, θα έκλεβα τον κανονικό; Αντίγραφο έβγαλα.

Ο Ρώσος σοβάρεψε, αν και δεν έκανε πλάκα. Η αμηχανία του τον έκανε και έλεγε περίεργα πράγματα. Δεν περίμενε τέτοια εξέλιξη. Αυτό όμως ήταν και το σχέδιο. Κάτι που θα του φαινόταν τόσο αυθεντικά μη αναμενόμενο.

– Ωραία! Θα γίνουν όλα όπως τα είπες. Αλλά θα χρειαστώ λίγο χρόνο και να ξέρεις ότι τα λεφτά θα είναι πολύ λιγότερα απ' τα τρελά που ζητάς.

– Τα λεφτά θα είναι αυτά που ζητάω, όταν οι δικοί σου δουν το τι πουλάω. Και χρόνο δεν έχεις. Ενδιαφέρονται και οι Κινέζοι. Έχεις το πολύ 24 ώρες. Μετά ο φάκελος θα μιλάει κινέζικα και μάλιστα με προφορά.

– Ας είναι. Θα προσπαθήσω να το τρέξω, απάντησε σκεπτικός ο Ρώσος. Τι θα έλεγες τώρα να πάμε να γιορτάσουμε τη συνεργασία μας με σαμπάνια στο δωμάτιο του ξενοδοχείου μου; Θα παραγγείλω και χαβιάρι για την από δω και στο εξής «συντρόφισσά» μου.

Η Λίσα τον κοίταξε δήθεν γλυκά και με ειρωνικό χαμόγελο είπε:

– Πρώτον, «σύντροφοι» δεν θα γίνουμε ποτέ και, δεύτερον, δεν τρώω αυγά ψαριού. Μου προκαλούν αηδία. Είμαστε δύο πλευρές που θα συνεργαστούν μόνο για μια φορά και μετά ο καθένας μακριά και στο μενού του. Άντε τώρα σιγά σιγά, καλό είναι να φεύγεις για να μη δίνουμε και στόχο. Το παραχέσαμε εδώ στο πάρκιγκ.

– Αφού επιμένεις, έχεις κάθε δικαίωμα να χάνεις, της είπε περιπαικτικά ο Ρώσος.

– Θα ζήσω με αυτή την απώλεια. Εσύ απλά κάνε σωστά τη δουλειά να παρηγορούμαι με τα 5 εκατομμύρια. Είπαμε, 24 ώρες...

– Έγινε!

Ο «ακόλουθος» έκλεισε την πόρτα και βγαίνοντας έβαλε το φάκελο μέσα απ' το σακάκι, κουμπώνοντας και τα κουμπιά.

«Στο καλό, μαλάκα», είπε μέσα της η Λίσα, καθώς τον παρακολουθούσε να απομακρύνεται.

Πήρε μια βαθιά ανάσα συνειδητοποιώντας ότι μέχρι τώρα λειτουργούσε σαν μαστουρωμένη. Με το που έφυγε ο Ρώσος, την τύλιξε ένα αναδρομικό κύμα τρόμου για την «επιχείρηση» που είχε φέρει σε πέρας. Αμέσως, όμως, είπε μέσα της: «Πάει, πέρασε κι αυτό»!

Γρήγορα έβγαλε απ' την τσάντα της το κινητό και πατώντας *1616#31, ενεργοποιώντας το ως γουόκι-τόκι πια, είπε στην άλλη άκρη:

– Είχαμε καλή λήψη ή να βάλω τις φωνές; αστειεύτηκε η Λίσα.

– Κρυστάλλινη, μαέστρο μου. Σαν τους πάγους στη Σιβηρία.

Ήταν η φωνή τού ενός εκ των δύο συναδέλφων της Λίσας που είχαν ηχογραφήσει τα πάντα, μέσα στο μικρό βαν με την επιγραφή «Κατεψυγμένα Καλιφόρνιας» και τον αστακό με τα ελατήρια να κινείται ρυθμικά σαν χορεύτρια στην οροφή του αυτοκινήτου, απ' το ελαφρύ αεράκι που είχε αρχίσει να φυσάει στο Χάμπτον.

CIA,
Λάνγκλεϊ, Βιρτζίνια,
Τμήμα Επιχειρήσεων, Διευθυντής,
Τομέας: Β. Αφρική και Αν. Μεσόγειος

Ό,τι κι αν έκανε ο Ρόμπερτ όλη αυτή την ώρα που περίμενε νεότερα από τη λίμνη, δεν μπορούσε να αντισταθεί στο να κοιτάει ανά τακτά διαστήματα την οθόνη του υπολογιστή του και να ελπίζει ότι επιτέλους κάτι νέο θα εμφανιστεί.

Αυτό το γαϊτανάκι και η σκυταλοδρομία από αεροδρόμιο σε αεροδρόμιο στην ήπειρο των ελεφάντων έκανε τα πράγματα πολύ σκούρα. Και σίγουρα η κατάσταση θα χειροτέρευε όσο το κομβόι των «ταχυδρόμων» θα πλησίαζε τις ανατολικές ακτές της Αφρικής και ειδικά τη Σομαλία, όπου η όλη κατάσταση θα «σκοτείνιαζε» πια εξαιρετικά επικίνδυνα.

Η βαλίτσα δεν έπρεπε με τίποτα να φτάσει στον Κόλπο του Άντεν, όπως τα στοιχεία υποδείκνυαν και σίγουρα το πέρασμα προς την Υεμένη, όπου πλέον θα χανόταν κάθε έλεγχος της κατάστασης, αποτελούσε μια κόκκινη γραμμή που έπρεπε να περιχαρακωθεί με κάθε τρόπο. Ακόμα και με χρήση στρατιωτικών μέσων.

Για να έφτανε όμως η «Εταιρεία» και οι χειριστές της κατάστασης ακόμη και σ' αυτό το ακραίο σενάριο, θα έπρεπε να διατηρηθεί η επαφή και κάποια στιγμή να έχουν το στόχο καθαρό, αν χρειαζόταν να επέμβει η αεροπορία ή το ναυτικό.

Γι' αυτό και τα μάτια του Ρόμπερτ δεν μπορούσαν να ξεκολλήσουν από το μόνιτορ, περιμένοντας κάποια... ελπίδα.

Η αναμονή πάντως ήταν ανυπόφορη και οι συνθήκες ψυχολογικά δεν του επέτρεπαν να ασχοληθεί με κάποια άλλη υπόθεση όσο περίμενε τις εξελίξεις. Ο «Παράκελσος» είχε εξελιχθεί σε τόσο σοβαρή υπόθεση που στο μυαλό του έμπειρου αξιωματούχου δεν μπορούσε να χωρέσει τίποτα άλλο.

Αποφάσισε να πάρει λίγο αέρα και κινήθηκε προς τα έξω, προς το γραφείο του Ντόναλντ που βρισκόταν ακριβώς δίπλα. Ήθελε να δει λίγο κόσμο και επιτέλους να ξεκολλήσει το βλέμμα του απ' την οθόνη.

Βγαίνοντας απ' το δωμάτιο κοίταξε την Κιμ που τακτοποιούσε κάτι φακέλους αρχείου και χωρίς να μιλήσει πέρασε ακριβώς δίπλα στο γραφείο του Ντόναλντ.

Δεν ήταν περίεργο που κι ο νεαρός βοηθός του είχε αφοσιωθεί στο μόνιτορ και δούλευε πάνω σε κάτι με πάθος. Ακούγοντας τον Ρόμπερτ, σήκωσε το βλέμμα του και του είπε αμέσως:

– Κακή ώρα βγήκες απ' το γραφείο, αφεντικό...

– Γιατί, τι έγινε, ρε φίλε; τον ρώτησε με απορία ο Ρόμπερτ.

– Μόλις ήρθε σήμα και μάλιστα με εικόνα αυτή τη φορά...

– Εικόνα; Αυτό είναι! Για παίξε...

Αμέσως ο Σίνγκλεη πήγε πάνω από τον ώμο του πίσω απ' τον Ντόναλντ κι άρχισε να διαβάζει το «σήμα», που κι ας μην είχε σαν παραλήπτη τον μικρό, αναγκαστικά το λάμβανε κι εκείνος ως βοηθός του Ρόμπερτ.

Κι οι δύο διάβαζαν τώρα:

Λάνγκλεϊ 12/20
Τοπική ώρα 18:22
Από: Τμήμα Δορυφορικών Παρακολουθήσεων,
AERO2A2E (LEN/Μάτι 4A2E)
Προς: Τμήμα Επιχειρήσεων, Διευθυντής
Τομέας: Β. Αφρική και Αν. Μεσόγειος
Κοιν.:
Α) Πάτρικ Ντέναχιου, Διευθυντής Τμήματος Εμπορικού Ναυτικού/
Παράνομες Μεταφορές Εμπορευμάτων

CIA: Επιχείρηση Παράκελσος

Β) Πίτερ Ντόιλ, Διευθυντής Επιχειρήσεων Κεντρικής Αφρικής
Γ) Σίντνεϋ Τόμσον, Διευθυντής Επιχειρήσεων Ανατολικής Αφρικής
Διαβάθμιση: Άκρως Απόρρητο
Προτεραιότητα: ΕΞΑΙΡΕΤΙΚΑ ΕΠΕΙΓΟΝ
«Σήμα ελήφθη για 29 δευτερόλεπτα (ώρα Κένυας 02:06 – Λάνγκλεϊ 18:06) από περιοχή της λίμνης Τουρκάνα/Κένυα και με συντεταγμένες 2° 45′ 53. 03″ S και 36° 42′ 03. 63″. Η πορεία του σήματος ήταν κοντά στην ακτή και ο στόχος εντοπίστηκε από φωτογραφικό δορυφόρο.

Η συσκευή (δορυφορικό τηλέφωνο) παραμένει σε λειτουργική κατάσταση.

Δείτε στοιχεία από AERO2A2E.

Σημ. της Γεωγραφικής Υπηρεσίας:
Απόσταση ακτής από αεροδρόμιο: 2,44 χιλιόμετρα
Σημ. της Υπηρεσίας Ανάλυσης Δορυφορικού Υλικού:
Δείτε φωτογραφίες στόχου».

Τέλος Σήματος

– Έφτασαν κάτω, κοντά στο Λογιανγκαλάνι, είπε ο Ντόναλντ.
– Ναι, αλλά για πρώτη φορά έχουμε και εικόνα από ψηλά. Για βγάλε τις φωτό...

Ο Ντόναλντ πάτησε το συνημμένο αρχείο και στην οθόνη εμφανίστηκαν τρεις καθαρές φωτογραφίες μετά από επεξεργασία του βίντεο που δορυφορικά είχε τραβήξει ο AERO2A2E, δηλαδή το οπτικό μάτι του γεωγραφικού δορυφόρου 4A2E του ναυτικού που είχε πάρει από πίσω τους «ταχυδρόμους».

– Αυτοί είναι; Τους έχουμε επιτέλους; ρώτησε ο Σίνγκλεη.
– Βέβαια. Ναι, αυτοί είναι! Κοίτα εδώ και την ανάλυση... Αυτή είναι η φωτογραφία του Αλ Χασάν Αλ Αλαμί που πήραμε από τη Μοσάντ. Κοίτα και την επεξεργασία από το δορυφόρο: είναι ο τύπος στο μπροστινό μέρος της βάρκας με την πορτοκαλί βαλίτσα. Αυτή πρέπει να είναι η βαλίτσα, αφεντικό...
– Πιθανότατα αυτός είναι. Και οι άλλοι δύο, έκανε μια παύση ο Ρόμπερτ... ένας στο πηδάλιο και ένας με κάποιο αυτόματο, Καλάσνικοφ, τι σκατά είναι αυτό. Ναι, τους έχουμε. Επιτέλους ξέρουμε ποιοι είναι. Η βαλίτσα πάντως δεν μπορεί να είναι πορ-

357

τοκαλί. Αυτό πρέπει να είναι κάτι σαν σωσίβιο ή κάτι που δεν καταλαβαίνουμε.

– Υποτίθεται βέβαια, σύμφωνα με την υποκλοπή του Αμπάσι, ότι δεν θα πήγαινε σίγουρα ο Αλ Αλαμί. Ίσως να πήγαινε άλλος απ' τη Σομαλία πλευρά... Τουλάχιστον έτσι κατάλαβα...

– Σωστός, μικρέ! Αλλά ποιος ξέρει τι μπορεί να άλλαξε ή να πήγε στραβά. Ίσως κι αυτή η βλάβη που μπορεί να είχαν αμέσως μετά το μοναστήρι να τους ανάγκασε να αλλάξουν σχέδιο. Αυτό πρέπει να έγινε. Για στείλ' τα μου όλα μέσα.

– Ήδη έχουν πάει, Ρόμπερτ...

– Α! Ντόναλντ, πάρε και το «Σταθμό» στην Κισινάου και πες τους να ψαρέψουν τον Αλεξέγιεφ για τη βαλίτσα, χωρίς να καταλάβει γιατί ρωτάμε. Να προσπαθήσουν να μάθουν πώς είναι η βαλίτσα. Τι χρώμα είναι κ.λπ. Κάτι δεν μ' αρέσει...

Ο Σίνγκλεη πήγε πάλι προς το γραφείο του. Ήταν ήδη 18:30 στη Βιρτζίνια και σε λίγο, ξημερώματα πια ώρα Κένυας, οι «ταχυδρόμοι» θα έφταναν στο αεροδρόμιο και πιθανότατα θα επιβιβάζονταν σε κάποιο αεροπλάνο ή ελικόπτερο.

Λύση στον ορίζοντα δεν φαινόταν και μάλιστα σε έναν σκοτεινό ορίζοντα, μέσα στη μαύρη νύχτα της Αφρικής. Κι αυτή η ριμάδα η βαλίτσα, όποτε ήθελε έστελνε σήμα κι όποτε ήθελε σταματούσε.

«Κάτι δεν πηγαίνει καλά με τη βαλίτσα», σκέφτηκε πάλι ο Ρόμπερτ και άρχισε να ξανακοιτάει τις ώρες που το δορυφορικό τηλέφωνο εξέπεμπε.

Πάλι όμως δεν πρόλαβε να σκεφτεί ολοκληρωμένα, γιατί ο μόνιμος φίλος του τις τελευταίες ώρες, το κόκκινο τηλέφωνο, του έκανε πάλι νόημα.

– Σίνγκλεη, παρακαλώ, είπε με μια ένταση στη φωνή, γιατί σιγά σιγά είχε αρχίσει και νευρίαζε μ' αυτή την ιστορία.

– Κύριε Σίνγκλεη, εδώ Χάρι Κίγκαν από το Τμήμα Δορυφορικών Παρακολουθήσεων. Σας παίρνω σχετικά με τον «Παράκελσο», είπε ο νεαρός επιστήμονας.

– Έλα, αγόρι μου, τι συμβαίνει; ρώτησε με αγωνία ο Ρόμπερτ κατανοώντας ότι για να επικοινωνεί μαζί του ο υπάλληλος των Δορυφορικών κάτι προφανώς είχε προκύψει.

– Έχω δυσάρεστα νέα, κύριε Σίνγκλεη. Όσο κι αν ακουστεί παράξενο, έχουμε μεγάλο πρόβλημα με το δορυφόρο.

– Τι πρόβλημα; Τι εννοείς; ακούστηκε έντρομος ο Ρόμπερτ.

– Συμβαίνει μια φορά στα δέκα χρόνια, αλλά ο δορυφόρος που καλύπτει την περιοχή ενδιαφέροντος έπαθε ξαφνικά βλάβη.

– Τι εννοείς, βρε αγόρι μου; Τι εννοείς βλάβη; Αυτό δεν το έχω ξανακούσει στην καριέρα μου.

– Κύριε Σίνγκλεη, τα συστήματα νέκρωσαν και δεν θα μπορούμε για ώρες να παρακολουθήσουμε τις περιοχές ενδιαφέροντος.

– Μη με τρελαίνεις τώρα. Αυτό αποκλείεται. Καταστραφήκαμε. Δεν πρόκειται για απλή ιστορία εδώ. Είναι θέμα υψίστης εθνικής ασφάλειας. Βάλτε άλλον δορυφόρο στο κόλπο... Τι μου λέτε τώρα;

Ο Ρόμπερτ σχεδόν φώναζε και δεν μπορούσε να πιστέψει αυτό που άκουγε. Του συνέβαινε πρώτη φορά και προφανώς πρέπει όντως να ήταν απειροελάχιστες οι πιθανότητες να σου συμβεί.

– Αυτό είναι πρακτικώς αδύνατο, κύριε Σίνγκλεη. Θα πρέπει να περιμένουμε την αποκατάσταση της ζημιάς και μέχρι τότε δεν θα έχουμε ούτε ενδείξεις στίγματος, ούτε βέβαια εικόνα.

– Δηλαδή δεν γίνεται τίποτα; Καλά δεν έχουμε «plan B» για τέτοιες καταστάσεις;

– Απ' ό,τι ξέρω, δεν προβλέπεται. Είναι πολύ σπάνιο. Δεν δικαιολογεί «plan B»... Τι να σας πω, δεν μιλάτε και με τον κύριο Μακάλ;

– Έγινε, αγόρι μου. Ευχαριστώ για την ενημέρωση.

Ο Ρόμπερτ βιαστικά έκλεισε το τηλέφωνο με δύναμη και άνοιξε τον τηλεφωνικό κατάλογο της «Εταιρείας» με τα εσωτερικά. Γρήγορα βρήκε το Μ και σχεδόν αμέσως τον δρ. Ρόι Μακάλ, διευθυντή Δορυφορικών Παρακολουθήσεων και Διαστημικής Τεχνολογίας.

Λάνγκλεϊ 12/20
Τοπική ώρα 19:05

– Μακάλ, ακούστηκε στην άλλη άκρη.

– Καλησπέρα, κύριε Μακάλ. Εδώ, Ρόμπερτ Σίνγκλεη, διευθυντής του Τμήματος Επιχειρήσεων του Τομέα Β. Αφρικής και Αν. Μεσογείου. Δεν είχαμε την τύχη να γνωριστούμε μέχρι σήμερα, αλλά το φέρνουν οι συνθήκες...

– Καλησπέρα, κύριε Σίνγκλεη. Εγώ ήδη σας ξέρω από διά-

Γιάννης Παρθένιος

φορες «επιχειρήσεις» και χαίρομαι πολύ που επιτέλους μιλάμε. Προφανώς με παίρνετε για τη βλάβη στο δορυφόρο 4Α2Ε του ναυτικού. Για την υπόθεση «Παράκελσος», σωστά;

– Απολύτως, κύριε Μακάλ. Καταρχάς θα πρότεινα να αφήσουμε τον πληθυντικό. Ούτως ή άλλως πρέπει να είμαστε περίπου ίδια σειρά. Αν δεν σας πειράζει φυσικά...

– Μα τι λέτε; χαρά μου! Πες μου, Ρόμπερτ, πώς μπορώ να βοηθήσω την κατάσταση;

– Σας παίρνω όντως για τη βλάβη. Μου εξήγησε ο κύριος Κίγκαν την κατάσταση και θα ήθελα να δω τι μπορούμε να κάνουμε.

– Ρόμπερτ, θα ακουστεί αστείο...

– Το ίδιο μου είπε και ο νεαρός...

– Όντως είναι παράξενο και δεν συμβαίνει σχεδόν ποτέ. Να σας εξηγήσω την κατάσταση για να έχετε πλήρη εικόνα. Και θα προσπαθήσω να τα πω απλά και όχι με επιστημονικούς όρους.

– Σαφέστατα απλά, γιατί δεν σας κρύβω ότι δεν είμαι και ειδικός. Ό,τι ξέρω από πείρα, τον παρότρυνε ο Σίνγκλεη.

– Κανένα πρόβλημα. Ο δορυφόρος, ξαφνικά και χωρίς βέβαια να μπορεί να προβλεφτεί, δέχτηκε επίθεση από ένα αστρικό σκουπίδι. Φανταστείτε να τον χτυπάει μια μικρή πέτρα, ερχόμενη όμως απ' το διάστημα και με εξαιρετική δύναμη και ταχύτητα. Η ζημιά που προκλήθηκε –σε ζωτικά συστήματα που μας ενδιαφέρουν σε αυτή τη φάση– ήταν να δημιουργηθεί βλάβη στο βασικό σύστημα ηλεκτροδότησης του δορυφόρου.

– Δηλαδή έμεινε από μπαταρία...

Ο Μακάλ χαμογέλασε με την απλότητα της απάντησης, αλλά ευχαριστημένος που ο Ρόμπερτ καταλάβαινε.

– Περίπου. Αρχικά ναι. Τα συστήματα προστασίας του δορυφόρου σε τέτοια περίπτωση διακόπτουν για λόγους ασφάλειας την τροφοδοσία και περνάνε σε κατάσταση Β. Δηλαδή προσπαθούν να αναγεννηθούν και να δημιουργήσουν εναλλακτική πηγή ενέργειας που για να πάρει όμως μπροστά απαιτεί 18 ώρες.

– 18 ώρες; Καταστραφήκαμε.

– Δεν μπορούμε να κάνουμε τίποτα γι' αυτό. Για να καταλάβετε, σας λέω, ότι με το που εκδηλώνεται τέτοια βλάβη, νεκρώνει το σύστημα Α, ο δορυφόρος κόβει κάθε περιττή χρήση ενέργειας –όπως τη θεωρεί αυτός– και με μια πολύ μικρή μπακ απ μπαταρία που έχει για ώρα ανάγκης, όπως τώρα, ξεκινάει τη διαδικασία Β, που σημαίνει φόρτιση των συσσωρευτών του συστήματος από το 0, με τη χρήση ηλιακών κατόπτρων. Μέχρι να γεμίσουν, να κάνει ρέντερινγκ και να αρχίσει και πάλι τη λειτουργία του παίρνει ώρες. Καταγράφει μεν κανονικά ό,τι παρακολουθούσε, χωρίς όμως να παίρνει εικόνα από το σύστημα AERO2A2E, αλλά δεν δίνει σήμα στη Γη, γιατί ο πομπός είναι ενεργειακά κοστοβόρος. Ό,τι καταγράψει θα τα πάρουμε μαζεμένα σε περίπου 18 ώρες που θα ολοκληρωθεί η φόρτιση κι ο δορυφόρος θα κάνει ρέντερινγκ και θα αρχίσει να λειτουργεί ξανά.

– Συγγνώμη που θα ακουστεί αστεία η ερώτηση, αλλά έτσι απλά από περιέργεια... Ο δορυφόρος δεν έχει άλλες μπαταρίες σε περίπτωση που χαλάσει αυτή που χάλασε;

– Φυσικά και έχει εναλλακτικά συστήματα τροφοδοσίας. Για την ακρίβεια όχι δύο, αλλά τρία. Από τη στιγμή όμως που χτυπιέται από ένα τέτοιο «διαστημικό σκουπίδι» στο σημείο που χτυπήθηκε, μέσα σε δέκατα του δευτερολέπτου αχρηστεύονται διαδοχικά και τα τρία συστήματα παροχής. Κάτι σαν βραχυκύκλωμα. Γι' αυτό και μετά απατούνται 18 ώρες...

– Μα σε 18 ώρες, με όλο το σεβασμό, συνάδελφε, τα λαμόγια που ψάχνω εγώ θα έχουν φτάσει στην Υεμένη. Ποια Υεμένη δηλαδή, στο Ιράν...

– Ρόμπερτ, δεν είναι ότι δεν θέλω. Πραγματικά δεν γίνεται τίποτα. Μην ξεχνάς ότι φορτίζει απ' τον ήλιο. Θέλει χρόνο.

– Μα καλά, δεν έχουμε άλλο δορυφόρο; δεν μπορούμε να δούμε από άλλο «Μάτι»;

– Όχι βέβαια. Κάθε γεωγραφική περιοχή –για τη δουλειά που τον θέλουμε εμείς τώρα– έχει μόνο έναν. Γενικά υπάρχουν εκατοντάδες δορυφόροι, αλλά ο καθένας είναι επιφορτισμένος με κάτι και ο καθένας έχει διαφορετικές ηλεκτρονικές δυνατότητες. Και να μπορούσαμε να κάνουμε το λεγόμενο «σουίτς», θα έπαιρνε πάλι ώρες και θα έπρεπε να «κρεμάσουμε» άλλες «επιχειρήσεις». Αλλά και πάλι θέλει τρομερό χρόνο. Δεν είναι ταινία του Σπίλμπεργκ, όπως νομίζουν οι πολίτες. Εδώ είναι κανονική δράση, χαμογέλασε και πάλι ο Μακάλ.

– Και το βλέπω και δυστυχώς... το νιώθω, Ρόι. Άρα δεν γίνεται.

– Μόνο υπομονή και με την πρώτη ευκαιρία σε μιάμιση μέρα

θα σας δώσουμε τις θέσεις που αν και «κλειστός» τώρα, συνεχίζει να καταγράφει ο διαβολάκος εκεί πάνω. Και να μην ξεχάσω για να ξέρεις, συνάδελφε: μόνο ώρες εκπομπής θα πάρετε. Όσο κάνει οικονομία το σύστημα δεν καταγράφει στίγματα, γιατί αυτή η διαδικασία απαιτεί ταυτόχρονες τριγωνομετρικές μετρήσεις και είναι κι αυτό ενεργειακά αποφευκτό.

– Πολύ τσιγκούνης είναι αυτός ο «εξωγήινος», χαμογέλασε τώρα ο Ρόμπερτ.

Γέλασε κι ο καθηγητής.

– Άρα όταν ξεκινήσει εκπομπές, δεν θα ξέρουμε καν πού βρίσκονται, συνέχισε ο Ρόμπερτ. Θα πάρουμε μόνο το πότε προηγουμένως εξέπεμπε το τηλέφωνο. Ούτε καν το από πού εξέπεμπε ή πού είναι εκείνη τη στιγμή.

– Λυπάμαι πως ναι. Ακριβώς! Απλά αν από εκείνη την ώρα το δορυφορικό εκπέμπει ή ξαναεκπέμψει κάποια στιγμή –γιατί απ' ό,τι έχω δει είναι προβληματική και η μέχρι τώρα εκπομπή του– τότε θα σας δώσουμε το πρώτο στίγμα που θα μας έρθει πια από το σύστημα Β.

– Καλά κρασιά ξανά, κι ας είναι και βουλγάρικα... Πάει, το χάνουμε το παιγνίδι, «στρατηγέ» μου... Πάντως χίλια ευχαριστώ για το χρόνο σου. Πραγματικά χάρηκα πολύ για τη διαπροσωπική γνωριμία, έστω και μέσω Γκράχαμ Μπελ. Τουλάχιστον αυτό σε σχέση με τα δορυφορικά δουλεύει ακόμα.

Ο Μακάλ ξέσπασε σε γέλια.

– Έχεις χιούμορ, Ρόμπερτ. Πηγαίο θα έλεγα. Πραγματικά χάρηκα κι εγώ και ό,τι χρειαστείς μέρα νύχτα μη διστάσεις να με πάρεις. Ακόμη και ξημερώματα. Καλό απόγευμα!

Οι δύο άντρες έκλεισαν το τηλέφωνο και ο Ρόμπερτ έκανε μια αυθόρμητη, παιδική χειρονομία και έδωσε μια με το χέρι του στο μέτωπό του, σαν να μην πίστευε ότι μπορούσαν να συμβαίνουν αυτά.

Και σαν να μην έφταναν αυτά, χτυπούσε πάλι το «κόκκινο».

– Τι στο διάολο, συνεννοημένοι είναι όλοι; αναφώνησε, ή αυτή τη φορά οι Κινέζοι έφτασαν στο Λευκό Οίκο; Δεν μένει και τίποτα άλλο.

Ήπιε μια γουλιά νερό και κουνώντας ειρωνικά το κεφάλι για το τι τον περιμένει πάλι στο τηλέφωνο, μετά από δυο τρεις χτύπους το σήκωσε.

Αυτή τη φορά δεν ήταν για κακό. Τ' αντίθετο!

– Έλα, Ρόμπερτ, ο Πάτρικ είμαι. Τα έμαθες τα ευχάριστα;

– Αν λες για το δορυφόρο, τώρα μόλις μιλούσα με το «αφεντικό» σου, τον Μακάλ.

– Γι' αυτό λέω. Πετύχαμε ένα στο εκατομμύριο, φίλε. Τόσες ήταν οι πιθανότητες να συμβεί.

– Το θέμα είναι ότι «τυφλωθήκαμε» και, απ' ό,τι μου είπε, αν δούμε, θα ξαναδούμε σε 18 ώρες, είπε προσπαθώντας να ακούσει κάτι πιο ευχάριστο ο Ρόμπερτ, αλλά μάταια.

– Έτσι είναι. Κι επειδή η ώρα είναι 7:30 και δεν υπάρχει λόγος να καθόμαστε άδικα εδώ, σκέφτηκα μήπως σε ενδιαφέρει να έρθεις απ' το σπίτι. Η Αλίσια έχει φτιάξει ένα καταπληκτικό σουφλέ και τα παιδιά θα χαρούν πολύ να σε δουν. Ειδικά ο μικρός, που σε λατρεύει. Έχεις να έρθεις πάνω από χρόνο.

Ο Ρόμπερτ άρχισε να το σκέφτεται. Δεν είχε άδικο ο Πάτρικ. Από εδώ και πέρα οποιαδήποτε αναμονή απαιτούσε ηρεμία και υπομονή. Δεν μπορούσαν να κάνουν τίποτα, παρά μόνο να ελπίζουν ότι κάπου οι «ταχυδρόμοι» θα καθυστερούσαν και κάποια στιγμή θα δούλευε ο δορυφόρος και το τηλέφωνο θα έδινε ξανά στίγμα. Δηλαδή, κέντημα με σταυροβελονιά παραμέτρων και μαλλί της τύχης.

– Δεν είναι κακή ιδέα, Πάτρικ, γιατί αν μείνω κι άλλο εδώ με βλέπω να τρελαίνομαι.

– Τέλεια! Και τώρα που το σκέφτομαι, τι λες να πω και της Λίσας; Με όλα αυτά, έχει περάσει κι αυτή πολλά τον τελευταίο καιρό. Να ξεσκάσουμε λίγο...

Δεν το περίμενε αυτό ο Ρόμπερτ, αλλά μάλλον είχε πέσει στο τραπέζι σαν το μοναδικό ευχάριστο που άκουγε εδώ και μερικές μέρες. Ήταν μοναδική ευκαιρία να δει τη Λίσα εκτός γραφείου και με την «ασφάλεια» που προσέφερε αυτή η φυσικά προερχόμενη «κοινωνική» πρόσκληση.

Θα μπορούσε μάλιστα να προχωρήσει και στην έκπληξη που της ετοίμαζε.

Τα μυαλό του πήρε γρήγορες στροφές για το τι έπρεπε να απαντήσει και μέσα σε δέκατα του δευτερολέπτου το συναίσθημα και η επιθυμία άρχισαν να παίζουν κρυφτό με τη λογική και το πρωτόκολλο.

Είχε όμως ξεχάσει ότι σήμερα περίπου τέτοια ώρα η Λίσα θα

ήταν με τον Ρώσο. Βέβαια, τέτοια ώρα μπορεί πλέον να είχε τελειώσει. Τελευταία στιγμή πάντως, υπό την πίεση του να απαντήσει, το θυμήθηκε κι αυτό τον έβγαλε απ' τη δύσκολη θέση.

Ο Ρόμπερτ τα έβαλε στο μυαλό του σε μια σειρά, αν και σ' αυτό βοηθούσε ότι δεν ήξερε ακόμα αν η Λίσα είχε τελειώσει για σήμερα την «επιχείρηση» ή όχι.

Όσο κι αν ήθελε να εκμεταλλευτεί την ευκαιρία και να βρεθεί μαζί της για άλλη μια φορά, τόσο «κοντά» όσο στο αεροπλάνο, ήξερε ότι σε αυτή τη δουλειά περισσεύει ελάχιστος χώρος για τα προσωπικά και σίγουρα η πιο απαιτητική «ερωμένη» παρέμενε πάντα η «Εταιρεία».

– Πολύ καλή ιδέα, Πάτρικ, του είπε. Υπό άλλες συνθήκες θα σου έλεγα «Ναι» με τα μπούνια. Άλλωστε όπως ξέρεις μου είναι εξαιρετικά συμπαθητική η βοηθός σου.

Ο Πάτρικ προσπάθησε να τον προλάβει.

– Μη μου πεις ότι της το κρατάς επειδή έγινε αυτή η ιστορία με τους Ρώσους και ρώτησε για σένα; Τα είπαμε αυτά...

– Όχι, προς Θεού. Αφού σου είπα και χθες ότι δεν υπάρχει κανένα πρόβλημα. Το αντίθετο μάλιστα. Απλά, τώρα που μιλάμε η Λίσα λογικά έχει συναντηθεί με τον Ρώσο για να τελειώσει τη «δουλειά». Μέχρι τότε δεν πιστεύω ότι είναι σωστό να έχουμε μια, πώς να το πω... μια πιο προσωπική επαφή, Πάτρικ. Δεν πρέπει να υπάρχει – σε αυτή τουλάχιστον τη φάση– το φιλικό στη μέση. Δεν πρέπει να επηρεαστεί η μικρή και το σωστό είναι μέχρι το τέλος να τηρηθεί το πρωτόκολλο. Η πιο προσωπική και φιλική επαφή μπορεί να επηρεάσει την κρίση της και να την μπερδέψει στο πώς πρέπει απερίσπαστα να λειτουργήσει. Θέλω να τελειώσει αυτό το τεστ μόνη της και να νιώσει ότι τα πήγε άριστα, χωρίς βοήθεια ή ευνοιοκρατία.

– Σε αυτό το κομμάτι δεν μπορώ να ανακατευτώ. Εσύ είσαι ειδικός στις «επιχειρήσεις», εσύ και το αφεντικό. Και τώρα που το σκέφτομαι, σαν να έχεις δίκιο, γιατί στο τραπέζι μπορεί να προκύψει κάποια κουβέντα για το θέμα, ξέρεις, να το φέρει η στιγμή, και να γίνει δύσκολη και άκομψη η κουβέντα μπροστά στην Αλίσια και τα παιδιά.

– Ακριβώς...

– Αυτό όμως δεν σημαίνει ότι θα ξεγλιστρήσεις κι εσύ με αυτή τη δικαιολογία.

Ο Ρόμπερτ χαμογέλασε με πολύ κέφι.

– Στις 8:30 θα είμαι στο σπίτι, φίλε. Ευχαρίστησέ μου προκαταβολικά την Αλίσια και βάλε από τώρα πάγο στα Jack να πάνε κάτω τα φαρμάκια...

ΚΕΦΑΛΑΙΟ 13

CIA,
Λάνγκλεϊ, Βιρτζίνια,
Τμήμα Επιχειρήσεων, Διευθυντής,
Τομέας: Β. Αφρική και Αν. Μεσόγειος
Λάνγκλεϊ 12/21
Τοπική ώρα 12:40

Είχαν περάσει σχεδόν 18 ώρες και ο δορυφόρος συνέχιζε να φορτίζει χωρίς να νοιάζεται για το τι συνέβαινε στη Γη. Ο Ρόμπερτ κοίταξε πάλι το ρολόι του και συνέχισε να παίζει ντραμς με τα μολύβια του, χτυπώντας νευρικά την κούπα του καφέ που ήταν μπροστά του.

«Μπορεί να έχουν φτάσει πια οπουδήποτε», σκέφτηκε. Εκτός βέβαια κι αν είχαν σταματήσει κάπου για να ξεκουραστούν, διότι οι ώρες που ταξίδευαν ήταν πολλές και ήταν ανθρωπίνως αδύνατο να συνεχίσουν σερί.

«Δεν μπορεί», σκέφτηκε, «πρέπει και να κοιμηθούν κάποτε. Έστω και για κάποιες ώρες».

Πήρε λίγο θάρρος και σήκωσε το τηλέφωνο.

– Έλα, Ντόναλντ, τι έγινε; Είχαμε τελικά κάτι από Μολδαβία, ρώτησε το βοηθό του.

– Τους έχει βγάλει την πίστη, Ρόμπερτ, γι' αυτό δεν σε πήρα ακόμη. Χθες το βράδυ ήταν «χώμα» απ' το ποτό...

– Μα καλά, γιατί συνεχίζουν και του δίνουν και πίνει; Δεν θέλουμε και να τον σκοτώσουμε.

– Δεν κάθετε ήσυχος αλλιώς. Φωνάζει, χτυπιέται, κάνει διάφορα. Είναι βαριά αλκοολικός και είναι το μόνο που τον ηρεμεί σε αυτή τη φάση. Δεν μπορούν να του δώσουν και χάπια, γιατί θα πέσει για ύπνο και θα ξυπνήσει σ' έναν μήνα. Είναι δύσκολη περίπτωση.

– Τους είπε τίποτα;

– Κάτι πήγε να τους πει, αλλά όταν κατάλαβε το ενδιαφέρον μας για την ειδική βαλίτσα, άρχισε πάλι τα τρελά του και ζητάει λεφτά. Τρελά λεφτά. Λέει για 10 εκατομμύρια δολάρια, όσο δήθεν έχασε απ' την ιστορία και τέτοια.

– 10 εκατομμύρια; Τρελός είναι;

Ο Ρόμπερτ σώπασε για λίγο και άρχισε να σκέφτεται με γρήγορες στροφές.

– Για να ζητάει τόσα ο τρελός, κάτι ξέρει και δεν μας το είπε την πρώτη φορά. Και προφανώς ψάχνει τώρα την ευκαιρία να βγει κερδισμένος. Όταν λες κάτι είπε... Τι είπε;

– Να, ότι η βαλίτσα είναι ειδική κατασκευή, ότι την έχει σχεδιάσει ο ίδιος κι ότι πάει πακέτο με ένα κάλυμμα, στο οποίο αναφέρεται ως «μπαμπούσκα», κάτι σαν «θήκη» μέσα στην οποία μπαίνει η βαλίτσα.

– Ναι! Κατάλαβα. Και προφανώς τη λέει «μπαμπούσκα» γιατί το ένα μπαίνει μέσα στο άλλο σαν μπαμπούσκα. Τι άλλο είπε;

– Τίποτα, από το πρωί τον ανακρίνουν και δεν λέει λεπτομέρειες για το τι κάνει αυτή η «εφεύρεσή» του, αλλά πρόλαβε και του ξέφυγε ότι είναι πορτοκαλί.

– Άρα είχες δίκιο. Η βαλίτσα ήταν στη βάρκα.

– Σίγουρα.

– Για πάρ' τους πάλι στο «Σταθμό» και πες τους να επιμείνουν. Πρέπει να μάθουμε τι κρύβει αυτή η «θήκη». Εγώ το λέω απ' την αρχή ότι κάτι δεν πάει καλά με τη βαλίτσα.

– Έγινε, μπος...

Κλείνοντας ο Ρόμπερτ πήρε πάλι μπροστά του το log με τον εντοπισμό του σήματος μέχρι τώρα. Άρχισε να μελετάει με ακόμη μεγαλύτερη προσοχή, περισσότερο τις ώρες και λιγότερο τα στίγματα, που άλλωστε τα ήξερε πια απέξω.

Ξαφνικά έκανε έναν μορφασμό σαν να μην πίστευε αυτό που έβλεπε και έπιασε αμέσως το τηλέφωνο.

– Ντέναχιου, ακούστηκε.

– Έλα, Πάτρικ, άκου τι βρήκα να μου πεις πώς το βλέπεις κι εσύ.

– Ακούω με μεγάλη προσοχή...

– Κοίταζα εδώ πάλι το log των στιγμάτων και για πρώτη φορά πρόσεξα ότι όλα μα όλα –κυριολεκτώ στο όλα– τα στίγματα έχουν μεταξύ τους χρονική απόσταση περίπου 90 λεπτών με 2 ώρες και σίγουρα πάντα λιγότερο των δυόμιση ωρών.

Ο Πάτρικ σίγησε και προφανώς μελετούσε και αυτός το χαρτί του. Επικράτησε μικρή σιωπή αρκετών δευτερολέπτων.

– Ναι, έχεις δίκιο, είπε ο Ντέναχιου. Αλλά τι σημαίνει αυτό;

– Ήλπιζα να μου το πεις εσύ αυτό, του απάντησε ο Ρόμπερτ, που κι αυτός ταυτόχρονα σκεφτόταν.

– Επιστημονικά τίποτα. Δεν βρίσκω να έχει καμιά σχέση με οτιδήποτε έχει να κάνει με το δορυφόρο ή την εν γένει εκπομπή. Βέβαια είναι εξαιρετικά παράξενο και σίγουρα αξιοπρόσεκτο.

– Μήπως αυτό έχει σχέση με το ότι εκπέμπει κάθε περίπου 2 ώρες και μόνο τότε; ρώτησε ο Ρόμπερτ.

– Εννοείς ότι αυτός ο άγνωστος παράγοντας Χ του επιβάλλει να εκπέμπει για την ακρίβεια κάθε λιγότερο των 2 ωρών;

– Πες το κι έτσι...

– Πάντως ανατρέπεται η θεωρία μας περί αεροδρομίων και ελέγχου αποσκευών, διότι στην πορεία από το μοναστήρι και μέχρι το Γέι έκαναν τόσες στάσεις χωρίς αεροδρόμια ενδιάμεσα.

– Σαφέστατα, παρά το γεγονός ότι τα αεροδρόμια παραμένουν πάραυτα, λόγω εντοπισμού στίγματος και προσδιορισμού ταχύτητας, που απαιτεί ιπτάμενα μέσα. Αυτό το ξέρουμε ήδη.

– Ναι, αλλά πλέον δεν κάνει το ταξίδι τους υποχρεωτικό σε πτητική χρήση.

– Με τη «θολούρα» στην εικόνα των τελευταίων 18 ωρών ίσως αυτό να είναι και καλό. Μπορεί να μην έχουν διανύσει ακόμη μεγάλη απόσταση και να τους προλάβουμε πριν τον Κόλπο του Άντεν ή καλύτερα στο νερό που θα μπορούμε να χτυπήσουμε με τα «γεράκια».

– Αυτό ας το ελπίσουμε, αλλά το γιατί εκπέμπει έτσι, μάλλον δεν θα το βρούμε ποτέ.

– Περιμένω κάτι κι απ' αλλού γι' αυτό. Μόλις έχω νέα –είναι κάτι για τη βαλίτσα– θα σου πω.

Όσο βέβαια ο Ρόμπερτ περίμενε διάφορα, ευτυχώς το Τμήμα Δορυφορικών Παρακολουθήσεων είπε να βάλει ένα φρένο σε κάποιες αναμονές.

– Πάτρικ, επιτέλους σήμα, είπε ο Ρόμπερτ.

Και πάλι σιωπή στα τηλεφωνικά καλώδια. Και φυσικά νέα μελέτη!

Λάνγκλεϊ 12/21
Τοπική ώρα 12:57
Από: Τμήμα Δορυφορικών Παρακολουθήσεων
Προς: Τμήμα Επιχειρήσεων, Διευθυντής
Τομέας: Β. Αφρική και Αν. Μεσόγειος
Κοιν.:
Α) Πάτρικ Ντέναχιου, Διευθυντής Τμήματος Εμπορικού Ναυτικού/ Παράνομες Μεταφορές Εμπορευμάτων
Β) Πίτερ Ντόιλ, Διευθυντής Επιχειρήσεων Κεντρικής Αφρικής
Γ) Σίντνεϋ Τόμσον, Διευθυντής Επιχειρήσεων Ανατολικής Αφρικής
Δ) Γραφείο Υπαρχηγού CIA
Ε) NSA
ΣΤ) Αμερικάνικο Πεντάγωνο/Τμήμα Κρίσεων
Διαβάθμιση: Άκρως Απόρρητο - ΚΟΚΚΙΝΟ
Προτεραιότητα: ΕΞΑΙΡΕΤΙΚΑ ΕΠΕΙΓΟΝ
«Πλήρης αποκατάσταση της βλάβης του Δορυφόρου του ναυτικού (Μάτι 4Α2Ε) που παρακολουθεί τη ζώνη 26° 05' Ε - 47° 02' Ε (με σχετικό εύρος τηλεμετρικής αναζήτησης για τον AERO2A2E από σύνορα Ν. Σουδάν με Λ.Δ. Κονγκό – Κόλπος του Άντεν).

Σε περίπτωση που απαιτηθεί η συνδρομή μας, σας ενημερώνουμε ότι η Σομαλία και ο Κόλπος του Άντεν καλύπτεται και από ακόμη δύο δορυφόρους».

Τέλος Σήματος

– Στα Κ.Α. της Αφρικής έχουμε έναν και στον Κόλπο έχουμε καμιά δεκαριά. Άντε βγάλε άκρη, μουρμούρισε ο Ρόμπερτ σαν παιδάκι.

Ο Πάτρικ δεν έδωσε προσοχή.

– Ρόμπερτ, γιατί έβαλαν στην κοινοποίηση το NSA και το Πεντάγωνο; ρώτησε ο Ντέναχιου.

– Εγώ τα πρόσθεσα για να καταλάβουν τη σοβαρότητα στη γειτονιά σου, στα «Δορυφορικά». Αλλά όπως πάει το πράγμα μάλλον καλά έκανα, γιατί βλέπω να τους χρειαζόμαστε.

– Σκέφτεσαι να χτυπήσεις με «πουλιά»;

– Αν φτάσουν στον Κόλπο και έχουμε στίγμα, θα τους κάνω πυγολαμπίδα. Απέναντι δεν περνάνε, ας το πάρουν χαμπάρι. Ή με «πουλί» ή με «στρακαστρούκα» από υποβρύχιο.

– Βλέπω χοντραίνει το πράγμα...

– Χοντρό ήταν, αλλά παραπάχυνε. Φαινόταν απ' την αρχή, αλλά πίστευα να τους βουτάγαμε κάπου εκεί στη μέση του πουθενά. Οι τύποι όμως έγιναν UFO. Μια εδώ, μια εκεί...

– Για πάρε και το συνημμένο που έρχεται. Θα είναι το μέχρι τώρα log που κατέγραφε το alter ego του δορυφόρου.

Ο Ρόμπερτ πάτησε το ποντίκι και στην οθόνη εμφανίστηκε το log.

ΩΡΑ ΑΦΡΙΚΗΣ	Γ. Μ.	Γ. Π.
2:06	2° 45' 53. 03" S	36° 42' 03. 63" E
4:00	-	-
5:47	-	-
7:51	-	-
10:00	-	-
11:48		
13:54	-	-
15:22		
16:47	-	-
18:53	-	-
20:48	9° 00' 09. 21" S	38° 45' 46. 04" E

Σημ. της Γεωγραφικής Υπηρεσίας:

*Στις 2:06 (ώρα Κένυας) εμφανίζεται το στίγμα από τη λίμνη Τουρκάνα/Κένυα, κοντά στην ακτή και σε απόσταση 2,4 χιλιομέτρων από το αεροδρόμιο Λογιανγκαλάνι, τελευταίο στίγμα πριν τη δορυφορική βλάβη. (Δείτε σχετικό προηγούμενο σήμα.)

*Στις 20:48 (ώρα Αιθιοπίας) εμφανίζεται το στίγμα της Αντίς Αμπέμπα.

– Έφτασαν Αντίς Αμπέμπα, φώναξε ο Ρόμπερτ. Δύο καλά, ένα κακό.

– Ρίξε μετάφραση... Σ' έχασα!

– Ένα λεπτό, Πάτρικ, να πάρω και τον Τόμσον να μην παίζουμε το σπασμένο τηλέφωνο.

Ο Ρόμπερτ έβαλε σε αναμονή τον Πάτρικ και πήρε από ανοιχτή ακρόαση τον Τόμσον.

– Γιατί τώρα δεν είναι σπασμένο; έκανε πλάκα ο Πάτρικ, αλλά δεν ακούστηκε.

– Έλα, Σίντνεϋ, και οι τρεις μας πάλι. Πες μου ότι «πετάς» στην Αντίς, πες μου ότι έχεις τους καλύτερους πράκτορες, πες μου ότι θα πάρουμε και τη βαλίτσα...

Ο Τόμσον δεν μπόρεσε να μη βάλει τα γέλια με την παιδικότητα του Ρόμπερτ. Μόνο που δεν ήταν παιδί, αλλά το ζούσε και το ήθελε. Το ήθελε πιο πολύ απ' τους «ταχυδρόμους».

– Κεντάμε, φίλε. Στην Αντίς Αμπέμπα κεντάμε κι αν χρειαστεί έχουμε και κοπτοράπτη. Πες μου τι θες να κάνω και δίνω εντολή. Σε καλύπτω εκεί...

– Προχώρα κανονικά, Σίντνεϋ. «Επέμβαση Κλιμακίου/Αδιάφορες απώλειες στόχου» και αν μπορούν να πάρουν και τη βαλίτσα σκίσαμε.

– Είπες «αδιάφορες απώλειες στόχου», εντάξει;

– Δεν μου καίγεται καρφί για τους τρομοκράτες. Πράξτε κατά βούληση. Με νοιάζει μόνο να σταματήσουμε τη βαλίτσα ή ακόμη καλύτερα και να την πάρουμε.

– Ξεκάθαρος. Απλώς να ξέρεις, θα χρειαστώ κάνα δίωρο για τον ακριβή εντοπισμό και την επέμβαση.

– ΟΚ! Αρκεί να μείνουν εκεί τα λαμόγια.

– Ε δεν μπορεί, θα μας κάτσει και εμάς μία. Μέχρι τώρα μας πάει... άντε μην πω πώς μας πάει, πετάχτηκε ο Πάτρικ.

– Λοιπόν φύγαμε, είπε ο Τόμσον που τώρα έτρεχε με το ρολόι.

Έκλεισε κι ο Πάτρικ και προφανώς η παρτίδα πήγαινε σε παράταση, ενώ το ρολόι του σταδίου στο Λάνγκλεϊ έδειχνε πλέον 13:15.

Ο Ρόμπερτ πήρε επιτέλους μια βαθιά ανάσα. Είχε αρχίσει να πιστεύει ότι όλα αυτή τη φορά θα πήγαιναν καλά.

Αποφάσισε ότι ήταν η στιγμή για ένα μικρό διάλειμμα. Ένιωθε την ανάγκη να βγει έξω και να τον χτυπήσει λίγο ο αέρας.

371

Ήταν και μια καλή ευκαιρία να ξεχαστεί για λίγα λεπτά μέχρι να οργανωνόταν ο Τόμσον και να ξεκινούσε η express «επιχείρηση» στην Αιθιοπία.

Λάνγκλεϊ 12/21
Τοπική ώρα 14:56
Ο Τόμσον καλούσε το γραφείο του Ρόμπερτ για να του πει τα ευχάριστα, αλλά εκείνος ήταν ακόμη στο δρόμο προς το γραφείο του. Είχε περάσει απ' το αρχείο και έριξε μια ματιά στη μέχρι τώρα νέα ανάκριση του Αλεξέγιεφ.

Η ομάδα που θα επιχειρούσε στην Αντίς Αμπέμπα είχε βρεθεί εξαιρετικά γρήγορα, αλλά είχε περάσει πάνω από μιάμιση ώρα. Όλοι τους είχαν μπριφαριστεί σε δορυφορική σύνδεση με το Λάνγκλεϊ από τον ίδιο τον Τόμσον και σε 20 λεπτά το Κλιμάκιο θα βρισκόταν έξω από την κατοικία που είχε εντοπιστεί με ακρίβεια μέτρων, ύστερα από περαιτέρω ανάλυση του αρχικού στίγματος.

Ήταν σε μια φαβέλα, σχετικά κοντά στην πόλη, αλλά δύσκολα προσβάσιμη από ξένους και δη από οπλισμένη ομάδα κρούσης. Όμως οι πράκτορες του Κλιμακίου της αιθιοπικής πρωτεύουσας ήταν συνηθισμένοι σε τέτοια.

Ο Ρόμπερτ άκουσε το τηλέφωνο να χτυπάει την ώρα που έβγαινε από το ασανσέρ και κυριολεκτικά έκανε σπριντ προλαβαίνοντάς το λίγο πριν ο Τόμσον εγκαταλείψει την προσπάθεια.

– Σίνγκλεν, λέγεται, είπε.

– Έλα, Ρόμπερτ, έχουμε πρόβλημα, του είπε ο Τόμσον. Είδες το σήμα;

– Δεν πρόλαβα. Είχα βγει... για περίμενε.

Ο Ρόμπερτ διάβασε το νέο ηλεκτρονικό σήμα:

«*Σήμα ελήφθη για 23 δευτερόλεπτα (ώρα Αιθιοπίας 22:50 – Λάνγκλεϊ 14:50) από περιοχή 99 χιλιόμετρα Ν.Α. της Αντίς Αμπέμπα και από ορεινή περιοχή στα 1.712 μέτρα υψόμετρο με συντεταγμένες 8° 32′ 43. 81″ Ν και 39° 16′ 10. 62″ E. Το στίγμα αντιστοιχεί στην πόλη Αντάμα.*

Σημ.: Ο AERO2A2E (Len/Μάτι 4A2E) δεν προλαβαίνει να πάρει εικόνα».

– Δεν το πιστεύω αυτό που γίνεται, είπε ήρεμα αυτή τη φορά ο Ρόμπερτ. Πραγματικά δεν είναι δυνατόν.

– Και σε 15 λεπτά θα χτυπάγαμε, του είπε ο Τόμσον. Η ομάδα είναι καθ' οδόν.

– Τι να σου πω, ρε συνάδελφε. Είμαι έτοιμος να σηκώσω τα χέρια ψηλά. Η προετοιμασία τους είναι απίστευτη.

– Και βλέπω ότι αλλάζουν και τρόπους. Στην Αντάμα πρέπει να έφτασαν με αυτοκίνητο αυτή τη φορά. Από τον αυτοκινητόδρομο 8, όπως βλέπω στο χάρτη της «Γεωγραφικής».

– Αυτό σημαίνει ότι την ξανακάτσαμε. Τώρα είναι πάλι μέσα στην καταπράσινη ζούγκλα και θα πάνε προφανώς οδικώς προς Σομαλία.

– Να ανακαλέσω την ομάδα ή να πω να τους πάρουν από πίσω;

– Άδικα θα τρέχουν τα παιδιά. Προηγούνται ήδη 2 ώρες και, απ' ό,τι έχουμε καταλάβει και με τον Πάτρικ, εμείς εικόνα θα έχουμε πάλι σε 2 ώρες. Άξιον απορίας το γιατί.

– Γιατί σε 2 ώρες;

– Αν δεις πιο προσεκτικά τα στίγματα, δίνουν σήμα στο δορυφόρο κάθε περίπου 2 ώρες.

– Ομολογώ ότι δεν το είχα προσέξει...

Ο Τόμσον ξανακοίταξε πρόχειρα το log.

– Ναι, έχεις δίκιο, ρε θηρίο.

– Δίκιο έχω, αλλά δεν μπορώ να βρω το γιατί, του απάντησε ο Σίνγκλεη.

– Έλα ντε... Και τώρα τι κάνουμε, συνάδελφε;

– Ό,τι κάνουμε μέρες τώρα: Υπομονή! Και το κλασικό των καθολικών. «Πίστευε και ερεύνα», το έριξε στο χιούμορ ο Ρόμπερτ για να μη νευριάσει κι άλλο.

– Έχουμε τέτοιο ρητό οι καθολικοί; Νόμιζα ότι ήταν των προτεσταντών αυτό. Εννοώ το «Πίστευε και μη ερεύνα».

– Το δανειζόμαστε και το κάνουμε πιο «εταιρικό», φίλε. Α μην ξεχάσω, μια που φτάνουν εκεί τα παιδιά, δεν τους λες να ρωτήσουν τριγύρω μπας και μάθουμε τίποτα για τα λαμόγια;

– Να τους πω, αλλά μην περιμένεις πολλά. Σε μια φαβέλα είχαν κουρνιάσει τα «πουλάκια» μας. Μην περιμένεις πολλά εκεί. Τα στόματα είναι σφραγισμένα. Τα λέμε...

Γιάννης Παρθένιος

Βιρτζίνια, Ρίτσμοντ,
Bistro La Notte
   12/21
   Τοπική ώρα 18:30
Σήμερα ο Ρώσος ήταν ντυμένος στο πιο κάζουαλ. Φορούσε ένα ξεβαμμένο τζινάκι αλά ιταλικού οίκου και κοψίματος, με ένα ψεύτικο επίχρυσο σήμα στο πίσω μέρος της δερμάτινης σφραγίδας στη μέση, εκεί που τρυπώνει η ζώνη και σίγουρα εκεί κοντά που θα έτρωγε την κλοτσιά, αν μ' αυτό τολμούσε και εμφανιζόταν στο Λούσβιλ και τα «νότια προάστια».

Βέβαια εδώ στη Βιρτζίνια δεν έπρεπε να ανησυχεί για τα ενδυματολογικά προβλήματα, μιας και σε λίγο αυτό το κομμάτι θα το φρόντιζε η... Πολιτεία.

Ήδη είχε απαντήσει στη Λίσα αρνητικά, σχετικά με το φάκελο «Παράκελσος», αλλά αυτό και μόνο δεν σταματούσε τα σχέδια του «ακόλουθου» της ρωσικής πρεσβείας στο να στρατολογήσει τη Λίσα.

Απ' την άλλη ο Ρόμπερτ και η «Εταιρεία» ήταν πλέον σίγουροι ότι οι Ρώσοι δεν είχαν στην κατοχή τους το προτελευταίο πετράδι του Αλεξέγιεφ, ειδάλλως σίγουρα θα είχαν δώσει τα χρήματα ή θα είχαν προσπαθήσει με κάθε άλλο τρόπο να πάρουν το φάκελο.

Η απάντηση του Νικούλιν ήταν απολύτως σαφής: «Δεν μας ενδιαφέρει καθόλου ο φάκελος αυτός, αλλά θα ήθελα να συναντηθούμε για άλλα θέματα».

Έτσι, η Λίσα του έκλεισε ένα νέο ραντεβού, αυτή τη φορά στο Ρίτσμοντ, ώστε να ολοκληρώσει την αποστολή της και επιτέλους να τελειώσει και το θέμα Νικούλιν για την «Εταιρεία», που πλέον του είχε χαριστεί υπέρ του δέοντος με την ανοχή στη συμπεριφορά του και μάλιστα σε αμερικάνικο έδαφος.

Μάλιστα τυχαία και χωρίς καμιά σημειολογία, οι άνθρωποι της «Εταιρείας» είχαν επιλέξει ως μέρος συνάντησης ένα γαλλικού τύπου μπιστρό στην Τενθ Στριτ, κοντά στο Καπιτώλιο της Βιρτζίνια.

Στη Λίσα δεν άρεσε η γαλλική κουζίνα, την οποία θεωρούσε υπερεκτιμημένη και άνοστη, αλλά δεν είχε λόγο να διαφωνήσει, αφού επιχειρησιακά το μέρος βόλευε και σε τελική ανάλυση δεν επρόκειτο να φάει.

Αυτή τη φορά την περίμενε ο Νικούλιν, ενώ επίτηδες η καλωδιωμένη Λίσα άργησε μερικά λεπτά για να δείξει ότι όλα πήγαιναν και πάλι φυσιολογικά. Σε τελική ανάλυση μια ωραία γυναίκα πάντα αξίζει να την περιμένεις, ειδικά όταν το φο κολιέ στο λαιμό της κοστίζει κάτι παραπάνω από 30.000 δολάρια που κόστιζε ο «κοριός» και όχι οι πέτρες.

Ανάλαφρα, σαν μανεκέν υψηλού οίκου ραπτικής και με την αύρα της νικήτριας, που ακόμη ο Ρώσος δεν μπορούσε να νιώσει, η καλλίγραμμη πράκτορας με τα μαλλιά της πιασμένα σε κότσο αυτή τη φορά και ένα εξαιρετικό γκρι ταγιέρ έκανε την εμφάνισή της και αφού έβγαλε το μαύρο παλτό της πήγε και κάθισε στο τραπέζι του «σκάουτερ».

– Καλωσόρισες, Λίσα, κάτσε και πες μου τι θα πιεις; τη ρώτησε ευγενικά ο Νικούλιν.

Έκανε και μια ταυτόχρονη κίνηση με το χέρι για να φωνάξει το σερβιτόρο.

– Τίποτα ακόμη, ίσως πιο μετά, του είπε η Λίσα. Αρκεί να έχεις κάτι το ενδιαφέρον να μου πεις, γιατί απ' ό,τι μου είπες στο τηλέφωνο η δουλειά δεν προχώρησε.

Ο Ρώσος έκανε αμέσως νόημα να μην έρθει ο σερβιτόρος ακόμα.

Σκοπός της Λίσας ήταν να φέρει στο σημείο τον Ρώσο να της κάνει μια ξεκάθαρη πρόταση κατασκοπείας, που θα ήταν και εργαλείο για το δικαστήριο.

– Έτσι είναι αυτά τα πράγματα, προσπάθησε να απολογηθεί ο Νικούλιν. Οι μεγάλοι δεν ενδιαφέρθηκαν καθόλου κι απ' ό,τι κατάλαβα δεν ήταν τα λεφτά, αλλά αυτό καθ' αυτό το πακέτο. Το θεώρησαν άχρηστο.

– Κρίμα, πολύ κρίμα, γιατί αν κατάλαβες κι εσύ είναι ένα πολύ ισχυρό «όπλο». Ίσως το απόλυτο «όπλο».

– Ναι, αλλά χωρίς την πέτρα είναι άχρηστο, Λίσα. Κι οι δικοί μου δεν ήξεραν καν ότι υπήρχε ποτέ αυτή η πέτρα ή αυτό το πρότζεκτ. Τώρα ο καθηγητής θα έχει σίγουρα πεθάνει και ποιος ξέρει πού θα κατέληξε και το πετράδι. Μπορεί να έχει γίνει κάνα δαχτυλίδι. Ψάξ' τ' αυγό και κούρευ' το. Τέλος πάντων, αυτό δεν μας ενδιαφέρει.

– Τότε τι έχεις για μένα; Γιατί αυτή η συνάντηση; άνοιξε η Λίσα το θέμα.

– Τώρα που γνωριστήκαμε, υπάρχει ένας ορίζοντας συνεργασίας. Αρκεί να θέλεις...

– Αρκεί να θέλω να γίνω πράκτορας της κυβέρνησής σου;

– Μην είσαι κυνική. Να το θέτεις πιο διακριτικά. Ας το διατυπώσουμε αλλιώς: αρκεί να θες να συνεργαστούμε και να μας βοηθάς να συλλέξουμε κάποιες πληροφορίες.

– Ναι, αλλά ουσιαστικά αυτό μου ζητάς. Να γίνω διπλός πράκτορας και να δουλέψω για τη Ρωσία. Μην παίζουμε...

– Εντάξει, αφού το θες ωμά. Ναι αυτό!

– Μάλιστα. Επιτέλους συνεννοηθήκαμε.

Η Λίσα είχε τελειώσει ήδη τη δουλειά, αλλά ήθελε να μάθει κι ό,τι μπορούσε ακόμη.

– Και τι μπορώ να κάνω για εσάς, γοητευτικέ μου κύριε; δόλωσε ξανά παίζοντας ταυτόχρονα και με την ψυχολογία του, που σίγουρα τονώθηκε με αυτή τη φράση.

– Ό,τι προσφέρεις καλοδεχούμενο, αρκεί να έχει ενδιαφέρον και βέβαια με το αζημίωτο. Σε αυτή τη φάση και από τη θέση που είσαι, δεν σου κρύβω, ότι θα μας ενδιέφερε μια λίστα με τα στίγματα –τις δορυφορικές θέσεις– των μυστικών κρησφύγετων που ξέρουμε ότι διατηρείτε παντού, αλλά δεν μπορούμε να τα εντοπίσουμε.

– Δηλαδή μου ζητάς να κλέψω για τη ρωσική κυβέρνηση μυστικές τοποθεσίες της CIA. Αυτό να ξέρεις ότι είναι στη λίστα με τα premium ποτά και κοστίζει αρκετά...

– Είσαι παμπόνηρη. Θες να ανεβάσεις την τιμή, ε; Λοιπόν για αρχή θα σου αποδείξω ότι όταν αξίζει, δεν είμαστε καθόλου τσιγκούνηδες.

– Δηλαδή για πόσα λεφτά μιλάμε μόνο γι' αυτή τη λίστα;

– Νομίζω ότι ένα ποσό γύρω στα 250.000 δολάρια μπορεί να ανοίξει έναν καλό λογαριασμό στο «μπαρ»...

Η Λίσα είχε τα πάντα. Προσφορά κατασκοπείας, στόχο και χρηματισμό. Ο εισαγγελέας επρόκειτο να τη λατρέψει αυτή τη συζήτηση. Κι έτσι κι εκείνη αποφάσισε να το γιορτάσει. Άλλωστε πλησίαζε η παραμονή Χριστουγέννων...

– Ε τότε να το γιορτάσουμε, Ντιμίτρι. Ώρα για ποτό, του είπε κάνοντας μια κίνηση σήμα προς το σερβιτόρο.

Ο «ακόλουθος», μεθυσμένος ήδη με την επιτυχία του, έγνεψε κι αυτός με κέφι στον νεαρό σερβιτόρο που από την ώρα που είχε φτάσει ο Ρώσος δεν είχε πάρει τα μάτια του από το τραπέζι του. Βέβαια, ο Νικούλιν δεν το είχε προσέξει. Αμέσως έφτασε δίπλα του έχοντας σταυρωμένα τα χέρια πίσω του.

– Έλα, παιδί μου, του είπε σαν αφεντικό, ένα ακόμη βότκα μαρτίνι για μένα –το ποτό των κατασκόπων, προσπάθησε να κάνει πλάκα στη Λίσα, χωρίς να νοιάζεται για την παρουσία του νεαρού– και ό,τι θέλει η κυρία...

Η Λίσα όμως δεν μίλησε. Απλά χαμογέλασε και σηκώθηκε όρθια.

Την ίδια στιγμή ο γεροδεμένος σερβιτόρος εμφάνισε ξαφνικά ένα ζευγάρι χειροπέδες και την ώρα που άλλοι δύο πράκτορες έτρεξαν απ' την κουζίνα του μαγαζιού προς το τραπέζι, είπε του Ρώσου που είχε μείνει άφωνος:

– Με παρεξηγήσατε. Εγώ δεν είμαι σερβιτόρος, αλλά για τα «Χρόνια Πολλά»...

Προφανώς όχι τα χριστουγεννιάτικα, αλλά «τα πολλά» στην Πολιτειακή φυλακή.

CIA,
Λάνγκλεϊ, Βιρτζίνια,
Τμήμα Επιχειρήσεων, Διευθυντής,
Τομέας: Β. Αφρική και Αν. Μεσόγειος
Λάνγκλεϊ 12/22
Τοπική ώρα 05:50

Όλο το απόγευμα στο γραφείο και όλο το βράδυ στο σπίτι –στο ελάχιστο που πήγε– ο Ρόμπερτ έβλεπε τα σήματα του δορυφόρου και τα αντίστοιχα στίγματα, όσο οι «ταχυδρόμοι» μετακινούνταν προς τη Σομαλία.

Δεν είχε κοιμηθεί σχεδόν καθόλου, αλλά απ' ό,τι φαινόταν ούτε οι μεταφορείς, αφού ανά τακτά διαστήματα η βαλίτσα εξακολουθούσε να εκπέμπει.

Ο Ρόμπερτ είχε έρθει στην «Εταιρεία» απ' τα ξημερώματα, αλλά δεν μπορούσε ούτε να σκεφτεί τίποτα, ούτε να κάνει κάτι. Καθόταν σαν παρατηρητής από χθες το μεσημέρι στις 3 και απλά παρακολουθούσε μια βαλίτσα να ταξιδεύει.

Κι εκείνη, προφανώς με διάφορα μέσα, περνούσε από δύσβατες περιοχές, χωνόταν στη ζούγκλα, περνούσε ποτάμια, ερήμους, βουνά και πόλεις που υπήρχαν μόνο στους χάρτες της Γεωγραφικής Υπηρεσίας.

Σε πολλές από αυτές, το μουσουλμανικό στοιχείο ήταν εξαιρετικά δυνατό μέχρι εντονότατα φανατικό και ολοφάνερα αυτοί που είχαν σχεδιάσει το δρομολόγιο αξιοποιούσαν ανθρώπους τους σε αυτές τις περιοχές, ξέροντας ότι θα τους παράσχουν τόσο ασφάλεια όσο και εχεμύθεια.

Ναι, για πρώτη φορά ο Ρόμπερτ αισθανόταν ότι η «Εταιρεία» δεν είχε δύναμη αντίδρασης σε εκείνα τα μονοπάτια, ακόμη και τώρα που κινδύνευε ολόκληρος ο κόσμος. Σαν έτσι ξαφνικά αυτά τα μέρη να ήταν κομμάτι ενός άλλου πλανήτη, όπου οι νόμοι δεν ίσχυαν και ο θρησκευτικός φανατισμός, ο χρηματισμός, η τρομοκρατία και οποιαδήποτε παράνομη πράξη μπορούσε να βρει εύκολους «μάρτυρες».

Η βαλίτσα είχε φτάσει από τις 2:35 τα ξημερώματα, ώρα Λάνγκλεϊ, στη Σομαλία. Είχε περάσει την κόκκινη γραμμή του Ρόμπερτ, ανάμεσα και σε πολλές εμπόλεμες μεταξύ Αιθιοπίας και Σομαλίας, και τώρα πια ελάχιστα μπορούσαν να γίνουν σε ένα τόσο εχθρικό έδαφος.

Ο Σίνγκλεη απογοητευμένος κοιτούσε το log των τελευταίων ωρών με τα απίστευτα μέρη από τα οποία είχε περάσει ο «Παράκελσος».

ΩΡΑ ΑΦΡΙΚΗΣ	ΠΕΡΙΟΧΗ	ΧΩΡΑ
0:40	Σουέντ	Αιθιοπία
2:15	Σερού	Αιθιοπία
4:02	Σεκ Χασέν	Αιθιοπία
5:50	Ράασπ	Αιθιοπία
7:01	Ράασπ (2)	Αιθιοπία
8:47	Αεροδρόμιο IMI	Αιθιοπία
10:35	Γκιουρί Ελ Σίτι	Σομαλία
12:20	Γκόλντογκομπ	Σομαλία
14:05	Νουγκάλ	Σομαλία

Κάτι έπρεπε να κάνει, αλλά ακόμη η ώρα ήταν πολύ νωρίς για να ενεργοποιήσει μικτό meeting με όλους τους επιτελάρχες της

«Εταιρείας», του NSA, του Πενταγώνου και του Λευκού Οίκου.

Το νωρίς βέβαια ήταν σχετικό, γιατί οι «ταχυδρόμοι» από το Νουγκάλ, που ήταν κι ο τελευταίος τους σταθμός, θα μπορούσαν πανεύκολα πλέον και με χίλιους τρόπους να περάσουν απέναντι.

Το μόνο ενθαρρυντικό ήταν ότι έχοντας κλείσει 14 ώρες στο δρόμο, λογικά θα έπρεπε να ξεκουραστούν πάλι για λίγο.

Ενθαρρυντική ήταν και η σκέψη που στριφογυρνούσε στο μυαλό του Σίνγκλεη, κάτι σαν ένστικτο με επιχειρήματα λογικής, ότι οι «τύποι» θα προσπαθούσαν να διασχίσουν τον Κόλπο του Άντεν και να περάσουν απέναντι, κάποια ώρα σήμερα το βράδυ ή ξημερώματα 23/12 γι' αυτούς.

Θεωρούσε σχετικά πιο απίθανο το να παραμείνουν εντός Σομαλίας για ακόμη 24 ώρες, αν και η παραμονή των Χριστουγέννων με τους μουσουλμάνους «ταχυδρόμους» να θεωρούν ότι τα μέτρα ασφάλειας θα ήταν πολύ χαλαρά, σίγουρα αποτελούσε δέλεαρ.

Βέβαια δεν ήταν πλέον σίγουρος για τίποτα, ούτε καν για το αν ήδη δεν είχαν κάνει το σάλτο γι' απέναντι.

Ο Ρόμπερτ κάλεσε τον Ντόναλντ, που είχε ξενυχτήσει στο κτίριο για να μάθει αν υπήρχε τίποτα νεότερο από την Κισινάου.

– Έλα, μικρέ, κράτα γερά, του είπε για να τον εμψυχώσει. Απ' ό,τι βλέπω δεν θα κοιμηθούμε ούτε σήμερα. Κάνα νέο από Μολδαβία;

– Μόλις τώρα, Ρόμπερτ, τα παράτησε ο καθηγητής και τα παιδιά γράφουν την αναφορά για να μας τη στείλουν.

– Χέσε την αναφορά, μωρέ Ντόναλντ. Στο τηλέφωνο σου είπαν τίποτα; Εδώ ο κόσμος καίγεται... τα γραφειοκρατικά μάς έλειπαν.

– Μου είπαν και είναι και ενδιαφέροντα, τώρα θα σ' έπαιρνα να σου πω.

– Μα καλά, έχεις νέα και δεν μ' ενημερώνεις; πήγε να αρπαχτεί ο Ρόμπερτ.

– Μόλις μίλησα με τα «δορυφορικά» κι ερχόμουν σ' εσένα.

– Άσ' το, έρχομαι δίπλα...

Ο Σίνγκλεη πήρε την κούπα με τον καφέ μαζί του και πήγε προς τον Ντόναλντ. Δεν ήταν και εντελώς τύπος του γραφείου και όλη αυτή η ιστορία τον είχε κουράσει και βρήκε ευκαιρία να περπατήσει λίγο, έστω και μέχρι το διπλανό γραφείο.

– Λέγε, «αφεντικό», είπε στον Ντόναλντ για να του κάνει πλάκα που κατά καιρούς προσφωνούσε έτσι τον Σίνγκλεη.

– Ο Ρώσος περιέγραψε την «μπαμπούσκα» σαν μια ειδική «θήκη» η οποία φοριέται στη βαλίτσα όπως ακριβώς φοράμε ένα αλεξίσφαιρο. Τη σχεδίασε ειδικά για «περίεργες» μεταφορές. Αποτελεί έξτρα θωράκιση και δεν αφήνει καμιά παρεμβολή ή ακτινοβολία να περάσει προς τη βαλίτσα.

– Άρα, γι' αυτό δεν πιάνει το δορυφορικό. Επιτέλους μάθαμε γιατί δεν δουλεύει το «διάστημα».

– Ακριβώς!

– Ναι, αλλά γιατί κάθε περίπου 2 ώρες εκπέμπει ένα στίγμα για μερικά δευτερόλεπτα;

– Έχω κι άλλα να σου πω. Έχουμε θέμα. Πέρα από τις «μονώσεις» και τη θωράκιση, ο Αλεξέγιεφ είχε φτιάξει ένα ειδικό σύστημα με ειδικούς αισθητήρες υγρασίας, υψομέτρου και ποιος ξέρει τι άλλα, που κάνουν τη «θήκη» να καταλαβαίνει πότε είναι στον αέρα κι αν χρειαστεί σε περίπτωση πτώσης να ανοίξει αλεξίπτωτο ή σε περίπτωση που από ατύχημα βρεθεί σε νερό να ανοίξει σωσίβιο που σημαίνει και το να σωθεί το περιεχόμενο.

– Ρε το λαμόγιο... αν είχε χρησιμοποιήσει το μυαλό του για καλό, θα ήταν άρχοντας. Το γιατί εκπέμπει κάθε 2 ώρες το μάθαμε;

– Το μόνο ελάττωμα αυτής της «θήκης» ήταν ότι κάποια στιγμή τα τότε σοβιετικά κομματόσκυλα του έκοψαν την επιχορήγηση για την έρευνα και δεν πρόλαβε να τελειοποιήσει τις μπαταρίες. Ακόμα τους βρίζει και γι' αυτό. Επειδή το σύστημα αυτό καταναλώνει πολλή ενέργεια, αναγκάζονται κάθε 2 περίπου ώρες, πάντως πριν περάσουν 150 λεπτά της ώρας που είναι το max, να βγάζουν τη «θήκη» από τη βαλίτσα ώστε να αλλάζουν τις μπαταρίες που είναι στο μέσα μέρος. Αν δεν βγει η θήκη, δεν υπάρχει προσβασιμότητα στη θέση των μπαταριών...

– Α και γι' αυτό όταν βγαίνει η «θήκη», η βαλίτσα με το δορυφορικό μας τηλέφωνο βρίσκει το ελεύθερο και εκπέμπει όση ώρα οι άλλοι αλλάζουν «πάνες» στη «θήκη».

– Και τώρα το καλύτερο, «αφεντικό». Θα χαρείς! Αυτή η ειδική θήκη έχει σύστημα δορυφορικής μετάδοσης θέσης. Ο Αλεξέγιεφ το είχε προσαρτήσει, πρώτον, για να διασφαλίζεται ότι αν η βαλίτσα πέσει με αλεξίπτωτο ή χαθεί επιπλέουσα στο νερό με το σωσίβιο, θα μπορούσαν να την εντοπίσουν και, δεύτερον, για να ελέγχουν από όπου θέλουν την πορεία της. Άρα τώρα και όλες αυτές τις ώρες οι Ιρανοί, ακόμα και όσο εμείς δεν έχουμε σήμα από το δορυφορικό μας τηλέφωνο, βλέπουν πεντακάθαρα το πού είναι ανά πάσα στιγμή. Είκοσι τέσσερις ώρες το 24ωρο. Έγινε!...

– Τι έγινε; Μη χάνεις στιγμή. Πάρε τώρα τα «Δορυφορικά» και πες τους να υποκλέψουν τον ιρανικό δορυφόρο. Είναι θέμα ζωής και θανάτου.

Ο Ντόναλντ τον κοίταζε με ένα χαμόγελο, χωρίς να κάνει καμιά κίνηση ή να «ιδρώνει».

– Ντόναλντ, τα έχεις παίξει, ρε φίλε; Μπας και κουράστηκες απ' το ξενύχτι; Τι με κοιτάς σαν ηλίθιος; Σου είπα, πάρε τηλέφωνο «χθες». Μπορεί και να προλάβουμε...

– Σου είπα, «αφεντικό», ότι «έγινε». Πήρα την πρωτοβουλία και το έχω κάνει ήδη, είπε με σιγουριά στον Ρόμπερτ.

– Είσαι Θεός, ρε μεγάλε. Θεός! Του φώναξε κεφάτος τώρα ο Ρόμπερτ.

– Πάντως θα χρειαστεί χρόνος, Ρόμπερτ, για να βρουν τη συχνότητα εκπομπής των Ιρανών και να σπάσουν και τον κώδικα. Μου είπαν ότι δεν ξέρουν πόσο, αλλά ήδη δουλεύουν πάνω του οι καλύτεροι.

– Τι να κάνουμε; Σε αυτή την ιστορία μάθαμε να περιμένουμε...

Λάνγκλεϊ 12/22
Τοπική ώρα 12:20
Το νέο log έβγαλε τον Ρόμπερτ έξω απ' τα ρούχα του.

Περισσότερο τον τρέλαινε ότι δεν μπορούσε να εξηγήσει τις κινήσεις των «ταχυδρόμων», κάνοντάς τον να νιώθει ότι κάτι δεν κάνει ο ίδιος καλά.

Άρχισε πάλι να μελετάει και να μελετάει και να... μελετάει.

ΩΡΑ ΑΦΡΙΚΗΣ	ΠΕΡΙΟΧΗ	ΧΩΡΑ
16:02	Νουγκάλ	Σομαλία
17:50	Ταλίξ	Σομαλία
20:10	Γκαροέ	Σομαλία

Με το που συνειδητοποίησε όμως το «ρολόι» και την επόμενη μετακίνηση των «ταχυδρόμων» απ' το Ταλίξ στη Γκαροέ, ήταν πια σαν να τον χτύπησε ηλεκτρικό ρεύμα πολλών βατ.

Καταρχάς δεν μπορούσε να εξηγήσει αυτό το ζικ ζακ προς τα πίσω, αντί να πηγαίνουν προς τον Κόλπο του Άντεν.

Ήταν σαν να είχαν φτιάξει ένα ισοσκελές τρίγωνο και να κυνηγάνε τις δύο γωνίες της βάσης του. Δεν είχε καμιά λογική, εκτός κι αν κρύβονταν ή τους κυνηγούσαν.

«Αλλά ποιος άλλος να τους κυνηγάει, εκτός από εμάς που δεν μπορούμε να τους πιάσουμε;», σκέφτηκε.

Αμέσως έπιασε πάλι το τηλέφωνο και κάλεσε τον Χάρι.

– Τι περιμένουμε, ρε παιδιά; ρώτησε φανερά εκνευρισμένος ο Ρόμπερτ, αν και ήξερε ότι όλοι έκαναν το ανθρωπίνως δυνατό για να εντοπίσουν τις συχνότητες του ιρανικού δορυφόρου.

Ουσιαστικά του δορυφόρου που ο Αμπάσι είχε «απαλλοτριώσει» στα πλαίσια του «ιερού» του αγώνα, χωρίς η νέα κυβέρνηση και σίγουρα ο ιρανικός λαός να το γνωρίζει.

Ο Χάρι «τα χρειάστηκε» για λίγο, αλλά αμέσως μέσα του επικράτησε η εκ της πείρας του προερχόμενη ψυχραιμία σε χειρισμό τέτοιων καταστάσεων με ένταση, που δεν ήταν σπάνιες στο Λάνγκλεΐ.

Συχνά οι Επιχειρήσεις πίεζαν τα «πρακτικά» Τμήματα, τους επιστημονικούς συνεργάτες και τους περιβόητους «σπασίκλες» ή συχνότερα «φρικιά», για δύο βασικούς λόγους, άνευ... κακίας.

Πρώτον, δεν είχαν τις γνώσεις των ειδικών, που κυριολεκτικά πάλευαν με όλες τους τις δυνάμεις, ώστε να κρίνουν τα χρονοδιαγράμματα αντικειμενικά και, δεύτερον, ήταν απολύτως φυσικό για τους επιχειρησιακούς σαν τον Ρόμπερτ να εκκρίνουν περισσότερη αδρεναλίνη απ' ό,τι οι υπόλοιποι.

Πάντως στο τέλος όχι απλά δεν υπήρχε κακία, αλλά όλοι μαζί αισθάνονταν ισάξιοι συνάδελφοι, συχνά μάλιστα αποδίδοντας όλη τη δόξα στους «πρακτικούς».

Λένε ότι πολλά πράγματα πετυχαίνονται ή με πολλή ηρεμία ή με πολλά νεύρα. Εδώ η ομάδα τα είχε και τα δύο.

– Σας καταλαβαίνω, κύριε Σίνγκλεη, αλλά πρέπει να δείξετε λίγη υπομονή. Οι συχνότητες που ανεβαίνουν προς τα πάνω είναι χιλιάδες και πρέπει να εντοπίσουμε ποια είναι αυτή που ψάχνουμε. Μετά βέβαια τα «φρικιά» θα πρέπει να σπάσουν και την κωδικοποίηση. Κάνουμε ό,τι είναι ανθρωπίνως δυνατό και δουλεύουν δώδεκα άνθρωποι, μόνο πάνω σε αυτό.

– Συγγνώμη, βρε Χάρι μου, για τον τόνο της φωνής μου, δεν είναι προσωπικό. Απλά όσο περνάει η ώρα έχω αρχίσει και αγχώνομαι. Είμαι και σε κάποια ηλικία, αστειεύτηκε, καταλαβαίνοντας ότι δεν έβγαινε τίποτα με τα νεύρα.

Ο Χάρι χαμογέλασε και έδειξε ότι φυσικά και δεν τον είχε πειράξει.

– Μην το συζητάτε, κύριε Σίνγκλεη. Όλοι μας θέλουμε να τους πιάσουμε και όλοι μας έχουμε εκνευριστεί και με τις ατυχίες σε αυτή την υπόθεση. Πήρατε τα τελευταία στίγματα;

– Βέβαια, φίλε. Ευχαριστώ! Τώρα απ' ό,τι είδες πρώτος στους ουρανούς, έχουν αρχίσει καινούργια ιστορία και κάνουν κύκλους γύρω γύρω, σαν να κυνηγάει η γάτα το ποντίκι. Κι αυτό το διαολεμένο το Γκαροέ, όπως λέει η «Γεωγραφική», είναι διπλή παγίδα για εμάς. Και σχετικά μεγάλη πόλη και με αεροδρόμιο.

– Ναι, η περιοχή, κύριε Σίνγκλεη, είναι τρομερά παράξενη. Έρημο τοπίο, αμμώδης και ακατοίκητη. Πέρα από τις πόλεις έχει και πολλές κρυψώνες. Κρύβεσαι οπουδήποτε.

– Μα έχω και αυτό το πρόβλημα. Θα στέλναμε κομάντος από το Τζιμπουτί –που δεν είναι και κοντά, στα 750 χιλιόμετρα είναι–, αλλά πού να τους στείλεις, αφού αυτοί κινούνται συνέχεια και η περιοχή είναι τεράστια και χαώδης; Τέλος πάντων. Σ' ευχαριστώ, Χάρι. Συνεχίστε με δύναμη...

Κλείνοντας ο Ρόμπερτ το τηλέφωνο ένιωσε να πνίγεται. «Θα πάω μια βόλτα», σκέφτηκε. «Άλλωστε, απλά περιμένουμε τώρα».

Πήρε πάλι το τηλέφωνο στα χέρια του –είχε γίνει αναπόσπαστο κομμάτι του τις δύο τελευταίες μέρες– και κάλεσε την Κιμ:

– Κιμ, πάω μια βόλτα μέχρι τις «Δορυφορικές του Εμπορικού Ναυτικού», της είπε. Ό,τι προκύψει, πάρε με αμέσως.

«Καλή ιδέα», σκέφτηκε κλείνοντας, δίνοντας θάρρος στον εαυτό του.

Μόνο η Λίσα μπορούσε να τον ηρεμήσει τώρα. Εκτός βέβαια κι αν τον έκανε ακόμα χειρότερα. Αλλά αυτό θα φαινόταν σε λίγα λεπτά.

«Καλή ευκαιρία να πάω να συγχαρώ τη Λίσα για τα χθεσινά», σκέφτηκε, «και αν βρω και ελεύθερο πεδίο να της κάνω και την "πρόταση"».

Γιάννης Παρθένιος

Το ξανασκέφτηκε λίγο σαν να δίσταζε, αλλά σε αυτή πλέον τη φάση διαταγές έδινε το συναίσθημα.

Σηκώθηκε απ' την πολυθρόνα, έφτιαξε λίγο το πουκάμισο που είχε ταλαιπωρηθεί από την ένταση των εξελίξεων και ίσιωσε ακόμα και τον κόμπο στη γραβάτα.

Ξεκίνησε προς τα ασανσέρ και γρήγορα είχε φτάσει στο διπλανό κτίριο.

Το γραφείο της Λίσας ήταν πολύ κοντά στο γραφείο του Πάτρικ, αλλά ο Ρόμπερτ πέρασε διακριτικά για να μη δώσει δικαιώματα. Δεν ήταν και δύσκολο για έναν «πράκτορα».

Παρ' όλα αυτά, και όσο παράξενο κι αν ακούγεται, ήταν πιο εύκολο να κλέψεις μυστικά και να τα πουλήσεις στους Κινέζους παρά να ερωτευτείς εντός «Εταιρείας» και να μην το μάθει κανείς.

Γι' αυτό κι ο Ρόμπερτ χρησιμοποιούσε για μια ακόμη φορά όλα τα μυστικά της «δουλειάς» για την επίτευξη του στόχου. Μάλιστα σήμερα θα αυτοσχεδίαζε κιόλας, γιατί ενώ ήξερε πολύ καλά τι ήθελε να προτείνει στη Λίσα, δεν είχε βρει ακόμη το «πώς».

Γρήγορα και αθόρυβα τρύπωσε στο γραφείο της και την έπιασε απροετοίμαστη, ανέτοιμη και σίγουρα ευάλωτη σε μια τόσο οργανωμένη επίθεση με «βέλη».

– Καλησπέρα, Λίσα, της είπε ο Ρόμπερτ μπαίνοντας, ενώ εκείνη τα έχασε με την αναπάντεχη επίσκεψη και την αγωνία να σφυρηλατεί με αβεβαιότητα το αν ήταν σε καλή κατάσταση.

Μέσα της άρχισε τα κλασικά γυναικεία τσεκ που ξεπερνούν ακόμα και τις λίστες εξακρίβωσης διαδικασιών και της CIA.

«Μαλλιά – OK, Βάψιμο – μέτριο, Ρούχα – μετριότατα», σκέφτηκε μέσα της σε νανοδευτερόλεπτα, αλλά αυτό ήταν μια διαδικασία που οποιαδήποτε γυναίκα την κάνει τόσο αυτοματοποιημένα που λίγη σημασία έχει το αποτέλεσμα.

«Χάλια είμαι», σκέφτηκε.

– Καλησπέρα, κύριε Σίνγκλεη, του είπε έκπληκτη, με φωτεινό χαμόγελο και ανήσυχη για την επίσκεψη.

Ο Ρόμπερτ δεν της διόρθωσε τον πληθυντικό, γιατί όπως και να είχε, εντός «Εταιρείας», αυτό επέβαλλε το πρωτόκολλο. Η Λίσα όμως το πρόσεξε και φοβισμένη ότι ο Ρόμπερτ ενδέχεται να ερχόταν εδώ για να την «ξεχέσει» για τον τρόπο που τον «αμφισβήτησε» στον Πάτρικ, άρχισε να προβληματίζεται.

Το μόνο καλό ήταν ότι η «επιχείρηση» με τον Νικούλιν είχε πάει τέλεια, άρα δεν υπήρχε λόγος να φοβάται γι' αυτό.

«Σιγά μη φοβηθώ τον "αγριάνθρωπο"», είπε μέσα της, αλλά μάλλον δεν το εννοούσε. Περισσότερο το σκέφτηκε για να πάρει δύναμη.

– Λίσα, πέρασα από δω για να σε συγχαρώ για τη χθεσινή σου επιτυχία. Χειρίστηκες την υπόθεση τέλεια από την αρχή μέχρι το τέλος και δεν σου κρύβω ότι έχω σχέδια να σε πάρω στις Επιχειρήσεις. Αυτά όμως θα τα πούμε, αν συμφωνείς και εσύ, μετά το τέλος με τον Αμπάσι, που θα είμαστε πιο άνετα.

Η Λίσα έλαμψε από χαρά και ευχαρίστηση και του χαμογέλασε διάπλατα σαν να ανακουφίζεται από κάτι που σίγουρα ο Ρόμπερτ δεν είχε καταλάβει. Προσπάθησε να του πει «Σας ευχαριστώ», αλλά ο Σίνγκλεη δεν είχε τελειώσει.

– Αυτά είναι τα καλά, Λίσα. Το κακό είναι...

Η Λίσα με το που άκουσε για «κακό» άρχισε πάλι να αναρωτιέται τι μπορεί να τρέχει και η καρδιά της συνέχισε να χτυπά με τους αρχικούς γρήγορους σφυγμούς, που λίγο πριν παραλίγο να χαλάρωναν από το κομπλιμέντο.

Ο Ρόμπερτ άλλαξε το ύφος του σε αγέλαστο, ψυχρό και βαρύ. Ήταν τρομερός ηθοποιός, ειδικά τώρα που έπαιζε δικό του έργο.

– Το κακό είναι ότι η συμπεριφορά σου, Λίσα, και το γεγονός ότι με αμφισβήτησες όπως κανείς άλλος μέχρι σήμερα στην καριέρα μου με αναγκάζουν να σε τιμωρήσω.

Η Λίσα κοκκίνισε και μεμιάς μαράζωσε.

– Συγγνώμη, κύριε Σίνγκλεη, αλλά εγώ δεν είχα σκοπό να αμφισβητήσω... προσπάθησε να αμυνθεί αλλά μάταια.

– Σε παρακαλώ, γλυκιά μου, μη με διακόπτεις, της είπε βαριά ο Ρόμπερτ. Τα πράγματα είναι απλά, αδιαμφισβήτητα και μη διαπραγματεύσιμα.

Η Λίσα δεν ήξερε πώς να αντιδράσει. Δεν ήταν όμως και κάνα κοριτσάκι να κάτσει άπραγη και να ακούει τις αρλούμπες του. Χαμήλωσε λίγο το βλέμμα, αλλά σκεφτόταν την αντεπίθεση.

– Σκέφτηκα την τιμωρία σου και, αφού μελέτησα το φάκελό σου, κατέληξα ότι μια πιθανά καλή τιμωρία θα είναι την παραμονή των Χριστουγέννων να σου κάνω το τραπέζι σπίτι μου και να περάσουμε αυτό το ξεχωριστό βράδυ μαζί, είπε και χαμογέλασε ο Ρόμπερτ.

Η Λίσα ήταν λες και τη χτύπησε κεραυνός. Γύρισε και τον κοίταξε χαρίζοντάς του ένα χαμόγελο ευχαρίστησης, ενώ η καρδιά της τώρα χτυπούσε στο στομάχι και οι σφυγμοί ήταν ακόμη πιο δυνατοί. Ένιωθε αυτή την αμηχανία και την αγωνία που σε στιγμές ερωτισμού σου προκαλούν αναστάτωση και πλήρη έξαψη των αισθήσεων, αλλά χάνεις τα λόγια σου.

Συνέχισε να τον κοιτάει και να χαμογελάει σαν χαζή. Έπρεπε όμως κάτι να πει και σκέφτηκε να πάρει «δικαίωμα» στο καρέ.

– Ο φάκελός μου τι σχέση έχει; τον ρώτησε στον ενικό και με νάζι.

Ο Ρόμπερτ ήδη ήξερε ότι απλά το «Ναι» καθυστερούσε, αλλά ερχόταν με ιλιγγιώδη ταχύτητα.

– Είδα ότι είσαι μόνη σου, όπως είμαι κι εγώ, και είπα να μοιραστούμε τη βραδιά, της απάντησε με γενναιότητα και ειλικρίνεια. Α, να βάλω έναν όρο, αρκεί να έχω τελειώσει με τον «Αμπάσι & Συμμορία Α.Ε.».

– Μόνη μου; Τι εννοείς «μόνη» μου, του είπε με στόμφο η Λίσα.

– Εννοώ ότι στη ζωή σου δεν υπάρχει κάποια σχέση, Λίσα, συνέχισε ωμά, αλλά ομολογουμένως αντρίκια ο Ρόμπερτ.

Η Λίσα έκανε έναν μορφασμό σαν να μην πίστευε στ' αυτιά της, αλλά δεν την είχε πειράξει αυτό το ολοφάνερο ενδιαφέρον που άλλωστε υπογράμμιζε την πρόταση ως ερωτική. Του γέλασε όμως πάλι σαν να βρίσκεται σε αμηχανία και ενώπιον αδιεξόδου στο να κάνει τη δύσκολη.

Τελικά, μάλλον ο Ρόμπερτ έσκιζε σε τακτική, χωρίς πολλές λέξεις.

– Είναι απαράδεκτο να έχει τέτοια στοιχεία ο φάκελός μου, ενώ ο δικός σου τίποτα, του είπε με νάζι η Λίσα.

– Άρα έψαξες κι εσύ, ε; χαμογέλασε με πονηριά ο Ρόμπερτ.

– Φυσικά και όχι, προσπάθησε να καλύψει το λάθος της η Λίσα. Απλά φαντάζομαι ότι για σένα δεν θα έχει τίποτα.

– Ναι σίγουρα! Το φαντάζεσαι! την πικάρισε ο Σίνγκλεη, που ήταν πανευτυχής που η Λίσα ενδιαφερόταν στα σίγουρα και είχε ψάξει. Απλά για να ξέρεις, σου λέω ότι και για μένα έχει, αλλά δεν έχεις «διαβάθμιση», ενώ οι Επιχειρήσεις έχουν πρόσβαση στους φακέλους των διοικητικών για λόγους ασφάλειας.

– Ωραία ασφάλεια, έκανε ότι παραπονιόταν η Λίσα τώρα, αλλά δεν της έβγαινε.

– Λοιπόν, ακούω...

– Τι, για το αν έχω φίλο; έκανε ότι δεν καταλαβαίνει το παμπόνηρο θηλυκό.

– Για το αν δέχεσαι ή όχι, Λίσα...

Η Λίσα έκανε δήθεν ότι το σκέφτεται, αλλά δεν τόλμησε να καταχραστεί πάνω από... μερικά δευτερόλεπτα. Περισσότερο παραχάιδεψε τα μαλλιά της σε μια κίνηση αυτοϊκανοποίησης του εγώ της, που μόνο μια γυναίκα μπορεί να νιώσει.

– Φυσικά, του είπε γλυκύτατα. Θα είναι μεγάλη μου χαρά, κύριε Σίνγκλεη.

– Ωραία τότε! Υπέροχα! Σε περιμένω το βράδυ των Χριστουγέννων. Φαντάζομαι τη διεύθυνση θα τη βρεις στο φάκελό μου...

Η Λίσα του έκανε μια γκριμάτσα δήθεν αποδοκιμασίας, αλλά αγάπης, λες και ο πάγος είχε σπάσει από καιρό.

Ο Ρόμπερτ χαμογελώντας και πετώντας στα σύννεφα κατευθύνθηκε προς την έξοδο του γραφείου της.

Με ένα πολύ γοητευτικό βλέμμα της είπε, λίγο πριν βγει:

– Μόνο μη φέρεις την Πάτι, γιατί θα τη φάει ο σκύλος μου. Τους γνωρίζουμε αργότερα. Το είχε κι αυτό ο φάκελος...

Η Λίσα έμεινε να κοιτάει την πόρτα με ένα ύφος αδικημένης και κατακτημένης, αλλά μέσα της γιόρταζε.

Λάνγκλεϊ 12/22
Τοπική ώρα 18:00

Ο Ρόμπερτ για άλλη μια φορά έπιασε το log με τις τρεις τελευταίες «κωλοτούμπες» της βαλίτσας.

ΩΡΑ ΑΦΡΙΚΗΣ	ΠΕΡΙΟΧΗ	ΧΩΡΑ
21:52	Γκαράς	Σομαλία
23:48	Γκαράς	Σομαλία
1:53	Γκαρασάντ	Σομαλία

Αυτή τη φορά δεν μπόρεσε να νευριάσει κι ότι έπιανε το χάρτη για να δει τις τοποθεσίες μέσα στο άγνωστο και το «πουθενά», χτύπησε ξανά το κόκκινο τηλέφωνο.

Ήταν ο Τόμσον.

– Έλα φίλε, Σίντνεϋ εδώ, του είπε.

– Έλα, ρε «στρατηγέ», χάθηκες σήμερα. Είδες το τελευταίο;

– Χάθηκα, αλλά δούλευα για σένα. Άσε το σήμα, γιατί έχουν προκύψει πιο σημαντικά. Άκου: μετά την Αντίς Αμπέμπα δεν το άφησα το θέμα. Όπως μου είπες, το έψαξα και τα παιδιά του τοπικού Κλιμακίου έκαναν φοβερή δουλειά. Τους πήρε ώρες να βρουν πληροφορίες εκεί τριγύρω στη φαβέλα, γιατί οι άνθρωποι δεν μιλούν. Αλλά πριν από μία ώρα βρήκαν έναν τυπάκο, έναν ανάπηρο που μένει ακριβώς απέναντι από εκεί όπου είχαν κρυφτεί και κοιμόντουσαν ο Αλ Αλαμί και οι άλλοι δύο που ήταν μαζί του. Τελικά όντως ήταν τρεις. Ο τύπος τα είδε όλα και τα άκουσε όλα, γιατί δεν τον φοβόντουσαν λόγω αναπηρίας. Έγινε επεισόδιο εκεί.

– Για λέγε... για λέγε.

– Σε αυτό το σημείο η βαλίτσα θα άλλαζε χέρια. Ο Αλ Αλαμί έχει μεν τρομερή δύναμη σε σχεδόν όλη την Αφρική, αλλά όχι στα ανατολικά και δη στη Σομαλία που είναι άλλος πλανήτης.

– Μα για την Αιθιοπία δεν μιλάμε;

– Ναι, αλλά το εμπόρευμα όντως, όπως έχεις προβλέψει, θέλουν να το περάσουν απ' τον Κόλπο, άρα μέσω Σομαλίας.

– Δεν υπήρχε περίπτωση να έπεφτα έξω σ' αυτό... Από πού αλλού να το πέρναγαν. Μόνο απ' το στενό...

– Εκεί στην Αντίς Αμπέμπα, λοιπόν, ο Αμπάσι είχε προφανώς κανονίσει να έρθει ο Αλ Αλαμί σε επαφή με έναν ντόπιο «στρατηγό» που ειδικεύεται προς Σομαλία και ανατολικά, ώστε να είναι πιο σίγουρη η δουλειά. Θα του έδινε τη βαλίτσα και από εκεί θα αναλάμβανε ο άλλος.

– Τον ξέρουμε;

– Πολύ καλά! Είναι ο Αμπασκούλ Αμπντικαρίμ. Κλασικός Αλ Κάιντα και χρόνια καταζητούμενος. Μεγάλη χολέρα. Βρίσκεται πίσω από τα περισσότερα χτυπήματα δυτικών στόχων στην Ανατολική Αφρική και προσωπικός φίλος ενός έκπτωτου σεΐχη, που ζει στη Σαουδική Αραβία και είναι πίσω από ό,τι μπορείς να φανταστείς. Όλες οι λέρες μαζεμένες.

– Και τι έγινε εκεί;

– Δεν τα βρήκανε στα μπικικίνια. Το κλασικό με τους δήθεν ιδεολόγους, θρησκευτικά φανατικούς. Ο Αμπάσι είχε υποσχεθεί στον Αλ Αλαμί 300 χιλιάδες δολάρια με την παράδοση και ο άλλος –τώρα ποιος ξέρει; πήγε να του τα φάει;– προσπάθησε να του δώσει τα μισά. Το ένα έφερε το άλλο, βγήκαν τα κουμπούρια και ο Αλ Αλαμί με τη βαλίτσα άρχισε να «τρέχει» και τώρα ο άλλος τους κυνηγάει.

– Γι' αυτό και τα μπρος πίσω... Πέστα, ρε συνάδελφε, και πήγα να τρελαθώ.

– Ναι, μετά την Αντίς Αμπέμπα τρέχουν να ξεφύγουν, αλλά ο άλλος έχει προσβάσεις μέχρι και στις πέτρες στη Σομαλία. Αν σταματήσουν, τους εντόπισε, κι αυτή τη φορά στο ραντεβού ο Αμπντικαρίμ θα πάει με ολόκληρο στρατό. Δύσκολα ο άλλος θα φτάσει στο πέρασμα.

– Μα τώρα έχει πάει προς την άλλη. Το Γκαρασάντ είναι ψαροχώρι στην από εκεί πλευρά, θεωρητικά απέναντι από το Μαλέ. Ρε λες να τους κυνηγάμε σε λίγο στις Μαλδίβες; αστειεύτηκε ο Ρόμπερτ που είχε πάρει πάνω του.

– Έλα ρε, σοβαρέψου. Στο Άντεν προσπαθούν να πάνε, αλλά με τον «στρατάρχη» της περιοχής από πίσω τους, βλέπω να παίρνει μέρες.

– Ναι, λέγε τέτοια, να κάνουμε Παραμονή εδώ...

– Πάντως σε αυτή τη φάση και μέχρι να εντοπίσουμε τον ιρανικό δορυφόρο και να τους μπουμπουνίσουμε, αυτή η καθυστέρηση μας συμφέρει...

– Δεν το συζητώ, αλλά τι στο διάολο κάνουν τα «φρικιά»;

– Ε τώρα, ξέρεις πώς πάνε αυτά; Τι ψάχνεις;

– Χίλια ευχαριστώ, Σίντνεϋ. Έκανες διαολεμένα καλή δουλειά. Σου χρωστάω, φίλε...

– Κάτσε να τελειώσουμε πρώτα και «μ' ευχαριστείς αργότερα», που έλεγε κι ο δάσκαλός μου στο «σχολείο»...

Ο Ρόμπερτ έβαλε τα γέλια.

– Ρε, μου κάνεις πλάκα; Αφού είμαστε «σειρά» και είχαμε τον ίδιο...

Γέλαγε κι ο Σίντνεϋ τώρα.

– Άντε, καλό μας απόγευμα, αν και σήμερα βλέπω να κοιμόμαστε εδώ.

– Τα λέμε, Σίντνεϋ, του είπε ο Ρόμπερτ.

Με όλα αυτά, εδώ και πάνω από δύο μέρες ο Ρόμπερτ είχε

παρατήσει κάθε άλλη υπόθεση, και τόσο στη Βόρεια Αφρική όσο και στην Ανατολική Μεσόγειο έτρεχαν ταυτόχρονα πάνω από πέντε «επιχειρήσεις», ευτυχώς όχι τόσο σοβαρές.

Αυτές τις είχε αναλάβει το υπόλοιπο Τμήμα, αλλά μάλλον ο Σίντνεϋ έπρεπε να ρίξει και μια ματιά για να μη χάσει την επαφή και να μη γίνει και καμιά «στραβή». Άλλωστε αυτό τώρα το έβλεπε σαν ξεκούραση, κάτι για να ξεθολώσει το μυαλό από τη σημερινή μαυρίλα.

Έπιασε από τη στοίβα έναν φάκελο που έγραφε κάτι για μια «οικογένεια» από την Τουρκία, που πουλούσε όπλα σε κάποια σουνίτικη οργάνωση στην Αίγυπτο, με σκοπό την ενδυνάμωση του «μουσουλμανικού στοιχείου» και τη δημιουργία πληγμάτων στο στρατό, που τουλάχιστον εκείνες τις μέρες είχε ακόμη την εξουσία.

«Ω ρε τι μας περιμένει από τη νέα χρονιά», σκέφτηκε και συνέχισε να διαβάζει.

Σε λίγο είχε ξεχαστεί με αυτή την ιστορία και σελίδα σελίδα είχε μελετήσει όλο το φάκελο, γεγονός όμως που είχε σπρώξει τους δείκτες του ρολογιού μάλλον προς τα δεξιά. Είχε φτάσει 10 το βράδυ στο Λάνγκλεϋ και δεν το είχε πάρει καν χαμπάρι.

Παράτησε τους Τούρκους και τους Αιγυπτίους και βγήκε προς τα έξω να δει αν έχει «επιζήσει» κανείς στο γραφείο.

Βγαίνοντας, αντίκρισε την Κιμ να κάθεται εξαιρετικά ήρεμη και να διαβάζει ένα περιοδικό.

Ήταν το επίσημο περιοδικό του State Department και είχε ένα εξαιρετικό θέμα, ειδικά αφιερωμένο στα σκυλιά «φρουρούς» των αμερικανικών πρεσβειών σ' όλο τον κόσμο. Μάλιστα στο εξώφυλλο είχε ένα γλυκύτατο λαμπραντόρ που ειδικευόταν στην ανίχνευση εκρηκτικών.

Ήταν τόσο όμορφο που τράβηξε την προσοχή και του Ρόμπερτ.

– Κούκλος, της είπε. Αλλά, πάρε τα πράγματά σου και γρήγορα σπίτι σου. Δεν έχεις λόγο, Κιμ, να μένεις μέχρι τόσο αργά. Έχεις και σύζυγο.

– Κύριε Σίνγκλεη, μπορεί να με χρειαστείτε σήμερα, προσπάθησε να του πει εκείνη.

– Διαταγή. Έφυγες… και καλή νύχτα, γλυκιά μου.

– Καλή σας νύχτα, κύριε Σίνγκλεη. Αύριο θα έρθω από τα χαράματα.

– Να έρθεις κανονικά, της είπε εκείνος με νόημα, πηγαίνοντας προς τα μέσα γραφεία.

Όλοι ήταν ακόμα εκεί και το κλίμα δεν έδειχνε ούτε στο παραμικρό την τάση κάποιου να φύγει. Ήταν λες και η μέρα ξεκινούσε τώρα.

Όντως τώρα ξεκινούσε, γιατί στη Σομαλία ήταν μόλις 6:05 το πρωί προ-παραμονή Χριστουγέννων.

Ο Ρόμπερτ δεν πρόλαβε να πει κάτι γιατί άμα τη εμφανίσει του ο Ντόναλντ ακούστηκε μέχρι το κεντρικό φυλάκιο της εισόδου στο Λάνγκλεϊ, δηλαδή κάτι χιλιόμετρα μακριά.

– Κύριε Σίνγκλεη, ελάτε γρήγορα, έχουμε ζωντανό σήμα από τη βαλίτσα. Επιτέλους το σπάσανε, είπε με ένταση...

Όλα τα κεφάλια γύρισαν προς τους δύο άντρες, καθώς ο Ρόμπερτ ήταν ήδη πάνω από το μόνιτορ του νεαρού. Σχεδόν τον πάτησε.

– Για διάβαζε συντεταγμένες, Ντόναλντ, του είπε ήρεμα αυτή τη φορά.

Ο Ντόναλντ πήρε μερικά δευτερόλεπτα να κάνει τις αναγωγές και να δει και τις σημειώσεις που παράλληλα έρχονταν από τη Γεωγραφική Υπηρεσία.

– Είναι εδώ, του έδειξε με το στιλό, βάζοντας τη μύτη του στο ακριβές σημείο. Είναι στο Χιν Γκαλόλ, μια τενεκεδούπολη, αλλά μεγαλούτσικη, 200 χιλιόμετρα από τις ακτές. Βέβαια, εξαρτάται από πού θα θελήσουν να περάσουν.

– Τι λέει η «Γεωγραφική»;

– Ότι πιθανό σημείο είναι το Μποσάσο, που είναι λιμάνι απέναντι ακριβώς από το Μπιρ Αλί της Υεμένης, ένα συχνό «μονοπάτι» για τα λαμόγια και τους Σομαλούς πειρατές.

– Άρα ο Αλ Αλαμί τρέχει πιο γρήγορα απ' τον ντόπιο. Τώρα τρέχουμε και εμείς. Παιδιά, όλοι σε συναγερμό για να χτυπήσουμε. Το σήμα είναι σταθερό;

– Τους «διαβάζουμε» απ' το δορυφόρο τους σαν να βλέπουμε τηλεόραση.

– Ωραία, Ντόναλντ. Κάλεσε αμέσως «μικτό» στην αίθουσα Α ή όπου βρεις. Πες στα παιδιά απ' το «Δορυφορικό» να συγχρονίσουν χάρτη με στίγμα και να το δώσουν στη γιγαντοοθόνη της

Α και ΠΑΡΑΚΑΛΩ όλους γρήγορα. Απέχουν μόλις 200 χιλιόμετρα. Να προλάβουμε να λοκάρουμε και να πάμε επιτέλους σπίτια μας. Έχω και γεύμα αύριο Παραμονή, είπε με πολύ κέφι αυτή τη φορά, όχι για το γεύμα, αλλά γιατί αισθανόταν ότι σε λίγο θα τους έκανε πυγολαμπίδα, όπως του άρεσε να λέει σε τέτοιες περιπτώσεις. Πάμε!... Θέλω κίνηση, φώναξε και κινήθηκε προς το meeting room Α.

– Ρόμπερτ, στο «μικτό» να καλέσω και τον εκπρόσωπο του Λευκού Οίκου;

– Δε νομίζω να χρειαστεί, Ντόναλντ. Μόνο Πεντάγωνο και NSA. Θα καθαρίσω εγώ για τον Πρόεδρο, αστειεύτηκε πάλι.

Λάνγκλεϊ 12/23
Ώρα 01:25
Σομαλία 23/12
Ώρα 09:25

Όλοι έφτασαν στην αίθουσα Α σε χρόνο ρεκόρ και εδώ και αρκετή ώρα μελετούσαν τους επιμέρους χάρτες όσο το «δέμα» πλησίαζε προς την περιοχή.

Μαζί με τον Ρόμπερτ, τον Πάτρικ και τον Τόμσον ήταν ο υπαρχηγός της «Εταιρείας», ο Πίτερ Ντίκινσον, μόνιμος εκπρόσωπος του NSA στη CIA και ο αντιναύαρχος Φίλιπ Γουόρεν που εδώ και δύο χρόνια ήταν και ο σύνδεσμος μεταξύ των τριών Υπηρεσιών σε στιγμές που απαιτείτο η αρωγή των ενόπλων δυνάμεων. Ο Γουόρεν ήταν και ο συντονιστής των τελικών κινήσεων που απαιτούσαν καθαρά στρατιωτικές γνώσεις.

Πέρα από τα «μεγάλα κεφάλια» υπήρχαν δύο ακόμη βοηθοί συν τον Ντόναλντ και μια γραμματέας που εξειδικευόταν σε τέτοιες καταστάσεις.

Όλοι τους μπροστά τους είχαν από δύο «κόκκινα» τηλέφωνα μαζί με μία ακόμη συσκευή του συμβατικού τηλεφωνικού κέντρου της CIA.

Το στίγμα που χωρίς να το ξέρει έδινε ο ιρανικός δορυφόρος στη γιγαντοοθόνη αναβόσβηνε και μετακινείτο με ακρίβεια πάνω στον λεπτομερή χάρτη της περιοχής, σε ταχύτητα real time, όσο η βαλίτσα ταξίδευε.

CIA: Επιχείρηση Παράκελσος

Μια δεύτερη μικρότερη οθόνη έδειχνε και τα στίγματα των πλεούμενων που ήταν στον Κόλπο του Άντεν. Εκεί η κίνηση ήταν πολύ πιο πυκνή, καθώς μπορούσες να δεις εκατοντάδες πλεούμενα, από καράβια μέχρι μικρές ψαρόβαρκες, αλλά όλα είχαν τα διακριτικά τους και μπορούσες να ξεχωρίσεις τι ήταν τι.

Τέλος, σε μια τρίτη οθόνη, κάπως μεγαλύτερη από τη δεύτερη, ο οπτικός δορυφόρος της περιοχής έδειχνε μια παραλία στην περιοχή του Μποσάσο, αλλά ήταν πανέτοιμος να φέρει εικόνα –κανονική δορυφορική εικόνα– από όποιο μέρος του Κόλπου του Άντεν επέλεγαν οι «σαλταδόροι» του περάσματος.

Πάντως οι «ταχυδρόμοι» απείχαν πλέον μόνο 5 χιλιόμετρα απ' τις ακτές και πήγαιναν προς τα εκεί.

Ο Ρόμπερτ πρόσεξε, όσο οι άλλοι ήταν σκυμμένοι και μελετούσαν διάφορα πράγματα ο καθένας, ότι το πέρασμα είχε πολύ μεγάλη κίνηση και ήθελε να είναι ξεκάθαρος:

– Ναύαρχε –τον προσφωνούσε έτσι τιμητικά– το μόνο που με νοιάζει και θέλω να προσέξουν οι δικοί σου είναι να μην έχουμε άδικες απώλειες. Τίποτα αθώους ψαράδες ή παιδάκια που είναι πάντα μέσα σε αυτές τις ψαρόβαρκες...

– Αυτό μη σε απασχολεί καθόλου, Ρόμπερτ. Πάντα το μυαλό μας εκεί το έχουμε σε αυτά τα κωλονερά. Κανείς δεν θέλει να χαθούν αθώοι. Θα το κάνουμε «χειρουργικά». Όσο έχουμε στίγμα από το δορυφόρο, σου «περνάω και κλωστή από βελόνα».

– Μακάρι. Μακάρι, Θεέ μου...

Επικράτησε πάλι σιωπή και όλοι είχαν ζωγραφισμένη την αγωνία στα πρόσωπά τους, που κάθε 15 δευτερόλεπτα πια στρέφονταν προς τις οθόνες και σάρωναν κάθε ένδειξη.

Ο Γουόρεν πήρε στα χέρια του το «κόκκινο» τηλέφωνο λέγοντας προς τους άλλους στην αίθουσα:

– Έφτασε η στιγμή που περιμέναμε, παιδιά...

Είχε καλέσει το θάλαμο Επιχειρήσεων του Πενταγώνου και είχε συνδεθεί με το επιτελείο που είχε επωμιστεί το συγκεκριμένο «στόχο».

– Γουόρεν, εδώ. Από εδώ και πέρα να παραμείνουμε όλοι συνδεδεμένοι, παιδιά, είπε στον αποδέκτη του τηλεφωνήματος και συνέχισε. Βάλτε μου σε κρυπτο-γραμμή τη γέφυρα, το Γιάνκη 10, απευθείας τον ΜακΝτόνελ, να είμαστε όλοι σε σύνδεση.

Περίμενε μερικά δευτερόλεπτα και όλες οι συνδέσεις πλέον λειτουργούσαν ρολόι.

– Καλημέρα, καπετάνιε, από Λάνγκλεϊ, αν και εδώ είναι ξημερώματα, είπε ο υποναύαρχος.

– Καλημέρα/καλησπέρα, Φίλιπ. Έχω ενημερωθεί πλήρως, απλά πες μου το πότε...

– Τώρα περιμένω το τελικό στίγμα και σ' το περνάει ο θάλαμος στην οθόνη σου. Θα σου ρίξω κι ένα λέιζερ για καλύτερο στόχο. Απλά περίμενε να πέσουν στο νερό και να ανοιχτούν λίγο. Μόνο, καπετάνιε, πρόσεξε. Θέλω καθαρές δουλειές και χωρίς αθώο αίμα.

– Εννοείται, συνάδελφε. Περιμένω σήμα σου και χτυπάω. Μένω στη γραμμή.

Ο Γουόρεν εννοούσε ότι με βάση το «ζωντανό» στίγμα από τον ιρανικό δορυφόρο, ένας άλλος δορυφόρος του Ναυτικού θα σημάδευε από το διάστημα με λέιζερ τον «πλεούμενο στόχο» και ο πύραυλος που θα εκτόξευε το αεροπλανοφόρο ή κάποιο άλλο σκάφος του στόλου θα χτύπαγε κατευθείαν το σημείο του λέιζερ, με δυνατότητα να πετύχει με ακρίβεια ακόμη και πιάτο του φαγητού σε ακτίνα χιλιομέτρων.

– Έχουμε πραγματική εικόνα, φώναξε ο Ρόμπερτ, που είχε στραμμένα τα μάτια του μία στην ακτή και μία στο στίγμα. Αυτοί είναι, μπαίνουν στη βάρκα, ξαναφώναξε με ένταση.

Όντως μπορούσες να δεις τα πάντα. Ήταν ο Αλ Αλαμί με τους άλλους δύο, που είχαν δει στη λίμνη και μπορούσες ακόμη να ξεχωρίσεις και τη βαλίτσα με την πορτοκαλί «θήκη».

– Να και η βαλίτσα, είπε ο Ντόναλντ.

– Ναύαρχε, αυτή η βαλίτσα είναι ειδική –σ' τα λέω εν τάχει γιατί δεν πρόλαβα– και θωρακισμένη. Λες ν' αντέξει;

– Όσο θα άντεχε το Μανχάταν αν έτρωγε τον πύραυλο που θα φάει η βαλίτσα, χαμογέλασε ο Γουόρεν. Δηλαδή δεν θα έμενε ούτε το μισό Μανχάταν. Δεν μπορείς να καταλάβεις για τι δύναμη μιλάμε.

– Έχει και σωσίβιο, είπε ο Ντόναλντ.

Αυτή τη φορά, ο Γουόρεν και ο Ντίκινσον έβαλαν τα γέλια ταυτόχρονα, ενώ ο υπαρχηγός κουνούσε περίεργα το κεφάλι σαν να είχε δει το έργο πολλές φορές.

Όχι ότι και οι άλλοι δεν το είχαν ξαναδεί, αλλά απλά, όταν το πρότζεκτ είναι δικός σου, το ζεις λίγο πιο... έντονα.

– Περίμενε 2 λεπτά και θα δεις και «μανιτάρι». Αυτές οι κεφαλές είναι εμπλουτισμένου ουρανίου με περιεκτικότητα σε υδράργυρο. Ένα τρελό κοκτέιλ. Κυριολεκτώ. Θα σχηματιστεί ένα μικρό μανιτάρι στη θάλασσα. Εντελώς ακίνδυνο βέβαια από πλευράς ραδιενέργειας μετά από ακτίνα 100 μέτρων.

Όλοι κοίταζαν το σκάφος να έχει αναπτύξει ταχύτητα και να ανοίγεται.

– Περιμένω το OK από σένα, Ρόμπερτ, του είπε ο Γουόρεν. Όλα «καθαρά»;

– Δεν ξέρω αν το σημείο έχει «αμάχους», ναύαρχε...

– Αυτό άσ' το σε εμάς. Από σένα είναι OK;

Ο Ρόμπερτ άρχισε να σκέφτεται, αλλά δεν άργησε.

– Τα λαμόγια δεν μ' ενδιαφέρουν και καλό είναι να εξαφανιστούν. Η βαλίτσα χάνεται μεν, αλλά τελειώνουμε το «θρίλερ». «Άμαχοι» δεν κινδυνεύουν, άρα όλα «ΚΑΘΑΡΑ!». Χτύπα...

Ο Γουόρεν κοίταξε κάτι στην οθόνη του και σιγουρεύτηκε ότι το λέιζερ είχε ενεργοποιηθεί και είχε ταυτοποιηθεί με το στόχο.

– ΜακΝτόνελ, ξεκίνα τη «δεξίωση». Σ' τους παραδίδω, είπε ο αντιναύαρχος.

– Έγινε «ναύαρχε», του είπε ο διοικητής του αεροπλανοφόρου. Καλό σας ξημέρωμα από Άντεν... Όβερ!

Ο Γουόρεν σηκώθηκε να φύγει και ο Ντόναλντ τα 'χασε.

– Πού πας, ναύαρχε; του είπε με απορία.

– Σπίτι μου, γιατί με περιμένει κι η γυναίκα μου και δεν βλέπω να τη γλιτώνω απόψε, του είπε χαμογελώντας ο Γουόρεν που ήξερε τι εννοούσε ο Ρόμπερτ.

– Μα καλά, δεν θα σιγουρευτούμε ότι όλα πήγαν καλά; Κι αν πάει κάτι στραβά;

Μαζί με τον Γουόρεν είχε σηκωθεί κι ο υπαρχηγός και πήγαινε προς την πόρτα. Χαμογελούσε κι εκείνος.

– Ρόμπερτ, είναι τόσο απλό αυτό το χτύπημα που είναι σαν να κυνηγάμε κοτόπουλα με χειροβομβίδες μέσα σε κοτέτσι. Καλή σας νύχτα, παιδιά, σε όλους...

– Κι εγώ πρέπει να φύγω, παιδιά, είπε ο υπαρχηγός, γιατί αύριο στις 9 το πρωί έχω ομιλία στο Virginia University. Αν πάει κάτι στραβά και μέσα σε 5 λεπτά δεν έχει γίνει το φλαμπέ, πάρτε στην είσοδο να γυρίσουμε πίσω, γέλασε πάλι ειρωνικά. Ρόμπερτ, τα θερμά μου συγχαρητήρια και πήγαινε σπίτι να ξεκουραστείς. Α! κι από αύριο κοίτα τους «Τούρκους», γιατί κάτι ετοιμάζουν πάλι στην Αίγυπτο, είπε βγαίνοντας από την αίθουσα.

Ο Ρόμπερτ έμεινε με απορία να κοιτάει τους δύο άντρες, που ήδη είχαν απομακρυνθεί με τη συνοδεία τους, που τόση ώρα περίμενε απ' έξω.

Δεν μπορούσε να πιστέψει τη σιγουριά τους.

Και δεν υπήρχε περίπτωση να το κουνήσει από εκεί, αν δεν έβλεπε το «μανιτάρι» να ψήνεται.

Ανοιχτά του Τζιμπουτί, στη μέση της εισόδου του Κόλπου, USS αεροπλανοφόρο σε συνομιλία με αμερικανικό υποβρύχιο
Λάνγκλεϊ 12/23
Ώρα 01:43
Σομαλία 23/12
Ώρα 09:43
– Γιάνκη 10 καλεί Μπούγκι 182 (το 182 ήταν ο κωδικός του υποβρυχίου), ακούστηκε στο βυθό του υποβρυχίου και ο πλοίαρχος πήρε αμέσως το μικρόφωνο στα χέρια.

– Έλα, συνάδελφε, απάντησε φιλικά ο πλοίαρχος κι ας είχαν διαφορά στο βαθμό. Άλλωστε σε αυτές τις θάλασσες δεν υπήρχαν γαλόνια. Μπούγκι 182 στη μύτη τους, όπως με βλέπεις, με πολλή υγρασία σήμερα προ-Παραμονή, σύμφωνα με τις ενδείξεις επιφανείας. Καλά Χριστούγεννα, επί τη ευκαιρία. Έχει όντως τόσο πολλή υγρασία εκεί πάνω;

– Χρόνια πολλά κι από εμάς. Είναι όντως μια μέρα υγρή, υγρή και «ζεστή». Καλό αν ήταν σαμπ-μαρίνερ με λιωμένο τυρί μετά το σινεμά, γιατί απ' ό,τι βλέπω στην οθόνη όλοι πάνε «σινεμά» σήμερα. Αλλά δεν παίζει «καλό έργο»...

– Συμφωνώ, Γιάνκη 10, και αφού έχει κακή ταινία, πες μου σε τι θέση να τους βάλει ο «ταξιθέτης»;

– Αναπαυτικά και στα τέσσερα, όπως τους αρέσει, γιατί από δω που είμαι δεν προλαβαίνω να τους ξεναγήσω, συνάδελφε, είπε ο αρχιπλοίαρχος. Δεν θέλουμε «αθώους». Κάνε τους κακούς να περάσουν «καλά». Αλλά πρόσεχε να μη χαλάσει το χαλί, γιατί πλησιάζουν το «μπούτι» και έχει πολύ «χνούδι». «Ταξιθέτη», αν έχεις πρόβλημα, πες μου να σηκώσω «γεράκια»...

– Δεν χρειάζεται. Θα τους δώσω πολύ και «αλατισμένο ποπ κορν», ώστε να μην κινηθούν απ' τις αναπαυτικές πολυθρόνες τους...

Ο ΜακΝτόνελ χαμογέλασε και προτού κλείσει τη συχνότητα είπε: Γεια σου, ρε Τζον, πάντα καλά να' σαι, μ' έκανες και γέλασα. Πρόσεχε, φίλε, και καλά Χριστούγεννα...

– Κανένα πρόβλημα, Γιάνκη 10. Ούτως ή άλλως με είχε πειράξει η υγρασία στη μέση. Λέω ν' ανέβω λίγο να ζεσταθώ και επί τη ευκαιρία να καθαρίσω το «περσικό χαλί», γιατί έχει πιάσει μπόχα. Βρομάει!

– Πρόσεχε, συνάδελφε...

– Καλά Χριστούγεννα! Όβερ.

(Σιγή ασυρμάτου)

Ο ΜακΝτόνελ χαμογέλασε ξανά, έκλεισε, κι έδωσε εντολή να καλέσουν το Λάνγκλεϊ μέσω Πενταγώνου και να ενημερώσουν τυπικά τον Γουόρεν, ότι απ' τη θέση του δεν μπορούσε να επιχειρήσει ο «ίδιος» με ασφάλεια για τους ψαράδες και θα επιχειρούσε η «ουρά» του. Θα τον καλούσαν στο δορυφορικό του.

Αυτό το πρωινό θα ήταν όντως «ζεστό». «Ζεστό και υγρό» στ' απόνερα του Ινδικού. Στη μέση του πουθενά. Εκεί που η ησυχία διακόπτεται μόνο απ' την ανθρώπινη ανάσα, όταν κάνει την υγρασία να κουνιέται σαν αλουμινόχαρτο που το φυσάει ο άνεμος του ωκεανού.

Και το πάει παντού.

Σχετικά κοντά στο ταχύπλοο με τη βαλίτσα υπήρχαν διάσπαρτες πάνω από καμιά τριανταριά ψαρόβαρκες απλών μεροκαματιάρηδων.

Ο Τζον σκέφτηκε, «ΠΩΣ...;»

Πώς θα μπορούσε μέσα στα επόμενα λίγα λεπτά ν' αναχαιτίσει το στόχο, χωρίς να φτάσει απέναντι και χωρίς να γίνει «σάντουιτς». Χωρίς να χαθούν ανθρώπινες ζωές «αμάχων»;

Κι όμως βρήκε στην οθόνη του μια «τρύπα», όπου αν επιχειρούσε το χτύπημα δεν θα κινδύνευαν οι υπόλοιποι. Ήταν βέβαια κάτι σαν σταυρόλεξο και οι «ταχυδρόμοι» πλησίαζαν με ιλιγγιώδη ταχύτητα, αφού το φουσκωτό που είχαν βρει ήταν πολύ γρήγορο. Κι ο πλοίαρχος, όμως, ήταν πολύ έμπειρος και από τους καλύτερους των Η.Π.Α.

– Γρήγορη ανάδυση και αυτόματο λοκάρισμα στόχου, διέταξε στο θάλαμο διακυβέρνησης του υποβρυχίου.

– Στόχος λακαρισμένος ηλεκτρονικά, απάντησε κάποιος αρχικελευστής.

Όλοι ήταν πανέτοιμοι εδώ και αρκετά λεπτά, ήξεραν τι έπρεπε να κάνουν και έμεναν σιωπηλοί, κάνοντας όμως ο καθένας τη δουλειά του και σε πλήρη συνεργασία.

Το μπλε φως από τα μόνιτορ του υποβρυχίου έδινε μια διαστημική διάσταση στο χώρο. Ακουγόταν μόνο η μηχανή και τώρα η ειδική κόρνα ανάδυσης που θύμιζε ότι όλοι στο πλήρωμα θα έπρεπε να είναι σε συναγερμό.

– Πλήρης ανάδυση, φώναξε ένας κελευστής, αυτή τη φορά, που έλεγχε το όργανο βάθους και άλλα δυο τρία όργανα.

– Ταχύτητα στο ήμισυ, διέταξε ο κυβερνήτης. Ανοίξτε τις καταπακτές και λοκάρετε λέιζερ.

Κάτι σαν συρματόσκοινα ακούστηκαν να μουγκρίζουν από τα σωθικά του σκάφους και ένα ξαφνικό γκουπ προφανώς απασφάλισε τις εξόδους των πυραύλων.

Οι «ταχυδρόμοι» απείχαν πλέον πάνω από 800 μέτρα ακτίνα από την κοντινότερη βάρκα και είχαν φτάσει στην «τρύπα».

– Λέιζερ λοκαρισμένο, έτοιμοι για βολή από τον 2 δεξιά, φώναξε ο ύπαρχος, που ήταν κοντά στον κυβερνήτη.

– Με το 3 μου έτοιμοι για πυροδότηση του 2.

Δύο ναύτες απασφάλισαν δύο κόκκινα κουμπιά απ' τις πλαστικές θήκες που τα προστάτευαν από λάθος πάτημα.

– Κυβερνήτα, είμαστε έτοιμοι, είπε ο ένας απ' τους δύο.

– Τότε, καλή μας επιτυχία, παιδιά, και 3, 2, 1... πυροδοτήστε τον 2 δεξιά, διέταξε ο κυβερνήτης και αμέσως ακούστηκε ο θόρυβος από τις προωθητικές τουρμπίνες του πυραύλου να ανακατεύεται με την ησυχία και να γέρνει ελάχιστα το σκάφος, την ώρα που ο πύραυλος έφευγε από το υποβρύχιο προς τον καταγάλανο ουρανό του Άντεν.

Επικράτησε σιωπή 4-5 δευτερολέπτων, όσο το «γεράκι του βυθού» ανέβαινε ψηλά, έκανε έναν απότομο ελιγμό ακολουθώντας το λέιζερ απ' το διάστημα, που στόχευε τη βάρκα, ενώ μετά μια λάμψη φάνηκε στον ορίζοντα, πολλά χιλιόμετρα μακριά από το υποβρύχιο.

Μπορούσες όμως να τη δεις κι από εδώ, όπως και να αισθανθείς τη μυρωδιά του καμένου και να παρατηρήσεις ένα μικρό μανιτάρι από καπνό που ζωγράφισε με γκρι τη σκούρα μπλε επιφάνεια των νερών.

Οι τρεις «ταχυδρόμοι» είχαν γίνει κάρβουνο. Φλαμπέ τηγανόψωμο στη μέση του ωκεανού ή καλύτερα στο στενό του Άντεν που τους κατάπιε.

Όπως κατάπιε και τη βαλίτσα, που δεν γλίτωσε χάρη στο ειδικά σχεδιασμένο σωσίβιο του Αλεξέγιεφ και από εδώ και πέρα τα απομεινάρια της, αν πλέον είχε μείνει τίποτα, θα έκαναν συντροφιά στον «Παράκελσο», χιλιάδες μέτρα κάτω από την επιφάνεια του νερού.

– Εξουδετέρωση στόχου επιτυχής, είπε ο ύπαρχος και όλοι τώρα στη «γέφυρα» χειροκροτούσαν και ζητωκραύγαζαν.

– Λήξη συναγερμού, είπε ο κυβερνήτης στο μικρόφωνο επικοινωνίας του σκάφους. Ας μείνουμε λίγο στην επιφάνεια να πάρουμε αέρα, γιατί μπαρουτιαστήκαμε, είπε και χαμογέλασε. Συγχαρητήρια, παιδιά, πολύ καλή βολή!

Ήρεμα και χωρίς πλέον να βιάζεται, ο Τζον κατευθύνθηκε στην καμπίνα του κυβερνήτη, δίπλα στο θάλαμο διακυβέρνησης. Πολύ απλά κι ανθρώπινα ένευσε με μια κίνηση της δεξιάς παλάμης του στο «βατράχι» της ασφάλειας κυβερνήτη να χαλαρώσει, αφήνοντας τις περιττές τυπικότητες, κι έκλεισε πίσω του τη θωρακισμένη πόρτα.

Με το μπουκάλι του αποσταγμένου νερού που είχε στα χέρια του, πήγε στον μικρό υγραντήρα που τον περίμενε όπως πάντα στη βιβλιοθηκούλα δίπλα στο γραφείο του.

Εκεί φύλαγε τα πούρα του.

Πάντα εκτός Κούβας, αφού είχε ορκιστεί ότι θα ξανακάπνιζε πούρα Αβάνας μόνο όταν η «Δημοκρατία» θα επέτρεπε στους εκατομμύρια Κουβανούς πρόσφυγες να γυρίσουν στην πατρίδα τους.

Τότε ναι! Μπορεί να τα ξανακάπνιζε.

Αλλά πάντοτε σεβόταν τους κανόνες. Σε έναν υγραντήρα που φυλάς τα πούρα, σεβόμενος τον εαυτό σου ως ώριμος και συνετός καπνιστής, το νερό δεν πρέπει να είναι του «πλοίου» – έστω κι αν ήταν πεντακάθαρο, το νερό δεν μπορεί να είναι ούτε καν της βρύσης του σπιτιού σου. Το νερό πρέπει να είναι απoσταγμένο. Ακόμα και στο υποβρύχιο.

Ο Τζον είχε μόνο αυτό το χούι. «Δεν επέτρεπαι με τίποτα στη χλωρίωση και τα άλλα χημικά προστασίας του νερού να απειλήσουν το άρωμα και τη μοναδικότητα μιας χειροποίητης έμπνευσης και ειδικά της "στιγμής", έστω και χωρίς την άδεια του Φιντέλ», όπως έλεγε ο πλοίαρχος.

Ούτως ή άλλως τα δομινικανά πούρα που κάπνιζε είχαν εφάμιλλη ποιότητα. Γιατί να τη χαλούσε;

Κοίταξε την ένδειξη στο όργανο του υγραντήρα. Έδειχνε ελάχιστα κάτω του απόλυτα σωστού.

Έπιασε το σφουγγαράκι στα χέρια του και το πότισε με περισσότερη ζωντάνια και καθαρότητα.

Κλείνοντας, πήρε κι ένα πούρο στα χέρια. Χάιδεψε το Robusto με καπνό Κονέκτικατ και αισθάνθηκε να του φυσάει Αμερική.

Του έλειπαν εκείνα τα μέρη. Του έλειπε η πατρίδα. Του έλειπε και η Δυτική Βιρτζίνια με τα καπνά της. Εκεί όπου είχε γεννηθεί.

Σκέφτηκε την υγρασία έξω στο κατάστρωμα, μακριά από την τελειότητα του κλιματισμού στο εσωτερικό του υποβρυχίου.

Τους «ταχυδρόμους» δεν τους σκέφτηκε καθόλου!

Ήταν πια παρελθόν. Αναψοκοκκινισμένα κουφάρια στον ωκεανό.

Αυτό που τους άξιζε!

ΚΕΦΑΛΑΙΟ 14

Αίγυπτος,
Ορθόδοξο Πατριαρχείο Αλεξάνδρειας
24/12
Πρωί
Έτσι όπως ο πατήρ Θεόδωρος διάβασε τον τίτλο στην *International Herald Tribune* κόντεψε να πάθει συγκοπή. Κρατώντας την εφημερίδα στα χέρια του, έτσι όπως καθόταν αναπαυτικά στο γραφείο του στο Πατριαρχείο, περίμενε σίγουρα παραμονή Χριστουγέννων να διαβάσει κάποια διεθνή εκκλησιαστική είδηση. Βέβαια μέσα του ήταν σίγουρος και περίμενε να δικαιωθεί στο επιχείρημά του, ότι ο χώρος που θα διέθετε η εφημερίδα θα ήταν ελάχιστος, αφού η αναχρονιστική του πεποίθηση τον υπονόμευε να πιστεύει ότι οι διεθνείς εφημερίδες μεγάλης κυκλοφορίας δεν κάνουν γενναίες δημοσιεύσεις και δη τα Χριστούγεννα, υποταγμένες στις πιέσεις του διεθνούς Σιωνισμού και της σκιώδους προσπάθειάς του να εξαφανίσουν το Χριστιανισμό.

Κάτι βέβαια που και ο ίδιος θα αντιλαμβανόταν ως τρελό, αν ποτέ έμπαινε στον «πειρασμό» να μετρήσει τις ετήσιες λέξεις που αφιερώνονταν στη θρησκευτική δημοσιογραφία και να τις αντιπαραθέσει σε μια λογιστική επεξεργασία με τον χιλιάδες φορές υποδεέστερο αντίστοιχο χώρο που αφιέρωναν για άρθρα σχετικά με ραβίνους ή για παράδειγμα βουδιστές.

Γιάννης Παρθένιος

Παλιά μυαλά, μονόδρομος η σκέψη...

Βέβαια ο πατήρ Θεόδωρος, ειδικά σήμερα, περίμενε κάποια δήλωση του πατριάρχη Κωνσταντινουπόλεως, Αλεξάνδρειας ή και του δικού του «αφεντικού», ή ακόμα και του πάπα των Καθολικών. Σίγουρα, όμως, όχι αυτό που έβλεπαν τώρα τα αναψοκοκκινισμένα του μάτια.

Στερέωσε ακόμη περισσότερο τον χαλαρωμένο, κοκάλινο σκελετό πρεσβυωπίας στη γαμψή του μύτη, σαν κίνηση για να σιγουρευτεί γι' αυτό που διάβαζε. Η ματιά του πάγωσε από τον τίτλο και τις λιγοστές γραμμές του πρωτοσέλιδου που λόγω ακαταλληλότητας της φωτογραφίας παρέπεμπαν στην 3η σελίδα του εσωτερικού για περισσότερη «εικονογράφηση»:

ΥΣΤΕΡΑ ΑΠΟ 25 ΧΡΟΝΙΑ ΤΟ ΔΙΑΜΑΝΤΙ ΕΚΔΙΚΕΙΤΑΙ
Μακάβριο τέλος για ηγούμενο-Ρασπούτιν στη ζούγκλα της Αφρικής

Ο πατήρ Θεόδωρος δεν μπορούσε να πιστέψει τα μάτια του και άρχισε να διαβάζει το «πληρωμένο» δημοσίευμα της μεγαλύτερης εταιρείας διαμαντιών στον κόσμο και τις παραγράφους της πρώτης σελίδας:

«Μπορεί 25 χρόνια να φαίνονται πολλά για να ξεχαστεί μια κλοπή, δεν αρκεί όμως στην περίπτωση που κάποιος υπεξαιρέσει ένα διαμάντι 478 καρατίων από το Λεσόθο της Αφρικής και ειδικά όταν αυτό ανήκει στον παγκόσμιο γίγαντα των διαμαντιών, την ολλανδική εταιρεία Βαν Ντε Σταρ.
Απ' ό,τι φαίνεται η "εκδίκηση του διαμαντιού" θα αποτρέψει κάθε μελλοντικό επίδοξο κλέφτη αν δεν θέλει να καταλήξει όπως ο ψευτο-ηγούμενος της φωτογραφίας στην τρίτη σελίδα.
Ο λόγος για τον ελληνικής καταγωγής, Ολλανδό υπήκοο Γιανίκ Ντε Κάιζερ, που επί 25 συνεχή χρόνια κρυβόταν με το πλαστό όνομα πατήρ Γαβριήλ Αθανασίου σε απομονωμένο μοναστήρι της ζούγκλας, στην Κ. Αφρική, για να γλιτώσει από τις Αρχές, ύστερα από την κλοπή που πραγματοποίησε το 1998.
Όπως θα διαπιστώσετε απ' τις φωτογραφίες (για λόγους αισθητικής δεν δημοσιεύονται στην πρώτη μας σελίδα), το νεκρό του, γδαρμένο άτσαλα με αιχμηρό αντικείμενο σώμα, βρέθηκε κρεμασμένο από δέντρο, στο βαθύ "άγνωστο" της ζούγκλας, 1 χιλιόμετρο από το μοναστήρι του Αγίου Μάρκου, στο Ν. Σουδάν, και καταφαγωμένο από ερπετά και άλλα άγρια ζώα».

CIA: Επιχείρηση Παράκελσος

(Παρακαλούμε όπως διαχειριστείτε τις φωτογραφίες μακριά από ανηλίκους) - Συνέχεια στη σελ.3 της εφημερίδας.

Ο πατήρ Θεόδωρος πήρε μια βαθιά ανάσα και σταμάτησε επειγόντως την ανάγνωση για να γλιτώσει το εγκεφαλικό, το έμφραγμα ή ό,τι άλλο πλησίαζε.

Ενστικτωδώς, γέμισε το ποτήρι του με νερό από ένα εμφιαλωμένο μπουκάλι που είχε πάνω στο γραφείο και ήπιε σχεδόν το μισό με τη μία.

Κάπως συνήλθε, αλλά φοβόταν να πάει προς το εσωτερικό της εφημερίδας. Δεν ήξερε τι θα αντικρίσει.

Πήρε όμως την απόφαση γιατί έπρεπε να μάθει.

Η εφημερίδα συνέχιζε έχοντας δύο φωτογραφίες του νεκρού κρεμασμένου πάνω στο δέντρο, από διαφορετικές γωνίες και μια ακόμη που έκανε περισσότερο πιθανή την πορεία του πατήρ Θεόδωρου προς τα Επείγοντα Περιστατικά του νοσοκομείου.

Ήταν ο ηγούμενος «Γαβριήλ Αθανασίου Γιανίκ Ντε Κάιζερ» με κάποιον άλλο που ο μοναχός αξιωματούχος δεν γνώρισε αμέσως. Ο Ολλανδός καθόταν σε ένα μηχάνημα σαν ραπτομηχανή και κάτι έκανε κι ο άλλος δίπλα του σε έναν μικρό πάγκο με εργαλεία μαστόρευε ένα κομπιούτερ.

– Ποιος είναι αυτός; αναφώνησε χωρίς να τον νοιάζει αν θα ακουγόταν. Κάπου τον ξέρω εγώ αυτόν.

Ο μοναχός του Πατριαρχείου μπορεί να έστεκε σε πολύ καλή κατάσταση, αλλά τα 70 του χρόνια και οι πρώτες ριπές Αλτσχάιμερ δεν τον βοηθούσαν και πολύ στο να θυμάται.

Ξανακοίταξε τη φωτογραφία με τους δύο καλόγερους και έπειτα στράφηκε προς το κείμενο της 3ης σελίδας που συνόδευε τις φωτογραφίες. Αυτό θα μπορούσε να τον βοηθήσει να θυμηθεί.

«Στις φωτογραφίες διακρίνεται καθαρά μέσα στο μοναστήρι, που ανήκει στο Πατριαρχείο Αλεξάνδρειας, μαζί με τον, όπως φαίνεται σύμφωνα με τα στοιχεία, συνεργό του να επεξεργάζονται κάποιο διαμάντι. Ίσως, μάλιστα, να πρόκειται και για το περιβόητο διαμάντι "Λεσόθο Μπράουν Σταρ", αμύθητης αξίας».

Η εφημερίδα βέβαια δεν είχε ιδέα τι έκανε ο δεύτερος της φωτογραφίας, αλλά σιγά να μην ένοιαζε το συγγραφέα και την ολλανδική εταιρεία που περνούσε το μήνυμα που ήθελε, χωρίς

403

να την ενδιαφέρει ιδιαίτερα ο δεύτερος και δη το τι κάνει στον πάγκο εργασίας.

Ο πατήρ Θεόδωρος συνέχισε να διαβάζει:

«Αν και το διαμάντι δεν βρέθηκε, οι φωτογραφίες είναι αγνώστου προέλευσης και αποστολής προς τις εφημερίδες και ο δεύτερος της φωτογραφίας αναζητείται. Καταθέσεις μοναχών του Αγίου Μάρκου που δεν είχαν καμιά ανάμειξη με τη σπείρα, αναφέρουν ότι υπάρχει και τρίτος ύποπτος μοναχός με τον οποίο διέφυγε ο δεύτερος. Μάλιστα αναφέρουν επίσης, ότι πιθανότατα είναι και οι στυγνοί δράστες της φρικιαστικής δολοφονίας του ψευτο-ηγούμενου.

Η Interpol συνεχίζει τις έρευνες και την αναζήτηση των υπόπτων και οποιαδήποτε πληροφορία σας σχετικά με τον εντοπισμό τους είναι εξαιρετικά ευπρόσδεκτη. Σε περίπτωση που γνωρίζετε κάτι, παρακαλούμε επικοινωνήστε με τα κεντρικά γραφεία της Υπηρεσίας στο Βέλγιο, στον εξής αριθμό:...»

Κανείς βέβαια δεν γνώριζε ότι ο επαγγελματίας δολοφόνος που είχε στείλει η ολλανδική εταιρεία δεν είχε κάνει αισθητή την παρουσία του στην περιοχή και δεν είχε αφήσει στοιχεία. Είχε στη διάθεσή του αρκετές ημέρες να ετοιμάσει την «επίσκεψη».

Ο Αμπάσι είχε ήδη ενημερώσει τους Ολλανδούς μέρες πριν – από τα ξημερώματα της 20ής– για το πού βρισκόταν ο ηγούμενος, αλλά με τη συμφωνία να περιμένουν να τελειώσει τη δουλειά, που οι Ολλανδοί δεν γνώριζαν και σε τελική ανάλυση δεν τους ενδιέφερε.

Έτσι η δολοφονία του είχε προγραμματιστεί για τις 23 του μήνα. Άλλωστε η δουλειά πια θα είχε τελειώσει και από εκεί και ύστερα θα του ήταν άχρηστος και επικίνδυνος. Ας τον αναλάμβαναν λοιπόν εκείνοι.

Τα ξημερώματα της 20ής Δεκεμβρίου, όταν ο Πέτρος τράβηξε τη φωτογραφία, δεν γνώριζε ότι «έκλεινε το ίδιο του το σπίτι».

Παράλληλα με την ατυχία των ψευτοκληρικών, για λόγους κάλυψης, αυτός κι ο Αλεξέι έπρεπε να παραμείνουν στο μοναστήρι μέχρι τις 23 Δεκεμβρίου, ανύποπτοι και χωρίς βέβαια να ξέρουν ότι θα δολοφονηθεί ο Ντε Κάιζερ.

Στις 23 του μήνα, ημέρα της εκτέλεσης, ο Πέτρος και ο Αλεξέι έφυγαν απ' την Τζούμπα για να διανυχτερεύσουν στο Κάιρο και το πρωί της Παραμονής να αναχωρήσουν για την Αθήνα.

Στο αεροδρόμιο, ο Πέτρος χαρούμενος που επιτέλους βρήκε δίκτυο ίντερνετ, έστειλε τη φωτογραφία απ' το κελάρι στον Αμπάσι. Ήθελε να τον γλυκάνει για να πάρει την αμοιβή.

Όταν ο «υπουργός» πήρε τη φωτογραφία στα χέρια του, σκέφτηκε με το παμπόνηρο μυαλό του ότι θα παντρευόταν τέλεια με αυτή που σίγουρα θα έστελνε ο χίτερ στους Ολλανδούς με το πτώμα του ηγούμενου. Έτσι έστειλε κι αυτή τη φωτογραφία στους Ολλανδούς και εκείνοι και τις δύο στις εφημερίδες.

Ο πατήρ Θεόδωρος ξαφνικά ξύπνησε από το λήθαργο και το σοκ.

– Ρε, αυτός είναι ο Ρώσος, ο Αλεξέι, ξεφώνισε δυνατά. Μα καλά, τι έχω πάθει και ξεχνάω; Αυτός μαζί με τον άλλο τον αλητάκο εδώ, το δικό μας τον Πέτρο, είχαν πάει εκεί. Τι έχω πάθει, Θεέ μου; Παραλίγο να τους χάσουμε μέσα απ' τα χέρια μας.

Γρήγορα ο μοναχός έπιασε στα χέρια του το ντοσιέ με τις εγκρίσεις εξόδων του τελευταίου μήνα. Από εκεί θα μπορούσε να βρει πού πιθανότατα είχαν διαφύγει.

Δεν του πήρε πάνω από μισό λεπτό να βρει το χαρτί και να ανατρέξει στα παραστατικά.

Βρήκε αμέσως καρφιτσωμένα στην αίτηση εξόδων και τα δύο ταξιδιωτικά βάουτσερ που συνόδευαν τους δύο μοναχούς.

Το πρώτο ήταν εισιτήριο με τα εξής στοιχεία:

Αλεξάνδρεια-Κάιρο-Τζούμπα με άφιξη στο Ν. Σουδάν στις 15 Δεκεμβρίου.

– Το άλλο, βρε παιδί μου, το άλλο, ξαναφώναξε ο πατήρ Θεόδωρος που βιαζόταν να βρει τον τελικό προορισμό. Νάτο, είπε γυρίζοντας σελίδα! Αυτό είναι, είπε...

Τζούμπα-Κάιρο-Αθήνα με τις Αιγυπτιακές Αερογραμμές, διάβασε. Γρήγορα έψαξε τις ώρες και τις μέρες.

– Τζούμπα-Κάιρο στις 23/12 και άφιξη στην Αθήνα στις 24/12, στις 13:15, έβγαλε μια κραυγή. «Μα αυτό είναι σε 45 λεπτά», σκέφτηκε. «Αν φτάσουν εκεί, άντε βρες τους. Μετά εξαφανίστηκαν για πάντα...»

Πανικόβλητος κάλεσε στο τηλέφωνο τα γραφεία της Interpol στα οποία παρέπεμπε η εφημερίδα. Μόλις η τηλεφωνήτρια απάντησε, εκείνος ούρλιαξε:

– Καλημέρα σας, είναι επείγον, είπε. Δηλαδή τι επείγον, εδώ καιγόμαστε. Ηγεσία της Αφρικανικής Ορθόδοξης Εκκλησίας εδώ. Κάντε γρήγορα. Συνδέστε με, παρακαλώ, με κάποιον αξιω-ματικό Υπηρεσίας. Πρέπει οπωσδήποτε να συλλάβετε κάποιους στο αεροδρόμιο της Αθήνας σε μισή ώρα...

Βιρτζίνια,
Οικία Ρόμπερτ Σίνγκλεη,
Παραμονή Χριστουγέννων
12/24
Βραδάκι

Το περίεργο είναι ότι το λαμπραντόρ του Σίνγκλεη δεν γάβγι-σε όταν η Λίσα χτύπησε διακριτικά το κουδούνι της πόρτας του.

Ο Φλετς ήταν πανέξυπνος κι έμοιαζε στ' αφεντικό του... Λες και διαχώριζε το καλό από το κακό. Τυφλά, αλλά καθαρά.

Η Λίσα περίμενε για λίγο και ύστερα ξαναπάτησε το μπουτόν του κουδουνιού.

Τίποτα!

Ο Φλετς έκανε μια γκριμάτσα, βγάζοντας ένα περίεργο ηχάκι, κούνησε την ουρά του χαρούμενα, αλλά πάλι δεν γάβγισε.

Η Λίσα διερωτήθηκε τι να κάνει.

Αποφάσισε να πάει απ' την πίσω πόρτα της κουζίνας μπας και δει κάτι. Ο Φλετς κουνήθηκε κι αυτός προς την κουζίνα λες και έβλεπε πίσω απ' τις πόρτες και τους τοίχους. Ακολουθούσε τη Λίσα, χωρίς εκείνη να το ξέρει.

Ο Σίνγκλεη ήταν ειδικός στην επίθεση, αλλά η μεγαλύτερη ειδικότητά του ήταν η άμυνα. Είχε τη φιλοσοφία του «ανοιχτού παράθυρου». Καθαρά αμερικάνικη: Αν θεωρείς ότι έχεις αξιώ-σεις χωρίς να σε έχουμε βλάψει... ΕΛΑ!

Είχε την τύχη να έχει γνωρίσει ως αρχηγό του FBI, τον μετέ-πειτα ιδρυτή μιας από τις μεγαλύτερες ιδιωτικές εταιρείες ασφά-λειας στον κόσμο. Μάλιστα μέχρι κάποια στιγμή, η εταιρεία αυτή είχε για σήμα της τον αετό.

Ο Ρόμπερτ ήταν ειδικός σε θέματα ασφάλειας, αφού η βασική ενασχόλησή του τα πρώτα χρόνια της καριέρας του στο εξωτερι-κό ήταν και η θωράκιση των εκάστοτε πρεσβειών.

Σπίτι του, παρά το γεγονός ότι η «Εταιρεία» τον φύλαγε 366 μέρες το χρόνο –με τον δικό της τρόπο, που ούτε ο Ρόμπερτ δεν τον γνώριζε ακριβώς– είχε εγκαταστήσει και ένα δικό του σύστημα ασφάλειας.

Τη φιλοσοφία του συστήματος την είχε σκεφτεί μόνος του όταν υπηρετούσε στην πρεσβεία της Αθήνας και έμενε σε κάποιο σπίτι στην πρωτεύουσα, κοντά στο Νέο Ψυχικό. Κάποια στιγμή διάφορα κλεφτρόνια δρούσαν στη γειτονιά. Όχι τίποτα περίεργοι. Τυπάκια του κοινού ποινικού.

Ο Ρόμπερτ είχε παρατηρήσει ότι τα σπίτια στην Ελλάδα, σε αντίθεση με πολλές χώρες του κόσμου, είχαν και παράθυρα και παραθυρόφυλλα και οι εταιρείες συναγερμών τοποθετούσαν τα μαγνητικά συστήματα ασφάλειας στα παραθυρόφυλλα.

Παλιότερα μάλιστα τοποθετούσαν και αντικραδασμικά στα τζάμια, όταν ακόμη δεν υπήρχαν τα διπλά τζάμια που σήμερα έχουν τα περισσότερα σπίτια για λόγους εξοικονόμησης ενέργειας.

Λάθος! Μεγάλο λάθος! έλεγε ο Σίνγκλεη και δεν εννοούσε τη μόνωση, αλλά τη στρατηγική ως προς την ασφάλεια.

Όταν ο Ρόμπερτ συνειδητοποίησε την ανοησία τού να θεωρεί κάποιος ότι μπορεί να θωρακιστεί πίσω από οποιοδήποτε γυαλί, σκέφτηκε να «βελτιώσει» το σύστημα... σε θεωρητικό επίπεδο.

Και μάλιστα με απλούς τρόπους, χωρίς κόστη και μόνο με μυαλό.

Έτσι ανέλυσε το πώς λειτουργεί ένας κλέφτης, ειδικά στη Μεσόγειο που είχε μάθει και την ψυχολογία του.

Όταν ένας κλέφτης φτάσει στο μπαλκόνι σου σε μια πολυκατοικία ή στο ισόγειο μιας μονοκατοικίας, προσπαθώντας να μπει από ένα παράθυρο, το πρώτο πράγμα που θα κάνει είναι να δει αν κάτι είναι ανοιχτό. Ένα παράθυρο ή οποιοδήποτε πέρασμα.

Γι' αυτό πρέπει να αφήνεις εύκολες «παγίδες», ώστε ο κλέφτης να ανοίξει και ο συναγερμός να χτυπήσει και να δώσει σήμα.

Η φιλοσοφία του έλεγε: «Κάνε τη ζωή του εύκολη, ώστε μετά να γίνει κόλαση». Αξιοποίησε την τεχνολογία και πες του «Φέρ' το, αγόρι μου», όπως ακριβώς λες και σ' έναν σκύλο.

Όλοι οι κάτοικοι ακόμη και αυτοί που έχουν συναγερμό –ο Σίνγκλεη πάντοτε πίστευε ότι η εξωτερική σειρήνα δεν έπρεπε να φαίνεται πού είναι– ασφαλίζουν τα παράθυρα αναγκάζοντας τον κλέφτη να βρει άλλους τρόπους για να μπει, χωρίς να ενεργοποιηθεί ο μαγνητικός συναγερμός στα παράθυρα ή τις πόρτες.

Κι αυτό γιατί ο μαγνήτης, για παράδειγμα, είναι καθαρά «τοπική» πρόληψη που μπορεί να παραβιαστεί, αν λόγου χάρη σπάσεις τις γρίλιες ή ξεριζώσεις τις φτέρες του αλουμινένιου παράθυρου, χωρίς να σύρεις το «κάδρο» του.

Ο Σίνγκλεη ήταν της αντίληψης του να παγιδεύεις το λαμόγιο. Πίστευε ότι αντί να βάζεις τον μαγνητικό αισθητήρα στο κούφωμα ενός παραθυρόφυλλου, ήταν πιο έξυπνο να αφήνεις μισάνοιχτο το παραθυρόφυλλο, με τοποθετημένο τον αισθητήρα στη μέση ή ακόμα και στην αρχή της συρόμενης ράγιας ενός αλουμινένιου παράθυρου, οριακά πριν το κύκλωμα «χτυπήσει».

Η λογική της «γάτας» για να πιάσει το «ποντίκι». Ποντικοπαγίδα. Ανοίγεις μεν εύκολα, αλλά ο συναγερμός –που εσύ την ύπαρξή του σαν κλέφτης δεν τη βλέπεις (γιατί η σειρήνα δεν φαίνεται)– χτυπάει, και ακόμα κι αν είσαι τόσο μάγκας ώστε να έχεις χαλάσει το κουτί του ΟΤΕ της πολυκατοικίας... το σύστημα έχει δώσει ήδη σήμα από το ασύρματο τηλέφωνο του συστήματος, ενώ από τις σειρήνες (κρυμμένη εξωτερική, δυνατή εσωτερική) ήδη γίνεται κόλαση για τον ακάλεστο.

Ο κλέφτης, βλέποντας ένα ανασφάλιστο παραθυρόφυλλο θα προσπαθήσει μεν να μπει από εκεί, αλλά όσο θα προσπαθεί να ανοίξει το γυάλινο παράθυρο, ο συναγερμός θα έχει δώσει το σήμα και ακόμα κι αν έχει «αποδιοργανώσει» την εξωτερική σειρήνα, ήδη θα βαράει η μέσα και το σήμα ασύρματα ή ενσύρματα, ακόμη κι αν ο κλέφτης έχει κόψει την τηλεφωνική γραμμή –και τα δύο πρέπει να υπάρχουν–, έχει πάρει το δρόμο του.

Όταν κάποτε εισηγήθηκε τη φιλοσοφία του, υποβάλλοντας μια έκθεση ασφάλειας, ώστε να το υιοθετήσει κάποια εταιρεία συναγερμών, όλοι το αρνήθηκαν, λέγοντας ότι είναι αδύνατο να εισηγηθούμε στον κόσμο να μην κλείνει τα παραθυρόφυλλα.

Και πρόβαλαν ως επιχείρημα ότι ακόμη κι αν γινόταν, θα το μάθαινε η «πιάτσα» και οι σαλταδόροι και θα δρούσαν διαφορετικά.

Ναι! Αλλά πώς θα δρούσαν διαφορετικά; αφού με τη μέθοδο αυτή ποτέ δεν ξέρεις πώς και πού να ανοίξεις και τι σε περιμένει.

Γι' αυτό τελικά ο Σίνγκλεη βρέθηκε να φυλάει πρεσβείες και οι άλλοι... αποθήκες!

Ο Ρόμπερτ, όμως, ήταν και καταπληκτικός μάγειρας. Βέβαια το φαγητό δεν τον ενδιέφερε βουλιμικά. Το αντιμετώπιζε καθαρά ως τέχνη. Ως προσφορά. Και για να το ευχαριστιέται, συνήθως, έπρεπε να μαγειρεύει για κάποιον άλλο.

Τότε, μαζί με τον καλεσμένο ή την καλεσμένη του απολάμβανε και το φαγητό και την παρέα.

Αλλά, για κάποιον άλλο μαγείρευε σπάνια, σε ειδικές περιπτώσεις και μόνο όταν άξιζε. Τότε είχε αξία για τον Ρόμπερτ και το φαγητό και η παρέα. Και ήταν δύσκολος στην παρέα, χωρίς καμιά απειλή μοναξιάς, αν δεν την είχε.

Αρκετές φορές μαγείρευε και μόνο για εκείνον. Αλλά και πάλι μόνο όταν η στιγμή το άξιζε ή όταν ακόμη και μόνος του είχε να γιορτάσει μια εσωτερική επιτυχία.

Λόγω δουλειάς είχε φάει στα καλύτερα «σαλόνια» του κόσμου. Σε ακριβά βουλγάρικα, ρωσικά, ιταλικά, γαλλικά, τούρκικα ή ό,τι άλλα πανάκριβα εστιατόρια της μαφίας στην Αν. Μεσόγειο και τα Βαλκάνια, όπου τα γεύματα δεν είναι ευκαταφρόνητης ποιότητας, μιας και συχνά αποτελούν ένα δέλεαρ κάλυψης, αποπροσανατολισμού και βρόμικων συμφωνιών, τις οποίες έπρεπε από κοντά να παρακολουθεί.

Είχε φάει και στις ακτές της Αφρικής, στα «πολυδιαφημισμένα» καλύτερα τυνησιακά, μαροκινά, αιγυπτιακά «καυτερά» της Ανατολής, αλλά του βρόμαγε αυτή η κουζίνα. Όπως βέβαια και η άλλη. Η δήθεν ακριβή κουζίνα που σχεδόν πάντα αποτελούσε κάλυψη για μια συμφωνία κάτω απ' το τραπέζι του εστιατορίου με τα πανάκριβα κρασιά.

Ήξερε από γεύση και πραγματική ποιότητα. Ήξερε και από καλό φαγητό κι από καλή παρέα.

Σήμερα το βράδυ έπρεπε να σκίσει, γιατί περίμενε τη Λίσα και αυτό έκανε τα πράγματα πολύ δύσκολα. Ειδικά όταν έχεις ξεχάσει να πάρεις ταμπάσκο και κάνα δυο άλλα.

Βιαστικά αλλά προσεκτικά έβγαλε δεξί φλας και μπήκε στον παράδρομο για τα 7-11. Το Chevy έκανε μαλακά δεξιά και υπάκουσε άνετα στο σύστημα 4x4 που κυριολεκτικά το έκανε να κολάζει το οδόστρωμα.

Γρήγορα μπήκε και βγήκε απ' το μαγαζί με ό,τι ήθελε, βρίζοντας τον εαυτό του που δεν είχε ξεκινήσει να μαγειρεύει νωρίτερα.

«Είναι ολοφάνερο ότι θα γίνω ρεζίλι», σκέφτηκε και προβληματίστηκε, κάνοντας το τζιπ να πετάει τώρα στους άδειους δρόμους. Ευτυχώς ήταν παραμονή Χριστουγέννων και οι δρόμοι σχεδόν άδειοι τέτοια ώρα που όλοι είχαν ήδη πάει κάπου.

– Δεν μπορεί, θα προλάβω πριν έρθει, είπε για να εμψυχώσει τον εαυτό του.

Με το που η Λίσα άνοιξε την πόρτα της κουζίνας, ο συναγερμός του Σίνγκλεη που δεν είχε χρονοκαθυστέρηση για τους απρόσκλητους έκανε τη νύχτα μέρα. Δύο εξωτερικές σειρήνες άρχισαν να ακούγονται μέσα στην ησυχία του όμορφου προαστίου και προβολείς φώτισαν το σπίτι, τον κήπο και την ευρύτερη... ανατολική ακτή.

Η Λίσα τα έχασε. Τι έκανα; διερωτήθη.

Την ίδια στιγμή ο Φλετς βγήκε απ' την ειδική του τρύπα που υπήρχε στην πόρτα της κουζίνας, αλλά δεν της επιτέθηκε. Απλά την κοιτούσε, λες και το ένστικτό του έλεγε ότι ήταν καλοδεχούμενη. Έβγαλε και έναν γαβγίσιο ήχο, αλλά δεν γάβγισε απειλητικά.

Η Λίσα έκανε μεταβολή και σκέφτηκε ότι καλύτερα να πήγαινε πάλι από μπροστά. Εξάλλου δεν είχε ακόμη και κανένα ιδιαίτερο θάρρος. Πρώτη φορά ερχόταν.

Το ίδιο κι ο Φλετς που την πήρε από πίσω με περιέργεια να δει τι κάνει επιτέλους αυτή η ψηλή, όμορφη νεαρά με τις γόβες και το αιθέριο κόκκινο φόρεμα στα αντρικά λημέρια.

Το κακό, όμως, για τη Λίσα ήταν ότι πλέον μπροστά θα είχε και παρέα.

Την ώρα που ξεπρόβαλε στον μπροστινό κήπο απ' τη γωνία που οδηγούσε στην κουζίνα αντίκρισε μπροστά της ένα τσούρμο από οπλισμένους άντρες των ειδικών δυνάμεων της CIA, που προφανώς είχαν ειδοποιηθεί για την εισβολή και ήδη τη σημάδευαν με τα αυτόματα.

– Ήρεμα, παιδιά, είμαι συνάδελφος, προσπάθησε να πει σηκώνοντας τα χέρια ψηλά, με αποτέλεσμα να της φύγει απ' τα χέρια το σικ τσαντάκι με τη χρυσή αλυσιδίτσα.

– Με τα χέρια πάνω στο καπό, της είπε ο επικεφαλής.

Εννοούσε το δικό της που είχε παρκάρει απ' έξω, αλλά τι σημασία είχε αυτό;

Την ίδια στιγμή ακούστηκαν τα λάστιχα από το Chevy του Ρόμπερτ να αφήνουν όλο τους το πέλμα πάνω στο οδόστρωμα, αφού έχοντας δει από μακριά τι συνέβαινε και καταλαβαίνοντας την παρεξήγηση, το είχε κάνει να πετάει.

Σταμάτησε απότομα και το φρενάρισμα ακούστηκε μέχρι απέναντι στης κυρίας Μαρίας, που του είχε όμως ιδιαίτερη αδυναμία.

Με το που ο Σίνγκλεη είδε τα φώτα, άκουσε τις σειρήνες και παρακολουθούσε τη Λίσα πάνω στο καπό να γελάει σαν παιδάκι χωρίς να έχει φοβηθεί, θυμήθηκε το μότο του: «Μια χαρά δεν ήμουν ήρεμος με τον Φλετς;»

Το ξεπέρασε όμως αμέσως και κατευθύνθηκε στο κονβόι για να δώσει εξηγήσεις.

Αύριο βέβαια θα το είχε μάθει όλο το Λάνγκλεϊ, το Πεντάγωνο και ίσως ο Λευκός Οίκος.

«Να χέσω τη "μυστικότητά" μου», είπε μέσα του.

Σίγουρα δεν ήξερε αν το ταμπάσκο θα έδινε τη γεύση στη βραδιά της Παραμονής, αλλά σίγουρα είχε ξεκινήσει όπως αναμενόταν: εξαιρετικά θερμή!

ΚΕΦΑΛΑΙΟ 15

Αμπκάικ,
Έρημος της Σαουδικής Αραβίας,
Εξοχική βίλα του έκπτωτου σεΐχη του Ραβέιτ
25/12

Η σημαία του Ραβέιτ στην πύλη της βίλας του σεΐχη είχε παρατήσει κάθε προσπάθεια να κυματίσει στη μέση της ερήμου, υπακούοντας στην πλήρη άπνοια που επέβαλλε η έρημος του Ένταρ, 20 χιλιόμετρα ανατολικά του αεροδρομίου του Αμπκάικ, στην Ανατολική Περιφέρεια της Σαουδικής Αραβίας. Δίπλα της, τυπικά, υπήρχε και μια της Σαουδικής Αραβίας.

Ο έκπτωτος Ραβεΐτιανός σεΐχης, του μικρού κρατιδίου στον Κόλπο, είχε επιλέξει αυτό το μέρος για να παραμένει μακριά από το σόι του, που τον είχε διώξει κακήν κακώς όταν εκείνος παραβίασε, πριν 40 χρόνια, τον αυστηρότερο οικογενειακό κανόνα της Οικουμένης και κοιμήθηκε με μια 12χρονη πρώτη ξαδέλφη του.

Τώρα έβρισκε καταφύγιο στα εξίσου βρόμικα και παρανοϊκά σχέδιά του, χωμένος κάτω απ' την κουρτίνα της ερήμου, κοντά στον αυτοκινητόδρομο που οδηγούσε στο Ριάντ και σε μια περιοχή που του εξασφάλιζε πλήρη πρόσβαση σε όλη τη Μέση Ανατολή, τον Περσικό Κόλπο, αλλά και το Ιράν που ήταν απέναντί του και απ' όπου μπορούσε εύκολα να μετακινείται και να «κατευθύνει».

Άλλωστε αυτό ήταν και το όνομα που λάτρευε. Ούτε σεΐχης, ούτε αφέντης, ούτε κάτι άλλο που θα μπορούσε να περιγράψει καλύτερα τη δράση του και τα σχέδιά του από τον όρο «καθοδηγητής».

Όταν έχεις στα χέρια σου πάνω από 20 δις δολάρια, δηλαδή το ποσό που είχε προλάβει να διασφαλίσει σε off-shore λογαριασμούς, πριν η «πετρελαϊκή» οικογένειά του αρχίσει να τον καταδιώκει, η ενασχόληση με τα κοινά γίνεται ιδιαίτερα εύκολη.

Ο έκπτωτος σεΐχης δεν δυσκολεύτηκε καθόλου να αξιοποιήσει ελάχιστο μέρος των χρημάτων και γρήγορα να εξαγοράσει πολιτικούς, θρησκευτικούς ηγέτες, ακόμα και την ίδια την άμμο, κατορθώνοντας εδώ και δεκαετίες να βρίσκεται πίσω απ' όλα κι από όλους στη Μέση Ανατολή και μάλιστα χωρίς να φαίνεται πουθενά.

Οι άνθρωποι που τον είχαν δει από κοντά ήταν ελάχιστοι κι ο μύθος έλεγε ότι όποιος τον συναντούσε, λίγο καιρό μετά, μετακόμιζε σε τόπους με λαχταριστό πιλάφι και άλλα εδέσματα.

Εκτός βέβαια από την πάνοπλη φρουρά του που λειτουργούσε εντελώς στρατιωτικά και με το νόμο του «μονόδρομου», αφού όποιος έμπαινε στην παρέα και γνώριζε τον Ραβεΐτιανό, δεν μπορούσε πλέον να αποχωρήσει και να γυρίσει προς τα πίσω.

Αυτός ο ισχυρός, πάνοπλος στρατός από μπράβους και αυλικούς τού είχε ήδη σώσει τη ζωή τρεις φορές από απόπειρες δολοφονίας εναντίον του, που συνέχιζε να κάνει η οικογένειά του, ακόμη και ύστερα από τέσσερις δεκαετίες ασταμάτητου κυνηγητού και βεντέτας.

Στους ανθρώπους που μπορούσαν να τον δουν από κοντά ήταν και ο Αμπάσι. Άλλωστε πίσω από την πολιτική εξέλιξη του Ιρανού υφυπουργού υπήρχε μια ανεπίσημη χορηγική παλάμη που τον τραβούσε ψηλότερα και ψηλότερα από τη μετα-εποχή του σάχη, δεκαετίες πριν, όταν τον «υιοθέτησε» ο σεΐχης για να τον κάνει όργανό του.

Σήμερα πάντως ο Αμπάσι δεν είχε καλό ένστικτο γι' αυτή την αναπάντεχη επίσκεψη στη βίλα.

Πέρα από την κούραση του αεροπορικού ταξιδιού από την Τεχεράνη έως το διεθνές αεροδρόμιο του Μπουσέχρ και τα υπόλοιπα 400 χιλιόμετρα με το ελικόπτερο, μέχρι το «κάστρο» του σεΐχη έξω απ' το Αμπκάικ, πονούσε περισσότερο όταν υποπτευ-

Γιάννης Παρθένιος

όταν το «γιατί» που προκαλούσε αυτή την αιφνίδια, επιτακτική «πρόσκληση».

Μάλιστα το καταλάβαινε κι απ' το γεγονός ότι συνήθως, όταν έπρεπε να δει τον Ραβεϊτιανό, τον πηγαινοέφερνε το ιδιωτικό jet του σεΐχη, ενώ σήμερα τον ανάγκασε να ταξιδέψει μέχρι το ακρινό Μπουσέχρ κι έπειτα να μεταβιβαστεί, πράγμα που έκανε το ταξίδι πολύωρο, κουραστικό και δη «αστικό» για τις πανάκριβες συνήθειες του υφυπουργού.

Ο Αμπάσι καταλάβαινε ότι μετά την αποτυχία της «επιχείρησης Παράκελσος», οι σχέσεις του με τον νευρικό, σατανικό, απολυταρχικό και άσπλαχνο ζάπλουτο θρησκευτικό φανατικό δεν θα ήταν πια όπως ήταν μέχρι σήμερα.

Αυτό όμως που τον φόβιζε ήταν ότι δεν μπορούσε να καλύψει το θέμα με τα 10 εκατομμύρια δολάρια που είχαν παγώσει από την Παγκόσμια Τράπεζα, στη διαδρομή προς τον προσωπικό του λογαριασμό, με αποτέλεσμα τώρα να μην μπορεί ούτε να διαφύγει με αυτά, αλλά ούτε και να τα επιστρέψει στον σεΐχη.

Προσπαθούσε να σκεφτεί τι να του πει, αλλά δεν μπορούσε να βρει τίποτα και βέβαια ούτε ήθελε να σκεφτεί ότι ο σεΐχης υπήρχε έστω και η παραμικρή πιθανότητα να έχει μάθει ότι ο Αμπάσι είχε προσπαθήσει να του τα κλέψει, γιατί τότε πια θα ήταν σίγουρα νεκρός.

Ήλπιζε ότι απλά θα του παραπονιόταν και θα τον «έχεζε» για τα χρήματα που χάθηκαν και για το ότι ο Αλεξέγιεφ εξαφανίστηκε μυστηριωδώς, χωρίς να έχει τελειώσει η δουλειά που τελικά απέτυχε.

Σύμφωνα με το σχέδιο αντίδρασης του Αμπάσι, θα προσπαθούσε να τον παραμυθιάσει, ότι δήθεν θα εντόπιζαν τον Ρώσο και θα του έπαιρναν τα λεφτά πίσω, θα κέρδιζε χρόνο κι ύστερα θα έβλεπε τι θα έκανε.

Δεν μπορούσε να σκεφτεί τίποτα άλλο.

Το ελικόπτερο με τον Αμπάσι είχε φτάσει πια πάνω απ' τη βίλα και κάνοντας μια στροφή για να προσεγγίσει το ελικοδρόμιο στο πίσω μέρος του τεράστιου οικοπέδου, ο πιλότος και ο υφυπουργός μπορούσαν να δουν τη θέα με την τεράστια πισίνα και τον καταπράσινο κήπο που ξεχώριζε στη μέση της ερήμου.

Εκεί ήταν και το τεράστιο καρουζέλ, στο βάθος του κήπου,

σήμα κατατεθέν της έπαυλης και της τρέλας του σεΐχη. Βρισκόταν εκεί επί τρεις δεκαετίες, αλλά δεν επιτρεπόταν ποτέ και σε κανένα να το χρησιμοποιήσει.

Ούτε ο σεΐχης το χρησιμοποιούσε. Του αρκούσε να το κοιτά τα βράδια από την κρεβατοκάμαρά του στον δεύτερο όροφο, φωτισμένο και άδειο από κόσμο να γυρίζει με φόντο την έρημο, αφήνοντας τους σιδερένιους του ήχους γεμάτο τριγμούς να ταλαιπωρούν το άδειο τοπίο.

Ο κόσμος δεν το ήξερε, αλλά ο «έκπτωτος» είχε συναισθηματική σχέση με αυτό το καρουζέλ, γιατί του θύμιζε εκείνο το βράδυ που «ενώθηκε» με την ξαδέλφη του, παρά το γεγονός ότι αυτή δεν το ήθελε.

Έτσι πριν από πολλά πολλά χρόνια παρήγγειλε το ακριβότερο καρουζέλ που μπορούσε να κατασκευαστεί κι αυτό από τότε, μέρα νύχτα, γύριζε ρυθμικά με μοναδικούς ταξιδιώτες τους κόκκους της άμμου και το εγώ του σεΐχη.

Βέβαια, άλλες φορές, η υπόλοιπη κατοικία πλημμύριζε από κόσμο. Πανέμορφες γυναίκες του αρχαιότερου επαγγέλματος, καλεσμένες απ' τη Δύση, αλλά και τη Μέση Ανατολή, κολυμπούσαν ημίγυμνες στην πισίνα, χωρίς θρησκευτικές απαγορεύσεις. Το υπηρετικό προσωπικό πηγαινοερχόταν στον κήπο και φυσικά η αμέτρητη στρατιά του «καθοδηγητή» τριγυρνούσε φυσικά και χωρίς προκάλυψη έχοντας πάντα κρεμασμένα στους ώμους αυτόματα και ημιαυτόματα όπλα.

Σήμερα πάντως, περιέργως, ο εξωτερικός χώρος της βίλας δεν είχε ιδιαίτερη ζωή. Έμοιαζε με το καρουζέλ που και τώρα γύριζε χωρίς σκοπό.

Αυτό πάντως δεν προκάλεσε την περιέργεια του Αμπάσι, που κατεβαίνοντας απ' το ελικόπτερο κατευθύνθηκε προς την κεντρική είσοδο της βίλας, δρομολόγιο που το ήξερε καλά όντας συχνός επισκέπτης.

Εκείνο όμως που του έκανε εντύπωση ήταν ότι σήμερα πίσω του ακολουθούσαν δύο μπράβοι του σεΐχη. Δύο τεράστιοι Άραβες με μούσια και ξυρισμένα κεφάλια που φυσικά κουβαλούσαν και τα μπαρουτιασμένα «συμπράγκαλά» τους.

Ο υφυπουργός, κουνάμενος σαν να μην τρέχει τίποτα, πέρασε την κεντρική πόρτα, ένα σαλονάκι υποδοχής ακριβώς μετά και κατευθύνθηκε στο μεγάλο καθιστικό που πάντα τον δεχόταν ο σεΐχης.

Ο «καθοδηγητής» βρισκόταν ήδη εκεί, στη θεόρατη σάλα, καθισμένος στην περίφημη πολυθρόνα του, που θύμιζε κυριολεκτικά βασιλικό θρόνο. Ήταν μάλιστα υπερυψωμένη, υποχρεώνοντας τους «χαμηλότερους» επισκέπτες σε έναν ανακλαστικό σεβασμό, καθώς ακτινοβολούσε δύναμη και πλούτο, με τα σκαλιστά της χρυσά ανάγλυφα να κόβουν την ανάσα.

Με το που είδε ο Αμπάσι τον «καθοδηγητή» υποκλίθηκε φιλώντας σχεδόν το πάτωμα. Το έκανε αργά και εντυπωσιακά. Σήμερα άλλωστε το χρειαζόταν ιδιαίτερα, αλλά γενικά ήταν καταπληκτικός στο «γλείψιμο».

Ο «καθοδηγητής» που προφανώς τον ήξερε από καιρό δεν θέλησε να του δώσει την εντύπωση ότι τσιμπάει και αμέσως μπήκε στο θέμα.

– Άσε τις μαλαγανιές, υφυπουργέ. Δεν πιάνουν αυτά σε μένα, του είπε με βαρύ ύφος.

Ο 70χρονος έκπτωτος είχε ένα στιλ που σου έκοβε την ανάσα. Με τα χρόνια είχε αποκτήσει μια αυτοκρατορική συμπεριφορά, που σε συνάρτηση με τη δύναμη και τον πλούτο που κατείχε, παραχάρασσαν την πραγματική του ευτελή αξία και δημιουργούσαν σε τύπους σαν τον Αμπάσι μια ψευδαίσθηση εκπεμπόμενου κύρους και φόβου.

– Βλέπω ότι ήρθες με άδεια χέρια...

Ο υφυπουργός που ήδη είχε πάρει την ψυχρολουσία του αρχικού χαιρετισμού, με κοκκινισμένα ήδη από την ένταση μάγουλα, που θύμιζαν μαθητριούλα του δημοτικού και φρενήρεις παλμούς για το τι θα ακολουθούσε, προσπάθησε να σταθεί στα πόδια του και να απαντήσει.

Δεν είχε καταλάβει τι του έλεγε ο Ραβεΐτιανός και το μόνο που μπορούσε να σκεφτεί ότι εννοούσε, ήταν οι χουρμάδες.

Ο Αμπάσι, στα πλαίσια της δημιουργίας δήθεν φιλικού κλίματος με τον «καθοδηγητή» συνήθιζε, όταν τον επισκεπτόταν, να του φέρνει φρέσκους χουρμάδες.

Ο σεΐχης απ' την πλευρά του δεν είχε ούτε αδυναμία, ούτε ανάγκη σε αυτό το πεσκέσι, αλλά ηδονιζόταν να παρατηρεί αυτό το «ερπετό» να κάνει ό,τι μπορεί για να τον «γλείψει».

CIA: Επιχείρηση Παράκελσος

Πάντως σήμερα δεν εννοούσε αυτό, αλλά κάτι που θα μπορούσε να αγοράσει εκατομμύρια τόνους χουρμάδων. Σαφέστατα φρέσκους!

– Άρχοντά μου σοφέ, με φώναξες τόσο επειγόντως που δεν πρόλαβα να πάω από τον εξαιρετικό φρουτέμπορα... προσπάθησε να απαντήσει ο Ιρανός, αλλά χωρίς τύχη.

– Δεν μιλάω για τους χουρμάδες, ανόητε. Σε βλέπω χωρίς τσάντα και λογικά θεωρώ ότι μάλλον δεν έχεις φέρει τα 10 εκατομμύρια δολάρια της «επιχείρησης» που έκανες μούσκεμα. Κι αυτό αρχίζει και μ' ανησυχεί λίγο.

Ο «καθοδηγητής» στράβωσε το πιγούνι του προς τα δεξιά και μισοκλείνοντας το αριστερό του μάτι κοιτώντας τον υφυπουργό έβγαλε τόση κακία και απειλή που δεν θα χωρούσε ούτε στην Κόλαση.

Ο Αμπάσι προσπαθούσε τώρα να αναπνεύσει, αλλά αυτή η γρήγορη εξέλιξη της κουβέντας την οποία είχε προβλέψει, του προκαλούσε ήδη λαχάνιασμα και η έλλειψη πρόσκλησης για να καθίσει, σίγουρη ανησυχία.

– Σεΐχη μου, θα σου εξηγήσω τα πάντα, είπε ο Ιρανός.

– Δεν θα μου εξηγήσεις τίποτα, τον έκοψε ο σεΐχης. Δεν έχω ούτε χρόνο, ούτε όρεξη να σ' αφήσω να προσπαθείς να καλύψεις τις βρομιές σου. Δεν μ' ενδιαφέρει τι πήγε στραβά στην «επιχείρηση», γιατί αποδείχτηκε ότι είσαι ηλίθιος, άχρηστος και μη αναγκαίος. Δεν μ' ενδιαφέρει ούτε να σ' αφήσω να σέρνεσαι σαν το πονεμένο φίδι, που του τρέχει το δηλητήριο στο πάτωμα, προσπαθώντας να μου πεις τα δήθεν ψέματα που προφανώς έχεις ετοιμάσει.

Ο σεΐχης έγνεψε προς τους δύο σωματοφύλακες και οι μπράβοι μέσα σε δέκατα του δευτερολέπτου είχαν ακινητοποιήσει τον Αμπάσι φορώντας του χειροπέδες.

Εκείνος, έκπληκτος από την ταχύτατη τροπή των πραγμάτων, έντρομος και στα πρόθυρα της λιποθυμίας, έπεσε στο πάτωμα στηριζόμενος στα δύο του γόνατα.

– Σε παρακαλώ, αφέντη μου, προσπάθησε πάλι να ψελλίσει, αλλά μάταια.

Ο σεΐχης δεν είχε όρεξη για διαπραγματεύσεις.

– Άκου, σκουλήκι της ερήμου, άπιστο σκυλί αγαρηνό, ντροπή

της μάνα σου και του πατέρα σου που ήταν αδέλφια... άκου με, για να ξέρεις το «γιατί» θα μετανιώσεις την ώρα που σκέφτηκες να μου τη φέρεις. Θα σου κάνω μία μόνο ερώτηση και μετά θα καταλάβεις γιατί δεν σε ανέχομαι ούτε δευτερόλεπτο και το λίγο χρόνο που σου απομένει θέλω να τον αξιοποιήσω για να υποφέρεις, να παρακαλάς και να σπαράζεις. Σε ρωτάω λοιπόν μία και μόνο φορά: Πού είναι τα λεφτά;

Ο Αμπάσι ένιωθε τόσο αδύναμος πια που ενστικτωδώς έκλεισε τα μάτια. Δεν μπορούσε να τον κοιτάξει και έτρεμε μπρούμυτα στο πάτωμα.

Προσπάθησε να παίξει ένα τελευταίο χαρτί. Κάτι που εκείνη τη στιγμή του είχε έρθει στο μυαλό.

– Σοφέ μου άρχοντα, έχω τακτοποιήσει τα πάντα, τόλμησε να πει.

– Ω ναι; Για πες μου λοιπόν, πώς; του αντιγύρισε ειρωνικά ο Ραβεΐτιανός.

– Ήδη τώρα που μιλάμε, άνθρωποί μου στη Σουηδία –εκεί πήγε το λαμόγιο– έχουν πιάσει τον καθηγητή και τα χρήματα σε 2 ώρες θα είναι στο δρόμο προς την Τεχεράνη. Και φυσικά μετά, σε σένα άρχοντά μου, είπε με ένα αυτοσχέδιο ψέμα ο υφυπουργός.

Ο σεΐχης χαμογέλασε ειρωνικά και ταυτόχρονα σατανικά.

– Μετρητά; τον ρώτησε.

– Απολύτως μετρητά. Ο Αλεξέγιεφ τα είχε ρευστοποιήσει και οι δικοί μου τα βρήκαν. Τρεις βαλίτσες θα χρειαστούμε για τη μεταφορά, του χαμογέλασε ψεύτικα για να του δείξει ότι όλα είναι υπό έλεγχο.

Ο Αμπάσι είχε αρχίσει να πιστεύει ότι υπήρχε πιθανότητα να τη γλίτωνε. Μπορεί να γύριζε το παιγνίδι, να κέρδιζε χρόνο και ίσως να κατάφερνε να φύγει από εκεί ζωντανός. Μετά κάτι θα μαγείρευε, με πιθανότερο την εξαφάνισή του.

– Αυτό περίμενα, περσικό σκουλήκι.

Μεμιάς ο σεΐχης έκανε μια νευρική κίνηση προς τους δύο γορίλες. Ο ένας από αυτούς πλησίασε τον Αμπάσι και του έβαλε μια μεγάλη μαχαίρα στο λαιμό ακινητοποιώντας τον πάλι πλήρως.

Ο άλλος, έχοντας κι εκείνος ένα κοφτερό σαν λεπίδα μαχαίρι στο χέρι, άρπαξε τη μια παλάμη που ήταν στις χειροπέδες πίσω απ' την πλάτη του υφυπουργού και ακούμπησε τη μεταλλική λάμα στα δάχτυλα.

– Τα λεφτά, αλήτη, προσπάθησες να τα κλέψεις. Νομίζεις ότι έχω μόνο εσένα στο ΥΠΕΞ; Έστειλες άνθρωπο της πρεσβείας στην Ελβετία και τα μεταβίβασες στο λογαριασμό σου μέσω Κύπρου, αλλά για κάποιον λόγο κόλλησαν εκεί. Τελείωσε το παραμύθι σου. Αρχίζει ο εφιάλτης σου.

Ο Αμπάσι κατέρρευσε εντελώς. Ο σεΐχης ήξερε τα πάντα.

– Θα έλεγα του Φαχίμ να σου κόψει τα δάχτυλα και έπειτα και το χέρι αμέσως τώρα, όπως κάνουν στους κλέφτες στη Σαουδική Αραβία, αλλά σκέφτηκα ότι δεν είναι αρκετό.

– Σε παρακαλώ, σεΐχη μου, γρύλισε κλαίγοντας ο Αμπάσι, άσε με να επανορθώσω.

– Σκάσε και μην αναπνέεις πια. Βούλωσε το σκουπίδι. Αποφάσισα λοιπόν να μη σου κόψω τα χέρια, γιατί εσύ είσαι τόσο διάολος που μπορεί μετά να βρεις τρόπο να τα κολλήσεις ξανά. Θα βρεις άλλα χέρια και θα κάνεις μεταμόσχευση, γέλασε ειρωνικά ο Ραβεΐτιανός. Με τα 10 εκατομμύρια δολάριά ΜΟΥ θα μπορούσες, αν βέβαια ποτέ «ξεκόλλαγαν» από την Π.Τ. και τα έπαιρνες, γιατί είσαι τόσο μπάσταρδος που κι αυτά σ' τα πήραν οι άλλοι οι διάολοι, οι Δυτικοί. Αποφάσισα λοιπόν κάτι πιο αποτελεσματικό που έχει αποδειχτεί σίγουρο εδώ και δεκαετίες. Θα πας εκεί που σου αρμόζει: στα σκατά. Φαχίμ, άνοιξε την όρεξη στους ομοίους του.

Ο Φαχίμ μεμιάς άρχισε να χαράζει με το μαχαίρι τα χέρια του Αμπάσι, δημιουργώντας ουλές που άφησαν το αίμα να πεταχτεί παντού. Δεν προσπαθούσε να του κόψει κάποιο δάχτυλο ή όλη την παλάμη. Δημιουργούσε απλώς πληγές για να πεταχτεί αίμα.

Ο Αμπάσι άρχισε να σφαδάζει απ' τους πόνους που του προκαλούσε το μαχαίρι, προσπαθούσε να μιλήσει και να ζητήσει συγχώρεση, αλλά η φωνή του δεν έβγαινε.

Το αίμα που ανέβλυζε, από σχεδόν δέκα σημεία πλέον, του είχε κόψει την ανάσα. Ακούστηκαν βέβαια και οι κραυγές του, αλλά μπροστά στο θέαμα κανείς δεν πρόσεχε τους ήχους.

– Δεν θα μου χαλάσετε και το χαλί, είπε ο σεΐχης. Πάμε στη χαβούζα, να τελειώνουμε...

Οι δύο μπράβοι με εύκολες κινήσεις τον πήραν σηκωτό παρά τα κιλά του. Ο Αμπάσι προσπαθούσε να αντιδράσει στα χέρια

Γιάννης Παρθένιος

τους, αλλά απλά χτυπούσε όπως το χταπόδι στη στεριά. Αποτέλεσμα: να φάει και μερικές γερές στη διαδρομή, ώστε να τον κάνουν να μην ακούγεται.

Σε ένα λεπτό βρίσκονταν στην πίσω αυλή του σπιτιού, στα δυτικά, που ήταν σχετικά απομονωμένη απ' την υπόλοιπη βίλα.

Το ίδιο και ο σεΐχης που αργούσε λίγο παραπάνω λόγω ηλικίας, αλλά και λόγω ενός τραύματος από παλιό αυτοκινητιστικό ατύχημα που του είχε αφήσει κάποιο κουσούρι και περπατούσε περίεργα.

– Στο φυσικό σου περιβάλλον, ποντίκι... είπε του Αμπάσι που είχε δει τη συνέχεια από «προηγούμενα επεισόδια».

Εκεί, στην πίσω αυλή, υπήρχε στο τσιμεντένιο δάπεδο μια μαρμάρινη «ταφόπλακα» που σφράγιζε τη χαβούζα, δηλαδή την κεντρική αποχέτευση, όπου κατέληγαν όλα τα λύματα του σπιτιού και φυσικά όλα τα περιττώματα και τα «ψιλά».

Λογικό, αν σκεφτεί κανείς ότι εκεί γύρω δεν υπήρχε αποχέτευση, όπως και σε ολόκληρη τη χώρα. Γι' αυτό άλλωστε και τα «σκατά του Ριάντ» ήταν διάσημη φράση, όχι μόνο στην έρημο κοντά στο διεθνές αεροδρόμιο της πρωτεύουσας, όπου οι επισκέπτες πήγαιναν για την ανάγκη τους μετά από κάποια πτήση, αλλά και στα «προάστια». Πόσο δε, περισσότερο εδώ...

Ο ένας σωματοφύλακας, ο Φαχίμ, σήκωσε με πολύ προσπάθεια τη βαριά «πέτρα» από την οποία έβγαινε ένα σκοινί που έπαιζε το ρόλο της χειρολαβής στα φρεάτια και αποκάλυψε τη σχισμή.

Η «ταφόπλακα» ήταν σχετικά μεγάλη, με αποτέλεσμα να αναγκαστεί να τη σύρει και λίγο κάνοντας έναν ανατριχιαστικό θόρυβο, καθώς το μάρμαρο χάραζε το τσιμέντο της επιφάνειας.

Κι η οσμή, όμως, τύλιξε τους πάντες αμέσως. Ή καλύτερα η μπόχα, που αναμεμειγμένη με τους ήχους που έκαναν οι πεινασμένοι, αχόρταγοι αρουραίοι στο εσωτερικό, δημιουργούσαν μια φρικιαστική ατμόσφαιρα από θέαμα, οσμές και ήχους.

Μάταια ο Αμπάσι προσπάθησε να φωνάξει:

– Θα σας γαμήσω, τομάρια. Είμαι υπουργός του Ιράν εγώ...

Αμέσως σώπασε, κερδίζοντας για μετάλλιο μια γερή μπουνιά απ' τον δεύτερο σωματοφύλακα, που αυτή τη φορά του έσπασε τη μύτη και τα δόντια, κάνοντας να πετάγεται τώρα αίμα κι από το πρόσωπο.

CIA: Επιχείρηση Παράκελσος

– Βγάλτε του τα ρούχα, διέταξε ο σεΐχης. Αφού θέλει να μας γαμήσει, ας το απολαύσει κιόλας.

Οι δύο σωματοφύλακες άρχισαν να του σκίζουν τα ρούχα χωρίς να δυσκολεύονται, χρησιμοποιώντας τα μαχαίρια τους σαν κοπίδια που έκοβαν χαρτί. Σε αυτή βέβαια την απρόσεκτη πορεία έκοβαν κι ό,τι άλλο περίσσευε από τη σάρκα του Ιρανού.

Τώρα ήταν γυμνός, ματωμένος και μαυρισμένος από την μπουνιά στο πρόσωπο. Σωστό ερείπιο έτοιμο για κατεδάφιση στο βωμό της «κουράδας».

– Πετάξτε τον μέσα να τελειώνουμε, φώναξε εκτός εαυτού ο «έκπτωτος», που στη θέα του αίματος είχε ηδονιστεί με αποτέλεσμα τα ένστικτά του να μην ελέγχονται.

– Πετάξτε τον, ξαναφώναξε και πρέπει να ακούστηκε μέχρι τη βιομηχανία τσιμέντων λίγο μακριά από τη βίλα, κοντά στον αυτοκινητόδρομο 522 ή ίσως και απέναντι απ' τον Κόλπο, στη Μπουσέχρ.

Οι δύο γορίλες άφησαν το κορμί του Αμπάσι, που προσπαθούσε ακόμα να αντιδράσει και να πιαστεί από κάπου, άσχετα με το ό,τι φορούσε χειροπέδες, να γλιστρήσει στη σκοτεινή τρύπα.

Ακούστηκε ο ήχος των λυμάτων να τον υποδέχεται. Ακούστηκε κι ο ήχος από τη «σαμπάνια καλωσορίσματος». Οι μπουρμπουλήθρες που δημιουργούσε το κολύμπι των τρωκτικών στα λασπωμένα από περιττώματα «ζουμιά» του βόθρου.

Ταυτόχρονα όμως ακούστηκε και κάτι απίστευτο: τα ποντίκια, οι αρουραίοι για την ακρίβεια, ή καλύτερα οι αρουραίοι σε μέγεθος γάτας, λες και είχαν καταλάβει τη γευστική έκπληξη και ξεφώνιζαν τώρα σαν τρελά.

Οι ήχοι ήταν παρανοϊκά δυνατοί μέσα στην παράξενη ενέργεια της ερήμου που έφτανε και στη βίλα.

Οι αρουραίοι με το που μυρίστηκαν αίμα έτρεξαν με όρεξη προς το μισολιπόθυμο κορμί του Αμπάσι. Γνώριζαν κι από άλλες τέτοιες συναντήσεις ότι η ανθρώπινη σάρκα έχει μοναδική γεύση.

Το ήξεραν αυτό το μενού, αφού συχνά, «μετανιωμένοι» αγωνιστές του «Πυρήνα της Ανατολής» κατέληγαν στην τρύπα, ειδικά μετά από αποτυχημένες αποστολές ή αν τελευταία στιγμή αποφάσιζαν τελικά να μη γίνουν «μάρτυρες».

Μέσα σε δευτερόλεπτα, τα τετράπαχα τρωκτικά είχαν γαντζωθεί από όποιο κομμάτι δέρματος αιμορραγούσε και δεν έμεναν απλά εκεί. Ξετύλιγαν το δέρμα, όπως την πέτσα απ' το σολομό, πηγαίνοντας προς τα εντόσθια και τα κόκαλα.

Ο ανατριχιαστικός ήχος απ' τα μασημένα οστά του Αμπάσι ροκάνιζαν τώρα ακόμη και τη σιωπή της άμμου στη γύρω έρημο, φτάνοντας μακριά, εκεί που κάνεις δεν μπορούσε να διανοηθεί πόσο η τιμωρία ταιριάζει με το έγκλημα.

Οι μπράβοι έπιασαν κι οι δυο μαζί τη μαρμαρένια πλάκα του βόθρου και σκέπασαν πάλι την τρύπα.

Ακούστηκε ένας μπάσος γδούπος καθώς η ταφόπλακα σφράγισε το βόθρο και αμέσως επικράτησε μια ξαφνική σιωπή.

Η σιωπή του θανάτου με το... καρουζέλ στο βάθος να γυρνά.

ΚΕΦΑΛΑΙΟ 16

CIA,
Λάνγκλεϊ, Βιρτζίνια
Διευθυντής Τμήματος Εμπορικού Ναυτικού/Παράνομες Με-
ταφορές Εμπορευμάτων
12/26

— Ευχαριστώ, Μάρθα, είπε ο Πάτρικ, αφού η ιδιαιτέρα του ακούμπησε τον καφέ στο γραφείο του και πήρε από το τρέι τα εξερχόμενα «προς καταστροφή απόρρητα» έντυπα της «προηγούμενης μέρας». Ουσιαστικά ήταν τα έγγραφα της προ-παραμονής των Χριστουγέννων.

— Συγγνώμη, κύριε Ντέναχιου που δεν τα «πέταξα» από την προ-Παραμονή, όπως λέει το πρωτόκολλο, αλλά ήσασταν μέσα στη σύσκεψη μέχρι τα μεσάνυχτα, του είπε απολογητικά. Φεύγοντας λίγο πριν τα μεσάνυχτα, σκέφτηκα μήπως χρειαστείτε κάτι, ακόμη κι απ' αυτά, αργά τη νύχτα. Αλήθεια, τι ώρα φύγατε;

— Και πολύ καλά έκανες, Μάρθα μου, σ' ευχαριστώ. Μερικές φορές, όντως πρέπει να παραβιάζουμε το πρωτόκολλο όταν είναι για καλό. Μείναμε μέχρι αργά τα ξημερώματα και μετά φύγαμε, αλλά άξιζε τον κόπο... Και το ξέρεις, δεν χρειάζεται να μένεις μέχρι τέτοια ώρα, ειδικά όταν δεν με βρίσκεις, εκτός βέβαια κι αν οι συνθήκες το απαιτούν. Και ειδικά την προ-παραμονή των Χριστουγέννων, το να φεύγεις νωρίς είναι ΕΝΤΟΛΗ! Τώρα

Γιάννης Παρθένιος

βέβαια ξέρεις, αν χρειαστεί μπορεί να κάνουμε και Παραμονή εδώ...

– Σας είχα δει τις τελευταίες μέρες να ανησυχείτε ιδιαίτερα, κατάλαβα ότι κάτι σοβαρό συνέβαινε και δεν ήθελα με τίποτα να σας ενοχλήσω ρωτώντας σας αν μπορώ να φύγω. Αφήστε που κάτι μπορεί να χρειαζόσασταν.

– Σ' ευχαριστώ πολύ, γλυκιά μου, είσαι θησαυρός, είπε ο Πάτρικ και η Μάρθα του ένευσε «ευχαριστώ» με μια γυαλάδα ευχαρίστησης στο βλέμμα της την ώρα που έκλεινε την πόρτα.

Ο Πάτρικ κοίταξε την κούπα με τον καφέ, αλλά δεν ήπιε.

Μελετούσε το log των δορυφορικών παρακολουθήσεων και το μάτι του αμέσως έπεσε στο όνομα Yelizaveta.

Χαμογέλασε.

«Αυτό έγινε πλέον Λίσα», σκέφτηκε.

Άφησε το φάκελο πάνω σ' έναν άλλο με την ένδειξη «A1-Shihong» και έπιασε το ακουστικό. Σχημάτισε τον αριθμό και καθώς περίμενε την απάντηση, με το άλλο χέρι δοκίμασε και πάλι λίγο απ' τον καφέ. Έκανε μια γκριμάτσα.

– Τμήμα Δορυφορικού Σχεδιασμού και Επιχειρήσεων/Εμπορικό Ναυτικό, Λίσα Γουέλς, ακούστηκε απ' την άλλη άκρη της γραμμής.

– Καλημέρα, Λίσα μου, ο Πάτρικ είμαι, απάντησε.

– Καλημέρα σας, κύριε διευθυντά, τι κάνετε;

– Μια χαρά, κορίτσι μου, κοίτα... μελετούσα εδώ το logSAT και βλέπω ότι ακόμη και σήμερα μια συχνότητα είναι «αφημένη» και παρακολουθεί τον κόλπο στο Άγιο Όρος. Προφανώς ξεχάστηκε από χθες το βράδυ που τέλειωσε η ιστορία και συνεχίζει να «βλέπει», εκτός κι αν προσευχόμαστε, αστειεύτηκε αν και θρήσκος με την ευρύτερη έννοια.

– Έχετε δίκιο, κύριε Ντέναχιου, τώρα το βλέπω κι εγώ εδώ στο κομπιούτερ, αλλά εδώ που τα λέμε, πού να τολμήσουν στα «Δορυφορικά» να το αλλάξουν με τόση ένταση που επικράτησε; Το άφησαν να κοιτάει για ασφάλεια.

– Δεν έχεις άδικο, απλά στείλ' τους ένα σημείωμα να 'μαστε σίγουροι, γιατί τους ξέρεις στον «Προγραμματισμό», είναι ικανοί να ξεχαστούν και να βλέπουμε του χρόνου λαμπάδες του Πάσχα.

– Το ξέρετε ότι αυτό δεν μπορεί να συμβεί, κύριε Ντέναχιου, χαμογέλασε η Λίσα. Το σύστημα μας ζητάει «επικύρωση» κάθε

424

τρεις μέρες. Απλά, όπως ξέρετε, μέχρι τα ξημερώματα της 23ης το είχαμε αφήσει να βλέπει το ρωσικό μοναστήρι μπας και είχε επιζήσει... καμιά «κατσαρίδα».

– Το ξέρω, καλή μου, της είπε γλυκά. Δεν το κάνω για οικονομία. Ξέρεις καλύτερα από μένα ότι οι δορυφόροι έχουν... ηλιακή ενέργεια. Απλά να μη δεσμεύουμε τις συχνότητες από άλλα Τμήματα που το έχουν πιο πολύ ανάγκη αυτή τη στιγμή. Αυτό, όμως, που δεν ήξερα μέχρι χθες είναι ότι ήσουν και τόσο καλή σε επίπεδο επιχειρησιακής δράσης. Μου τα είπε όλα ο Ρόμπερτ την προ-Παραμονή το βράδυ λίγο πριν φωνάξει το «ιππικό» να τελειώσει το θέμα.

Η Λίσα πετούσε τώρα απ' τη χαρά της όχι μόνο για την καλή κριτική του Πάτρικ, αλλά και γιατί ο από προχθές και επίσημα αγαπημένος της, είχε μιλήσει έτσι γι' αυτήν πριν από το δείπνο στο σπίτι και σίγουρα πριν περάσουν μαζί τη βραδιά των Χριστουγέννων.

– Ευχαριστώ, κύριε Ντέναχιου, πάντως με την τεράστια εμπειρία σας ξέρετε ότι...

– ...όλα on field είναι, κι ας τα βλέπουμε στο χάρτη.

Η Λίσα γέλασε.

– Καλημέρα, Λίσα μου, είπε κλείνοντας τη γραμμή.

Έπιασε την κούπα του καφέ και ήπιε μια γουλιά. Ξεροκατάπιε. Σήκωσε το τηλέφωνο και κάλεσε τη Μάρθα.

– Μάλιστα, ακούστηκε εκείνη.

– Μάρθα, το ξέρω ότι δεν είναι κατάλληλη η μέρα, αλλά είσαι σίγουρη ότι αυτός είναι καφές της Υπηρεσίας; ρώτησε.

– Μάλιστα, κύριε Ντέναχιου...

– Καλά, πάνε να μας δηλητηριάσουν; αναρωτήθηκε στη γραμμή και έκλεισε.

Ο Πάτρικ στράφηκε στο πληκτρολόγιο και άρχισε να γράφει:

Προς τον: Αρχηγό
Θέμα: Καφές...

CIA,
Λάνγκλεϊ, Βιρτζίνια
(Μία μέρα μετά)

Η Μάρθα «χτύπησε» στον Ντέναχιου και εκείνος σήκωσε το ακουστικό με την «πρώτη» χωρίς να την αφήσει να περιμένει.

– Έλα, Μάρθα, απάντησε.

– Κύριε διευθυντά... ο αρχηγός στη γραμμή 3.

– Ευχαριστώ, είπε ο Πάτρικ και αμέσως πάτησε το κουμπί της συσκευής. Πάτρικ Ντέναχιου, κύριε αρχηγέ, απάντησε.

– Καλημέρα, Πάτρικ, είπε ο αρχηγός. Καταρχάς να σε συγχαρώ για τη φοβερή επιτυχία με αυτά τα νούμερα, τον Αμπάσι και τον Αλεξέγιεφ. Όλη η «Εταιρεία» παραμιλά σήμερα με αυτούς τους ηλίθιους και πώς τη γλιτώσαμε ψάχνοντας στην αρχή για το «τίποτα». Σώσατε τον κόσμο, φίλε μου, του είπε ειλικρινά και οικεία.

– Ευχαριστώ, αρχηγέ... και βέβαια θα τα μεταβιβάσω σε όλη την ομάδα. Το κακό, αρχηγέ, είναι ότι δεν θα το μάθει ποτέ κανείς εκεί έξω. Μόνο κακά τούς αρέσει να λένε για μας...

– Αφού ξέρεις πώς πάει το πράμα. Είμαστε διάσημοι για κάνα δύο αποτυχίες μας, αλλά κανείς δεν μιλάει για τις χιλιάδες επιτυχίες μας. Το λένε και στις ταινίες.

Ο Πάτρικ τα 'χε χάσει από χαρά για αυτά που άκουγε!

– Βέβαια, Πάτρικ, αξίζουν σε όλους σας συγχαρητήρια, αλλά δεν σε παίρνω μόνο γι' αυτό. Σε παίρνω και σχετικά με το σημείωμά σου για τον καφέ.

Ο Πάτρικ τα 'χασε τώρα δύο φορές.

Τι θα του 'λεγε;

Θα του τα 'ψελνε;

– Πάτρικ... του είπε συνωμοτικά, χαμηλόφωνα και ανθρώπινα. Θα σου εξομολογηθώ κάτι... Δεν κόμπιασε στιγμή. Εδώ και αρκετούς μήνες λέω το ίδιο πράγμα στη γραμματέα μου, την ξέρεις τώρα... την Κάθριν, και ξέρεις τι μου λέει;

– Τι; απάντησε με τρομερό, πλέον, ενδιαφέρον ο Ντέναχιου.

– Κοίτα, Πάτρικ, είναι γελοίο να μιλάμε τώρα στην Υπηρεσία γι' αυτά, αλλά να σου πω κάτι, έχεις δίκιο. Είναι ανθρώπινο να επιθυμείς έναν καλό καφέ. Άλλωστε από αυτή τη γη βγήκε, ρε γαμώτο. Μου λέει ότι ανεξάρτητα πώς μου φαίνεται ο καφές, μου κάνει ούτως ή άλλως κακό στην υγεία. Τώρα καταλαβαίνεις τι λέμε... σ' εμένα τώρα, που δουλεύω 20 ώρες τη μέρα. Δεν δικαιούμαι να πιω έναν σωστό καφέ;

– Γιατί, νομίζεις, αρχηγέ, ότι η δικιά μου έχει καλύτερες δικαιολογίες;

CIA: Επιχείρηση Παράκελσος

– Πες μου τι σου λέει, πες μου να δω... απάντησε ορεξάτος ο αρχηγός.

– Ότι πάντοτε η «Εταιρεία» είχε τον ίδιο καφέ. Τώρα, σ' εμένα που είμαι γέννημα θρέμμα...

– Έχει δίκιο, απάντησε ο αρχηγός και άφησε άναυδο πάλι τον Πάτρικ.

– Ποιος; διερωτήθει φωναχτά ο Πάτρικ. Η «Εταιρεία» ή η Μάρθα; Προσπάθησε να αποσαφηνίσει...

– Η Μάρθα! Εγώ ή ο υπαρχηγός υπογράφουμε την τελική οικονομική έγκριση. Ίδιος καφές είναι. Κι ο υπαρχηγός έχει πρόβλημα με τον καφέ... Κάτι άλλο συμβαίνει... Λοιπόν, άκουσε τι θα κάνουμε, αλλά αυτό είναι «ΑΚΡΩΣ ΑΠΟΡΡΗΤΟ»...

Σημείωση προς τους αναγνώστες:
Ακολουθεί υποκεφάλαιο μετά το τέλος αυτών των διευκρινίσεων.

Ο Αλεξέγιεφ, πιστεύοντας ότι χωρίς τον «Παράκελσο» η θεωρία του ήταν άχρηστη για τους Αμερικανούς, δέχτηκε το πρόγραμμα προστασίας που του πρότειναν με αντάλλαγμα να εξηγήσει τη θεωρία του. Περιορίστηκε υποχρεωτικά σ' ένα μικρό χωριουδάκι του Κονέκτικατ, με την αυστηρή ποινή να μη φύγει ποτέ από εκεί άνευ συνοδείας. Όταν σταματούσε κάποιες ελάχιστες στιγμές το ποτό, ψάρευε σ' ένα κοντινό ποταμάκι. Κάποια στιγμή παραδέχτηκε ότι το καλύτερο ποτό στον κόσμο ήταν το Κεντάκι Μπέρμπον. Ο καθηγητής Σμιθ συνεχίζει να παραπονιέται για την απόσταση με τον γιο του και μάλιστα ακόμη πιο συχνά. Ίσως να φταίει και το ότι η γιαγιά Ευγενία περνάει πλέον τον μισό χρόνο της με το εγγονάκι τους στη Χαβάη. Ο Δημήτρης, ύστερα από εισήγηση του Ρόμπερτ, πήρε «μετάθεση» στη CIA και, δουλεύοντας πια στο «Σταθμό» της Αθήνας, παντρεύτηκε την αγαπημένη του και πλέον μένουν εκεί. Η Θεανώ παραμένει στο Λαύριο κι ο Παύλος ύστερα από εισήγηση του FBI προς τις ελληνικές Αρχές προήχθη σε πλοίαρχο του λιμενικού. Ο Νταλίρ Σασάν, ύστερα απ' την «εκδίκηση» του «καθοδηγητή» πήρε τη θέση του Αμπάσι στον «Πυρήνα της Ανατολής», αλλά, μέσα σε δύο μήνες, η νέα κυβέρνηση βρήκε κρυφούς λογαριασμούς του στο εξωτερικό και κατέληξε στη φυλακή.

Για τη Γιασμίν δεν υπάρχουν στοιχεία. Για προστασία εξακολουθεί να περιβάλλεται απ' το απόρρητο της «Εταιρείας».

Η Μάρθα, η Κάλια και η Κάθριν συνεχίζουν να μη βάζουν στον καφέ ζάχαρη. Ο Πάτρικ και ο υπαρχηγός εξακολουθούν να παραπονιούνται.

Ο Τζον απέκτησε ένα μικρό Τζακ Ράσελ και πλέον έκοψε τα συγκρουόμενα.

Ο αρχηγός εξελέγη γερουσιαστής στο Νέο Μεξικό με ρεκόρ ψήφων και σύντομα ανέλαβε πρόεδρος της επιτροπής Εξωτερικών Υποθέσεων της Γερουσίας.

Η Νατάσα Λόιντ απέκτησε όλο τον όροφο που είχε ο νεκρός Τιμοφέι και ανέλαβε και όλη τη δουλειά που είχε εκείνος στο λιμάνι.

Η Κριστιάνα ζει ακόμα στην Ολλανδία και συνεχίζει ως μυστικός πράκτορας στο ίδιο γραφείο.

Ο καπετάνιος του Yelizaveta τη γλίτωσε, γιατί τα πτώματα του Ανατόλι και του Νασίρ μάλλον έγιναν τροφή για σκυλόψαρα.

Ο Αλεξέι κι ο Πέτρος συνελήφθησαν στην Αθήνα απ' την Interpol και, με όλα τα επιβαρυντικά στοιχεία εναντίον τους, καταδικάστηκαν για το θάνατο του ηγούμενου.

Ο πατήρ Θεόδωρος συνέχισε να περνάει από εξονυχιστικό έλεγχο όλα τα κονδύλια και έναν χρόνο αργότερα αποσύρθηκε, παραμένοντας μοναχός στο Πατριαρχείο Αλεξάνδρειας.

Ο Ζακ και η Φιλίπα παραμένουν στο Κλιμάκιο της Μολδαβίας και έχουν αρχίσει να βγαίνουν μαζί... σε μόνιμη βάση.

Ο Ντόναλντ περιμένει την προαγωγή του σε τομεάρχη Επιχειρήσεων στο Λάνγκλεϊ, σε όποια περιοχή προκύψει θέση.

Ο Τζορτζ αποφάσισε επιτέλους να γυρίσει στα εγκόσμια. Στην αρχή μετακόμισε στη Νέα Υόρκη όπου βρέθηκε να πετάει υπερατλαντικές πτήσεις μεγάλης αεροπορικής εταιρείας των Η.Π.Α. Πολύ σύντομα, όμως, ο πρόεδρος της αεροπορικής εταιρείας τον έκανε γενικό διευθυντή. Στα Κεντρικά της αεροπορικής εταιρείας λένε ότι κάποιος Σίνγκλεν πήρε κάποια μέρα τηλέφωνο τον πρόεδρο και του είπε ότι η προαγωγή κάποιου «ιπτάμενου Τζορτζ» ήταν θέμα «εθνικής ασφάλειας».

Ο Τζορτζ υιοθέτησε τον μικρό Ντούντου και πλέον το όνειρό του ως Αμερικανού πολίτη είναι να γίνει πιλότος της Πολεμικής Αεροπορίας των Η.Π.Α.

CIA: Επιχείρηση Παράκελσος

Ο Σίνγκλεη παντρεύτηκε τη Λίσα και σε δέκα μήνες απέκτησαν τον μικρούλη Ρόμπερτ Σίνγκλεη, Jr.
Το ίδιο «παντρεύτηκαν» και η Πάτι με τον Φλετς, αλλά κυνηγιούνται καθημερινά, όπως... ο σκύλος με τη γάτα.

Νίνγκμπο, Κίνα,
Επαρχία Ζεγιάνγκ,
Φοιτητικό διαμέρισμα
Λίγους μήνες μετά
«Καλά, είναι ηλίθιοι αυτοί οι Ουκρανοί», σκέφτηκε ο νεαρός φοιτητής και υποψήφιος καθηγητής Φυσικής του Τεχνολογικού Πανεπιστημίου του Νίνγκμπο. «Δέκα δολάρια για αυτό τον υπολογιστή; Μα τι πλήρωσα; Μόνο το κουτί, την ψύχτρα και το τροφοδοτικό να κρατήσω, έχω κερδίσει πάνω από 50 δολάρια. Αν μάλιστα δουλεύει κιόλας, πήρα κελεπούρι... Βέβαια λείπει το καπάκι της μιας πλευράς, αλλά τι ψάχνεις τώρα;»
– Τους έπιασα κότσο, αναφώνησε μέσα στο άδειο φοιτητικό διαμέρισμα της εργατικής κατοικίας, που το Κόμμα του παρείχε μαζί με την υποτροφία για σπουδές στο τοπικό πανεπιστήμιο.
Ο Ζανγκ Γιόνγκ κοιτούσε το κουτί του παλιού υπολογιστή που είχε παραγγείλει από το e-bay και έτσι όπως έβαλε την πρίζα στον τοίχο για να δει αν λειτουργεί, πρόσεξε μια μικρή ετικετούλα στο πίσω μέρος του.
Τα γράμματα ήταν ρώσικα, αλλά ο νεαρός ήξερε καλά κι αυτή τη γλώσσα. Την είχε μάθει στο σχολείο, όταν ακόμα ήταν υποχρεωτική και η Κίνα με τη Ρωσία πολιτικά κοντοχωριανοί.

ΣΟΒΙΕΤΙΚΗ ΑΚΑΔΗΜΙΑ ΕΠΙΣΤΗΜΩΝ
ΚΑΘΗΓΗΤΗΣ ΚΟΛΓΙΑ ΜΠΡΟΥΝΟΒΙΤΣ
NET345701ETIX
(ΚΡΑΤΙΚΗ ΠΕΡΙΟΥΣΙΑ - 1990)

«Κοίτα να δεις», σκέφτηκε ο Ζανγκ Γιόνγκ. «Σίγουρα ήταν κάποιου συναδέλφου καθηγητή και αυτό το νουμεράκι του ΝΕΤ πρέπει να ήταν η θέση του στο εσωτερικό intranet κάποιας Υπηρεσίας. Γι' αυτό και το σασί το βλέπω προηγμένο για τότε και σίγουρα "ενισχυμένο". Για να δούμε τι έχει μέσα», είπε μέσα του με ενθουσιασμό ο νεαρός που ήδη το είχε συνδέσει και με ένα μόνιτορ που είχε στο γραφείο.

Πάτησε το κουμπί εκκίνησης που ήταν από πίσω.

Ακούστηκε κάποιος θόρυβος και περίεργως αμέσως πήρε μπροστά και το μοτεράκι της ψύξης. Μάταια όμως. Ο υπολογιστής δεν ξεκινούσε με τίποτα ή τουλάχιστον δεν έδινε τίποτα στην οθόνη.

– Σιγά να μη δούλευε κιόλας, είπε ο Κινέζος. Πολλά ζητάω για 10 δολάρια...

Έτσι όπως τον πασπάτευε γύρω γύρω, ρίχνοντας ματιές και στο ολοφάνερα περίεργο εσωτερικό του, που ήταν ανοιχτό απ' το ένα πλάι, διέκρινε κάτι περίεργο γι' αυτόν στην μπροστινή όψη, ακριβώς πάνω από ένα παλιό φλόπι ντισκ μεγάλων διαστάσεων που πλέον είχε καταργηθεί.

«Τι στο διάολο;», αναρωτήθηκε. «Είχαν οι "σύντροφοι" λέιζερ ντισκ;»

Σαν λέιζερ του φάνηκε.

«Και μάλιστα από τότε;», απόρησε πάλι.

Ο Κινέζος γνώριζε βέβαια ότι τα λέιζερ ντισκ είχαν κατασκευαστεί αρκετά νωρίτερα, αν και δεν «περπάτησαν» πολύ στην αγορά λόγω κόστους. Απλά είχαν κυριαρχήσει τη δεκαετία του '90 μόνο στην Ιαπωνία και μερικές χώρες της Ν.Α. Ασίας, μέχρι τελικά να εξαφανιστούν.

Το να βλέπει λοιπόν μπροστά του ένα λέιζερ ντισκ της Σοβιετικής Ένωσης του 1990 ήταν λίγο περίεργο.

Με ενθουσιασμό πάτησε το κουμπί να δει αν θ' ανοίξει το μπροστινό πορτάκι.

Ως διά μαγείας η πόρτα κουνήθηκε και έφερε προς τα έξω ένα ολόκληρο σύστημα, άγνωστο για τον νεαρό μελλοντικό καθηγητή.

– Τι είναι αυτό ρε; φώναξε συνεπαρμένος από το μυστήριο.

Η πόρτα του «λέιζερ» είχε ανοίξει και μια επιφάνεια λεία, γυαλιστερή και καθρεπτίζουσα υπήρχε ακριβώς εκεί όπου σήμερα εμείς τοποθετούμε τα CD ή τα DVD. Μόνο που δεν ήταν κινούμενη ή αποσπώμενη, ώστε να μπορείς να αφαιρέσεις αυτό που έπαιζε το ρόλο του δίσκου.

Ταυτόχρονα, μαζί μ' αυτή την ειδική επιφάνεια, από πάνω της έβγαινε και μια κεφαλή, όπως αυτή που διαβάζει τους δίσκους των CD, με μόνη διαφορά ότι στην κεφαλή ανάγνωσης είχε μια μικρή πέτρα σαν πραγματικό διαμάντι.

– Ρε τι έγινε εδώ; είπε ο νεαρός που πήγε να πνιγεί απ' την έκπληξη.

Αμέσως έστρεψε το ενδιαφέρον του στην πέτρα, η οποία όπως φωτιζόταν από τις ακτίνες που έμπαιναν από το ανοιχτό παράθυρο, έπαιζε περίεργα παιγνίδια.

Παιγνίδια της μοίρας!

Η ματιά του Ζανγκ Γιόνγκ παγιδεύτηκε από μια λάμψη...

«Δεν ήταν ακριβώς λάμψη, αλλά μια δέσμη φωτός με περίεργα χαρακτηριστικά. Κάτι σαν μια δέσμη ουράνιου τόξου που δεν ερχόταν όμως απ' τον ουρανό, αλλά από το...»

Τα 'χασε! «Τι είναι αυτό;», σκέφτηκε. Δεν είχε ξαναδεί κάτι παρόμοιο και δεν μπορούσε στα δέκατα του δευτερολέπτου της ξαφνικής παρατήρησης να προσδιορίσει τι ήταν.

Κι όμως νάτο. Αυτό συνέχιζε να εκπέμπει ένα φάσμα χρωμάτων σαν φακός που αντί να στέλνει φως, λειτουργούσε σαν γεννήτρια φασματογράφησης κάποιας ακτίνας φωτός».

«Αυτό σίγουρα θα χρειαστεί μελέτη...», είπε μέσα του ο νεαρός. «Πολλή μελέτη και ανάλυση...»

ΤΕΛΟΣ

www.ingramcontent.com/pod-product-compliance
Lightning Source LLC
Chambersburg PA
CBHW030539260626
47157CB00006B/2112